LE GÉANT DES SABLES

Greta Vaillant

LE GÉANT DES SABLES

roman

JC Lattès

Ce roman est librement inspiré de la vie aventureuse de Jean-Baptiste Belzoni.

© Éditions Lattès, 2000

I
L'ANGLETERRE

1

La tête de Marie-Antoinette était particulièrement réussie...

Mme Tussaud trempa un fin pinceau en poils de martre dans le vernis liquide et en laissa tomber une goutte au coin des yeux bleus. La larme roula un peu avant de se solidifier, ajoutant au visage royal l'indispensable note pathétique.

Mme Tussaud se leva lourdement de son tabouret. Ses articulations craquèrent.

« L'âge », pensa-t-elle en soupirant.

Elle vissa énergiquement la tête de la reine sur le cou fragile du mannequin. Marie-Antoinette avait de son vivant un cou long et fin, ce qui avait permis au bourreau Samson de travailler correctement, et à Marie Tussaud de prendre à la sauvette un excellent moulage au plâtre clair. Samson avait raté le roi, dont la nuque et les joues grasses partaient directement des épaules. La lame de la guillotine avait fracassé une des mâchoires. Blessé dans son orgueil professionnel, Samson n'avait pas permis à Marie de prendre l'empreinte du visage royal. Encore aujourd'hui, elle regrettait la magnifique occasion manquée et la petite fortune qu'elle aurait pu faire en exhibant le masque mortuaire de Louis XVI, pièce maîtresse de sa collection de victimes de la Révolution. Mme Tussaud se souvenait toujours avec un sourire des astuces qu'elle employait, toute jeune et ravissante, pour corrompre les aides de Samson, surtout l'un d'eux, beau et pervers, un certain Pierre Desmorets, qui officiait une rose entre les dents. Il lui permettait de fouiller dans les paniers avant qu'on ne les emporte à la fosse commune. Ah ça, il ne fallait pas avoir peur du sang. À l'époque, les têtes tombaient comme des pommes par jour de grand vent, et le malheur des uns faisant le bonheur des autres, pour Marie, c'était pain béni, c'était la prospérité.

Ça arrangeait bien aussi les paysans du Gâtinais, dont elle achetait toute la production de cire vierge. Elle travaillait le jour et la nuit et on la rencontrait souvent entre la place de la Concorde et les Saints Innocents, avec son grand panier d'osier recouvert d'un linge humide.

D'autres fois, du côté de la Bastille, quand elle allait acheter des cheveux.

Elle soupira et écarta avec agacement la détestable pensée du temps qui passe, l'inexorable goutte-à-goutte qui l'éloignait petit à petit de tout ce qu'elle aimait.

Maintenant qu'elle était seule — M. Tussaud étant resté en France —, elle sentait que le moment de s'arrêter était venu. Elle avait sillonné l'Angleterre en long et en large avec les roulottes de son cabinet de cires. Elle avait affronté désastres et cataclysmes, une révolution, un naufrage, la perte de tous ses biens. Elle avait triomphé de l'adversité. Mais que de fatigue !...

Oui, ce serait la dernière fois qu'elle planterait ses tréteaux bariolés à la Foire de Saint Bartholomew de Londres, au milieu des montreurs d'ours et de phénomènes. Après quoi elle s'installerait dans un petit immeuble cossu qu'elle avait remarqué à Blackheath, et elle ouvrirait le « musée des Figures de Cire de Mme Tussaud ». Elle ferait venir ses enfants de France. Elle coulerait enfin des jours tranquilles.

Elle fixa un ruban rouge autour du cou de la reine. C'était une mode qui avait fait fureur parmi les nobles émigrées, celles qui avaient réussi à sauver leur tête. « À la décapitée... »

Elle chantonna distraitement un refrain d'autrefois, quand la reine n'était encore aux yeux de tous qu'une gentille écervelée :

Petite reine de vingt ans,
Vous qui traitez si mal les gens,
Vous repasserez la frontière...

Elle l'avait repassée, oh ! oui... Marie avait une tendresse particulière pour Marie-Antoinette, ne serait-ce que pour les sommes rondelettes que l'exhibition de son masque mortuaire lui avait rapportées. Encore aujourd'hui elle en tirait vingt-cinq livres par jour. En fin de compte, c'était bien grâce à elle qu'elle avait pu ouvrir sa première boutique, à Fleet Street.

Elle fit bouffer les cheveux blancs de la perruque royale : les cheveux blonds de la reine étaient devenus blancs d'un seul coup, la nuit précédant son exécution. Puis elle ôta le ruban rouge. L'effet était ravissant, mais l'idée décidément de mauvais goût, et s'il y avait une chose que Mme Tussaud se flattait d'avoir, c'était du goût... Du flair, aussi, et le sens des affaires.

Pas comme son oncle, ce pauvre M. Curtius, si élégant, dans le clair-obscur de sa boutique du Palais-Royal. M. Curtius, qu'on appelait discrètement avant le croque-mort ou après le bourreau, et qui avait tout appris à sa petite Marie. Comment oublier l'odeur délicieuse de miel et d'huile de lin qui imprégnait les boiseries anciennes, et la voix de son oncle qui chantait *Plaisir d'amour* ? C'était lui qui avait ouvert les premiers cabinets de cire de Paris, boulevard du Temple et après, au Palais-Royal.

Marie se revoyait, enfant, alors qu'elle apprenait à placer les cils un à un en enfonçant une aiguille chaude dans la cire... Elle se souvenait des belles mains de son oncle, si distingué... Distinguée, Marie Tussaud l'était un peu moins, mais elle était réaliste : elle savait « voir » une affaire là où les autres ne voyaient rien.

Et justement, elle venait d'en voir une. L'affaire était un homme. En chair et en os. Et dès qu'elle l'avait vu, elle avait su qu'elle mettrait tout en œuvre pour l'avoir.

« Samson le Patagon », le géant du théâtre Saddler's, allait entrer en scène.

Il finit d'huiler consciencieusement les muscles remarquables de son torse et de ses cuisses. C'était ce que les gens regardaient le plus. Il évita les points stratégiques, en particulier les épaules, car c'était là que prenait appui le harnais de la pyramide humaine, qui lui permettait de soulever dix hommes à la fois.

Il avait pris la succession du célèbre Patrick O'Brien, un géant de deux mètres soixante, qui était devenu assez riche pour se retirer. On parlait encore de ses fabuleux petits déjeuners, pris en public comme ceux d'un roi : trois pains, vingt œufs et trois litres de lait.

« Samson » noua la peau de panthère autour de ses reins étroits et laça les cothurnes qui haussaient sa taille : il mesurait un peu plus de deux mètres, autant dire petit pour un géant, mais il était le plus beau de tous ceux qu'on avait pu voir jusqu'à ce jour à Londres. Pour lui faire gagner quelques centimètres, Isaac Dibdin, le directeur du Saddler's, avait créé exprès pour lui une coiffure exotique faite de trois belles plumes d'autruche enfilées dans un serre-tête de cuir.

C'est qu'il ne fallait pas décevoir le public : la concurrence était rude. Pendant des années, le Saddler's avait été une sorte de bain public, à l'image des thermes romains où on trouvait de tout. Ensuite on y avait donné des spectacles aquatiques, grâce à la proximité de la New River : un système ingénieux drainait l'eau de la rivière et la déversait dans un réservoir circulaire qui faisait le tour de la salle du théâtre. On obtenait ainsi de très jolis jeux d'eau. M. Dibdin était un homme de ressources.

Une chance pour lui, car le public de son théâtre était un des plus difficiles de Londres. Il fallait du caractère pour affronter son « poulailler ». Des femmes dépoitraillées y parlaient à voix haute, on s'y insultait, on s'y battait ; dans les coins sombres on faisait l'amour et toutes sortes de trafics. Les petites gens y apportaient leur boire et leur manger qui se transformaient en autant de projectiles quand le spectacle ne leur plaisait pas. Un comédien avait vraiment intérêt à être bon et à avoir de la repartie, sinon le poulailler lui réglait son compte séance tenante.

Or le poulailler aimait les hercules et approuvait bruyamment les performances du jeune « Samson » qui, disait-on, venait des Amériques, de la Patagonie exactement. Autant dire qu'il descendait de la lune et qu'on le regardait bouche bée.

Le public aurait été bien déçu d'apprendre que son géant patagon était italien et qu'il s'appelait Jean-Baptiste Belzoni. Au reste, il avait des cheveux blonds comme des copeaux d'or, des yeux bleus scintillants comme des porcelaines, et une musculature si parfaite que les gazettes et les réclames le comparaient aux plus belles statues de l'Antiquité.

Des artistes peintres venaient en faire des croquis. Dans les loges, de jeunes lords au sexe incertain et de nombreux poètes férus d'hellénisme défiaient la canaille pour pouvoir l'admirer. Des élégantes les accompagnaient et s'éventaient ferme, l'œil rivé sur le beau Patagon. La compagnie s'interrogeait en riant fort haut sur les performances comparées des géants et des nains les plus connus, et sur la taille de leurs attributs.

Le jeune Belzoni en frémissait de honte : il se sentait à l'encan.

« Un jour, je prendrai ma revanche... Un jour, ces gens-là mangeront mon pain... » se répétait-il inlassablement tout en faisant saillir ses admirables pectoraux sous les encouragements de la foule.

— Qu'est-ce que vous savez faire ? avait demandé l'intermédiaire italien, un certain Morelli, quand Jean-Baptiste et son frère Francesco avaient débarqué à Londres.

— J'ai étudié les sciences hydrauliques à Rome et en Hollande. J'arrive de Padoue et...

— Laisse tomber, fit Morelli. Avec le physique que tu as, les études ça ne sert à rien. Ce serait un crime de ne pas te mettre sur les planches ; je vais faire ta fortune.

— Mais je ne veux pas m'exhiber ! protesta le jeune homme las d'être considéré depuis l'enfance comme une erreur de la nature.

Il avait d'autres ambitions. Il avait un métier, une culture, il avait même fait le séminaire en Italie... Morelli soupira. Les émigrants qu'on lui envoyait ne faisaient pas de caprices. Ils lui baisaient plutôt les mains, *« i morti di fame »*, les morts-de-faim qui n'avaient pour tout viatique que son nom à lui sur un papier et la recommandation d'un obscur parent resté au pays.

Morelli prélevait sa dîme sur les salaires de ses protégés. Il était devenu riche et on hésitait à lui déplaire. Il n'avait que faire des grandes espérances. C'était un homme concret.

— Écoute-moi bien, jeune homme. Je te propose de te sortir de ta merde. Tu prends ou tu laisses. Mais si tu laisses, je ne te retiens pas. Londres est vaste et j'ai à faire.

Le jeune Francesco avait échangé un regard opaque avec son frère aîné. Il avait quinze ans et il avait faim.

C'est ainsi que les Belzoni étaient entrés dans la grande famille du théâtre.

« *Très chère mère, très cher père.* »

Jean-Baptiste s'appliqua. Il avait une belle écriture, même si l'orthographe laissait à désirer.

« *Je travaille depuis un mois à Londres, dans un théâtre hydraulique où toutes les notions que le bon chevalier Vivaldi m'a fait enseigner à Rome me sont utiles.* »

Son père serait content. Il avait tant insisté pour qu'il fasse des études à Rome, « le berceau de la civilisation ».

« *Francesco travaille aussi. Il apprend le métier. Nous allons bien.* »

Il tombait une pluie du nord fine et serrée. La fenêtre donnait sur un mur de briques noircies par la suie. On y voyait à peine. Jean-Baptiste alluma la lampe à pétrole.

Il imagina le jardin de la maison familiale, plein de soleil et de roses trémières, et sa mère courant vers la boutique sous les arcades, sa lettre à la main.

— Giacomo !... Ils ont écrit !

Il sentit l'émotion l'envahir. À cette heure-là, son père serait en train de raser gratis le curé de la paroisse de Santa Sofia qui avait baptisé ses cinq fils. Il poserait son rasoir sur la table de marbre et prendrait la lettre avec précaution pour ne pas la mouiller.

Il ajouta : « *Nous pensons à vous et nous vous aimons.* »

Il vit sa mère en train d'écouter, les larmes aux yeux, essuyant à son grand tablier ses mains pleines de farine. Il regretta de n'être pas meilleur écrivain. Il aurait eu tant à lui dire et elle aurait tant aimé une longue lettre ! Mais il allait toujours à l'essentiel, et surtout il n'aimait pas mentir : pouvait-il lui annoncer que son fils aîné était devenu un phénomène de foire ? Même pas un comédien : un *freak* qu'on montrerait cet été sur les tréteaux, entre un requin-baleine et une femme-tronc.

Tous les jours il était repris par la même envie de tout laisser tomber, de ne plus remettre les pieds au théâtre, de s'enfuir.

Ce soir-là, il arriva en retard au Saddler's.

Il souleva la tenture de peluche rouge fatiguée qui masquait l'entrée des artistes. Le spectacle allait commencer. Francesco, vêtu en jeune Arlequin, s'avança vers lui, l'œil sombre. Il était à l'âge où on déteste tout et tout le monde.

— Où étais-tu passé ? Dibdin te cherche partout. Morelli t'attend dans sa loge avec une femme.

— Je n'ai pas le temps d'y aller. Elle est belle, au moins ?

Il alla se placer devant le mouchard qui avait été pratiqué dans le rideau de scène. Dans la pénombre fumeuse de la loge, Jean-Baptiste ne distingua que le battement nerveux d'un éventail, pareil à l'aile d'un oiseau prisonnier.

— On ne voit rien... fit-il, déçu.

— Moi, je l'ai vue, et comment ! fit Joe Grimaldi, le premier comique. C'est une célébrité, mon cher : la Catalani, *una femmina magnifica*...

Jean-Baptiste réprima un sourire : Angelica, ici, pour lui ! Ils s'étaient tendrement aimés autrefois, à Rome, alors qu'ils n'étaient que des adolescents. Quelle étrange chose que la vie ! Il ne pensait vraiment pas la revoir et voilà que huit ans après, le destin les réunissait à Londres, sur les planches l'un et l'autre. Pas sur les mêmes, il est vrai : Angelica, son premier amour, était maintenant riche, célèbre, arrogante, la plus grande chanteuse lyrique du moment. Le Covent Garden était tout juste assez bon pour elle.

Joe Grimaldi était la grande vedette du Saddler's ; il était célèbre dans tout Londres, surtout auprès du petit peuple. Les enfants le suivaient dans la rue et l'appelaient familièrement « Grim », « Grimalkin », surnom qu'on donnait aux chats. Et c'était en effet un drôle de chat de gouttière maigre, laid mais d'une intelligence aiguë.

Il aimait bien Jean-Baptiste. Ils avaient le même âge, vingt-cinq ans, et ils étaient tous les deux d'origine italienne. Il lui fit un clin d'œil complice dans le miroir où il était en train de se maquiller.

— Méfie-toi, Giamba ! Tu vas t'y brûler...

— Je sais mais il en faut plus pour m'arrêter... plaisanta Jean-Baptiste, déjà impatient d'en avoir fini avec le spectacle et de retrouver Angelica.

Joe était déjà en costume de scène, une incohérence de son invention : une culotte bouffante de soie blanche sur un maillot à paillettes rouges et blanches, et des bas de soie à rayures bleues. Il finit d'étaler sur son visage le blanc de céruse du fond de teint, en couche épaisse : même ses cils étaient devenus blancs, et ses yeux noirs faisaient penser à deux raisins secs sur du fromage blanc.

Enfin, il plongea un doigt dans le pot de rouge et mit la dernière touche : deux triangles rouges sur ses joues. Il étala le reste sur ses lèvres épaisses. Sa tête, posée sur la fraise de tulle amidonnée, ressemblait à un monstrueux petit four.

— Dis donc, tu n'y as pas été avec le dos de la cuiller aujourd'hui ! observa Jean-Baptiste.

— C'est exactement ce que mon père a dit à ma mère le jour de ma naissance...

Une grimace appropriée lui permit d'exhiber une denture en râteau.

— Jour de chance, s'il en fut ! ricana-t-il.

La chance devait être occupée ailleurs ce jour-là. Le petit Joey était monté sur les planches dès l'enfance, souvent le ventre vide, pour égayer un public de pauvres gens qui ne mangeait pas beaucoup plus que lui. Tous ses sketches parlaient de bouffe et d'alcool. L'auditoire se tordait de rire, un rire libératoire qui exorcisait les nuits d'hiver, les horreurs de la vie et le gin maudit qui fait tout oublier. Joey en avait toujours une bouteille dans sa poche et le public exultait quand il la sortait. Ce petit homme déjà usé était bien un des leurs.

Jean-Baptiste enfilait son harnais de cuir et de métal avec l'aide de son frère quand on vint lui apporter un message de la part de Morelli.

Francesco veillait jalousement sur son frère aîné.

— Je parie que c'est elle, ricana-t-il. Encore une qui n'en peut plus et qui va te suivre à la trace.

Jean-Baptiste ouvrit le pli : c'était, en effet, l'écriture élégante d'une femme.

Je serai demain au Covent Garden. Viens, je chanterai pour toi. Angelica.

Grim saisit la balle au bond. Singer la célèbre Catalani était trop tentant.

— Aaaattention !

Il se percha comme un coq sur un escabeau et prit une pose avantageuse. Imitant les roulades d'une cantatrice, il se mit à trembler du menton comme la belle Catalani quand elle poussait ses aigus et il chanta, parodiant une de ses chansons les plus populaires.

Catalani se plaisait à Paris,
Elle y montrait ses charmes chauds,
Chauds, chauds...

Jean-Baptiste, agacé, lui envoya sa chemise à la tête. Il avait horreur qu'on se moque de lui. Grim esquiva sans s'arrêter. Les Italiens se mirent à l'accompagner à la guitare.

Mais elle avait froid de bas en haut,
Oh, oh, oh...

Les frères Bologna, Arlequins napolitains de profession, lui firent écho. Les danseuses de tarentelle enchaînèrent en se déhanchant et en tapant leurs tambourins sur leur cuisse.

Pour se réchauffer, elle se dit :
Y'a pas de mal, grands Dieux,
Si je vais à Londres, m'offrir un petit quart de...

L'elfe ricanant roula des hanches à la manière napolitaine, et empoigna son entrejambe avec un de ces gestes explicites qui faisaient la joie du public. Il évita de justesse la taloche de Jean-Baptiste et s'enfuit avec une grimace. Les Italiens se déchaînèrent et se mirent à rire, à chanter et à danser.

Dans la salle, le public déjà houleux commença à frapper des mains et des pieds. « Samson le Patagon » enfila ses absurdes sandales indiennes, baisa la médaille de la Madone dont il ne se séparait jamais et se signa avant d'entrer en scène.

Angelica était nerveuse. Elle attendait une visite et voulait être parfaite. Rose savait ce que cela voulait dire. Elle soupira et s'attaqua à la coiffure de sa patronne, frisant au petit fer les boucles qui retombaient sur le joli front.

Il fallait lui donner cette allure de pâtre grec que l'impératrice Joséphine avait mise à la mode et qui mettait en valeur la finesse du cou et du profil. Même si Angelica Catalani détestait tout ce qui avait trait à Napoléon, elle se soumettait volontiers à la mode impériale. Pas comme cette sotte de

Gabrielli, qui aimait les grands gestes et allait jusqu'à refuser de chanter pour *Boney* :

« Bonaparte peut me faire pleurer, disait-elle mais pas chanter ! »

La Catalani avait pris ses distances avec l'avorton corse qu'elle considérait comme l'ennemi de l'Europe entière, et exigé des sommes folles pour chanter en France. Mais renoncer à la mode par pur élan monarchiste, sûrement pas ! On peut aimer le roi sans être fagotée et elle laissait bien volontiers les paniers et les perruques à ses rivales.

À vingt-trois ans, Angelica était au faîte de sa gloire et de sa beauté. Une beauté totalement méditerranéenne : des yeux noirs, tantôt doux comme ceux d'une gazelle, tantôt féroces et passionnés, soulignés par l'arc épais et savamment redessiné de ses sourcils, un front harmonieux, une bouche aux coins retroussés qui semblait réprimer un sourire permanent et secret, mais capable, le cas échéant, de proférer les pires injures. La Catalani n'était pas née princesse du sang et ne craignait pas que cela se sache.

Rose en savait quelque chose : gare à elle si elle brûlait la moindre mèche de la précieuse chevelure... Elle faisait tourner le fer avec dextérité pour le refroidir. Il fallait faire une bonne centaine de boucles serrées, cinquante de chaque côté ; ce n'était pas une mince affaire.

Angelica ouvrit sa boîte à bijoux, un petit chef-d'œuvre en écaille de tortue, tapissée de soie champagne. Elle ne portait en scène que des bijoux authentiques. Elle choisit un grand rubis et fit scintiller l'anneau dans la lumière avant de l'enfiler. Elle aimait son rouge profond.

— Cher, cher Paul... murmura-t-elle, se souvenant de celui qui le lui avait offert.

Rose approuva. De tous les admirateurs qui pressaient la Catalani, Paul Valabrègue était son préféré. Un bel officier, et toujours si drôle, si gentil avec les domestiques ! En voilà un qui avait la manière...

— Cet homme-là vous adore, *signorina*. Tôt ou tard, il va vous faire une proposition.

Angelica se précipita sur ses amulettes, attachées en

grappe au-dessus du miroir, et sur sa Madone en céramique florentine.

— Tais-toi, malheureuse, tu vas attirer la malchance !... Si Paul Valabrègue ne se déclare pas, je serai obligée de rester sur les planches jusqu'à la fin de mes jours, comme ce malheureux castrat de Pacchiarotti, qui roucoule encore en scène à soixante ans passés, ou comme la Grassini qui fraie avec le Corse pour avoir des rôles !

Jones, le directeur du Covent Garden Theater, entra dans la loge de la cantatrice sans frapper, l'œil un peu hagard.

— Angelica, *sweet lady*... Nous sommes en retard ! S'il vous plaît, hâtez-vous : le public commence à s'agiter !

— Eh bien, qu'il s'agite ! Il n'en sera que meilleur !

— Angelica, je vous en supplie. Ne recommençons pas. Évitons l'émeute. Au moins aujourd'hui...

Rose enroula délicatement une boucle qui s'échappait du diadème.

— Pas de bris de fauteuils, pas d'incendies... Je n'en peux plus... On crie déjà dans la salle que vous êtes trop payée, que c'est un scandale quand il y a des gens qui meurent de faim dans la rue...

Angelica se leva, les yeux flamboyants.

— Trop payée ? Alors que je me massacre, pour offrir à ces porcs qui ne connaissent ni Monteverdi ni Scarlatti, l'essence de la musique ? Santa Madonna ! Alors que vous donnez à cette vieille peau d'Élisabeth Billington deux mille livres par soirée ! Alors que moi, je leur offre en plus ma jeunesse et ma beauté ! Jones : connaissez-vous une femme plus belle que moi ?

Elle marcha sur Jones qui recula. En effet, Angelica était la plus belle femme qu'il eût vue. La Grassini mise à part, bien entendu, ce qu'il n'était pas opportun de lui préciser à cet instant.

Enflammée de colère, les cheveux épars sur les épaules comme une mer en furie, Angelica était Méduse en personne : elle l'avait foudroyé. Il se tut et pensa avec résignation que ce soir le public allait encore dévaster la salle.

On entendit au loin les cris de la foule qui la réclamait. Angelica s'immobilisa.

— Faites jouer l'ouverture ! murmura-t-elle, menaçante. Je vais leur en donner pour leur argent...

Jean-Baptiste avait pris une loge d'avant-scène. Il posa son chapeau de soie neuf sur la banquette du fond et s'assit un peu en retrait de manière à voir sans être vu.

Il voulait être seul. Les souvenirs ne résistent pas toujours au passage du temps. Dans ce cas, il s'éloignerait sans se montrer et irait ruminer sa déception ailleurs.

Huit ans auparavant, Jean-Baptiste avait cédé avec enthousiasme aux conseils de son père : « Va-t'en, va à Rome ! Là-bas, on fait carrière. À Padoue, il n'y a pas d'avenir pour toi. » Rome, c'était déjà le sud, une ville idéale de marbres et d'ors entassés sous le soleil, où le temps et le pouvoir stagnaient. Les clameurs de l'Europe en guerre y arrivaient comme étouffées. Le bruit des jets d'eau, et trois accords de guitare les couvraient facilement.

À Padoue, on voyait défiler des armées — tantôt c'étaient les Français, tantôt les Autrichiens. La ville passait de main en main au gré des traités et des alliances, et on ne savait jamais de quoi demain serait fait. La seule chose sûre, c'est qu'il fallait de la chair à canon. Des recruteurs rôdaient régulièrement autour de la boutique du barbier, car il avait un fils en âge de servir et d'une telle prestance qu'on pouvait l'offrir au régiment personnel d'un roi. Mais le barbier avait ses idées : s'il devait donner ses fils à quelqu'un, il préférait les donner à Dieu.

— Va vite à Rome et entre au séminaire, dit-il à Jean-Baptiste. Rien n'est au-dessus de l'Église, personne n'est plus puissant que le Saint-Père...

Il se trompait. L'armée française entra dans Rome et mit le pape en prison.

La mère de Jean-Baptiste en tomba malade. Elle vénérait Pie VI depuis le jour où, traversant la ville en grand cortège, il était passé devant leur boutique et s'était arrêté pour la bénir. Les larmes aux yeux, elle fit jurer à ses fils rassemblés que jamais, au grand jamais, ils ne s'acoquineraient avec des bonapartistes, et qu'ils éviteraient les Français en affaires comme en amour : c'étaient des sauvages, aussi mécréants que les Turcs.

Jean-Baptiste comprit ce jour-là qu'il n'y avait de certitude pour personne en ce bas monde, même pas pour le pape, et que Dieu pouvait être distrait. Il en conçut une grande angoisse. Au séminaire on estima que le moment était venu de diriger le jeune homme vers un métier manuel. Qui occupe les mains, occupe l'esprit.

Jean-Baptiste se retrouva donc en apprentissage chez les *Idraulici*, une corporation d'ouvriers hydrauliciens très importante à Rome, où on comptait autant de fontaines que de jours dans l'année. Il fut logé dans les communs d'un immense palais qui appartenait à un noble personnage qu'on ne voyait jamais et dont on ne savait s'il était proche du pape ou maçon ou les deux.

Le jeune apprenti fut initié aux secrets des grands aqueducs antiques qui convoient vers la ville l'eau des montagnes, et à ceux des rivières souterraines qui traversent les catacombes. Il sut bientôt reconnaître l'odeur même de l'eau quand elle monte des profondeurs de la terre, au plein de l'été. Il apprit à la domestiquer et à la faire jaillir.

Sur les chantiers où sa jeune force faisait merveille, il apprit l'art royal de la construction. Assez pour comprendre la valeur spirituelle de toute architecture. À Rome, on sentait mieux que nulle part ailleurs la force de la pierre, la poussière des hommes, et la présence du Grand Architecte. Ce merveilleux désordre de chefs-d'œuvre ne pouvait pas être le seul fruit du hasard. On butait à chaque pas sur des mondes enfouis, des civilisations disparues. Jean-Baptiste voulut lire l'histoire, Plutarque, Hérodote... Et la philosophie, Socrate, Platon...

On se surprenait qu'un esprit aussi vif et curieux, pût loger dans un corps si peu fait pour l'étude. À dix-huit ans, Jean-Baptiste dépassait déjà tout le monde d'une tête ; il aurait été un magnifique gladiateur.

À Senigallia, une petite ville des États pontificaux, sur l'Adriatique, la fille du chantre de la cathédrale se préparait à quitter sa famille. Angelica Catalani avait passé son enfance à chanter la messe en soliste, le regard perdu sur le visage de la Madone de Piero della Francesca. Elle avait une voix qui tenait du prodige et attirait les amateurs de toute la région. À dix-sept ans, elle venait de signer son premier contrat « profane » avec le théâtre de La Fenice à Venise. Elle allait débuter dans un grand premier rôle, *La*

Lodoiska de Simon Mayr, et elle était morte de peur. Ce serait la consécration ou la fin d'un rêve.

Elle alla terminer sa préparation à Rome avec les meilleurs professeurs : Marchesi et Crescentini, le castrat. Conscient du trésor que la Nature lui avait confié, son père ne voulait rien négliger pour sa réussite. Mme Catalani servirait de chaperon et les deux femmes habiteraient chez un haut personnage de la Cour pontificale, le chevalier Vivaldi.

Celui-là même qui hébergeait Jean-Baptiste.

Les principes d'éducation de Mme Catalani étaient inflexibles :

— Pas d'amourettes. Si tu cèdes gratis à un moins que rien ce qu'un roi pourrait acquérir à cher prix, alors, ma fille, cela veut dire que tu es une sotte et que tu cours à ta perte. Je ne le permettrai certainement pas.

Bien que dévote, elle avait formé sa fille dès son plus jeune âge à distinguer où se trouvait son intérêt : les sentiments sont un luxe qu'une jeune fille sans état ne peut pas se permettre.

M. Catalani, de son côté, n'avait pas démenti le bruit fort utile qui courait et qui les apparentait au pape. Mais Angelica n'était pas dupe, elle savait qu'on attendait d'elle sinon une carrière du moins un riche mariage qui aurait propulsé la famille au premier rang de la société. On voulait qu'elle revînt à Senigallia roulant carrosse et parée de tissus lourds d'or et de broderies, avec les dix sous-vêtements réglementaires cousus dans la percale la plus fine. Car à Senigallia comme ailleurs, on jugeait encore de l'opulence d'une femme au poids de ses atours.

En attendant, Mme Catalani veillait à ce que sa fille fasse ponctuellement ses vocalises, qu'elle dorme corsetée toute l'année, qu'elle ne se lave pas trop, qu'elle ne porte pas les honteuses culottes dont la mode se répandait, et surtout qu'aucun jeune bellâtre sans fortune ne vienne rôder autour d'elle. Comme ce Jean-Baptiste Je-ne-sais-qui qui la regardait tous les jours de la fenêtre d'en face, avec des yeux de chien perdu amoureux d'une étoile.

Angelica avait dix-sept ans, Jean-Baptiste, dix-neuf. Il tomba amoureux d'elle et elle de lui.

Pendant l'ouverture de l'opéra, Jean-Baptiste continua sa rêverie : les dix-sept ans d'Angelica, son parfum de fleur d'oranger, sa saveur fraîche, sa demi-innocence, la douceur encore enfantine de sa peau, et sa voix divine...

Quand Angelica Catalani apparut, royale, maquillée et parée de bijoux comme une idole, il faillit ne pas la reconnaître. Elle semblait immense et redoutable. Sûre d'elle, elle fit une pause, attendant le public qui émit un grondement sourd, comme s'il allait l'agresser. Elle le regarda sans peur, un sourire aux lèvres. Fauve contre fauve.

Quand elle obtint le silence, elle se mit à chanter avec une douceur inattendue. Un frisson saisit Jean-Baptiste et le traversa de part en part. Non, il n'avait rien oublié...

Dès qu'Angelica sortit de scène, il perdit tout intérêt pour l'action et les autres acteurs. Il se laissa dériver dans le passé, bercé par la musique.

Le palais du chevalier Vivaldi s'élevait à la limite d'un bas-quartier de Rome, dont la réputation n'était plus à faire : c'était l'antique et populeuse Suburre, non loin du Colisée, où des ruelles entières étaient réservées aux prostituées. Elles étaient toujours là, depuis les temps de la Rome antique, assises certainement comme alors dans leur maigre salon en rez-de-chaussée, et elles hélaient le client par l'unique fenêtre qui leur était consentie. Elles s'y accoudaient, leurs grands seins nus posés sur le rebord, lascives et peintes comme des divinités primitives et bienveillantes.

Le soir, les plus vieilles, devenues respectables, prenaient le frais sur le pas de leur porte en jouant aux tarots et en buvant du vin frais des Castelli Romani. Elles avaient renoncé aux pompes et aux gloires, mais pas au rouge dont elles paraient abondamment leurs joues fanées. Le vin aidant, elles riaient aux éclats et adressaient aux passants des *lazzi* érotiques, en caressant les chats des rues qui s'installaient volontiers sur leurs genoux gras.

Jean-Baptiste adorait ce quartier dont il connaissait par cœur les ruelles étroites et sales. Et le quartier le lui rendait à sa manière... Les « dames », qui étaient romantiques, mirent tout en œuvre pour que leur protégé puisse conquérir son étoile. Pour une fois, Roméo et Juliette vivraient leur belle histoire d'amour.

Mme Catalani ne s'aperçut de rien. Elle ne sut jamais s'expliquer les torpeurs irrésistibles qui l'assaillaient dès qu'elle avait bu le petit carafon de vin qu'elle s'autorisait aux repas. Elle s'endormait partout, et passait des nuits d'enfant. Elle mit cela sur le compte du climat romain, qui, comme chacun sait, opprime les nouveaux venus.

Jean-Baptiste embrassa Angelica la première fois dans les ruines du Colisée alors que la nuit tombait. Un berger rentrait ses moutons qui paissaient distraitement au milieu des ruines dans l'herbe courte du printemps. L'air frais sentait le mimosa et la pierre antique sur laquelle ils s'allongèrent était encore chaude de soleil.

On arrivait à la conclusion de l'opéra : c'était le moment qu'Angelica préférait. À chaque fois, une communion particulière s'établissait avec la musique qui l'avait transportée et guidée tout au long de l'opéra. Maintenant apprivoisée, elle se laissait chevaucher comme un animal docile. La voix d'Angelica triomphait. L'ultime note, très pure, était pour elle comme une tour de cristal qu'elle édifiait mentalement vers le ciel. Plus haut, encore plus haut...

En levant les yeux, son regard resta accroché à une silhouette imposante qui se tenait dans l'ombre d'une loge d'avant-scène. Était-ce l'homme qu'elle attendait ?

La note finale mourut sur ses lèvres, parfaite. Une ovation s'éleva. Seul l'inconnu n'applaudit pas. Il s'accouda sur le velours rouge de la balustrade et se pencha vers elle dans la lumière de la rampe : son regard bleu scintilla.

Angelica le reconnut et s'embrasa. Elle salua le public et quitta la scène sans se retourner, tandis que les fleurs continuaient à pleuvoir. Le public savait qu'elle ne reviendrait pas : Angelica Catalani était de celles qui ne concèdent pas de bis.

La relation entre Jean-Baptiste et Angelica reprit, comme s'ils s'étaient quittés la veille, dans une sorte d'émerveillement. La jeune femme mit une seule condition : personne ne devait le savoir.

Jean-Baptiste était aveuglé par l'attrait physique qu'elle exerçait sur lui. Il lui importait bien peu que le monde en fût informé ou non. Tout cela était si inattendu, et semblait entrer si parfaitement dans un plan logique et même moral : il avait connu Angelica vierge et en avait éprouvé du remords. Si le destin la remettait sur son chemin, il y avait certainement une raison... Il vivait au jour le jour dans une sorte d'état de grâce attentive, un pied dans l'Interdit, un pied dans le Paradis...

Un baiser, un regard, un retard, un silence, et le cœur battait, le corps vibrait. Les choses dureraient ce qu'elles dureraient — un jour, toujours, quelle importance : il vivait. Mieux, il comprenait ce que vivre veut dire. Il se sentait sur le seuil d'une porte qui allait s'ouvrir d'un instant à l'autre sur quelque chose de grand, d'éternel, d'absolu.

En amour on croit chaque jour se rapprocher du mystère. Or chaque jour il ressemble un peu plus à l'horizon, qui s'éloigne à mesure qu'on s'en approche. Ce qui fait qu'on oublie de regarder où on met les pieds.

Angelica tenait à sa respectabilité. À Londres, les mœurs s'étaient considérablement relâchées. Mais si la *society* acceptait beaucoup d'une duchesse, elle n'était pas disposée à accepter les mêmes frasques d'une chanteuse, si célèbre fût-elle.

Angelica avait déjà vingt-trois ans, et parmi ses prétendants, seul le jeune comte Valabrègue semblait avoir des intentions concrètes. Il avait un titre, de l'argent et, ce qui ne gâchait rien, de beaux yeux et une taille bien prise. Angelica n'aurait pas trop de mal à l'aimer.

Elle ne se pardonnait pas d'avoir repris sa liaison avec Jean-Baptiste. C'était une erreur grave, qui pouvait compromettre son avenir. Si Paul Valabrègue venait à le savoir, il se retirerait certainement. Et c'était d'autant plus stupide qu'en aucun cas, elle n'aurait épousé Belzoni.

Il fallait mettre un terme à cette aventure. Le jeune Valabrègue venait d'être nommé à Lisbonne, dans la suite du général Lannes et les officiers en mission, tout le monde le sait, mènent joyeuse vie. Il fallait agir et resserrer les filets. Angelica décida de le suivre au Portugal. Les souverains y étaient férus d'Opéra ; elle serait la bienvenue.

Le plus difficile serait d'annoncer la chose à Jean-Baptiste. Car elle mettait tout de même un point d'honneur à ne pas fuir sans explication. Mais les jours passaient et elle repoussait l'épreuve. On en arriva ainsi au soir de sa dernière représentation. Elle prit son courage à deux mains et se dégagea rapidement de la foule d'admirateurs qui se pressait dans les coulisses. Jean-Baptiste l'attendait déjà dans sa loge.

Les fleurs amoncelées répandaient une odeur funèbre et Angelica sentit brutalement tout le poids de la fatigue et du mal qu'elle allait faire. Sans même enlever la cape de velours rouge qui était d'un si bel effet au dernier acte et dont les plis se chevauchaient jusqu'au milieu de la loge, elle se laissa glisser sur le divan.

Jean-Baptiste vint s'asseoir près d'elle. Au sortir de scène, elle n'avait plus rien de royal. La sueur avait collé à son corps la tunique de mousseline blanche, et son maquillage avait coulé, brouillé par la chaleur et les émotions. On aurait dit une putain d'East End, épuisée et tragique, dans la lumière blême du petit matin.

Jean-Baptiste délaça les cothurnes dorés. Il fit rouler les bas et les jarretières et dénuda ses jambes. Angelica le laissa faire, l'esprit en tumulte. Il fallait parler... Le haut de la robe de mousseline glissa, elle ne fit rien pour l'empêcher. Il la contempla, sans savoir que c'était pour la dernière fois. Jambes et poitrine nues, elle était belle, lisse et blanche comme un marbre de Canova. Quand elle releva les bras au-dessus de la tête pour ôter son diadème, elle dévoila la toison intime de ses aisselles et posa sur lui un regard étrange.

Il se sentit le maître de toute cette beauté et frissonna à la seule pensée qu'il pouvait la posséder, là, maintenant, dans sa loge, pendant que tous les autres attendaient derrière la porte. Il l'allongea sur la cape de velours rouge de son costume de scène et posa ses lèvres sur elle.

Angelica ne résista pas. Jean-Baptiste était susceptible et ombrageux, il avait du mal à se maîtriser quand il se sentait offensé... Comment allait-il réagir ? Elle l'observait et détaillait avec regret la beauté de ses traits et de son corps... et elle s'observait aussi, du fond d'elle-même, encore maîtresse de la douleur qu'elle allait provoquer. Elle la retint encore un peu : c'était une sensation de puissance mauvaise.

Dehors, les admirateurs déçus s'en allèrent l'un après l'autre. Le théâtre se vida et se referma sur les deux amants.

— J'ai décidé de me marier cette année... commença-t-elle.

— Je suis à ta disposition...

Elle eut un petit rire indéchiffrable et se mit à parler très vite, comme pour ne pas lui laisser le temps de placer un mot.

— Tu devrais en faire autant, c'est vrai, et organiser ta vie sans attendre. Tu ne peux pas rester saltimbanque éternellement. Les femmes ont besoin de solidité...

— Qu'est-ce que tu veux dire, Angela ?

— Je ne veux pas tourner autour de ça pendant une heure... Je pars demain pour Lisbonne...

Il l'attira à lui. Il y avait de la brutalité dans son geste. Il planta son regard dans le sien.

— Tu plaisantes ?...

Elle lui rendit son regard.

— Non. C'est la vérité. Je ne savais pas comment te l'annoncer.

Voyant son visage si proche et menaçant, elle le repoussa. Cet instant-là fut pour lui plus douloureux que tout le reste.

— Tu as quelqu'un d'autre, c'est ça ?

Elle le regarda dans les yeux.

— Oui.

Son expression effraya Angelica.

— Ne crains rien, dit-il, je ne te toucherai pas. J'ai compris la leçon : je suis assez bon pour te faire l'amour, mais pas assez pour que tu m'épouses. Remarque bien que je ne te l'ai pas demandé : le manant connaît ses limites.

— Pardonne-moi, je n'en pouvais plus de mentir. Que veux-tu que nous fassions ensemble ? Nous ne sommes respectables ni l'un ni l'autre, simplement parce que nous sommes des artistes. Une femme comme moi a besoin d'un mari qui lui garantisse une position sociale. Tu ne peux pas me la donner. Sans quoi c'est toi que j'aurais épousé. Je t'aimais assez pour cela.

— Tu m'*aimais* assez ? Et l'autre, comment l'aimais-tu ? Il était là, dans l'ombre, et tu ne disais rien ? Tu es donc aussi fausse qu'une...

— Tais-toi. Ne dis pas de choses irréparables... Je n'ai pour lui aucun sentiment particulier et c'est très bien ainsi. Tout ce que je sais, c'est qu'il sera peut-être ambassadeur un jour. Il a un titre, une position, une famille. Il m'aime. Je n'ai pas le choix...

— La célèbre, la sublime Angelica Catalani, qui a le monde à ses pieds, n'a pas le choix ! Tu me prends pour un imbécile ? Et tous ces hommes qui t'attendent dans le couloir comme des chiots ?

— Tu vois, tu ne comprends pas...

— Te comprendre ? Et moi ? Est-ce que tu me comprends ? Je n'ai pas besoin d'amour, moi ? Je n'ai pas besoin de sécurité ? Suis-je si peu qu'on doive me jeter les restes des autres tables ? As-tu seulement compris que je te prendrais même si tu étais pauvre, vieille et malade ? Es-tu sûre que l'autre en ferait autant ?

Angelica fit discrètement les cornes avec la main droite pour conjurer le mauvais sort. Elle devint agressive.

— Non. C'est bien pourquoi je vais me dépêcher de l'épouser. Ce n'est peut-être pas très noble, mais c'est réaliste. Toi, tu as besoin d'une romantique, d'une idéaliste qui te soit entièrement dévouée. Ce n'est pas moi du tout... Je n'ai jamais éprouvé de jouissance à me sacrifier pour les autres. Il y a quelque chose de très fort entre nous, qui ne finira pas d'un coup et qui va me faire souffrir aussi, je le sais. Je ne trouverai peut-être pas mieux de toute ma vie. Mais tant pis : je ne tomberai pas dans ce piège-là. C'est simple : je ne veux pas être amoureuse de toi, voilà.

Jean-Baptiste bouillonnait de colère et d'humiliation. Elle lui préférait le premier benêt venu, juste parce qu'il était « né » et nanti.

— Tu oublies d'où tu viens, Angela ! Et tu crois vraiment que tes *swells* et tes *snobs* vont l'oublier aussi ? Aussi longtemps que tu seras riche et célèbre, on jouira de toi. Et quand tu n'auras plus rien à donner, on se souviendra alors qu'Angelica Catalani vient du peuple, qu'elle n'est qu'une chanteuse et une étrangère. Tu peux épouser qui tu veux, tu ne seras jamais qu'une pièce rapportée.

Il prit son chapeau et sa canne.

— Rappelle-toi ce qu'on dit en Italie : les hommes et le bétail, il faut les choisir chez soi...

Angelica se dressa, les larmes aux yeux.

— Tais-toi... S'il te plaît, ne pars pas encore... Nous pourrions attendre un peu, trouver une manière... Laisse-moi le temps... Avec Paul, rien n'est encore fait...

— Paul ?... Un Français ?...

Il s'était fait avoir par un Français !... Sa mère avait bien raison quand elle les traitait de prédateurs sans foi ni loi, et qu'elle exigeait de ses fils qu'ils les évitassent à tout prix... Et si les Anglais leur faisaient la guerre depuis toujours, ce n'était pas pour rien !

Jean-Baptiste dénoua les bras d'Angelica et fit le tour de la loge comme s'il voulait s'imprégner une dernière fois d'un monde condamné à disparaître. Il toucha les soies, les rubans, les brosses d'argent, la poudre de riz, respira les parfums, regarda le désordre intime et luxueux. Enfin, il s'arrêta devant la petite chapelle à la fois chrétienne et barbare qu'Angelica transportait partout, sa Madone chargée de dentelles et de bijoux, ses images saintes, ses porte-bonheur, et la petite lampe à huile qui brûlait comme le feu d'une vestale. Elle n'avait pas grandi pour rien dans une cathédrale.

Angelica, désemparée, était restée debout au milieu de la loge. Jean-Baptiste s'approcha d'elle et la regarda si longuement qu'elle s'inquiéta. Mais il n'y avait plus en lui qu'un sentiment opaque et noir.

— Va-t'en au diable, Angelica... dit-il à mi-voix.

Il la repoussa comme si elle était morte et sortit sans se retourner.

Angelica écouta le bruit de ses pas décroître dans le couloir et revint s'asseoir sur le sofa. Elle regarda sans le voir le feu mourant. Mais elle se reprit soudain et donna un coup de pied rageur dans une bûche en murmurant :

— On verra bien...

Une fois de plus, l'Irlande était dans un état lamentable. En cette année 1804, beaucoup de gens erraient sans feu, ni lieu. Dans les villes, devant les rares boucheries, quand on avait fini de distribuer la viande, on se battait pour avoir le sang des animaux abattus. Près des côtes, on se nourrissait d'algues bouillies.

Dans les rues sombres et tristes de Dublin, on croisait des bandes d'enfants au regard dur et à la tête rasée, à cause de la vermine. Ils étaient si maigres que leurs os semblaient devoir percer leurs vêtements. Abandonnés ou orphelins, ils fuyaient les campagnes où il n'y avait plus rien à manger.

Sara Banne fuyait, elle aussi. Elle refusait d'assister à la catastrophe finale qu'on annonçait d'année en année. Elle ne voulait pas voir ça. Elle ne supportait plus la tragique beauté des côtes déchiquetées, le souffle obsédant de la mer, et la vaine richesse des genêts en fleurs. Elle ne voyait plus que les masures innommables, et le dos courbé des hommes qui s'échinaient en vain dans la boue des sillons.

Mais si Sara fuyait aujourd'hui, c'était pour une autre raison. Elle était concentrée sur une pensée unique : mettre le plus de distance possible entre elle et le château de Killmeer. Peut-être avait-on déjà trouvé le cadavre. Dans ce cas, on était sûrement déjà à ses trousses. Le duc et ses amis adoraient la chasse : une fille en fuite n'est-elle pas le plus merveilleux gibier du monde ? Elle s'arrêtait de temps à autre et guettait les aboiements des chiens.

Elle avait jeté un châle sur sa robe noire déchirée, et entassé tout son avoir dans un vieux sac de tapisserie. À vingt ans, les souvenirs ne pèsent pas bien lourd ; on oublie vite. Elle avait pris un raccourci à travers champs et elle savait qu'à peine franchie la colline qui se dressait devant elle, elle oublierait le château. Elle y avait été chichement traitée, et tout lui ayant été lésiné, chaque jour lui avait semblé un fardeau.

Son seul réconfort avait été la bibliothèque, réunie par un ancêtre de la famille, traître à la tradition qui voulait que les mâles du duché fussent grands buveurs, grands chasseurs de renards et de femmes, et grands éleveurs de chevaux, réfractaires à toute littérature. Consacrant le plus clair de son temps à l'aquarelle et aux œuvres de Voltaire, l'ancêtre rebelle avait fait aménager en bibliothèque une jolie tour octogonale qui donnait sur le lac. Mais personne n'y avait plus mis les pieds depuis sa mort : les rats et l'humidité avaient mis à mal les belles reliures.

Sara avait proposé de remettre la bibliothèque en ordre, et la duchesse le lui avait permis, en vue de la visite prochaine du prince de Galles. Une belle bibliothèque était toujours la preuve d'un bel esprit. Cela ne pouvait que servir le duc auprès du futur souverain, qui ne connaissait rien non plus à la littérature.

La duchesse avait choisi Sara comme dame de compagnie à cause de sa tenue modeste. Certes elle était grande, exagérément, avec de grands pieds et de grandes mains, et forte comme un homme, mais, Dieu soit loué, elle était sans attrait. On ne la remarquait pas. Elle avait la taille fine et une jolie silhouette, et quand elle souriait, elle pouvait même avoir une beauté particulière. Mais les occasions de sourire étant rares,

Sara n'attirerait l'attention de personne. « Au moins celle-là, on ne me la mettra pas enceinte... » se disait la duchesse.

C'est que les hobereaux du voisinage ne dédaignaient pas le jupon, et les parties de chasse représentaient un réel danger pour la domesticité. Les filles de cuisine subissaient cependant les violences sans protester, espérant au moins rester grosses d'un bâtard qui améliorerait peut-être leur condition.

Sara, elle, refusait toute forme de servage et portait au cœur une volonté sauvage de liberté et d'indépendance. Il valait mieux quitter une place plutôt que d'être ainsi réduite et humiliée.

Cette fois, elle s'était faite la plus grise possible. Elle ne voulait inspirer le moindre intérêt à personne. À cause de la bibliothèque qu'elle s'était prise à aimer, comme s'il se fût agi de sa chose. Elle ignora donc l'éclair qui luisait de plus en plus souvent dans le regard du duc, tout en s'affolant secrètement à l'idée du jour où l'orage éclaterait sur sa tête. Elle n'en était que plus attachée à ses livres, comme à quelqu'un qu'on sait condamné et dont on veut garder jusqu'au moindre souvenir.

Le duc était âgé, mais il n'avait pas renoncé aux choses de l'amour. Pour préserver sa propre tranquillité et celle de ses femmes de chambre, la duchesse recrutait personnellement dans les pubs de Cork des servantes au goût de son époux. Il les aimait bien ribaudes, grosses de fesses et de seins, ce qu'on trouvait aisément dans les bars à matelots. La duchesse veillait à ce qu'elles soient dûment payées et éloignées quand elles devenaient grosses. Le duc ne tolérait pas la vue des femmes enceintes et n'aimait pas les enfants. Il traitait mieux sa meute que ses proches.

Sara voyait souvent le châtelain à table, seul avec la duchesse, et ce n'était pas un beau spectacle. Elle l'avait vu lui jeter de la viande dans l'assiette à main nue avec le même geste négligent, vaguement affectueux, qu'il avait quand il nourrissait ses chiens.

— Mangez, ma chère, voilà de l'excellente viande. Vous êtes trop maigre.

Lui-même négligeait les couverts et mangeait avec les doigts dégoulinants de sauce. Il s'essuyait la bouche avec la nappe de lin hollandais finement brodée, guettant les réactions de sa femme, les yeux brillant d'une satisfaction maligne de vieillard.

La duchesse se taisait et chipotait dans son assiette avec

sa lourde fourchette d'argent armoriée. Dans le silence, une pendule invisible marquait lentement le temps qui passe.

Le moment que Sara redoutait finit par arriver. C'était l'après-midi ; un ciel d'orage pesait sur la lande. D'un coup, il fit sombre comme si la nuit allait tomber et un vent soudain balaya les arbres du parc, entraînant un tourbillon de feuilles déjà mortes jusque dans la cuisine du château. Tout était bizarrement vide et silencieux dans la vaste demeure. Sara préparait un thé, quand quelqu'un l'assaillit par derrière. Le duc avait un regard de loup et le souffle court. Il écrasa sa bouche molle sur la nuque de Sara et la renversa sur la table de chêne au milieu de l'argenterie. Il remonta sa robe noire jusqu'au haut des cuisses, pétrissant sa chair la plus intime. Elle lutta de toutes ses forces et réussit à saisir sur la table un couteau dont elle menaça le vieil homme.

Le duc s'écarta et se redressa de toute sa taille, retrouvant une dignité haineuse. D'un revers de main, il fit sauter le couteau et la saisit aux cheveux. Il semblait connaître parfaitement ce genre de situation. Il la traîna dans la cour. Malgré son âge, il était d'une force étonnante. Il la poussa dans l'écurie et ferma la porte derrière eux. Il se saisit d'un fouet.

— Ma fille, vous avez trop d'arrogance pour votre condition. Quand nous nourrissons nos chiens, nous n'aimons guère qu'ils nous mordent.

Elle reçut le premier coup de fouet sans bouger. Le mince tissu du corsage se déchira. Elle le défia du regard. Le fouet s'abattit de nouveau, mais Sara attrapa au vol la lanière de cuir et s'en empara.

À présent, l'homme était à ses pieds, haletant. Elle le cingla plusieurs fois au visage sans hésiter, de toutes ses forces, éprouvant un véritable plaisir à voir la chair fanée s'ouvrir et saigner sous les coups. Le vieux duc hoqueta et sembla perdre connaissance. Elle jeta le fouet au loin.

Sara savait qu'il la ferait jeter en prison dès qu'il reprendrait connaissance. Il était même capable de la tuer de ses propres mains et de la donner en repas aux pourceaux. Selon les filles de cuisine, il l'avait déjà fait. Il était seul juge sur ses terres.

Elle se sentait pourtant parfaitement calme. Elle venait de faire une sorte de pari avec le destin : elle ne savait où aller, elle n'avait rien, son avenir était un trou noir. Elle s'en fut faire son bagage sans hâte, elle y mit *Delphine* de Mme de Staël, un livre qu'elle aimait. « *Il me semblait,* » disait Delphine « *qu'en atteignant au plus haut degré de la souffrance, quelque chose se briserait dans ma tête ou dans mon cœur et qu'alors, j'oublierais tout...* » Delphine lui ressemblait.

Elle passa sans un regard devant la porte de « sa » bibliothèque, le cœur mort, et s'éloigna dans la direction du village. Maîtres et valets, soudés peut-être dans une étrange complicité, la laissèrent s'en aller sans se montrer. Arrivée au sommet de la colline d'où on pouvait voir le château pour la dernière fois, Sara se retourna. Sur la terrasse bordée de créneaux une femme en robe blanche regardait la mer écumer à ses pieds. Des nuages noirs se chevauchaient au-dessus de la lande. Il commença à pleuvoir.

À Dublin, Sara s'en fut directement au port, décidée à trouver un passage pour l'Angleterre. Ce n'était pas facile. Les quais étaient encombrés de gens qui cherchaient à quitter l'Irlande par tous les moyens, prêts à payer leur passage en rendant les services les plus variés. Les capitaines le savaient et profitaient de la situation.

Deux bateaux étaient en train de charger des roulottes, et leurs chevaux de trait. C'étaient des bêtes énormes. Ils roulaient de gros yeux apeurés derrière les crinières qui leur retombaient sur le front jusqu'aux naseaux. Sara crut qu'il s'agissait d'un théâtre ambulant et s'en approcha. Ces gens-là étaient en général plus accueillants que les autres. Elle lut sur une affiche collée au flanc d'une roulotte qu'il s'agissait de la collection de curiosités d'une certaine Marie Tussaud. « *avec 83 sujets de personnages célèbres, en grandeur naturelle, faits en cire, très ressemblants* ».

Une femme d'un certain âge, vêtue de noir, portant une capeline doublée d'un tuyauté blanc, dirigeait les opérations avec autorité. Sara en déduisit qu'il s'agissait de la dame Tussaud.

Elle s'assit sur une borne et attendit, décidée à courir sa chance avec cette femme qui semblait, comme elle, seule et sans crainte.

Une fois les roulottes chargées sur les bateaux, la femme s'arrêta pour souffler un peu. Elle ôta sa capeline pour essuyer son front en sueur et remettre de l'ordre dans sa coiffure. Sara tendit la main pour la débarrasser.

— Puis-je vous aider, madame ?

— Tu tombes bien, toi... fit Marie Tussaud en souriant. Tu serais encore mieux tombée il y a une heure.

— Je viens d'arriver, je cherche un emploi.

En un instant Sara avait décidé de jouer le tout pour le tout. Elle planta son regard dans celui de Marie Tussaud.

— Je m'appelle Sara Banne. Je dois passer en Angleterre, il le faut, je n'ai plus rien.

Mme Tussaud sourit.

— Tu as tué quelqu'un ?

— Je ne sais pas. Peut-être.

— Un amant ?

— Non.

— Une rivale ?

— Non plus, je ne tuerais pas par amour.

Le sourire de Mme Tussaud s'élargit. Elle s'amusait. Elle avait bien mérité un moment de répit.

— Un patron, alors ?

Sara se tut.

— Tu n'as pas une tête à avoir un patron. On te recherche ?

— Je ne sais pas. Je ne crois pas l'avoir tué.

— Si c'était ton patron, c'est pareil. C'est même pire. Les sangliers blessés sont plus dangereux que les sangliers morts !

Elle rit. L'idée de comparer les hommes à des sangliers lui plaisait.

— J'ai toujours besoin d'aide, reprit Marie Tussaud, je paie peu, mais je paie. Si tu sais coudre, si tu es habile de tes mains et que tu as envie d'apprendre, je te garderai peut-être.

Elle chaussa les lunettes qui pendaient sur sa poitrine et regarda Sara de plus près.

— Fais-moi voir tes mains. Tu n'étais pas ouvrière, ma belle, là où tu étais.

Elle retourna les mains de Sara en les scrutant, comme si elles pouvaient lui raconter son histoire.

— Tu as des mains loyales, Sara Banne. Je te donne le vivre, le couvert, et dix shillings par semaine. Nous allons à Londres, et là, nous verrons.

Elle sortit d'une petite poche une montre d'homme en argent ciselé, l'ouvrit et regarda l'heure.
— Allons.
Sara prit son baluchon et monta à bord de la *Gwenneth*.

Dès la sortie du port, la mer se fit sentir. Les marins doublèrent les cordages qui maintenaient les roulottes et mirent des cales supplémentaires. Le vent forcit encore. La tempête menaçait. Les deux bateaux naviguaient l'un derrière l'autre. Le capitaine semblait inquiet. Il se mit à pleuvoir des cordes. Dans la roulotte, des objets commencèrent à s'entrechoquer. Marie Tussaud se précipita à l'intérieur. Le capitaine l'en sortit.
— Enfermez-vous dans le carré et n'en sortez plus, quoi qu'il arrive. Nous allons traverser un grain.
Marie se débattit.
— Laissez-moi voir l'autre bateau. Toute ma fortune est là, entre vos mains.
— Non, madame, elle est entre les mains de Dieu. Priez.
Il la repoussa dans le carré et ferma la porte. Tout le navire gémissait. Les chevaux, terrorisés, hennissaient. Ils cherchaient à se libérer de leurs liens et à se cabrer.

Agrippée à un bat-flanc, Marie Tussaud, pâle et trempée par la pluie, regardait par un hublot la lutte du deuxième bateau, contre les vagues maintenant gigantesques. Des embruns giflaient régulièrement le hublot. On entendait les marins répéter en criant les ordres du capitaine et le claquement de leurs pieds nus sur le pont mouillé. Le second bateau disparaissait dans le creux des vagues et semblait ne devoir jamais réapparaître. Marie priait à voix haute, ce qu'elle n'avait pas fait même au plus fort de la Révolution, suppliant Dieu de sauver son bien. Sara s'approcha du hublot, elle aussi. Elle entendait les coups répétés des sabots des chevaux sur le pont et contre le bastingage et s'attendait à chaque instant à ce qu'ils le défoncent.

Soudain sur l'autre bateau, quelque chose céda et la roulotte rompit ses amarres. Marie Tussaud jeta un cri. La voiture commença à glisser sur le pont, projetant un marin à la mer, et finissant par arracher le bordage. Elle y resta un instant suspendue avant de précipiter dans la mer en furie. Sara prit la main de Marie Tussaud et la serra. Les yeux dilatés, la bouche ouverte, Marie regarda la roulotte flotter un peu avant de se disloquer et de disparaître. Quelques mannequins refirent surface, celui de Robespierre notamment, avec sa belle veste de satin jaune rayé de noir. Les vagues les bringuebalèrent quelque temps comme des cadavres avant de les engloutir.

Le bateau prenait du gîte. Il embarquait de l'eau par la déchirure du bastingage. On vit un marin trancher généreusement au couteau les cordes qui liaient les percherons. Les animaux glissèrent des quatre fers sur le pont et tombèrent à l'eau de tout leur poids. Ils se mirent à nager frénétiquement, leurs têtes aux yeux exorbités se déplaçaient à la surface des vagues. Les marins jetèrent finalement à l'eau un petit canot et s'y précipitèrent. Le navire commença à s'enfoncer. En quelques minutes, la tragédie était terminée.

Marie Tussaud se laissa tomber sur la paillasse de goémon du bat-flanc, indifférente aux bruits et aux cris qui provenaient du pont, où les marins avaient eux aussi assisté au naufrage, et cherchaient à porter secours à l'autre équipage.

Un long moment passa, puis elle sembla reprendre conscience. Elle regarda Sara, les yeux secs et fiévreux.

— Voilà. J'ai tout perdu.

Elle contempla ses mains, qui avaient fabriqué tous les mannequins à présent disparus. Elle pensait aux premiers bustes qu'elle avait sculptés en France, ceux de la famille royale, que les révolutionnaires avaient jetés à la Seine. Était-elle maudite pour que tout son art finisse ainsi, encore et toujours ?

— Il va falloir recommencer à zéro, dit-elle seulement.

La porte du carré s'ouvrit. Le capitaine entra, dans une rafale de vent et de pluie. Il portait dans ses bras un jeune garçon d'une dizaine d'années inanimé et trempé. C'était le mousse du bateau disparu. Il l'allongea sur la paillasse.

— Réchauffez-le, il se meurt. Il s'appelle Jack.

Le mousse répétait son nom en gémissant et en tremblant. Il regardait les deux femmes sans les voir. Il fallait lui enlever ses vêtements mouillés. Marie Tussaud sortit de sa poche un flacon gainé de cuir et en avala une bonne lampée. Elle en versa un peu dans la bouche du gamin.

— Il va se reprendre, dit-elle, le gin, ça tue ou ça guérit.

Le petit corps était maigre à faire peur et Sara sentit son cœur se serrer en voyant la petite poitrine creuse où saillaient les côtes et les pauvres jambes en baguettes de tambour, couvertes de bleus et de cicatrices.

L'enfant avait repris conscience, et tout en lui disait sa solitude et sa souffrance. Sara le serra contre elle d'instinct et il se laissa faire comme une poupée de chiffons.

— Tiens bon, petit Jack, je vais m'occuper de toi. Accroche-toi, je t'en supplie...

Elle le bouchonna avec un de ses jupons, jusqu'à ce qu'il ait la peau rouge, lui enfila ses vieux bas de laine et l'enroula dans son manteau. Elle ne sentait même plus la mer, tout occupée qu'elle était à sauver cette étincelle de vie. L'enfant se mit en boule contre elle et elle referma ses bras sur lui pour mieux le protéger du mal, de la mort. Et de la vie.

— Tu n'as jamais eu d'enfants, toi, dit Marie. Ça se voit !

Sara lui prit d'autorité le flacon des mains et avala le fond de gin cul-sec.

— Eh bien, maintenant j'en ai un. Si ça change quelque chose pour vous, dites-le-moi tout de suite.

Elle n'allait pas raconter sa vie à une inconnue, ni pourquoi elle n'aurait jamais d'enfant à elle. Il y a des nuits de violence et de sang qui restent enfouies au plus profond des enfances et ne peuvent plus en sortir.

Marie Tussaud la regarda avec satisfaction. Décidément cette grande fille lui plaisait. Elle avait du caractère. On ne fait rien sans.

— Je ne reprends pas ma parole une fois que je l'ai donnée, dit-elle. On devra se remonter les manches un peu plus, mais si ça ne te fait pas peur...

C'est ainsi que Jack Curtin entra dans la vie de Sara, et Sara dans la vie de Marie Tussaud.

Comme chaque été, la foire de Saint-Bartholomew battait son plein. Tout Londres s'y pressait, le peuple, la noblesse, et les vide-goussets. Les bonimenteurs hurlaient dans leurs porte-voix, les tambours roulaient, les danseuses exhibaient leurs mollets. On portait des hommes-troncs sur des coussins de velours. Il y avait des pigeons et des lapins dans tous les chapeaux, de la bière dans tous les pots, et de belles filles pas chères sous toutes les estrades.

Cette saison-là, Jean-Baptiste connut un succès

incroyable. Le célèbre dessinateur Cruyshank lui fit l'honneur de le caricaturer dans la presse, c'était la consécration. On parlait partout de sa fameuse pyramide humaine. Les gens à la mode rivalisaient pour faire partie du numéro et grimper sur les épaules du beau Patagon. On l'attendait devant sa porte, on le suivait dans la rue. Il recevait des lettres d'amour et des invitations dans les lits illustres. Il acceptait parfois, n'ayant promis fidélité à personne, et le regretta rarement.

Mme Tussaud aussi avait planté ses tréteaux à la foire : on y gagnait beaucoup d'argent en peu de temps. Les gens se pressaient pour voir ses nouveaux mannequins de cire et surtout pour entrer dans le cabinet secret, qui était interdit aux enfants et aux femmes enceintes. C'était là qu'elle exhibait quelques grands criminels pendus à un gibet et sa fameuse collection de têtes coupées.

La caisse était généralement le meilleur endroit pour sentir le public, et Marie aimait s'y tenir. Elle mettait ses gants noirs : l'argent est tellement sale... Mais elle voulait la fortune après tant de malheurs, et plus que la fortune, elle voulait le succès, elle voulait devenir une des reines de Londres. Pour cela, il fallait étonner le bourgeois et lui donner de la nouveauté, lui en donner tant et plus. À voir l'attroupement qui grossissait devant la baraque d'en face, rutilante d'ors, de velours et de cristaux, de la nouveauté, là-bas, il y en avait. Elle ne résista pas longtemps à la curiosité, et se glissa au milieu des badauds pour voir elle aussi le fameux Patagon... Le géant avait vingt-cinq ans, il brillait de tout l'éclat de sa jeunesse. Et cet éclat l'aveugla.

— Je vous offre vingt livres de fixe et un pourcentage sur les entrées.

Jean-Baptiste Belzoni ne répondit pas tout de suite.

L'endroit l'impressionnait. Dans une pénombre de tombeau, les silhouettes des morts célèbres se pressaient dans la « Secret Room », qui n'était autre qu'une grande roulotte. Mme Tussaud était assise au fond de la pièce, devant un bonheur-du-jour en bois de rose qui provenait du sac d'un hôtel du Marais à Paris en 89, un meuble délicat qui lui était cher, car il avait traversé comme elle un grand nombre de catastrophes.

Elle tenait à la pénombre, d'abord à cause des incendies qu'elle redoutait plus que tout au monde, et aussi à cause de ses rides, dont elle avait pris conscience depuis peu.

Elle recousait la « Culotte de Saint-Just », une pièce unique, une des rares qu'elle eût sauvées du naufrage de ses roulottes dans la mer d'Irlande. C'était une culotte légendaire dont le jeune révolutionnaire était fier. Elle était faite dans un cuir clair, souple comme un gant : de la peau de femme... À l'époque, il y avait une tannerie secrète dans le bois de Meudon, pour ces travaux-là.

Marie s'impatienta. L'Italien faisait courir un sang neuf dans ses veines, et elle était presque agacée par ce renouveau d'une féminité qu'elle croyait définitivement assoupie. Elle avait ôté ses lunettes, sachant qu'elles lui donnaient l'air d'une fourmi besogneuse. Après tout, elle n'avait que quarante-cinq ans.

— Il faudra que vous parliez, monsieur. Il faudra apprendre des textes et raconter en bon anglais aux visiteurs la vie de chacun de ces personnages.

— Comme un bonimenteur, c'est cela ?...

— Je préfère le terme de *showman*... Je tiens à un certain raffinement en tout, même dans le langage. Monsieur Belzoni, n'êtes-vous pas las de vous exhiber au milieu des phénomènes ?

Elle décida de pousser son avantage.

— Qu'attendez-vous ? Que la princesse Caroline vous achète et vous mette en cage ou dans son lit ? Vous méritez mieux.

La princesse-régente était connue pour ses débordements et sa vulgarité. Elle allait jusqu'à faire des poupées de cire fessues à l'effigie de son mari, qu'elle ornait de petites cornes et jetait en riant grassement dans les cheminées du palais royal. Jean-Baptiste aurait détesté l'avoir pour maîtresse autant qu'il détestait s'exhiber sur les scènes.

— Le Saddler's a eu la bonté de croire en moi et de me donner un toit et du travail, répondit-il sans détours. Je ne crache pas dans l'assiette où je mange. Quant à la princesse Caroline, j'ai déjà eu l'occasion de lui refuser mes services.

Mme Tussaud sourit. Le garçon était orgueilleux. Très bien.

— Votre anglais est insuffisant... Il faudra travailler. Les

Anglais sont très exigeants quand il s'agit de leur langue. Il faut considérer que vous allez devenir une sorte de comédien. N'oubliez jamais que, pour les Anglais, les Italiens ne peuvent être que maçons, ténors ou escrocs...

C'était vrai. Cette femme avait mis le doigt sur la plaie qui le tourmentait. Comment allait-il s'intégrer dans cette société où il était voué au mépris ?

— Fais-toi valoir, mon fils !... avait dit son père quand il avait quitté Padoue.

Il revoyait le mouvement adroit du poignet paternel affûtant les rasoirs sur une courroie de cuir, et la pauvreté digne de sa petite boutique.

Une chose était sûre, lui ne serait jamais barbier. Ni prêtre, ni soldat : il se souvenait trop bien du drame du pape, et des armées de Napoléon qui tournoyaient en Europe et s'entre-déchiraient comme des insectes furieux. Et que dire de ses tentatives de commerce, à Paris et à Amsterdam ! Autant essayer de vendre de la corde dans la maison d'un pendu... Il n'était pas fait pour cela non plus. Pour quoi était-il donc fait ?

Il pensa qu'il n'avait plus rien à perdre. Il lui fallait prendre des risques s'il voulait sortir de sa condition détestable de phénomène...

— J'accepte, madame.

Mme Tussaud, triomphante, eut une bouffée de chaleur.

Elle passa une nuit blanche, à faire des projets. Il lui semblait avoir rajeuni de vingt ans.

Angelica avait raison. En tous points raison. Et les vérités qu'elle lui avait dites étaient exactement celles qui tourmentaient Jean-Baptiste depuis son arrivée en Angleterre.

S'il restait sur les planches, il demeurerait un paria. S'il les quittait, il lui faudrait se jeter sur toutes les opportunités, accepter tous les compromis qui lui permettraient une escalade sociale : un beau mariage comme Angelica, un gain au jeu, une cour bien faite dans les couloirs du pouvoir, une maîtresse influente. Tout ce qui lui répugnait.

Jean-Baptiste détestait les compromis. Il avait à la fois le sens de l'honneur et la conscience de sa valeur. Il n'acceptait pas que l'argent, la naissance et l'intrigue fussent les seuls maîtres du monde et que ceux qui en étaient dépourvus fussent rejetés dans l'ombre. Mais alors, que faire pour s'arracher à l'obscurité, à la médiocrité ?

Angelica lui manquait. Il avait perdu le sommeil et l'appétit, et il connut des jours et des nuits de tourment. Il finit par se confier à Joey Grimaldi, un soir qu'ils finissaient la soirée attablés dans une taverne.

— J'en ai assez du Saddler's, commença-t-il. Ce n'est pas un théâtre, c'est une pétaudière... et je n'en peux plus de jouer les gros-bras devant une horde de sauvages qui hurlent, qui boivent et ne regardent même pas la scène. Remarque, ils ont raison puisque, sur scène, il n'y a qu'un couillon ridicule maquillé comme un travesti napolitain et emplumé comme une autruche : moi... C'est décidé, je m'en vais.

Grim ouvrit de grands yeux. Sans son maquillage, il était d'une laideur émouvante.

— Pour aller où ? Tu es fou, Giamba ! Tu veux tout lâcher alors que tu commences à être connu ? Attends encore, attends d'être vraiment célèbre : tu auras tous les directeurs de salles à tes pieds, tu pourras faire ce que tu voudras.

Jean-Baptiste s'esclaffa.

— Ah, célèbre, parlons-en... Est-ce qu'on devient célèbre à faire l'Hercule entre deux jets d'eau ?

Joey se pencha vers lui et le fixa de ses yeux globuleux.

— Pourquoi pas ? Ça ne dépend que de toi... Mais le problème n'est pas là. Je vais te dire ce que tu as : tu as honte !... Et ça, ça ne va pas. Comment peux-tu être comédien si tu ne respectes ni ton travail, ni ton public !

Jean-Baptiste soupira. C'était vrai.

— C'est moche, reprit Joey. Eux, ils te respectent à leur manière, ils t'admirent... Ils paient pour voir un demi-dieu, pas un Hercule de foire entre deux jets d'eau comme tu dis, et surtout pas un type sans âme qui expédie son boulot pour du fric... Peu importe le bruit qu'ils font. On n'est pas à l'Opéra. Le théâtre est une fonction sacrée et nous autres, comédiens, nous sommes des prêtres, oui monsieur : nous prenons sur notre dos les fautes et les espérances du public, toutes les responsabilités dont il ne veut pas.

Il s'exaltait à mesure qu'il parlait.

— Moi, je les connais bien, mes spectateurs. Pour venir au théâtre, ils se privent. Et ça veut dire quelque chose pour des gens qui ne mangent pas tous les jours. Ces gens-là ne sortiront jamais de la misère. Ils le savent. En les faisant rire, je les aide à survivre. Pour eux, je suis plus important que la bouffe, tu comprends ? Alors, je suis honoré, je suis très honoré. Et tu dois l'être aussi. On ne peut pas faire ce travail-là autrement...

Grim avait les larmes aux yeux. Il était profondément sincère et animé par un feu que Jean-Baptiste n'avait pas... Grim n'avait pas trente ans mais il avait commencé sa carrière sur les planches à trois ans.

— Je ne suis pas devenu l'idéal des déshérités en un jour, reprit-il. Je suis né au milieu des affamés chroniques, des voleurs et des putains. Je les aime, je joue pour eux, c'est eux que je veux faire rire, parce qu'ils en ont besoin. Je leur fais du bien. De leurs crimes, de leurs dérives, de leurs privations et de leurs fringales, je fais des œuvres d'art. Et je n'oublie jamais que si je deviens riche un jour, ce sera grâce à eux.

— Oui, mais toi, tu les fais rire. Pas moi.

— Alors fais-les rêver, sinon change de métier, fit Joey brusquement. De toute façon, dans la vie on joue tous avec des dés pipés. Les sages s'en moquent, les fous en pleurent, mais tout le monde crève à la fin de l'histoire.

— Tu es une vedette, Joey, répondit Jean-Baptiste. Tu es fait pour la scène. Pas moi. Je croupis, j'étouffe, j'ai besoin de changer d'air, de faire bouger les choses. Je sens que ma vie est ailleurs.nb

— Où par exemple ?

— Si je le savais... On m'a proposé quelque chose chez Tussaud.

— Un cabinet de cires ! Ça ne va pas trop bouger non plus !

— Au moins je parlerai : je vais présenter le nouveau spectacle.

Joey fit la moue.

— Écoute-moi, Giamba : je vis sur une scène depuis que je suis né, et mon père y était avant moi. Je sais de quoi je parle. Pas toi. Ne t'en va pas. Cumule. Fais un essai chez Tussaud, c'est de l'expérience, et puis tu vas inquiéter un peu le Saddler's : Dibdin veut perfectionner ses jeux d'eau, et pour ça il compte sur toi. Et puis, on sait que tu fréquentes des célébrités, ça fait monter les enjeux !

Jean-Baptiste avala le fond de sa bière en silence.

— Ça ne va pas ? demanda Grimaldi.

— C'est fini. Elle en a choisi un autre. Un vrai, un riche,

qui sera ambassadeur. Je ne fais pas le poids. On n'épouse pas un Patagon...

— Tant mieux : tu serais devenu M. Catalani. Ah, c'est bien vrai que l'amour rend bête et aveugle. Regarde donc autour de toi ! Tu n'as que l'embarras du choix. Tu es entouré de belles filles. Si j'étais à ta place ! Mais voilà, quand on a le pain, on n'a pas les dents !...

Jean-Baptiste mit à profit deux au moins des conseils de Grim : il ne revit pas Angelica et décida de jouir de la vie.

Londres ne manquait pas d'endroits où un homme pouvait noyer ses peines de cœur. Il y en avait pour toutes les bourses, pour tous les goûts ; il y avait de bonnes filles partout. Et encore plus de drôlesses.

Les meilleures cependant ne fréquentaient que le dessus du panier et n'hésitaient pas à se forger des titres clinquants — « comtesse de X », « marquise de Y » — arborant armes et couronnes sur leurs culottes et sur leur argenterie. Les plus arrogantes restaient assises même en présence d'un prince. « Quand on a passé toute sa vie dans un lit, on ne se lève pas pour n'importe qui », disaient-elles avec un orgueil d'ancien combattant.

Après le théâtre où elles régnaient sur les foyers, on les retrouvait en joyeuse compagnie au *finish* ou à la *long room*. Vus de la rue, c'étaient des clandés calfeutrés et respectables, mais dès qu'on y entrait, les rires et les cris vous sautaient à la gorge. L'odeur aussi, écœurante des viandes et des poissons froids qui gisaient sur les tables, mêlée à celle des cigares de prix, des effluves lourds de ces dames, parfums, sueurs et sexes mêlés...

Plus d'une centaine de filles défilait sur une estrade, faisant montre de leur savoir-faire et de leurs dispositions naturelles. On se serait cru dans un vaste bordel, le jour de la fête de Madame... Les messieurs encore seuls faisaient leur choix. Les autres s'étaient déjà installés avec leurs compagnes dans de petits salons séparés qui donnaient sur l'estrade et ils se rinçaient l'œil en buvant du punch au cognac, ou des vins français.

Jean-Baptiste avait ses habitudes dans un *gin-palace* à la mode dont la *long room* pouvait contenir cinq cents personnes. C'était un endroit luxueux, décoré d'immenses miroirs, et regorgeant de cristaux, de brocarts, et de plantes. Illuminé *a giorno* par des centaines de becs de gaz. Une extravagance dont les canapés étaient plus célèbres que la table. Les aristocrates s'y mêlaient aux artistes et au demi-monde, dans une délicieuse promiscuité. Les femmes rivalisaient d'élégance. Aucune ne voulait être en reste et elles étaient capables des pires audaces. Les gentilshommes se laissaient aller à leurs instincts secrets. Au petit matin, on voyait parfois emporter discrètement un joli cadavre dans une calèche...

La *long room* constituant le meilleur remède pour un chagrin d'amour, Jean-Baptiste devint un client assidu. Il se fit des amis dans la haute société, provoqua passions féminines et bagarres, et mit à rude épreuve les sofas de velours rouge des « séparés ». Il prit de solennelles gueules de bois, et commença à se fatiguer.

Il soupait ce soir-là avec les jeunes lords Langford, Alvanley et Pelt, amis intimes de Beau Brummel, qui brûlaient allègrement la chandelle par les deux bouts et ne dédaignaient pas de s'encanailler avec les gens de théâtre. Le célèbre dandy ne fréquentait pas les *long rooms*. Il n'en supportait ni la promiscuité ni l'odeur, lui qui s'interdisait jusqu'à l'usage du plus simple parfum et qui changeait de linge plusieurs fois par jour, à condition qu'il soit blanchi à la campagne, sur les prés.

Les filles d'un obscur corps de ballet, fort décolletées et maquillées, tenaient compagnie aux jeunes gens et se prodiguaient à qui mieux mieux, dans l'espoir de trouver un protecteur attitré. Un murmure se leva soudain dans l'assemblée. Jean-Baptiste se tourna vers l'entrée comme tout le monde et resta muet d'admiration.

La plus belle femme du monde venait d'entrer.

Tout en elle était extrême : les yeux transparents et mélancoliques, le petit nez, la bouche délicate et bien ourlée, les longs cheveux noirs rehaussés de camélias, la peau blanche, les mains, les bras, le cou d'une grâce aristocratique, elle était la Beauté même. Sa robe blanche était d'une simplicité et d'une élégance rares. Les gants immaculés, les fleurs fraîches, l'éclat des diamants et des perles qui ruisselaient sur elle, jusqu'aux délicates chaussures de satin rose pâle, tout en elle parlait de grâce et de pureté.

Il y eut un moment de silence dans la salle. La sublime inconnue s'était certainement trompée. C'était là de la chair de prince, de duc, pas de *long room*. Mais elle semblait être seule, et aucune femme convenable n'aurait osé sortir le soir sans compagnie.

— Ah, voilà Emma ! fit le jeune Langford, adressant un clin d'œil au reste de la table. Je vous avais promis une surprise : la voilà !

Il se leva et alla accueillir son invitée. Elle lui tendit sa main à baiser avec une grâce évanescente. Jean-Baptiste avait éprouvé une cruelle déception. Il aurait voulu la chasser en criant : « Non, pas vous ! » Mais il fallait se rendre à l'évidence : c'était une prostituée.

Elle s'installa à la table avec l'élégance d'un cygne, et dédia aux dîneurs un regard frémissant que chacun prit pour lui. Les hommes s'empressèrent. Les femmes la dévisageaient avec hargne. Surtout la grande Fanny qui était en face de Belzoni et le considérait déjà si bien comme son partenaire qu'elle avait commencé à le masser sous la table. Jean-Baptiste écarta le petit pied habile.

Une heure après, Emma était complètement ivre et riait à perdre haleine. Langford l'avait assise sur la table au milieu des reliefs du repas et avait troussé sa robe jusqu'au haut des cuisses. Le petit lord Pelt était debout derrière elle et versait du champagne entre ses cuisses blanches. Langford le lapait comme un chien tout en murmurant des obscénités.

Jean-Baptiste, pétrifié, regardait l'idole se dégrader sous ses yeux. Un camélia tomba des beaux cheveux défaits dans une petite flaque d'alcool sur la table. Il se mit à boire en le regardant fixement et fut bientôt plongé dans une ivresse opaque. Il repoussa brutalement Fanny. Il voulait être seul.

Les autres tables trouvèrent le jeu charmant, et on vit bientôt Emma marcher à quatre pattes entre les dîneurs. Avant que la bête ne s'écroule, les jeunes messieurs, qui étaient tous de fins chasseurs, voulurent démontrer leur adresse en lançant leurs verres pleins sur le gibier. Aucun d'eux ne manqua la cible... Vin rouge, porto, café, crème, champagne, bientôt la belle robe blanche ne fut plus qu'une infâme serpillière.

C'est à ce moment-là que Jean-Baptiste perdit connaissance.

Quand il revint à lui au petit matin, il avait la tête dans un étau. On l'avait transporté dans la « Fosse aux Ivrognes », le fond de salle où on allongeait les clients ivres-morts. Des cochers en livrée cherchaient leur maître, on rhabillait un lord, quelqu'un gémissait. La salle, comme d'habitude, était un champ de bataille semé de débris, de verres cassés, de bouteilles vides, de vomissures, de linges souillés, de fleurs écrasées.

Emma avait disparu. Il ne restait d'elle qu'une petite chaussure de satin rose massacrée.

2

Sauf en ce qui concernait le costume, qui était un véritable carcan, le premier jour chez Mme Tussaud représenta un agréable changement. Jean-Baptiste déboutonna le col de la chemise à jabot, les poignets à dentelles et l'ouvrit largement sur sa poitrine.

— Pardonnez-moi, madame, mais je ne supporte pas les chemises trop serrées. Je n'en ai pas l'habitude. Comme vous le savez, au Saddler's mon costume ne me gêne guère.

Marie Tussaud ne le savait que trop. Le costume de Patagon n'avait rien laissé ou presque à son imagination.

Mais son cabinet de cires avait d'autres exigences et elle avait fait faire à Jean-Baptiste un costume de cour à la mode de l'Ancien Régime. Brocart, satin, soie, broderies, rien ne lui avait paru assez riche pour son *showman*, qu'elle trouvait beau à couper le souffle. Elle aurait aimé toucher du doigt la chair compacte de son cou de statue ou la courbe virile et encore enfantine de sa joue là où subsistait un duvet léger et attendrissant...

Elle baissa les yeux, craignant d'être comprise.

— Donnez-la-moi, dit-elle, je vais vous arranger ça moi-même.

Jean-Baptiste ôta sa chemise et resta torse nu, avec l'innocence de Samson : au Saddler's, il vivait à moitié nu la plupart du temps et personne n'y prêtait attention. Marie — sans lunettes — mouilla le fil et enfila l'aiguille avec difficulté.

— Je n'ai pas encore l'habitude, s'excusa Jean-Baptiste. Comment va le texte ? Ai-je commis beaucoup d'erreurs ?

— Non, monsieur Belzoni, c'est parfait. Vous plairez au

public. L'important, c'est qu'on ne stationne pas plus de trois minutes devant chaque mannequin ou chaque scène que vous commentez. Je dois faire rentrer le plus de gens possible. En ce qui concerne votre accent italien, tout compte fait, il n'est pas du tout gênant, au contraire. J'ai une idée à ce sujet... Vous me faites penser au comte de Cagliostro. Je vais donc fabriquer un mannequin à votre image, tel que vous êtes, là, maintenant, assis sur votre escabeau. Si vous voulez bien poser pour moi, bien sûr... Nous organiserons un décor de prison tout autour et nous appellerons cette scène *L'alchimiste à la Bastille*. Je vous présenterai comme son unique descendant...

Jean-Baptiste sourit.

— J'admire votre promptitude à accommoder les chemises et les événements, madame ! Me voilà nanti d'une nouvelle identité et d'une nouvelle famille !

— Si famille il y a, elle est ici en effet, monsieur Belzoni. Vous êtes des nôtres... D'ailleurs, j'aimerais vous présenter les autres. Venez...

Marie Tussaud était enchantée. Elle adorait ce marivaudage léger, comme une toile qu'on tisse autour d'un homme. Elle avait presque oublié ce plaisir après les années solitaires qui avaient suivi la Révolution, elle qui se piquait autrefois de tout obtenir d'un homme si elle le voulait vraiment, et qui avait toujours eu un faible pour les hommes plus jeunes qu'elle. Son mari même avait six ans de moins, et c'était elle qui l'avait quitté, en fin de compte.

Du dehors provenaient le bruit de la fontaine publique et le tintement de la louche de fer qui y était accrochée. Derrière la galerie, une grande salle servait d'atelier. Une odeur sensuelle de miel et de bois brûlé assaillit Belzoni. Sara Banne, Jack Curtin et deux ouvrières étaient au travail : ils faisaient fondre des pains de cire en y ajoutant peu à peu de la couleur et mélangeaient le tout avec de grandes lattes de bois. Sara tournait le dos à la porte ; sa haute stature dominait le petit groupe. Ce fut la première chose que Belzoni remarqua.

Un instant, il revit la salle commune de ses grands-parents, dans la campagne de Padoue, et la haute silhouette de sa mère devant la cheminée. L'inconnue était aussi grande qu'elle. Elle avait la taille fine comme l'avait sa mère autrefois, avant que les grossesses répétées ne la déforment. Elle avait les mêmes cheveux roux relevés en chignon. L'illusion lui fit battre le cœur. Elle cessa quand la femme se retourna.

C'était une jeune fille pâle, à l'air sérieux et étonné. Elle sourit un peu et son visage austère s'illumina.

Jean-Baptiste éprouva une attirance immédiate vers elle. Il lui semblait la connaître déjà.

Sara, de son côté, ne s'attendait pas à voir entrer un homme aussi grand. Pour une fois, elle fut contrainte à lever les yeux pour le saluer, elle qui, en général, devait regarder les hommes de haut en bas — ce qui ne leur plaisait guère. Elle pensa : « Au moins, voilà une épaule sous laquelle on doit pouvoir s'abriter en cas de besoin ! » C'était une pensée nouvelle et réconfortante.

Elle sourit chaleureusement au nouveau venu et essuya d'un revers de main les gouttes de sueur qui perlaient sur son front.

Quand Beau Brummell rendit visite à Mme Tussaud, il ne s'attendait pas non plus à y trouver un homme aussi grand et aussi beau. Sans quoi, il n'y aurait peut-être pas emmené Harriett Wilson et son meilleur ami Alvanley. Harriett était la seule femme qui l'intéressât, sans doute parce qu'elle était la courtisane la plus ambitieuse et intelligente qu'il connût et qu'il y retrouvait quelque chose de lui-même. Il n'en était pas totalement séduit cependant, car elle était généreuse. Or il estimait que seules l'absence de cœur et la froideur du sang peuvent rendre une putain irrésistible.

Dès qu'il vit Jean-Baptiste s'avancer vers eux vêtu de blanc et d'or comme un géant de conte de fées, Brummell eut la désagréable certitude de ne plus être le centre de l'attention et il avait beau dire que si les gens du commun se retournent sur votre passage, c'est que vous êtes voyant et donc vulgaire, il n'aimait pas passer inaperçu parmi ses pairs.

Le nouveau *showman* de Marie Tussaud le dépassait d'une bonne tête et rendait des points aux plus belles statues de Praxitèle. On voyait ses muscles d'athlète jouer sous le satin de sa veste. Il avait un regard et un sourire éclatants qui reléguaient dans l'ombre la beauté dédaigneuse du « prince de la mode »...

Harriett, stupéfaite, en perdit son franc-parler et ne sut dire que « *My Goodness !* ».

À côté de lui, elle semblait menue et délicate comme une statuette de porcelaine. Elle leva un regard gourmand vers Jean-Baptiste qui lui sourit du haut de ses deux mètres.

— Monsieur, je suis bien sûre qu'en amour les lits vous résistent encore moins que les femmes. Combien en avez-vous donc déjà brisé ?

— Aucun, madame, je ne fais jamais l'amour dans un lit.

Le petit groupe de visiteurs rit aux dépens de l'insolente.

— Et si j'étais assez curieuse de vous, que devrais-je donc faire ? Vous escalader ?

— Il y a bien des moyens, madame, pour visiter un lieu qu'on ne connaît pas et je suis votre serviteur.

— Méfiez-vous, fit Alvanley, certaines femmes ont beaucoup de points communs avec les architectes.

— Plaît-il ? s'étonna Harriett.

— Toujours à la recherche de belles proportions...

Harriett éclata de rire et posa sa petite main sur l'avant-bras de Jean-Baptiste. Une des séductions d'Harriett Wilson était sa bonne humeur.

— Eh bien, en attendant faites-moi visiter ce lieu-ci. L'architecture attendra.

Brummell ne sourit pas. Au fond, tout lui était assez indifférent, sauf le jeu. S'il pouvait feindre la passion amoureuse, il était totalement incapable de l'éprouver. À plus forte raison la jalousie... C'était bon pour les *cultees, les ploucs...*

Le petit groupe procéda lentement, de tableau en tableau. Harriett fut enthousiasmée par celui de Mme Du Barry, qui gisait nue sur un sofa — une cire si belle que Marie l'avait fait voiler de tulle noir pour en atténuer le réalisme. Elle n'en était que plus excitante, et les hommes la dévoraient généralement des yeux en silence.

— Voici la maîtresse du roi de France Louis XV, annonça Belzoni. Elle fut guillotinée pendant la Révolution française et supplia beaucoup le bourreau de lui laisser encore une minute. Il dut l'allonger de force sur la planche. Cette cire a été exécutée d'après nature par l'oncle de Mme Tussaud, M. Curtius, qui était un grand artiste.

— Eh bien, il ne s'est pas ennuyé, le tonton, fit Harriett

qui avait soulevé le déshabillé de la comtesse et regardait dessous. Il l'a vu de bien près, le petit panier de la Du Barry.

C'est une question que Marie Tussaud s'était toujours posée. Elle tenait à ce nu comme à la prunelle de ses yeux. C'était peut-être le seul objet qui lui restât de son enfance.

Beau Brummell était passé devant Belzoni sans le saluer et apparemment sans même le voir. Le talent du véritable dandy est aussi dans l'art de déplaire et d'ignorer son prochain.

D'où il était, Jean-Baptiste voyait son profil étrange et constata qu'il avait le nez non pas grec, mais cassé et une cicatrice sur la pommette. Deux détails qui ajoutaient quelque chose de viril et de cruel à la fois à cette beauté froide. Comment ce fils de domestique, ne sachant rien faire sinon être beau, s'était-il frayé un chemin jusqu'aux sommets de la renommée ? Il se faisait maintenant appeler Buck — le mâle — probablement pour dissiper le doute qui planait sur ses activités sexuelles. Le fait est qu'on ne lui connaissait aucune liaison sinon cette amitié débordante avec le prince-régent, le futur roi, qui durait depuis leur rencontre à l'armée.

Le prince avait été conquis. Beau-Buck était celui qu'il aurait aimé être, « la partie plus lumineuse de son être ».

Brummell se tourna vers la sortie, un peu raide et le menton haut. L'arbitre des élégances était engoncé dans une redingote moulante et Jean-Baptiste put constater que son remarquable port de tête avait beaucoup à voir avec la hauteur de son col et de sa cravate, ce qui le fit sourire avec un rien d'amertume. Ils étaient tous les deux à la même enseigne : des acteurs en représentation, qui n'étaient rien sans leur public.

La vie d'un géant n'est pas simple. Rien n'est prévu pour lui dans le monde qui l'entoure et rien n'est plus accablant que l'hostilité des objets : la hauteur des portes, la longueur des lits, la fragilité des chaises et des verres, les parquets qui craquent sous son poids. Dans la main d'un géant, une fourchette devient une brindille et ses doigts n'en semblent que plus grands et maladroits. Un dîner en public devient un supplice. Chacun est attentif non seulement à ses embarras, mais à ce qu'il mange, combien et comment. Or un géant a faim, tout le temps, et se retenir en société est insupportable. Il surveille le moindre de ses gestes pour éviter de casser quelque chose, de faire du bruit, d'attirer l'attention. Tout est un problème : écrire, dormir, monter à cheval, se vêtir — la vie devient un tissu quotidien de vexations. C'est pourquoi les géants sont souvent des hommes timides et solitaires.

Quelquefois Jean-Baptiste éprouvait le besoin de se cacher pour manger à sa faim, dormir à sa guise, s'habiller comme il voulait, et ne pensait qu'à fuir les regards. Le pire étant celui qui se posait furtivement entre ses jambes pour voir si « là aussi » il était différent des autres. C'est toujours là d'ailleurs que les regards aboutissaient, même les plus policés.

Et pourtant les géants avaient toujours été tenus en considération par les grands de ce monde, qui étaient souvent, comme Napoléon, de petite taille. L'Empereur avait à sa suite trois splendides exemplaires de deux mètres quatre-vingts qui l'escortaient sur les champs de bataille et qui devaient mourir tous les trois à Waterloo. Les rois de Prusse rêvaient de créer une race de surhommes. Ils avaient constitué à Potsdam un régiment de géants unique en son genre, dont Voltaire lui-même s'était déclaré stupéfait. Plus de deux mille soldats provenant de tous les pays et dont le plus petit mesurait deux mètres trente. On leur avait même donné des femmes de leur taille, avec l'ordre de faire des enfants.

On avait beau lui répéter qu'il avait de la chance, qu'il était un homme magnifique, qu'il pouvait devenir riche et puissant, se vendre à cher prix à qui il voulait, Jean-Baptiste éprouvait de l'horreur pour sa condition ; il attendait autre chose de la vie.

Il se disait que la chance allait tourner, demain, après-demain, c'était presque palpable : il ne se passait pas de jour qu'on ne vînt lui faire les propositions les plus extravagantes.

Un soir, un homme attendait Jean-Baptiste à la sortie du Saddler's. Il avait une tête de mulot aux yeux fureteurs et des mains aux doigts étonnamment longs et habiles, des mains de jongleur ou de chirurgien. Il se présenta. Sa voix était douce, ses manières enveloppantes.

— Vous n'avez jamais entendu parler de moi, monsieur Belzoni : je suis le procurateur de feu William Hunter, le fondateur de la science anatomique comparée. Je m'occupe des collections du professeur : j'ai pour mission de les entretenir et de les développer. J'ai une affaire à vous proposer, monsieur Belzoni. Mais avant tout, êtes-vous croyant ?

— Quelle étrange question !... répondit Jean-Baptiste mi-amusé, mi-alarmé. Oui, sans doute... J'ai été élevé par une famille catholique et j'ai fait mes études au séminaire. J'étais alors assez convaincu des choses de la religion pour vouloir y consacrer ma vie.

— Et alors ?

— Alors, j'ai changé d'avis, vous le voyez bien.

— Croyez-vous à la résurrection des corps, monsieur ?...

— J'aimerais autant dormir cette nuit, monsieur... Où voulez-vous en venir ?

On peut se laisser aller à ce genre de considérations avec un inconnu dans une taverne quand on a bien bu, mais ce n'était pas le cas, et il avait dépassé depuis longtemps l'âge de l'exaltation religieuse. À seize ans, c'est vrai, il avait passé des nuits vertigineuses, à contempler le ciel jusqu'à l'extase, tourmenté par l'existence de Dieu et par l'idée de l'Infini. Mais il préférait désormais éviter des abysses qu'il savait sans fond.

— Personnellement je ne crois pas à la résurrection, dit l'homme, et je ne crains pas de vous le dire. Au temps de l'Inquisition, on m'aurait déjà brûlé en place publique et le professeur Hunter avant moi... Sa collection anatomique contient de telles anomalies qu'elle fait douter sinon de l'existence de Dieu, du moins de sa générosité. C'est pourquoi je la considère une nécessité philosophique. Je n'irai pas par quatre chemins, vous me semblez un homme ouvert et moderne : je suis disposé à vous offrir une très belle somme si vous nous léguez votre corps.

Belzoni éclata de rire. De toutes les propositions qu'il recevait, celle-ci était de loin la plus farfelue.

— Mais j'en ai encore l'usage, monsieur, et je ne souhaite pas n'en avoir que l'usufruit.

— J'entends bien, fit l'autre, et ne voyez rien de macabre ou de malsain dans ma proposition : nous devons tous mourir un jour. Vous devez savoir qu'un département de la collection conserve les corps des géants les plus célèbres de notre temps. J'ai l'honneur d'avoir vos prédécesseurs du Saddler's, Charlie Byrne et Patrick O'Brien. Deux mètres quarante-sept et deux mètres soixante. Il est vrai qu'à côté d'eux vous êtes plutôt petit, mais quelque chose me dit que vous compenserez cette différence par votre célébrité. Vous serez plus célèbre qu'eux, monsieur Belzoni, et je serais comblé si je pouvais un jour transmettre votre souvenir aux générations futures.

— Sous quelle forme, monsieur ?

— Mais... de squelette, monsieur Belzoni. Je croyais vous l'avoir dit. Nous avons fait des essais en peau, mais ils n'étaient pas convaincants. Naturellement, vous serez traité au mieux, avec un produit de notre fabrication, l'os sera poli à la perfection et présenté de la manière la plus artistique et respectueuse... D'ailleurs si vous voulez juger par vous-même, je viens de finir de monter M. O'Brien. Il est superbe.

Belzoni éclata de rire encore une fois. Il en avait les larmes aux yeux. Le procurateur s'offensa.

— Je ne vois rien là de risible, monsieur. Je vous offre de passer à la postérité dans un musée plutôt que de pourrir anonymement sous terre. Et je vous offre une somme considérable pour cela. Voici ma carte, monsieur, vous me trouverez à votre disposition. Et réfléchissez sans tarder : puis-je vous rappeler que les géants, en général, ne font pas de vieux os... Quarante-cinq ans, c'est la moyenne. Je suis votre serviteur, monsieur.

Quand l'homme se fut éloigné, Grimaldi émergea des coulisses. Il avait tout entendu.

— Eh bien, te voilà célèbre... ricana-t-il. Sinon, le vautour ne serait pas venu. Le problème, c'est qu'on ne se dépêtre pas facilement des acolytes du professeur. Le pauvre O'Brien ne voulait rien entendre. Il avait tellement peur d'eux qu'il avait exigé qu'on jette son corps en pleine mer dès qu'il serait mort...

— Quel âge avait-il ? s'informa Belzoni.

— Quarante-six ans à peine... On l'a porté en mer à l'aube, au large de la côte. C'était une vraie gloire : il y avait dix mille personnes sur le rivage. Eh bien, Hunter avait déjà soudoyé les marins pour qu'ils mettent des flotteurs au cercueil dès qu'ils seraient hors de vue. Il l'a eu. Et le pauvre O'Brien, astiqué comme un sou neuf, est aujourd'hui suspendu dans son cabinet. Si tu veux mon conseil, il vaut mieux ne pas contrarier ces gens-là, sinon ils vont s'entêter jusqu'à l'obsession. Temporise. Ces maudites collections sont devenues une mode et rapportent beaucoup d'argent. Tu en verras d'autres...

Les gens de médecine foisonnaient à Londres et Jean-Baptiste comprit vite qu'ils étaient tous liés entre eux de la main droite et de la main gauche aux plus grands noms de la société... C'était une sorte de société transversale très puissante dont il valait mieux être l'ami.

S'il avait mieux connu le professeur Cooper, par exemple, il aurait veillé à en écarter Sara Banne.

Pouvait-on considérer l'éminent chirurgien Astley Cooper comme un maniaque ? Certainement pas : c'était un chercheur estimé et très introduit dans la société. Ses cours d'anatomie étaient réputés, ses connaissances indubitables, et il obtenait d'excellents pourcentages de guérison parmi ses illustres malades. Il était un peu bizarre, peut-être, mais quoi d'étonnant chez un homme qui vit au contact de la mort tous les jours... Dernièrement, Astley Cooper était particulièrement nerveux et la faute en revenait à son « fournisseur » Tom Butler, le gardien des salles de dissection de l'hôpital Saint-Thomas.

Il avait décidé de régler ses comptes avec lui une fois pour toutes et marchait de long en large dans l'amphithéâtre avant que les étudiants n'arrivassent pour la leçon d'anatomie. Un corps était déjà étendu sur la table de travail recouvert d'un drap.

— Butler, il faut trouver un arrangement, tu me coûtes trop cher !

Tom Butler sourit d'un air matois.

— Professeur, plus la denrée est périssable, plus elle est chère. Je peux vous faire un prix pour ceux qu'on déterre, mais pas pour les autres...

Butler réfléchit :

— Quoique... c'est un sale boulot aussi, de déterrer, dans l'état où sont les cimetières. Vous devriez venir voir : ça déborde de tous les côtés, c'est pas joli-joli.

— C'est possible, trancha Cooper, mais je ne suis pas Crésus. Dernièrement, tu m'en as fourni beaucoup. Il faut ralentir, on commence à jaser. Tu prends des risques.

— Des risques ? Je n'opère que par les nuits sans lune, dans les lieux les plus déserts ?

Butler fouilla sa poche et sortit un calepin.

— Les bons comptes font les bons amis : veuillez vérifier vous-même...

Il lut, mouillant son index pour mieux tourner les pages.

— Le 10, je vous ai fait trois livraisons. Le 12, une. Rien le 14 ni les jours suivants : il y avait pleine lune...

Le professeur Cooper lui arracha le carnet des mains.

— Tu tiens des comptes ? Mais tu es devenu fou ? Et si on les trouvait ?

Butler ricana.

— Ben quoi, je peux livrer du charbon, de la bière ou des balais... Votre nom ne figure nulle part. Tenez, tout y est, même les phases de la lune...

Cooper se sentait mal à l'aise. L'homme avait sa confiance, il ne le ferait pas chanter, mais il sentait une menace rôder autour de lui. Il poursuivit sa lecture.

— Comment ! le 25, tu aurais livré dix corps ? Dix d'un coup ? Où les as-tu pris ? Où sont-ils ?

Butler redevint sérieux.

— C'était pour quelqu'un d'autre. Ne vous en faites pas, nous sommes discrets et bien organisés, une équipe de vieux amis : y'en a un qui fait les cimetières, un autre les hôpitaux, le troisième le pilori de Charing Cross et le gibet de Newgate. Moi, je fais le tout-venant... et la comptabilité.

Il rit doucement.

— Oui, nous sommes trois vieux inoffensifs. Tout ça, professeur, c'est comme la chasse, ça vous ragaillardit un homme, même s'il y a des jours où l'on rentre bredouille.

Cooper ne savait que répondre. C'était une boutade, certainement. Lui aussi en lançait quelquefois dans les salons, ne serait-ce que pour arracher à l'assistance féminine de charmants cris d'horreur : « Un chirurgien est comme une danseuse, il faut qu'il s'entraîne tous les jours !... » D'ailleurs c'était la vérité. On avait du mal à se procurer des corps. Quelquefois, les cadavres maintes fois découpés étaient si mal en point qu'on ne savait plus où planter le scalpel. Butler lui était indispensable : sans lui comment assurer les dissections, celles des étudiants et les siennes propres ? Il avait résolu de ne pas poser de questions sur la provenance des corps, et il fermait souvent les yeux sur de terribles évidences. Mais tout cela avait tissé des liens dont il aurait bien aimé se libérer.

Tom Butler s'avança vers la table de dissection.

— Rien ne vaut la marchandise fraîche, professeur. Un savant comme vous ne va pas travailler sur de la barbaque puante d'une semaine et plus, comme un jeunot qui doit encore se faire la main. Vous êtes un artiste...

Il découvrit le corps, c'était une très jeune fille. Sans doute une de celles qui arpentaient les rues mal famées autour de Drury Lane ou d'Oxford Street, cherchant à attirer les clients ivres de gin dans les *flash-houses* où on les dépouillerait de tout. Il y en avait cinquante mille à Londres, alors une de plus, une de moins... Elle avait été étranglée. Personne ne viendrait la réclamer.

Butler la regarda et chantonna :

— *A very handsome corpse she made...* puis il leva ses yeux jaunes sur le professeur avec une sorte d'adoration. Je ferai toujours en sorte que vous ayez ce qu'il y a de mieux.

Astley Cooper l'avait opéré autrefois et lui avait sauvé la vie. Il ne l'oubliait pas.

La calèche du professeur Cooper se dirigea vers la foire de St-Bartholomew en tressautant sur les pavés gras. Le professeur regardait défiler les immeubles sans les voir. Il était soucieux.

La discussion avec Tom Butler lui avait laissé une sensation de danger. L'homme avait prise sur lui : il fallait faire quelque chose.

Cooper ne voulait pas de scandale. Il ne voulait pas perdre la prestigieuse situation qu'il avait acquise à la Cour, en devenant le médecin de confiance de plusieurs de ses plus augustes membres. Il arriverait bientôt au roi lui-même. Et bien que George III passât pour être passablement lunatique, il se flattait de savoir le conquérir — avec toutes les incommensurables faveurs que cela impliquait.

Oui, Tom Butler devait disparaître. Pas d'un coup, mais peu à peu. Il fallait l'éloigner, l'annuler, le désarmer... Mais d'autre part comment le remplacer ? Butler avait de l'intuition. Il connaissait en outre le rapport morbide qu'Astley Cooper entretenait avec l'amour et la mort : il le considérait un esprit supérieur.

Un chirurgien n'est-il pas l'instrument privilégié de Dieu,

quand, à son instar, il tient la vie d'un homme entre ses mains ?

Cooper se fit arrêter devant une façade peinte de couleurs vives. Une pancarte accrochée à côté de l'entrée informait le public que la « Secret Room » d'une certaine dame Tussaud était à sa disposition et qu'on lui garantissait l'horreur et le frisson. Le professeur Cooper sourit. C'était là un domaine qu'il connaissait bien.

Marie Tussaud fabriquait des figures de cire dont on lui avait dit le plus grand bien. Si réalistes que la cire prenait la consistance, la couleur et le souffle même de la vie. C'est exactement ce qu'il cherchait : une série d'écorchés qui pourraient soutenir son enseignement, sans avoir besoin de recourir aux cadavres. Le vieux Charles Hunter en avait de splendides dans sa collection anatomique et il aurait donné cher pour les avoir.

Quand il entra dans la galerie, il croisa une fille de grande taille, vêtue simplement. Elle attirait le regard par son port — pouvait-on dire « souverain » pour une fille du peuple ?

Elle le regarda calmement, dans les yeux, sûre d'elle-même, froide et harmonieuse comme une statue de marbre. Cooper ressentit jusque dans les reins la beauté du mécanisme divin, la merveilleuse souplesse des membres qu'il sentait fonctionner sous la robe de laine. Il s'arrêta, souleva son chapeau et salua.

— Madame Tussaud ?

— C'est par là... fit Sara en indiquant la porte du fond.

Et elle sortit dans le soleil matinal qui joua sur sa nuque blanche et sur les cheveux roux qui s'échappaient de son petit chapeau.

L'alchimie des souvenirs est étrange. Dans la mémoire du professeur Cooper, l'image de Sara Banne se superposa à celle de la servante africaine de Raimondo de Sangro', prince de Sansevero, l'alchimiste italien pour lequel il avait une admiration sans bornes. Il les imaginait semblables, l'une blanche, l'autre noire, les bras levés, les seins lourds, comme deux puissantes cariatides. Le souvenir de son voyage en Italie ressuscitait la petite chapelle du palais napolitain où étaient exposés les restes de la Mandingue.

— Butler...

Le furet se retourna. C'était lui qui faisait le ménage dans le bureau du professeur. Lui seul y avait accès.

— Te souviens-tu du morceau de métal que je t'ai confié à mon retour d'Italie ? Celui qu'il fallait conserver précieusement ?

Butler fourragea au fond d'une armoire. Cooper collectionnait les objets étranges et macabres. Il tenait par exemple sur son bureau la corde de soie qui avait servi à pendre un pair du Royaume — le chanvre était réservé à la plèbe — et jouait constamment avec lorsqu'il réfléchissait.

Tom Butler finit par exhiber triomphalement un petit cylindre de métal noirci. Cooper s'en saisit avec délicatesse.

— Si ce bout de fer est tellement précieux, professeur, il va falloir le conserver ailleurs, sinon, tôt ou tard, nous le perdrons.

— Il n'est précieux que pour moi, Butler. Je ne sais même pas très bien de quoi il est fait.

Il posa le petit cylindre en équilibre devant lui. Butler se pencha pour le regarder sans comprendre.

— C'est une veine, Butler, expliqua le chirurgien, un morceau de la veine saphène d'une femme qui a vécu il y a plus de cent ans. Le prince de Sansevero faisait alors à Naples des recherches secrètes sur le corps humain. La chose était interdite, en premier lieu par l'Église, et le prince devait disposer de bien puissants appuis pour n'avoir jamais été inquiété.

— Rien n'a changé, on dirait, professeur... fit Butler d'un air entendu

Cooper ignora la remarque. Le mystère du sang et de sa circulation dans le corps humain le passionnait. Il avait lu le traité d'Avicenne, le savant arabe, et toutes les théories modernes, mais il voulait aller au-delà. Les alchimistes sont réputés pour changer le plomb en or, le prince de Sansevero changeait le sang en plomb.

— Je ne vois pas l'intérêt... fit Butler qui avait un solide sens pratique.

Le professeur ne répondit pas. Il tenait le petit morceau de métal au creux de la main serrée comme s'il se fut agi d'un talisman.

— Nul n'était parvenu à voir en son entier le réseau des veines qui parcourt notre corps jusque dans ses moindres recoins. Le prince voulait établir la carte de ce système parfait et en comprendre les mystères.

Avec un médecin de Palerme, Giuseppe Salerno, versé dans les secrets des Arabes, il mit au point un composé métallique liquide capable de s'amalgamer immédiatement au sang. En quelques secondes le liquide se solidifiait et se transformait en métal, pour l'éternité.

La servante noire du prince, une Mandingue magnifique qu'il aimait beaucoup, était enceinte de ses œuvres. Elle entra en travail, mais l'enfant, trop grand, se présentait mal et elle fut rapidement sur le point de mourir. Le prince comprit qu'il n'y avait plus rien à faire et que le moment de tenter l'expérience était arrivé. L'esclave poussait de grands cris et s'était accrochée au chevet de son lit de fer. Les bonnes paroles de son maître la calmèrent assez pour qu'il pût enfoncer d'un coup dans le cœur la grande seringue qu'il avait préparée. En quelques secondes tout fut fait. Il n'eut plus ensuite qu'à hâter la dissolution de la chair et des os. Bientôt il ne resta plus de l'admirable créature qu'une charpente métallique extraordinairement complexe, qu'il baptisa « machine anatomique », sans doute pour lui ôter ce qui lui restait de trop humain. Elle est encore dans son palais, les bras levés, dans l'attitude où la mort l'a surprise... À ses pieds, le petit jamais né, encore attaché à elle par le cordon. Et au centre de tout cela, le bloc de métal des deux cœurs.

— Une œuvre remarquable, soupira Cooper. J'en offris un bon prix mais on me la refusa. J'ai pu seulement dérober un petit morceau de métal pour en étudier la composition.

— Et alors ? fit Butler que l'histoire avait captivé comme un conte des *Mille et une nuits*.

— Alors, je crois que j'ai retrouvé la formule. Il ne me reste plus qu'à l'essayer.

Il y eut un long silence.

— Je... j'ai fait quelques essais sur de petits animaux... C'est bien, mais ce n'est pas la même chose. Si par hasard, on te parlait d'une femme... Une malade, à l'hôpital, par exemple... De grande taille, un corps parfait, une solide charpente, jeune et bien formée...

— Comme la fille de la galerie Tussaud ?

Cooper se retourna brusquement.

— Tu m'as donc suivi ?

Butler prit son air buté et sournois.

— J'avais à faire dans le quartier. Je vous ai vu sortir de la calèche. J'ai vu la fille... Alors forcément, comme vous avez continué à la regarder...

Le drôle mentait. L'inquiétude de Cooper se précisa. Le valet allait-il donc devenir son maître ? Mais l'excitation l'emporta encore une fois. Il se tut.

Tom Butler, après mûre réflexion, se dit qu'il fallait profiter de l'occasion : il y avait gros à gagner.

Certaines rentrées allaient disparaître dès que Cooper appliquerait sa décision de ralentir les « fournitures ». C'est que Tom avait maintenant pris l'habitude de l'argent facile. Il aimait dépenser, faire la fête et menait grand train avec ses complices. Quand on vieillit il faut se faire plaisir. Il faut avoir de quoi.

Ses compagnons furent du même avis. Ils passèrent de nombreuses soirées dans leur taverne favorite à dresser des plans convenablement arrosés de gin et de bière. C'est qu'on n'enlève pas un vivant comme on enlève un mort !

— Je me charge du chloroforme, fit Tom. C'est facile.

— Et si on se déguisait en allumeurs de réverbères, proposa le second acolyte. À cette heure-là, entre chien et loup, personne ne nous remarquera.

— Moi, fit le troisième, j'amène la charrette de fourrage. On y cachera la fille pour l'emmener aux Docks.

Là, dans un vieux ponton qui pourrissait à quai, se trouvait une *nursery of crime* que les honnêtes gens évitaient soigneusement. C'était le refuge des prisonniers évadés, des condamnés en rupture de ban, on y éduquait les gamins destinés au vol à la tire. C'était une épave sale, puante, et pleine de rats qui montaient du fleuve par les cordages et s'abritaient dans les cales entre les carcasses des vieux tonneaux, prêts à attaquer ceux qui s'y aventuraient.

C'est là que les trois hommes abriteraient leur proie en attendant que le « client » — que seul Butler connaissait par son nom — en prenne livraison.

— Et souvenez-vous, conclut Butler, il ne faut pas blesser la fille. Pas une goutte de sang ne doit être répandue. Je sais que ça complique les choses, mais cette fois, il faut être délicats, les gars. C'est clair ?

La galerie Tussaud était un petit monde de femmes, à la fois ouvrières et artistes, que Marie dirigeait d'une main ferme. Matérialiser l'imaginaire exige une certaine connaissance de l'âme humaine, et Marie savait manipuler les rêves secrets de son public. Elle avait en outre un remarquable savoir-faire et, sous ses doigts, les visages naissaient de l'argile ou de la cire comme par miracle.

— Regarde, Sara... Pour que l'arête du nez soit parfaite, je la lisse du bout du doigt, très doucement, il faut que ce soit à peine une caresse. Du rose à l'intérieur des narines... la bouche un peu entrouverte, comme si le souffle y passait. Et avec un pinceau-brosse tu obtiens les petites rides des lèvres... Quant aux yeux, c'est le plus difficile, c'est l'âme ; si tu les rates, ton personnage reste mort.

Marie avait modelé le visage de l'Italien, avec une facilité passionnée, comme si les plus petits détails de ses traits étaient déjà inscrits dans sa mémoire.

— Aide-moi un peu, Sara, au lieu de me regarder. Donne-moi le panier des yeux...

Sara ne pouvait détacher son regard de la belle tête inerte qui gisait sur la table de travail, comme la tête du Baptiste que Salomé avait exigée. Il y avait quelque chose de diabolique dans la capacité de Marie à recréer la vie.

Marie fouillait dans le panier avec agacement et faisait rouler les globes de porcelaine.

— Non, ça ne va pas, ce sont tous des bleus bêtes... Je veux des bleus vraiment bleus, comme des porcelaines de Chine...

Sara lui tendit deux globes d'un bel azur. Elle sentait un malaise l'envahir.

— Voilà, fit Marie, satisfaite. Magnifique.

Elle tenait la tête de Jean-Baptiste à bout de bras et la contemplait avec orgueil.

— Tu vas voir ce que je vais en faire ! Passe-moi le panier des cheveux. Les blonds...

Mais Sara n'était plus là. Elle s'était enfuie dans la cour pour respirer.

Le soir, elle sortit du fond de la malle où elle le cachait, le cahier où elle déversait le trop-plein de ses émotions. En Irlande, pauvre de tout sauf d'imagination, elle s'écrivait des histoires. Ici, à Londres, les événements se succédaient avec une rapidité de cheval au galop et elle avait à peine le temps de penser. Mais ce soir-là, Sara sentait le sol lui manquer sous les pieds, et elle avait besoin d'écrire.

Il n'est rien de plus absurde que de s'écrire à soi-même, mais je n'ai vraiment personne à qui me confier. Or, il y a des secrets qui pèsent si lourd qu'on doit en parler sous peine d'étouffer. En d'autres circonstances j'aurais pu parler avec Marie : mais cette fois, je ne sais que faire, je sens que quelque chose de dangereux se prépare. À cause de l'Italien.

Marie a changé tout d'un coup. Hier, quand elle est entrée dans l'atelier, je ne l'ai pas reconnue : elle avait troqué son éternelle robe noire pour une robe fleurie et un spencer court à la mode. Elle s'était fait coiffer en boucles et portait des bijoux. Nous en sommes tous restés bouche bée. Elle avait rajeuni de dix ans, elle était presque belle. « Eh bien quoi, a-t-elle dit, on dirait que vous avez vu le diable ! » C'était tout comme.

Quelques instants plus tard, l'Italien est entré et nous comprîmes tous la raison d'un changement aussi miraculeux.

Mais du moment où il mit le pied dans la pièce, tout changea pour moi aussi, hélas. Mon cœur bat plus fort rien qu'à l'écrire : j'aime et je crois être aimée. Chaque jour j'en ai de nouvelles preuves et rien de pire, rien de meilleur, ne pouvait arriver : Marie l'a engagé. Nous nous voyons tous les jours. Elle seule semble ne rien voir et flotter dans un rêve. Et tous les jours, je sens que quelque chose de plus fort se tisse et s'engage entre nous. Entre elle et lui, moi et lui...

Quand nos regards se croisent, ils se disent tant de choses que je dois fuir, de crainte qu'on ne me devine. À qui puis-je dire que c'est le plus bel homme que j'aie jamais vu, que son sourire m'enchante, que ses regards pénètrent mes secrets les mieux cachés. À qui raconter que je comprends enfin tous les romans que j'ai lus, que grâce à lui les poésies prennent enfin tout leur sens et que les mots chantent en moi comme une musique ?

Je pourrais écrire des pages entières sur sa délicatesse et ses belles manières, mais aussi sur ses maladresses de grand chien embarrassé par sa taille et ses grands pieds mal chaussés. Il manque toujours quelque bouton à sa veste, et sa cravate est souvent fripée. Il n'y a point de femme chez lui, je l'ai bien vu.

Marie aussi l'a vu. Car Marie n'a d'yeux que pour lu... La nuit, elle retouche jusqu'à la perfection la belle statue de cire qu'elle a faite de lui. C'est sa manière de posséder les êtres comme des objets. Je l'ai observée par la porte entrouverte de l'atelier. Elle d'habitude si pâle, avait les joues enflammées par le feu de la création, ou de l'amour, je ne sais pas. Car elle l'aime. Elle était décolletée malgré la fraîcheur de la nuit et chantonnait en travaillant. La statue de l'Italien, si vraie qu'elle semblait prête à parler, me regardait par-dessus son épaule... C'est bien vrai que l'art de la cire relève de la sorcellerie.

Nous sommes deux à ne plus dormir, mais elle ne le sait pas. Je connais son secret et elle ignore le mien. Que faire ? Céder au mouvement qui me porte vers l'Italien ? Serai-je assez perfide pour trahir Marie, après tout ce qu'elle a fait pour moi ? Puis-je entraîner dans cet égarement mon petit Jack, alors que nous avons enfin trouvé ici une famille ?

La raison et la reconnaissance veulent que je m'écarte de sa route et que je laisse le champ libre. C'est là un sacrifice qu'elle ignorera toujours, mais c'est un sacrifice véritable car pour la première fois de ma vie, je sens qu'un homme sur terre m'était destiné et que c'était celui-là. Et je sais aussi que le choix de la raison ne m'empêchera pas de souffrir.

Sara rangea son cahier dans sa cachette, au fond de la petite malle de cuir, qu'elle ferma à clef. Elle se sentait agitée, anxieuse. Elle saisit son châle et son chapeau : il fallait qu'elle sorte, qu'elle marche, qu'elle brûle toute cette angoisse qui la submergeait. L'après-midi touchait à sa fin. Elle s'en voulait tellement : elle qui avait su sortir indemne de toutes les embûches, voilà qu'elle était prise sans même s'en être aperçue. Rien ne l'inquiétait tant que de sentir son cœur s'affoler dès que Jean-Baptiste s'approchait...

Dans la rue, l'air froid lui fit du bien. Une foule bigarrée se bousculait sur les boulevards. Les jours avaient raccourci et on se faisait facilement surprendre par la nuit ; elle éviterait les rues sombres. On disait qu'il y aurait bientôt l'éclairage au gaz dans tout Londres : on en était encore loin. Un peuple de cancrelats sortait des bouges à la nuit tombée et envahissait les rues du centre. Mais Sara ne craignait rien, elle savait se défendre.

À Londres, tout le monde annonçait sa fonction à haute voix, et les rues étaient bruyantes à toute heure, même la nuit où des veilleurs sillonnaient les beaux quartiers et informaient régulièrement les dormeurs sur l'heure et le temps qu'il faisait. Les Londoniens aimaient le bruit de leur ville. Ce soir-là, les derniers vendeurs à la sauvette vantaient leur marchandise à des femmes en cheveux, les passants s'écartaient devant les ramoneurs couverts de suie qui se frayaient un chemin, leur hérisson sur l'épaule. On voyait s'allumer les premiers feux des réverbères et on entendait au loin le chant des allumeurs. Dans le clair-obscur de la ruelle, deux hommes venaient justement vers Sara, leur perche sur l'épaule, une lanterne à la main. Elle sourit : elle les aimait bien, ils lui rappelaient quelque chose de son enfance, quelque chose de doux, la chaleur de sa mère quand, blottie contre elle dans l'obscurité du soir, elle attendait leur passage.

Mais ceux-là passèrent sans la saluer, sans chanter, la tête basse. Elle eut à peine le temps de s'étonner de leur silence qu'ils la saisirent par derrière et l'immobilisèrent en la prenant aux épaules et aux bras. Elle se débattit et ouvrit la bouche pour crier. On y enfonça un chiffon imprégné d'une odeur horrible : elle perdit conscience.

Quand Sara se réveilla, elle eut du mal à ouvrir les yeux, puis à accommoder sa vision. Tout était flou, tout basculait. Elle ressentait une nausée épouvantable, alimentée par l'odeur infecte de l'endroit où elle se trouvait. Elle se pencha et vomit. Elle s'aperçut qu'elle était ligotée et chercha à desserrer ses liens.

Rien ne bougeait autour d'elle. Elle était seule. Peu à peu, l'engourdissement et les vertiges se dissipèrent et elle distingua vaguement ce qui l'entourait. Une paroi de bois, un plancher mal équarri, une odeur de poisson pourri, un bruit d'eau qui clapote... Elle frémit en entendant les piaillements des rats tout près d'elle. Elle devait être sur un bateau dans les Docks. Qu'allait-on faire d'elle ? Elle savait que Londres fourmillait de trafics, plus horribles les uns que les autres. Elle devait absolument sortir de là au plus vite.

Sara mit un temps qui lui parut infini à desserrer ses nœuds, millimètre par millimètre. Son cœur battait à tout rompre. Elle entendait au loin des voix avinées qui braillaient, des matelots en bordée sans doute... Finalement les liens cédèrent. Elle avança à tâtons dans le noir, suivant la paroi et finit par tomber sur une sorte de volet qui masquait un sabord. Elle trouva le loquet et réussit à soulever le battant. Un air froid et presque pur entra dans le réduit.

Sara se pencha : l'eau noire était toute proche, huileuse et menaçante. Un fort courant charriait des ordures et des lumières tremblaient sur l'autre rive.

Il fallait faire vite. Elle se laisserait porter par le courant sans même chercher à nager : il la porterait sûrement vers une des deux rives. Sa robe longue allait la gêner : elle l'ôta et en fit une sorte de paquet qu'elle ficela tant bien que mal sur son dos avec sa ceinture. Il faudrait bien qu'elle s'habille en sortant de l'eau.

Elle ne sentit le froid que lorsqu'elle s'y laissa glisser. Elle était nue et fut saisie jusqu'aux os. Combien de temps pourrait-elle résister ? Le courant l'entraîna vers le milieu du fleuve. Elle se débattit et se mit à nager comme une forcenée, remerciant la mer d'Irlande qui l'avait forgée.

À bout de forces, Sara échoua sur une sorte de plage boueuse où des gens pataugeaient dans le jour naissant. C'étaient des *mud larks*, un peuple gris d'enfants et de vieillards qui fouillaient la vase et les ordures pour en retirer de quoi vivre un jour de plus. Le fleuve charriait toutes sortes de choses récupérables, parfois mangeables.

Personne ne parut surpris en voyant surgir de l'eau une femme que la boue transformait en statue luisante. Elle tremblait de froid et des larmes de dégoût avaient laissé une traînée blanche sur ses joues. Elle se traîna vers la terre ferme, glissant et tombant plusieurs fois. Personne ne lui vint en aide. Un vieillard édenté ricana méchamment.

— T'as raté ton suicide, ma belle ? Si tu veux un coup de main, j'suis là...

Une femme maigre et échevelée qui avait remonté ses hardes autour de la taille, sans se soucier de sa nudité, ajouta :

— Fous-lui un coup de râteau, à c'te catin, et prends-lui son ballot.

Sara cherchait à s'essuyer avec les rares touffes d'herbe

qui poussaient sur la berge. Des formes humaines rampaient vers elle. Elle enfila en hâte sa robe et serra le châle autour de son cou avant que les créatures ne lui arrachent ce maigre butin. Ils se disputèrent comme des chiens les chaussures qu'elle laissa tomber en s'enfuyant.

À Londres, personne ne s'étonnait de voir dans la rue une jeune femme sale, pieds nus, vêtue d'une robe mouillée. Elle n'était qu'un des innombrables débris humains qui peuplaient la grande ville, une prostituée à qui on avait joué un mauvais tour, ou une ouvrière ivre, une des milliers de femmes abandonnées et sans ressources qui peuplaient la capitale.

Une femme qui sortait d'une boulangerie eut pitié d'elle et lui tendit un morceau de pain. Sara ressentit l'humiliation, la honte, de celui qui n'a rien et en même temps la reconnaissance pour l'offrande. L'odeur du pain lui rappela qu'elle avait faim. La femme lui sourit gauchement, baissa les yeux, et hâta le pas. Sara continua à marcher en dévorant le pain frais, et se dirigea vers le quartier du Saddler's où logeait Jean-Baptiste.

Soudain, on entendit des cris, et il y eut une sorte de remous dans la foule du matin. Des femmes se frayaient brutalement un chemin entre les gens. C'étaient des *marcheuses*, celles qui faisaient le trottoir, affolées par la peur et la haine, débraillées, échevelées après leur nuit de quête désespérée.

— Écartez-vous, laissez-nous passer !

Coups de pieds, de poings et de griffes, elles bousculaient tout sur leur passage.

— À l'aide, aidez-nous, c'est à nous qu'ils en veulent !

Des policiers les poursuivaient et les capturaient comme des animaux enragés. Ils leur ligotaient les mains et les hissaient sur un fourgon aux fenêtres grillagées. Sara, épuisée, fut entraînée dans leur flux sans comprendre ce qui se passait. Une fille la prit par la main.

— Cours, idiote, ne reste pas là plantée comme une oie ! Ils vont nous mettre en prison. Cours, sinon on est fichues !

— Je ne peux pas, murmura Sara, je suis trop fatiguée...

La fille la tirait de toutes ses forces.

— Cours, j'te dis...

Sara trébucha. Après tout, qu'ils la prennent, elle n'en pouvait plus, elle saurait démontrer qu'elle n'était pas une fille des rues...

Comme elles passaient devant une cave ouverte, la fille la poussa brutalement dedans.

— Cache-toi au moins, idiote !

Et elle disparut, entraînée par les autres. Au bout de la rue, des soldats avaient refermé le piège. La fille leur tomba dans les bras et se débattit désespérément au milieu des rires.

— J'en tiens une ! Ah, elle m'a mordu la salope ! Ma garce, t'es bonne pour l'Afrique !

— Tu veux mordre ? on va te faire bouffer du nègre, tu vas voir !

La fille hurla de toutes ses forces, avant de se laisser faire comme un animal résigné à sa fin.

Sara avait roulé dans un sous-sol obscur rempli de charbon. L'inconnue lui avait sauvé la vie : ce jour-là, on arrêta soixante *gagneuses* et on les déporta en Sierra Leone, selon les directives de la Société philanthropique.

Sara se terra longtemps dans l'obscurité de la cave et ne cessa pas de penser à Jean-Baptiste comme à son seul refuge, son seul recours possible. Lui seul saurait la protéger. Quand la nuit tomba, elle sortit.

Elle était épuisée quand elle arriva au logis qu'il occupait près du Saddler's.

Il fut stupéfait de la découvrir à sa porte dans un état de saleté et de faiblesse indescriptibles, et la porta à l'intérieur. Il fallait la laver, avant toute chose. Il s'affaira et fit chauffer de l'eau dans un chaudron du théâtre. Hébétée de fatigue, Sara se laissa aller dans la cuve d'eau tiède. Il lui lava les cheveux que la fange et le charbon avaient imprégnés. Il prit soin d'elle comme d'un enfant et elle se laissa faire. Il n'éprouvait aucun désir charnel pour ce corps nu qui gisait dans ses bras et qui pourtant était jeune et beau, avec ses muscles bien dessinés, ses seins hauts et fermes. Jean-Baptiste cherchait le regard de Sara, inquiet du mal qui lui avait été fait, frémissant de la peur rétrospective d'avoir pu la perdre et d'une colère froide contre les ravisseurs. Ce ne fut que quand elle se leva, ruisselante, les bras levés au-dessus de la tête pour tordre ses cheveux, et qu'elle lui sourit, enfin redevenue elle-même, qu'il la saisit et la serra contre lui. Il l'embrassa avec fougue, sur les yeux, sur le front, dans le cou. Il avait ses cheveux dans la bouche, il était trempé, mais il continuait à la serrer passionnément.

— Sara, j'ai eu trop peur de te perdre. Tu vas rester ici avec moi, maintenant. Je t'aime, je t'aime depuis que je t'ai vue. Nous ne nous séparerons plus. Marions-nous. Sara, nous quitterons cette ville maudite. Dis-moi oui, dis-moi que tu m'aimes aussi...

Elle ne savait dire que oui, oui, oui, à tout ce qu'il disait. Elle était sans forces dans ses bras. C'était tout ce qu'elle avait toujours désiré. Elle se sentait fragile et protégée. Elle aimait, et elle était aimée. Ce fut le plus beau jour de sa vie.

Le lendemain, elle avait la fièvre et elle resta au fond du lit de Jean-Baptiste.

Marie Tussaud était folle d'inquiétude. Jack Curtin était en larmes, l'atelier en deuil. Sara avait disparu depuis trois jours. Enfin on vit arriver Jean-Baptiste qui raconta l'affaire.

— Ces gens-là savent qu'elle loge chez vous, conclut-il, ils l'attendaient. Ils recommenceront. Elle ne peut pas revenir ici. Elle va donc rester chez moi...

Marie ouvrit de grands yeux.

— Chez vous ?

— Oui, chez moi, madame. Nous avons décidé de nous marier et de quitter Londres le plus vite possible. Nous nous engagerons dans une tournée théâtrale pendant un certain temps. Je regrette beaucoup, je vous assure.

C'était si rude, si inattendu que deux larmes jaillirent des yeux de Marie. Elle se tourna brusquement pour les dissimuler et les écrasa discrètement du bout du doigt. Non, ce n'était pas possible...

— Monsieur Belzoni, murmura-t-elle en se contrôlant, vous me portez de bien mauvaises nouvelles. Je comprends que Sara ait peur de rester en ville et de revenir chez moi. Sa présence m'était cependant fort utile, indispensable même. Que vais-je faire sans elle, sans Jack ?... Quant à vous, comment pourrai-je jamais vous...

Sa voix se brisa, et sa souffrance se montra à nu comme une plaie vive. Jean-Baptiste avait compris depuis longtemps les sentiments de Marie à son égard, mais il avait laissé les choses dans une brume confortable où chacun trouvait son compte. Certaines mises au point sont trop pénibles. Il vaut mieux en charger le destin. C'était chose faite.

— Voilà bien la cruauté de la vie, murmura Marie. Nous

voulons construire de tendres amitiés, nous y mettons tant de nous-mêmes, tant de brillantes espérances, et voilà qu'en un instant, tout se ternit, et tout meurt. Je ne vois jamais que mort autour de moi.

Elle chercha son souffle, étouffant une sorte de sanglot. Elle avait vu en un instant la solitude qui l'attendait.

— La nuit dernière, il a venté devant ma porte, monsieur, et le vent a emporté ce que j'avais de plus cher. Fallait-il que ce fût vous le messager... J'ignorais tout...

Jean-Baptiste eut un mouvement de pitié. Tout à la fougue de sa décision, il n'avait pas pensé aux conséquences. Il ne voulait pas faire de mal. On ne peut vouloir du mal à quelqu'un qui vous aime même s'il vous encombre de son amour. Mais Marie Tussaud avait été loyale à sa manière : elle s'était contentée d'attendre. Jean-Baptiste se trouvait englué dans des sentiments qui n'étaient pas les siens. Ce qui arrivait souvent, car depuis toujours sa beauté provoquait des amours indésirables et les souffrances qui allaient avec. Il se sentait coupable tout en ne l'étant pas, ce qui provoquait en lui un grand sentiment d'impuissance et de colère.

— Si vous le désirez, je peux encore venir travailler, le temps que vous trouviez un remplaçant...

Marie se mit à rire.

— Un remplaçant ? Mais où voulez-vous que je le trouve. Vous êtes irremplaçable, mon cher ami. Ir-rem-pla-ça-ble !

Elle continua à rire amèrement, nerveusement comme si la plaisanterie était vraiment trop triste.

— Non, ne venez plus, c'est préférable. Disons que le neveu du comte de Cagliostro est mort subitement, voilà tout. Laissez-moi Jack quelques jours. Il saura m'aider. Adieu, monsieur Belzoni.

Elle lui tourna le dos et disparut dans la pénombre de la galerie, au milieu des mannequins qui étaient sa seule famille. Il ne resta d'elle que le sillage odorant des « Pastilles du Sérail » dont elle parfumait ses vêtements depuis vingt ans.

3

À Lisbonne, on copiait l'Angleterre en tout, travers compris. Les Anglais étaient chez eux, sous la férule rigide et compassée de leur ambassadeur, lord Fitzgerald, et avec la bénédiction du prince-régent. Le prince Jean de Bragance était au demeurant un souverain très accommodant que la démence précoce de sa mère avait propulsé malgré lui au premier rang. Il désirait surtout être laissé en paix : tout ce qui regardait l'exercice du pouvoir provoquait en lui une grande angoisse, que la peur de devenir fou lui-même multipliait. Parfois, il était pris de vertiges si épouvantables qu'il n'osait plus bouger. Seule la musique le calmait.

On l'avait marié à une créature étrange, presque naine, qu'il craignait si fort qu'il passait le plus clair de son temps à la fuir, de palais en palais. Dona Carlotta-Joachima, infante d'Espagne, n'aurait pas dépareillé le portrait collectif que Goya fit de sa famille. Au grand regret du peintre, elle s'arrangea pour ne pas y figurer : elle en était cependant le fleuron le plus extravagant. La « Nabote » était déjà à l'époque une *menina* inquiétante tant par sa laideur, que par son intelligence. Avec l'âge, l'une et l'autre s'étaient affinées et le produit final était étonnant : bossue mais coquette, folle des hommes, vulgaire mais spirituelle, méchante et généreuse. Le peuple portugais l'adorait. Elle avait inspiré un couplet espagnol qui la décrivait bien :

> *En porfias soy manchega,*
> *Y en malicia soy gitana,*

> *Mis intendos y mis planes*
> *No se me quitan de l'alma*[1].

Voyant que les Anglais n'étaient plus les maîtres du monde et que Napoléon devenait incontournable, Dona Carlotta, malgré sa répugnance, convainquit son mari de faire des ouvertures à la France. Il fallait mettre un frein aux appétits du Corse. Le bon prince Jean fit plus que des ouvertures : il se prit d'une amitié débordante pour le général Lannes, ministre plénipotentiaire de l'Empereur à Lisbonne. Le charme viril de Lannes fit des miracles et ses officiers aux uniformes éclatants — dont un certain Paul Valabrègue — devinrent des habitués du palais. Dona Carlotta en fut charmée : elle trouvait son compte parmi la plèbe des jeunes et fougueux hussards. Don Joao cherchait la paix, elle cherchait des amants. Entre Français et Anglais, la situation devenait cependant de plus en plus tendue, car les enjeux dépassaient de beaucoup le cadre des salles de jeux et des chambres à coucher. La princesse éprouvait de la colère envers l'Espagne, qui avait baissé la tête devant le Corse. Elle alla jusqu'à ordonner une grande fête au lendemain de Trafalgar qui avait vu le triomphe des Anglais et la banqueroute des grands banquiers d'affaires français, mais aussi la destruction totale de la légendaire flotte espagnole.

— Je ne vois pas là de quoi pavoiser ! fit le prince Jean. Napoléon va s'intéresser d'autant plus à nous, maintenant que l'Espagne est ruinée. Et n'en déplaise à vos stratèges, il n'est pas question que je désavoue mes amis anglais : ce sont nos seuls défenseurs. Je flatte M. Lannes, mais ni moi ni lui ne sommes dupes. Nous allons à la catastrophe.

Tout en attendant celle qui s'amassait sur sa tête jour après jour, Paul Valabrègue, prétendant officiel à la main d'Angelica Catalani, continuait à croire que la Fortune allait tourner. Mais il s'enfonçait de plus en plus. Bientôt, il allait lui falloir de l'argent, beaucoup d'argent. Ses créanciers étaient las d'attendre.

Paul n'avait jamais autant dépensé. L'argent gagné au jeu semblait lui brûler les doigts. Sa famille et l'ambassade de France où il prêtait service ignoraient tout de sa double vie.

---

1. En porfias... : (espagnol) Je suis experte en manigances et mauvaise comme une gitane. Mon âme déborde de calculs et de trames...

Lui, redoutait le moment inévitable où il lui faudrait tout révéler.

Ce soir-là, dans le cercle privé où il avait ses habitudes, il perdit encore. On peut même dire qu'il fut nettoyé. Il avait joué de l'argent qu'il n'avait pas. Il sortit de la salle de jeux pour fumer un cigare.

Le capitaine Johnson était installé dans un des fauteuils de cuir du fumoir, silencieux comme un vieux chat. C'était un personnage bien connu dans le demi-monde de Lisbonne, écueil discret où il était venu autrefois s'échouer après une mystérieuse débâcle. Aujourd'hui, il était propriétaire de ce pseudo-club anglais, et prêtait aux joueurs, avec usure, disait-on, mais toujours avec style. Il vit Paul Valabrègue se diriger vers la cheminée et fixer attentivement les flammes comme s'il voulait s'y jeter.

— *Malasuerte*, Mister Valabrègue ?

La malchance... C'était un mot qu'on ne prononçait jamais entre ces murs. Paul y vit un mauvais augure. Il s'assit près du vieil homme qui lui versa un verre de brandy. Ils burent en silence, appréciant la chaleur de l'alcool :

— Je suis dans une situation délicate, capitaine... dit enfin Paul. Très délicate... Puis-je vous en parler ?

Le capitaine Johnson savait déjà ce que Paul allait lui demander.

— J'ai besoin d'une aide, reprit celui-ci. Ou d'un garant. Jusqu'à présent, j'ai toujours payé mes dettes sur l'heure...

Il regarda le vieil homme dans les yeux.

— Sinon, je suis perdu.

Voilà, il avait dit ce qu'il ne fallait pas dire, il avait reconnu qu'il n'était pas un riche fils de famille comme il l'avait laissé croire, mais un aventurier incapable de payer ses dettes. Il reconnaissait être prêt à n'importe quoi pour se sauver.

— Je crains en effet que vous ne soyez allé trop loin, dit calmement le capitaine. Monsieur votre père ne vous suivra pas. Quant à l'ambassade de France...

Paul eut un mouvement d'humeur. Il décelait de l'ironie dans les paroles de Johnson.

— Rassurez-vous, poursuivit ce dernier. Cette conversation restera confidentielle. Je disais donc que votre salaire d'attaché à l'ambassade ne suffit pas au train de vie que vous avez. Comment pensez-vous vous en sortir ?

Paul serra les mâchoires. Que pouvait-il ajouter à la débâcle. Une leçon de morale ?

Johnson avait vu des fortunes considérables se faire et se défaire dans les clubs de Londres, y compris la sienne. Il avait vu le légendaire sir Charles James Fox jouer au Brooks'Club pendant deux jours et deux nuits de suite. Jouer et perdre, perdre, perdre... Johnson avait vu des hommes se ruiner, se battre, s'entre-tuer, se suicider à cause du jeu ; il était endurci comme un vieil éléphant. Il leva les yeux et regarda Paul en face pour la première fois, le sourire aux lèvres.

— Désolé, monsieur Valabrègue. Je ne peux pas vous aider.

Paul lui tourna le dos, réprimant une sorte de sanglot nerveux. Il s'était humilié pour rien.

Il alla vers la fenêtre masquée de lourdes tentures de velours. Des joueurs commençaient à sortir, après une nuit blanche. Dehors, Lisbonne s'éveillait, solaire, lente et joyeuse. Un joli cabriolet passa dans la rue en pente. On entendit les sonnailles du cheval.

Les pensées de Paul se bousculaient dans sa tête. Il était acculé. Ses amis de débauche ne l'aideraient pas. D'ailleurs, il ne fallait pas qu'ils sachent, ou bien il serait exclu à tout jamais de leur cercle. Ces jeunes loups brûlaient la vie par les deux bouts avec un élégant cynisme. Ils portaient les noms prestigieux des vieilles aristocraties portugaise et anglaise, ou de la nouvelle classe dirigeante française.

La table de jeu gommait les différences : les propriétés, les chevaux, les maîtresses changeaient de mains dans le plus grand détachement. On ne parlait pas d'argent. Jamais.

Paul avait réussi à devenir leur compagnon, ce qui ne signifiait pas qu'il était devenu leur pair. Mais il s'en sentait quand même profondément flatté. C'est ce qu'il avait désiré toute sa vie. Il aimait follement l'image qu'il avait de lui-même lorsque, entouré de ses nobles amis, et de jolies femmes du demi-monde, il faisait son entrée au théâtre. On le reconnaissait, on l'enviait, on copiait ses cravates, ses gants et ses vestes cintrées. « C'est l'amant de la Catalani », murmurait-on sur son passage. La conquête d'Angelica et le grand train qu'il menait avec elle à Lisbonne avaient été les clefs du royaume dont il allait maintenant être chassé.

Il revint vers la cheminée et se rassit, accusant d'un coup le poids de la nuit sans sommeil, la bouche pâteuse, la sueur aigre que l'excitation du jeu avait tirée de son corps. Il se sentait misérable.

— À moins que... fit Johnson, rêveur.
— À moins que ? répéta bêtement Paul.

Le regard de Johnson était aussi froid et perçant que celui d'un saurien.

— Parlons affaires, monsieur Valabrègue... Tout le monde connaît votre liaison avec Mlle Catalani. C'est une femme remarquable à bien des égards.

Paul remercia d'un hochement de tête.

— D'abord parce qu'elle est belle, poursuivit le capitaine, ensuite parce qu'elle chante divinement, enfin... parce qu'elle est riche.

— Monsieur, je ne permets pas... s'écria Paul.

— Mais si, mais si, vous permettez... Mlle Catalani, quoique riche, va vous coûter cher. Vous ne pourrez pas suivre, vous allez donc la perdre... Il vous reste cependant une dernière chance à courir et il vous faut la courir aujourd'hui même. Si vous l'épousiez, vous y trouveriez de grands avantages : la clef de son cœur, certes, mais peut-être aussi celle de son coffre...

Paul rougit violemment... Il était d'autant plus humilié que cette pensée l'avait déjà effleuré plus d'une fois. Le vieux diable lisait dans son âme.

— Alors, monsieur Valabrègue, vous seriez un homme totalement fiable. À condition bien sûr d'avoir la communauté de biens. Soyez assuré que, dès le jour des noces, vous trouveriez ici un crédit illimité. Si vous vous montrez convaincant et... rapide, vos dettes attendront un peu. Faute de quoi, je me verrai contraint à demander qu'on vous « affiche »...

En d'autres lieux et d'autres circonstances, Paul aurait giflé l'insolent et lui aurait demandé réparation. Il aurait défendu son honneur. Mais ici, dans ce club douteux, on laissait l'honneur au vestiaire. Il sortit sans un mot.

Une fois dans la rue, il se mit à marcher comme un automate, droit devant lui. Les gens se bousculaient dans le labyrinthe des rues étroites en escaliers. Des cris fusaient de toutes parts, l'air embaumait le jasmin et la fleur d'oranger. Paul échafaudait les plans les plus fous, puis petit à petit, son imagination enflammée se calma.

Oui, il allait épouser Angelica. Tout s'arrangerait par la suite. Il rembourserait ses dettes et il cesserait de jouer... Ce serait là sa vengeance... Ce vautour de Johnson verrait s'enfuir le pactole espéré.

Paul avait encore du crédit chez le meilleur joaillier de Lisbonne, celui qui fournissait la princesse-régente. Une demande en mariage ne doit-elle pas être accompagnée d'un cadeau somptueux ?

Oui, il allait épouser Angelica. Il *fallait* qu'il l'épouse.

Allait-elle accepter ?... Oui, bien sûr. Il rêvait d'être marquis, elle, rêvait d'être ambassadrice.

Paul eut un sourire amer.

Et si elle refusait ?...

Il se ferait sauter la cervelle.

Cette décision le soulagea d'un grand poids, il se sentait presque heureux. Il sortit du dédale de l'Alfama et se dirigea d'un pas vif vers la Rua d'Ouro, la rue des Joailliers, savourant la beauté éclatante de la vie : jaune d'or, comme les fleurs que lui tendait une fille en haillons noirs, assise sous un trou de muraille où flamboyait une petite Vierge en majesté.

Il lui sourit et lui donna tout l'argent qui lui restait en poche.

Angelica, les cheveux en désordre, était encore couchée dans les dentelles de Calais qui ornaient ses draps et ses oreillers. Elle s'autorisa une heure de paresse avant de se mettre à ses vocalises quotidiennes. Par la fenêtre de sa chambre, on voyait le Tage, les toits de la ville et au loin, le profil bleu des montagnes. Angelica avait aimé Lisbonne d'instinct, c'était une ville sensuelle, une sorte d'écrin crasseux où dormaient des bijoux désuets mais somptueux : palais rose fané ou vert pistache, clochetons baroques, coupoles, fontaines blanches et bleues, couvents de céramiques multicolores, que balayait le vent de l'Océan, un vent chargé d'Histoire et de rêves qui remuait en vous le Bien et le Mal jusqu'à ce qu'on ne comprenne plus rien.

En entrant, Paul avait fait signe à Rosa de se taire.

— Qui est-ce, Rosetta ? cria Angelica, contrariée, du fond de l'appartement : ce n'était pas l'heure des visites.

Paul souffla à voix basse :

— Le fleuriste !

— C'est un fleuriste, madame.

— Apporte.

Rosa jetait des regards inquiets vers Paul, qu'elle aimait bien. Il lui mit dans les mains le coffret qu'il avait apporté, et la poussa vers la chambre de sa maîtresse. Puis il attendit dans le long vestibule décoré d'azulejos et de portraits, se regardant nerveusement dans les miroirs aux cadres surchargés d'ors. La maison était splendide. Elle avait été mise à la disposition de la diva par le prince Jean et la princesse Carlotta.

Angelica adorait recevoir les messages de ses admirateurs. Aux billets et aux fleurs du matin, elle évaluait l'évolution de sa popularité. À Londres, les bouquets finissaient en vastes compositions dans les salons, dans sa chambre, dans l'entrée. Le surplus allait aux domestiques qui les revendaient. À Lisbonne, tout était plus petit, plus provincial, mais on craignait de se montrer pingre et les cadeaux étaient princiers.

Rosa entra avec un long coffret.

— Qu'est-ce que c'est ?

— Je ne sais pas, madame, c'est un... fleuriste qui l'a apporté.

Mais le coffret de cuir frappé d'or fin portait la signature du meilleur joaillier de la ville. Angelica, excitée comme une gamine, dénoua le ruban rouge et l'ouvrit. Sur un fond de velours noir, il n'y avait qu'une rose, du rouge qu'elle préférait. La plus belle, la plus grosse, la plus épanouie qu'elle eût jamais vue. Aux pétales charnus étaient accrochées cinq gouttes de rosée : cinq diamants blanc-bleu admirablement taillés et suspendus comme par miracle à la fleur par des fils de soie.

Angelica resta muette d'étonnement. C'était un cadeau royal. Elle déplia la lettre qui accompagnait le coffret. Elle ne contenait qu'une phrase :

Voulez-vous m'épouser ?... Paul.

Paul ne se tua point.

Angelica avait accepté sa proposition avec un transport de joie qui l'étonnait encore et le mettait mal à l'aise. Il sentait sa vie lui échapper : n'allait-il pas devenir une sorte de prince consort, soumis à sa prestigieuse épouse ? Une sorte de prince Jean ?

La fiancée se lança dans les préparatifs du mariage avec passion : la robe, les fleurs, les invitations, la cérémonie à la cathédrale de La Sé Patriarcal où se trouvaient les tombeaux du roi Alphonse et de la reine Béatrice.

Les princes-régents avaient accepté d'assister au mariage, ce qui représentait une faveur insigne. Mais si les princes ne s'entendaient que sur une chose, c'était bien leur commune passion pour l'opéra et pour Angelica Catalani en particulier, dont ils faisaient une sorte de déesse. Le prince en raffolait.

— Ma chère enfant, lui répétait-il, je vous prie de vous considérer pour toujours comme notre fille et d'user de nous comme de vos propres parents, tant nous vous aimons...

Et la princesse renchérissait, avec la vulgarité qui la rendait si populaire :

— Joao, en général tes cantatrices sont *putas*. Mais cette Catalani, non seulement chante *como la Virgen*, mais elle a de la tête et du cœur : elle déteste Bonaparte autant que moi. Elle me plaît !

Quand Angelica lui apprit qu'elle allait se marier, la princesse entra en liesse et l'entraîna en boitant dans les sous-sols du château, à la grande inquiétude d'Angelica, qui connaissait la folle réputation de Dona Carlotta.

— Je veux vous faire un cadeau, expliqua la princesse. Le prince ne comprend rien aux femmes, il est gâteux comme sa mère.

De salle en salle, elles finirent par entrer dans une pièce aux voûtes basses : c'était la salle des coffres. La « Nabote » referma soigneusement la porte derrière elle, les yeux brillants

— Ce sont mes trésors du Brésil... *mis bobadillas*, mes colifichets !

Sur une estrade au centre de la pièce, trônaient plusieurs coffres de cuir de Cordoue ouvragés et cloutés d'or. La Nabote commença à les ouvrir pour en vérifier le contenu.

— Non, pas celui-ci... Ni celui-là... Ah, nous y voilà... Approchez-vous, ma belle enfant, et ôtez votre châle...

Angelica s'exécuta.

La Nabote fit une sorte de poche avec le châle, le nouant aux deux extrémités avec une dextérité simiesque.

— Tenez ferme, *querida* !

Et elle piocha à pleines mains dans le coffre et déversa dans le châle une poignée de diamants.

— Une pour vous, ma belle, c'est votre dot !...

C'est en diamants qu'on payait les faveurs et les transactions secrètes. La caisse de la princesse lui permettait une belle indépendance.

— Une pour votre mari... Et une pour le premier enfant à venir... Je vous en souhaite beaucoup, comme moi. Et de les faire avec autant de plaisir.

Elle avait plusieurs enfants, tous de père différent, disait-on. Un sourire de satisfaction s'étalait sur son visage laid et fripé. Sous son aigrette ridicule en plumes de paradis, elle avait l'air d'une magicienne de foire.

À l'ambassade de France aussi, l'argent valsait allègrement. L'ambassadeur, le général Lannes auquel Paul était attaché, offrit une réception en son honneur. Tout le huitième régiment de hussards était présent. Paul arborait son uniforme pour la cérémonie, un uniforme d'apparat qu'il n'avait jamais porté, et qui lui avait coûté 300 livres — dix ans de salaire d'un ouvrier.

C'est que le général tenait à la richesse des uniformes : « Quand un officier va au combat, il faut qu'il ait l'air d'aller à une noce ! » aimait-il à répéter. Il dépensait donc avec une détermination qui n'avait d'égale que celle qu'il mettait à combattre. Lannes pouvait tout se permettre car il était, avec Joachim Murat, le favori de Napoléon. Celui qui l'avait soutenu dans toutes ses batailles, le modèle de virilité guerrière de tous les aides de camp. Lannes avait une prestance, une « classe » à laquelle Murat ne pouvait prétendre. C'était une tête brûlée qui aimait la fête, la guerre et le sexe. On disait même qu'il conduisait son régiment au combat en lui montrant ses fesses : « Allez, les gars, j'ai le cul rond comme une pomme, regardez bien ce phare-là et ne le perdez pas de vue ! »

Paul respirait ! Tout avait été incroyablement facile. Il s'agissait de gagner encore un peu de temps et de naviguer dans un réseau de mensonges petits et grands qui lui permettraient de dissimuler l'état de ses finances, de renvoyer les échéances.

Et puis, on disait que la guerre allait arriver d'un moment à l'autre, ce qui lui permettrait de masquer encore la vérité...

La cérémonie fut presque parfaite. Paul mentit encore à Angelica pour lui expliquer que son père ne viendrait pas. Il avait laissé entendre depuis longtemps que le vieux gentilhomme ne s'était pas remis de la Révolution et qu'il vivait en reclus dans son manoir de Saint-Germain-en-Laye.

Angelica aimait l'idée d'être accueillie à bras ouverts au sein d'une famille d'antique noblesse. Elle aurait su faire oublier ses origines et adopter en un instant cette élégance, cette réserve qui sont le vrai signe d'une caste. Elle n'en doutait pas : son répertoire ne comprenait-il pas de nombreux rôles de reine, qu'elle avait toujours interprétés à la perfection ? Au silence de la famille de Paul, elle crut comprendre cependant qu'on la rejetait. Elle restait une « chanteuse ». Elle en éprouva un dépit amer, mais en femme pratique, elle remit le problème à plus tard. On ne lui gâcherait pas un si beau jour.

La « fidalguerie », la coterie des plus anciennes familles de la noblesse portugaise, bouda la fête en bloc, mais la partie la plus amusante de la société s'empressa, les fortunes récentes, les jeunes héritiers et les plus jolies femmes de Lisbonne. Parmi les rares Anglais présents, on remarqua à peine le capitaine Johnson. Il salua la mariée avec la distinction détachée qui lui était propre et fit ses vœux au marié. Rien ne pouvait permettre d'imaginer que les deux hommes étaient de vieilles connaissances.

La nouvelle du mariage mit un bon mois à arriver à Londres. Dès que l'imprésario Morelli sut qu'Angelica Catalani avait épousé Valabrègue, il convoqua Jean-Baptiste Belzoni.

— Mon garçon, je t'ai aidé, le moment est venu de me rendre la pareille.

Jean-Baptiste le regarda avec étonnement.

— Je vais être direct, reprit Morelli. J'ai investi sur la carrière d'Angelica Catalani. Beaucoup. Elle me tient donc particulièrement à cœur. À toi aussi, je crois. Nous avons donc tous deux une bonne raison pour ne pas apprécier son mariage. Si encore elle avait épousé un grand de ce monde...

Jean-Baptiste ignorait la nouvelle et la reçut comme un coup de poing dans l'estomac. Ainsi, elle l'avait fait ! Elle lui avait préféré le « vaurien », comme disait Morelli.

— Elle doit être satisfaite, dit-il seulement. Elle sera ambassadrice.

Morelli s'esclaffa :

— Et moi, Premier ministre ! Ce sera un miracle si le petit mari ne finit pas en prison pour dettes. Oui, c'est un joueur. Je me suis informé : en quelques mois, il s'est endetté jusqu'au cou. Il va la ruiner. Il est capable de détruire sa carrière en un an...

— Ça la regarde.

— Non, Belzoni, ça te regarde aussi. Si tu m'aides, tu n'auras pas affaire à un ingrat. Je favoriserai ta carrière. Tu sais que je peux le faire, comme je peux aussi te mettre sur la liste noire... Ce n'est pas une menace, je tiens à le préciser, mais autant être clair. Je sais qu'elle a de la tendresse pour toi. Si tu avais été plus riche ou plus célèbre, c'est toi qu'elle aurait épousé. Elle me l'a dit elle-même.

Elle s'était confiée aux quatre vents ! Jean-Baptiste était furieux.

— Belzoni, fais-moi sauter ce mariage et ta fortune est faite.

— Vous m'étonnez, monsieur Morelli. Vous devriez savoir qu'une fois qu'Angelica a pris une décision, rien ne peut l'en détourner. D'autre part, elle est croyante, et s'étant engagée devant Dieu, elle n'y faillira pas. Enfin, elle est à Lisbonne et moi ici.

Morelli eut un geste d'impatience.

— Je mets cinq minutes à lui ficeler un contrat au Covent Garden. Mais surtout, je connais les chanteuses, elle ne pourra jamais rester loin de Londres, c'est le centre du monde. Quant au reste, elle est prête à te garder comme amant, c'est évident.

— Ça suffit, fit Belzoni en se levant. Ne comptez pas sur moi.

— Tu ne comprends pas, mon garçon. Il ne s'agit pas seulement de toi et de moi. Si tu as quelque sentiment pour elle, empêche-la de tomber dans les pattes de cet individu. Il n'en veut qu'à son argent. Il va la pousser à chanter n'importe où, n'importe quoi. Je lui donne un an et elle finira dans les salons à la mode où elle chantera le God save the King à tant par soirée...

— C'est une grande chanteuse, elle s'en sortira.

— Ah, non, *amico mio*, pas du tout, c'est justement pourquoi elle a tant besoin de conseils. Elle n'a aucune technique, elle ne sait même pas déchiffrer correctement une partition.

Il sortit un journal du tiroir de son bureau.

— Écoute sa dernière critique : « *La Catalani chante sans âme. Elle tourne autour du cœur sans jamais y pénétrer. Elle n'est que paillettes, vocalises et coups de gorge à l'italienne. Hier soir, elle a pleinement mérité son surnom...* » Oui, on l'appelle maintenant *Catsqualani*, à cause du chahut, des *catsquals*, qu'elle provoque régulièrement. La cabale miaule à qui mieux mieux au parterre, désormais... Elle pourrait bien tomber de son piédestal : elle ne se soucie que d'étonner son auditoire par ses performances. Elle a une voix extraordinaire, c'est entendu, mais si elle ne travaille pas, elle restera un phénomène, rien de plus.

— Comme moi, fit Belzoni narquois. Vous nous voyez ensemble ?

— Je te fais une proposition : je t'engage comme comédien. Je te trouverai des rôles sur mesure. Je te ferai même jouer Shakespeare. Tu joueras Macbeth. Je te place tout de suite sur *Valentina et Orson*, dans un rôle que tu ne pouvais pas espérer. Maintenant, je vais rappeler la Catalani à Londres. Je vais travailler sur le calendrier : tes tournées coïncideront avec les siennes. Elle t'aura constamment sous les yeux. Sois son ami, sois son amant, mais brise-moi ce mariage en vitesse.

— Moi aussi, je viens de me marier, Morelli. Avec une femme que je respecte.

— Je l'engage, j'engage qui tu veux. Dès aujourd'hui... Considère que l'Opéra est un art sacré et qu'il est entre tes mains, pour ainsi dire...

C'était dit brutalement, mais Morelli n'était pas un homme de salon, et Jean-Baptiste se dit que, dans son vulgaire réalisme, la proposition avait un avantage : il allait pouvoir partir immédiatement en tournée avec Sara et dans les meilleures conditions. Un compromis équivoque ? Oui, mais qui avait toutes les chances de tourner court. Il le rappela à Morelli qui haussa les épaules.

— Je prends le risque. Si je me trompe, j'aurai perdu beaucoup d'argent, mais je t'en aurai fait gagner. C'est honnête. Et ne crains rien, pour ta femme : ceci restera entre nous.

Jean-Baptiste aurait dû éprouver de l'embarras. Bizarrement, il se sentait satisfait, presque joyeux. Il avait toujours été mauvais perdant et l'idée qu'Angelica doive si vite se repentir de sa cruauté lui plaisait infiniment.

Et puis, quitter Londres était un soulagement. Jean-Baptiste n'aimait pas se sentir « installé ». Il préférait être partout de passage.

— Tu ne deviendras jamais bourgeois, toi, le raillait Grimaldi. Le bourgeois est sédentaire, constructeur et propriétaire.

— Je n'y peux rien, Joey, c'est plus fort que moi, dès que je m'arrête quelque part, je sens des racines qui poussent, des murs qui s'élèvent. En quelques mois, je suis prisonnier...

Quand il apprit la décision de son frère aîné, Francesco Belzoni, du haut de ses dix-sept ans, se rebella pour la première fois. Depuis des années, il travaillait dans l'ombre de Jean-Baptiste, tantôt assistant, tantôt apprenti, tantôt comédien. « Pars avec ton frère, avait ordonné leur mère, ce sera ton apprentissage. Et obéis-lui en tout. » Francesco détestait la vie de nomade qu'ils menaient depuis leur départ d'Italie, mais il n'avait pas l'habitude de discuter.

Les deux frères dînaient habituellement à la table de leur logeuse. Ce soir-là, Francesco laissa brusquement tomber sa cuiller d'étain dans son bol de soupe.

— Je ne veux pas partir en tournée...

— Qu'est-ce qui ne va pas ? demanda Jean-Baptiste, tu es malade ?

Silence.

— Tu as une petite amie ?

Francesco haussa les épaules.

— Mais non. Je ne suis pas comme toi, moi...

— C'est-à-dire ?

— Il n'y a que toi qui comptes. Ton succès, tes femmes. Tu ne penses à personne, tu fonces comme un cheval emballé, sans regarder ni devant ni derrière. J'aurais mieux fait de rester à Padoue, avec la famille, j'aurais été plus heureux.

Jean-Baptiste remarqua que les ongles de Francesco

étaient rongés jusqu'à la chair. Il n'avait pas treize ans quand ils avaient quitté la maison familiale.

— On ne mangeait peut-être pas tous les jours à notre faim, reprit Francesco soudain véhément, mais on était heureux quand même. Aujourd'hui je ne sais plus rien d'eux... Maman, qu'est-ce qu'elle devient ? et Antonio, et Domenico ? et la petite ?

— Quand on est partis, ça faisait deux bouches de moins à nourrir, répondit Jean-Baptiste. Et deux bouches comme les nôtres, ça compte. Courage, Francesco, tiens bon encore un peu. On ne va tout de même pas rentrer à la maison comme des gueux... Tu n'as pas envie de leur rapporter un peu d'argent ? À Padoue, il n'y a pas de place pour nous.

— Il y a de la place partout pour les gens de bonne volonté.

Jean-Baptiste soupira. Il est difficile de faire comprendre la vie à un adolescent malheureux. Francesco regardait son bol d'un air buté.

— Tu sais bien pourtant que nous ne sommes pas comme les autres, et que ça se paie.

Francesco était déjà presque aussi grand que lui. Encore quelques années et ce serait un véritable géant lui aussi.

— Les gens repoussent tout ce qui les inquiète, tout ce qu'ils ne comprennent pas : les étrangers, ceux qui sont différents. Ils les rejettent : c'est une réaction d'animal sauvage, et ils sont plus proches des loups que des chiens, tu le sais bien, tu l'as vu. Quand on mesure plus de deux mètres, on est condamné à être solitaire. Il faut donc être plus fort et plus malin. Plus armé.

Francesco acquiesça sombrement.

— Les loups aiment leur meute, poursuivit Jean-Baptiste. Elle les entoure, elle les protège, ils font bloc. C'est là où tu m'inquiètes, Francesco : je crois bien tu as la nostalgie de la meute. Tu veux y rentrer comme on retourne au ventre de sa mère. Ton envie de Padoue, c'est cela... Mets-toi bien dans la tête, même si ça fait mal, que la meute ne veut pas de nous. Si tu veux y rentrer, il faudra le faire de force, et si tu n'es pas le plus fort, ils te boufferont. C'est la loi de la nature.

— C'est ce que tu pensais à mon âge ?

— Non. À ton âge, j'avais des illusions, dit Jean-Baptiste en souriant. Je voulais être curé. Et je peux te dire que là non plus, on ne plaisantait pas avec la règle d'obéissance. Un peu partout on te dira : « Obéis d'abord, tu comprendras après. » Moi, je te dis : « Réfléchis. Mais vite. »

Ils partirent le lendemain à l'aube pour Edimbourg. Grâce aux bons offices de Morelli, ils disposaient d'une berline qu'ils partageaient avec Sara Banne et Jack Curtin. Le reste de la troupe suivait en caravane dans des *coaches* saturés d'odeurs corporelles et des roulottes où brinquebalaient les décors et une trentaine de malles d'osier.

Morelli dut revoir sa stratégie : l'empereur des Français voulait la Catalani et s'il réussissait à l'attirer, elle ne reviendrait pas de sitôt à Londres. Son douteux mari serait relégué à un rôle honorifique, ce qui arrangerait tout le monde. Lui le premier, qui verrait son étoile monter sans effort.

Napoléon ne désirait pas Angelica Catalani pour lui-même, mais pour l'Empire.

Il voulait attirer à Paris tout ce que le monde comptait de mieux, artistes, savants, industriels. Il voulait que les musées regorgent des plus belles œuvres d'art, les usines des meilleurs produits, les armées des meilleurs soldats — comme un propriétaire décore et embellit sa maison. Napoléon n'en possédait aucune, et c'était là une chose qui étonnait fort ceux qui l'entouraient. Le Corse n'avait rien acquis, rien amassé pour lui-même. Sa maison, son bien, c'était l'Empire. Il finirait avec lui, comme un amiral dans un naufrage. C'était une telle évidence qu'il ne s'en souciait pas.

L'Empereur se mit en frais pour Angelica.

Le rapport de police était intéressant : la nouvelle reine de l'Opéra ne se cachait pas d'être monarchiste, et de préférer l'Angleterre à la France. Or elle était mariée à un officier français, capitaine des hussards de l'Empire. La vie conjugale promettait d'être mouvementée.

— Le mari est un homme sans envergure, un joueur invétéré, ajouta le préfet de Police.

— Tant mieux, fit l'Empereur. Les honnêtes gens ne servent à rien.

C'est par le mari qu'il aurait la Catalani et c'est par l'argent qu'il aurait le mari.

Il convoqua le directeur du théâtre de l'Opéra et se fit montrer le contrat qui amenait la chanteuse à Paris pour trois concerts.

— Les Anglais sont un peuple de boutiquiers, déclara l'Empereur. Ils chipotent. Vous allez tripler la somme allouée à Mme Catalani. Ils ne suivront pas. Je désire que nous nous l'attachions. Ne lésinons pas.

— Sire, notre budget annuel est déjà bien entamé. La saison sera brillante et chère. Nous ne saurions affronter une dépense supplémentaire.

L'Empereur fit la sourde oreille.

— À la fin des trois concerts prévus, vous lui proposerez un contrat d'un an, renouvelable. Vous lui offrirez cent mille francs et tous les avantages qu'elle voudra. Je pourvoirai à l'équilibre de votre budget. Vous déciderez des œuvres avec elle, je ne m'y entends pas. Voyez grand, c'est tout. Et tenez-moi au courant.

Le directeur du théâtre en resta bouche bée. La maîtresse de l'Empereur, la célèbre Grassini, *prima cantatrice dell'imperatore e re*, ne touchait que trente-six mille francs et payait de sa personne... Une tempête homérique s'annonçait !...

Le jour de la présentation à l'Empereur, Angelica choisit une robe de crêpe noir avec des bretelles de velours croisées dans le dos. Presque une robe de deuil. On était en juin et les journées étaient déjà chaudes. Elle savait parfaitement que l'Empereur exigeait que les femmes de la Cour portent des couleurs claires. Il aimait particulièrement le jeu des minces silhouettes féminines dans les jardins, comme des touches de pastel sur le vert sombre du feuillage. Le vert était sa couleur préférée.

Angelica souligna la provocation en arborant des renoncules rouges dans les cheveux. Elle ressemblait à un tableau de Francisco Goya, le peintre de la Cour espagnole, qui savait si bien exalter les ténèbres, le sang et les passions.

Anglica savait parfaitement que porter du noir à la Cour n'était admis qu'en cas de deuil national et que ce costume d'une sombre beauté ferait scandale. L'Empereur comprendrait-il qu'elle portait le deuil de la liberté des peuples oppressés et la couleur du sang qu'il versait si aisément ?

L'impératrice devait se préparer pour l'Opéra. Elle congédia Mme Dubuquoy qui était le vivant symbole de sa disgrâce. La malheureuse était chargée de finir les tapisseries au petit point que Joséphine commençait pour se calmer les nerfs et n'avait pas le courage de terminer. Un calvaire.

Mme de Bassano, la plus fidèle de ses dames de compagnie, lui tendit la robe que l'Empereur avait « conseillée ». Chaque jour, il griffonnait un billet à sa femme pour lui exprimer ses préférences vestimentaires.

— Il faudra sans doute que j'invite cette Catalani aux Tuileries. Qu'en dis-tu, Bassano ?

— Attendez que l'Empereur vous le demande, Majesté.

— Oh, il le fera. Il veut toujours que je sois témoin de ses victoires. On dit qu'elle est fort belle. Autant que la Grassini.

La Grassini avait été la maîtresse en titre de l'Empereur pendant de longues années, et peut-être l'était-elle encore de temps en temps.

L'impératrice se regarda au miroir. Quarante-trois années bien vécues avaient laissé leur trace et les artifices n'y pouvaient plus rien... Elle soupira et tenta un des sourires à bouche fermée qu'elle avait mis au point pour relever l'ovale de son visage et surtout cacher ses dents, irrémédiablement abîmées — son « sourire de Joconde » comme disait son mari — mais le cœur n'y était pas. La gaieté contagieuse qui avait fait son succès, sa frivolité, sa superficialité adorable d'oiseau des îles, tout cela s'était envolé. Il n'y avait plus maintenant qu'une femme entre deux âges dévorée d'ennui et d'angoisse, et que les fêtes n'amusaient plus.

— Ne vous inquiétez pas, Majesté : on dit que cette Catalani est mariée et respectable.

— Tu es bien naïve, Bassano. Ces femmes-là s'achètent une respectabilité comme d'autres une paire de gants. Et puis, ce ne sont pas les maris qui arrêtent l'Empereur.

L'impératrice se laissa aller devant sa coiffeuse, plus déprimée que jamais. Ses yeux se remplirent de larmes. Elle crispa ses mains sur son ventre stérile.

— Le danger ne viendra pas de là. Ce n'est pas une chanteuse qui prendra ma place, mais une de ces jeunes oies au grand nom et aux hanches larges. Une pondeuse... Cette ordure de Talleyrand les passe déjà en revue... Bassano, que faire ?

Mme de Bassano lui prit la main.

— Madame, l'Empereur vous aime. Se soucierait-il de vous chaque jour comme il le fait ? choisissant lui-même vos bijoux, vos toilettes, alors qu'il a si peu de temps...

Joséphine pensa qu'il avait toujours trouvé du temps pour l'amour. Cet amour qui s'enfuyait, et qui ne reviendrait pas. Sa voyante, la Lenormand, avait eu une vision terrible. Une goutte d'eau sur le miroir de Venise avait suffi. Dans cette larme tremblante, elle avait tout vu : si Napoléon se hasardait à la quitter, il allait tout perdre, batailles, flotte, empire. La catastrophe était en marche.

Joséphine ouvrit un de ses coffrets qui regorgeaient de bijoux : achats, cadeaux de l'Empereur, fruits de transactions et de pillages. Les pierres précieuses étaient pour elle les trophées compensatoires des vexations, des attentes, des espoirs déçus, des désirs vains, et bientôt de sa défaite. À chacun de ses bijoux était attachée une histoire. Elle choisit deux grosses poires de diamant, les « brignolettes » de Marie-Antoinette. Elle se contempla dans le miroir : « Oui, les diamants sont bien mes seuls amis... »

Elle se redressa, les yeux secs, le geste brusque.

— Je ne suis pas encore morte. Il faudra me passer sur le corps. Donne-moi mon châle, Bassano.

Paul avait été ébloui quand l'Empereur les avait fait appeler à Paris. Le talent d'Angelica avait fait plus que n'importe quelle intrigue diplomatique, plus que le courage et la valeur militaire. S'il avait combattu au front au lieu d'aller s'enterrer à Lisbonne, il n'aurait jamais obtenu autant. Il se félicita secrètement de son choix et de la bonne fortune qui lui avait fait épouser Angelica. Grâce à elle, ils allaient pouvoir s'installer en France, à la Cour, dans la faveur de l'Empereur... Il en avait toujours rêvé et pour la première fois, ce rêve devenait accessible.

Et voilà qu'Angelica menaçait de tout gâcher par ses caprices. Ils étaient mariés depuis quelques mois seulement et Paul avait déjà du mal à supporter sa fougue.

— Angelica, je t'en supplie, peut-on gâcher une telle occasion pour une robe ? Pense à ta carrière... À la mienne...

Son anxiété faisait peine à voir. Angelica lui en voulut de sa faiblesse.

— J'ignore si ta carrière a besoin de l'Empereur, répliqua-t-elle. La mienne, non : je suis payée pour chanter, pas pour lui plaire. Il ne dira rien, ton empereur : il me veut. Et s'il me veut, il me prendra comme je suis. S'il est mécontent, qu'il me le dise, je lui répondrai.

L'empereur, en effet, ne dit rien. Il se contenta de soulever les sourcils en signe d'étonnement. La provocation de la Catalani était un bien beau spectacle. Le noir mettait en valeur sa chair blanche si fine, si compacte qu'on aurait voulu la toucher. Le rouge des fleurs rehaussait l'éclat de ses lèvres. Elle semblait faite d'émail et de peau d'ange. Elle lui plut infiniment. Il la salua donc très gracieusement, lui décochant son célèbre sourire. La nouvelle fit le tour des Tuileries comme une traînée de poudre : la Catalani avait la faveur de l'Empereur, « Il » lui avait souri. Pire, l'impératrice lui avait adressé la parole. La Grassini était comme folle.

Il faut dire que l'Empereur souriait de plus en plus rarement. Avec l'âge, son visage s'était arrondi, empâté, prenant la noblesse renfrognée des statues romaines. Le sourcil froncé, l'œil flamboyant, la mâchoire crispée, il était l'image même de la virilité dominatrice et menaçante. Il ne souriait que quand il voulait séduire : il avait alors le pouvoir hypnotique d'un félin.

On ouvrit des paris sur la vertu de la Catalani.

Son premier concert connut un immense succès. Quand elle attaqua son grand air : *Je suis reine...*, l'Empereur applaudit avec transport, ce qui fut considéré comme un présage. L'ovation qui s'éleva fit passer un frisson sur la nuque de Paul Valabrègue. Il sentit le souffle brûlant du pouvoir, bien plus excitant que celui de l'amour et il se dit que s'il devait être cocu, au moins, il serait un cocu impérial, ce qui n'était pas donné au premier venu.

En quelques jours, Angelica devint « la déesse de la Musique », « le premier talent de l'Europe », « une incomparable beauté », « la reine de l'Harmonie au milieu de son Empire ». La Grassini et la Billington n'étaient plus rien et s'arrachaient sans doute les cheveux dans leurs salons déserts. Paul, enthousiaste, empilait des paquets de journaux : le *Courrier des Spectacles* et le *Journal des Débats* ne tarissaient pas d'éloges.

L'été à Paris s'annonçait glorieux. Angelica était partout fêtée et adulée. Paul était heureux. C'était la vie dont il avait toujours rêvé.

— Non... fit Angelica.

Paul se retourna, stupéfait. Le directeur de l'Opéra parut tout d'un coup vieilli et fatigué.

— Non, je refuse. Vous remercierez l'Empereur, je suis extrêmement flattée par l'intérêt qu'il me porte, mais je ne signerai pas de nouveau contrat. J'ai d'autres engagements à Londres en septembre.

— Mais Angelica... tenta Paul qui avait pâli.

Elle ne pouvait pas tout détruire ainsi... Morelli attendrait. Qu'était-ce qu'un Morelli en face de l'Empereur !

— Nous paierions les dédits, hasarda le directeur.

— Non. Je pourrais le faire, mais je ne le ferai pas. Quand Angelica Catalani prend un engagement, elle le respecte. D'autre part, je brûle de retourner à Londres où j'ai des amitiés et un public qui m'attend. Je ferai la saison prochaine au Covent Garden. Je suis restée trop longtemps à Lisbonne.

Elle se retint pour ne pas ajouter : « ...Et je déteste Napoléon Bonaparte. Je déteste ses rois fantoches, ses frères, ses sœurs qui prolifèrent comme des rats et s'installent partout, son arrogance et sa manière de traiter les pays et les femmes comme des terres de conquête. » Des rois légitimes, d'antique lignée, avaient accueilli Angelica Catalani avec admiration et respect, presque comme une égale. Elle leur en avait été profondément reconnaissante. Elle était ambitieuse certes, mais elle ne les trahirait pas pour le Corse. Il ne comprenait rien à son art, il ne pensait qu'à l'acheter.

— Madame, fit le directeur, résigné, nous serions disposés à affronter un sacrifice financier sans précédent pour nous assurer votre collaboration...

Paul la regarda, les yeux flamboyants. Une veine avait gonflé sur son front.

— Je vous remercie encore, monsieur, répondit Angelica, mais je gagne ce que je veux tout en n'étant liée à personne.

— Faites votre chiffre.

C'était une proposition inouïe. Paul sentait la colère monter en lui.

— Monsieur, vous semblez ne pas me comprendre, s'impatienta Angelica. Je ne désire être liée à aucun Opéra, à aucun État, à aucun chef. Je gagne suffisamment pour jouir de ma liberté. J'entends la conserver. Et si je veux chanter pour les Anglais, il n'y a là rien de politique et je ne vois donc pas qui pourrait m'en empêcher !

Angelica sortit dans un grand mouvement de robe. Paul s'attarda un instant, se confondant en excuses auprès du directeur et lui laissant entendre que sa femme ne se sentait pas bien et que tout n'était pas dit.

Le préfet de Police rassura le directeur de l'Opéra.

— Nous la briserons... Ne dites rien à l'Empereur, sinon que vous êtes en pourparlers. Laissez-moi faire.

Il convoqua ensuite Paul Valabrègue, et se montra d'une amabilité extrême. À la fin de leur entretien, le préfet ouvrit le tiroir de son bureau. Il en sortit le contrat d'Angelica, leur passeport et les plaça côte à côte. Son ton avait changé.

— Cher monsieur Valabrègue, je suis contraint de vous mettre un petit marché en mains... Je crains que l'Empereur ne soit fort contrarié par le refus de Mme Catalani. Je prends donc les devants, nous gagnerons du temps.

Il fit une pause.

— Votre épouse a longuement parlé de liberté hier à l'Odéon. C'est un grand mot, qui peut s'appliquer à bien des situations. En ce qui vous concerne, la Liberté est plus qu'un mot : c'est ce passeport, par exemple, qui vous permet de circuler à votre guise. Je le conserve jusqu'à nouvel ordre. Vous n'ignorez pas que le Blocus continental en vigueur rend très difficile votre voyage en Angleterre, qui, ne l'oubliez pas, est notre ennemi. Sans passeport, il est même impossible. J'aimerais que madame votre épouse prenne le temps de réfléchir sur la Liberté telle que nous l'entendons, ainsi que sur la générosité exceptionnelle de Sa Majesté l'empereur.

— Croyez bien, balbutia Paul, que je m'emploierai au mieux...

— J'en suis certain. Les gens comme moi ont toujours besoin de gens comme vous, monsieur Valabrègue... ou « de » Valabrègue ?

Paul rougit. Depuis quelque temps, il usait d'une particule, ces deux petites lettres qui ouvraient encore bien des portes et qu'il rêvait d'obtenir officiellement.

— Valabrègue... avoua-t-il.

— C'est bien ce qui me semblait, apprécia le préfet. Enfin, nous avons traversé la Révolution, nous savons ce qu'il en est de ces choses-là ! Je vois cependant ici que votre famille est confrontée à un sérieux problème...

— Je ne comprends pas...

Paul commençait à s'inquiéter. Il sentait le préfet flairer autour de lui comme un chacal.

— Mais si ! Vos papiers de famille, voyons ! Nous avons d'excellents collaborateurs, vous savez. Regardez ce dossier ! *« Famille Valabrègue : n'est plus en mesure de démontrer sa nationalité française. »*

— Comment pourrais-je ne pas être français, monsieur ! s'exclama Paul qui avait pâli. Je suis officier, capitaine du huitième régiment de hussards, attaché personnellement au maréchal Lannes !

Ses beaux yeux noirs étincelaient.

Le préfet eut un geste apaisant et il continua sa lecture :

— Monsieur votre père aurait confié tous les papiers concernant votre famille à un certain abbé Godde, exécuté révolutionnairement pendant la Terreur. Ces papiers auraient disparu avec lui. C'est exact ?...

Paul acquiesça.

— Malgré notre enquête, aucune trace de cet abbé n'a été retrouvée dans les dossiers des tribunaux révolutionnaires... comme s'il n'avait jamais existé. On pourrait donc considérer que vous êtes des inconnus, des étrangers, sans papiers... et se demander ce que vous faites sur les terres de l'Empire.

Il y eut un silence bref, mais très lourd.

— Nos informateurs ont cependant découvert qu'une famille Valabrègue, probablement d'origine israélite, provenant du Comtat Venaissin, compte encore beaucoup d'éléments à Carpentras et aux environs... Bien sûr, ils ne sont pas forcément de vos parents...

— Notre famille remonte au XVe siècle, répliqua Paul avec orgueil, et tout le monde ne peut pas en dire autant ! Les Valabrègue ne descendent pas de Charlemagne, mais de Iassé

Menahem et de Blanchette de Lunel. De Carpentras, en effet ! C'est à cela que vous vouliez arriver ?

Paul frémissait, ne sachant pas lui-même si c'était de peur ou d'humiliation.

— Ah, vous le saviez déjà ? fit le préfet en refermant le dossier.

Il avait un regard presque candide.

J'espérais vous faire une surprise et vous informer de vos possibles racines. Eh bien, c'est donc une affaire classée. Cher monsieur, tout cela restera entre nous. Si vous saviez combien de petits secrets ont défilé dans ce bureau...

Il raccompagna Paul jusqu'à la porte et lui serra chaleureusement la main

— Je compte sur vous !

Pour la première fois, ce soir-là, Paul et Angelica se disputèrent violemment. L'entrevue avec le préfet avait bouleversé Paul. Il avait résolu de tenir cachée la dernière partie de l'entretien, mais il bouillait de rancœur.

— Et tu n'as rien dit ! s'indigna Angelica. Ah, si j'avais été là !

— Je ne peux pas te laisser jeter au vent une fortune.

— Il n'y a que cela qui t'intéresse, n'est-ce pas ? La fortune ! Je t'ai observé, ces jours-ci, mon ami. Tu étais aux anges : tu regardais le Corse comme le chien regarde son maître, et tu calculais si fort qu'il me semblait t'entendre cliqueter... Mais tu oublies d'où il vient, le pactole... il vient de là !

Elle jeta son châle à terre d'un geste théâtral et découvrit sa gorge.

— Tais-toi, fit Paul, tu perds la tête, nous allons avoir des ennuis...

— Des ennuis ? Mais tu en as déjà, mon ami. Tu penses vraiment que je suis aveugle, sourde et idiote ? Que je ne suis pas au courant de tes dettes ? Que je crois à tes histoires à dormir debout ? On a su m'informer, Paul Valabrègue. Tu m'as menti depuis le début.

Paul pâlit. Tout était perdu.

— Tu n'as ni titre, ni fortune, poursuivit Angelica, implacable. Il n'y a aucun château à Saint-Germain, ton père vendait des cannes au Palais-Royal. Et aucune autre fortune que la mienne, si elle résiste. J'ai aimé un homme qui te ressemble, mais qui n'existe pas. Ah ! Monsieur le comte de Valabrègue ! Tu m'as bien dupée !

Paul désespéré, tenta de se rebeller.

— Comment peux-tu croire à de tels commérages ! s'écria-t-il. Et mon amour pour toi, il ne compte pas ?

— Si au lieu de me mentir, tu m'avais dit clairement que tu étais fils de boutiquier, je t'aurais respecté pour ton courage. Je t'aurais sans doute accepté tel que tu étais.

— Allons donc, s'exclama Paul amèrement. Tu voulais faire un beau mariage. Comte, ambassadeur, c'était encore trop peu pour toi, je le sentais bien. Je me demande si tu as jamais aimé autre chose qu'un titre et un uniforme.

— Et toi ? tu es prêt à me céder à ton empereur, par pure ambition ! Qui habite donc derrière ton charmant sourire et tes belles manières ? Qui es-tu, Paul Valabrègue ?

— Un homme qui n'acceptera jamais de te perdre. Jamais, entends-tu ? Plutôt mourir !

— Ce n'est pas cela qui m'empêchera de partir pour Londres.

Il la saisit par les poignets, et l'attira brutalement à lui, sans savoir si c'était à la colère ou à la panique qu'il cédait. Angelica se débattit. Elle était de nouveau la furie égarée qu'elle savait être en scène.

— Frappe-moi, Paul Valabrègue, et je te tue ! Personne ne touchera à ma liberté. Personne ! Ni toi, ni eux. Je t'ai aimé, je t'ai choisi, j'ai voulu partager ta vie. Je croyais avoir épousé un lion, je vois maintenant un capon, prêt à me vendre à son tyran. Contre quoi ? Une carrière ? Alors reste dans son ombre, et grand bien te fasse ! Ils ont confisqué mon passeport ? Qu'ils le gardent ! Je m'en passerai.

— Calme-toi, Angelica, les choses ne sont pas comme tu le crois, donne-moi au moins une chance de t'expliquer... Je t'en prie, pas de folies, je t'aime vraiment... Tu me fais peur... je ne supporterais pas qu'il t'arrive quelque chose. Tu n'arriveras jamais à Londres sans passeport, tous les ports sont contrôlés. Personne ne peut forcer le blocus. Nous risquons de graves sanctions tous les deux.

Angelica eut un rire fou.

— Ah ! c'est donc ça : tu as peur des sanctions ! Et tu as raison, parce qu'il va y en avoir. Je pars. Et j'irai où je veux, avec ou sans blocus, avec ou sans passeport, avec ou sans ta permission... Il n'est pas né, celui qui arrêtera Angelica Catalani.

Angelica s'adressa à Crescentini, son ancien professeur de chant, qui vivait maintenant à Paris. Le castrat avait acquis une position importante aussi bien à la Cour que dans la communauté italienne forte de quelque vingt mille émigrés. L'Empereur l'aimait beaucoup, car il avait su l'émouvoir aux larmes dans *Roméo*. Du coup, il l'avait nommé maître de Chant de la famille impériale et lui avait fait attribuer la Croix de Fer. La Cour s'en étonna en se demandant pour quel fait de guerre on pouvait bien honorer un castrat. La Grassini avait été très bien en la circonstance, clouant le bec à tout le monde : « Pour sa blessure ! » avait-elle dit.

Crescentini était donc devenu assez puissant pour aider discrètement Angelica.

En quelques heures, il lui trouva une calèche privée, un cocher fiable, une lettre de recommandation et une adresse au fin fond de la Bretagne où on l'aiderait à gagner l'Angleterre.

Le tout était d'arriver à Morlaix. Là, elle trouverait le capitaine Loïc Pencoat, un homme de bonne race corsaire, né à Saint-Malo, qui passait régulièrement des gens et des marchandises en Angleterre. Depuis plus de dix ans, il prenait plaisir à défier les lois. À la fois contrebandier et hors-la-loi, il avait sauvé de la guillotine de nombreux condamnés pendant la Terreur, s'assurant ainsi de hautes protections de part et d'autre de la Manche.

Pour les marins bretons et normands, le Blocus continental était une nouvelle mine d'or.

Angelica s'habilla le plus simplement possible, tira ses cheveux en chignon, planta un pauvre chapeau sur le tout et se transforma en ouvrière modiste, dépêchée en Bretagne pour une livraison délicate dans un lointain château. Dans un carton à chapeaux, elle plaça plusieurs créations qu'elle venait d'acheter chez Mlle Minette et chez l'exorbitante Mlle Despeaux, la modiste de l'impératrice.

Elle médita un instant sur un petit chef-d'œuvre mousseux de fleurs et de dentelles qui avait coûté une fortune et se dit que, décidément, elle aimait beaucoup la Despeaux. Pas seulement parce qu'elle avait du talent, mais parce qu'elle était elle aussi en guerre ouverte avec l'Empereur. Il la faisait chasser régulièrement de chez Joséphine qui lui achetait à prix d'or un nombre extravagant de couvre-chefs. On soupçonnait les deux femmes de le faire exprès. C'était quand même très amusant d'exaspérer à coups de chapeaux l'homme que toute l'Europe redoutait, et de le contraindre à éplucher une comptabilité farcie de plumes de héron et de mètres de ruban...

 Le voyage parut interminable à Angelica. On roula nuit et jour sur des routes défoncées. La berline traversa en cahotant des campagnes vertes et de sombres forêts d'où on s'attendait à voir surgir quelque licorne, ou des cavaliers en armure, comme dans les récits d'autrefois. Les fougères rouillées qui bordaient la route étaient grandes comme des hommes. Aux toits de tuiles succédèrent des toits d'ardoises. On traversa Fougères, dont les remparts montaient la garde à la frontière du duché de Bretagne. Combourg, Dinan, Saint-Brieuc. Les petites villes de granit se serraient au pied des forteresses, ou autour d'églises trapues faites pour résister au vent. Dans les champs bordés de palis d'ardoise, des hommes et des femmes vêtus de noir travaillaient la terre.

 La mer surgit enfin entre deux collines, verte et bleue. Une chapelle dominait une baie mélancolique et Angelica voulut s'y arrêter. Sur un îlot relié à la terre par une bande de sable se dressait un château médiéval à moitié en ruines. Un mince filet de fumée s'échappant d'une cheminée signalait qu'il était habité. Une lande de bruyères et de genêts descendait jusqu'à la grève. Les vagues avaient laissé derrière elles des mares où se promenaient lentement de petits échassiers attentifs.

 La porte de la chapelle s'ouvrit en grinçant et libéra une bouffée d'air humide qui sentait l'encens et la cire. Une Vierge dominait l'autel, sculptée avec naïveté. Elle était entourée d'étoiles et ses pieds nus foulaient le Serpent. Elle regardait Angelica avec bienveillance, les bras grands ouverts sous son voile bleu. Des lettres d'or formaient son nom : *Maria, Stella Maris.*

 Tout autour d'elle, en ex-voto, de menus objets décoraient les murs, des chapeaux de marin, de petits bateaux, et des tableaux ingénus qui représentaient des naufrages.

Angelica s'agenouilla et pria avec ferveur. Sa fougue la mettait encore une fois en danger, mais il était trop tard, le vin était tiré. Elle redoutait la traversée de la Manche, sachant qu'elle était périlleuse et que personne ne viendrait à son secours.

La prière faite, elle s'assit, regardant autour d'elle. La petite église était accueillante, pas comme ces cathédrales qui ne peuvent inspirer que la crainte. Ici, la religion était bon enfant, tout y était simple et naïf, comme les petits tableaux des marins, qui ressemblaient aux dessins que font les enfants pour leur mère.

Angelica était seule avec Marie dans cette chapelle. Elles se regardaient. Angelica commença à lui parler.

— Aide-moi, *santa Vergine*... Ai-je donc fait une si grande erreur en épousant Paul ? Dois-je rentrer à Paris, lui pardonner ? Tenter encore de croire qu'il ne jouera plus, qu'il ne mentira plus ? Oublier qu'il ne m'a épousée que pour mon argent... Ou bien, aller à Londres et recommencer à zéro. Et si Jean-Baptiste m'avait attendue... Oh, pourquoi n'ai-je pas eu confiance en lui !... Donne-moi une réponse, *Madonna mia*, envoie-moi un signe...

Mais la petite Vierge de bois continuait à lui sourire en silence. Par la porte ouverte arrivait le bruit des vagues et le cri des mouettes.

Bientôt le cocher vint la chercher : il fallait se hâter si on voulait être à Morlaix avant la nuit.

La réponse de la Madone lui parvint sur les quais de Morlaix, au fond d'un estuaire encaissé et humide. Les toits d'ardoises et les pavés de granit étaient luisants de crachin, l'air avait la saveur de sel de la mer toute proche. Une forêt désordonnée de mâts encombrait le port. La marée était basse, la mer s'était retirée à des kilomètres, ne laissant dans l'estuaire qu'un étroit chenal navigable.

Le cocher se mit en quête d'un certain capitaine Pencoat. On lui répondit qu'il était à peine arrivé. On trouverait sa goélette en bout de quai, en face de la manufacture des tabacs de la Compagnie des Indes.

— Vous ne pouvez pas vous tromper. C'est le *Maris Stella*. Il porte une étoile dorée sur la proue.

Marie, Étoile de la Mer... Angelica se sentit alors parfaitement tranquille. Elle avait pris la bonne décision. La Madone protégerait son voyage.

— Voici, monsieur, la lettre que mes amis vous envoient. Vos conditions seront les miennes.

Le capitaine Pencoat avait un visage buriné par le sel et le soleil, le poil hirsute et des yeux bleus au regard attentif et direct. Il ouvrit la lettre, lut, puis la déchira et la jeta dans l'eau du port. Il avait fait tous les trafics imaginables, avec une nette préférence pour le tabac. Les hobereaux du coin, toujours désargentés, vivaient de cette juteuse contrebande. En partie grâce à lui, car il n'avait pas son pareil pour semer les agents de la Ferme, quitte à les envoyer sur les récifs ou par le fond.

— Je repartirai à la première marée, déclara-t-il. Transport de prisonniers, ça ne sera pas un voyage agréable pour une femme comme vous. Mais ce sera cent cinquante louis quand même.

Angelica lui compta l'argent pendant qu'on déchargeait le troupeau humain. La puanteur de la cargaison arrivait jusqu'à eux.

— Dès que ceux-là sont à terre, on balance quelques seaux d'eau pour nettoyer la pourriture que ces salauds m'ont laissée, sauf votre respect, madame, et on charge les Anglais. Ils sont déjà là, les homards...

Il eut un geste du menton vers une sorte d'enclos où des soldats anglais attendaient leur tour. Des uniformes rouges qui leur avaient valu leur surnom, il ne restait que d'informes haillons. Heureux de retourner au pays, ils interpellaient les prisonniers français étourdis par la lumière, le bruit, et la future liberté.

— Je vais voyager avec eux ? s'enquit Angelica épouvantée.

— Oh non, il ne resterait rien de vous en cinq minutes. Ils n'ont pas vu de femme depuis des mois... Non, vous serez dans ma cabine.

Il sourit.

— Je dormirai sur le pont, ajouta-t-il, j'ai l'habitude... Allez m'attendre à l'auberge du Lion d'Or. Je viendrai vous chercher.

— Non, dit Angelica. Je serai dans ma voiture.

Elle se voyait mal dans une taverne à matelots. Elle savait que de longues heures d'angoisse l'attendaient, qu'elle allait souffrir du roulis et du tangage et qu'elle allait compter les vagues jusqu'à la terre d'Angleterre.

Morelli avait rappelé Jean-Baptiste à Londres. Il l'avait fait engager au Covent Garden dans *Samson et Dalila*, un triomphe. Propulser le géant sur cette scène prestigieuse dans une œuvre classique avait été une belle intuition. Le public attendait avec délices la scène de la destruction du Temple aux effets spectaculaires. Morelli, seul dans son bureau poussiéreux, faisait des plans et des comptes : Jean-Baptiste devenait une vedette. Qui sait, au retour d'Angelica, on pourrait peut-être monter un spectacle qui les réunirait...

4

Debout entre les colonnes du temple, Jean-Baptiste attendait comme chaque soir le signal du chef d'orchestre et fit saillir en un simulacre d'effort les muscles de ses bras et de ses pectoraux. Les colonnes vacillèrent. Une clameur monta du parterre. L'orchestre déchaîna ses cuivres et ses timbales. Les figurants se mirent à courir et à se bousculer savamment, tandis que les blocs de carton-pâte croulaient dans un nuage de plâtre. Sara, à qui on avait donné le rôle de la grande-prêtresse à cause de sa taille, dressa les bras au ciel et se laissa glisser à terre, « morte ».

Le concierge aborda discrètement Belzoni à sa sortie de scène.

— Mme Catalani s'est installée dans une calèche devant la sortie du théâtre. Elle refuse de s'en aller. J'ai eu toutes les peines du monde à l'empêcher de gagner les coulisses.

Le cœur de Jean-Baptiste fit un bond dans sa poitrine.

— Dis-lui que je ne veux pas de scandale et que je viendrai dès que j'aurai fini.

Sara irait dîner avec les comédiens au Vauxhall ; il les rejoindrait plus tard.

La représentation terminée, la foule entraîna tout le monde dans son sillage, spectateurs, attelages, jusqu'aux belles filles qui racolaient dans le foyer. Il ne resta bientôt plus dans la rue qu'une seule voiture. La lueur sourde de ses lanternes vacillait dans la nuit.

Angelica gisait endormie dans la calèche aux rideaux baissés, une odeur lourde stagnait dans l'obscurité, presque désagréable malgré le parfum sur lequel on n'avait pas lésiné. Des relents de fatigue humaine, et de crottin de cheval : l'odeur des voyages, que Belzoni ne connaissait que trop bien depuis qu'il sillonnait les routes d'Angleterre et d'Écosse.

Angelica se réveilla brusquement et se jeta dans ses bras, riant et pleurant à la fois.

— Pardonne-moi, pardonne-moi... murmurait-elle.

Elle l'embrassait avec passion couvrant son visage de baisers humides de larmes.

Il se laissait faire. C'était agréable.

— Je n'avais rien compris. Si tu savais comme je me repens de t'avoir quitté...

Il esquissa un sourire dans l'obscurité.

— J'ai quitté Paul, reprit-elle. C'est une âme mesquine, je ne veux plus le voir. Il ment, il manipule, il triche. Je me suis trompée.

— Tu n'es donc pas mariée ?

— Je divorcerai.

— Allons donc, tu sais bien que devant Dieu, il n'y a pas de divorce qui tienne !

Il y avait un sarcasme dans la voix de Jean-Baptiste. Des larmes de fatigue montèrent aux yeux d'Angelica.

— Ne sois pas cruel, murmura-t-elle. Dieu me comprend, j'en suis certaine. J'ai payé pour mon erreur. Je ne veux pas être respectable à ce prix. Je demanderai le divorce dès demain. J'ai de puissantes amitiés en Italie qui sauront m'aider. Nous pourrons nous marier très vite, tu verras...

Jean-Baptiste la laissa dire, il se laissa baiser les mains, la bouche. Angelica avait le souffle court, et se frottait à lui comme une lionne en chaleur. Elle releva sa robe, découvrant ses cuisses blanches et se mit à genoux sur le cuir usé de la calèche qui en avait vu d'autres. Elle se colla à Jean-Baptiste et le chevaucha. Il sentit monter vers lui son odeur chaude et son cœur se mit à battre puissamment. Il l'embrassa et caressa l'intérieur des cuisses d'Angelica qui gémit et s'offrit un peu plus. D'une main, il saisit le sexe offert et le repoussa.

Ce fut plus dur que de renverser les colonnes du Temple...

La calèche allait au pas, et des rais de lumière filtraient de temps en temps entre les rideaux mal tirés. Jean-Baptiste aperçut un instant le regard égaré d'Angelica, un regard de Pythie en transe. Elle haletait.

— Pourquoi... pourquoi me fais-tu ça...

— Je ne veux pas profiter de la situation, dit-il. Je suis un homme marié maintenant, Angelica.

On n'entendit plus que les sabots du cheval sur les pavés.

— Je ne te crois pas, murmura Angelica d'une voix blanche. Tu te venges...

— Non, c'est la vérité. Je la dois à l'une et à l'autre. Si je me tais, je vous trahis toutes les deux.

Angelica remit mécaniquement de l'ordre dans sa tenue.

— Et pourtant, tu m'as manqué chaque jour... ajouta-t-il en l'obligeant à le regarder en face. Je t'aimais, je rêvais de toi, j'avais envie de toi même quand je dormais. En ce moment encore, j'ai envie de toi...

Jean-Baptiste lui prit la main de force et l'appuya sur son sexe en érection. Angelica la retira, le regard dur, les joues rayées de larmes.

— Mais je ne te toucherai pas, continua-t-il. J'en ai fait le serment.

Elle s'écarta de lui mais il comprit à son regard qu'en cet instant, il se l'était attachée pour toujours et il sourit. Il frappa contre la vitre du cocher pour faire arrêter la voiture.

Dans la pénombre, les yeux d'Angelica luisaient comme ceux d'un animal sauvage.

Paul Valabrègue arriva à Londres une semaine plus tard avec les passeports. Il fut accueilli par une épouse apparemment détachée de tout. Par une sorte d'inexplicable revirement, elle mit l'entière gestion de ses biens et de sa carrière entre ses mains. Grisé par ce nouveau cadeau de la Fortune, Paul fit son entrée en société. Il plaisait, il était plus chaleureux et sympathique que jamais. Peu importait qu'il ne fasse pas la différence entre un dièse et un bémol, il savait compter, et les comptes du ménage allaient grand train. Il était d'une fidélité irréprochable. Pas de danseuse, pas de chanteuse, pas de parties fines.

Morelli priait tous les jours pour que le vaurien commette une erreur. Valabrègue avait maintenant accès aux cercles les plus fermés, ceux de la finance, où on joue gros et ou on échange des faveurs entre gens du même monde. Mais désormais, il honorait toutes ses dettes.

Bientôt, comme prévu, Angelica commença à chanter n'importe quoi, pour l'argent. Dès que la politique avait besoin d'un petit coup de pouce patriotique, on sortait la Catalani. Elle exécutait quelques hymnes nationaux et monarchiques comme un canari rare et bien élevé. On la payait des sommes folles, le public rugissait et cassait les fauteuils, le mari était content.

Les caravanes de Morelli sillonnaient l'Angleterre, l'Écosse et l'Irlande. De grands noms de la comédie, de l'opéra et de la pantomime figuraient à l'affiche : on y vit même, ensemble, les noms de Catalani et de Belzoni. La grande famille du théâtre... Mais ce n'était pas pour le charme bancal du chariot de Thespis que la célèbre Angelica Catalani participait aux tournées Morelli, ni pour les sommes énormes qu'on lui versait.

Elle cultivait sa blessure secrète et ne se résignait pas à s'éloigner de l'objet de son tourment.

Sara avait décidé depuis longtemps de ne jamais céder à la jalousie. Les femmes avaient toujours rôdé autour de Jean-Baptiste. Que ferait-elle, si jamais il cédait ? Se rebellerait-elle ou choisirait-elle le silence ? Elle saurait se taire, feindre, attendre qu'il revienne. C'était l'homme de sa vie, elle n'en voulait pas d'autre. Elle ferait ce qu'il fallait pour le garder. Mais que faire avec Angelica, avec cette passion qui crevait les yeux ? Jean-Baptiste avait-il succombé ? L'aimait-il ? Impossible de le savoir.

Un jour enfin, elle décida d'affronter Angelica pour la première et la dernière fois.

Sara pensait à leur première rencontre. Elle avait été choquée par sa beauté. Il lui avait semblé voir apparaître « Corinne », l'héroïne du dernier roman de Mme de Staël, qui restait son écrivain favori.

« *Les bras d'une éclatante beauté, la taille grande, un peu forte, à la manière des statues grecques, caractérisaient la jeunesse et le bonheur. Son regard avait quelque chose d'inspiré...* »

Les deux femmes s'étaient regardées avec attention, et s'étaient saluées du bout des lèvres.

Depuis, elles avaient conservé ce rapport vigilant, chacune gardant pour soi ses sentiments, mais ne perdant jamais l'autre de vue.

À Londres, la Catalani habitait avec son mari dans un appartement somptueux. Elle avait toujours eu le goût des maisons princières, pour effacer peut-être le souvenir des modestes demeures de son enfance. En tournée, elle exigeait, par contrat, un logement digne de la reine qu'elle était et se trouvait souvent perdue dans des dédales de quinze pièces pompeuses et inhabitées.

Sara croisa dans l'escalier de marbre une gouvernante qui tenait par la main un bel enfant qu'elle tançait en français.

— Jean, je veux que vous m'obéissiez, sinon je devrai parler de votre conduite à monsieur votre père, qui vous grondera.

C'était donc là l'enfant *abandonné* qu'Angelica avait soi-disant *trouvé* devant sa porte trois ans auparavant et qu'elle avait *adopté* dans un grand élan de générosité, car elle était effectivement généreuse et donnait des millions aux bonnes œuvres. Cela compensait peut-être à ses yeux les sommes indécentes qu'elle exigeait pour chanter. Les journaux avaient fait grand cas de cette prodigieuse adoption, mais la cabale en faisait des gorges chaudes : n'était-ce pas là un vieux stratagème d'actrice qui veut dissimuler une grossesse indésirable ?

Le petit posa un regard bleu et candide sur Sara, un regard presque familier. Mon Dieu, c'était la couleur des yeux de Jean-Baptiste ! Angelica et son mari avaient tous deux les yeux noirs. Et la gouvernante ne l'avait-elle pas appelé Jean ?...

Sara se hâta dans l'escalier, le cœur battant. Non, elle n'allait pas laisser le doute et la jalousie lui empoisonner la vie. Elle repoussa l'image de l'enfant blond et sonna rageusement à la porte des Valabrègue.

Une femme de chambre en bonnet de dentelle, dédaigneuse comme une duchesse, la guida vers le petit salon d'Angelica.

Sara aurait préféré qu'Angelica la reçoive avec plus de cérémonie. Cette marque d'intimité la déroutait ; elle ne voulait pas être traitée en amie.

Elle ignorait qu'Angelica vivait exclusivement dans sa chambre à coucher et dans le petit salon qui la précédait, surchargés d'ors, de dentelles, de tableaux, et de parfums comme un écrin baroque. Un petit chien jouait sur le lit.

Sara se dit qu'elle n'aurait pas dû venir. Elle se sentait mal à l'aise et attaqua tout de suite.

— Madame, je ne vous ferai pas perdre de temps. Je viens vous demander de rompre vos relations avec mon mari.

Pourquoi avoir dit « mon mari », comme une propriétaire ? se demanda-t-elle. Elle se trouva détestable.

Angelica offrait à Sara un visage sans maquillage, frais comme un camélia, et le regard transparent d'une âme pure. Angelica voulait la séduire. Elle avait toujours évité le rôle de la perdante méritante. Elle n'allait pas commencer aujourd'hui.

— S'il vous plaît, appelez-moi Angelica. Nous nous connaissons désormais depuis si longtemps.

— Je trouverais toute familiarité indécente entre nous... fit Sara froidement.

— Et pourquoi ? Ne sommes-nous pas femmes toutes les deux ? Et d'une certaine manière, du même côté de la barrière ?

— Oh non, s'exclama Sara, et nous ne le serons jamais. Vous serez peut-être un jour à ma place. Mais je ne serai jamais à la vôtre : je chante faux et je n'ai pas un sou.

Elle fit une pause avant d'ajouter :

— Mais j'ai un mari, et j'y tiens.

Angelica versa du thé d'une main sûre dans une délicieuse tasse de Wedgwood bleu et blanc, légère comme une plume. Elle la posa délicatement devant Sara qui n'y toucha pas.

— Je ne vois pas en quoi mon amitié avec Giambattista peut troubler votre lien, dit-elle doucement.

Giambattista ! Sara ne supportait pas leur complicité d'Italiens.

— Eh bien moi je le vois et je suis venue vous demander d'y mettre fin.

Angelica attaqua elle aussi :

— Me croyez-vous donc sa maîtresse ?

— Quoi que vous soyez, ne le soyez plus. Vous êtes trop présente, madame, et les faux-semblants ne servent plus à rien.

Angelica ne répondit pas. Les faux-semblants étaient une partie essentielle de sa vie.

Sara profita de son avantage et reprit.

— Vous ne pouvez pas avoir deux maris, madame...

— J'aime beaucoup Giambattista, murmura Angelica, et il m'aime aussi, je n'y peux rien.

— Non, il ne vous aime pas. Vous le fascinez peut-être, comme un serpent. C'est tout.

Angelica laissa échapper un petit rire perlé.

— Un serpent ! Comme vous y allez ! Que de venin pour un amour d'enfance ! Les hommes ont besoin de complicités amoureuses, surtout lorsqu'ils sont mariés...

— Dans ce cas, veillez donc sur votre mari au lieu de vous attacher au mien.

Angelica se retourna, excédée. Elle avait changé de visage et de ton.

— Vous avez raison, s'exclama-t-elle avec passion. Je suis attachée à lui... Corps et âme. Qu'il m'aime ou non. Qu'il soit votre mari ou non. Quand il sort de cette maison, et remarquez bien que je n'ai pas dit « de cette chambre », sa vie lui appartient. Mais ici, entre ces murs, il est tout pour moi. Tous les hommes dont je n'ai eu que le reflet...

— Mais vous les avez déjà tous, madame... Frères, pères, maris, amants... Vous faut-il donc aussi celui-là ?

— Oui. Sans lui la vie me serait insupportable.

Sara rit méchamment.

— Comment osez-vous ! Vous avez une vie de rêve, vous êtes riche, adulée, jeune, belle, vous avez des salons, des bijoux, des amants, un enfant ! Vous avez tout ce qu'une femme peut désirer ! Et vous trouvez la vie insupportable ? Allez visiter les bas-fonds et vous aurez honte de vous-même.

Angelica affronta son regard.

— Je les visite régulièrement.

Sara eut un geste d'agacement.

— Ah, oui, vos bonnes œuvres ! Faut-il que votre conscience vous tourmente !

— Cela ne vous regarde pas. C'est une affaire entre Dieu et moi.

— C'est votre affaire en effet, trancha Sara. La mienne est de vous éloigner de nous. Ou bien, c'est nous qui partirons.

Angelica s'était levée et arpentait nerveusement sa

chambre. Elle n'avait pas pensé à cela. Elle n'avait aucune stratégie de réserve pour affronter cette hypothèse. Elle tenta un défi.

— Il ne partira pas...

— Oh, si. Je m'en charge ! Ne le contraignez pas à choisir entre vous et moi. Il finirait par vous haïr...

Angelica s'étonna de ne ressentir aucune haine, aucune colère. Juste un nœud dans la gorge. Elle aurait pu indifféremment pleurer ou rire devant Sara, comme devant une sœur.

Mais quand elle se retourna pour le lui dire, Sara avait disparu.

Sara courut chez elle. Elle avait besoin de retrouver la protection du vieil appartement, ses meubles familiers. Jean-Baptiste venait de rentrer. Il tenta de l'embrasser, mais elle le repoussa, encore sous le choc de sa rencontre avec Angelica.

— Laisse-moi... tu ne peux pas me traiter toujours selon tes envies, je ne suis pas un objet !

Il rit, de bonne humeur.

— Et depuis quand est-ce que je te traite comme un objet ?

— Depuis toujours. Je sais bien qu'une femme mariée n'a plus rien à prétendre, qu'elle est un reflet, voire un complément de son mari, mais tout de même... Il faut que je te parle. Ça fait des mois que ça couve, je n'en peux plus. Aujourd'hui, j'ai pensé à des tas de choses et la peur m'a prise... Tu vas avoir trente ans, Jean-Baptiste. Est-ce que tu veux vraiment croupir dans cet état ?

— Qu'est-ce qui te prend, Sara ?

— Il me prend qu'il faut que notre vie change. Que « tu » changes. Et tout de suite. Un jour de plus, et il pourrait être trop tard. Tu traînes trop de vieux souvenirs derrière toi.

Elle a raison, pensa Jean-Baptiste. Cette pensée le tourmentait depuis longtemps. L'échéance était arrivée et il en éprouvait du soulagement. Sara s'approcha de son mari et le regarda dans les yeux.

— Je ne veux plus de la poussière des scènes où nous ne brillerons jamais que d'une lumière réfléchie. Je ne veux plus du regard d'Angelica Catalani qui rôdera toujours autour de toi comme une chienne affamée. Je ne veux rien savoir de vos affaires passées, mais son ombre pèse sur moi ; ton passé m'étouffe... Alors, voilà, j'ai décidé : ou nous partons ensemble, ou je pars seule, mais je veux quitter Londres. Je n'ai pas peur. Je n'ai que vingt-cinq ans, je peux recommencer ma vie.

Jean-Baptiste se tut. Il alla s'asseoir lentement devant la fenêtre d'où on pouvait voir le mouvement perpétuel de la rue. Il avait la conscience aiguë qu'une partie de sa vie venait de finir et qu'une autre allait commencer. De sa décision, dépendait tout son avenir. Il ne s'agissait pas seulement de choisir entre deux femmes. Il fallait décider de rester ou partir.

Par la fenêtre entrouverte entraient les odeurs et les bruits de la ville, les roues sur les pavés, les cris des marchands, des rires, des appels, des chants d'oiseaux... Qui se souciait bien de Jean-Baptiste Belzoni, là dehors ?

Il se tourna vers Sara qui était restée immobile au fond de la pièce, attendant sa décision.

— Nous partirons ensemble.

Au moment où Jean-Baptiste allait monter dans la voiture chargée de malles, un petit ramoneur passa et le tira discrètement par la manche. Un sourire illumina son visage barbouillé de suie.

— Tenez, milord. C'est pour vous... dit-il tout bas. Si y'a une réponse, j'attends.

Jean-Baptiste reconnut l'écriture sur le pli taché de noir de fumée.

— Non. Pas de réponse.

C'était une lettre d'Angelica. Il la fourra dans sa poche et ne la lut que plusieurs jours plus tard.

J'ai recommencé vingt fois ma lettre. Celle-ci, je te l'enverrai sans même la relire. Je ne pourrai jamais exprimer tout ce que je ressens et tout ce que je voudrais dire. Est-ce qu'on peut résumer une vie sur du papier ?

Je te dirai que je t'ai bien aimé, que je t'aime et que probablement je t'aimerai toujours. Qu'il y aura pour toujours en moi une place pour nos souvenirs. Mais le torrent qui passe dans mon âme est tellement plus fort que les mots.

Tu vas sortir de ma vie et je ne peux que te donner raison. Nous ne pouvions pas continuer. Je ne voudrais pas parler de Sara, mais je n'ai jamais voulu lui faire de mal. Il faudra un jour que tu le lui dises et que je ne lui ai rien pris. Qu'il peut y avoir plusieurs sortes d'amour côte à côte. Je ne parlerai pas de Paul, c'est inutile : c'est là sans doute l'expiation que je dois à Dieu.

Je ne suis pas la femme arrogante et dominatrice que les foules se plaisent à applaudir, tu le sais. Je ne le suis plus, parce que je t'ai aimé. L'amour transforme les gens. Je n'y croyais pas.

Maintenant, il va falloir que je m'habitue à ton absence et cela me semble impossible. J'attendrai à chaque instant ton pas, ta main sur moi. Tout me parlera du bonheur enfui. Mille fois je me retournerai pour voir si tu es là. Tous les jours, je regarderai le ciel en me disant que tu le regardes aussi où que tu sois, et que c'est la seule chose qui nous reste en commun. Je souffrirai certainement. Il faudra bien que j'expie, d'une manière ou d'une autre, car c'est moi qui ai voulu tout cela.

Tu m'as aimée moins que je ne t'aime, je le sais. Mais c'est ainsi et je dois l'accepter. Est-ce que tu m'oublieras ? Est-ce vraiment possible ? Tout en moi crie : « Non ! » Je ne pourrai jamais faire l'amour avec personne comme je le faisais avec toi, personne ne prendra jamais ta place. Mais toi ? Toi ? Il y a des moments qui sont comme marqués au feu. Les oublieras-tu ?

Tu t'en vas... il n'y a que cela qui compte. Et tu emportes une partie de mon cœur, de ma jeunesse, de ma force. Tu emportes le fantôme d'Angela qui avait vingt ans et qui croyait encore au bonheur. Celle qui reste est une femme à jamais incomplète. Plus rien ne m'importe, carrière, famille, société, je continuerai le jeu, le vin est tiré depuis longtemps. Mais il faut que tu saches que j'attendrai. Une caresse, un regard... le jour viendra, je veux y croire. Dans un an, dix, cent...

Le Portugal et l'Espagne, victimes de la fringale napoléonienne, étaient devenus de vastes champs de manœuvres pour les Anglais et les Français. Un immense caravansérail d'hommes et de marchandises suivait les deux armées et pourvoyait à leurs besoins et à leurs distractions. Le théâtre en faisait partie. Une troupe de comédiens avait été autorisée à accompagner les soldats au Portugal.

Jean-Baptiste et Sara s'engagèrent. Les conditions n'étaient pas des meilleures, mais Jean-Baptiste avait accepté quand même.

— C'est une expérience, n'est-ce pas ! Et si elle marche, j'ai déjà une idée. Nous pourrions devenir entrepreneurs, créer une troupe toute à nous et la louer aux armées. Nous aurions des contrats toute l'année. Qu'en dis-tu, Sara ?

— Qu'il ne faut pas vendre la peau de l'ours avant de l'avoir tué...

Peu de temps après, ils quittaient Cork avec la flotte anglaise. Francesco et Jack n'avaient pas assez d'yeux pour admirer le spectacle rutilant du départ : les soldats et les marins portaient des uniformes neufs, les bateaux étaient astiqués de fond en comble et arboraient tous leurs drapeaux. Sur le quai, les femmes endimanchées criaient des prénoms et pleuraient en agitant leurs mouchoirs.

Sara remarqua que, pour une fois, Francesco souriait. Était-ce la perspective de quitter l'Angleterre ou la joie de se rapprocher de la Méditerranée ? Les manœuvres terminées, il s'installa avec Jack à la proue du dernier navire, qui allait plein sud dans le sillage des frégates de guerre. Ah ! que la guerre semblait belle, avec ses drapeaux, ses armes et ses hommes harnachés pour le combat. Le mâle chant d'adieu à la terre natale, poussé par des centaines de jeunes soldats, les fit frissonner d'émotion. Les larmes aux yeux, ils saluèrent l'Irlande qui disparaissait lentement à l'horizon.

Devant eux, il n'y avait que l'immensité de l'océan Atlantique.

Il faut un certain courage pour jouer la comédie devant de jeunes hommes en sachant que beaucoup ne reviendront pas du champ de bataille. Jean-Baptiste n'imaginait pas qu'il lui en faudrait tant. Du haut de la scène, il voyait leurs regards naïfs de paysans levés sur lui, leurs rires, leurs tignasses de gamins. L'horreur qui les attendait, il ne pouvait que la repousser le temps d'un spectacle. Beaucoup de ces petits soldats n'étaient jamais allés au théâtre. Ils étaient émerveillés... Il ressentait pour eux une compassion et une tendresse infinies. Il les aimait comme des frères, des fils même, tant ils étaient jeunes. Joey Grimaldi aurait été content de lui.

Sara voyait bien qu'ils étaient entrés tous deux dans une sorte de dérive. Où finiraient-ils ? Jean-Baptiste ne jouait plus Macbeth. Il était revenu aux « patagonades » et aux comédies grotesques qui plaisaient tant aux petites gens ; il jouait de l'harmonica et construisait de modestes jeux d'eau. Il se taisait mais Sara entendait son silence : la belle carrière qu'il avait commencée à Londres était finie. Et Sara s'en sentait responsable.

Ils traversèrent l'Espagne. Autour de Séville, la guerre avait fait rage, avec son cortège d'horreurs. L'Andalousie faisait peine à voir.

Dans les villages, on leur jetait des pierres. Tout étranger était une menace. Jean-Baptiste et Sara, grands, blonds et forts, étaient forcément des ennemis dans un pays où les hommes étaient petits, noirs de poil et décharnés par la faim et les maladies.

— On voit bien que vous êtes anglais, leur disait-on. Vous ne vendez rien, et vous ne saluez pas les madones.

Quelqu'un ajoutait tout bas : « Comme les chiens... »

Il fallut jouer devant des blessés et des mourants, dans des villages qui puaient la charogne et l'incendie. Ils connurent la peur et la faim.

Et au fond d'eux-mêmes, impossible de faire taire la sale petite voix qui disait : « Trop tard !... Bien fait pour toi. Tu n'avais qu'à ne pas venir. »

Un jour, dans une ville perdue de l'Andalousie, Sara connut un moment de panique.

Elle sortait de sa chambre quand un homme qui montait en toute hâte l'escalier étroit et graisseux de l'auberge la bouscula violemment. Le paquet qu'il tenait à la main lui échappa, s'éventrant sur le plancher.

— *Damned !* s'exclama Tom Butler d'une voix rogue, faites donc attention !

Le contenu du paquet s'était répandu en petites choses blanches et dures comme des perles qui rebondissaient sur les marches de l'escalier :

— Je suis désolée... fit Sara, bonne fille. Je vais vous aider ! Attendez, je vous fais de la lumière !

Elle alla chercher une bougie et se pencha vers l'homme agenouillé.

Des dents, il y avait des dents partout ! Certaines étaient même encore sanglantes.

Sara eut un mouvement de recul. Butler releva la tête et dévisagea Sara.

— Ben, vous vouliez m'aider ? Allez-y, ma p'tite dame, on va pas dormir ici !... Quoique, gironde comme vous êtes, je ne dirais pas non... Entre Anglais, hein, à l'étranger, faut s'entraider.

Il avança la tête avec un mouvement reptilien qui donna le frisson à Sara. Quelque chose d'informe frémissait dans sa mémoire.

— On se connaît ? demanda l'homme.

Il était resté à genoux, les mains autour du petit tas de dents qu'il avait raclé sur le plancher

— Vous êtes de Londres, pas vrai ?

Sara acquiesça en silence, en proie à une fascination morbide. L'homme commença à se remplir les poches, tout en la regardant.

— Attendez, je vais me souvenir, j'ai une sacrée mémoire... Oh, regardez-moi celle-ci, est-elle belle, hein ?

Il tendit à Sara une grosse molaire luisante et la fit tourner comme un diamant dans la lumière de la bougie.

— Je l'ai trouvée sur un Espagnol, un beau gars ma foi, à moitié arabe. Ils ont de belles dents ces animaux-là... J'ai dû casser la mâchoire mais je les lui ai toutes prises.

Sara sentait la nausée monter. Butler continuait, un sourire écœurant sur les lèvres.

— Je fais les champs de bataille, ma belle. Y'a de quoi faire ! De toutes façons, ces morts-là, c'est de la marchandise perdue, hein, alors autant en faire profiter les dentistes de Londres qui me paient rubis sur l'ongle. Les fausses dents sont à la mode, et c'est pas moi qui m'en plaindrai.

Sara se précipita dans l'escalier et se mit à fuir, en proie à la panique.

Tom se pencha sur la rambarde.

— Ça y est, je t'ai reconnue !... tu travaillais chez la mère Tussaud... Ah ! ça, le monde est petit. On te croyait noyée. Hé, finalement, je suis content que tu ne sois pas morte ! On se reverra !

Sara courut, le cœur battant, jusqu'à la remise où Jean-Baptiste préparait le spectacle du soir avec Jack et Francesco. Torse nu, ils retapaient un décor mièvre qui représentait un bosquet fleuri. Le moment venu, une nymphe — Sara — en surgirait pourchassée par deux faunes, et lui dans le rôle détesté d'Hercule, apparaîtrait pour la sauver.

— Venez, venez vite ! Il y a un homme dans l'auberge, il est de Londres, il m'a reconnue... s'écria-t-elle, hors d'haleine.

— Et alors ? fit Jean-Baptiste. Il t'aura vue sur scène.

— Non, celui-là sait que j'ai failli mourir noyée. C'est un de ceux qui m'ont enlevée, j'en suis certaine.

Jean-Baptiste reprit son marteau. Jack saisit une masse, et Francesco une hache.

— Comment peux-tu être sûre ? Tu ne les as jamais vus.

— Je ne sais pas, sa voix, son regard, je sens quelque chose qui me fait horreur...

Le clan Belzoni se précipita vers l'auberge. Sur le pas de sa porte, la patronne agitait mollement un éventail crasseux. Elle bâilla et gratta le sillon moite entre ses deux grands seins, sous le crucifix. Le dentiste anglais ? Il venait de partir...

Au loin, une voiture franchissait la crête de la colline dans un nuage de poussière.

Ils revinrent à pas lents vers la remise, sans parler, frustrés. Le ciel s'était obscurci et les mouches tournoyaient, affolées par l'orage.

Couché dans la menthe sauvage dont l'odeur arrivait jusqu'à eux, un gitan qu'on surnommait « *Bala perdida* » chantait d'une voix rauque et désespérée :

> *Prends cette orange, petite,*
> *Je te la donne parce que je t'aime*
> *Mais ne la coupe pas au couteau*
> *Mon cœur est dedans.*

On ne comprenait plus ce qui se passait en Europe. Napoléon avait fini par abdiquer. On le tenait captif sur l'île d'Elbe. L'Empire s'écroulait comme un château de cartes et c'était la curée. De ville en ville, Sara et Jean-Baptiste avaient fui vers l'Est. Ils étaient maintenant au bord de la Méditerranée. Il fallait prendre une décision. Très loin, sur la rive opposée, brillait le phare d'Istanboul, la capitale de l'Empire ottoman. La Cour turque était friande de spectacles. Les troupes théâtrales en revenaient toujours enrichies. C'était leur dernière chance.

— Essayons encore... disait Sara. Nous aurons fait notre Grand Tour, nous aussi...

« Oui, pensa Jean-Baptiste avec amertume, le tour du Pauvre, le pèlerinage des Gueux et des Couillons. »

Ce furent des jours sombres. On débarqua en Sicile. Les collines brûlées ressemblaient comme des sœurs à celles de l'Andalousie. Mais ici au moins, un printemps précoce avait recouvert les vallées d'un tapis blanc de fleurs d'amandiers et d'orangers. La douceur de l'air faisait du bien à l'âme. Des jeunes filles vêtues de clair gardaient des chèvres à l'ombre des oliviers.

À Catane, sous l'Etna enneigé et fumant, Francesco annonça qu'il avait décidé de les quitter. Il rentrait à Padoue. L'Espagne avait eu raison de lui et cette fois, rien au monde ne l'aurait fait renoncer à sa décision.

— Tu ne peux pas voyager seul, Francesco ! La Calabre est dangereuse, lui rappela Jean-Baptiste, jusqu'à la côte d'Amalfi, les brigands font la loi. Tu sais comme moi ce que « Coda-di-Cane » et « Bizzarro » sont capables de faire à ceux qu'ils attrapent.

— Je ne passerai pas par la Calabre, je ne suis pas fou. Je prendrai le bateau jusqu'à Naples et de là, une voiture de poste jusqu'à Rome. Il y a l'armistice avec l'Angleterre : je pourrai traverser sans problèmes la Toscane et les États pontificaux.

Il pensa qu'à ce moment-là, il verrait enfin les monts Euganéens, verts et bleus, couverts de forêts sauvages, qui annoncent Padoue : il en rêvait depuis dix ans. Il en sourit à l'avance.

Jean-Baptiste avait accompagné son frère au bateau pour Naples et l'avait regardé gravir la passerelle d'un pas pressé. Il avait le cœur serré.

— Et dire que je l'ai élevé... murmura-t-il. Je ne l'ai même pas vu grandir, le petit, et voilà qu'il s'en va...

L'adulte que Francesco était devenu agita joyeusement la main en signe d'adieu et sortit de sa vie. Brusquement, le temps avait passé trop vite.

Jean-Baptiste, Sara et Jack s'embarquèrent quelques jours plus tard pour Malte. C'était une étape obligatoire pour ceux qui voulaient continuer vers l'Orient. C'est là qu'ils devraient choisir leur destination : Istanbul, la Palestine, la Syrie, l'Égypte ?... Jamais le monde ne leur avait paru si vaste et si incertain.

5

*Province d'Égypte.
Au nom d'Allah le Tout-Puissant.*

*On recherche des ouvriers et spécialistes susceptibles de développer de nouvelles industries dans tous les domaines.
Signé : Pacha Méhémet-Ali, gouverneur d'Égypte par la grâce de Mahmoud, sultan de l'Empire ottoman et du Divan de Constantinople.*

Une foule bigarrée s'était rassemblée autour de cet avis affiché sur le port de La Vallette. Des hommes, en bonnets rouges et culottes courtes, étaient assis paisiblement au pied des puissants remparts qui avaient vu débarquer les Croisés. Cet hiver 1814 était doux et on profitait volontiers de la chaleur du soleil sur les vieilles pierres. Ils commentaient l'annonce tout en regardant les pêcheurs rentrer de leur journée : l'œil d'Allah, grand ouvert, était peint sur les proues des petits bateaux rouges et bleus. À Malte, on sentait déjà la présence de l'Islam.

Un vieil homme, grand et maigre, se tenait aux côtés de Belzoni devant l'affiche. Il était vêtu à l'ancienne et ses longs cheveux gris étaient noués sur sa nuque par un ruban de velours qui avait connu des jours meilleurs. Il tenait un petit tricorne sous le bras et s'efforçait de déchiffrer l'affiche en clignant des yeux.

— Que dit le texte, monsieur, je vous prie ? Mes yeux ne me servent plus comme autrefois.

— Le pacha d'Égypte cherche des spécialistes.

Le vieil homme se mit à rire.

— Nous allons en voir de belles ! Au moindre bruit d'écus, la flibuste accourt.

— Je crains d'en faire partie, monsieur... dit Belzoni.

Le vieux chevalier le regarda avec attention.

— Je serais curieux de savoir ce qui pousserait un homme comme vous dans une aventure pareille.

— Si je vous disais : la faim ou presque, le croiriez-vous ?

Ils s'étaient éloignés et longeaient à présent les murs du consulat de France. Des rires et de la musique provenaient des terrasses ornées d'orangers, de jasmins et de berceaux de vigne : le consul donnait une « conversation ».

— Oui, je vous croirais. Nous vivons une drôle d'époque.

Ils entraient dans une ruelle déserte toute en escaliers. Le vieil homme jeta un bref regard autour de lui et fit face à Belzoni.

— Êtes-vous des nôtres, monsieur ? Est-ce notre prieur qui vous envoie ?

— Je ne vous comprends pas...

Le vieil homme dévisagea Belzoni d'un regard perçant.

— Il ne sera pas dit que je me suis trompé... Je suis le connétable des Chevaliers de Saint-Jean de Jérusalem. Connétable de fantômes désormais, car ils sont tous dans la cathédrale, morts et enterrés... Et pourtant nous étions puissants autrefois... J'attendais quelqu'un venant d'Espagne. Ce n'est pas vous ?

— Non, je le regrette.

— Moi aussi. Quel beau chevalier vous feriez !

— Monsieur, je ne suis pas au fait de vos habitudes, observa Jean-Baptiste.

— Nos chevaliers défendent la Croix et pratiquent fraternité et charité.

— Je n'ai vu que le contraire jusqu'à ce jour.

— Eh bien, monsieur, c'est pourtant en vertu même de cette règle que je vais vous aider, s'exclama le connétable. Suivez-moi, je n'ai pas quitté cette île depuis cinquante ans et j'y ai quelques amis. Cela vous incitera peut-être à être un jour des nôtres.

Intrigué, Jean-Baptiste suivit l'homme dans un dédale de ruelles et d'escaliers. À peine essoufflé, le vieux chevalier s'arrêta devant une porte au lourd heurtoir de bronze.

— Je veux parler au capitaine Ismaïl Gibraltar, annonça-t-il. De la part du connétable.

Le capitaine Ismaïl Gibraltar était bien connu à Malte ; il était régulièrement chargé des « commissions » du pacha d'Égypte Méhémet-Ali. Il vint au-devant des visiteurs en s'exclamant et en manifestant au vieux connétable tous les signes d'un profond respect. Il fut immédiatement frappé de stupeur à la vue du géant qui l'accompagnait.

— Ismaïl, je veux te présenter mon ami...
— Belzoni... Jean-Baptiste.

Le vieil homme hocha la tête avec un sourire entendu.

— Jean-Baptiste... C'est le nom de notre saint protecteur... Ah ! que j'aime l'ordre secret des choses...

Il se retourna vers le capitaine et continua :

— J'ai appris que tu cherchais des experts pour le pacha. M. Belzoni vous conviendra. Il est de mes amis.

— Je serais très honoré de pouvoir présenter au pacha de mon pays un homme aussi imposant et important... répondit cérémonieusement l'émissaire, conquis par la prestance de Belzoni. Puis-je avoir l'honneur de connaître vos intérêts ?

— Je suis ingénieur et mécanicien hydraulique. Je suis en mesure de construire des machines pour l'irrigation.

Le sourire d'Ismaïl Gibraltar s'élargit. Non seulement il allait ramener au pacha un géant d'une prestance extraordinaire, mais en plus un véritable expert, dans le domaine qui tenait le plus à cœur au pacha : la régulation des eaux du Nil.

— Monsieur le Connétable, je crois pouvoir réellement engager votre prestigieux ami pour la lumineuse satisfaction du pacha... Si vous m'en répondez...

Le commandeur échangea un bref regard avec Belzoni.

— Je t'en réponds.

Ismaïl Gibraltar était soulagé. Sa plus grande crainte était de ramener en Égypte des charlatans car il était incapable d'évaluer leurs connaissances réelles. Le connétable lui enlevait une rude épine du pied.

Ils sortirent en silence de la maison du capitaine.

— Comment puis-je vous remercier, monsieur ? fit Belzoni.

— Vous ne pouvez pas, monsieur Belzoni, j'ai paré au plus pressé et je me suis fait plaisir. Vous n'entendrez plus parler de moi, j'ai fait mon temps. Mais quelqu'un d'autre viendra un jour de ma part, au Caire peut-être, ou ailleurs et vous tendra la main. Que ce soit pour recevoir ou pour donner, accueillez-le, en souvenir de moi, et acceptez l'enseignement qui vous sera donné. J'ai apprécié cette brève rencontre, monsieur, et je vous souhaite bonne chance.

Le vieil homme s'éloigna en boitant sous les arcades animées du port, gris comme un fantôme, et sembla se dissoudre dans les couleurs et les odeurs de l'été.

L'émissaire du pacha fit une proposition inespérée : il prendrait à sa charge les premiers frais et le voyage de Belzoni et de sa famille jusqu'au Caire. Le relais serait assuré par le consul général, un certain Drovetti, qui veillait à l'accueil des étrangers en Égypte et lui procurerait une avance financière.

En échange de quoi, M. Belzoni s'engageait à présenter au pacha un projet pour une machine prototype destinée à l'irrigation des terres pendant les mois de sécheresse. Si ce projet était approuvé, il recevrait un contrat et une commande pour d'autres machines. Si le projet était refusé, il conserverait l'avance en guise de dédommagement et pourrait rentrer dans son pays.

Jean-Baptiste accepta sans hésiter. Il n'avait aucun doute quant à sa réussite. Certes, le temps de son apprentissage chez les *Idraulici* de Rome était loin et il y avait une belle différence entre la mise au point d'une fontaine artistique et celle d'une véritable machine hydraulique. Mais il n'avait rien oublié de ce qu'il avait appris dans les polders de Hollande, ni des jeux d'eau qu'il avait dû inventer pendant des années pour satisfaire le public anglais, allant jusqu'à mêler l'eau et le feu dans une même fontaine ! L'eau n'était certainement pas pour lui la matière du désespoir et des larmes, mais un élément ami et familier. C'était inexplicable mais c'était un fait : où qu'il fût, quoi qu'il fît, il y avait toujours de l'eau dans les parages. L'eau venait à lui.

L'eau ne le trahirait jamais.

II
L'ÉGYPTE

6

À l'aube du dernier jour de navigation, le 8 juin 1815, Jack Curtin se débarrassa de la couverture rugueuse dans laquelle il s'enveloppait pour dormir. Il aimait passer la nuit sur le pont : il regardait le ciel et pensait au surprenant destin qui le portait maintenant en Orient...

Le *Benigno*, un brigantin italien aux lignes élégantes, allait plein sud dans le froissement paisible de l'eau contre la coque et le gémissement régulier des gréements. C'était une musique bien douce. Le jour pointait. Il n'y avait que quelques marins sur le pont. Jack respira à pleins poumons l'air limpide du matin et pissa joyeusement dans le sillage du bateau. Une dernière étoile clignota. Les cheveux dans les yeux, il se dirigea vers la proue : une ligne violette se formait à l'horizon : c'était l'Égypte.

Il s'assit contre le beaupré et regarda l'étrave fendre l'eau verte. Des gifles d'écume montaient jusqu'à la figure de proue, un chevalier en cuirasse qui soutenait une sirène rose et blonde.

Jack ne voyait de la sirène qu'un bras dodu et le profil d'un sein. Il se pencha par-dessus bord pour mieux le voir. Ce sein-là l'avait fait rêver plus d'une fois.

— Jack Curtin ! Tu veux te jeter à l'eau ?

Sara le tira en arrière et s'assit près de lui.

— Imprudent !... Je vais avoir besoin de toi, figure-toi... Et Jean-Baptiste aussi, à présent que Francesco n'est plus là.

La côte était maintenant bien visible. Des fumées basses sur l'horizon signalaient la présence d'une ville.

— Dieu sait ce qui nous attend... Es-tu prêt pour une nouvelle vie, James Curtin ?

Ils échangèrent un regard complice.

— Et comment ! répondit Jack. Nous serons les premiers à mettre le pied à terre, ça porte chance ! Je vais préparer les bagages.

Sara le regarda s'éloigner. À seize ans, la démarche assurée, les épaules larges, ses cheveux blonds attachés sur la nuque par un lacet de cuir, c'était déjà un homme. Il se retourna et lui sourit. Même si elle n'avait été qu'une mère de circonstance, se dit-elle, elle avait fait du bon travail. Jack était devenu un beau garçon. Beau et gentil.

Le clan des passagers « élégants » apparut sur le pont. Tous se précipitèrent à la proue en poussant des cris. On se passait des lorgnettes en cherchant Alexandrie et l'aiguille de Cléopâtre.

Il y avait à bord autant d'Anglais que de Français, et on évitait soigneusement de parler politique ou religion. Quelques Londoniens faisaient de leur mieux pour défendre le « bon ton » anglais, mis à rude épreuve par un jeune lord extravagant, et son robuste amant. Les Français ne pouvaient compter que sur Anselme Duplessis-Bréché, un jeune provincial qui avait égayé la compagnie pendant tout le voyage, et quelques émigrants en quête de bonne fortune. Peu de femmes et pas de jeune fille, au grand regret de Jack.

Le *Benigno* contourna le rocher du Diamant et s'engagea dans la passe en louvoyant entre les récifs. Sur le fortin carré du phare d'Alexandrie flottaient drapeaux et bannières multicolores. Sur une presqu'île, d'imposants travaux étaient en cours : on construisait le nouveau palais d'été du pacha.

Enfin on entra dans le Port-Neuf.

La ville était en plein développement, en passe même de supplanter Le Caire. Elle drainait tout le commerce de l'Égypte. Le pacha avait le regard tourné vers l'Europe, la folle guerre des Français lui ayant fait comprendre l'importance de son pays sur l'échiquier oriental. Il voulait un grand port sur la Méditerranée qui serait à la fois une porte et une fenêtre sur le monde extérieur et ce serait Alexandrie.

Les émigrants scrutaient la ville avec une curiosité mêlée

d'inquiétude. Il y eut un moment de silence. Jean-Baptiste attira Sara contre lui.

— Voilà notre nouveau pays... murmura-t-il.

Sara s'attendait à être éblouie par les splendeurs orientales dont elle avait tant entendu parler. Comme tout le monde, le nom d'Alexandrie l'avait fait rêver. La déception fut cruelle !

Ce qui apparaissait peu à peu à l'horizon semblait une bourgade entourée de remparts crénelés. On distinguait maintenant les murs de brique grossièrement blanchis à la chaux, des minarets et quelques tours sans grâce où flottaient les drapeaux des consulats étrangers. Le rivage était parsemé de cabanes de roseaux et de ruines, comme après une guerre. Pas de végétation, sinon quelques touffes de palmiers rachitiques et poussiéreux. De grands voiliers étaient à l'ancre, serrés les uns contre les autres, mais la plupart des barques de pêche avaient été tirées à sec et on voyait très peu de gens sur le rivage. Le port aurait dû grouiller d'activité, mais un calme anormal régnait partout.

Le capitaine fit hisser pavillon et tirer un coup de canon. Le fort répondit et envoya un canot...

Sur le pont du *Benigno* commencèrent à apparaître des ballots de toutes sortes. Jack Curtin avait hissé sur le pont les bagages des Belzoni, les malles et les matelas roulés, et même le baril de vin rouge italien que Jean-Baptiste avait acheté à Malte.

— Qu'est-ce que c'est que ça ? s'écria le capitaine. Qui a donné l'ordre de décharger ? Redescendez-moi tout ça à fond de cale. Tout le monde n'a qu'à en faire autant, et ce sera l'anarchie !

— Je voulais qu'on soit les premiers à débarquer... s'excusa Jack.

Le capitaine Pace ricana désagréablement.

— T'as tout ton temps, crois-moi. Faut pas être si pressé de te jeter dans les bras du diable, mon garçon...

Il fit amener toutes les voiles, puis le canot vint accoster contre le flanc du brigantin. Il transportait deux Européens qui tenaient des mouchoirs sur leur nez.

Piero Pace se pencha vers eux sans descendre l'échelle de corde.

— On arrive trop tard ? demanda-t-il.

— Eh oui ! cria-t-on d'en bas. La peste est là depuis quinze jours, et cette fois, elle est bien mauvaise.

La nouvelle se répandit parmi les passagers comme une traînée de poudre : il y avait la peste en ville. Les préparatifs cessèrent comme par enchantement.

— La peste ?... répéta Sara incrédule en regardant Jean-Baptiste. Qu'est-ce qu'on va faire ?...

— On va attendre, Sara. On ne peut pas revenir en arrière.

Des questions, des exclamations fusaient de toutes parts.

— Eh, du canot !... Allez-vous-en !... cria quelqu'un se penchant dangereusement par-dessus bord. Capitaine, chassez-les... Ne les faites pas monter...

Le capitaine se concerta avec ses seconds.

— Messieurs, nous restons à bord pour aujourd'hui. Nous aviserons demain.

Une rumeur monta du groupe des passagers, de dépit autant que d'inquiétude. Vingt jours de navigation, à l'étroit sur un brigantin, c'était long. Depuis une semaine, on mangeait mal, les provisions fraîches étaient épuisées et l'eau était rationnée.

Le capitaine chercha à rassurer ses passagers :

— Ne vous inquiétez pas, chaque année à la même époque, il y a une épidémie. Rien de grave, nous en serons quittes pour une quarantaine peut-être un peu plus longue. À l'Okel, tout va bien...

L'Okel était une sorte de caravansérail où les étrangers étaient pratiquement assignés à résidence.

— Tout va bien, c'est vite dit ! murmura le baron Anselme Duplessis, le jeune et jovial hobereau français.

Il avait changé de ton. Il avait cru voir passer au loin une charrette chargée de corps enveloppés dans des linceuls et il la suivait avec sa lorgnette...

— Et ça, qu'est-ce que c'est ? une chaise de poste ?

La charrette se dirigea vers le cimetière arabe, au fond d'une crique entre le Port-Neuf et le Port-Vieux. On voyait très bien les tombes de maçonnerie blanche et bleue, entre lesquelles des silhouettes s'affairaient. Le moral des voyageurs tomba au plus bas.

Le lendemain, Jean-Baptiste fut quand même le premier à poser le pied sur le sol égyptien.

Sa haute taille et sa force tranquille rassuraient les émigrants qui se pressaient derrière lui. Deux soldats ouvraient la marche. Un employé du consulat qui empestait le parfum procéda au débarquement. Il tenait un mouchoir pressé sur sa bouche par peur de la contagion et expédia les formalités. Inquiets et silencieux, les voyageurs furent convoyés vers l'Okel, où ils resteraient enfermés jusqu'à nouvel ordre.

Des chiens efflanqués suivirent le groupe en aboyant et des mendiants se pressaient le long du chemin.

— Quel cortège ! murmura Anselme Duplessis tout pâle, en prenant le bras de Sara, autant pour se réconforter que pour la protéger.

Les soldats repoussaient les mains sales et décharnées à coups de bâton. Sara voulut s'interposer, choquée par cette brutalité.

— Laissez-les faire leur travail, madame, et ne touchez personne, ordonna sèchement l'homme du consulat. Il en va de notre vie à tous.

L'Okel était situé dans le quartier des étrangers, rue des Francs, la plus belle de la ville, car les maisons y étaient construites en pierre et rappelaient l'Europe. C'est là qu'habitait ce M. Drovetti dont on disait tant de bien, qui était à la fois consul général et consul de France. En temps normal, deux janissaires armés et vêtus d'uniformes brodés défendaient l'unique entrée, mais aujourd'hui, la grande porte était hermétiquement close. Il fallut frapper longtemps pour se faire ouvrir.

Jean-Baptiste et Sara étaient au premier rang, aussi anxieux que les autres, mais excités par la nouveauté de ce qu'ils voyaient. Ils échangèrent un regard et se sourirent par-dessus l'épaule du baron Anselme qui s'était faufilé entre eux. Le fanfaron de la traversée n'était plus que l'ombre de lui-même.

— La peur me tuera plus sûrement que la peste, confessait-il. J'ai peur de ma peur, c'est tout dire.

L'Okel était une sorte de village dans la ville : une enfilade de cours intérieures bordées de maisons à un étage. Au rez-de-chaussée, des boutiques d'artisans qui permettaient d'y vivre en autarcie. C'était là tout ce que les voyageurs connaîtraient d'Alexandrie pendant quinze jours. Belzoni se sentit déjà étouffer. Des gens apparurent peu à peu sous les arcades qui entouraient la place et sur les escaliers qui menaient aux appartements ; des visages se penchèrent au bord des terrasses.

— On aura de la compagnie... commenta Sara.

Leurs prédécesseurs étaient restés bloqués dans l'Okel. Ils s'avancèrent lentement vers eux, partagés entre la crainte et la curiosité. Il y avait des hommes, des femmes, des enfants, une trentaine environ. Les questions fusaient : avaient-ils touché des indigènes en chemin ? accepté de la nourriture ? Rien de tel que le pain chaud pour propager la maladie. Avaient-ils des nouvelles d'Europe ? Que faisait l'Empereur ? Quelqu'un avait-il apporté du vin ? De l'eau-de-vie ? Des gazettes ?

On leur annonça que dehors, dans la ville, se déroulait une hécatombe sans précédent, les uns parlaient de huit mille morts, les autres de dix mille, on exagérait, on avait peur.

Le consul général Drovetti sortit de la chancellerie pour accueillir les nouveaux venus. C'était un homme agréable d'une quarantaine d'années, au regard pénétrant. Il arborait de magnifiques favoris bruns et une épaisse moustache. On en parlait comme d'un homme de grand courage, d'un fin diplomate, très écouté du Caire. Et ce n'était pas peu dire, car le pacha Méhémet-Ali, à l'instar de Napoléon, avait le plus grand mépris pour l'espèce humaine.

— Ne sortez de l'Okel sous aucun prétexte... dit le consul, ce serait au risque de votre vie. Vous pourrez probablement repartir dans quinze jours. En attendant, évitez les contacts physiques quels qu'ils soient. Si vous respectez les consignes d'hygiène et de prudence, vous n'avez rien à craindre : on ne meurt pas forcément de... de cette maladie.

— À d'autres ! souffla le voisin de Belzoni, un jeune bijoutier de Nantes qui avait une boutique dans l'Okel. Si on vous met en isolement, vous n'en revenez pas...

— Si vous ressentez le moindre malaise, une fièvre anormale, si vos glandes gonflent aux aisselles et autour du cou, appelez-moi immédiatement, ajouta le médecin du consulat sur un ton patelin.

Instinctivement, tous se passèrent les mains sur le cou, tâtant discrètement le dessous des mâchoires.

— Ouais... reprit Frédéric Cailliaud, le bijoutier, à voix basse, le lendemain vous aurez des bubons gros comme des oranges, le surlendemain des plaies grandes comme la main... et on vous jettera à la rue par la porte de derrière.

— Je vous conseille de vous procurer beaucoup d'essences parfumées, continuait la voix rassurante du médecin. On en trouve à bon prix au marché. C'est la manière la plus efficace d'éloigner les miasmes.

Le consul et lui se retirèrent rapidement, renvoyant les entrevues particulières à plus tard. Frédéric Cailliaud se rapprocha de Belzoni.

— On ne nous dit pas la vérité. Il y a au moins cent morts par jour en ce moment. Et pas que de la peste. Il y a les règlements de compte, les héritages, la haine de l'étranger... Vous voyez ce que je veux dire ?

Il fixa des yeux fiévreux sur son interlocuteur et conclut tout bas :

— Ayez un pistolet chargé à portée de la main, on ne sait jamais...

Le baron Anselme avait tout entendu. Il dut s'asseoir sur un banc de pierre. Le vide se fit instantanément autour de lui, et il se releva comme mû par un ressort.

— Ce n'est rien, juste un peu de fatigue... je ne suis pas malade !

Mais tous ceux qui l'entouraient, apeurés, se dispersèrent comme une volée de moineaux, et chacun courut chez soi.

Sara referma la porte de l'appartement qui leur avait été attribué, et regarda Jean-Baptiste. Le fou rire les prit.

— Eh bien, voilà, on a vraiment touché le fond, cette fois ! s'exclama Sara.

Dès que Jack sortit de l'Okel, il oublia complètement la peste. Aller au bazar, ces jours-ci, c'était risquer sa vie mais à son âge, on se sent invincible, et le spectacle de la rue était si extraordinaire, si nouveau qu'il n'avait pas assez d'yeux pour tout voir. Dans le grand bazar, beaucoup d'échoppes étaient fermées à cause de l'épidémie, mais rien n'aurait pu interrompre l'activité du marché. Jack était si étonné qu'il en oubliait de mettre sous son nez le mouchoir imbibé d'essences que lui avait donné Sara. Le quartier le plus fréquenté était celui des épices et des parfums. L'air sentait le safran et la cardamome, le jasmin, le musc et l'encens.

Le jeune homme acheta des essences en quantité. De roses d'abord. Le marchand lui affirma que c'était la meilleure, la préférée de Mahomet, une essence sainte appréciée dans tout l'Orient, qu'on utilisait pour oindre régulièrement la pierre sacrée de la Kaaba, à La Mecque. Il lui vendit fort cher un peu d'encens, un luxe autrefois réservé aux rois et aux dieux : l'arbre qui le sécrétait poussait au cœur de l'Arabie Heureuse, et on ne se le procurait qu'au prix de grands dangers, surtout maintenant qu'on était en guerre avec les Arabes Wahhabites. Le marchand ajouta aussi des herbes et des huiles inconnues aux odeurs puissantes et les lui tendit avec un grand sourire.

— Il te souhaite une longue vie, traduisit l'interprète, bien que tu sois de la race des Francs !... Mais s'il essaie de te prendre la main ou t'offre du thé, refuse. Tu ne dois toucher personne ici. Lui-même sera peut-être mort demain.

De retour à l'Okel, Jack fit un mélange de tout ce qu'il avait acheté et en déposa une petite poignée sur la braise d'un fourneau de terre cuite. Une fumée dense s'éleva dans la pièce. Le soleil qui passait au travers des moucharabiehs y dessina des raïs obliques. Mêlés aux relents qui venaient du port et à la chaleur du mois de juin, les somptueux parfums devinrent vite entêtants. Sara, inquiète, dissimulait son malaise.

Belzoni aussi se sentait « barbouillé » et pris d'une faiblesse inexplicable. C'était certainement la fatigue du voyage. Il n'était pas tombé malade depuis plus de dix ans quand il avait eu les fièvres en Hollande.

Sara vomit la première. Puis Jean-Baptiste. Ils essayaient de ne pas céder à la panique, mais bientôt ils furent pris de diarrhée et de douleurs violentes dans le ventre. Jack courait de l'un à l'autre. On aurait dit que toute l'eau qu'ils avaient dans le corps cherchait à s'échapper. En vingt-quatre heures, ils s'affaiblirent tant qu'il leur devint difficile de se lever. La chaleur était insupportable.

Cette nuit-là, dans l'air un peu plus frais qui descendait

des fenêtres grillagées de bois sculpté, Sara, épuisée, vint s'allonger contre Jean-Baptiste.

— Nous serons peut-être morts demain... murmura-t-elle... mais je voulais te dire... ça m'est égal. Du moment qu'on reste ensemble.

— Ne t'inquiète pas, répondit Jean-Baptiste. Tout ira bien.

— Qu'en sais-tu ?

Il rit faiblement et la serra contre lui.

— Nous sommes immortels.

Il avait presque raison, écrivit Sara dans son cahier. *Pour ma part, j'ai déliré pendant trois jours, suppliant Jack de les empêcher de nous emmener. Il a veillé sur nous comme un chien de combat et s'il l'eût fallu, je suis certaine qu'il aurait tué pour nous défendre. Comment pourrais-je jamais le traiter en serviteur alors qu'il nous a lavés, nourris, soignés mieux que si nous avions été ses père et mère ? Un autre nous aurait abandonnés. Dans la cour, côté femmes, on avait déjà remarqué mon absence et le bruit courait que nous étions mourants. Le baron français a bravé la contagion pour venir nous avertir ; c'est un geste dont je ne le croyais pas capable...*

— Sara, ouvrez-moi... chuchota Anselme Duplessis contre la porte.

La nuit était tombée depuis longtemps et un silence surnaturel baignait les cours intérieures de l'Okel. Très loin, des chiens aboyaient. La lumière de la lune transformait les arcades blanches en trous d'ombre menaçants. Anselme insista doucement. Il scrutait l'obscurité. Pourvu que personne ne le remarque. Jack vint ouvrir, à moitié nu, les cheveux ébouriffés.

— Tout le monde dort. Qu'est-ce qui se passe ?

— Il faut que je parle à Jean-Baptiste ou à Sara. Va les réveiller, c'est important. Très important.

— C'est que...

— Alors, c'est vrai ? Ils sont malades ?

Les yeux d'Anselme semblèrent se dilater et il fit un pas en arrière.

— Mais non, fit Jack. Ils sont fatigués, c'est tout.

Sara apparut à la porte de sa chambre, amaigrie, de grands cernes sous les yeux, la peau luisante de sueur. Elle avait enfilé à la hâte une sorte de robe d'indienne toute froissée et s'appuyait au chambranle de la porte comme si elle allait tomber.

Anselme eut un geste instinctif vers elle, comme s'il voulait la soutenir, ou peut-être l'empêcher d'avancer vers lui.

— Qu'y a-t-il ? demanda-t-elle d'une voix faible.

— Il y a que les autres s'inquiètent de votre absence. Ils ont demandé qu'on vous éloigne. Ils croient que vous êtes malades.

— Vous voyez, je suis bien vivante. Et Jean-Baptiste aussi.

Anselme soupira. La mine de Sara démentait ses paroles.

— Sara, si vraiment vous n'êtes pas malades, reprit-il, il faut que l'un de vous au moins paraisse dans la cour demain matin à la première heure. Il faut qu'on vous voie. Sinon, on va vous mettre de force...

— Au mouroir ?

Anselme acquiesça.

— Je ne pouvais pas laisser faire ça, expliqua-t-il. Mettez du rouge demain, coiffez-vous. Les femmes sont les plus acharnées. Elles vont vous passer au crible.

Sara le regarda d'un air flou. Elle avait pâli et sembla vaciller.

— Jack, je crois que je vais...

Elle ne finit pas sa phrase. Jack se précipita et la retint.

— N'ayez pas peur... c'est la chaleur, le voyage, balbutia-t-elle, il faut juste que je m'allonge, mais...

Anselme était collé contre la porte, les yeux exorbités de terreur. Il cherchait la poignée dans son dos, à tâtons.

— J'y serai, Anselme, vous verrez... j'y serai.

Le lendemain au lever du soleil, j'étais dans la cour avec ma meilleure robe et un pied de rouge sur les joues. Bientôt des femmes descendirent de leurs appartements et, mine de rien, vinrent m'observer à bonne distance. La femme du consul, Rosine, parut enfin et se dirigea droit sur moi pour m'inviter à jouer au jacquet avec elle dans l'après-midi. Les autres s'empressèrent alors comme autant de moutons. J'acceptai de mauvais gré, car je n'aime ni les congré-

gations féminines ni les jeux de salon. Mais il fallait le faire pour nous sauver.

Aucun homme ne parut, même pas Anselme dont je n'oublierai pas la générosité.

J'ai beau me dire que la société veut que les femmes vivent entre elles la plupart du temps, et les hommes aussi, c'est une habitude que je supporte mal. Est-il normal que je déteste les occupations dévolues aux femmes ? Que je préfère vivre dans le monde des hommes, jouir des mêmes libertés ?

En Angleterre, j'étais femme de spectacle et tout m'était permis : c'est le privilège de ceux que la société réprouve. Qui sait si ce voyage me permettra de conserver cet avantage. Où que j'aille, je vois bien qu'on cherche à me remettre au milieu des femmes, comme si j'avais dévié du droit chemin. Tous sauf mon mari qui m'a toujours encouragée au lieu de me contraindre. Nous avons déjà établi que j'irai partout avec lui, quitte à me travestir en homme : ma taille me consent aisément ce stratagème. Il est vrai que lorsqu'on mesure un mètre quatre-vingts comme moi, et qu'on chausse du quarante et un, on n'a guère que cette solution.

J'ai donc fait la connaissance de la femme du consul. Elle est affectueuse et expansive, comme tous les Français du Sud, et surtout sans affectation. Elle est en quelque sorte deux fois patronne ici, car son père est le propriétaire de l'Okel. Pour un ex-boulanger, c'est plutôt bien. Le consul lui paie, paraît-il, un loyer confortable. C'est comme s'il prenait dans une de ses poches pour mettre dans l'autre. Voilà un homme qui a le sens des affaires.

Rosine Drovetti parle de son mari avec une désinvolture toute méridionale, critiquant âprement sa manie de tout collectionner : les oiseaux, les « brimborions » égyptiens et les magagnous. Elle appelle brimborions la belle collection d'antiquités qui orne ses salons et dont son mari raffole. Quant aux magagnous, ce sont des soldats de l'armée de Napoléon qui sont restés à la traîne en Égypte et dont le consul s'entoure volontiers. Ils se font appeler « mamelouks », se sont donné des noms arabes et s'habillent comme des Turcs de carnaval. Comme ils n'ont plus vingt ans, Rosine me dit que c'est pathétique, surtout quand ils parlent français entre eux avec un accent du terroir. Mais, ce sont ausi des hommes qui ne sont pas nés du matin : ils savent jeter le panier là où le poisson donne, et trempent dans tous les trafics.

Rose m'a offert du Vinaigre des quatre voleurs qui m'aurait été plus utile la semaine dernière et m'a dit que la peste tirait à sa fin. Nous pourrons partir pour Le Caire dans quelques jours. Quel soulagement ! Elle m'a fait comprendre que je devais m'armer de courage, que ce pays n'est pas fait pour les faibles femmes. Il est plein de maladies obscures portées par l'eau, le vent, les insectes et la malveillance. J'ai l'impression d'avoir reçu le baptême du feu. Je n'avais pas peur de grand-chose avant la peste. Maintenant, je n'ai plus peur de rien.

Le 20 juin, Jean-Baptiste sortit dans la cour de l'Okel avant le lever du soleil. La veille, il n'y avait pas eu un seul mort dans la ville : la peste s'était épuisée.

Après un mois d'inactivité forcée, il se sentait débordant d'énergie. L'air était frais, le jour naissait, un concert de chants d'oiseaux montait vers le ciel.

L'Okel dormait encore, à l'exception des chiens qui vinrent vers lui en silence dans l'ombre bleue de la cour, mendiant une caresse. Jean-Baptiste s'engagea dans l'escalier qui menait à la terrasse : un vent frais et salé venait du large, un vent propre qu'il respira avidement.

Une volière en forme de tente se dressait face à la mer. Le consul Drovetti s'y tenait, un seau d'eau à la main. Une myriade oiseaux voletait autour de lui.

— Entrez, monsieur Belzoni, entrez... Prenez soin de fermer la porte ! Vous avez découvert mon point faible, ajouta-t-il en souriant : je ne peux vivre sans oiseaux. Quand j'étais gamin, dans les campagnes du Canavese, près de Turin, c'était mon occupation favorite. Je les capturais sans leur faire de mal. Ceux-là ont tous été attrapés dans le Delta du Nil. À quarante ans passés, j'ai toujours la même passion. Je ne suis jamais si heureux que quand je surveille une couvée.

Le drapeau français claqua au-dessus de leurs têtes. Il était de nouveau blanc, semé de fleurs de lys. Drovetti surprit le regard de Belzoni.

— Oui, les temps changent. Les lys ont encore succédé aux abeilles, et je ne sais plus si je suis au service d'un empereur ou d'un roi. Ce que je sais, c'est que je ne serai bientôt plus au service de la France. Mon remplaçant est déjà en ville. Nous ferons cela sans hâte. La lenteur est une vertu diplomatique.

Même à la retraite, Drovetti continuerait à vivre en

Égypte. Nul ne connaissait ce pays mieux que lui. Il avait l'amitié du vice-roi Méhémet-Ali, et l'estime générale. Il était incontournable.

La volière était si grande qu'on pouvait s'y promener à l'aise. Des arbres en pots simulaient un jardin. Les cailles et les perdrix, les fauvettes grises, les traquets coureurs et les colombes maillées affluaient autour des deux hommes. L'air vibrait du mouvement de leurs petites ailes, et il n'y avait pas que de la faim et de la soif dans leur agitation, il y avait quelque chose d'une caresse. Pour survivre, il faut aussi un peu d'amour. Même s'il vient d'un geôlier.

Drovetti remplissait les mangeoires de graines et d'eau en sifflant doucement entre ses dents. Les oiseaux s'ébrouaient et lui répondaient.

Belzoni remarqua que sa main gauche était mutilée. Toutes les premières phalanges manquaient. Elles avaient été tranchées par un coup de sabre à Marengo quinze ans auparavant alors qu'il combattait aux côtés de Murat. Mais le consul ne jouait pas aux héros, il portait sa blessure de guerre sans ostentation.

— Je devrais peut-être vous orienter vers le consul d'Angleterre, monsieur Belzoni, reprit-il. Je n'ai pas encore compris si je dois vous considérer comme un sujet anglais ou autrichien. Si tant est que Padoue et la Vénétie appartiennent encore à l'Autriche. Comment avez-vous atterri en Égypte ?

— Dans ma jeunesse, répondit Jean-Baptiste, j'ai vu Padoue occupée, Rome envahie, je ne voulais pas me battre pour l'envahisseur. Il a donc fallu que je quitte l'Italie. L'Angleterre m'a accueilli et j'ai envers ce pays une dette morale dont je m'acquitterai toujours volontiers. Mais cela ne signifie pas que j'oublie la terre de mes origines. C'est le hasard qui m'a porté ici, et j'entends bien commencer une nouvelle vie, la précédente ne m'ayant guère donné de satisfactions.

Drovetti sembla apprécier la réponse.

— Nul ne peut vous comprendre mieux que moi, qui suis né piémontais, fit-il. Vous entendrez d'ailleurs dire que je favorise les Italiens et en particulier ceux du Piémont. Il n'en est rien. En revanche, j'aide volontiers les hommes courageux, capables et déterminés, d'où qu'ils viennent. L'Égypte est une terre difficile qui a besoin d'hommes d'une qualité particulière.

— Je ne manque pas de détermination, dit Jean-Baptiste, je ne vous cacherai rien : je suis prêt à tout. Je n'ai pas d'autre choix.

— J'entends bien. Mais la force de caractère ne suffit pas. Nous sommes ici dans un pays oriental où l'intrigue est reine. On y gouverne mieux avec la tête qu'avec les poings.

— Me voilà donc en défaut ! Jusqu'à ce jour, mes poings ont été ma seule politique.

— Il faudra en changer, monsieur Belzoni. Ici on négocie, on attend. Vous aurez besoin d'alliés puissants si vous voulez mener votre projet d'irrigation à bien. Et les alliances ne sont jamais ni immédiates ni désintéressées. Vos amis les Anglais s'y sont déjà cassé les dents. Dents d'acier au demeurant.

— J'apprendrai.

— C'est souhaitable. Dès que vous arriverez au Caire, rendez visite à Joseph Boghos, c'est une sorte de Premier ministre, et remettez-lui ma lettre de recommandation. Il vous fera recevoir par le vice-roi. Il est son intime et ne me refuse rien. Vous pourrez compter aussi sur le consul de Suède, mon bon ami Botky, le directeur général des manufactures... Et ne vous fiez pas aux apparences. M. Boghos par exemple n'a rien d'imposant, mais c'est un des hommes les plus puissants d'Égypte. Plus que moi.

Ils sortirent de la volière pour s'installer sur une banquette couverte de tapis et de coussins. La mer était parfaitement calme. Des voiles filaient déjà vers l'horizon. Du haut d'un minaret, une prière salua le soleil. Au loin sur une terrasse, des hommes se mirent à genoux et se prosternèrent.

— Parlez-moi du vice-roi, monsieur, demanda Belzoni. Mon destin dépend de lui et j'entends les propos les plus contradictoires.

— Tout ce qu'on vous a dit est certainement vrai, le meilleur comme le pire. L'Égypte est une province de la Turquie, dont Méhémet-Ali feint d'être l'obséquieux sujet. On l'appelle pacha ou vice-roi. En fait, il est bel et bien le souverain absolu de l'Égypte et le sultan turc ferme les yeux, le laissant faire à condition qu'il limite ses ambitions à cela. Mais peut-on attendre la paix d'un homme qui prétend ne connaître que son épée et sa bourse, et se vante de ne tirer la première que pour mieux remplir la seconde ? Il a tant fait qu'aujourd'hui, toute l'Égypte lui appartient, ce qu'elle est, ce qu'elle a, et ce qu'elle produit. Il n'y a ici qu'un propriétaire, lui, qu'un capital, le sien. On ne peut déplacer une pierre sans en lui demander permission écrite, ce qu'on appelle un *firman*. C'est un des rares privilèges qu'il accorde aux consuls, par exemple. Un conseil : ne vous vantez pas de votre passé anglais. L'Angleterre est sa bête noire, même s'il n'y paraît pas. C'est un homme imprévisible, aux multiples facettes, qui connaît bien la nature humaine et qui voit loin. Il a encore quelques naïvetés et c'est par là que vous pourrez le séduire : il aime être étonné. Vous avez cependant intérêt à réussir du premier coup, car il ne vous donnera pas deux chances. On dit qu'ici tout tremble, tout paie, tout languit... Si vous perdiez sa faveur, vous comprendriez pleinement ce que cela veut dire, et je vous déconseillerais de rester en Égypte.

Une voix d'homme appela d'en bas. Une voix française avec l'accent du Sud :

— Ohé, monsieur Bernardino ? Vous êtes encore là-haut ?

La voix s'engagea dans l'escalier.

— Vous me faites souffrir la chaleur dès le matin... je fais déjà des gouttes grosses *coume lou poung*...

Un mamelouk en grand costume émergea sur la terrasse. Turban, tunique et ceinture brodées, poignard à la ceinture, babouches de prix : il était éblouissant. Il arborait des moustaches si noires et si épaisses qu'elles semblaient fausses, et un menton parfaitement rasé, à la mode militaire.

— Rifaud, observa le consul, combien de fois devrai-je vous dire que si vous voulez passer pour un mamelouk, il faut vous faire pousser la barbe ? Le menton rasé de frais est ici une mode répugnante, car rien ne pose un Égyptien comme une belle barbe fournie.

— C'est que je suis velu à faire peur, protesta le nouveau venu, un vrai crabe à laine, monsieur Bernardino. Et en plus je ne suis pas Français pour rien : nos modes sont toujours les meilleures.

Dès qu'il aperçut Belzoni, il se redressa de toute sa taille car la nature l'avait fait un peu court. Il regretta en un éclair de ne pas avoir mis ses bottes à talonnettes. Il redoutait depuis le début de la quarantaine de rencontrer ce fameux géant dont lui avait parlé Cailliaud, le jeune Breton qui venait d'ouvrir une boutique d'orfèvre dans l'Okel. Cailliaud était une peste : il savait toujours aiguillonner son prochain au défaut de la cuirasse. Or Rifaud n'avait qu'un point faible et c'était celui-là : il aurait tout donné pour avoir dix centimètres de plus...

Belzoni esquissa le geste de se lever.

— Non, non, pour l'amour de Dieu, monsieur, restez assis. Debout, vous me sembleriez la *tourre de Babilouno*... Je suis Jean-Jacques Rifaud, dit le Marseillais, sculpteur, architecte et chef de chantier. Homme à tout faire, au service de M. Drovetti.

Il se tourna vers le consul.

— Monsieur Drovetti, je suis venu prendre vos dispositions, maintenant que la peste est finie. Il ne va plus rester un seul bateau à louer.

— Je ne suis pas prêt, Rifaud...

— Je pourrais partir avant vous ! J'ai envie de me mettre au travail, moi. Je n'en peux plus de jouer au joli champ de courges... Vous m'avez mis la tête comme un tambour avec vos descriptions de Louxor, Karnak, la Nubie et tout le reste ! J'attends depuis plus d'un an. Vous m'avez donné la cire, maintenant j'aimerais bien le miel !

Drovetti se tourna vers Belzoni.

— Je veux enrichir ma collection d'antiquités, expliqua-t-il. M. Rifaud sera mon chef de fouilles à Thèbes. Il piaffe d'impatience, comme vous pouvez le constater. Alexandrie ne lui suffit plus.

— C'est que, nous autres Marseillais, nous n'avons pas de patience. Attendez qu'on soit à pied d'œuvre et je vous ferai voir que c'est une vertu !

— J'y compte bien. Vous verrez, monsieur Belzoni, tôt ou tard, tout le monde se met aux fouilles. Creuser, c'est comme une drogue. Quand on y a goûté, on ne peut plus s'en passer.

— Oh, tout le monde n'aime pas forcément ça, hein !

Rifaud voyait soudain poindre un rival.

— Il faut travailler dans une fournaise, avec des Arabes qui sont plus têtus que la mule du pape et sales comme des bâtons de poulailler, ce n'est pas une partie de plaisir...

« Mais une chasse au trésor, certainement... » pensa Belzoni. Il avait vu la collection d'antiquités que Drovetti avait rassemblée dans l'Okel. Un véritable musée qui témoignait d'une civilisation riche, raffinée, mystérieuse... Curieusement proche et vivante, malgré les millénaires qui s'étaient écoulés depuis sa disparition. Aux derniers jours de la quarantaine, alors que les voyageurs se terraient encore chez eux, Jean-Baptiste était venu s'asseoir dans l'ombre silencieuse des salons, admirant le corps gracile des statues et les visages parfaits où flottait un sourire énigmatique. Peu à peu il avait senti des présences, le silence était devenu tangible et les regards de pierre semblaient s'être tournés vers lui.

Drovetti l'arracha à sa rêverie.

— Vous êtes arrivé au bon moment, monsieur Belzoni. Les Égyptiens n'ont cure de leur histoire. Ils ne comprennent pas l'intérêt que nous portons à leurs antiquités. Le vice-roi lui-même est si bien convaincu de leur inutilité qu'il parle de détruire les pyramides et d'en utiliser les pierres pour faire un barrage sur le Nil... Partez vite pour Le Caire. Votre machine hydraulique sauvera peut-être une des merveilles du monde.

Quatre jours plus tard, c'était le jour de la Saint Jean-Baptiste et la fin de l'épidémie fut officiellement annoncée. Ce fut la ruée vers le port : les bateaux se louèrent à prix d'or, surtout les grands, les *maâsch* pour les marchandises, les *dahabiehs* et les *canges* pour les passagers, où on pouvait loger confortablement à plusieurs. Le baron Duplessis et M. Turner firent fi des rivalités héréditaires qui auraient dû les opposer. Ils louèrent ensemble l'embarcation la plus confortable et ils invitèrent les Belzoni à la partager.

On visita Alexandrie avant de partir et ce fut enfin la révélation longtemps différée : la ville était une fête pour les sens. Bédouins, Abyssins, Africains se pressaient dans les ruelles étroites. Des ânes, des chevaux et des chameaux défilaient en colonnes, les marchands en robe bleue vendaient des oranges. Des monceaux de grenades rouges et gonflées de jus s'entassaient sur des charrettes, et une chaude odeur d'épices s'insinuait partout. Des touffes de jasmin en fleurs passaient par-dessus les murs crénelés des jardins et retombaient en vagues parfumées. On chantait derrière les moucharabiehs. Sur les coupoles des mosquées brillait un croissant ou une grenade d'or... C'était vraiment l'Orient.

À force de préparatifs, on ne mit à la voile que le premier juillet. Par Rosette on gagnerait la branche du Delta qui était favorable à la navigation. En quatre jours on serait au Caire. Mais une tempête se leva et il fallut chercher refuge à Aboukir. C'était dans cette rade que les Anglais avaient anéanti la flotte française dix-sept ans auparavant. Les hommes voulurent descendre à terre malgré les rafales de poussière qui balayaient le rivage. D'énormes débris de bois, vestiges des forteresses flottantes qui s'étaient affrontées, étaient à moitié enfouis dans le sable. Des ossements humains, à peine nettoyés par le temps, jonchaient le sol, recouverts par une croûte de sel : les restes des centaines de noyés que la mer avait rejetés sur la côte.

Le soir, ils étaient à Rosette. Des oiseaux aquatiques s'installèrent aussitôt dans le sillage de leur bateau.

Turner, qui connaissait déjà l'Égypte, prenait un grand plaisir à informer la compagnie.

— Vous devriez voir le Delta en octobre ! Les eaux deviennent rouges, parfois même violettes et font un contraste magnifique avec la campagne verte du Delta...

— Je ne vois ici qu'une eau jaune et fangeuse dont un chien ne voudrait pas, grommela le baron.

— Allons, Anselme, soyez plus romantique, hier cette eau baignait le pied des pyramides.

— J'espère au moins qu'il y aura quelque chose à voir dedans et qu'on ne s'est pas déplacé pour rien... bougonna Anselme Duplessis. Ce voyage a si mal commencé.

— On n'a ouvert qu'une seule pyramide et encore ne contenait-elle qu'un grossier sarcophage, qui n'avait rien de royal, expliqua Turner. Les travaux n'ont jamais été finis et on dit que Khéops a dû prostituer sa fille pour payer ses fournisseurs. Elle aura fini par se lasser.

Belzoni se tenait assis à la proue du bateau, torse nu et savourait la morsure du soleil. Il fumait en silence et regardait défiler le paysage verdoyant des berges.

Derrière lui, Sara s'était allongée sous le dais de toile rayée qu'on étendait aux heures les plus chaudes.

— C'est bizarre, dit Jean-Baptiste, on a fait tant de projets pendant la quarantaine et maintenant, je me sens aussi flou qu'un mirage au soleil. Incapable de penser à l'avenir. Et le plus beau, c'est que ça m'est complètement indifférent. La seule chose qui m'intéresse en fait, c'est de m'en mettre plein les yeux. Surtout ne pas penser...

— Mmm... approuva Sara, à moitié endormie, vaincue par la chaleur et la fatigue.

La compagnie était restée à la poupe, où le *raïs* pilotait la cange en chantant des chansons d'amour. Sous les grandes voiles triangulaires, les pêcheurs saluaient leur passage. Des vols de colombes s'élevaient autour des villages de boue séchée et des palmeraies. À l'ombre des mimosas et des acacias, des paysans assis sur les berges de limon noir regardaient passer les étrangers. Et chacun pensait que l'autre était bien heureux.

« Ils ont sur moi au moins un avantage, se dit Jean-Baptiste, ils n'ont pas besoin de faire leur cour aux puissants. »

Il devrait bientôt faire la sienne au pacha et cette perspective ne lui disait rien.

Il leur fallut trois jours pour arriver à l'endroit où les branches du Delta convergent pour former un cours unique. C'était le Nil, enfin, et il était immense. Il longeait des campagnes vertes et fertiles, parsemées de villages blancs et de minarets. Au pied des montagnes désertiques qui se perdaient à l'horizon, des palmeraies et des bois de sycomores. Au loin, posées au milieu du paysage comme des jouets incongrus, les pyramides, et enfin, le profil brumeux du Caire.

La cange heurta doucement le rivage. On était à Boulaq, la douane du Caire, une ville toute en longueur. Des centaines de bateaux de toutes formes et de toutes couleurs y étaient à l'ancre. Devant la Grande Mosquée, la place du Divan descendait en pente douce jusqu'au fleuve. Jack sauta joyeusement dans l'eau basse, faisant fuir une nuée de petits poissons, et aida les marins à tirer la barque à sec.

Un envoyé de Boghos, l'ami du consul Drovetti, s'empressa de les guider vers une bâtisse décrépite où ils pourraient entreposer leurs bagages et passer la nuit s'ils le voulaient. C'était une maison vide de tout ameublement, et partiellement en ruines. L'enduit des murs s'écaillait. Les treillis des fenêtres étaient défoncés. La porte d'entrée elle-même pendait lamentablement de ses gonds.

— C'est honteux ! protesta Anselme. Ne serions-nous pas bienvenus ?

— C'est un toit quand même, fit Sara, pratique. La nuit viendra vite, et demain aussi.

Elle se souvint soudain de Marie Tussaud, les poings sur les hanches, le sourcil froncé : « On n'est pas nés avec une cuiller d'or dans la bouche, ma fille. Allez, on se remonte les manches... »

Malgré la chaleur intense, elle se mit à l'ouvrage. Il fallait rendre cette maison habitable avant la nuit. Elle fit décharger les malles et les matelas.

Le baron Anselme ne décolérait pas et décida d'aller séance tenante aux pyramides.

— Nous avons juste le temps. Je ne peux pas attendre, je ne suis venu que pour cela. Belzoni, Turner, vous en êtes, n'est-ce pas ? Nous dormirons là-bas. Tout plutôt que de passer la nuit dans cette masure innommable...

— Je reste ici avec Jack, fit Sara, pas mécontente d'avoir les coudées franches. Laissez-moi l'interprète et deux ou trois hommes.

— Je vais tout organiser en un clin d'œil ! s'écria Anselme en faisant tinter des pièces de monnaie dans sa poche. Avec ma musique, on a tout ce qu'on veut.

— Jack, ordonna Sara, va au bazar avec l'interprète. Vous rapporterez des nattes de roseaux, et des jarres de terre cuite. Après, il faudra nettoyer la maison, réparer la porte, faire du feu et aller chercher de l'eau.

Sara, en sueur, s'assit sur une malle en s'éventant. C'était la plus lourde, celle qui contenait les bibles de la Société missionnaire de Londres. Les bonnes âmes inconscientes avaient voulu à tout prix les lui confier : « Vous aurez tout le temps d'évangéliser ces pauvres hères. » Elle traînait la malle dans ses bagages depuis l'Angleterre, ne se résignant pas à l'abandonner. Elle avait enfin trouvé son usage.

On était près du port et l'air sentait le poisson séché et les épices. Des enfants s'agglutinèrent dans l'embrasure de la porte. Ils la regardaient en riant. Elle était pour eux un curieux animal, c'était évident. Un scorpion tomba du mur devant eux. Ils l'écrasèrent avec une pierre en poussant des hurlements guerriers.

— *Choukrane*, merci... dit Sara, ce qui déchaîna un grand enthousiasme et une série de questions incompréhensibles.

Avec *Inch'Allah*, c'était le seul mot d'arabe qu'elle connût. « Ma fille, Dieu fait bien les choses, pensa Sara. Il n'y a vraiment que des saltimbanques pour pouvoir s'adapter à n'importe quoi. Une autre serait en larmes ou morte depuis longtemps. »

Elle se mit à la chasse aux scorpions et aux serpents.

La nuit tombée, elle s'enferma avec Jack dans la seule pièce convenable, un pistolet chargé à portée de la main. Jack s'enroula dans un drap et s'endormit aussitôt. Elle fixa çà et là des bougies dans leur coulure de cire, sortit plumes et encrier, et se mit à écrire pour trouver le sommeil. C'était la première nuit qu'elle passait seule depuis longtemps.

Je ne sais pas combien il nous reste en poche, Jean-Baptiste ne parle jamais de ces choses-là, mais nos réserves doivent être bien entamées. Nous dépendons maintenant entièrement de gens que nous ne connaissons pas : l'entourage du pacha et surtout le pacha lui-même.

Avec l'insouciance de son âge Jack m'a dit hier : « Pourquoi s'en faire ? Est-ce que les oiseaux se soucient de leur subsistance ? Ils vivent cependant, et même ils chantent... » Privilège de la jeunesse. J'ai passé trente ans et je dois donc être devenue vieille, puisque je ne chante plus. La chose m'a irritée cependant et au lieu de lui répondre, je me suis mise à chanter en irlandais... Il a fait des yeux ronds et s'est mis à pleurer, Dieu sait sur quels souvenirs. Ma journée en a été gâchée.

Il y a des gens dont la vie ressemble à un cercle parfait. Pas la nôtre. Nous sommes « différents » et fiers de l'être, nous nous croyons plus libres que les autres parce que nous allons par monts et par vaux au prix de grandes fatigues et que nous ne savons pas de quoi demain sera fait. Mais il y a là un curieux paradoxe, puisque nous savons aussi que la société aime les cercles parfaits et rejette tout le reste. Pour elle les différences sont des germes de subversion. Il est vrai que les gens « normaux » ont la vie plus facile, comme s'ils circulaient dans une belle allée plantée d'arbres. Malgré cela, je ne réussis à éprouver du désir ni pour la normalité, ni pour la richesse.

Nous avons vu passer aujourd'hui un important personnage sur une cange pourvue de vingt rameurs. Il était assis sous un dais comme une idole et on lui présentait des sorbets sur des plats d'argent. Derrière son bateau, venait celui des femmes, soigneusement enfermées, les malheureuses, et gardées par de grands eunuques noirs en turbans rouges. Puis le bateau des chevaux, celui des serviteurs et des provisions. C'était un train grandiose. Des bannières de soie flottaient en haut des mâts et des tapis de prix traînaient dans le sillage du bateau amiral. Ils étaient d'un rouge sombre, couleur de sang séché et Turner nous a dit qu'ils étaient fabriqués en Orient par les femmes de Boukhara et de Samarcande. Il ajouta qu'en Turquie, la mère du sultan Mahmoud qui est française, voyage avec des poissons apprivoisés qui nagent aux côtés de son bateau et qu'elle tient en laisse avec des harnais et des chaînettes d'or. Personne ne voulut le croire sauf moi, car j'ai vu en Angleterre dans les bassins d'un château des carpes centenaires et tout à fait affectueuses, couvertes de mousse comme de vieux rochers. Elles avaient un anneau d'or dans le nez en gage de leur soumission. Je connais des hommes qui aimeraient pouvoir nous en faire autant...

Anselme Duplessis a dit pour tout commentaire : « Je deviens odieux quand je me sens pauvre » et n'a plus ouvert la bouche.

Duplessis-Bréché avait tenu parole. Comme le soir tombait, les hommes se retrouvèrent à cheval aux portes du désert.

Jean-Baptiste s'arrêta un instant avant de s'engager dans les sables.

Le couchant était rouge vif, alors qu'à l'opposé montait une lune pâle. La silhouette surnaturelle des pyramides se détachait nettement sur le ciel incendié. Le disque du soleil disparut brusquement, comme happé derrière l'horizon par une force mystérieuse. L'obscurité tomba d'un coup. On avait envie d'applaudir.

Le petit groupe se lança au galop à travers les dunes, dans le souffle rauque des montures et le grincement des sangles de cuir. Les pyramides semblaient toutes proches et pourtant, on ne les atteignait jamais. Sous la lumière bleue de la lune qui venait de se lever, les chevaux galopaient sans bruit sur le sable, comme dans un rêve, de plus en plus vite, éprouvant un plaisir visible à sentir le vent frais de la course. Ils ne ralentirent qu'en vue du campement.

Les serviteurs du baron les avaient précédés et avaient déjà monté une vaste tente à rayures. Un mouton tournait sur une broche au-dessus d'un grand feu.

Devant la masse écrasante des monuments, les visiteurs observèrent un moment de silence.

— Je voulais me rendre compte par moi-même, dit enfin Anselme. Le Corse nous a tellement rebattu les oreilles avec sa campagne d'Orient... Bon Dieu, s'il est monté là-dessus avec ses pattes d'insecte, je ne vois pas pourquoi je ne pourrais pas en faire autant.

L'escalade fut programmée pour les dernières heures de la nuit, de manière à pouvoir contempler le lever du soleil depuis le sommet.

Jean-Baptiste s'en fut examiner de près les blocs de pierre gigantesques. Comment avait-on fait pour les entasser dans un ordre aussi parfait ? D'en bas, le sommet de la pyramide semblait disparaître dans le ciel. Le monument défiait la raison. Il ressentit quelque chose d'inexplicable. C'était comme s'il venait de pousser une porte et de découvrir un autre monde derrière.

Des tapis et des coussins couvraient le sol de la tente dont un des panneaux avait été relevé. Aux confins de l'obscurité laiteuse, des yeux flamboyants observaient les dîneurs tandis qu'ils déchiraient la chair grillée du mouton et la mangeaient avec les doigts : les chiens sauvages tremblaient de désir et gémissaient, les narines palpitantes.

Un musicien commença à marquer un rythme sourd sur son tambour et ce fut comme si un grand cœur avait commencé à battre. Une femme invisible se mit à chanter. Sa voix frémissait comme le vent sur un champ de roseaux.

Le drogman — l'interprète — du consulat rota bruyamment rompant le charme.

— Ne te gêne pas, mon brave ! fit le baron, choqué.

Turner lui expliqua que la chose était considérée ici comme fort civile et manifestait la satisfaction d'un estomac convenablement traité. Comme Anselme était en quelque sorte le maître de maison, c'était à lui que s'adressait cet hommage, mais il n'était pas tenu d'en faire autant.

— Qu'à cela ne tienne... fit le baron, se libérant à son tour. Après tout, si nous devons suivre l'usage...

Le drogman apprécia l'effort et lui adressa un sourire gracieux. Le baron Anselme cherchait toujours à plaire.

Même aux chiens. Il ne sut leur résister et provoqua une mêlée en leur jetant ses restes. Les bêtes tenaient à la fois du chien, du loup et du chacal. De leurs ancêtres, qu'on pouvait contempler sur les fresques des temples, ils avaient gardé de longues oreilles pointues et une musculature puissante. Les gens du Caire les détestaient et pourtant les animaux montaient une garde aussi vigilante que celle des oies du Capitole. Les meutes se divisaient la « terre des chiens », une zone qui s'étendait en anneau autour de la ville, et où il ne faisait pas bon passer la nuit. On disait qu'autrefois, ces chiens de personne avaient dévoré un Apis, un taureau divin, et qu'ils étaient maudits depuis ce jour-là. Il n'y avait pas un endroit d'Égypte où ils ne fussent rejetés et honnis. C'étaient pourtant d'excellents fossoyeurs qui vous débarrassaient d'une charogne en huit heures, ce qui était un fier service en temps de misère et de pestilence.

Les guides les chassèrent plusieurs fois à coups de *courbache*, la cravache égyptienne, mais ils revinrent à chaque fois en rampant et en gémissant, et on finit par les tolérer.

Le dîner terminé, un Nubien passa avec une bassine d'eau et des serviettes. Chacun se lava les doigts.

— Et maintenant que vous avez les mains propres, le dessert ! annonça le baron, les yeux brillants. Vous ne pourrez pas dire que le baron Duplessis vous a mal régalés. Je vous offre... les filles de Khéops !

Il fit un signe et les musiciens semblèrent se réveiller. L'instant d'après, trois femmes faisaient leur entrée, empaquetées dans des capes informes : Belzoni remarqua que l'une d'elles portait de mignonnes babouches rouges ; presque un pied d'enfant. D'entre les plis du vêtement, on le regarda effrontément. Un cylindre d'or pendait entre les yeux lourdement maquillés de khôl.

Le drogman ranima le feu et les femmes laissèrent tomber leur manteau de laine.

Dessous, elles étaient à peine vêtues de gazes roses et bleues, légères comme des ailes de libellule. Leurs seins étaient emprisonnés dans des corselets brodés d'or. On devinait leurs jambes sous les pantalons de gaze bouffants. La taille était fine, les hanches épaisses mais soulignées par une ceinture richement brodée.

Le baron souriait d'un air niais et gourmand : il était aux anges. Il transpirait malgré la fraîcheur de la nuit et dut dégrafer son gilet.

Turner, plus rouge que jamais, s'exclama qu'il fallait renoncer. « Une chaude-pisse payante le premier jour, ce serait trop bête ! » Mais personne ne sembla l'écouter.

Le baron Anselme jeta quelques louis aux donzelles qui se prosternèrent et lui baisèrent la main, à sa plus vive satisfaction. Elles se collèrent les pièces sur le front et sur les joues avec de la salive.

— Voilà des créatures qui savent encore ce qu'est le respect !... fit-il en leur abandonnant ses mains et tout prêt à céder le reste.

La fille aux babouches rouges lui adressa la parole en arabe.

— Que dit-elle ? demanda le baron au drogman. Vite...

— Hanem dit que pour vous remercier, elle consent à danser, malgré son jeune âge, une danse interdite.

Elle n'avait pas plus de quinze ans, des yeux brûlants et un nez félin aux narines palpitantes. « Interdite ? » Le baron ne se tenait plus d'aise. Il ignorait naturellement que la « danse de l'abeille » était le piège classique que les almées tendaient à tous les voyageurs de quelque importance. Étourdis par la musique, l'excitation et la curiosité, ils se faisaient plumer de bon gré. La belle feignait d'être piquée par une abeille, et plus l'homme était généreux, plus le lieu de la piqûre était intime.

— Hanem dit qu'elle ne dansera que pour toi.

— Et nous ? protesta Turner.

Belzoni flairait l'arnaque. Sa longue fréquentation des bas-fonds de Londres lui avait beaucoup appris sur les stratagèmes des prostituées. Celui-là était vieux comme le monde, mais dans les choses du sexe, les hommes sont presque toujours frappés de stupidité. À Londres bien des dames étaient arrivées à leurs fins grâce à des stratégies tout aussi grossières.

La fille avait sorti de son corselet de minces bandeaux noirs. Le drogman traduisit encore.

— Hanem est célèbre, expliqua le drogman, c'est une des rares almées qui choisissent ceux pour qui elles dansent. Elle dit que tes deux amis peuvent regarder, mais que tous les autres auront les yeux bandés. Elle ne veut pas corrompre ses musiciens, et elle tient à ménager sa propre pudeur.

Elle commença à danser lentement tandis que les deux autres filles bandaient les yeux des hommes. Ses hanches luisantes tremblaient comme celles d'un pur-sang avant la course. Son regard dur était celui d'une adulte.

Elle délaça son corset et ses grands seins blancs jaillirent. Elle ôta lentement ses pantalons, et resta en chemise de gaze rose. Les lourdes franges de la ceinture cachaient son sexe.

Anselme était au comble de l'excitation, et Turner ne se donnait plus la peine de dissimuler son état.

Belzoni n'avait jamais aimé se donner en spectacle et se contrôlait plutôt bien. Les galanteries publiques ne l'attiraient pas, mais il aurait fallu être de bois pour résister à celles-ci. Salomé n'aurait pas mieux fait.

La chemise vola en l'air, puis les babouches rouges. L'une d'elles atterrit près de lui. Il la prit et l'examina. Elle tenait tout entière dans sa grande main. Le cuir en était fin et brodé de perles minuscules, mais véritables. C'était là une chaussure de sultane, celle d'une femme qui ne foule que des tapis. Cette chaussure-là n'avait jamais vu la poussière des ruelles du Caire.

Hanem finit par dénouer sa ceinture au rythme de la musique, et se tint nue dans la lumière rouge du feu, avec ses ornements barbares autour des chevilles et des poignets.

— Oh, elle est épilée... fit le baron, déçu.

C'était vrai, on aurait dit un sexe de petite fille et le baron était fort sensible au message érotique des poils. Même et surtout ceux des aisselles, qui étaient les prémices des autres... La fille se tourna et fit trembler habilement ses belles fesses au rythme de la musique qui culmina enfin dans une apothéose de tambours. Fuyant la guêpe imaginaire, elle se jeta sur les genoux du baron, les jambes écartées. Elle l'enserra entre ses cuisses et plaqua son sexe contre le sien, pendant que ses seins humides de sueur lui frôlaient le visage. Il émanait d'elle une odeur forte et féline qui fut pour Anselme le coup de grâce...

Turner était assez frais quand vint l'heure de l'escalade, mais le baron dut se faire tirer par les guides d'une pierre à l'autre. On ne voyait guère que le bloc où on était, éclairé par les torches des porteurs : les piles du bas de la pyramide mesuraient environ un mètre cinquante de hauteur.

— Grands Dieux, comment ont-ils fait pour entasser tout ça ? C'est effrayant !

Les guides avaient une manière très commode de vous prendre sous les bras et de vous hisser comme une plume, ce qui convenait parfaitement au baron, d'abord parce qu'il était court et un peu gras, et aussi parce que la fille l'avait exténué.

— Savez-vous ce que disait le Corse ? fit-il en haletant à l'attention de Turner. Qu'en mettant bout à bout toutes ces pierres, on aurait pu élever autour de la France un mur de trois mètres de haut.

— Que ne l'a-t-il fait, bougonna Turner, nous aurions moins à escalader aujourd'hui !

Jean-Baptiste, lui, trouvait les gradins aisés et proportionnés à sa taille. Il prit donc de la distance et dérangeant une famille de grands-ducs étonnés par son apparition, il disparut dans l'obscurité où se perdait le sommet de la pyramide.

L'agencement des blocs le passionnait. Rien n'avait été encore dit sur ces merveilles, et il brûlait déjà d'en découvrir les secrets. Comprendre, savoir, voir là où les autres ne voient rien, c'était ce qu'il avait souhaité toute sa vie, et peut-être, cette fois, en avait-il vraiment l'occasion.

Il approchait du sommet : une étoile semblait y être encore accrochée, incroyablement brillante. En bas, le petit groupe s'affairait dans la lumière jaune des torches, comme d'industrieux pucerons. En haut, il faisait froid.

Quand Jean-Baptiste se hissa enfin sur la plate-forme, il eut un mouvement de recul : quelqu'un s'y tenait déjà. Un tapis avait été déployé sur les pierres disjointes et une forme blanche y était recroquevillée. Sentant une présence, le dormeur bougea et se redressa à demi, rejetant en arrière le capuchon de laine de son manteau.

La tête ébouriffée d'une adolescente apparut, des yeux bleus mal réveillés, le nez et les joues brûlés par le soleil. Elle portait un costume de mamelouk, avec un poignard passé dans la ceinture, et n'en paraissait que plus fragile.

La haute silhouette de Belzoni se dressait contre le ciel maintenant pâle.

— Qui êtes-vous ? demanda la jeune fille.

Elle parlait un anglais presque parfait, avec un rien de hauteur. C'était sans doute une de ces filles de diplomates que leur famille traîne de pays en pays et dont on n'arrive pas à saisir la nationalité.

— Je suis... un voyageur... Je regrette d'avoir troublé votre sommeil.

Elle ne lui répondit pas et se tourna vers le Levant.

Le ciel obscur devenait rose et violet. Le vent s'était levé et, haut dans le ciel, des rapaces dérivaient, cherchant les courants matinaux. Ils captaient déjà les rayons du soleil et semblaient faits de plumes d'or. Belzoni suivit leur vol du regard. Il aimait bien les faucons, c'étaient des oiseaux nobles. Ils n'étaient ni rusés, ni prudents...

Le premier rayon du soleil frappa le sommet de la pyramide comme une flèche.

— Oh ! fit la jeune fille à voix basse. Le voilà...

Elle se mit debout au bord du vide, les bras en croix, face au soleil levant, les yeux fermés. Le vent plaquait ses vêtements contre son corps comme sur une figure de proue.

Elle vacilla, prête à tomber dans le vide et commença à réciter une sorte de litanie.

— Voici la douzième heure... Sors de ta caverne obscure et roule vers moi ton disque fulgurant... Celle qui vole, qu'elle s'envole... Je ne suis plus pour la terre, je suis pour le ciel... et je veux l'embrasser comme un aigle... Dieu de ma cité, me voilà...

Belzoni se précipita et la rattrapa au vol : son corps mince tremblait contre lui.

Elle se débattit, lui assénant des coups de poing et des coups de pied.

— Vous avez tout gâché ! Laissez-moi !

Il la lâcha et elle s'effondra à genoux sur le sol en pleurant.

— C'est trop tard. Le moment est passé... C'est votre faute.

— Vous m'en voyez ravi ! Que pensez-vous faire ? voler ?

— Non monsieur. Passer dans l'autre monde. Et ce que vous avez interrompu ne vous concernait pas... On n'interrompt pas la litanie des morts, la vraie, celle des anciens...

Elle se dégagea brusquement.

— Vous êtes dans un pays où la mort est plus importante que la vie. Je suis suffisamment âgée et saine d'esprit pour être maîtresse de l'une et de l'autre.

— J'aurais été consterné, mademoiselle, de devoir descendre votre corps sur mon dos. La pente est rude et nous méritons mieux l'un et l'autre.

Il indiqua le soleil levant.

— Regardez... C'est un si beau jour pour être vivant.

Les autres arrivaient. La jeune fille eut un geste d'exaspération et roula son tapis. Elle regarda Belzoni avant de franchir le bord de la terrasse.

— Je m'appelle Amina Panhusen, dit-elle. Apparemment je vous dois une vie. Pour le moment, je vous maudis. Si je dois un jour vous remercier... Le Caire est une petite ville ; je vous retrouverai.

Elle enjamba le rebord de la terrasse et disparut. Belzoni se pencha : un janissaire noir en turban rouge l'attendait plus bas. Il lui couvrit les épaules avec un manteau blanc et lui tendit respectueusement la main pour l'aider à descendre.

Anselme Duplessis se hissa bientôt sur la plate-forme et roula sur le dos en soufflant.

— Et voilà... Je vous l'avais bien dit, Turner, nous sommes partis trop tard. C'est fichu pour le lever du soleil.

L'horizon était maintenant d'un jaune éclatant et la lumière faisait reculer une à une les ombres violettes des dunes. Le disque énorme du soleil surgissait enfin de la brume matinale.

— Enfin, puisque nous sommes ici, regardons...

Les serviteurs avaient apporté des victuailles et du vin italien. On but à l'Éternité, aux architectes, au soleil, aux hommes et à Dieu...

7

Dès le lendemain, Jean-Baptiste s'en fut au Caire pour présenter à Joseph Boghos la lettre de recommandation que lui avait donnée le consul Drovetti.

À la fois confident, ministre, et éminence grise du pacha, Boghos se tenait à sa disposition de jour comme de nuit. Il avait donc pris une maison à Choubra, loin du centre de la ville, où le pacha venait de se faire construire une résidence. Méhémet-Ali n'aimait pas Le Caire, qu'il considérait une ville dangereuse et instable.

Les quartiers les plus populeux, les *haras*, grouillaient de fauteurs de troubles. Un des précédents sultans en avait fait abattre les portes, pour éviter qu'ils ne se transforment en poudrières, mais l'esprit des quartiers, celui-là, personne ne l'abattrait. C'était le même esprit des tribus du désert, fait d'orgueil et d'indépendance, de ceux qui n'acceptent des maîtres que pour mieux les combattre.

C'est pourquoi Méhémet-Ali ne se promenait jamais dans sa capitale, préférait vivre en dehors et s'entourer d'étrangers — Grecs de préférence, puisqu'il était Macédonien. C'est pourquoi aussi Joseph Boghos avait son oreille.

Joseph Boghos était Arménien de Smyrne, de religion orthodoxe. Il parlait huit langues dont trois européennes et avait conquis au fil du temps une position de premier plan auprès du pacha : de secrétaire, il était devenu ministre. Méhémet-Ali ne prenait aucune décision sans le consulter. Travailleur infatigable, Boghos ne dormait que quelques heures par nuit. Sa fonction première était de protéger les intérêts financiers du pacha et de développer toutes les formes de profit.

Le pacha en effet avait fait sienne la boutade de Napoléon : « Un chef, s'il est tout, doit être partout sinon il n'est rien. » Lui était partout où il y avait de l'argent. Pas une piastre n'échappait à ses vigilants collecteurs. C'était une chose de notoriété publique : l'Égypte avait été donnée en fermage à un étranger.

À ce jeu-là, Joseph Boghos était devenu lui-même si puissant qu'il craignait pour sa vie.

On fit attendre Belzoni dans un salon de vastes proportions, revêtu de céramiques peintes. La hauteur du plafond était remarquable et une sorte de balcon de bois courait le long des murs à mi-hauteur. Des ouvertures munies de moucharabiehs sculptées y avaient été pratiquées, ce qui permettait de voir dans le salon sans être vu. Belzoni eut dès le premier instant l'impression désagréable d'être observé. Il régnait dans la pièce une fraîcheur délicieuse. Une fontaine murmurait au centre, dans un bassin muni de degrés qui descendaient dans l'eau. Sur la marche la plus haute, des coussins de soie rouge portaient encore la trace d'un corps, comme si quelqu'un se fût à peine enfui.

D'emblée, Belzoni sut que Boghos ne l'aiderait jamais. L'hostilité fut immédiate et réciproque, chacun représentant pour l'autre le type humain qu'il détestait le plus. Belzoni était immense, beau, spectaculaire. L'autre était un fonctionnaire malingre, incolore, insaisissable, malgré sa voix douce et son extrême amabilité. C'était une créature des eaux troubles.

Rompu aux traditions orientales, Boghos savait parfaitement que pour pouvoir reprendre et s'imposer, il faut commencer par donner. Il s'adressa à Belzoni dans un italien raffiné et sans accent, celui qu'on parlait dans les meilleurs salons du Piémont, une manière subtile de le mettre en embarras en marquant bien les distances sociales.

— Mon bon ami Drovetti vous a recommandé à moi, dit-il. Vous pouvez donc compter, monsieur, sur toute l'aide que son amitié m'autorise à vous offrir, dans la mesure de mes faibles moyens.

Belzoni comprit parfaitement que l'homme ne ferait que le strict minimum.

— En quoi puis-je vous être utile, monsieur... Belzoni ?

Il le savait parfaitement, mais voulait obliger Jean-Baptiste à le lui demander, pour le placer dans la position du quémandeur.

— Je pensais que M. Drovetti vous l'avait dit, répondit celui-ci. Je souhaiterais rencontrer le vice-roi.

— Vous êtes artiste théâtral, semble-t-il. Que désirez-vous proposer à Son Altesse ?

Belzoni bouillait intérieurement. Qui lui avait raconté cela ? Sur son passeport, il était inscrit comme mécanicien hydraulique. Il y avait veillé personnellement. Drovetti lui avait dit que Joseph Boghos lui-même était mécanicien quand il était arrivé en Égypte, et que c'était une heureuse coïncidence. Entre gens de la même corporation, il est d'usage de s'aider.

— Je ne suis plus comédien. Je désire proposer à Son Altesse une nouvelle machine à irriguer. Je ne suis venu au Caire que pour cela.

— Ah, voilà qui est fort intéressant fit Boghos. Je me sens plus à l'aise. Vous n'avez pas idée du nombre de charlatans, qui cherchent à s'introduire dans ce pays. Je ferai de mon mieux, soyez-en sûr, pour que vous puissiez présenter votre projet personnellement à Son Altesse. Mais ne voyez en moi qu'un simple intermédiaire. Mon influence est limitée aux petites industries que je surveille. Je n'ai aucun pouvoir sur les décisions de Son Altesse...

Boghos fit un large sourire à son interlocuteur.

— En ce qui concerne la maison de Boulaq, elle est entièrement à votre disposition pour le temps que vous voudrez. Vous y êtes chez vous. J'espère que votre épouse l'aura trouvée à son gré, malgré les incommodités.

— Oui. Je vous remercie. Elle nous suffira.

Belzoni avait du mal à feindre en pensant à la ruine qu'on leur avait offerte. Le petit homme l'humiliait à plaisir.

— Vous aurez sans doute besoin d'un prêt, reprit Boghos... C'est une chose fréquente lorsqu'on arrive ici.

Il avait sorti d'un petit meuble un lourd coffret métallique. Il l'ouvrit sous les yeux de Belzoni : il était plein de pièces d'or. Une poignée de ces pièces aurait mis Jean-Baptiste à l'abri du besoin pendant un bon moment. Mais il sentit que Boghos n'attendait que cela pour prendre l'avantage.

— J'attendrai. Une avance au moment du contrat sera suffisante... dit-il.

Boghos ne se le fit pas dire deux fois ; il referma le coffret d'un coup sec.

— Vous avez raison. La solidarité est une affaire de pauvres.

Malgré la fraîcheur du lieu, Belzoni suait à grosses gouttes. Il sut se taire. L'autre jouait au chat et à la souris et l'observait.

— Ma femme et moi donnons ce soir une petite réception pour les étrangers de marque qui se trouvent au Caire en ce moment. Nous apprécierions beaucoup la présence de Mme Belzoni et la vôtre...

Il n'attendit même pas la réponse de Jean-Baptiste et conclut en se levant :

— Dès que la date de l'entrevue sera fixée par Son Altesse, je vous le ferai savoir.

Il raccompagna Belzoni à la porte du salon, lui ouvrit la porte lui-même et s'inclina sans lui tendre la main au moment de le saluer.

— Et soyez patient, monsieur Belzoni. Nous sommes en Orient.

Il resta sur le pas de la porte, un sourire de commande figé sur les lèvres. D'un geste impérieux, il fit signe à un serviteur nubien en tunique blanche d'accompagner le visiteur vers la sortie.

L'esclave noir était presque aussi grand que Belzoni. Il avait les traits nobles et harmonieux des statues entassées chez Drovetti. Il conserva le regard obstinément fixé à terre et referma sans bruit le grand portail derrière le visiteur.

— Alors ? demanda Drovetti.

— Alors rien. Votre Boghos n'a pas été précisément chaleureux. Je n'ai aucune envie d'aller chez lui ce soir...

— Vous plaisantez ! trancha Drovetti. Tout ce qui compte au Caire sera là. On ne fait pas carrière en restant chez soi. Quant à Boghos, il est parfois lunatique, mais on le serait à moins, avec un tel patron !

À la nuit tombée, le consul entraîna Jean-Baptiste et Sara à Choubra.

Le géant lui était sympathique et il ressentait le besoin d'un homme de ce genre. La politique, le commerce laissent peu de place aux idéaux. Un honnête homme, c'est une bouffée d'air frais, et Bernardino Drovetti avait parfois la nostalgie de cette partie de lui-même, qu'il lui semblait parfois avoir perdue à tout jamais.

Il avait constitué autour de lui une équipe de gens « efficaces » en vue des fouilles qu'il entendait lancer sur une vaste échelle à la fin de son mandat. Il savait parfaitement qu'ils étaient pour la plupart des pillards sans scrupules et le comble, c'est qu'il se trouvait à l'aise parmi eux.

Ils traversèrent la ville obscure, perchés sur de grands ânes blancs. Des serviteurs en costumes d'apparat ouvraient la marche, portant à la main de longues perches où étaient fixées des lanternes à huile. On arriva enfin : le coup d'œil était féerique. Des myriades de lampes avaient été accrochées à l'extérieur de la maison et leurs flammes scintillaient dans l'air du soir comme des lucioles. Des tentures et des tapis de prix décoraient la façade.

Mme Boghos savait recevoir. Elle venait d'une bonne famille de Trieste et tenait à faire de son salon un terrain neutre où le pouvoir politique côtoyait le commerce et l'industrie. On pouvait y faire calmement des affaires et les invités étaient savamment mêlés. Turner, Anselme Duplessis et les Belzoni furent immédiatement très entourés. Les voyageurs de passage représentaient la grande attraction, car ils apportaient du sang neuf, et qu'ils avaient souvent dans leur sillage des femmes aventureuses, de celles qui font les modes ou les révolutions...

Une partie des salons était justement réquisitionnée par les dames. De ce fortin, elles jaugeaient sans pitié les nouveaux venus. Les mères étaient les plus acharnées, car une fille est nettement plus difficile à marier au Caire qu'à Paris. Et pendant que les demoiselles papillonnaient, gantées de satin blanc et vêtues de fraîches robes de mousseline à manches courtes, les mères passaient en revue les candidats, leurs fortunes et leurs alliances.

Dans un autre coin du salon, le consul Drovetti, le consul de Suède, Botky et le maître de maison s'étaient rapprochés tout naturellement. Ils contemplaient la haute stature de Jean-Baptiste Belzoni.

— Qu'en pensez-vous ? demanda Drovetti.

Bokty fit la moue.

— Pardonnez-moi, sa place est sur les tréteaux. Il pue le forain.

— Vous êtes sévère.

— Nous avons assez de charlatans ici.

Boghos sourit.

— Dois-je compléter toute votre pensée ?... Celle que vous n'osez pas dire à notre ami Drovetti qui est né au Piémont ? « Et en plus c'est un Italien ! »

— Eh bien oui, vous le savez comme moi, Drovetti, les Italiens sont déjà dans la place. Je les connais bien, j'ai grandi à Rome. Ils s'insinuent partout.

— Et c'est très bien ainsi, repartit le consul. Ils ont apporté ici un savoir-faire qui n'existait pas. L'économie retomberait comme un soufflé s'ils partaient. Ce sont d'excellents hommes d'affaires.

Boghos eut son petit rire énervant.

— D'excellents escrocs aussi, fit-il. J'ai sous la main une poignée de gros banqueroutiers qui me promettent monts et merveilles. Les voulez-vous au consulat ? Je vous les offre. Le pacha veut des spécialistes, en voilà : spécialistes en avanies !

Bokty continuait à observer Belzoni. Drovetti suivit son regard.

— Celui-là n'est pas un escroc. J'ai confiance. On peut en tirer quelque chose. Je ne sais pas encore quoi, car il ne parle pas beaucoup.

— C'est normal : les Italiens ne vont au théâtre que pour parler et dans les salons pour se taire ! Méfiez-vous, Drovetti, ce cheval-là court pour les Anglais !

— Il courra peut-être aussi pour moi un jour... Ne me démolissez pas mon poulain tout de suite !

Une très jeune fille s'avança en rougissant vers Boghos. C'était la fille cadette de Botky, une beauté blonde, délicate, avec de longues mains d'artiste. À quinze ans, elle commençait à sortir dans le monde et on se l'arrachait, car elle avait toutes les qualités.

— Monsieur, permettez-vous que ma sœur et moi fassions de la musique ?

— Fais ce que tu veux, mon enfant, dit Boghos. Tu es ici chez toi.

Elle remercia et se dirigea vers le piano.

— Je ne vois pas votre remplaçant, Drovetti.

— Roussel est un homme discret, répondit le consul. Et on m'a demandé de ne pas passer les pouvoirs tout de suite.

— J'imagine pourquoi. Je ne crois pas que l'Empereur reste sur une défaite... sourit Boghos.

— Que voulez-vous de plus ? s'exclama Botky, Waterloo n'a pas suffi ?... La boucle est bouclée maintenant, qu'il le veuille ou non.

— Savez-vous comment le pacha a pris la chose ?

— Mal. S'il avait pu, il aurait décrété un deuil national. Napoléon était son idole. Il n'en avait pas d'autre. J'imagine que tout cela le fait réfléchir et l'inquiète. Je m'attends à des semaines difficiles ; il faudrait le distraire.

— Eh bien, donnons-lui l'Hercule, enchaîna méchamment Botky. Il doit bien connaître quelque tour de magie.

La petite Bokty concluait son menuet d'une jolie voix fraîche :

> *Un zéphyr vient ternir sa surface,*
> *D'un souffle il confond les traits,*
> *L'éclat de tant d'objets*
> *S'efface...*

Le double sens de l'innocente poésie frappa soudain l'ex-consul. Il sentit le temps lui échapper des mains. Le temps, qui s'écoule de plus en plus vite, si vite que tout s'efface : l'éclat, la beauté, la saveur de la vie. Et il eut une pointe de jalousie à l'égard des magnifiques jeunes gens aux dents longues qui arrivaient de tous côtés en Égypte pour « faire leur trou ». Il se souvint en un éclair de l'Empereur, de Murat et des autres, et massa instinctivement sa main mutilée. Il sentait encore dans ses narines l'odeur de poudre et de sang des champs de batailles, quand ils rayonnaient de leurs vingt ans. Nulle fatigue, nulle épreuve, nulle folie ne les auraient alors arrêtés...

De la porte d'entrée partit comme un grand remous qui interrompit ses pensées.

— Cheikh Ibrahim arrive...

— Ah !... fit Drovetti en se rapprochant de Belzoni, je veux que vous le connaissiez. C'est un homme extraordinaire. Probablement le meilleur spécialiste de l'Orient. Une sommité, malgré son jeune âge.

— Un Arabe ?

— Non. Cheikh Ibrahim ben Abdallah est un nom d'emprunt. Il s'est fait musulman à Malte il y a quelques années. Vous savez, Malte est la pépinière des agents de la Société africaine de Londres. En fait, Ibrahim est né à Lausanne et s'appelle Jean-Louis Burckhardt.

L'homme qui entra, élégamment vêtu à la turque, le visage buriné par le soleil, les yeux bleus scintillants sous un turban vert, séduisit immédiatement Jean-Baptiste. Il lui donna une quarantaine d'années, mais fut surpris d'apprendre qu'il n'en avait que trente et un, soit six de moins que lui. Ibrahim-Burckhardt venait de passer deux ans en Syrie et en Arabie. Apparemment le désert vieillissait un homme avant l'âge :

Drovetti les présenta :

— Cheikh Ibrahim voyage pour le compte de l'African Association et connaît l'Orient comme sa poche. Il parle au moins sept dialectes arabes. Autant dire que la culture musulmane n'a pas de secrets pour lui.

Cheikh Ibrahim s'inclina, la main sur le cœur, à la mode arabe.

— Vous me flattez, je fais ce que j'aime dans un pays que j'aime, c'est tout.

— Je suis arrivé au Caire il n'y a que quatre jours, dit Belzoni, et je dois encore y trouver ma place... Vos conseils seraient les bienvenus, monsieur.

Cheikh Ibrahim regarda l'homme qui venait de s'asseoir près de lui. Il trouverait sûrement sa place au Caire mais pas dans un salon. Les deux hommes se dévisagèrent avec curiosité.

— D'où venez-vous ?

— Angleterre, Espagne, Sicile, et Malte, ma dernière étape.

— Malte... répéta pensivement Cheikh Ibrahim. J'y ai eu mes derniers maîtres.

— Il y a là-bas de curieux personnages... répondit Belzoni en pensant au connétable. Et ils ne sont pas tous enterrés dans la cathédrale...

Burckhardt sembla lire dans ses pensées et approuva.

— Dans ce cas, nous avons certainement des amis en commun, monsieur. Considérez-moi donc à votre disposition. Avant toutes choses, je vous engage à ne pas croire tout ce qu'on raconte sur l'Égypte ! Certains Européens aiment décrire ses habitants comme des êtres primitifs, bêtes comme des bœufs ou féroces comme des tigres ! Rien n'est plus faux. C'est un peuple accueillant et charitable, auquel il suffit de très peu pour aller très loin. Vous serez vite des leurs. L'Égypte ne demande qu'à vous accepter. Croyez-moi, c'est une terre noble et généreuse comme une mère.

Il marqua une pause :

— Une mère méditerranéenne bien sûr. Tragique et passionnée, une mère qui souffre, mais qui donnera toujours.

Jean-Baptiste comprenait parfaitement ce qu'il voulait dire : une vraie mère italienne !

— Qu'êtes-vous venu faire ici ?

Jean-Baptiste le lui dit.

Burckhardt se tut, perplexe

— Le Nil, c'est du lait et des larmes... Le sang et l'âme de l'Égypte. Vous allez toucher à des équilibres millénaires, et déranger des castes puissantes... J'imaginais quelque chose d'autre... quelque chose où vous pourriez « donner votre mesure »...

— Quoi par exemple ? demanda Jean-Baptiste.

— Vous n'avez jamais pensé aux fouilles ? Les collectionneurs de toute l'Europe vont se ruer sur les antiquités de ce pays. Ils sont en train de prendre leur élan... Les chercheurs ne suffiront pas. Il va falloir des hommes forts, dans tous les sens du terme.

— Ce n'est pas tellement ma partie.

— La science hydraulique l'est-elle vraiment ?...

Les deux hommes se mirent à rire, complices.

Sara étouffait au milieu d'une brochette d'Anglaises agglutinées sur un divan. Elles avaient les yeux rivés sur elle et échangeaient des banalités insupportables. L'une d'elles se leva brusquement, comme excédée et se réfugia auprès d'une desserte croulant sous les pâtisseries dont elle entreprit de vider méthodiquement un plateau. Elle croisa le regard de Sara et eut une expression de fatalisme résigné. Georgina Russell s'ennuyait mortellement.

— J'ai deux ennemis, expliqua-t-elle, la monotonie et l'embonpoint, le second étant la conséquence directe du premier.

De son coin de divan, Sara la regarda avaler une quantité impressionnante de gâteaux dégoulinants de miel.

— C'est un suicide, je sais... confirma Georgina de loin, la bouche pleine. Ne me dites rien.

Elle goba la dernière sucrerie et se dirigea vers Sara. Elle était toute en rondeurs, d'ici peu elle serait grasse : les plis de son bustier étaient sans équivoque. Mais les bras harmonieux, les mains potelées, la bouche souriante et charnue comme une cerise confirmaient la principale qualité de Georgina : elle avait un formidable appétit de vivre.

Sara avait appris dès l'enfance à dissimuler ses états d'âme : la froideur et la sévérité étaient des garants de vertu et de bonne éducation. Elle enviait les gens qui savaient rire, danser, traverser un salon sans se soucier des regards. La bonne humeur entourait Georgina Russell comme un halo chaleureux et attirant. Sara le lui dit.

— Vous avez une belle qualité vous aussi, répondit Georgina, vous n'êtes pas collée à votre mari, comme toutes les « nouvelles ». Elles sont terrorisées par ce qui les attend. D'ailleurs elles finissent toutes comme moi : des demi-veuves obèses. Les maris partent pendant des mois pour des voyages dont ils reviennent malades — quand ils reviennent. Vous n'y échapperez pas, ma chère, autant vous organiser tout de suite et profiter de ma longue expérience. Le Caire peut être une ville amusante, à condition de tuer l'ennui dans l'œuf.

Après avoir fait le tour du salon, Cheikh Ibrahim revint s'installer près de Belzoni qu'Anselme Duplessis avait rejoint.

— J'espère que vous ne me trouverez pas importun, mais dès que je vous ai vu, une idée m'est venue. Tout dans ce pays est à votre échelle : imposant. Je crois que vous pourriez réussir là où d'autres renoncent avant même d'avoir tenté...

Anselme approuva vigoureusement.

— Je l'ai toujours dit. Cette histoire de machine ne vaut rien...

— Nos collectionneurs ont la passion des statues colossales, reprit Cheikh Ibrahim, ignorant l'interruption. Il y en a une à Louxor que quelqu'un a eu la mauvaise idée de promettre au roi d'Angleterre, alors qu'elle est jugée intransportable justement à cause de sa taille. Quelque chose me dit que vous pouvez nous être utile. Le nouveau consul d'Angleterre, Henry Salt, est en chemin pour Le Caire. Dès qu'il arrivera, j'aimerais vous le présenter. Si mon idée vous intéresse, bien sûr...

— Je suis à votre disposition, monsieur, répondit Jean-Baptiste.

Cheikh Ibrahim eut un sourire amusé.

— Je crois que nous serons appelés à nous revoir, dit-il. Certaines rencontres ne sont pas fortuites. Dieu sait bien ce que nous chuchote notre âme. Il est plus près de nous que notre carotide, dit le Coran...

Enfin, quelque chose bougeait ! Belzoni avait toujours pensé lui aussi que certaines personnes ne nous sont pas envoyées par hasard. Quelqu'un, là-haut, s'était-il décidé à l'aider ?

Anselme attendit que Cheikh Ibrahim se soit éloigné et s'empara du bras de Belzoni.

— Qu'est-ce que vous attendez ? Sautez sur l'occasion, Belzoni. La chance ne passe pas tous les jours... Après tout ce que j'ai entendu ce soir sur les merveilles de la Haute-Égypte, je peux vous assurer que je ne vais pas m'attarder au Caire. Louons demain un bateau ensemble et partons...

Jean-Baptiste refusa. Il n'était pas prêt et les conseils du remuant baron lui inspiraient une confiance limitée. Le reste de la soirée passa comme dans un rêve. En peu de temps, on lui avait offert deux affaires importantes. Quand Boghos le prit à part et lui dit que, par amitié pour M. Drovetti, il avait obtenu une entrevue avec le pacha pour le surlendemain, Jean-Baptiste était déjà sur un nuage. Il arrosa la nouvelle au champagne avec Drovetti.

Les filles du consul, dans leurs robes fleuries qui les faisaient ressembler à des Botticelli, se mirent à chanter une romance allemande. Un vent tiède et caressant qui sentait le jasmin balaya la terrasse.

Jean-Baptiste se sentait léger et heureux, un peu ivre. Il fut brillant, chaleureux, il fit des mots d'esprit. Il conquit tout le monde. Il sentait sur lui les regards étonnés de Sara.

De retour dans leur détestable maison, il lui fit joyeusement l'amour sur le matelas plein de trous et de bosses qu'ils avaient apporté d'Angleterre. La vie était magnifique.

Dès le lendemain, il s'en fut au bazar de Khan-el Khalili et se fit confectionner sur mesure une tenue à la turque identique à celle de Cheikh Ibrahim.

Le surlendemain, Jean-Baptiste reprit ses vêtements européens pour se rendre chez Boghos.

La ville était un labyrinthe de ruelles étroites et sombres sans aucune indication. Les immeubles, très hauts et rapprochés, ne laissaient apercevoir qu'un peu de ciel : il y régnait une lumière de puits. Il y avait beaucoup de maisons en ruines dans tous les quartiers. Des tas de décombres gisaient aux croisements et les gens y puisaient pour alimenter leurs feux, car on ne trouvait pas de bois en Égypte, ni pour construire, ni pour brûler. Des nappes d'odeurs de graisse, de fumée et d'aigre-doux stagnaient dans les ruelles en cul-de-sac. L'incurie, la pauvreté et les révoltes avaient laissé partout de profondes cicatrices. Seules les grandes rues, les bazars et les mosquées grouillaient de vie. Le reste était vide, mort. On y sentait cette inquiétude vague qui précède les guerres et les révolutions.

Malgré les propos rassurants de Burckhardt sur le caractère des Égyptiens, Belzoni savait que la ville n'était pas sûre pour les Européens, qui faisaient figure d'hérétiques. On voyait errer des groupes de soldats albanais désœuvrés et agressifs. L'armée était rentrée d'Arabie, un mois auparavant, après avoir enfin vaincu le prince Abdallah et ses Wahhabites[1], victoire difficile que le pacha avait remportée personnellement grâce à une charge de cavalerie qui resterait dans l'Histoire. Le pèlerinage de La Mecque avait été rétabli et les soldats en

---

1. Abdallah... : fils du roi Séoud d'Arabie et arrière-petit-fils d'Abdul Wahhab. Le roi Séoud, ennemi de Méhémet-Ali, était mort en décembre 1814, laissant l'Arabie en situation critique. Méhémet-Ali avait vaincu Abdallah en janvier et l'avait contraint à signer un traité humiliant avec Toussoun, son fils préféré, alors général en chef des armées égyptiennes.

étaient fiers. Mais au lendemain de la victoire et des fêtes, ils se sentirent inutiles. Les avait-on déjà oubliés et mis au rebut ? Leur fierté devint de l'arrogance.

— Votre rendez-vous a été fixé à la Citadelle, déclara Boghos. Il sera certainement bref, car le pacha sera de mauvaise humeur. Il n'aime pas cet endroit.

On avait sellé deux grands ânes blancs, moyen de transport réservé aux Francs. Belzoni eut quelque problème avec sa monture, dont la taille était, quoi qu'on fasse, insuffisante. Le malheureux animal ployait sous le poids de son cavalier.

— J'irai à pied. Je préfère... dit Jean-Baptiste pris de pitié pour l'animal dont les yeux doux étaient couverts de mouches.

— Vous plaisantez. C'est une question de prestige, fit Boghos. Ici ce sont les serviteurs qui vont à pied, pas les maîtres.

Belzoni s'étonna de voir que malgré l'insécurité de la ville, ils n'avaient pour escorte que deux janissaires, à pied justement, l'un devant et l'autre derrière. Le petit groupe s'engagea dans la rue étroite qui montait à la Citadelle, et la foule, curieuse, s'écartait sur leur passage. Un soldat albanais en uniforme, la pique sur l'épaule, descendait du fort à cheval, bien en selle, avec la mollesse et l'arrogance d'un mamelouk. Il se trouva bientôt face à face avec le petit cortège. Le janissaire leva sa canne au pommeau d'argent et arrêta le cavalier.

— Cède le pas, soldat, à deux proches de notre vénéré pacha...

Le soldat regarda Jean-Baptiste avec mépris et cracha une insulte. Il arrêta sa monture et serrant les rênes, il cala sa lance sous le bras et la pointa. Le cheval, brutalement éperonné, fit un bond en avant, précipitant le janissaire au sol et s'abattant sur les deux visiteurs. Boghos parvint à se dégager, mais la pique de fer du soldat avait pénétré profondément dans la cuisse de Belzoni. Le soldat la retira avec un cruel mouvement de torsion, arrachant un grand lambeau de chair. Il brandit l'arme souillée de sang et s'enfuit avec un rire hystérique, invoquant le nom d'Allah. Les deux janissaires n'avaient pas osé un geste.

Belzoni gisait à terre. La blessure pissait dru. Il arracha sa cravate.

— Donnez-moi une pièce de monnaie ! Vite.
— Or ou argent ?

Il y avait de l'ironie dans la voix du ministre que rien n'émouvait plus.

— Une pièce, bon Dieu, quelle qu'elle soit...

Boghos s'exécuta... Jean-Baptiste plaça la pièce sur la veine perforée et ligatura le tout avec sa cravate. Le jaillissement cessa.

— C'est un truc de « forain », fit-il froidement. Faites-moi porter chez un médecin : la plaie va s'infecter.

Boghos semblait surtout soulagé d'avoir évité le rendez-vous. Il devint très serviable.

— Je vous emmène chez les pères de la Terre-Sainte. On ne peut avoir confiance qu'en eux.

Les pères soignaient sans distinction de religion tous les malades qu'on leur portait et leur connaissance de la médecine était célèbre dans tout le pays. La blessure de Jean-Baptiste était profonde ; il faudrait veiller à ce que la gangrène ne s'y mette pas et refaire le pansement tous les jours.

Après cet épisode, Sara prit la décision de s'habiller en homme. En costume féminin, on venait la regarder sous le nez, d'abord parce que les Européennes étaient rares, mais surtout parce qu'elle semblait démesurée par rapport aux femmes égyptiennes qui étaient de petite taille.

Elle avait acheté en Angleterre une belle veste masculine noire avec des boutons d'argent, un pantalon, un gilet et quelques chemises. Elle n'avait pas résisté à l'envie d'essayer tout de suite sa nouvelle mise, mettant les mains dans les poches du pantalon pour avoir l'air plus martial. Elle avait ri et s'était regardée longuement dans le miroir : il suffisait donc de porter un pantalon pour échapper à sa condition !

« Tant pis, je serai une femme perdue à tout jamais », se dit Sara en nouant une cravate autour de son cou. Elle avait le sentiment grisant qu'habillée en homme, elle pouvait déambuler seule dans les rues, entrer partout, braver tous les interdits.

Au Caire, les Européennes se cramponnaient à leurs habitudes, à leur éducation souvent provinciale. Mme Botky en était le parfait exemple. La transgression des convenances était un sujet de conflit permanent avec ses filles.

— Maman, laissez-nous nous vêtir à la turque. Tout le monde le fait.

— Vous n'êtes pas « tout le monde ». Vous êtes les filles du consul Botky et vous avez le devoir de faire respecter votre position.

— Mais, maman, certaines de vos amies s'habillent bien en hommes quelquefois.

— Amie ou pas, une femme qui s'habille en homme n'est pas une femme respectable.

Mme Botky n'aurait trahi ses origines et son éducation mittel-européennes pour rien au monde. Elle était convaincue de leur supériorité et elle entendait que ceci soit établi une fois pour toutes aux yeux de ses filles.

— Aussi longtemps que je vivrai vous obéirez aux mêmes principes que si vous étiez à Vienne ou à Trieste, et vous tiendrez votre rang. Aucune femme de notre famille, fût-elle aux antipodes, ne s'est jamais habillée ni en homme, ni en Arabe. Je préférerais vous voir quitter la famille et devenir filles de cirque...

— Eh bien, nous ne sortirons plus du tout ! s'exclama la plus jeune. J'en ai assez de ressembler à une vieille dame anglaise avec ma robe rose, mon chapeau et mon ombrelle. C'est démodé, stupide, et en plus j'ai trop chaud. La plus misérable des porteuses d'eau est plus heureuse que nous. Au moins, elle est libre d'aller où elle veut...

Elle sortit en claquant la grande porte sculptée du salon, ce qui était un comportement inadmissible pour une jeune fille aussi bien élevée.

Mme Botky, restée seule dans le grand salon, s'assit avec accablement.

« Libre... Oh, mon enfant, une femme n'est jamais libre, même chez nous... »

Au Caire la liberté était même un danger mortel pour tous les étrangers. Il ne fallait jamais l'oublier. Elle avait tremblé pendant toute l'enfance de ses filles, craignant les enlèvements, les agressions, le poison, les accidents. Des années d'angoisse permanente. Elle avait vécu assez longtemps ici pour savoir que personne n'était à l'abri du fanatisme et de la haine. Les attentats contre les étrangers se multipliaient. Combien de jeunes filles, de fillettes même avaient disparu au cours d'une promenade, qu'on n'avait jamais retrouvées ? Étaient-elles mortes ? Prisonnières ?

Le désir d'indépendance de ses filles la terrorisait. Elles étaient encore si innocentes. Un jour pourtant, il faudrait bien qu'elles sortent de leur bulle protectrice, ne serait-ce que pour se marier. Mme Botky ne souhaitait qu'une chose : c'est que ses filles trouvent vite un mari qui les emmène loin de l'Égypte.

En Orient, quand on est femme de qualité, on ne sait pas trop quoi faire de son temps. On a trop de serviteurs. Les petites Botky attendaient donc impatiemment le jour du bain qui était une distraction. Une fois par semaine, elles sortaient pour aller au hamman. Sous escorte bien sûr. Elles n'étaient jamais sorties seules.

La semaine précédente, elles avaient fait dans le bazar une rencontre étonnante qui avait alimenté leurs conversations et leurs rêves. Il s'agissait d'un jeune Européen de leur âge, vêtu à l'égyptienne, les cheveux blonds liés sur la nuque par un lacet de cuir. Il faisait des achats avec un interprète et s'était arrêté pour regarder passer les deux sœurs. S'il avait vu apparaître des déesses, il n'aurait pas eu l'air plus étonné.

Elles espéraient le revoir aujourd'hui. Elles sortirent donc avec un empressement et une bonne humeur inhabituels.

Le petit groupe se dirigea en riant vers le hammam. Les serviteurs du consulat portaient le linge de rechange, les draps de bain, et le coffret d'huiles aromatiques : « Nuit d'Orient » — musc et santal — pour Mme Botky, « Secret des petites Sultanes » — rose et jasmin — pour les jeunes filles.

La traversée du bazar était un moment de délices et de tentations, Mme Botky elle-même devait l'admettre. Ici plus qu'ailleurs, elle exigeait que ses filles restassent à ses côtés, surtout la plus jeune qui, à quinze ans, était rêveuse et distraite. C'était d'ailleurs une précaution inutile : on connaissait bien les filles du consul, leur père était un ami du vice-roi. On s'écartait donc avec respect sur leur passage, on leur offrait de petits cadeaux, une fleur, une minuscule bouteille de verre soufflé, une friandise gluante de miel, une tasse de café. Les marchands sortaient de leurs boutiques comme ils l'auraient fait pour des princesses. Ils s'empressaient pour offrir leurs meilleures marchandises et les inviter à entrer dans leurs échoppes ; c'était très agréable.

Toute la semaine, Jack Curtin avait guetté le passage des inconnues.

Il avait pris ses habitudes dans une petite taverne d'angle d'où on pouvait surveiller deux allées du marché à la fois. La clientèle était faite de marchands, et de vieux habitués paisibles qui passaient l'après-midi à bavarder en égrenant leurs chapelets à gros grains. On servait des pistaches et un café odorant dans une petite tasse de cuivre bosselée. Un bateleur faisait des cabrioles dans l'allée. Il détalait dès que des soldats étaient en vue.

Personne n'aimait les Albanais de l'armée du pacha. Ils s'installaient bruyamment et dévisageaient les civils pour leur chercher noise. Tout le monde baissait les yeux. On savait qu'ils étaient cruels et sans scrupules. Ils avaient toujours vécu de razzias : l'inactivité leur pesait. De plus ils avaient les étrangers en haine, et Jack les évitait soigneusement. Il avait appris à cacher ses cheveux blonds sous un turban et à se fondre le plus vite possible dans la foule hétéroclite du bazar.

Il vit enfin arriver le petit cortège des filles du consul, précédé par les serviteurs. Il reconnut l'ample robe grise de Mme Botky et derrière elle, comme des campanules blanches et roses, les robes de ses filles et leurs ombrelles assorties. Son cœur battit plus fort. Les dames s'étaient arrêtées un instant. Il se leva et s'avança pour être plus près d'elles, de la plus grande surtout. C'était la jeune fille la plus ravissante qu'il eût jamais vue. Il fallait qu'elle le voie, qu'elle le remarque...

Au même instant s'engageaient dans l'autre allée deux soldats en armes, qui parlaient fort et riaient. Ils s'ouvraient un passage dans la foule, écartant brutalement les gens devant eux.

Mme Botky s'était arrêtée un instant. Les jeunes filles continuèrent à avancer, l'œil aux aguets, cherchant quelqu'un dans la foule. Jack se leva, et leva un bras vers elles. Leurs regards se croisèrent et un sourire se forma dans les yeux des jeunes filles. Les soldats eux aussi avaient vu les jeunes Franques et se dirigèrent droit sur elles, la bouche mauvaise.

Depuis ce jour-là, Mme Botky, enfermée dans sa chambre, n'arrêtait pas de revivre au ralenti les détails du drame. La culpabilité la déchirait. Où avait-elle avait pu faire une erreur ? Peut-être s'était-elle penchée un instant de trop pour regarder la trame d'un tissu. Il y avait eu une sorte de remous dans la foule et quand elle avait relevé les yeux, ses filles avaient disparu. Seule une petite ombrelle rose rebondissait sur le sol entre les passants qui s'en écartaient comme d'un objet diabolique animé d'une vie propre.

Presque instantanément, un coup de feu et des hurlements avaient jailli à l'angle de la venelle.

— J'ai couru, devait-elle raconter cent fois, j'ai tout renversé sur mon passage. C'était la voix de Caroline, ma fille aînée. Elle hurlait à perdre haleine... Elle était à genoux à côté de sa sœur, allongée sur le sol. La poitrine de ma petite fille était en sang. Sa petite main gantée tenait encore son bouquet de jasmin. Ses yeux ouverts me regardaient, mais elle n'était déjà plus là... Ils l'avaient tuée, vous comprenez ? Pour rien... Deux soldats qui riaient de mes larmes et crachaient sur son cadavre...

Jack s'était précipité lui aussi, mais trop tard. Il n'avait pu que relever Caroline éperdue. Elle s'était abandonnée contre lui un instant et il l'avait sentie trembler. Il avait senti son parfum, la chaleur de sa peau, la saveur de ses larmes. Des sensations violentes et contradictoires l'avaient assailli pendant que la jeune fille se détachait de lui, cherchant encore son regard de ses yeux bleus remplis de larmes et serrant désespérément sa main. Les serviteurs du consulat emmenèrent le cadavre de la petite. Mme Botky refusait de s'en détacher et ne reconnaissait plus personne.

Les coupables furent pendus. Naturellement les affaires de M. Botky subirent un ralentissement et on ne vit plus personne de sa famille dans les salons. Jack écrivit à Caroline, mais n'obtint aucune réponse. Il rêvait d'elle la nuit.

La blessure de Jean-Baptiste avait du mal à se refermer. La chaleur rendait l'immobilité, les pansements, la douleur insupportables. Il était d'humeur exécrable, jetait rageusement la plupart de ses dessins et mit à rude épreuve les nerfs de Sara et de Jack.

Il reçut quelques visites. Anselme vint le saluer avant de partir. La mésaventure de Belzoni l'avait dégoûté du Caire. Il avait brusquement décidé de changer d'itinéraire : il irait en Terre Sainte, pays qui, par définition, devrait assurer plus de garanties.

— Je vous l'avais bien dit ! Cette histoire de machine ne me dit rien qui vaille. Si vous m'aviez écouté, nous serions déjà en Nubie et vous n'auriez pas été attaqué... Votre grand problème, Belzoni, c'est que vous êtes têtu. Je connais les gens de votre espèce. Ils ne renoncent que quand ils se sont brisé la tête.

— Justement, ne perdez pas votre temps. Voilà bien longtemps que ma mère elle-même a cessé de me donner des conseils.

Ceux de Cheikh Ibrahim-Burckhardt étaient les seuls que Jean-Baptiste acceptât volontiers. À chacune de ses visites, il reprenait confiance et tirait de nouveaux plans sur l'avenir. L'amitié du voyageur le flattait et le stimulait.

L'affaire du Colosse de Louxor revint sur le tapis. Burckhardt semblait y tenir beaucoup.

— C'est une question de prestige et Londres nous en sera reconnaissant. La position de l'Angleterre en Égypte est délicate depuis que le pacha est au pouvoir. Il aime la France avec passion et la privilégie autant que la diplomatie le lui permet.

Il baissa le ton.

— La vérité, c'est qu'il veut la route des Indes pour lui-même et qu'il trouve les Anglais trop présents en Orient. Il voudrait faire du Caire le centre du monde arabe. Mais vous savez comme moi que l'Angleterre ne le permettra pas. Elle doit rester en Égypte à tout prix et elle ne négligera aucun moyen direct ou indirect pour conserver ses privilèges en Orient. Toi et moi faisons partie des moyens indirects.

— Franchement la route des Indes est le cadet de mes soucis, fit Belzoni, je suis italien, tu es suisse... et je ne vois pas en quoi le Colosse de Louxor...

— L'Angleterre nous a servi de patrie... dit Burckhardt. Ne nous a-t-elle pas donné des raisons de fierté et d'admiration ?... Au moins ne desservons pas ses intérêts ! L'Orient est plein de diplomates, de banquiers, de savants, d'agents commerciaux qui ne travaillent en secret que dans ce but : protéger la route des Indes, et ouvrir de nouveaux marchés.

— Tu en fais partie ? demanda Jean-Baptiste,

— Comment pourrait-il en être autrement ? fit Burckhardt.

— Je n'en reviens pas, admit Belzoni. Cet homme-là a un idéal... Jusqu'ici je n'ai rencontré que des aventuriers sans principes qui ne pensaient qu'à se remplir les poches. On s'étonne quand on rencontre un honnête homme.

— Maintenant que vous êtes deux, plaisanta Sara, vous allez pouvoir fonder un parti.

— C'est vrai que nous avons beaucoup de choses en commun. L'enfance, la famille. Les mêmes envies d'évasion. Je suppose que Lausanne, ce n'est pas beaucoup mieux que Padoue. Et on a pris les mêmes taloches paternelles, c'est sûr.

Jean-Baptiste ressentait leurs similitudes comme une sorte de fraternité.

— Mais il y a quand même une chose que je lui envierai toujours : il a étudié à Cambridge. Si seulement j'avais pu... Je n'aurais pas gâché dix ans de ma vie sur les planches...

— Encore ! C'est du passé maintenant.

— Le passé ne meurt jamais, Sara. Londres, c'était un cauchemar pour moi. Comme quand tu rêves que tu veux fuir : les forces te manquent, tu restes collé sur place et tu te réveilles avec l'angoisse au cœur. J'ai passé dix ans dans cet état-là. C'est un boulet que je traînerai toujours.

Au bout d'un mois de convalescence, Jean-Baptiste boitait encore et sa blessure, à peine cicatrisée, le faisait toujours souffrir. Mais il n'était plus question d'attendre. L'assassinat de la petite Botky avait été le prétexte de toute une série de retards et d'incompréhensions dans les rapports du pacha avec la colonie européenne. D'autre part, la situation financière de Jean-Baptiste était devenue inquiétante. À contrecœur il écrivit à Drovetti pour lui demander son aide. Il devait absolument rencontrer le pacha au plus tôt et obtenir les fonds promis.

Drovetti fut de parole. Il était en train de passer les pouvoirs à son remplaçant mais il obtint le rendez-vous avec Méhémet-Ali en quelques jours, et se déplaça spécialement pour accompagner celui qu'il considérait comme son protégé. Un bienfait n'est jamais perdu. Un jour, cet investissement lui reviendrait au centuple, il en était convaincu. Avec une telle personnalité, Belzoni ne resterait pas dans l'ombre ; il était destiné à quelque chose de grand.

— Nous avons rendez-vous dans sa maison de campagne à Choubra. Ne vous attendez pas au luxe des Mille et Une nuits... annonça Drovetti. Le pacha vit modestement.

Au bout d'une allée monumentale plantée de cornouillers étiques, le palais de Choubra était en fait une grande villa bourgeoise en pleins travaux d'aménagement. La salle d'attente grouillait de courtisans, de janissaires chamarrés, et d'officiers en grand uniforme, un yatagan au côté. Jean-Baptiste savait que les fourreaux brodés de citations du Coran cachaient des lames redoutables qui, comme les estocs du Moyen Âge, pouvaient aisément couper un homme en deux.

Ils furent immédiatement introduits dans le salon des audiences, une salle modeste aux fenêtres munies de vitres à l'européenne, ce qui était encore une rareté en Égypte. Elles étaient ornées de mauvais rideaux d'indienne cloués à même le mur. Le parquet était ciré comme dans un salon de Normandie.

Installé sur un divan d'angle, un homme d'une quarantaine d'années, une pelisse rouge posée sur les épaules, les attendait. Une épaisse barbe poivre et sel s'étalait sur sa poitrine. Une impression de propreté méticuleuse se dégageait de lui : il semblait à peine sorti de son bain.

Sous le turban immaculé, c'était le regard de l'homme qui captait l'attention. Vif, inquisiteur, d'une mobilité animale, il semblait à l'affût.

Drovetti avait averti Jean-Baptiste.

— Il est totalement analphabète et se refuse à parler toute autre langue que le turc. Il jauge cependant un homme en quelques minutes et se trompe rarement.

Un interprète était debout près de lui, telle une ombre grise. C'était le rôle qu'avait occupé Boghos pendant des années, devenant le détenteur de tous les secrets de son maître.

D'un geste amical, Méhémet-Ali fit signe aux visiteurs de s'approcher et de s'asseoir.

— Méhémet-Ali vous souhaite la bienvenue.

Le pacha tenait à la main un chibouk démesuré incrusté de diamants. Il en tirait de petites bouffées paisibles en examinant Belzoni pendant que Drovetti lui rendait son salut.

— Méhémet-Ali vous remercie d'avoir répondu à son appel, reprit le pacha. Vous n'ignorez pas que tous les jours, de nombreux étrangers arrivent dans ce pays. Beaucoup d'Italiens. C'est moi qui les ai conviés. Plus de la moitié ne valent rien. Ils sont stériles comme les grains de sable du désert. Et tels ils resteront. Les autres sont le limon fertile sur lequel je vais construire l'avenir de ce pays...

— Altesse, dit Drovetti avec déférence, pendant sa convalescence, M. Belzoni a dessiné quelques plans. Il serait heureux de vous les soumettre.

Jean-Baptiste déroula les dessins et les étala par terre. Le pacha sauta lestement à bas de son sofa et se pencha sur les plans en caressant nerveusement sa barbe.

Il contemplait le travail en émettant de curieux toussotements. Drovetti avait averti Jean-Baptiste : depuis le massacre des mamelouks dans la Citadelle, Méhémet-Ali souffrait d'un tic nerveux qui allait parfois jusqu'à l'asthme. C'était le prix de l'angoisse qui l'avait saisi pendant la tuerie. La scène avait été longue et féroce et le pacha, malgré son insensibilité réputée, l'avait vécue comme une passion, minute par minute, jusqu'au bout. Ce jour-là, il avait trahi la tradition orientale qui fait de tout hôte une personne sacrée. Il n'avait pas le choix : ou il se débarrassait une fois pour toutes de l'hydre des mamelouks qui dévorait le pays, ou l'hydre l'aurait dévoré. Et il fallait faire vite, ils étaient dangereusement amis des anglais.

Oh ! la fête avait été magnifique : un grand dîner offert en l'honneur de son fils aîné Ibrahim. Tous les mamelouks avaient été invités. Ils étaient arrivés à cinq cents, en grand équipage, sûrs que l'heure de la réconciliation avait sonné. Somptueusement vêtus, leurs chevaux de race harnachés d'aigrettes et de diamants, jamais ils n'avaient étalé à ce point leur arrogance et leur richesse.

Le pacha eut la grâce et l'humilité de s'entretenir avec tous les chefs. Les mamelouks savouraient leur triomphe.

Mais au moment de prendre congé, les grandes portes de

la Citadelle se refermèrent sur eux, les confinant dans une sorte de cul-de-sac où ils furent massacrés comme du bétail. Longtemps le sang ruissela jusqu'à la vaste esplanade où campaient les caravanes. Un seul homme en réchappa, se jetant du haut des remparts avec son cheval.

Le pacha ne sortit de ses appartements qu'après plusieurs heures de méditation. Depuis lors, on aurait dit que quelque chose l'étouffait et il toussait pour s'en débarrasser.

On servit du café très fort, sans sucre, dans de petites tasses couvertes d'un brocart doré. Belzoni expliquait ses travaux.

— J'imagine cette machine comme une pompe, qui aurait l'avantage d'être actionnée par un seul bœuf. Malgré cela, elle réussira à tirer du fleuve six fois plus d'eau que les systèmes actuels. Mon ambition est de réussir à supprimer le bœuf lui-même, de manière à ce que les paysans puissent consacrer ces animaux à d'autres tâches.

Le vice-roi approuvait de la tête.

— Oui, nous pourrions en installer tout le long du fleuve et développer considérablement l'agriculture. Ce pays deviendra le jardin d'Allah. Je veux y implanter de nouvelles cultures, faire plusieurs récoltes par an. N'en déplaise à ceux qui me déconseillent de toucher au Nil. Aux traditionalistes qui combattent ma volonté d'innovation. Mais que les autres ne m'approuvent pas ne veut pas dire que j'aie tort : l'Égypte redeviendra un jour la première puissance d'Orient, comme au temps où l'or y était aussi commun que le sable... Monsieur Belzoni, une première roue a déjà été installée par messieurs les Anglais. Elle rouille dans mes jardins : elle n'a jamais fonctionné. J'espère que vous ferez mieux.

— Je n'ai aucun doute, Votre Altesse.

— Nous avons progressé mais nous avons encore beaucoup à apprendre. Il nous arrive cependant d'être dupés. Nous avons alors assez de patience pour attendre notre heure. Venez, monsieur Belzoni, je vais vous montrer quelque chose.

Dans un cabinet attenant, sur une table, se trouvaient deux boîtes électriques de Faraday, qu'on exhibait volontiers dans les salons d'Europe, comme un jeu.

— Je les ai commandées à Londres, mais elles n'ont jamais fonctionné, comme la plupart des trouvailles européennes qu'on m'envoie. Je l'ai beaucoup regretté, car tout le monde parle de cette fameuse électricité. Je ne l'ai jamais vue et j'en suis curieux.

— Si Votre Altesse me le permet, je vais vérifier les appareils.

Belzoni se mit à fourrager dans les fils et les vis. Bientôt une étincelle jaillit. Le pacha ne le quittait pas des yeux et son regard s'était fait aigu. Il était passionné par tout ce qui était nouveau.

Drovetti espérait en silence que son protégé saurait réparer la panne. Auquel cas, sa fortune était faite.

Belzoni se releva, le front en sueur et les mains sales.

— Voilà, Altesse. Il ne nous reste qu'à l'essayer. Un de vos soldats, peut-être...

— Non, non, fit le vice-roi, je vais l'essayer moi-même.

Belzoni échangea un bref regard d'inquiétude avec Drovetti.

— C'est que, Altesse, l'électricité est une énergie si forte qu'elle peut déplacer un homme et le faire sauter au plafond...

Méhémet-Ali se mit à rire.

— Justement. Je suis curieux de voir ce miracle.

Drovetti l'aida à s'installer sur un fauteuil. Belzoni lui plaça une petite chaîne métallique dans les mains, presque féminines tant elles étaient fines et soignées, et mit le contact.

La boîte émit une gerbe d'étincelles et le vice-roi reçut une décharge qui le jeta à bas de son fauteuil. Il éclata d'un rire tonitruant et voulut recommencer tout de suite, comme un enfant tombé de son cheval de bois.

Belzoni avait gagné la faveur du pacha.

8

Drovetti considérait le contrat comme chose faite. Il n'était pas mécontent de s'être attaché le géant italien. En voilà un que les Anglais n'auraient pas... Avant de repartir pour Alexandrie, il avança de l'argent à Jean-Baptiste. On était déjà au mois d'août et le vice-roi aimait les choses menées rondement.

Méhémet-Ali s'était entiché de ce nouveau projet. Il voulait l'avoir sous les yeux tous les jours et avait donc décidé que le prototype serait construit dans les jardins de sa résidence de Choubra, au nord du Caire. Il avait ordonné qu'on mette à disposition de son nouvel « inventeur » une dépendance au bord du Nil, dans l'enceinte même de sa propriété, au cœur d'un bouquet de palmiers. Une faveur insigne qui suscita commentaires et jalousies.

Dès qu'elle la vit, Sara tomba amoureuse de la maison. Le salon tapissé de céramiques bleues était plongé dans une pénombre fraîche. On entendait au loin le murmure des fontaines de l'immense jardin royal et les petits coups de marteaux discrets des marbriers qui finissaient kiosques et colonnades. Une loggia protégée par des moucharabiehs dominait le fleuve qui s'étalait à perte de vue. Une bonne odeur d'herbes aquatiques montait des bords du Nil, où des oiseaux de toutes sortes fouillaient le limon. Sara sourit et passa la main sur le montant sculpté d'une fenêtre. Elle avait trouvé *sa* maison.

— Ici ce sera ma chambre... dit-elle en ouvrant un des volets de bois.

— *Notre* chambre, rectifia Jean-Baptiste en l'attirant contre lui. Et pour une fois qu'il n'y a personne à nos basques, laisse-moi en profiter...

Sara était heureuse, elle avait envie de rire, de jouer. Elle se sentait légère.

— Ah ! ici, c'est chez moi. C'est moi qui décide.

— Depuis quand ? C'est le monde à l'envers ! protesta-t-il en riant.

— Au bout de dix ans de mariage, une femme aussi peut avoir des envies. Par exemple la surprise de retrouver à ses côtés un amant empressé au lieu de son mari habituel.

— Je ne me sens pas du tout mari en ce moment.

— Voyons.

Jean-Baptiste ne se le fit pas dire deux fois. L'avantage de la tunique arabe, c'est qu'on peut l'enlever en un instant. Il resta torse nu, les pantalons larges noués légèrement autour des hanches et tendus par l'érection. La sueur collait le tissu léger contre sa peau.

Il se mit à rire, satisfait.

— Voilà.

Sara était déjà nue. Elle s'avança vers lui, ses cheveux roux dénoués en cascade sur les épaules. Ses yeux étincelaient. Il aimait bien qu'elle soit impudique. Il l'attira à lui.

— Tu as ton regard de sorcière...

— Alors il ne faut pas résister... Laisse-moi faire...

Elle caressa le corps musclé qu'elle connaissait si bien, et s'agenouilla devant lui pour dénouer le pantalon. La sueur perlait sur le ventre plat et dur, façonné par des années d'exercice physique. Elle y posa ses lèvres.

Plus tard elle le regarda, endormi contre elle, abandonné, les mains entrouvertes. Dix ans avaient passé et elle s'étonnait encore d'avoir suscité son amour, alors qu'il avait toujours eu autour de lui des femmes belles et passionnées. Et comment avait-elle pu changer elle-même au point de tout accepter de lui ? N'avait-elle pas juré qu'aucun homme ne la dominerait, ne la contraindrait ? D'où venaient toute cette tendresse, cette gratitude, cette douceur ?... Elle regardait le visage bruni par le soleil, les premières rides marquées en blanc autour des yeux, et les cils longs comme ceux d'un enfant, la bouche bien modelée, et cette toison dorée de barbe, de favoris, de cheveux qui étincelait au soleil. Elle déposa un baiser dans le creux de sa main, où les cals du saltimbanque avaient déjà disparu. Il sourit un peu dans son sommeil. Comment ne pas l'aimer ?

En quelques jours, Sara prit possession de la maison et des serviteurs.

Pour les jardins, c'était une autre affaire, car c'était le caprice du pacha et très peu de personnes y étaient admises. Méhémet-Ali aimait passionnément les plantes et les beaux arbres, au point d'exempter d'impôt les terres où on en plantait. À Choubra, la terre était riche et féconde, la main-d'œuvre abondante. C'est là qu'il avait voulu le jardin de ses rêves bien avant de vouloir une villa. Il avait chargé le vieux Zulficar Kaya d'en être l'artisan. Une simple phrase avait suffi à convaincre le pacha qu'il était le seul homme capable de mener à bien le projet : « Au seuil de la vieillesse, lui avait-il dit, il faut se rapprocher de la Nature. Elle nous aide à accepter l'inexorable retour à la Terre. »

À soixante-cinq ans, Zulficar Kaya était donc devenu le gouverneur de Choubra. Après une vie de voyages dans l'Empire ottoman, il ne trouvait plus de satisfaction dans les charges publiques, et se consacra volontiers aux jardins. Il y mit un point d'honneur, car il trouvait admirable que dans l'âme calculatrice et sanguinaire du pacha, il y eût encore de la place pour la beauté et la poésie.

Méhémet-Ali avait suggéré qu'on s'inspire des œuvres des artistes persans et en particulier du Jardin Parfait, construit autrefois pour le Grand Sultan. Sur la maquette, les allées étaient pavées d'argent et d'ambre, les arbres chargés de fruits d'or, dans les feuillages étaient accrochés des petits oiseaux de perles et des paons constellés d'émeraudes. Les tables du jardin étaient en sardoine et on avait prévu de disséminer dans l'herbe dix-huit mille vases en cristal de roche pour y mettre les tulipes, fleurs exclusives du sultan...

— Toutes ces richesses sont déjà dans les couleurs de la nature, Altesse, et il n'est nul besoin de suspendre des pierres précieuses dans les arbres. C'est mettre de l'or sur de l'or. Gardez-le pour votre caisse. Qu'y a-t-il de plus somptueux que la robe de turquoise du martin-pêcheur, ou que la fleur écarlate du *karkadé* ? Et peut-il y avoir meilleur agencement que celui du Jardin de l'Eden ? Le Livre sacré nous le décrit parfaitement, nous n'avons qu'à copier : deux canaux principaux s'y croisent et coupent le jardin en quatre, comme les quatre parties du monde, elles-mêmes coupées en quatre. Chaque carré a sa fonction et les essences les plus rares y sont partout souveraines, car en plus de leur beauté, leur parfum, comme celui de la vertu, devra s'élever au-delà du ciel et parvenir aux narines d'Allah...

Les jardins du pacha étaient donc à l'image du Paradis. Ruisselant de cascades, pas une feuille morte, pas une fleur fanée. En guise d'anges gardiens, une armée silencieuse de jardiniers grecs. En guise de houris, les femmes du harem, qui avaient licence de se promener sur les canaux dans un petit bateau tapissé de velours rouge...

Zulficar Kaya aimait les étrangetés de la vie : le couple de géants qui avait été propulsé dans *son* jardin exerçait sur lui un attrait exotique, au même titre qu'un cèdre du Liban ou un bouleau de la Baltique. Il comprit vite que ces étrangers-là n'étaient pas de vulgaires mécréants, mais des gens sensibles à la grandeur de la Création, avec lesquels on pouvait converser. Et la conversation était le deuxième grand plaisir de Zulficar Kaya. Il multiplia donc les attentions à l'égard de ses hôtes.

Tantôt, c'était une rose fraîchement coupée pour Sara, au moment parfait de son éclosion, et il citait au passage le délicat verset du Coran « La femme est comme un bouquet de fleurs : dès qu'elle bouge, elle répand son parfum », ou bien c'était une cage de roseaux tressés contenant un rossignol aveugle. Ou une calligraphie : un verset du Livre ou une poésie d'Omar Khayyam.

Souvent, il rencontrait Jean-Baptiste, de bonne heure, au bord du fleuve et l'invitait à contempler ensemble la paix du matin : « Tout chante les louanges du Seigneur. Même les petits oiseaux qui voltigent, le célèbrent. Chacun a appris à sa manière la prière et le chant. Dieu, de toutes choses, est savant connaisseur. »

Burckhardt et Jean-Baptiste s'étaient revus souvent depuis l'accident. Il en est de l'amitié comme de l'amour : les lois qui les commandent sont obscures. Les deux hommes se comprenaient sans même se parler. Il y avait entre eux de véritables affinités. Chacun d'eux possédait aux yeux de l'autre des vertus désirables.

Cheikh-Ibrahim était un homme intègre et pour Belzoni cette seule qualité, si rare, en faisait un homme supérieur. Enfin, il avait trouvé un ami, un membre de cette famille spirituelle si nécessaire à la survie, que chaque homme construit peu à peu autour de lui.

En outre sa culture, son esprit aigu, et son passé aventureux faisaient oublier son jeune âge. C'était un sage, c'était évident, qui avait franchi d'innombrables frontières, un homme qui était allé « au-delà »...

Jean-Louis Burckhardt de son côté avait été conquis par la spontanéité de Jean-Baptiste, par sa droiture, ses indignations et ses enthousiasmes d'adolescent. Il y avait quelque chose de touchant dans la soif d'amitié de cet homme au corps puissant. Un autre se serait servi de cette force pour dominer les autres. Lui, non. On aurait dit, au contraire, qu'il voulait la faire oublier. Et que rien au monde ne l'intéressait autant qu'apprendre.

Burckhardt savait combien l'entreprise qu'on avait confiée à Jean-Baptiste était ardue. Il était convaincu que sa vocation était ailleurs, mais une réussite en amène une autre et il voulait l'aider à gagner cette première manche.

— Si tu veux que cette machine ne soit pas un simple expédient de survie, si tu veux qu'elle marche et qu'elle remplisse sa fonction, dit-il, il faut que tu apprennes tout du Nil, et vite.

— Je n'ai même pas encore compris le système des crues, confessa Jean-Baptiste.

— Interroge les paysans. Tes prédécesseurs ne l'ont jamais fait et ils ont eu tort. Les *fellahîn* en savent plus que les mécaniciens. Ils vivent en symbiose avec le fleuve depuis des millénaires. Le Nil, c'est la grande horloge de l'Égypte.

Ils visitèrent systématiquement les bords du fleuve et examinèrent tous les systèmes de roues existant aux alentours du Caire : les moulins à sucre, à huile, à riz. à farine, les roues à battre le grain, les roues à eau...

Les plus communes, les *sakieh*, étaient le plus souvent des roues à jantes creuses qu'un seul bœuf aux yeux bandés faisait tourner. Les roues à godets étaient quelquefois doubles, mais quoi qu'on fasse, la quantité d'eau qu'elles tiraient restait bien insuffisante pour affronter la période de la grande sécheresse.

L'autre système d'irrigation, le *châdouf-et-mentâl*, était encore plus primitif : il fallait plusieurs hommes solides pour hisser l'eau le long d'une sorte d'escalier, grâce à un ensemble de pots et de contrepoids.

Avec ces pauvres machines, le système social ne pouvait que rester féodal et primitif.

Le spectacle du fleuve était devenu familier : une roue tournait en grinçant, des hommes nus lavaient des chevaux au bord de la rive, d'immenses radeaux faits de jarres et de pots descendaient lentement le courant.

Jean-Baptiste sortit du papier et des fusains pour faire un dernier croquis. Son enquête touchait à sa fin. Ces roues se ressemblaient toutes et il avait autre chose en tête.

— Ici une journée peut être infiniment longue et une vie très courte, murmura Burckhardt en s'asseyant sous un arbre.

Jean-Baptiste s'arrêta de dessiner. Avant d'arriver en Égypte, il ne pensait jamais à la mort. Ici elle semblait omniprésente, jusque dans la plus innocente des conversations. Était-ce une question d'âge ou bien était-ce ce pays qui en était pétri jusqu'à l'obsession ?

— On parle toujours de vie et de mort ici, remarqua-t-il.

Burckhardt sourit.

— Non : de temps et d'éternité.

Il regarda le groupe des paysans accroupis près de la roue.

— Chacun de ces hommes est un sage, reprit-il. Il accepte dès la naissance ce qu'il nous faut une vie pour admettre : la mort est notre seule certitude et elle peut survenir à chaque instant, il faut en faire une compagne. Toute la culture antique égyptienne tourne autour de ce constat : la vie d'un homme est dérisoire par rapport à l'immensité de l'autre monde. Quoi de plus sage, dans ce cas, que de préparer soigneusement son « avenir » ? C'est ce que les Anciens faisaient et ils y passaient le plus clair de leur temps. Notre au-delà est bien vague, bien peu organisé à côté du leur. C'est sans doute pourquoi il nous fait plus peur.

Jean-Baptiste réfléchit un peu, et contempla son dessin de la roue.

— Je n'ai jamais eu le temps d'avoir peur. Et pourtant j'ai vu la mort en face plusieurs fois. Le fait est qu'elle vient à l'improviste et qu'on en reste surpris. Chaque fois, je me suis dit : « Nous y voilà. » Je n'ai jamais vraiment philosophé sur ces choses-là.

Et il n'était pas sûr de vouloir commencer.

— Je crains plus la maladie que la mort, avoua Burckhardt. Et la peste en particulier. Je l'ai rencontrée plusieurs fois en Arabie et j'ai parfois cru ma dernière heure venue. Je n'en menais pas large quand le chameau expiatoire passait dans les rues. Je crois n'avoir jamais prié aussi sincèrement.

— Le chameau expiatoire ?

— Oui, on fait défiler un grand chameau caparaçonné d'or et d'écarlate qui prend sur lui tous les péchés et toutes les maladies de la ville. Quand il a fini son parcours, on l'immole, on le dépèce et on jette les morceaux aux vautours et aux chiens de manière à ce qu'il n'en reste rien. En y pensant bien toutes les religions en font autant, sacrifiant un bouc, un agneau. Ou même un homme... Je ne sais pas si ça marche, mais je suis toujours vivant.

— Pourquoi as-tu donc choisi de vivre en Orient ?

— Ce n'est pas un hasard. J'ai toujours cultivé l'idée que son passé prodigieux était enseveli dans les sables et n'attendait qu'un homme comme moi pour renaître. Une image hantait mes nuits d'enfant : une ziggourat de vingt étages de jaspe et de faïence bleue se dressait au milieu du désert, avec un toit de tuiles d'or et une couronne de têtes de lions en bronze où rugissait le vent... Et puis à Londres, j'ai connu quelqu'un qui m'a proposé d'aller à Tombouctou. Depuis, c'est devenu le but unique de mon existence. Quoi que je fasse, où que j'aille, je prépare ce voyage. J'attends depuis plusieurs années la caravane qui doit traverser le désert et m'emmener là-bas. Quand elle partira, je serai prêt.

Dans les champs autour d'eux, on entendait les rires des enfants qui brandissaient des branches sèches et chassaient les oiseaux des sillons. Des femmes passaient sur la berge en chantonnant, perchées sur leurs ânes, un coin de voile entre les dents.

Entre tous les pays d'Orient, Burckhardt aimait l'Égypte.

— Ici, reprit-il, tu vas être bien obligé de penser, que tu le veuilles ou non.

Jean-Baptiste se mit à rire.

— Voilà une maladie incurable qui complique beaucoup la vie !

— Et pourtant, l'Égypte porte à ça. Ça ne te fait rien de voir fourmiller sous tes yeux la même vie qu'il y a quatre mille ans ? Regarde les fresques des tombeaux : rien n'a changé. Mais les hommes, leur chair, leurs os, leurs petites histoires... pfft, balayés. Et éternellement recommencés à l'identique pendant quatre mille ans. Ça ne te donne pas le vertige ?... Va savoir ce qui compte vraiment !

Belzoni indiqua le soleil et sourit.

— Lui !...

Un jeune garçon à demi nu apparut. Il venait leur offrir de la *dourah* et des dattes, et les regardait avec d'immenses yeux noirs et doux ourlés de cils presque trop longs.

Burckhardt le fit asseoir et lui donna quelques pièces.

— Regarde ses yeux, dit-il à Jean-Baptiste. Ils interrogent, ils exigent à une réponse... Sur les fresques égyptiennes, il n'y a pas un seul regard frontal. Tout le monde est de profil. Et ce parti-pris a un sens. Par exemple : si tu ne me regardes pas en face, image sacrée, tu ne m'inquiètes pas, je peux, moi, te regarder sans risques. Pour se protéger, il vaut mieux que l'âme se dérobe.

Jean-Baptiste se dit que, dans les regards souffrants qu'il affrontait tous les jours dans la rue, l'âme ne se dérobait pas. Elle savait tout de la peur et de la douleur, elle ne craignait plus rien.

En Europe, les regards étaient différents. La misère de l'ennemi vengeait des batailles perdues et on s'en réjouissait. Ici point de colère, point de rébellions ni de barricades : la misère ne vengeait personne. Venus de la poussière, les *fellahîn* y retourneraient avec au moment de leur mort et ne laisseraient aucune trace de leur passage. Ils le savaient dès la naissance. Pour eux, pas de momies et pas de pyramides. L'éternité n'est pas la même pour tout le monde.

Les bœufs continuaient à tourner dans leur sillon, et les paysans à gratter éternellement les berges, à canaliser l'eau des godets de terre cuite, à reconstruire sans fin les murets de limon noir que le Nil effaçait chaque année.

La roue était le symbole de leur esclavage et de l'indifférence du Temps.

Maintenant que Belzoni savait quelle machine il désirait construire, il allait pouvoir commencer les travaux de terrassement sur le terrain qui lui avait été alloué au bord du Nil. Lui et ses ouvriers avaient toute licence de se déplacer sur la bande de terre comprise entre la maison, le fleuve et le chantier, mais ils ne devaient en sortir en aucun cas. Au-delà, s'étendaient les jardins personnels du vice-roi, bien défendus par sa garde personnelle.

De son terrain, Belzoni avait une vue directe sur la carcasse de la machine anglaise. Il suggéra à Zulficar Kaya qu'on la démolisse. Elle ne servait à rien, le mettait de méchante humeur et il y avait là de l'excellent métal dont il aurait l'usage.

— M. Botky a interdit qu'on l'enlève... répondit Zulficar Kaya. Il a toujours soutenu les Anglais qui la lui ont vendue. Il continue à dire que si elle ne fonctionne pas c'est que les gens d'ici sont trop bêtes pour la faire marcher.

— Il n'a qu'à le faire lui-même, puisqu'il est si savant.

Zulficar ne répondit pas mais eut un sourire en coin. Il n'aimait pas Botky.

— Mais il est vrai que les ignorants n'aiment pas à être démasqués...

— Belzon Bey, on peut vous entendre ! Vous auriez des ennuis.

— Je sais, je les attire ! fit Jean-Baptiste narquois. Je ne peux pas vivre sans.

La vue de la machine anglaise rappelait à Belzoni non seulement ce qu'il risquait en cas d'échec mais aussi ce qu'elle avait coûté : dix mille sterlines. Cette somme extravagante le rendait furieux : à lui on n'avait attribué que vingt-cinq sterlines par mois pour ses frais, et fait une avance ridicule de cinq cent piastres sur un salaire qui n'avait même pas été encore fixé. On lui donnait l'argent au compte-gouttes et on le prenait pour un imbécile.

Il alla protester auprès de Botky :

— Comment voulez-vous que je vive et que j'achète du matériel de qualité avec ça ? Vous savez très bien qu'on ne peut pas économiser sur les fournitures ! Relisez les devis. J'ai besoin de bois et de fer de premier choix. Le bois qu'on trouve ici ne vaut rien, et le fer se casse au premier effort. Il faut tout faire venir de l'étranger. Vous savez que mon devis est honnête. Alors, pourquoi me contraindre à faire du mauvais travail ?

Depuis la mort de sa fille, Botky avait sur le visage un rictus permanent qui lui donnait une expression à mi-chemin entre le mépris et la souffrance.

— Monsieur Belzoni, mon devoir n'est pas de vous enrichir, mais de vous fournir le nécessaire, comme je le fournis aux charrons, et autres ferrailleurs de ce pays. Un point, c'est tout. Si vous n'êtes pas satisfait des conditions, renoncez. Nous n'en mourrons pas. Après tout, la proposition vient de vous.

— Certes, mais il n'est dit nulle part que je doive subir la morgue d'un simple fournisseur ! En général, on m'épargne ce genre de désagrément.

— Je m'en doute. Dans votre milieu, on est facilement irascible.

Belzoni le saisit à la gorge et le cloua au mur.

— Non, monsieur. On est violent. Et grossier. Quand on nous pousse à bout, on ne sait pas se contrôler.

Botky eut peur et jura la perte de Belzoni. Ce n'était pas Joseph Boghos qui l'en empêcherait.

Quant à Drovetti, il avait regagné Alexandrie, bouleversé par la nouvelle de la mort de son grand ami Murat qui venait d'être fusillé en Calabre, alors qu'il essayait de reconquérir son royaume. Murat, c'était sa jeunesse. C'était aussi l'artisan de sa fortune, celui à qui il devait tout. Murat dont il avait sauvé la vie et à qui les Bourbon venaient de la reprendre. Celui à qui tout réussissait. L'image même de la vie. Drovetti était effondré.

— Cette histoire de machine hydraulique va nous créer des problèmes, Joseph, dit Botky. Les *oulémas* sont contre.

Il en fallait plus pour inquiéter Boghos que l'humeur de ces vieux sages.

— Comme d'habitude. Je connais la chanson : pas d'innovations, pas d'intromissions... Laisse-les dire. Nous avons toujours su nous arranger avec eux.

— Cette fois, nous avons en plus Belzoni sur le dos, observa Botky. Il veut faire les choses à sa manière et non pas à la nôtre. Non seulement il veut de l'argent, mais il veut que sa machine marche. Qu'elle marche vraiment...

— Donne-lui de l'argent et il se calmera, comme tout le

monde. Tu as su nous libérer de la machine anglaise, libère-nous de celle-ci.

— Belzoni ne se laissera pas corrompre.

— Je vais être clair, dit Boghos. Il plaît au pacha. Tu ne peux et tu ne dois rien faire contre lui. Tu vas donc lui donner tout ce qu'il veut. Qu'il la construise, sa machine, et qu'elle coûte cher. Maintenant, si les *oulémas* ne souhaitent pas qu'elle marche, eh bien elle ne marchera pas. Arrange-toi, ça ne devrait pas être trop difficile... Et dois-je te rappeler que le pacha déteste les échecs et qu'il sera intraitable avec le responsable ? C'est ce que j'appelle prendre deux pigeons avec une seule fève. Le B-A Ba, Botky !

Le rictus de Botky s'accentua en un sourire.

— Je voulais te l'entendre dire.

Georgina Russell se révéla une amie précieuse pour Sara. Elle connaissait tout le monde au Caire et on l'invitait volontiers car elle avait mis sur pied un petit négoce qui lui ouvrait les portes de tous les harems : elle faisait venir de Lyon des brocarts de soie et des passementeries d'or dont les dames du Caire raffolaient.

Grâce à elle, Sara fut invitée par Setti Kebir, la première femme du gouverneur de Gizeh.

Gizeh était une petite bourgade sans histoires qui s'élevait sur la rive occidentale du Nil, non loin des pyramides, à une dizaine de kilomètres vers le sud. Le climat y était plus sain qu'au Caire et les grands personnages de la Cour aimaient y passer l'été. C'est pourquoi on avait placé Hassan-Bey au poste de gouverneur : c'était un homme qui savait vivre.

Un janissaire en costume rouge et or était de garde à la porte du harem, une grande canne à la main. Sara était impatiente : elle allait entrer pour la première fois dans un harem. Les invitées — Georgina, Sara et les servantes qui portaient les tissus — formaient une caravane d'une dizaine de personnes. Un eunuque à cheveux blancs les attendait à l'intérieur. Elles traversèrent à sa suite une jolie cour intérieure bordée d'arcades en bois sculpté et ajouré. Une gazelle domestique les regarda passer, les pattes raides et frémissantes de crainte, un brin de feuillage entre les dents.

Elles entrèrent dans une suite de salons. On entendait au

loin de la musique et des rires. L'eunuque les introduisit enfin dans une salle pleine de femmes et se retira.

Tout le monde se retourna pour observer les visiteuses. Setti Kebir, la première dame, s'exclama et les réclama auprès d'elle. Sara fut surprise de voir que les autres femmes pliaient le genou devant elle.

— Nous sommes étrangères, souffla Georgina, nous n'avons pas à le faire.

Setti Kebir était une femme d'une cinquantaine d'années, encore belle et grasse. Elle fumait une pipe de diamants. Ses sourcils épais étaient teints au henné et deux taches de rouge enjolivaient ses joues passées au blanc. Aux yeux de Sara, c'était un maquillage de cirque, mais ici, il obéissait parfaitement aux canons de la beauté et de la tradition. Toutes les femmes du harem étaient lourdement maquillées. Kebir les accueillit dans un anglais hésitant et détailla rapidement la mise de Sara.

— Venez près de moi, Georgina, je veux connaître votre amie !

Sara fut surprise de voir près d'elle deux jeunes filles blondes, apparemment européennes, dont l'une rectifiait ses fautes d'anglais en chuchotant à l'oreille. Si Belzoni avait été présent, il aurait été surpris de retrouver ici la jeune exaltée qui voulait se jeter du haut de la grande pyramide.

Setti Kebir surprit le regard de Sara.

— Ce sont mes filles. Amina, Nazli, saluez nos invitées.

Amina avait un regard bleu, inquisiteur et intelligent, que l'on n'oubliait pas une fois qu'on l'avait vu. À côté, Nazli paraissait timide et effacée. Elles saluèrent en silence et se retirèrent dans un coin du salon. Devant l'étonnement de Sara, Georgina lui expliqua :

— Version officielle : la mère du gouverneur les a trouvées dans la rue quand elles étaient petites, et Kebir les a adoptées. On dit qu'Amina serait la fille d'un savant français, et c'est possible, car c'est une rebelle qu'il va falloir marier au plus tôt. Mais personne ne sait la vérité ; tout est possible dans un harem.

Les conversations, le choix des tissus, les potins, les cafés, les friandises, occupèrent tout l'après-midi. On fuma du tabac très parfumé dans des narghilehs d'or et de verre soufflé et on fit passer une boîte à bonbons en or massif. Sara apprécia et se servit plusieurs fois : les petites dragées étaient elles-mêmes dorées à la feuille d'or. Georgina l'arrêta :

— Allez-y doucement, vous n'avez pas l'habitude. Ces pilules sont un peu narcotiques...

Étourdie par le brouhaha des conversations et des rires, Sara observait les deux jeunes filles de la maison. Comme toutes les autres, elles étaient vêtues avec recherche, comme pour une réception. Amina portait une robe du même bleu que ses yeux et un court gilet de brocart de soie blanche, deux roses et un fil de diamants dans les cheveux en guise de diadème. Nazli avait une tenue identique mais d'un vert qui ne lui allait pas. Tout dans son comportement effacé et gauche semblait dire : « Je ne suis que sa sœur. »

— Les harems des grandes familles regorgent d'histoires à fendre le cœur, reprit Georgina : filles vendues par leurs familles, ou enlevées, ou reléguées au rang de servantes. Ici, ou vous êtes reine ou vous n'êtes rien. À tel point que les belles esclaves préfèrent souvent être vendues comme domestiques que comme concubines. Chacune de ces femmes cache précieusement une fiole de poison qui constitue leur seul pouvoir réel et leurs seules libertés : mourir ou tuer. Ces deux jeunes filles comme les autres. En outre elles sont en âge de se marier : des tractations sont sûrement en cours autour d'elles à leur insu.

Sara flottait dans une douce torpeur. Les rires, la musique et les conversations lui parvenaient, ouatées et harmonieuses, et la berçaient petit à petit. Les coussins de soie étaient merveilleusement confortables, et elle n'avait jamais senti de parfums aussi exquis : elle glissa dans le sommeil.

Quand Setti Kebir s'en rendit compte, elle se mit à rire. Les pastilles de miel et de poudre de chanvre ne lui faisaient plus rien.

— C'est le kief ! Sara Kathun ne le connaît pas encore...

Quand Sara reprit conscience, une voix anxieuse chuchotait près d'elle, en anglais :

— Avez-vous des nouvelles ?

Sara entrouvrit les yeux : la jeune Amina, sous le prétexte d'examiner les tissus, questionnait Georgina à voix basse. Sara jugea opportun de refermer les yeux.

— Le chevalier de Lascaris m'a rendu visite, répondait Georgina. Il semble que le prince Abdallah veuille à tout prix reprendre La Mecque et chasser les Égyptiens. Il attend que Toussoun, le fils du pacha, ait quitté le front. Toussoun croit que la guerre est finie et qu'Abdallah respectera le traité de paix. Mais il se trompe. Dès qu'il sera rentré au Caire en novembre, les bédouins d'Abdallah attaqueront les troupes d'occupation. Toutes les aides seront bienvenues.

— Dites au chevalier que ma petite troupe est prête à partir, dit Amina, et que les pèlerins que je lui envoie voyageront avec armes et bagages.

Sur le chemin du retour, alors qu'elle chevauchait aux côtés de Georgina, Sara demanda :
— Qui est le chevalier de Lascaris ?
Georgina lui lança un regard aigu.
— Vous avez entendu ?
— Oui.
— Le vieux chevalier de Lascaris a été autrefois très puissant. Il a servi plusieurs fois d'intermédiaire entre le roi Séoud, le père d'Abdallah, et Napoléon. Chacun des deux cherchait à utiliser l'autre : Séoud se voyait maître de Constantinople grâce à Napoléon et Napoléon, maître de la route des Indes grâce à Séoud. À la mort de ce dernier, tous les rêves se sont évanouis, mais le chevalier a gardé le goût de l'intrigue. Il est resté le contact du clan de Wahhab au Caire. Quant à Amina... c'est une jeune exaltée qui veut fuir sa condition.

— La jeune exaltée ne risque-t-elle pas sa tête et celle de ses amis par la même occasion ? demanda Sara.

— Sans doute, répondit Georgina avec un drôle de sourire, mais j'ai besoin d'émotions fortes pour me sentir en vie. Le danger est excitant, je dirais même érotique. Voyez Amina. Elle s'est éprise d'Abdallah à distance, simplement parce que c'est le chef des rebelles. J'envie sa folie. Son âge, peut-être.

— Partiriez-vous avec elle ?

— Oh ! non. Les femmes comme moi n'ont aucun courage, elles restent dans leur condition. Tout ce qu'elles peuvent faire, c'est en rire pour ne pas en pleurer. Et envier les autres.

On était en janvier, six mois s'étaient écoulés : la machine avait été mise en chantier et avançait lentement. Trop lentement au goût de Jean-Baptiste. Burckhardt riait de le voir lutter en vain contre le monde entier.

— Il faut que tu apprennes une parole arabe importante,

Jean-Baptiste : *malesh !* Elle contient toutes les négations du monde, et toute la résignation aussi. Après *malesh*, il n'y a rien à faire, sinon s'asseoir sous un palmier et regarder le fleuve couler, comme font les *fellahîn*... Les choses ne progresseront pas, c'est un fait, mais tu te sentiras mieux...

À Alexandrie, les équilibres diplomatiques avaient changé. Les nouveaux consuls des deux ennemis héréditaires avaient pris officiellement leur fonction : Roussel, pour la France, et Henry Salt pour l'Angleterre.

Drovetti avait quitté sa charge sans trop de regret. Il entretenait une correspondance secrète avec Talleyrand qui lui avait promis une prochaine réintégration. En attendant, il pouvait se consacrer pleinement à ses fouilles archéologiques, la France n'oublierait pas qu'il restait, même en cela, son fidèle représentant.

Le nouveau consul anglais, Henry Salt, avait de son côté la réputation d'être un artiste passionné d'antiquités égyptiennes. C'était un grand ami du docteur Young, le rival anglais de Champollion dans la course aux hiéroglyphes.

Pour l'heure, Jean-Baptiste entretenait des rapports épisodiques avec les deux, ne sachant à quel saint se vouer. Certes Drovetti lui avait apporté une aide consistante, mais Jean-Baptiste avait des liens trop étroits avec l'Angleterre pour pouvoir les renier. Une fois la machine terminée, il devrait sans doute faire un choix.

Drovetti, lui, avait fait le sien : il allait se consacrer entièrement aux antiquités. On peut avoir la passion de l'art et ne pas perdre de vue pour autant les réalités économiques. Il avait déjà fait d'excellentes affaires dans le trafic des plumes d'autruche du Darfour mais il avait des ambitions plus élevées. La chasse aux antiquités était autrement plus intéressante. L'Égypte était un grenier immense, bourré de trésors, qu'il faudrait des années pour vider. L'affaire de sa vie. Il fallait cependant se mettre aux fouilles le plus vite possible, avant que la concurrence ne lui coupe l'herbe sous le pied.

Drovetti pestait contre le fatalisme et la lenteur des gens d'Alexandrie. Il dut terminer lui-même les préparatifs de son expédition en Haute-Égypte.

— Rifaud, j'ai besoin d'hommes de confiance pour compléter l'équipe. Des hommes décidés. Tu vois ce que je veux dire !

— Prêts à tout ? Il va y avoir du chiendent à trier...

— Fais pour le mieux. Nous partirons pour Le Caire dans quelques jours. Tu t'y installeras jusqu'à mon retour. Je continuerai avec Frédéric Cailliaud.

— Cailliaud ? Pourquoi lui ?

Rifaud s'était instinctivement récrié, avec une pointe de jalousie. À quoi pouvait bien servir un bijoutier breton dans une semblable expédition ? Il n'avait aucune expérience...

— Tu ne sais pas tout, Rifaud... Jean-Louis Burckhardt, qui est très bien vu du pacha, a fait l'erreur de lui suggérer que les mines d'or et d'émeraude des pharaons n'étaient peut-être pas complètement épuisées. Tu connais notre homme.

— Disons qu'il ne faut pas le mettre en appétit. S'il voyait un petit mort, il serait capable d'en vouloir un morceau !

Drovetti se mit à rire. Rifaud avait conservé l'accent et les expressions imagées du provençal.

— Eh bien, cette fois il veut un morceau des mines. Et M. Cailliaud, qui a su se faire connaître comme grand expert en pierres précieuses, a été nommé d'office Grand Joaillier du pacha, et chargé de mission au fond du désert. Crois-moi, ce n'est pas un cadeau, surtout s'il rentre les mains vides. Mais il doit quitter l'expédition à Louxor et partir vers l'est. De mon côté je remonterai le Nil jusqu'à la Nubie en recensant toutes les pièces intéressantes qu'il faudra enlever. Ce sera ton travail. Tu n'auras plus qu'à récolter et à remplir les bateaux. Tu partiras dès mon retour.

— Je vois d'ici la tête des Anglais, fit Rifaud. Ils n'auront que les miettes, et ça ne va pas leur plaire. Une bonne escorte peut être utile, en effet. Prenons les meilleurs, les Italiens... Je dirais : Rossignano, Lebolo, Finati, D'Athanassi... Quelques Français aussi : Bonnet, Pierre Gary, Combe ou Dureau. Je les connais tous, à vous de choisir... Et je me demandais... le *gigantas*, Belzoni, on pourrait peut-être lui demander ?

— Je croyais que tu ne l'aimais pas...

Rifaud eut un petit rire.

— Je connais mes classiques. Il vaut mieux s'associer avec un rival plutôt que l'avoir contre soi...

— Belzoni construit sa machine. Quand il la finira, on verra... Ce serait bien de l'avoir en effet.

— En attendant, dit Rifaud, prenons Joseph Rossignano. Il a fait cent métiers et quatorze misères. Je l'ai vu hier ; il est tellement en forme qu'on lui achèterait de sa santé... Et puis, c'est un *pais*, il est piémontais et né en Avignon.

Rossignano connaissait l'Égypte comme sa poche et c'était un vrai débrouillard. Au moment du sauve-qui-peut général de l'armée napoléonienne, il s'était déjà fait porter malade pour pouvoir déserter plus facilement. À l'époque, il n'était que « petit tambour ». C'était une fonction très modeste mais qui pouvait mener à tout : l'un d'entre eux, Thomas Keith, qui venait d'Écosse, était devenu gouverneur de Médine en Arabie, la ville natale de Mahomet. Rossignano n'alla pas si haut : il devint « mamelouk » et en tira tous les profits possibles. Drovetti l'engagea sur-le-champ. C'était exactement le type d'homme qu'il cherchait.

On embarqua pour Le Caire dans l'insouciance, comme pour une partie de campagne, avec les dames : Rifaud, Rossignano, Rosine Drovetti et ses amis les pharmaciens Piorin, sans oublier Frédéric Cailliaud, qui fêtait son titre flambant neuf de Grand Joaillier du pacha. Ne trouvant pas de bateau à louer, Drovetti avait emprunté un des navires marchands du pacha. Personne ne l'avait averti que la *djerme* transportait des fèves — un des nombreux monopoles commerciaux du pacha — et que si on l'avait remplie à ras-bord, c'est qu'on savait que la moitié de la cargaison serait dévorée pendant le voyage. C'était comme ça depuis l'Antiquité. L'homme doit toujours prévoir la part de la nature, dans tout ce qu'il entreprend leur parvenaient les appels des animaux nocturnes qui chassaient dans les papyrus et les roseaux. De temps en temps, un grand oiseau silencieux passait sur leurs têtes.

— Quand je vois ça... fit Rossignano,... ça me remue l'âme.

Rifaud lui lança un regard inquiet. Il n'allait pas se remettre à parler du passé !... Il le fit.

— Ah, j'en ai fait des parties fines sur le Nil... C'était le temps des dieux, Rifaud. J'avais des robes de soie brodées d'or, comme un prince, des chevaux pur-sang, un bateau et des femmes de toutes les couleurs, tant que j'en voulais. Elles étaient folles de nous, elles quittaient les harems pour nous suivre... Même si je n'étais pas un vrai mamelouk de naissance, comme ceux qu'on avait enlevés pitchounets aux parents pour les enrôler, je peux te dire que l'armée, c'était comme ma famille, elle m'a tout donné. Et quand on défilait tous ensemble, botte à botte, avec la Garde Impériale, et les trompettes, les tambours, au pas des chameaux. C'était...

Il s'interrompit, vaincu par l'émotion, les yeux embués.

— Grandiose... dit Rifaud. Je sais.

Au fil des ans les avantages s'étaient amenuisés. Rossignano s'était rebaptisé Youssouf Cachef, parce que les chrétiens ici avaient la vie brève, et maintenant il était pris au piège. Bien content, aujourd'hui, du contrat d'homme-à-tout-faire qu'il avait passé avec Rifaud.

— Rossignano, reprit Rifaud, il faut qu'on ait les meilleurs avec nous. Je sais que le patron pense au Belzoni, le *gigantas* qui est au Caire maintenant. Qu'est-ce que tu en dis ?

— J'en dis qu'il est comme tout le monde : il irait siffler au cul d'un loup pour avoir de l'argent. Mais en plus, c'est un arrogant. Il veut commander.

— Tu le veux avec nous ou en face ?

— Ni l'un ni l'autre.

— C'est qu'il est fort comme un taureau, cet homme-là, on ne peut pas l'obliger, surtout deux *nanets* comme nous...

— Parle pour toi ! s'exclama Rossignano, débordant de fougue guerrière. Moi, je suis pour les solutions rapides, comme l'Empereur. Tôt ou tard, il va nous pourrir le sang ; il faudra l'éliminer.

Mais Rifaud trouvait Belzoni plutôt sympathique.

— Aussi longtemps qu'il fait autre chose, il ne nous gêne pas...

— Il nous gênera, il nous gênera... Je sens ces choses-là. Enfin, quand vous voudrez, je suis là.

Une fois arrivé au Caire Rifaud s'expliqua avec Drovetti. C'était très joli d'être consacré chef de fouilles à venir, mais...

— C'est pas le tout, mais moi, il faut que je mange, comme tout le monde, monsieur Drovetti. Il faut que je vive jusqu'à votre retour. Je n'ai plus d'argent au gousset : bientôt, il ne me restera que le derrière et les dents !

— Je vais te trouver quelque chose au Caire, Rifaud, ne t'en fais pas, je te l'ai promis...

— Je ne m'inquiète pas, mais tout le monde ici me dit

« C'est l'Orient, c'est l'Orient », et je ne vois rien venir... Je n'ai pas besoin de devenir premier moutardier du pape, mais quand même...

— Qu'est-ce que tu veux faire au juste ?

— N'importe quoi, sauf la paperasse. J'ai fait mon tour de France, je suis Compagnon, le travail, ça me connaît, j'ai grandi sur les chantiers. Tenez, je pourrais construire une maison de la cave au grenier, avec mes deux mains... Et puisqu'on parle travail, il faut quand même que je vous dise que votre M. Salt, le consul anglais, il ne perd pas son temps. Il est même un peu sournois. Quelqu'un m'a déjà offert discrètement de travailler pour lui... Il a l'air pressé.

Rifaud à sa manière était un gentilhomme. Il avait refusé de passer à l'ennemi.

— On ne les changera pas... constata Drovetti. C'est plus fort qu'eux, il faut qu'ils intriguent. Rifaud, je t'offre le double, et la propriété de tous tes dessins si tu en fais. Tu es français, tu as l'esprit patriotique. Tu ne vas quand même pas aider cet homme-là à remplir les musées d'Angleterre !

Rifaud rougit. Il était d'un naturel coléreux et s'enflammait facilement.

— Jean-Jacques Rifaud ne se fait pas payer pour faire son devoir, s'exclama-t-il. Je ne passerai jamais à l'anglais, dût-il me faire des ponts d'or. Je ne lui ai même pas répondu. Et quant aux trésors d'Égypte, j'entends bien me coller dessus comme une bernique et ne les laisser à personne.

Botky apprécia à leur juste valeur les lettres de présentation que Rifaud lui avait remises : une de la duchesse d'Orléans (elle l'avait protégé quand il avait déserté de l'armée de Napoléon), une de Drovetti et — la plus intéressante à ses yeux — une de la Grande Loge maçonnique de France. Rifaud était sculpteur, tailleur de pierres, maître d'œuvre et donc maçon. À tout hasard, il s'était fait recommander auprès des loges de tous les pays méditerranéens qu'il serait appelé à traverser. Il avait bien fait. Botky était maçon lui aussi. Il arbora un de ses rares sourires.

— Monsieur Rifaud, vous tombez à pic. Comme vous le savez, je m'intéresse de près au développement industriel de ce pays. Je mets au point en ce moment le projet de construction d'une fabrique de salpêtre. Le vice-roi en veut les plans et les maquettes, et je dois vous avouer que si mon fort est la mécanique, en revanche, le dessin et les arts manuels en général me sont hostiles. J'ai donc besoin d'un second qui ait une belle main, et vous voilà...

C'est ainsi que Jean-Jacques Rifaud, ravi de l'aubaine, devint l'architecte du vice-roi.

— La chance vous sourit, monsieur Rifaud, fit Botky ironiquement, vous auriez pu obtenir vous aussi une machine hydraulique...

Rifaud n'ignorait pas les mésaventures de Belzoni.

— Monsieur Bokty, la chance n'existe pas, il faut savoir se faire de bons amis, voilà tout. Qui n'est pas d'une bonne maison, s'en fasse...

Il n'en pensait pas moins que, dans ce pays plus qu'ailleurs, rien ne pouvait se révéler plus dangereux qu'un ami.

Fin janvier 1816. La construction de la machine est bien avancée. Elle est construite sur le modèle d'une grue munie d'une roue, de telle sorte qu'un seul bœuf, avec le simple poids de son corps, peut effectuer le travail de quatre de ces animaux... Aujourd'hui, Drovetti est venu me rendre visite.

Jean-Baptiste posa sa plume. Chaque soir, il écrivait le compte rendu de sa construction.

Drovetti l'avait félicité. Le pacha serait content. Et pour la première fois, Belzoni avait le sentiment qu'il touchait au but. Une inquiétude constante le tenaillait cependant : en six mois, il avait eu plusieurs tentatives de sabotage sur le chantier.

— Ne t'inquiète pas, le tranquillisa Sara, nous sommes à l'abri dans l'enceinte du jardin. À la nuit tombée personne ne peut y pénétrer que le pacha et ses femmes.

— On peut passer par le fleuve. Il faut que j'aille voir, sinon je ne pourrai pas dormir.

Sara soupira. Il allait vérifier plusieurs fois par nuit, c'était une obsession. Il ne se fiait qu'à Jack et ne réussissait à prendre que quelques heures de repos quand celui-ci était de garde.

Jean-Baptiste prit une lampe et s'éloigna dans le jardin obscur d'où s'élevaient des chants d'insectes et des appels d'animaux.

La silhouette de la machine se détachait sur le ciel encore clair. Il en fit le tour, vérifiant les mécanismes à la lueur de sa lanterne et se parlant à lui-même.

Brusquement il sentit une odeur de tabac toute proche. Il s'empara d'un pieu et se retourna, prêt à se battre. Quelqu'un était assis dans l'ombre. On distinguait le rougeoiement de sa pipe.

— Qui est là ?

Un toussotement s'éleva.

Jean-Baptiste s'approcha de la silhouette et leva sa lampe. Il y eut un bref éclat de diamants. C'était le vice-roi. Il lui fit signe de venir s'asseoir près de lui.

— D'ici, on la voit mieux.

Belzoni obéit.

— C'est extraordinaire, n'est-ce pas, reprit le pacha, comme l'homme peut s'attacher à ses créatures, quelles qu'elles soient...

Il y eut un long silence que Belzoni n'osa pas interrompre. La machine ressemblait à un gigantesque insecte, une sorte de mante religieuse.

— Avez-vous des enfants, monsieur Belzoni ?

— Non, Altesse. Pas encore.

— Les enfants donnent de grandes satisfactions.

Dans le silence, une femme se mit à chanter. Les fenêtres du harem étaient encore éclairées. C'était un air d'opéra, et Belzoni reconnut Mozart. Le vice-roi venait d'acheter une Géorgienne à la voix merveilleuse. Le fantôme d'Angelica Catalani glissa dans les souvenirs de Jean-Baptiste.

— J'ai deux garçons... continua Méhémet-Ali. Enfin trois, si je compte l'aîné, Ibrahim. La rumeur publique dit que ce n'est pas mon fils, que ma première femme le portait en son sein avant de m'épouser. Seul Allah sait la vérité sur ce point. Le fait est que je ne le sens pas mien.

Il tira une autre bouffée et eut un petit rire.

— La nature est mystérieuse. Comment expliquez-vous qu'un enfant qui ne vous est peut-être rien puisse être celui qui vous ressemble le plus ? Ibrahim aime tout ce que j'aime, le pouvoir, les arbres, les femmes... Il cherche à me plaire plus que les autres. Et pourtant — les voies d'Allah sont insondables — je n'arrive pas à l'aimer autant qu'eux.

Il changea brusquement de sujet, conscient de l'intimité qu'il avait créée avec un étranger.

— Je suis content de vous, monsieur, car je vois que vous tiendrez votre parole. J'ai regardé votre machine. Tout y est bien construit. Vous n'avez pas gagné dessus, comme font tous les misérables qui m'entourent et se remplissent les poches. Ils s'imaginent que je ne vois rien. Ils oublient que je ne sais lire qu'un livre : le visage des hommes, mais que je le lis bien...

— Altesse, j'ai fait bon emploi de l'argent que vous m'avez alloué : je crois à cette machine. Au point de vouloir acheter des terres et de les transformer en champs de coton.

— Il me tarde de voir cela. Je compte sur vous. Dans les délais prévus ?

— Dans les délais prévus, Altesse.

Le vice-roi se leva. Jean-Baptiste voulut l'imiter, mais le souverain posa sa main élégante sur son bras.

— Restez assis. La nuit, rien ne ressemble plus à un homme qu'un autre homme.

Quand Burckhardt fut informé de l'épisode, il lui recommanda le silence.

— Tu as des ennemis. Tu portes ombrage à leur position. Ils te craignent et n'en sont que plus dangereux. Ils savent que le pacha est capable de s'enticher de toi et de te faire ministre. Boghos, Botky, et les autres sentent qu'ils sont assis sur un volcan. Ici, la vie d'un homme ne vaut rien. Boghos en sait quelque chose : il a failli y rester.

— Boghos ! s'étonna Jean-Baptiste, Méhémet-Ali ne fait rien sans lui...

— C'est vrai, mais il enrage quand il se rend compte que Boghos le manœuvre. Boghos ne cède jamais s'il a une certitude. Un jour le vice-roi voulait avoir raison et ne l'obtenait pas. Aveuglé de colère, il appela la garde : « Qu'on tire Boghos par le pied et qu'on m'en débarrasse ! »

— C'est-à-dire ?

— Tuez-le... C'est la formule traditionnelle. Si Boghos n'avait pas tissé autour de lui un réseau de protection, faveurs, cadeaux, services, il était mort. L'homme chargé de le supprimer avait une dette envers lui. Il le sauva. Et comme dans les fables, le vice-roi ne tarda pas à se morfondre, car Boghos lui est indispensable. Quand on le lui rendit, il offrit une somptueuse récompense à celui qui, par son mensonge, l'avait sauvé. Morale de l'histoire : mentir a du bon.

Au Caire, la quantité d'étrangers augmentait à vue d'œil. Méhémet-Ali était enchanté. Il voyait son « Grand Projet » prendre forme. Une nouvelle Égypte était en marche.

En revanche le parti des conservateurs — les prêtres et les *oulémas* — était consterné. Cette révolution industrielle et agricole qui faisait tache d'huile contre leur gré allait bouleverser la carte du pouvoir ; ces changements allaient plonger le pays dans le chaos.

La base de la pyramide sociale — le grand peuple des *fellahîn* qui, par leur travail, soutenaient l'édifice depuis toujours — allait être bouleversée, avec des conséquences incalculables. Déjà, l'armée ruait dans les brancards à cause du *nizam-el-djedid*, la nouvelle discipline inspirée de la rigueur européenne. Allait-on laisser saper aussi les fondements de l'équilibre social et religieux par des étrangers souvent incompétents, et de toute façon, porteurs de germes hérétiques... Allait-on remettre aveuglément dans leurs mains le sort d'un pays aux coutumes millénaires ?...

Les *oulémas* occupaient les plus hauts postes de la politique, de la jurisprudence et de l'économie. Ils étaient considérés comme les référents spirituels du pays. Mais en tant qu'intercesseurs naturels entre le peuple et le gouvernement, ils représentaient aussi une force ambiguë difficile à manier. Tout en acceptant certains principes d'évolution dans des limites strictement contrôlées, ils réprouvaient l'intérêt du pacha pour les cultures étrangères.

— Après tout, il ne nous est rien, il n'est pas notre sultan, pensait le peuple à l'unanimité, il n'est même pas égyptien. Que peut savoir un Albanais ou un Macédonien de nos traditions ? Il nous a tout pris, il est devenu la sangsue qui saigne à blanc notre pays.

Mahmoud, le sultan de Constantinople, chef de l'Empire ottoman et donc maître de l'Égypte, savait parfaitement tout cela, mais il avait d'autres chats à fouetter. Aussi longtemps que son ambitieux représentant n'élargirait pas son champ d'action, il convenait de lui laisser son os à ronger.

Le pacha savait que les *oulémas* lui donneraient du fil à retordre. Ils exerçaient sur le peuple un indéniable pouvoir spirituel. Leur réputation de sagesse les protégeait. Il n'était pas question de les éliminer comme les mamelouks. Il aurait fallu les expulser de leur place-forte, la grande mosquée El-Azar, « La Splendide », où ils passaient le plus clair de leur temps — cela, c'était vraiment impensable. El-Azar était à la fois la plus grande autorité religieuse et la plus grande université. Tous les *oulémas* y avaient été formés. Depuis que la bibliothèque d'Alexandrie avait brûlé, c'est là que se trouvaient les manuscrits les plus anciens du monde. El-Azar représentait depuis neuf siècles le cœur de la pensée islamique. Et c'est de là, de ses cellules monastiques et de ses cours où se pressaient une foule de lettrés, que provenaient les meilleurs éléments de la société égyptienne, voire du monde musulman. El-Azar était intouchable.

Les *oulémas* demandèrent une entrevue à Boghos, avec lequel ils entretenaient de bons rapports. Une délégation de quatre personnes entra dans son *diwan*. Très dignes, avec leurs longues barbes bouclées, ils s'étaient vêtus avec un soin particulier.

Le plus âgé, un magistrat féru d'histoire islamique, dirigeait le petit groupe : il exposa leur préoccupation devant le déferlement des étrangers.

— Cette situation fait suite à une volonté précise de Son Altesse... dit prudemment Boghos. C'est lui personnellement qui a fait lancer dans les pays de la Méditerranée les avis de recrutement. Pouvons-nous aller contre ses décisions ?

— Certes non. Mais Son Altesse agit impétueusement. Il ne cache pas que sur dix hommes, un seul risque d'être valable et cela lui suffit. Nous sommes d'un avis différent.

Hassan-el-Attar, qui avait beaucoup fréquenté Napoléon et son entourage puisqu'il avait été choisi pour leur enseigner l'arabe, était le plus conciliant. Il objecta :

— Nous convenons qu'une œuvre de civilisation et de progrès est nécessaire au peuple. Mais il faut la manière, même si le Coran nous dit qu'il faut aller à la recherche de la

Connaissance, où qu'elle se trouve. Si nous devons apprendre, nous croyons préférable d'aller le faire à l'étranger, sans devoir rien subir dans notre propre pays.

Les autres *oulémas* approuvèrent vigoureusement.

Boghos réfléchissait rapidement. Cette situation pouvait lui coûter cher. La confiance des *oulémas*, pour flatteuse qu'elle fût, pouvait être dangereuse. Qu'attendaient-ils de lui ? Il résolut de parler le moins possible et d'écouter : il y excellait, approuvant où il le fallait, effacé et attentif.

— El-Azar a bonne mémoire, renchérit un autre *ouléma*. Nous n'oublions pas que les étrangers se comportent tous de la même manière : au début, promesses et miel pour nos oreilles. Comme les gens de Bonaparte, qui, dès qu'ils se crurent les plus forts, violèrent honteusement nos traditions les plus sacrées.

— Ils ont souillé nos lieux saints, égorgé nos hommes, débauché nos femmes, attaqué notre pensée même... et nous devrions encore avoir confiance ? Aujourd'hui, nous sommes envahis par un flot continu d'aventuriers. Cette invasion-là s'insinue comme une maladie. Si nous ne l'arrêtons pas, elle nous tuera.

— Quant aux progrès qu'on nous promet, ajouta un ancien, ils ne sont que prétexte à enrichir les nouveaux venus et à affaiblir notre peuple en le privant de ses moyens de subsistance.

— Nous avons su arrêter beaucoup d'initiatives que nous jugions néfastes, continua calmement Hassan-el-Attar, qu'elles viennent des Anglais ou des Français... D'autres grands projets sont maintenant en cours : des fabriques de salpêtre, d'armes, des canaux, des barrages, des machines pour l'irrigation... Ceux que nous n'approuvons pas aujourd'hui, nous ne les approuverons jamais.

Après une longue conversation, ponctuée de tasses de café, Boghos comprit qu'on le mettait devant un fait accompli. Le conseil des *oulémas* userait de tous ses moyens pour barrer la route aux innovations du pacha, et à ses « ingénieurs ». Ne pouvant s'opposer de front à ses volontés, ils en informaient son représentant le plus habile. À bon entendeur...

9

Drovetti avait été clair :
— Rifaud, il faut sonder les intentions de Belzoni. Il est devenu très ami de Burckhardt. S'il doit passer définitivement aux Anglais, autant le savoir tout de suite. Vous êtes tous les deux maintenant dans l'entourage du pacha. Je crois que tu pourrais lui proposer de venir travailler avec nous.

Rifaud voulait rester maître des lieux. Il ne pouvait pas y avoir deux coqs dans le même poulailler et s'il n'y en avait qu'un, le rôle échoirait d'office à Belzoni : où qu'il aille il attirait tous les regards et tous les intérêts ; les autres hommes n'étaient plus que des figurants.

Non, Rifaud ne tenait pas vraiment à ce que Belzoni devienne la vedette de l'équipe Drovetti.

Mais il ne tenait pas non plus à l'avoir pour adversaire. Il allait falloir agir en souplesse !

Depuis leur rencontre dans l'Okel d'Alexandrie, les deux hommes n'avaient plus eu l'occasion de se revoir.

C'est donc avec surprise que Belzoni s'entendit héler en italien, alors qu'il traversait le bazar avec Jack.

— C'est bien vous, monsieur Belzoni, que je vois aux prises avec la populace ?

Rifaud était à demi allongé dans une vaste boutique ornée de tapis précieux, au milieu d'un petit groupe d'hommes en turban qui fumaient le chibouk. Rifaud portait comme d'habitude une mise éclatante, turban de cachemire, gilet brodé d'or, et ceinture de soie rouge garnie de pistolets.

— Venez ! arrêtez-vous un moment, nous avons du bon tabac !...

Belzoni accepta l'invitation, échangea quelques salamalecs et s'assit sur les coussins aux côtés du Marseillais qui le présenta comme l'ingénieur hydraulique du pacha. Les marchands s'empressèrent.

Trois femmes, engoncées dans des voiles noirs, étaient debout dans un coin.

— Ces messieurs ont la bonté de me proposer quelques jeunes femmes, expliqua Rifaud, car j'ai décidé de me mettre en ménage. Ici c'est, dit-on, une calamité que d'être célibataire, et j'ai déjà vu qu'il est plus facile de faire son marché que sa cour...

C'était la première fois que Belzoni assistait à une vente d'esclaves et malgré le dégoût qu'il ressentait, la curiosité l'emporta.

— Ces Turcs ont tout compris, dit Rifaud. Si tu achètes ta femme au marché, c'est de la tranquillité que tu achètes... Même si tout le monde me dit qu'il faut acquérir le bâton qui va avec.

Il posa une question en arabe au marchand égyptien qui se lança dans un long discours et alla ôter les voiles des femmes. Elles étaient très jeunes, avec des peaux d'un noir ambré presque transparent. Elles n'étaient pas jolies, mais elles étaient fraîches et soumises. Le marchand s'arrêta sur l'une d'elles et détailla ses vertus. Il fit constater qu'elle avait des attaches fines, des hanches larges, comme un bon cheval. Il lui donna un petit coup de la courbache qu'il portait à la main et la fille esquissa un mouvement des hanches, une sorte de danse sur place qui pouvait passer pour quelque chose d'érotique. Mais elle avait le regard vide. Le marchand se mit à rire grassement.

Rifaud traduisit :

— Il dit que ses filles savent se tenir : elles sont excisées.

Le marchand continuait sa présentation. Il donna un ordre à une autre.

La fille ouvrit la bouche. Le marchand souleva sa lèvre et fit voir les dents qu'elle avait saines comme des amandes fraîches.

— Celle-là chante, en plus... fit Rifaud curieux. C'est une

chrétienne d'Abyssinie et elle tient beaucoup à sa religion. Il paraît que ce sont les meilleures pour nous autres Européens.

La fille entonna un chant rauque. Le marchand se mit à frapper des mains.

Rifaud fit signe à la fille d'arrêter.

— Je crois que s'il me fait un bon prix, je vais en prendre deux. Pourquoi ne prenez-vous pas l'autre ? Elles ont l'air de braves filles.

— Non, je vous remercie. Rifaud, qu'allez-vous faire de ces malheureuses quand vous quitterez l'Égypte ? Vous les emmènerez à Paris ? Elles mourront.

— Je n'ai pas l'intention de quitter l'Égypte : pour moi, c'est le paradis. J'ai tout ce qu'il me faut ici. Comme on dit, « si tu veux arrêter un lièvre : marie-le »... Eh bien, je vais m'arrêter. C'est le bon moment et le bon endroit. Qu'est-ce que je ferais maintenant à Marseille, où je ne connais plus personne ? Et qu'est-ce que je ferais d'une péronnelle française qui m'empoisonnerait la vie avec ses exigences ? Je compte bien vivre et mourir ici, entouré de femmes et de *pitchoun*, comme un patriarche ! Belzoni, chien qui aboie ne mord pas ! Je suis fort en gueule, mais je traite bien mes gens, vous verrez...

Il l'invita à dîner pour le soir même.

— Il faut qu'on parle tranquillement, nous deux, qu'en dites-vous ? Il se passe des choses importantes, et il vaut mieux qu'on se mette d'accord, avant que la châtaigne chaude ne nous pète au nez.

Belzoni accepta sans hésiter. Il était curieux d'entendre ce que Rifaud avait à lui dire.

Rifaud renchérit.

— Je vais vous faire voir comment on entend l'hospitalité à Marseille. Faites donc venir aussi Mme Belzoni.

— Je n'irai certainement pas, dit Sara calmement. Ce petit Marseillais esbroufeur ne me plaît pas. On dirait un maquignon. Méfie-toi.

Belzoni sourit.

— Je passe mon temps à ça ! Mais il n'y a rien à craindre de Rifaud. Il parle beaucoup, mais je le crois brave homme.

— Il faudra bien que tu arrêtes un jour de voir des braves

gens partout. Tout le monde n'est pas comme toi. Ils calculent tous leur intérêt et comment nous utiliser.

— Me crois-tu donc aveugle ? C'est de bonne guerre. J'en fais autant.

Il se vantait : en fait, il avait horreur des stratégies complexes et du raisonnement oriental dans son ensemble. Le plus court chemin serait toujours pour lui la ligne droite. Tant pis.

Rifaud avait fait préparer un dîner froid à la française dans le salon ouvert de la belle maison ancienne que Drovetti avait mise à sa disposition.

— C'est à la bonne franquette, vous ne m'en voudrez pas. Je n'ai pas encore le service qu'il faudrait.

Belzoni s'enquit des deux esclaves.

— Je ne les ai pas achetées. Le ladre en voulait dix mille piastres sous le prétexte qu'elles étaient bougresses et chrétiennes. « C'est un grand avantage que je te donne, me dit-il, puisque tu peux en user par devant et par derrière, en paix avec ta religion. » Je lui ai dit que je pouvais en user comme je voulais de toute façon puisque je les payais et que, pour deux vilaines souillons, c'était trop, car on ne peut rien attendre de bon d'une femme sur laquelle est passée la main du marchand. Il s'est exclamé alors que, puisque je voulais de l'exceptionnel, j'allais en avoir : il m'a montré une petite Circassienne qu'il destine au pacha et qui n'a, paraît-il, jamais servi. Imaginez la plus jolie miniature de femme qu'on puisse voir... Un petit moineau blond aux yeux bleus avec un petit boléro de velours rouge assorti à son bonnet et à des babouches si petites qu'elles semblaient la chaussure de Cendrillon. Elle venait du meilleur fournisseur d'esclaves de Damas.

Belzoni revit brusquement la petite danseuse des pyramides, devenue une prostituée experte.

— Je pouvais l'avoir pour huit mille piastres, et à douze ans, elle a déjà toutes les perfections. Mais l'idée d'avoir une enfant pour femme ! Je n'ai pas pu. D'autre part, quand je pense que c'est le pacha qui va l'avoir, lui qui a déjà cinq cents femmes, à ce qu'on dit. Une petite fleur comme celle-là, condamnée à dépérir ! J'étais bien troublé. Qu'auriez-vous fait à ma place ?

— Je ne sais pas, dit Jean-Baptiste. Ces créatures me semblent si pitoyables. Comme ces chiens du désert qu'on retient dans les salons. Rifaud, vous n'avez pas besoin d'une poupée.

— C'est vrai. Mais on rêve quelquefois... Je l'aurais bien gâtée. Mais bon, je trouverai mon compte avec quelque brave négresse qui prendra mon ménage en main et ne rechignera à rien. Tout le monde n'a pas votre chance...

Il posa brusquement la question qu'il tenait au chaud depuis le début du dîner.

— Belzoni, une fois que vous aurez fini votre machine, qu'avez-vous l'intention de faire ?

— J'espère bien que j'en ferai d'autres. Et avec l'argent, j'achèterai de la terre que j'irriguerai comme je l'entends et que je cultiverai.

— Cul-terreux ? ça alors ! Je n'aurais jamais cru ça de vous.

Rifaud était sincèrement stupéfait. Il remplit gaillardement les verres de vin italien. Les choses prenaient une excellente tournure.

— Il y a beaucoup à gagner avec l'agriculture, continua Belzoni. Je peux vous citer quatre ou cinq plantes en mesure de vous enrichir. Le coton, le tabac, l'indigotier pour les teintures, le chanvre pour le haschish, le pavot pour l'opium, le mûrier pour la soie, etc. Le vice-roi est disposé à aider les colons, Bokty me l'a dit.

— Le bruit courait que vous alliez vous mettre aux fouilles en Haute-Égypte.

— Moi, aux fouilles ? Je n'y connais rien. Les gens parlent à tort et à travers. À les entendre, on n'a qu'à se pencher pour ramasser de l'or. Les fouilles sont un passe-temps pour les fils de famille. Ce n'est pas pour nous, Rifaud. Il nous faut du concret. Vous n'iriez pas faire le terrassier en Haute-Égypte maintenant que vous êtes l'architecte du vice-roi !

— En effet. Je suppose qu'il va me faire travailler ! En espérant qu'il ne me donnera pas ses maisons à retaper dans le style « Retour d'Égypte »... J'ai passé mon apprentissage en France à sculpter des têtes de sphinx et des palmettes et franchement, ça me sort par les yeux !

Les deux hommes se quittèrent ravis l'un de l'autre — l'un futur agriculteur, l'autre déjà architecte — et le vin aidant, au milieu de grandes démonstrations d'amitié. Chacun était certain de ne pas retrouver l'autre au travers de sa propre route. Certain, et soulagé.

Bientôt Jean-Baptiste ne prêta plus qu'une attention distraite aux événements qui l'entouraient. Le fignolage des dernières pièces et les essais de la machine l'absorbaient complètement. La grande chaleur de l'été serait bientôt insupportable. Il fallait finir la machine au plus tôt. Le bruit courait — de plus en plus insistant — qu'on était au seuil d'une révolution. Elle couvait depuis longtemps et elle allait éclater, c'était inévitable : le mécontentement des soldats n'avait fait qu'augmenter.

On disait que la révolte entraînerait avec elle le vice-roi et son clan, ce qui serait une catastrophe pour la colonie européenne et pour les Belzoni en particulier. Sara s'informait comme elle pouvait et mourait d'inquiétude à chaque fois que Jean-Baptiste se rendait au Caire ou à Boulaq.

Des bruits étranges couraient. On disait que Boghos avait l'accord du pacha pour fomenter la révolte et pousser les soldats rebelles à la faute : le pillage des bazars. Il ferait ainsi d'une pierre deux coups : il se débarrasserait des fortes têtes et il éviterait de leur payer la solde qui leur était due depuis longtemps. On en donnerait une petite partie en dédommagement aux marchands et le tour serait joué. Tout le monde y aurait trouvé son compte. Sauf les morts. Mais les morts sont paisibles : ils ne réclament rien.

Sara avait mis son mari en garde plusieurs fois.

— Il faut que tu en finisses le plus vite possible avec la forge. Le Caire est une vraie poudrière, ça va sauter d'un moment à l'autre. Il paraît que l'armée veut renverser le pacha.

— Si c'est vrai, nous sommes dans la pire position qui soit : nous habitons sous son toit !

— Ne plaisante pas avec ça, je n'ai pas envie que ma tête aille décorer les murailles de la ville sur une pique, ni que mes oreilles finissent à Istanboul dans un panier de saumure...

Sara était inquiète. Zulficar l'avait avertie d'avoir à se

tenir prêts à fuir. Il avait fait disposer des bateaux rapides le long des rives du jardin.

Tous les jours, Jean-Baptiste montait sur son âne et se rendait au Caire avec Jack comme si de rien n'était.

Un matin Jack entra en courant dans la forge.

— Ça y est, l'armée s'est soulevée ! Les soldats pillent et tuent, ils sont comme fous, il faut fuir...

Belzoni était au beau milieu d'une opération délicate.

— Il y en a pour deux minutes. On ne va pas recommencer cette pièce-là...

— Non ! hurla Jack. Ces deux minutes peuvent nous coûter la vie. Il faut aller se barricader dans le quartier français avant qu'on ne ferme les portes...

— J'arrive... fit Belzoni sans s'arrêter.

Jack arracha la pince des mains du vieux forgeron et bloqua la masse que l'ouvrier allait abattre sur la pièce rougie.

— Danger ! cria-t-il. Soldats venir... Vous partir, partir... Vite... *Yalla... yalla...*

Les ouvriers comprirent parfaitement ses quelques paroles d'arabe et s'égaillèrent comme des moineaux.

Seul le vieux resta, attendant du regard les ordres de Belzoni. Jean-Baptiste se résigna.

— Danger... Partir...

Il fit signe au vieux de fermer la forge et d'éteindre le feu, puis il se précipita à la suite de Jack. On entendait maintenant des coups de feu et des hurlements. Une colonne de fumée noire montait dans le ciel bleu. Dans un envol de voiles, des femmes couraient se cacher. Bientôt ils ne rencontrèrent plus que des chiens qui aboyaient à leur passage.

Quand ils arrivèrent au quartier français, la grande porte était déjà fermée

— Je l'avais bien dit... s'énerva Jack.

Belzoni se mit à frapper à grands coups de poings et s'annonça.

Une petite porte s'ouvrit, plus loin dans la muraille, et Botky en personne apparut. Il attendait quelqu'un et ne parut pas excessivement satisfait de sauver la vie de Belzoni. Jack eut un serrement de cœur en pensant à Caroline qui était quelque part en Europe, inaccessible.

— Allez chez Boghos, fit Botky, tout le monde s'est réfugié chez lui.

Jean-Baptiste pensait à Sara. Elle lui avait annoncé qu'elle viendrait à la forge dans l'après-midi, car elle avait des achats à faire au Caire. Si elle n'avait pas été avertie à temps, elle était en route, peut-être même déjà dans la ville.

Un groupe de dames effrayées était réuni dans le salon.

— Est-ce que ma femme est là ? demanda-t-il en entrant.

— Non, monsieur, répondit Mme Boghos, nous n'avons pas de nouvelles.

— Jack, reste ici et attends-la, on ne sait jamais... Et ne discute pas.

Belzoni se précipita vers la sortie. Boghos tenta mollement de l'arrêter.

— Ne faites pas de folies, passez la nuit ici. Demain, tout sera terminé.

— Monsieur, ma femme est en danger. C'est la seule personne qui compte pour moi. C'est tout réfléchi...

Pendant qu'il courait vers la porte du quartier, il pensa qu'il devait tant à Sara et qu'il lui avait si peu donné. Il se promit d'être plus attentif. Il imagina des cadeaux, un voyage, tout ce qu'il avait remis de jour en jour, parce que cela pouvait attendre. Il se dit que l'essentiel n'est pas ce qu'on croit et qu'il se conduisait comme un imbécile. Ce sont des choses qui vous aveuglent quand l'avenir se contracte soudain et se réduit à quelques minutes.

La porte était fermée et le gardien refusa de l'ouvrir. Belzoni s'empara de la clef après une longue discussion et se faufila par l'ouverture. S'il s'était retourné, il aurait remarqué qu'une femme voilée de noir l'avait suivi.

Les cris et les coups de feu avaient augmenté ; ils étaient proches maintenant.

Belzoni s'attendait à voir apparaître les rebelles d'un moment à l'autre et à vendre chèrement sa peau.

Un cheval sans cavalier déboucha d'une venelle et fit un écart en le voyant. Belzoni le prit par les rênes et sauta dessus. Au détour d'une ruelle, ce qu'il craignait arriva.

Un chameau progressait vers lui en tanguant. Un soldat armé d'un cimeterre était grimpé dessus et faisait tournoyer son arme avec dextérité, suivi par une piétaille hurlante.

Belzoni était pris au piège : il n'avait ni le temps ni la

place suffisante pour faire volte-face et s'enfuir. La ruelle était trop étroite.

À cet instant, une ombre noire se jeta sous le chameau, un poignard à la main et trancha les tendons de ses jarrets antérieurs. L'animal poussa un gémissement pitoyable et s'affaissa, désarçonnant son cavalier. Le tout faisait une barricade de chair qui bloquait la ruelle.

La femme repoussa son voile. Elle portait dessous des vêtements masculins et sa ceinture était hérissée d'armes. Elle saisit la bride du cheval et le fit tourner sur lui-même en se cabrant. Après quoi, elle mit son pied nu à l'étrier et sauta en selle, derrière Belzoni.

— Vas-y, je vais t'indiquer le chemin...

C'était Amina.

Ils franchirent la porte de Bab-el-Nasr, bravant les tirs de plusieurs groupes de soldats : heureusement, ils étaient ivres et leurs fusils de fabrication locale manquaient de précision quand ils ne leur explosaient pas entre les mains. Amina se serrait contre Belzoni, les bras autour de sa taille, la tête posée contre son épaule. Ils ne faisaient qu'un dans le galop du cheval.

— Arrête-toi ! fit-elle bientôt.

Ils étaient dans la « zone des chiens », près de la ville des Tombeaux, l'immense cimetière des mamelouks, dont les corps reposaient dans de grandioses monuments — kiosques, coupoles, tours, dentelles de marbre et de bois. Ici le silence de la mort, troublé par les corneilles, les chacals et les chiens sauvages, se confondait avec celui du désert.

— Voilà. Je suis arrivée. Continue tout droit et tu arriveras à Choubra... J'étais en dette avec toi. Me voilà quitte.

— Je ne peux pas te laisser ici.

— Pourquoi pas ? J'ai quitté ma maison de Gizeh. C'est ici que j'habite, maintenant. Il n'y a pas de meilleur refuge. Je ne crains rien des morts.

Ses yeux clairs scintillèrent quand elle lui sourit. Elle réajusta son voile, redevenant une quelconque silhouette de paysanne.

— Si Dieu le veut, nous nous reverrons...

En quelques secondes, elle avait disparu entre les mausolées.

Belzoni galopa jusqu'aux jardins du pacha et trouva Sara qui s'apprêtait à partir.

— J'allais à ta rencontre... dit-elle.

— Au risque de ta vie...

Il la serra dans ses bras.

— Ma vie sans toi ne vaut pas grand-chose... répondit-elle.

Laissé à lui-même, le cheval était au paradis. Il dévora une bonne partie des pelouses amoureusement entretenues par les jardiniers de Zulficar.

— À désastre, désastre et demi... fit Zulficar. Ramassez le crottin, c'est l'or des jardins...

Il est inutile et dangereux de dire la vérité à un roi. À plus forte raison au peuple : Méhémet-Ali avait déjà « choisi » les responsables de l'émeute et il les fit exécuter. On planta leurs têtes sur des piques à l'entrée du Caire, sur les créneaux de la porte de Bab-el-Nasr. C'est là que les têtes des derniers Croisés avaient été exposées et qu'on laissait pourrir les corps des pendus.

Rien de tel pour calmer les esprits. Les marchands se plaignirent du dédommagement qui leur fut attribué pour le pillage des bazars, mais un marchand, ça se plaint tout le temps. Les agents des impôts leur firent comprendre rapidement où était leur intérêt.

Après des mois de travaux et d'essais, Belzoni était enfin satisfait. La machine fonctionnait parfaitement et produisait six fois plus d'eau qu'une *sakieh*. Le moindre détail avait été cent fois vérifié. Il fit savoir au pacha qu'il était prêt à lui montrer la machine en marche. On fixa la date de l'inauguration. Belzoni n'avait qu'un regret : que Drovetti ne soit pas là. C'était à lui qu'il devait son succès et il ne l'oubliait pas.

— Monsieur Lebolo, je vous fais confiance, dit Botky. La mission que je vous confie est de la plus haute importance... Rifaud m'a recommandé vos services. Je veux un travail propre et discret. Très discret.

Lebolo était un autre de ces glorieux débris de l'armée de Napoléon à être resté en Égypte. Il avait été recruté par Rifaud et travaillait officiellement pour Drovetti. On le surnommait *Iena*. Il prétendait que c'était à cause de la bataille. Mais en fait il s'agissait d'un sobriquet italien qu'il portait depuis toujours : la Hyène. N'acceptait-il pas sans rechigner les travaux les plus bas ?

— Je vois... fit Lebolo, vous avez un ennemi...

— Plusieurs, monsieur, plusieurs... Mais si vous êtes habile, il n'y aura pas mort d'homme. Et par là, j'entends aussi la vôtre.

Lebolo eut un sourire visqueux. Il n'était pas né, celui qui aurait sa peau.

Botky sortit une bourse de cuir qu'il fit glisser vers lui.

— La moitié à la commande, le reste à la livraison. On ne discute pas... Vous agirez seul et de nuit. Vous aurez toutes les facilités que vous désirerez, mais si vous vous faites prendre, personne ne répondra de vous : je ne vous connais pas... À propos, savez-vous ce qu'on fait à ceux qu'on surprend la nuit dans les jardins du pacha ?

— Non... dit Lebolo.

— Imaginez. Ce sont aussi les jardins du harem...

Et Botky imita des ciseaux avec ses doigts.

Depuis une semaine, Jack et Jean-Baptiste se relayaient la nuit sur le chantier. Des ouvriers l'avaient averti que les *oulémas* feraient abattre ou brûler la roue avant le jour de l'inauguration. Violer les jardins du pacha était quasi impossible. La seule voie d'accès, c'était le fleuve, surveillé en amont et en aval du domaine par des soldats qui visaient très bien si nécessaire : ils s'entraînaient constamment et pouvaient faire exploser une pastèque d'une rive à l'autre avec une seule balle. Mais quand ils avaient bu de l'*arak*, leur surveillance laissait à désirer.

Lebolo savait tout cela. Il avait longuement rôdé sur les rives, habillé en pêcheur. Il était même parvenu à s'introduire sur le chantier en plein jour, et à se faire engager comme terrassier. Il avait examiné la machine. La tâche ne serait pas compliquée. Il suffisait d'introduire quelques pierres au bon endroit dans le mécanisme. Il agirait au dernier moment, vers quatre heures du matin, quand les gardiens cèdent au sommeil.

Il savait que Jack Curtin serait de garde.

Lebolo envisagea de le tuer proprement. Il travaillait bien au couteau ; la victime n'avait même pas le temps de crier... Il jetterait le cadavre au Nil. Mais ça ferait beaucoup de sang, on s'en apercevrait tout de suite.

Non, il fallait utiliser la méthode douce. Il connaissait une petite Nubienne de fort tempérament. Il l'instruisit comme il faut et la mit sur un canot de roseaux. Nuit après nuit, elle rendit quelques visites fougueuses à Jack qui apprécia ce don du ciel comme un jeune homme privé de femme peut le faire : sans se poser de questions. L'ombre de Caroline s'était estompée comme par miracle. Il est vrai que le sentiment élevé qu'il lui portait ne pouvait en aucun cas être entaché par ces basses manœuvres masculines. Il ne l'en aimerait que plus.

La dernière nuit avant l'inauguration, Jack se promit de ne pas fermer l'œil. Le destin des Belzoni en Égypte se jouait encore une fois le lendemain.

La Nubienne avait disparu depuis plusieurs jours et il fut presque étonné quand il vit le petit canot de roseaux aborder silencieusement la rive. La fille escalada la berge et entra dans sa tente. Sous la lune, son corps nu était luisant et frais comme du bronze poli. Il la repoussa gentiment.

— Pas cette nuit, va-t'en... Demain, si tu veux...

La petite se mit à rire, et à murmurer des choses caressantes dans sa langue inconnue. Elle lui prit la main, la fit glisser sur la pointe de ses seins, le long du ventre, doux comme de la soie et l'introduisit entre ses cuisses. Jack eut l'impression de plonger la main dans une source chaude. Elle rit encore et l'encouragea, en démenant les hanches comme pour mieux le guider. Jack céda.

Lebolo pendant ce temps s'était glissé hors du canot et avait rampé discrètement jusqu'à la tente. Le petit salaud se donne du bon temps, pensa-t-il en entendant les coups de boutoir du garçon et les gémissements de la fille. Il regretta de ne pouvoir s'attarder à jouir du spectacle, mais il maudit la fougue de la Nubienne. À ce rythme-là, le gars n'allait pas durer longtemps, pensa-t-il avec irritation. Il fallait faire vite. Il se précipita vers la roue et fit ce qu'on avait exigé de lui.

Bientôt, Jack repoussa la fille, et revenant à lui, se précipita dehors. Il se sentait coupable et l'inquiétude le tenaillait. Mais la nuit était calme, la roue toujours là, son imposante silhouette se découpant sur le ciel. Jack eut un soupir de soulagement mais se promit quand même qu'on ne l'y prendrait plus et vit avec soulagement le canot de la fille s'éloigner silencieusement à petits coups de rame et se fondre dans l'obscurité.

Le lendemain, Méhémet-Ali, de fort bonne humeur, s'installa sous un dais de toile rayée devant la grande roue. Ses yeux mobiles enregistraient le moindre détail, le moindre visage. Rien ne lui échappait.

Un groupe de *fellahîn* embarrassés par leur tunique neuve attendaient les ordres près de la machine. Un bœuf blanc y était attelé, toiletté de frais, le front décoré de pompons rouges. On avait confirmé au pacha que la roue hydraulique était une réussite, grâce à sa lumineuse clairvoyance. Il aimait avoir raison et sourit de satisfaction à son entourage. On distribua des sorbets.

Les courtisans se pressaient autour de lui. Au premier rang, les représentants des *oulémas*, Boghos, Botky... Empressés, impassibles.

— Si Votre Altesse veut bien donner le signal... fit Belzoni, nerveux, engoncé dans sa veste noire cintrée d'Européen, col blanc impeccable et cravate de soie.

Méhémet-Ali eut un geste élégant de la main. Le bœuf commença à marcher et la machine s'ébranla lentement. Trop lentement. Elle ne prenait pas de vitesse et le pauvre animal peinait en vain. Il semblait cloué au sol.

Belzoni comprit immédiatement. Le mécanisme était faussé.

— On l'a sabotée...

Jack Curtin eut un coup au cœur : il avait été joué. Il se précipita, fou de colère et de remords et entraîna avec lui trois ou quatre *fellahîn. Il se mit à pousser, à tirer de toutes ses forces pour débloquer le mécanisme. Mais rien n'y fit, des pierres étaient maintenant engagées dans l'engrenage. Les fellahîn* semblaient épouvantés. Perdu pour perdu, Belzoni voulut forcer la machine. On remplaça le bœuf par quinze hommes, qui jetaient des regards inquiets vers la tribune.

— Poussez, poussez donc... hurlait Jack, désespéré.

Mais on aurait dit que les hommes avaient perdu toute énergie. Ils faisaient mine de pousser. On les avait soudoyés ou menacés.

Le pacha avait changé d'expression. Il semblait maintenant excédé et distrait. Il s'agitait sur son fauteuil.

Enfin quelque chose céda avec un bruit déchirant. La roue partit en sens inverse avec un effet de retour de manivelle qui balaya tout sur son passage et happa la jambe de Jack, la brisant net et menaçant de la broyer. Belzoni arracha sa veste et se précipita dans la machine. Il lui fallut toute sa force pour immobiliser le mécanisme. Il acheva de briser à coup de barre de fer ce qui restait des roues dentées et libéra Jack, évanoui de douleur.

Un lourd silence était tombé sur la cérémonie. Le pacha se leva et s'éloigna sans un regard pour Belzoni.

C'en était fait de la machine et du reste. La disgrâce était tombée comme un couperet.

Voyant que le médecin du pacha n'arrivait pas, Belzoni décida de soigner Jack lui-même...

Sara courut chercher la boîte à pharmacie. On ne pouvait pas attendre.

C'était une fracture ouverte, relativement nette. Jean-Baptiste nettoya la plaie à l'eau de Saturne, pendant que Sara faisait couper des attelles et des bandes de toile. Jack revenait à lui en gémissant. Belzoni aurait préféré qu'il reste inconscient.

— Tiens bon, mon gars, je vais t'arranger ça. Cramponne-toi.

Il fallait remettre l'os en place, sinon Jack resterait estropié. Il lui tendit une bouteille d'*arak*.

— C'est ma faute, c'est ma faute... sanglotait le garçon.

— Ne fais pas la donzelle et bois un grand coup ; je vais te faire mal.

Il appela :

— Deux hommes aux aisselles, et deux aux pieds... À

mon commandement, vous tirez. Doucement, hein ? Attention... Un... Deux... Trois !

Les os craquèrent sous ses mains alors qu'il maintenait le membre en place. Jack hurla et s'évanouit. Belzoni était conscient de prendre un grand risque, mais il voulait sauver la jambe à tout prix. Si la gangrène s'y mettait, il faudrait la couper, et il ne voulait même pas l'imaginer.

— Aide-moi Sara, dit-il, il faut mettre les attelles pendant qu'il est encore évanoui. Après tu pourras prier ou pleurer.

Sara, les mains tremblantes, mouillait les bandes avec de l'eau blanche et de l'arnica avant de les ficeler autour de la jambe. Il faudrait humidifier le pansement jusqu'à l'arrivée des pères ou du docteur Botzaris.

Belzoni resta seul dans le jardin : sa roue immobile et détruite faisait maintenant pendant à la machine rouillée des Anglais... Qui pouvait l'avoir sabotée ? Les *oulémas*, les hommes de Boghos, ceux de Botky, n'importe qui... Un simple *fellah* réprimandé... Non, ce n'était pas le fait d'un seul homme, il y avait une organisation derrière tout cela. Comment savoir... Une seule chose était certaine : il avait tout perdu. Même la protection de Drovetti et peut-être même celle de Burckhardt qui l'avait tant aidé, pour ne pas parler de tous les Anglais qui tenaient tant à cette terre d'Égypte, pour eux si précieuse...

« Neuf sur dix ne servent à rien, le dixième me repaiera de tout », avait dit le pacha. Jean-Baptiste n'avait pas été ce dixième-là. Il s'était montré naïf et présomptueux. Il avait fait fi des avertissements et sous-estimé l'adversaire. Il s'était fait manœuvrer comme un imbécile. Il l'avait compris au bref regard de triomphe que Botky lui avait lancé.

Il alla s'asseoir sur le bord du fleuve, là où le pacha venait le soir faire des concours de tir avec ses gardes. Des touffes de jacinthes d'eau dérivaient au fil du courant.

Échec... échec... le mot lui martelait la tête. Il fallait sortir de l'impasse à tout prix, remonter la pente. Par association d'idées, il pensa qu'il pourrait vraiment remonter le Nil vers le cœur noir de l'Afrique, vers les sources et le secret de la régulation des crues.

— Perdu pour perdu... murmura-t-il avec un rire amer.

Zulficar Kaya vint s'asseoir près de lui, et prit sa main

dans la sienne qui était légère et parcheminée comme une feuille morte.

— La vie est une école de douleur, dit-il lentement, surtout pour les hommes intrépides comme toi. Mais ne doute pas : Allah est grand, il sait ce qu'il fait et ce qu'il défait. Dans la vie, un homme doit réaliser au moins trois choses importantes : creuser un puits, planter un arbre, et faire un enfant. Tu as encore beaucoup à faire, Belzon Bey...

Sara sentait d'une manière aiguë que les quelques moments de douceur qu'elle passait étaient les derniers, et elle les goûtait intensément. À moins d'un miracle, il faudrait bientôt repartir. De nouveau, l'avenir était obscur et menaçant.

Elle quitta le chevet de Jack, qui reposait à l'intérieur de la maison, dans le salon le plus frais, et vint s'installer à l'ombre du grand sycomore où, quelques mois plus tôt, elle avait fait disposer des divans et de petites tables. Il y avait toujours dessus un grand plat plein de grenades, qui apportent la prospérité dans une maison. Elle contempla le rivage du fleuve avec une acuité nouvelle. Elle en connaissait chaque relief désormais, chaque plante, jusqu'aux itinéraires routiniers des petits animaux.

Une jeune fille apparut brusquement sur la rive, un grand chien jaune sur les talons. Elle s'approcha de Sara et vint s'accroupir en face d'elle, contre le tronc de l'arbre. Elle portait sur la tête le grand voile bleu des paysannes, ce qui, plus qu'à une Égyptienne, la faisait ressembler à une Vierge flamande de l'Annonciation. Le chien s'allongea noblement auprès d'elle, les oreilles pointées, attentives et mobiles. Elle prit une grenade sur la table basse et commença à la décortiquer. Des gouttes de jus rouge comme du sang s'écrasèrent dans la poussière.

— Je suis Amina Panhusen, dit-elle. Je t'ai vue à Gizeh avec Mme Russell.

— Je te reconnais, Amina.

— Je suis venue voir ton mari.

— Il n'est pas là.

— Il a été bon pour moi, et sage.

— Je ne savais pas que tu le connaissais.

— Je veux lui dire au revoir avant de partir. Parce que c'est le seul qui ait été de bon conseil.

Sara découvrait une partie de la vie de Jean-Baptiste qu'elle ignorait. Il ne lui disait donc pas tout ? Malgré elle, son cœur battit plus fort. Amina l'examinait de ses yeux bleus aigus.

Elles restèrent un long moment silencieuses. Le chien bâilla bruyamment.

— Où vas-tu ? En Europe ? demanda Sara.

Amina se mit à rire.

— Oh non, je ne saurais pas comment faire... J'ai quitté le harem. Il ne faut pas qu'on me reprenne... Je vais partir en Arabie avec des pèlerins. Je vais dans le Nedj.

Un insecte bourdonnait autour de la tasse de café à moitié vide de Sara, abandonnée sur la table basse. Amina s'en empara et regarda dedans.

— Veux-tu que je te dise ton avenir ? Je peux le faire.

Sara secoua la tête. Elle ne voulait pas savoir. Mais Amina s'était approchée.

— Alors, je vais lire le sien...

Elle retourna rapidement la tasse dans la soucoupe et la tourna sept fois sur elle-même. Elle la fit voir à Sara. Leurs têtes se touchaient presque pour regarder le marc qui était resté collé au fond.

— Il a de l'eau tout autour de lui, commença la jeune fille. Il y en a toujours eu. L'eau, c'est son destin... Je vois des mers, des cascades, et quatre grands fleuves. Le premier est vert, et le voilà...

Elle désigna le Nil qui à cet endroit, bordé d'arbres et de jardins, était effectivement d'un vert profond. Amina disait vrai : depuis toujours, l'eau avait fait partie du destin de Jean-Baptiste, aussi bien dans ses spectacles à Londres, qu'ici en Égypte.

— Je vois aussi un fleuve gris, continua Amina, bordé de hautes maisons. Je ne le connais pas. Celui-là lui apportera beaucoup de gloire... Un autre tout blanc et solide comme du verre poli, avec une ville aux toits d'or... Un homme lui passe une bague au doigt. C'est là que la mort commencera à regarder de son côté...

Elle se tut. Malgré elle, Sara demanda :

— Pourquoi ?

— Je ne sais pas. Ce n'est pas à moi qu'il faut poser des questions. Ce que je vois ne m'appartient pas. C'est écrit de la main de Dieu sur le livre du Destin. Je ne fais que le lire. Maintenant, je vois un fleuve noir, bordé d'arbres noirs, couvert de brumes, au bout de la mer. Il y a un bateau. Mais ce n'est pas un bon fleuve. Il faut lui dire... Oh, de toute façon, si c'est écrit, on n'y peut rien, il ira.

Elle se désintéressa de la question avec une rapidité enfantine. Sur la table, se trouvait une gazette de modes vieille de plusieurs mois, que Georgina Russell avait prêtée à Sara. Des femmes de la *society* y étaient représentées en tenue de gala.

Amina vint se pencher sur le journal avec curiosité. Elle caressa les dessins du bout du doigt.

— Tu t'habilles comme ça en Europe ?

— Non. Ce sont des robes de fête... Très peu de femmes peuvent en porter. Elles sont faites avec des tissus précieux, elles sont très chères. Et les meilleures sont françaises.

— À toi je peux le dire... Mon père était français. Il est arrivé ici avec Napoléon.

— Il faut aller au consulat, dit Sara, tu as sûrement une famille en France, ils vont t'aider...

— Non, ils ne m'aideront pas. J'ai essayé. On m'a répondu que l'Égypte était pleine des bâtards semés par la vieille armée et que personne en France n'en voulait, que ça détruisait les familles. Ils préfèrent penser que je suis folle ou que je mens. J'ai l'habitude. Les gens ne m'aiment pas. À cause de mes yeux.

— Qu'est-ce qu'ils ont, tes yeux ?

— Ils portent malheur. Ils sont bleus. Le diable a les yeux bleus.

Amina détacha de son cou un lacet de cuir et le tendit à Sara. Une sorte de petite boîte noire y était attachée.

— Donne mon amulette à ton mari, dit-elle solennellement. Elle ne me sert plus à rien. À lui, si.

— Pourquoi pars-tu, en vérité ?

— Parce que je ne veux pas être mariée et enfermée dans un harem, je ne veux pas devenir comme les autres... elles sont toutes à moitié folles à force d'attendre quelqu'un qui ne vient pas, elles se peignent et se parfument toute la journée pour des fêtes qui n'ont jamais lieu. Elles deviennent comme du lait aigre. Moi, je veux autre chose...

Elle eut l'air de se recueillir et changea de ton.

— J'ai une cause maintenant, j'ai compris où est le droit chemin : j'ai reçu la foi, la connaissance de la vérité. Je ne veux rien avoir à faire avec les Égyptiens, même si j'ai mangé leur pain. Ils ont tué mon père. Je préfère vivre dans le désert d'Arabie avec les vrais croyants et le prince Abdallah... Mon nouveau nom sera un nom de combat : Galieh, comme la guerrière qui s'est battue devant Djeddah. C'est elle, une femme, qui a commandé la cavalerie contre les troupes égyptiennes. Elle a été la dernière à défendre les Lieux saints et à combattre pour sa terre. C'est bien, je serai digne d'elle...

Elle fourragea sous son voile.

— Tiens, en souvenir de moi.

Sara regarda le creux de sa main. Amina y avait glissé une minuscule figure en or. Elle représentait une femme à genoux, avec des ailes déployées, comme un ange, les bras largement écartés en un geste protecteur.

Quand Sara leva les yeux pour la remercier, il n'y avait plus personne. Le chien lui-même avait disparu.

Sur la table, seule la grenade à demi ouverte témoignait qu'elle n'avait pas rêvé.

III

LA HAUTE-ÉGYPTE

10

Sara avait déjà quitté tant de lieux, aimés ou non, qu'elle savait trancher ses liens très vite. Et pourtant, c'est le cœur serré qu'elle abandonnait la belle villa aux céramiques bleues. Elle avait été heureuse ici, elle avait eu une vraie maison. Elle avait failli y croire et se laisser prendre au piège des habitudes. Plusieurs fois, elle s'était surprise à penser que sa vie s'écoulerait ici. Le temps aurait glissé dans un *dolce farniente,* pareil à de la soie, rythmé par les levers et les couchers du soleil, le chant mélancolique et répétitif des bateliers tirant sur leurs rames, le bruit des pieds nus et furtifs des serviteurs sur les dalles de pierres et le murmure de la fontaine sur les marbres du *mandara*, le salon des hommes...

Jack entra en tirant une malle. On aurait dit qu'il traînait un cercueil.

Fini de rêver. Sara appartenait au peuple des errants, Jean-Baptiste aussi, et ils devaient continuer leur route, et chercher, chercher, sans savoir quoi ni pourquoi.

C'était le prix de la liberté.

Jean-Baptiste arpentait la pièce. Il était sombre. Sara se décida à parler.

— Il nous reste de quoi tenir encore une semaine ou deux, dit-elle. C'est tout. Il faut partir avant que les choses ne tournent mal. On peut encore rentrer en Angleterre. C'est l'été. Il faut en profiter.

Jean-Baptiste la foudroya du regard.

— Tu es devenue folle ! Si j'y rentre, ce sera entre quatre planches !

— C'est fini, tu le vois bien. Il y a un moment où il faut savoir renoncer.

— Si c'est tout ce que tu trouves à dire, tais-toi Sara. Je ne suis pas d'humeur à entendre ça.

Sara l'avait rarement vu aussi violent. Elle tendit la main vers lui dans un geste de tendresse, mais il la repoussa.

— Laisse-moi.

Il sortit sur la terrasse. Comment aurait-il pu lui dire tout ce qu'il pensait ? Il ne pouvait compter sur personne, même pas sur Drovetti qui était maintenant au fin fond de la Nubie... La proposition de Salt ?... Aller chercher son colosse de pierre à Thèbes et le ramener à Alexandrie ? Oui, il n'attendait que ça...

Mais adieu l'indépendance, s'il se mettait à son service... Il devrait donc toute sa vie dépendre de quelqu'un... Burckhardt l'aiderait, c'est un ami... Faire confiance à Salt ? Drovetti ne le lui pardonnerait pas... De toute façon, il n'avait pas le choix, tant pis pour Drovetti... C'était ça ou il se retrouvait à terre encore une fois les poches vides, entraînant Sara dans la débâcle...

— Non, je vais chez Salt.

Henry Salt, le nouveau consul anglais, était au Caire depuis deux mois, seul et mélancolique comme un exilé peut l'être, et même plus, car sa fiancée venait de repousser sa proposition de mariage. Elle ne viendrait pas. Il relut sa lettre.

Mon ami, je sais combien ma lettre va vous faire souffrir, mais sachez que je souffre tout autant que vous. Ma décision n'est pas dictée par les sentiments que je vous porte, mais par les nécessités d'une santé que vous savez précaire. Le pays d'Égypte me fait tout craindre aussi pour vous ; je vis dans une mortelle inquiétude depuis que vous êtes parti, car je sais ces contrées soumises à la peste et aux pires épidémies. Je les imagine comme les plaies de la Bible et j'ai la lâcheté de pas vouloir m'y exposer, sachant qu'elles triompheraient de moi en quelques jours. Mais je ne peux contraindre mon cœur à l'indifférence et mon âme restera toujours à vos côtés...

Effectivement, Henry Salt n'avait que faire d'une âme si fragile. Il voulait une épouse, pas une opaline. Le célibat n'était pas une sinécure, mais on peut être terriblement seul aussi en mauvaise compagnie. Il replia la lettre avec des gestes mesurés et l'enferma dans le tiroir de son bureau.

Henry avait assez bonne opinion de lui-même. Il était distingué, lettré, avec un visage romantique et de jolis favoris bouclés. Il venait d'empocher l'héritage paternel. C'était un bon parti, en somme : l'idéal des mères partout où il passait, plus encore que des filles. Tôt ou tard, il trouverait chaussure à son pied.

Il contempla l'aquarelle qu'il venait de terminer, avec un intense sentiment de satisfaction. C'était bien pour ce joli tour de main que lord Valentia l'avait engagé autrefois comme dessinateur pour son Grand Tour d'Orient, et Dieu sait pourtant s'il était exigeant ! Henry nettoya ses pinceaux en souriant. Il aimait à se souvenir de ces années d'aventures : la Syrie, la Palestine, le désert...

Dans la pile des lettres en attente, il choisit celle du docteur Young : au diable la politique et le train-train du consulat !

Le docteur Young s'échinait depuis longtemps, à Londres, sur le mystère des hiéroglyphes, et il touchait presque au but — ce qui excitait prodigieusement Henry. Il était assez fier de posséder à fond le grec et le latin, et il rêvait maintenant de s'emparer du langage mystérieux de l'ancienne Égypte. Si possible avant un certain blanc-bec français, un peu trop précoce, ce Champollion, qui, au fond de sa province, avait appris l'arabe, le persan et le sanscrit, et qui lui aussi était près d'aboutir. Henry trouvait les jeunes prodiges très irritants ; il aurait sans doute trouvé Mozart insupportable.

On annonça Belzoni.

Salt n'avait guère envie de recevoir de visites, mais le spectaculaire géant était un des rares Européens qui trouvassent faveur à ses yeux. D'abord, c'était un homme magnifique, et l'œil d'un artiste veut sa part. Et puis, il parlait peu, ce qui est rare. Burckhardt, qui était un homme de qualité, ne tarissait pas d'éloges à son sujet.

Salt observait donc l'Italien depuis son arrivée, attendant une occasion propice pour se l'attacher. Ce moment semblait venu : Belzoni n'était plus *persona grata* depuis l'échec de sa machine, et rien n'est plus facile à conquérir qu'un honnête homme dans le besoin.

Belzoni se carra dans son fauteuil et attaqua.

— Monsieur Salt, je pars demain pour la Haute-Égypte. Je vais être franc : j'ai à peine de quoi arriver à Assouan. Je sais que vous recherchez des antiquités et je viens donc vous proposer d'en rapporter. Je compte financer ainsi mon retour au Caire et en Europe. M. Burckhardt m'a parlé en outre d'une certaine statue pour le roi George...

Henry Salt rangea calmement les hiéroglyphes commentés du docteur Young avant de répondre.

— Monsieur Belzoni, votre proposition pourrait m'intéresser, mais à certaines conditions. Je dois en effet risquer mes fonds personnels. J'ai pleine autorisation du pacha, mais les Français l'ont aussi. Si vous pensez pouvoir arriver le premier à des résultats, je ne demande pas mieux que de vous engager. Laissez-moi quelques jours de réflexion.

Dès que l'idée de monter une collection d'antiques avait pris forme dans son esprit, Henry Salt avait commencé à réunir une équipe. Il voulait s'accaparer Rifaud le Marseillais, l'homme de Drovetti, et lui avait fait une proposition, mais n'avait encore reçu aucune réponse.

Belzoni insista.

— M. Burckhardt m'a dit que le Colosse de Memnon a été promis à Sa Majesté le roi d'Angleterre, et que la chose était urgente, vu l'intérêt des Français...

Salt l'interrompit.

— C'est possible. Je viens de vous le dire : il me faut du temps. Je dois y réfléchir.

Et il le congédia sans aménité, pressé de relancer Rifaud. Rien ne lui plaisait tant que de se lancer dans une compétition — et de la remporter. S'il réussissait à amener aussi Belzoni dans son camp, l'Angleterre aurait deux atouts dans sa manche ; les Français seraient sérieusement distancés. Drovetti ne trouverait pas de sitôt des gens du calibre de ces deux-là.

— Je me suis déplacé pour rien ! fulmina Belzoni. Non seulement Salt ne m'a fait aucune proposition, mais il m'a pratiquement traité comme un domestique. Je n'ai pas résisté, je suis parti...

— Je ne comprends pas, répondit Burckhardt. C'était le plus enthousiaste de nous tous. Il sait combien le Colosse plairait au roi George. De plus, c'est une pièce maîtresse de l'art égyptien ; nous ne pouvons pas l'abandonner aux Français. Laisse-moi faire, j'y vais...

Mais Henry Salt, décidément, répugnait à s'engager.

— Je ne veux prendre aucun risque, répéta-t-il, ni financier, ni diplomatique. On me dit de toutes parts que cette histoire de colosse est vouée à l'échec, que tous ont essayé et que personne n'a réussi.

— Qui vous a dit ça ? s'emporta Burckhardt. Botky ? M. Drovetti ? Les Français essaient de vous détourner de l'affaire ; ils ne supporteraient pas que nous réussissions là où ils ont échoué. Nous *devons* prendre cette statue. C'est une question de prestige national. Tenez, Salt, je m'engage à financer la moitié de l'opération et à me porter garant pour Belzoni. Si quelqu'un peut nous faire triompher, c'est lui.

La décision de Burckhardt étonna Salt. Était-ce un calcul de la Société africaine ? Mais il n'était pas au bout de ses surprises : Rifaud le Marseillais, qu'il croyait prêt à tout pour de l'argent, refusa net de travailler pour lui. Ce qui l'amena à penser avec agacement qu'il ne connaissait peut-être pas aussi bien les hommes qu'il le croyait. De toute évidence, le destin lui poussait Belzoni dans les bras. À lui maintenant d'en faire le meilleur usage possible.

Jean-Baptiste fut ému par l'intervention de Burckhardt, mais en même temps, il se sentait pieds et poings liés — et qui plus est, par l'amitié même. Rien ne lui était plus pénible que le rôle d'accessoire qu'on voulait lui faire jouer et que, faute de moyens, il était obligé d'accepter. Burckhardt le sentit et voulut le rassurer.

— N'y pense plus. Pour moi, l'argent est un outil et je m'en sers quand j'en ai. Je me suis engagé parce que je crois au succès de cette expédition et que je ne veux pas que nous dépendions des atermoiements d'un consul. Le roi aura son colosse, et ce sera grâce à toi. Il en sera informé.

Jean-Baptiste commença ses préparatifs. Le départ du Caire ne ressemblait plus à une fuite, mais à une conquête.

— Sara, lui dit-il un soir, quand nous sommes arrivés ici, tu m'as dit : « Cette fois, nous avons touché le fond. » Tu te souviens ? Nous l'avons touché plusieurs fois, en effet, et nous nous en sommes toujours sortis. Aujourd'hui, je t'oblige à faire un nouveau saut dans l'inconnu. Je ne sais pas vraiment vers quoi nous allons... J'aurais voulu te donner une autre vie.

— Je te suivrai, fit-elle en souriant. Bien obligée... Je te l'ai promis devant un prêtre : pour le meilleur et pour le pire. Quand partons-nous ?

— Demain à l'aube. J'ai loué un bateau avec un équipage : un capitaine, quatre marins et un mousse. Et un peu de matériel : des rouleaux de feuilles de palmier, douze poutres et des troncs d'arbre.

— Tu es fou, dit Sara. Personne n'a réussi à déplacer cette statue depuis des siècles, et tu te présentes avec quoi ? Des cordes en feuilles et quatre troncs d'arbre !

— Si les anciens ont construit des pyramides avec ces moyens-là, je ne vois pas pourquoi je ne pourrais pas en faire autant. Ce n'est qu'une question de points de force. En réalité, je n'ai même pas besoin de tous ces gens pour m'aider.

— Eh bien, voyons si tu es aussi fort en économie domestique. Dis-moi comment acheter sans argent les provisions suivantes : sel, farine, fèves, viande séchée, café, sucre, riz, douze poules vivantes, deux couffes de charbon. Je te fais grâce du pain et du lait.

Jean-Baptiste sortit une bourse de sa sacoche et l'ouvrit sur la table. Des pièces d'argent se répandirent sur la table.

— De la part de Jean-Louis Burckhardt, dit-il. Prends la liste et ajoute : des tentes, des selles, des gourdes et des outres de cuir, des pelles et des pioches. Et les cadeaux. C'est indispensable, les cadeaux ! Il en faut deux caisses : fusils anglais et pacotille de Venise, miroirs et tarbouches neufs.

Un messager du consulat arriva avec une lettre de Salt. C'était le contrat tant attendu, en bonne et due forme, mais rédigé en termes péremptoires.

M. Belzoni aura l'obligeance de tenir un compte séparé de ses dépenses. Elles lui seront remboursées. On a assez confiance en son caractère pour supposer que ces dépenses seront aussi modérées que possible...

On ne lui souhaitait même pas bonne chance.

Furieux, il fut tenté de renvoyer le tout à Salt en lui suggérant d'aller au diable. Mais Sara le calma :

— C'est notre dernière chance, Jean-Baptiste ! Et on a encore des tas de choses à acheter. Remercie plutôt notre bonne fortune !

Il serra les dents et signa.

Aujourd'hui, il était enclume ; demain, il serait forgeron.

Le 30 juin 1816, à l'aube, le bateau lourdement chargé quitta la rive de Boulaq. Ils étaient dix à bord. Avant d'embarquer, Burckhardt embrassa Jean-Baptiste et lui remit une grande enveloppe.

— C'est un cadeau. Lis cela quand tu seras parti...

On largua les amarres. Le petit groupe venu assister au départ — Burckhardt, Salt, Georgina Russell — s'amenuisa et disparut. La cange commença à remonter le courant, toutes voiles dehors, profitant des vents du nord, depuis toujours dominants dans la vallée du Nil. Ces vents qui, favorisant la remontée du fleuve, avaient permis le développement de l'antique civilisation. Belzoni regarda longuement les manœuvres parfaites des marins. Tout en bavardant, ils répétaient mécaniquement des gestes vieux de plusieurs siècles.

Jean-Baptiste s'assit à l'ombre contre la paroi de la cabine aux fenêtres sculptées et ouvrit l'enveloppe de Burckhardt. Elle contenait une carte et une lettre.

La carte représentait la deuxième cataracte du Nil. Après un village appelé Ouadi Alfa, Burckhardt avait tracé un cercle rouge sur la rive droite du fleuve.

La lettre disait :

Passée la deuxième cataracte, à soixante kilomètres en aval de Ouadi Alfa, les collines de Libye rejoignent le Nil. On appelle cet endroit Ibsamboul[1]. *Il y a là un temple enseveli dans le sable que*

---

1. Ibsamboul : Abou-Simbel. En 1813, Burckhardt fut le premier à signaler l'existence du temple alors ensablé. Il était déjà abandonné dans l'Antiquité : on trouve sur

personne ne connaît. Je crois être le seul Européen à en avoir noté l'existence. À l'heure qu'il est, peut-être Drovetti aura-t-il été le deuxième, s'il est remonté jusque-là, car on en voit quelque chose du fleuve : on aperçoit la tête de plusieurs colosses. Le temple est complètement ensablé.

— Qu'est-ce que tu lis ? demanda Sara en venant s'asseoir près de lui.
— Un conte de fées... répondit-il. Il continua : « *Une tête entière, une partie de la poitrine et des bras de l'une des statues émergent encore de la surface. De celle qui est à côté, on ne voit presque rien, la tête étant brisée et le corps couvert de sable jusqu'audessus des épaules. Des deux autres, seules les coiffures sont visibles. Impossible de savoir si ces statues sont assises ou debout... Ce temple est à toi. Ouvre-le.* »

Cinq jours plus tard, la *cange* se rangeait contre la rive aux pieds de la petite ville de Manfalout. C'était là qu'on devait se présenter au redoutable Ibrahim, le fils aîné du vice-roi, pour faire valider les permis.

— Dois-tu vraiment y aller ? s'inquiéta Sara, à qui on avait fait comprendre que sa présence n'était pas souhaitable. On dit des choses terribles sur cet Ibrahim.
— Bien sûr, je dois y aller. Son père l'a nommé gouverneur de la Haute-Égypte et c'est de lui que dépendent nos autorisations. De quoi as-tu peur ?
— Jack a entendu raconter des horreurs dans le bazar. Il paraît qu'il fait attacher les gens à la gueule d'un canon. Après quoi, il envoie les femmes ramasser les morceaux avec des paniers.
— C'est tout ? se moqua Belzoni.
— Non. Dans ses bons jours, il les fait enfiler sur une broche et rôtir comme des moutons !
— Eh bien, je vais être très aimable avec lui et lui offrir un cadeau... Un beau fusil par exemple.

La demeure du gouverneur était d'une simplicité spartiate ; c'était celle d'un soldat.
Ibrahim portait un uniforme de fantaisie taché et sale,

---

les jambes d'un colosse un graffiti laissé en 591 av. J.-C. par les mercenaires grecs engagés dans la guerre entre Psammeticos II et le pharaon noir Aspelta.

mais surchargé de broderies d'or. Il reçut ses visiteurs assis sur la traditionnelle estrade revêtue de tapis, les jambes repliées sous lui, à la turque. Un lionceau jouait avec son sabre.

Belzoni fut stupéfait quand il découvrit Drovetti à ses côtés ! Un Drovetti à la mine épouvantable, qui revenait de Nubie épuisé et malade et descendait le Nil vers Le Caire à petites étapes.

Ibrahim, apparemment, le tenait en grande estime. C'était le seul Européen dont il écoutât les conseils.

À force d'imiter son père Méhémet-Ali, Ibrahim avait fini par lui ressembler, en plus massif. Son visage aux traits épais était marqué par la petite vérole, c'était un visage d'homme fait pour la guerre, le danger, les excès ; il examinait les arrivants d'un regard dur, un sourire sardonique sur ses lèvres épaisses, feignant de ne pas comprendre l'anglais. En réalité, il parlait plusieurs langues, mais ne s'exprimait qu'en arabe : c'était sa manière de refuser l'allégeance obligatoire à la Turquie. Il se voulait Égyptien et rien d'autre.

— Pourquoi voulez-vous un laissez-passer ? demanda-t-il à Belzoni.

— Excellence, j'aimerais enlever une statue colossale qui se trouve à Thèbes. M. Salt voudrait l'offrir au roi de son pays.

— Ah, ici on vous tuerait pour tant d'audace... fit Ibrahim, il n'y a qu'en Angleterre qu'on ose offrir de vieilles pierres à un roi. Et apparemment vous en manquez, pour venir en chercher jusqu'ici !

Il apprécia en connaisseur les deux fusils anglais que Jean-Baptiste lui offrait mais crut bon de commenter, avec une lueur de provocation dans le regard.

— Les fusils sont des cadeaux dangereux. Ils peuvent un jour se retourner contre ceux qui les offrent. On ne l'a pas assez dit aux Anglais.

— Je ne suis pas Anglais, Excellence, mais Italien... répliqua Belzoni. Nos deux peuples sont nés au bord de la même mer ; ils ne sont pas si différents.

Le gouverneur eut un rire méprisant.

— Les Égyptiens ne sont pas fils de la « Très-Verte », mais fils du Nil. Nous existions avant les Romains. Rome a disparu et nous sommes toujours là, *inch'Allah*. Quant au laissez-passer, je pars pour Le Caire et j'ai déjà délégué mes pouvoirs au gouverneur d'Assiout. Il me remplace : c'est donc lui qui signera.

Drovetti avait réussi à ne rien laisser paraître devant le gouverneur, mais sa réaction de dépit n'avait pas échappé à Belzoni. L'ex-consul venait d'apprendre à la fois l'échec de la machine hydraulique, la disgrâce de Jean-Baptiste, et surtout son passage aux Anglais.

Il l'avait perdu. Mais pourquoi diable Rifaud n'avait-il rien fait !

Belzoni l'accompagna jusqu'au fleuve avec le petit groupe. Drovetti s'éventait à grands coups de chapeau et faisait visiblement un grand effort pour se tenir droit. La *dengue* qu'il avait contractée en Nubie le tourmentait. Il avait le visage tiré, le front couvert de grandes plaques rouges. Il eut une quinte de toux et cracha discrètement du sang dans un mouchoir.

— Mon cher Belzoni, dit-il d'une voix basse, je dois vous avertir qu'à Thèbes vous n'arriverez à rien. Les paysans de Louxor et de Karnak refusent de travailler. J'en viens. J'ai tout essayé, rien à faire. Vous ne ferez pas bouger Memnon d'un centimètre. Croyez-moi, c'est une perte de temps...

— Je suis têtu, monsieur Drovetti, je ne renonce jamais sans avoir essayé...

— Eh bien, bonne chance... Nous nous l'étions réservé, mais si vous réussissez à l'emporter prenez-le, je vous le laisse, il est à vous !

Dès son arrivée au Caire, il mettrait Rifaud aux basques de l'Italien. Il ne fallait pas lui laisser les coudées franches. Mais il ne réussissait pas à éprouver d'inimitié pour Jean-Baptiste. « Il pourra être mon rival, se disait-il, mais j'aurai du mal à le traiter en ennemi. »

Rifaud avait pratiquement terminé la grande maquette que Botky lui avait commandée. C'était du beau travail et les deux hommes la contemplaient avec satisfaction. Grâce à la maquette, on imaginait parfaitement l'usine telle qu'elle serait. Rifaud avait même fait du zèle : il avait ajouté un peu trop d'arbres et de corniches sculptées. Mais il faut ce qu'il faut, on ne prend pas les mouches avec du vinaigre. Nul doute que le vice-roi accorderait le financement.

De fait, Méhémet-Ali fut enchanté. Boghos surprit sur le

visage du vice-roi la brève expression d'émerveillement devant un jouet inattendu qu'il lui connaissait. C'était de bon augure. Botky reçut l'assurance de son financement. Rifaud fut honoré du titre de grand architecte de la Cour. Rien d'autre.

— Monsieur Botky, protesta-t-il, ces gens-là chantent haut, mais je ne suis pas dupe : c'est parce que je travaille pour leur poche, pas pour la mienne ! J'aimerais pourtant mieux du bel argent frais plutôt qu'un titre. Ils ont les mains serrées comme des pommes de pin...

— Patience, Rifaud, ici tout vient en son temps.

— C'est que, justement, je me fatigue vite qu'on me frotte le ventre pour rien, je suis plutôt du genre soupe-au-lait.

Dans la nuit, des inconnus s'introduisirent dans l'entrepôt et fracassèrent le fragile projet à coups de barre de fer. Rifaud, qui n'était pas un tendre, ramassa une petite maison échappée au désastre et la contempla en silence. Elle était sortie de ses mains, avec ses petites fenêtres parfaites et ses corniches de stuc peintes en deux tons de gris. Il s'était donné un mal de chien pour la peindre, cette sacrée corniche. Comme au temps de son apprentissage ! Arrachée de son support, la maisonnette avait perdu toute signification ; ce n'était plus qu'un jouet mort. Il la jeta sur la maquette désormais inutile et sortit de l'entrepôt en claquant la porte.

Le moment de tout laisser derrière lui était arrivé.

— Le gouverneur est parti à la chasse avec ses chiens et ses faucons. Rien d'autre ne l'intéresse. Ne me demandez ni quand il reviendra, ni de signer votre papier !

Il ne restait plus qu'une « autorité » en place à Assiout, et c'était le docteur Scotto, le médecin personnel d'Ibrahim, qui ne voulait se mêler de rien.

— Demandez-moi ce que vous voulez en médecine. Il y a assez à faire dans ce domaine pour que je ne me mêle pas des autres.

— Je sais, sourit Belzoni. Vous savez ce qu'on dit au Caire ? Qu'ici les médecins enterrent des princes, déterrent des pharaons et y trouvent leur compte !

— Vous voyez ! Et j'ajoute sans honte que je crois être moi-même plus apprécié pour mon éventuelle capacité à tuer que pour ma capacité à guérir ! Pour une raison qui se perd dans la nuit des temps, les médecins italiens sont renommés pour leur science des poisons, et le poison en Orient, c'est une tradition. Tout le monde en a peur, et tout le monde en a. Même notre ami Drovetti, qui se fait régulièrement prescrire des antidotes... Vous n'imaginez pas le nombre de faux médecins italiens qui prospèrent là-dessus.

Il fallait attendre le gouverneur. Belzoni profita de cette halte obligée pour compléter son équipement. Le docteur Scotto lui recommanda l'entrepôt du marchand Anachamas, où il pourrait trouver des sabres allemands droits, et de l'absinthe qu'on lui vendrait sous le manteau. C'étaient des cadeaux qui seraient très appréciés dans le Sud.

À Assiout, on trouvait de tout : c'était la capitale de la Haute-Égypte, à mi-chemin entre Le Caire et Thèbes, et la plaque tournante des grandes caravanes qui venaient du Sud, du cœur du Soudan. Elles empruntaient la piste maudite des « quarante jours », la plus dure mais aussi la plus sûre — la même depuis toujours — et elles franchissaient le désert du Darfour, chargées de caoutchouc, de poudre d'or, d'encens, de minerai de fer, d'esclaves, de plumes d'autruche et de défenses d'éléphants. Il y avait cependant plusieurs années qu'on n'avait plus vu une vraie grande caravane de quinze mille chameaux. C'était un déferlement impressionnant, qu'on regardait à la lunette du haut des terrasses. On voyait arriver une armée d'animaux squelettiques montés par des morts-vivants, suivie par la horde émaciée des esclaves. Tous étaient à bout de forces, car la traversée des terres mortes avait duré presque deux mois et ils arrivaient sans eau ni vivres, à leur dernière extrémité, après avoir asséché tous les puits et subi de lourdes pertes. Mais ces caravanes exceptionnelles ne venaient que tous les cinq ou six ans.

Ce jour-là était jour de marché. Dès l'aube, le fleuve commença à grouiller d'embarcations de toutes sortes, à voile, à rames, à la godille, toutes lourdement chargées. Sur les berges, des chameaux bâtés et entravés attendaient leurs maîtres, surveillés par des gamins accroupis sous les arbres. Enfermés dans des enclos comme du bétail, une centaine d'esclaves noirs attendaient en silence l'heure d'être vendus.

L'air était imprégné d'une odeur d'encens et d'excréments. Une espèce d'euphorie régnait chez les marchands : ni le vice-roi ni son fils ne s'étaient manifestés aujourd'hui, et c'était un vrai soulagement. Quand ils venaient au marché, l'un et l'autre prélevaient leur dîme, selon leur bon plaisir, payant s'ils voulaient le prix qu'ils voulaient. En général, rien. Plus d'un marchand d'ivoire avait été entièrement dépouillé de sa marchandise par le pacha. Quant à Ibrahim, il était universellement détesté, car, à l'injustice, il trouvait toujours le moyen d'ajouter quelque cruauté.

Le petit groupe, monté sur des ânes, traversa lentement le marché. Sara, quoique habillée en mamelouk, attirait tous les regards. Ses joues lisses intriguaient les passants, car ici seuls les esclaves étaient rasés ; les gens de qualité portaient tous une barbe.

Ils durent bientôt s'arrêter, bloqués par la foule, pour laisser passer un bruyant cortège. Un bel enfant en était le centre, vêtu d'une tunique et d'un bonnet brodés d'or, un bouquet de lis rouges et d'amulettes posé sur la poitrine. Il était pâle et paraissait drogué, à en juger par son regard fixe et par le sourire vague qui s'étalait sur ses lèvres. Tout autour, des femmes s'agitaient, battant des mains, frappant des tambourins, et agitant des sistres. Quelques-unes chantaient pour accompagner les joueurs de flûte qui ouvraient le cortège avec leur musique aigre :

— Je veux voir où ils vont.

Sara entama une longue discussion avec l'interprète qui cherchait à l'en dissuader.

— C'est une fête locale où les étrangers ne sont pas admis, expliqua-t-il. Une cérémonie déconseillée aux femmes...

L'interprète admit que Sara n'avait pas l'aspect traditionnel des femmes franques. Elle pouvait même passer pour un jeune eunuque turc par exemple, et dans ce cas, elle pouvait tenter d'assister à la cérémonie... À ses risques et périls, car si on s'apercevait qu'elle était une femme, elle courrait un réel danger.

La discussion dura assez longtemps pour que le cortège revienne sur ses pas et entraîne les visiteurs dans son flot hystérique. Du haut de son âne, Sara vit qu'on portait sur une planche le corps inanimé du jeune garçon. Il était nu maintenant, un paquet d'herbes fraîches entre les jambes. Du sang coulait sur ses cuisses frêles. On l'avait châtré.

— Où l'emmène-t-on ? fit Sara horrifiée.

— Dans le désert. On va l'enterrer dans le sable jusqu'aux épaules, et le désert va soigner sa blessure.

— Mais il va mourir !

— La mort en prend deux sur trois, dit l'interprète. Mais celui qu'elle épargne deviendra fort et courageux. Il partira chargé d'honneurs pour Istanboul dans un grand harem dont il aura la charge. À Assiout, nous sommes réputés pour notre savoir-faire. Nos eunuques sont les meilleurs d'Orient.

Il baissa la voix pour ajouter :

— En Égypte même, nous en fournissons de moins en moins. C'est un signe de richesse, vous comprenez. Un homme qui s'achète un eunuque, qu'est-ce que ça veut dire ?

— Je ne sais pas, qu'il a des femmes à garder, je suppose, fit Jean-Baptiste.

— Voilà, c'est un riche... Il voit donc arriver aussitôt les sauterelles : les collecteurs d'impôts de notre pacha qui le tondent comme il faut. Par conséquent, on prend moins d'épouses, et moins d'eunuques. On n'en fait pratiquement plus que pour la Turquie. Pour tout arranger, certains monastères coptes se sont mis à en fabriquer aussi. Mais eux, les font au plomb fondu ; ils en perdent beaucoup plus que nous. Enfin, la belle époque est terminée...

Ce que l'interprète ne dit pas, c'est que les jours de grandes caravanes, c'étaient deux cents enfants au moins qu'on châtrait à la chaîne sous les yeux des spéculateurs qui les achetaient membrés et les revendaient le double quelques jours plus tard.

Sara se taisait, se laissant porter par sa monture au travers du marché. Rien ne l'intéressa, rien ne lui plut. Tout lui fut insupportable, les odeurs, les mouches, les regards. Elle était obsédée par le souvenir de l'enfant qu'on avait enterré dans le désert. Il faisait maintenant une chaleur implacable. Le soleil était haut dans le ciel. Belzoni l'empêcha d'y aller voir.

— Que pourrais-tu faire ?

— Au moins lui donner à boire. C'est un petit enfant !

— Il ne faut pas qu'il boive, intervint l'interprète. Aucun liquide ne doit sortir de son corps pendant plusieurs jours, jusqu'à ce que la plaie soit fermée. La nuit pourvoira à sa soif. Le désert est très sain, il nettoie tout.

— Mais le soleil, les bêtes sauvages, les mouches...

— Sa mère est avec lui. Elle veille sur lui. Elle est très honorée, très contente. Et s'il meurt, ce sera la volonté d'Allah ; elle sera près de lui pour adoucir sa fin. Nous ne sommes pas des sauvages...

Drovetti était arrivé sans encombre à Boulaq et faisait décharger son butin sur la rive du Nil. Un petit groupe d'Européens était venu tout exprès du Caire et commentait les statues qu'il avait rapportées.

Henry Salt était au premier rang, dévoré d'envie mais sincèrement admiratif. La collecte de Drovetti dépassait ce qu'il avait imaginé. Il se mit à faire des plans frénétiques.

Drovetti était à la limite de ses forces, mais l'orgueil du retour et le résultat de ses fouilles le maintenaient debout.

— Il y en a dix fois, cent fois plus, expliquait-il. On peut fouiller pendant des années encore. Le sol de l'Égypte est farci de vestiges jusqu'au Soudan.

Il eut un sourire en coin vers Henry Salt.

— Il y en a largement assez pour vous, moi et quelques autres...

Il vacilla et s'appuya sur le jeune mousse qui se tenait à ses côtés.

— Et si les mêmes pièces nous attirent ? demanda prudemment Salt.

Drovetti eut une quinte de toux.

— Nous sommes entre personnes de qualité, monsieur Salt, que voulez-vous qu'il arrive ? Nous parlerons et nous trouverons toujours une solution équitable. Vous et moi, avons réglé des problèmes autrement plus délicats dans notre carrière.

— C'est vrai, convint Salt, persuadé de la droiture morale de Drovetti plus encore que de la sienne propre.

Drovetti était rentré à point nommé : Rifaud l'attendait, frémissant d'impatience.

— Rifaud, Belzoni nous a précédés. Tu aurais dû empêcher son départ par tous les moyens... Maintenant, il est en route pour Thèbes, et il ne va pas se contenter du Colosse. Je l'ai vu, j'ai vu son regard sur mes statues, c'était celui d'un chasseur... Il faut partir au plus vite et l'empêcher de faire main basse sur tout ce que j'ai laissé là-bas. Tiens, regarde...

Il fourragea dans une sacoche et en retira une carte et une longue liste.

— J'ai tout marqué sur la carte. Et là, je t'ai écrit ce qu'il faut faire pour récupérer les objets. Dans certains cas, j'ai payé des gardiens pour veiller dessus, ou les gouverneurs eux-mêmes. À Philae, par exemple, il y a un petit obélisque. Il est pour le roi de France... Il faut y aller tout de suite.

Rifaud se demandait si Drovetti avait toute sa tête. Il ne l'avait jamais vu dans un tel état d'excitation. L'ex-consul lui saisit la main et le regarda avec des yeux brûlants.

— Tu as carte blanche. Rattrape-le. Possession vaut droit. Prends tout, on discutera après. Les Anglais ne vont pas se gêner... Les choses ont déjà beaucoup changé depuis mon premier voyage, avec Boutin. En quatre ans, des temples entiers, disparus, brûlés...

Drovetti mit la carte et la liste dans les mains de Rifaud, lui compta une liasse de lettres de change et se laissa aller sur le lit. Il délirait.

On entendait des exclamations dans le couloir. Rosine poussa les hauts cris en voyant son mari dans cet état. Elle envoya quérir le médecin du pacha et voulut mettre Rifaud à la porte. Pour un peu, elle l'aurait traité d'assassin.

— Tire le premier ! cria Drovetti à Rifaud. Pas de quartier !

Il s'arrêta, cassé par une quinte de toux.

— Mais allez-vous-en, monsieur Rifaud ! hurla Rosine en soutenant son mari qui s'évanouissait. Vous lui pourrissez le sang, avec vos histoires ! Vous ne voyez donc pas qu'il n'a plus que l'âme, ce pauvre chrétien ? Allez-vous-en ! Disparaissez !

On remontait péniblement le fleuve. La navigation était lente, il fallait lutter contre le courant, et les journées s'étireraient dans une chaleur de plomb, sous un ciel chauffé à blanc. Thèbes était encore loin.

C'était le soir que l'impatience prenait Jean-Baptiste, quand une vague fraîcheur s'installait sous les palmiers qui bordaient le fleuve. On accostait et tout le monde se hâtait de descendre à terre. Les marins établissaient un camp pour la nuit et des gamins surgissaient de nulle part pour proposer de maigres victuailles.

Plus Jean-Baptiste s'éloignait du Caire et plus il avait l'impression de s'enfoncer dans le néant, d'être suspendu dans un paysage immuable : du sable, des palmiers, des ânes, des hommes accroupis, et des voiles blanches sur le Nil, à l'infini.

La *cange* arriva au pied d'un promontoire qui dominait le fleuve. Un monastère copte s'y dressait et, du haut des murs lisses comme ceux d'une forteresse, de jeunes moines rasés descendirent au moyen de cordes, comme des acrobates. Ils nagèrent jusqu'au bateau. Ils étaient d'une maigreur effrayante. Les moines vivaient des aumônes que leur faisaient les visiteurs.

Sara fit décharger sur le rivage un sac de fèves et un autre de farine. Averti de cette générosité, le supérieur tint à descendre en personne jusqu'au fleuve — geste rare de sa part, car il était extraordinairement gras, à la limite de l'impotence.

Les jeunes moines — des adolescents, pour la plupart — le descendirent dans un palanquin rudimentaire, au prix d'énormes efforts. Sa masse gélatineuse remplissait le hamac presque à ras bord et tremblotait à chaque secousse des petits porteurs. Il avait un beau visage de patriarche, aux rides sculptées par le désert, une barbe blanche aux boucles jaunies et portait un bandeau bleu autour du front pour retenir la chevelure blanche qui flottait sur ses épaules.

En remerciement, il offrit à Sara une petite icône représentant la Vierge de Matarieh[1], un papyrus antique en mauvais état, et une écuelle contenant des baies rouges ressemblant fort à des groseilles, un peu pourries en vérité.

— Elles viennent des montagnes, expliqua-t-il. L'arbre pousse au pied d'une petite source, une flaque d'eau entre les rochers qui ne tarit jamais. Les fruits mûrissent une fois l'an, et mes garçons savent quand il faut les cueillir. Ils sont plus rapides que des oiseaux.

Tout le monde avait fait cercle autour des fruits et les contemplait comme s'il s'agissait d'un trésor. Le gros homme prit une baie rouge de ses doigts aux ongles noirs et la tendit lentement vers Sara.

---

1. Localité où se trouve un arbre sous lequel la Vierge se serait réfugiée lors de la fuite en Égypte.

— Sois bénie pour avoir compris la détresse humaine de mes frères, dit-il.

Sara ferma les yeux et porta le fruit à sa bouche.

— Je croyais que rien ne poussait dans le désert, dit Jack Curtin.

— Détrompe-toi, mon fils. Le désert peut fleurir en quelques heures et dépérir tout aussi vite. Comme la foi dans l'âme des hommes.

Jean-Baptiste le regarda avec étonnement. Il y avait une amertume profonde dans ces paroles.

— Est-ce que vivre dans le désert ne rapproche pas de Dieu ? demanda-t-il.

Le vieux moine eut un rire presque méprisant.

— L'œil de Dieu nous suit partout, c'est vrai, répondit-il. Mais Dieu, c'est aussi une ombre immense. Aussi désirable qu'elle soit dans ce monde calciné, son poids finit un jour par vous écraser. Dans l'imminence de la mort, comme je le suis aujourd'hui, je sais qu'il va me survivre. Un père ne devrait pas survivre à ses enfants, ce n'est pas dans l'ordre de la nature. Et de plus, contrairement à ce qu'on nous a enseigné, l'amour n'est pas un dû. Aimons-nous tous notre père ?

La question donna à Jean-Baptiste l'impression de se trouver au bord d'un gouffre, comme autrefois, quand il avait décidé de quitter le séminaire et le manteau protecteur de l'Église. C'était la question qu'il s'était alors posée : est-ce que j'aime assez Dieu pour lui consacrer ma vie ?

Le moine pencha sa masse énorme vers lui et darda dans ses yeux un regard brûlant.

— La domination de Dieu est celle d'un père abusif, reprit-il. Elle brise à jamais l'âme de ses fils. Elle devient pour eux une obsession qui enchaîne et aveugle.

Jean-Baptiste était sensible au désespoir du supérieur. Il avait éprouvé le même à Rome au temps de son adolescence. Il avait été très près de Dieu à ce moment-là, si près qu'il en avait été brûlé, et qu'il avait pensé entrer dans les ordres. Mais il n'avait pas su servir et ce renoncement l'avait déchiré. Depuis lors, Dieu était emprisonné au plus profond de lui-même. Il fut bouleversé par ce qu'il y avait de désespéré et de fou dans le regard de l'homme-méduse. Le moine ne le quittait pas des yeux, avide de sa pâleur soudaine.

— Je sais ce que tu penses, dit-il. Oui, je suis désespéré

et fou peut-être. Et blasphème. Il faudrait sans doute me brûler, car je suis convaincu, à présent, que les hommes ont inventé Dieu pour mieux justifier leur impuissance, leur petitesse et leur cruauté. Nous autres, prêtres, nous y avons cru au point d'y accrocher notre misérable dépouille humaine et de l'oublier. Comme des saints ? Non, comme des fous. Et nous dérivons en vaticinant dans un univers qui n'existe peut-être même pas, que nous avons rêvé dans notre cerveau hypertrophié d'animaux malades.

Il ferma les yeux et se laissa aller dans sa chaise. Il soupira :

— Oh ! dormir ! Dormir sans rêver...

— Mourir..., rectifia Sara à voix basse.

L'homme rouvrit un instants ses yeux fulgurants.

— Ève, toi qui n'es que la moitié de l'homme, et qui n'as jamais eu droit de parole, à force de regarder, tu vois tout ce que les hommes refusent de voir, tu dis ce que les hommes refusent de dire et tu écoutes alors qu'ils se bouchent les oreilles. Sois bénie parce que tu as osé enfreindre l'ordre. Je te le dis : continue, car c'est le désordre qui engendre la création.

Il posa à nouveau son regard sur Jean-Baptiste.

— Dieu est-il ordre ou désordre ?

Sa tête roula brusquement sur le coussin sale qui soutenait la masse graisseuse de son cou. Il avait perdu connaissance.

Les jeunes garçons s'affairèrent autour de lui comme autour d'un grand animal blessé, en échangeant des commentaires et en le poussant du doigt ici et là, comme pour s'assurer qu'il était vivant. Ils hissèrent le hamac sur leurs épaules maigres et reprirent en vacillant le chemin de la montagne. Un petit revint sur ses pas et tendit à Sara une cage couverte d'un bout de paille tressée. Il la lui mit dans les mains et s'enfuit en courant.

Dedans, agrippé à une branche, un caméléon grisâtre roulait dans tous les sens des yeux globuleux.

— Mais c'est Joe Grimaldi ! s'exclama Jack.

En effet, le petit animal ressemblait comme deux gouttes d'eau au clown anglais. Et c'était comme un incompréhensible clin d'œil de la nature.

Le caméléon devint la mascotte de Sara sous le nom de Master Joe.

— Tu sais pourquoi l'équipage est si docile ? demanda Jean-Baptiste. Les marins ont peur de nous parce que nous écrivons...

En effet, chacun d'eux rédigeait un carnet de voyage. Celui de Jean-Baptiste était plutôt un journal de bord. Un jour peut-être, il en ferait un livre, avec ses dessins pour l'illustrer. Quant à Sara, le vieux cahier à la couverture fatiguée la suivait depuis l'Angleterre et elle continuait à y écrire ses pensées les plus intimes.

Jean-Baptiste avait raison : les marins les regardaient faire avec inquiétude. Autrefois, seuls les prêtres et les rois savaient écrire, et cela confirmait leurs craintes : les deux géants étaient des sorciers. La chose écrite est magique et engendre des enchantements. Elle peut guérir comme elle peut tuer.

Jean-Baptiste écrivait le matin, à la fraîche. Il aimait la lumière froide, encore bleue, qui précède le lever du soleil sur le fleuve. L'esprit était plus vif et les émotions de la veille émoussées. Il parlait peu de ses sentiments, d'ordinaire, et il n'était pas question de les écrire. Il pesait ses mots, et n'aurait jamais désigné Sara autrement que sous le nom de « Madame Belzoni ».

Sara, elle, préférait la fin de la journée, la lumière rose des crépuscules et le trop-plein des sensations accumulées au cours de la journée.

Ils atteignirent Dendérah, la dernière étape avant Thèbes.

Cet endroit est magique, écrivit Sara dans son journal.

On y sent la vie, comme si les habitants du temple venaient de sortir. Il est presque intact et porte encore les couleurs d'origine. Le paysage a quelque chose de triste et enchanté, avec la brise du soir qui fait onduler les herbes sèches.

Nous sommes arrivés fort tard, après une longue marche, et nous avons eu juste le temps de dresser le camp et de faire du feu. La nuit tombait. Derrière nous, les colonnes du temple s'enfonçaient dans l'obscurité. Nous sommes restés un long moment sur le seuil, et rien n'était plus impressionnant que cette forêt silencieuse de fûts de pierre qui disparaissait dans le néant.

Les colonnes sont couronnées de chapiteaux en forme de tête de femmes, qui portent toutes de longs cheveux bleus tressés et retenus par des rubans jaunes. Leur visage été brutalement raboté — un non-visage inquiétant, avec de délicates oreilles de vache ourlées de rose.

Une odeur particulière monte du fond, une odeur de cave, de tombe, qui a l'attrait malsain d'un poison et qui éveille les sens... La chaleur vitale de la main de Jean-Baptiste n'en était que plus réconfortante.

— C'est le temple de la dame du Nord, m'a expliqué Jean-Baptiste qui m'étonne toujours, car il en sait décidément plus que je ne l'imagine. Hathor, la belle-qui-apparaît, la vache céleste qui vit dans les marécages du ciel. La déesse de l'amour et du bonheur.

Il avait à peine ajouté : « Les prêtres qui habitaient ici connaissaient tous les secrets cosmiques... », que nos marins se mirent à crier en indiquant le ciel. Un objet très lumineux traversait le ciel en direction du sud, laissant derrière lui une traînée incandescente qui, de blanche devint rouge et s'éteignit peu à peu dans une gerbe d'étincelles. Cette apparition surnaturelle nous fit penser que le temple n'avait peut-être pas été construit ici par hasard. Certaines coïncidences sont troublantes.

Nous fûmes tirés de notre méditation par des voix lointaines. Elles étaient portées par le vent qui se levait sur le fleuve. On fit taire les marins : des bribes de musique, des chants et des rires de femmes arrivaient du sud par bouffées. On décida d'aller voir.

Les marins, émoustillés, expliquèrent que le pacha avait fait exiler toutes les prostituées du Caire au village tout proche de Keneh. Mais Jean-Baptiste fut inflexible. C'était peut-être un piège pour nous éloigner de notre campement et nous voler. La moitié de l'équipage resterait au camp.

À une lieue de là, se déroulait une fête païenne à la lumière de torches plantées en terre. Tout au long du fleuve, étaient entassées par milliers des jarres à eau en terre cuite, des gouleh, *qu'on fabrique ici à la chaîne. Des femmes étaient assises en cercle et chantaient en frappant dans leurs mains. Au bord de l'eau, un grand crocodile était allongé, si parfaitement immobile qu'il semblait fait de pierre. Une femme se leva, complètement nue, s'approcha de lui, et se mit à danser au rythme d'un tambourin. Son ventre tressautait et ondulait, elle tenait ses seins dans les deux mains et semblait les tendre vers le haut pour les offrir à la nuit. Sa longue chevelure faite de centaines de petites tresses battait ses reins et les perles d'argent qui y étaient fixées s'entrechoquaient au rythme de sa danse. Elle riait aux étoiles, les yeux fermés, et ses dents étincelaient comme des bijoux. Le crocodile la regardait.*

Les autres filles se levèrent pour l'imiter, se dépouillèrent de leurs vêtements et s'enlacèrent en dansant. Leurs corps vibraient comme ceux des gazelles. Petit à petit, seules ou en couples, elles se dirigèrent vers le fleuve qui faisait une anse à cet endroit, et se jetèrent à l'eau.

Le silence se fit et les torches commencèrent à s'éteindre. Quand elles revinrent sur la berge, le grand crocodile avait disparu. Peut-être une jeune fille manquait-elle à l'appel, mais dans l'obscurité personne ne pouvait l'affirmer.

Nous avons pris le chemin du retour en silence, en proie à une étrange excitation. Jean-Baptiste fermait la marche. Je marchais devant lui. Il m'arrêta brusquement. Ses mains étaient devenues moites. Ces ventres lisses et impudiques, ces seins dressés, ces fesses tendues ne l'avaient pas laissé indifférent. Et moi non plus, je dois le reconnaître. Je me retournai : il m'attira contre lui. Sous le rêche de la tunique, son sexe était dur et brûlant. Nous nous laissâmes distancer en silence. Le temple était proche. Il me poussa sous le couvert des colonnes, et ouvrit mon manteau de coton. J'étais nue dessous. Nous payâmes tribut à la déesse...

11

Le Colosse était sur la rive de l'Est, la rive des Morts. La rive de l'Ouest était la terre des Vivants, avec le Grand Temple, et les villages de Louxor et de Karnak.

On emprunta un chemin poussiéreux, qui serpentait entre de petits champs mal cultivés où s'affairaient des paysans et on arriva enfin dans les ruines du Memnonium.

Le colosse du jeune Memnon gisait sur le dos et regardait le ciel avec un sourire serein.

— À nous deux, mon ami ! s'exclama Jean-Baptiste, nullement impressionné par sa masse énorme.

Et il commença à tourner autour, l'observant dans les moindres détails, enchanté d'être enfin sur le terrain.

Les gens l'appelaient Al-Khafany. Il avait toujours été là, et vu ses dimensions, on pensait qu'il y resterait toujours. C'était devenu une sorte de génie tutélaire que les gamins du village escaladaient sans façons pour jouer à la guerre.

Jean-Baptiste décida de s'installer à deux pas, dans les ruines du temple. Il y avait une maisonnette de pierre appuyée à un mur qui semblait les attendre.

— On va étouffer ! s'exclama Sara. Elle est orientée plein sud et ne prend jamais l'ombre.

Jean-Baptiste ne l'entendit même pas. Il était déjà plongé dans ses calculs et ne paraissait sentir ni la fatigue ni la chaleur, qui était effectivement infernale.

Il passa plusieurs jours à faire des dessins et traça le chemin le plus court par où traîner la statue sur la rive du Nil. Il n'y avait pas de temps à perdre si on voulait profiter du plein de la crue pour transporter facilement la statue. Salt avait promis d'envoyer un bateau suffisamment haut de bord et résistant, car il s'enfoncerait considérablement sous le poids et risquait de toucher le fond. Le chargement serait périlleux et la navigation difficile.

Quand les villageois de Louxor surent qu'on voulait enlever Al-Khafany, ils refusèrent d'y croire. Personne sinon le diable, disaient-ils, ne pourrait jamais le déplacer.

Son laissez-passer à la main, Belzoni alla demander l'aide du *caimacan*, le responsable turc du village, et la permission de recruter des ouvriers.

— Je ne comprends pas la folie des étrangers qui veulent emporter de vieilles statues cassées et impies, grommela l'homme.

— Elles sont pour le roi des Anglais.

Le roi des Anglais devait être un idiot, pensa le *caimacan*. Aux rois, on offre de l'or, des armes, des chevaux de prix, des esclaves. Il devait y avoir quelque tromperie là-dessous.

— Tous les *fellahîn* sont occupés dans les champs. Il y a beaucoup à faire avant la crue. Après, peut-être, on verra.

— Non, fit Belzoni, je ne peux pas attendre. La crue arrivera bientôt. Je les paierai bien.

— Tes pièces de monnaie ne représentent rien pour les gens d'ici. Elles finiront dans le sac du collecteur des impôts. Ils se laisseraient mourir plutôt que d'accepter un travail aussi fatigant. Ils ne viendront pas, c'est tout.

La voix, soudain, se fit plus conciliante.

— Maintenant, si tu me donnes un peu d'argent à moi, je peux essayer d'en convaincre quelques-uns. Mais je te préviens, ce sera de l'argent perdu, parce que la statue d'Al-Khafany est impossible à déplacer. Cependant, je perdrais bien une heure de mon temps pour te voir t'escrimer dessus.

Quelques hommes se présentèrent le lendemain, avec une petite foule de curieux. Belzoni leur dit qu'il leur donnerait le double de ce qu'ils gagnaient dans les champs. En un instant, il eut toute la main-d'œuvre qu'il voulait.

Il avait apporté ses troncs d'arbre, ses poutres, les cordes et les leviers. Après avoir dégagé le Colosse de la gangue de sable où il reposait depuis des siècles, on le fit basculer sur une sorte de plateau fabriqué avec les madriers. On glissa les troncs dessous et on commença à haler le tout vers le Nil, dans une chaleur d'enfer.

Belzoni éprouva une sensation étrange quand il vit la cordée des hommes tirer sur les cordes en cadence. Le contremaître chantait pour les inciter et frappait dans ses mains. Rien n'avait changé depuis des millénaires. C'est ainsi qu'on avait construit les temples, les pyramides. Et les hommes étaient les mêmes. C'étaient les mêmes scènes et les mêmes visages qu'on voyait sur les fresques.

Quand Al-Khafany s'ébranla vers le Nil, les spectateurs s'enfuirent en criant d'épouvante. On hurla : « Le diable s'est mis dessous ! »

La panique gagna les ouvriers qui détalèrent eux aussi.

Le lendemain matin, personne ne se présenta. Tout était à refaire. Les pourparlers reprirent.

— Le *caimacan* est parti. Il est allé à Louxor, chez son supérieur, le *cachef*, expliqua-t-on à Belzoni.

Il se sentait mal à mourir. Sa tête éclatait. Il avait travaillé le jour précédent sans chapeau sous le soleil brûlant, et passé une nuit infernale dans la chaleur de sa cabane de pierre. Mais il ne pouvait pas renoncer : l'eau du Nil et la boue envahiraient bientôt la petite vallée où se trouvait le Colosse. Autant dire qu'on ne pourrait plus y toucher de toute une année.

— Eh bien, tu reviendras l'année prochaine... fit le *caimacan* philosophe.

Belzoni mourait de soif, mais on ne lui servit rien. C'était le Ramadan, et jusqu'au soir, personne ne toucherait ni eau ni nourriture.

— Non, dit Jean-Baptiste. C'est impossible.

— Nous ne sommes pas à tes ordres.

L'homme était devenu d'une arrogance insupportable. Belzoni brandit ses autorisations.

— Je suis porteur de recommandations de vos supérieurs.

— Je n'en connais qu'un : Allah le Tout-Puissant. Et toi, tu es de la race des infidèles, des chiens d'étrangers qui viennent ici jouer les patrons et nous voler.

— Je n'ai aucune intention de voler qui que ce soit. Tous les *fellahîn* employés sont bien payés.

— Ton argent pue. Rends-le à tes patrons, qui sont des

brigands déguisés en seigneurs. Je ne vous aiderai pas. Allez, dehors, tu m'as assez dérangé...

Le *caimacan* joignit le geste à la parole, et nullement effrayé par la taille de son interlocuteur, le prit par le bras et le poussa vers la porte.

Belzoni perdit patience. C'était la première fois qu'on le traitait ainsi dans ce pays. Il repoussa l'homme violemment et serra les poings. Le *caimacan*, aveuglé par la colère, voulut sortir son sabre, mais Belzoni le désarma aussitôt et l'accula dans un coin de la pièce.

— Essaye encore une fois de lever la main sur moi, gronda-t-il, et je te tue avec ton propre sabre.

L'autre se le tint pour dit ; le message était passé.

Les derniers mètres de progression dans le sable furent une épreuve épouvantable. Comment les hommes pouvaient-ils travailler dans cette fournaise, sans boire et sans manger ? Belzoni lui-même était à la limite de ses forces. Il s'arrêta plusieurs fois pour vomir et essuyer le sang qui lui coulait du nez. Malgré la chaleur, il frissonnait.

Le Colosse avançait centimètre par centimètre, sur les troncs qu'on plaçait sous lui au fur et à mesure. Les hommes halaient en cadence, guidés par les chants du contremaître. Et puis, ce fut l'accident : un des hommes chargés de faire glisser les troncs sous la statue trébucha et tomba. On n'arrête pas cinquante hommes d'un coup. Le convoi progressa encore un peu malgré les cris. L'homme était maintenant tout à fait dessous. À chaque instant, l'énorme masse pouvait chavirer et l'écraser.

Jean-Baptiste se glissa sous la statue, entre les troncs, pour réconforter l'homme.

— Ne crains rien, lui dit-il, je vais te tirer de là comme si tu étais mon fils. Aie confiance en moi. Je vais tirer Al-Khafany en arrière. Ce soir, tu seras sain et sauf chez toi et tu auras une bonne récompense.

L'homme sourit. Il était tranquille. Il ne semblait pas avoir peur.

— Ne t'inquiète pas pour moi, c'est Allah qui guide ta main. C'est lui qui décide. Si mon heure est arrivée, ce ne sera pas ta faute, je suis prêt.

Ce fatalisme bouleversa Belzoni, qui étudia scrupuleusement la situation avant de donner des ordres au contremaître.

Centimètre par centimètre, il libéra l'homme qui sortit au milieu des cris d'allégresse. Sa jambe était blessée, mais pas cassée. C'était presque un vieillard : il avait des cheveux gris et un visage émacié aux traits nobles.

— Je suis Mena, du village de Gournah, dit-il. Tu ne regretteras pas de m'avoir sauvé.

— Je n'ai besoin de rien, fit Belzoni qui chancelait. Tu es sauf, c'est l'essentiel. Va te reposer...

Il réussit à placer le Colosse à l'endroit exact où il pourrait attendre sans risque son embarquement. Mais à quel prix ! Il tremblait et claquait des dents, la peau de son visage éclatait littéralement, tant elle était brûlée ; le mal de tête le rendait fou...

Il était évanoui quand on le transporta chez lui. Il resta inconscient pendant deux jours, perdant du sang par les narines et par la bouche, vomissant et urinant sous lui. Il délirait et menaçait un *cachef* imaginaire, lui donnant l'ordre de recruter encore des hommes. Encore et encore...

Dans les villages, la nouvelle se répandit, à la satisfaction de la plupart des habitants : Al-Khafany s'était vengé. Il allait emporter le géant étranger dans l'autre monde.

Même de nuit, la chaleur était insupportable.

Les pierres des murs restaient chaudes jusqu'à une heure avancée. L'intérieur de la maison était un four ; il était impossible d'y rester. On avait donc laissé Jean-Baptiste dehors, étendu sur un châlit au-dessus duquel on avait étendu une voile de bateau. On l'avait à peine installé que Mena avait surgi, un couteau à la main. Avant même que Sara ait pu l'en empêcher, il avait fait plusieurs entailles dans le dos et sur les jambes de Jean-Baptiste, qui n'avait pas réagi. Le sang avait coulé abondamment.

— Ne crains rien, dit Mena à Sara. Il fallait le faire tout de suite... Sinon ton mari serait mort. Trop de fièvre. Maintenant, il faut le transporter au village.

C'est ce qui l'avait sauvé, en effet. Ça, et Sara, qui ne l'avait pas quitté un instant, lui rafraîchissant constamment le front avec un chiffon mouillé, et lui faisant boire de l'eau coupée d'*arak*.

Le lendemain, ils déménageaient à Gournah. Mena leur avait trouvé une tombe vide, et relativement fraîche.

Le village était en effet construit sur une nécropole, et la plupart des habitants logeaient dans les tombes antiques creusées à flanc de montagne.

Les gens de Gournah étaient des gens à part, des insoumis. Quand quelque chose ne leur convenait pas, ils disparaissaient à l'intérieur de la montagne. Le village se vidait comme par enchantement : les maisons communiquaient entre elles par un dédale de couloirs farcis de pièges et de puits, dont la carte se transmettait oralement de père en fils. Les soldats et les collecteurs des impôts ne s'y aventuraient jamais, craignant de mourir comme des rats au fond d'un trou. De plus, ils avaient une peur bleue des gens de Gournah, dont on disait qu'ils descendaient de la caste des embaumeurs et des prêtres qui exerçaient autrefois sur la rive « noire » le conditionnement des cadavres et le transfert de l'âme dans l'au-delà.

Belzoni se reposait sur son lit, à l'entrée de la tombe. Il était couché face contre le mur, contemplant, à demi inconscient, les hiéroglyphes en relief qui décoraient la paroi. Les ombres dansaient dans les reflets de la lampe : une chouette, un œil, un chacal, un cobra, un ibis, un bras, une étoile... Il entendait vaguement les voix familières de Sara et de Jack, assis dehors sur un banc, et cela le ramenait aux sensations de l'enfance, quand il se terrait, malade, au fond de son lit, et qu'il entendait la voix lointaine de ses parents assis sous la fenêtre dans le jardin. Il était bien.

Jack avait attrapé quelques petites sauterelles dans la journée et les avait mises de côté pour Master Joe, qui n'en voulut pas. La chaleur les avait fait pourrir et Master Joe ne mangeait pas de choses avariées.

La flamme de la lampe attirait un grand nombre d'insectes, moustiques, papillons de nuit de toutes tailles : une aubaine pour le petit caméléon. Jack le déposa sur la table.

— Débrouille-toi. On n'est jamais si bien servi que par soi-même...

Jack vint s'asseoir auprès de Sara. Elle avait de grands cernes sous les yeux.

— Il faut aller dormir, lui dit-il. Je peux veiller.

Sous sa broussaille de cheveux décolorés par le soleil, il la regarda avec tendresse. Elle écarta les mèches qui lui retombaient sur le front pour mieux voir ses yeux. Elle se dit que c'était le geste d'une mère. Comment ne pas penser qu'aucun enfant n'était né du grand amour qu'elle avait pour Jean-Baptiste, que rien n'en naîtrait jamais. Si l'amour passait, quand l'amour passerait, il ne resterait rien d'eux. C'était une pensée bien amère.

Il resterait Jack. Jack était important. Beaucoup plus qu'il ne pouvait l'imaginer.

Le jeune homme attrapa Master Joe qui gigota et roula dans tous les sens des yeux indignés. Des ailes grises sortaient encore de sa gueule.

— Il a mangé. Il en a pris plusieurs. Il est repu.

Il le posa sur l'épaule de Sara. Master Joe se calma. Il était tout à fait apprivoisé, désormais.

— Drôle de vie, hein, Jack ? demanda Sara... Je te vois pensif, quelquefois. Triste, même. Est-ce que tu me dis bien tout ?

Jack eut un regard bref, comme s'il eût été pris en faute.

— Je ne suis pas triste, je travaille. Je pense. Comme vous.

— Oui, mais je me dis que tu es bien seul ici. À ton âge, tu devrais avoir des amis, une fiancée... Ça ne te manque pas ?

Jack acquiesça en silence.

Sara se dit qu'elle s'engageait dans une conversation périlleuse et qu'il faudrait déléguer tout cela à Jean-Baptiste quand il irait mieux. Il y avait des prostituées à Louxor comme ailleurs, mais elle ne voyait pas son Jack, si réservé, si doux, dans un bouge à matelots.

Elle passa un bras autour de ses épaules et l'attira contre elle. Jack se laissa aller.

— Je... j'ai connu une jeune fille au Caire.

— Une fille d'ici ? demanda doucement Sara.

— Non. Une jeune fille européenne.

— Je la connais ?

Jack rougit et se tut.

— Tu es amoureux d'elle ?

Il baissa les yeux. Sara se mit à rire.

— Et elle ?

Le garçon se rembrunit.

— Je ne sais pas, dit-il. Je lui ai écrit, mais je ne sais même pas si les lettres lui parviennent. Elle ne m'a jamais répondu.

C'est Sara qui avait appris à lire et à écrire à Jack. Elle n'arrivait pas à l'imaginer écrivant une lettre d'amour de son écriture enfantine et chaotique. Elle réfléchit rapidement.

— Jack, j'ai une idée ! Que dirais-tu d'aller au Caire ?

Un sourire radieux illumina le visage du jeune homme.

— Jean-Baptiste est trop faible, il n'est pas encore en état de voyager. Le consul devait envoyer un bateau pour le Colosse. Il ne l'a pas fait. S'il tarde encore, on va manquer la crue et perdre une année, alors que si ce bateau arrive à temps, on peut peut-être charger quand même cette maudite statue et s'en débarrasser. Il faut donc que quelqu'un aille au Caire sans attendre. Tu peux très bien faire ça, Jack. Tu es un homme, désormais. Tu partiras demain.

La descente du Nil était plus rapide que sa remontée et au fur et à mesure qu'il s'approchait du Caire, Jack devenait de plus en plus nerveux.

Il n'avait pas eu le courage de dire à Sara qu'il était tombé amoureux de la fille du consul Botky. Il ne cessait de penser à elle, il revoyait son profil délicat, ses mains fines, sa taille menue ; il sentait sa bouche contre son cou, à la fois douce et brûlante... Elle l'avait embrassé, lui avait pris la main et ses regards avaient été éloquents, pleins d'amour et de souffrance. Comme il l'aimait !... Il s'émerveillait qu'une fille de la haute société, qui pouvait prétendre aux meilleurs partis, ait pu s'intéresser à lui. En une seule fois, elle lui avait tout dit...

Jack avait la force des inconscients : rien ne lui semblait impossible. Était-ce à cause de son âge ou parce qu'il était irlandais, aucun obstacle ne l'arrêtait une fois qu'il s'était mis quelque chose en tête. Et il avait la tête dure.

À peine eut-il mis pied à terre à Boulaq, qu'il se précipita vers la ville.

Il avait eu du mal à s'habiller décemment. Sara avait rafistolé les vêtements défraîchis qu'il portait à son arrivée en Égypte, et déniché, Dieu sait où, une chemise blanche presque neuve, à peu près à sa taille.

— Avec ça et des chaussures propres, tu auras l'air d'un

prince, mon petit Jack, avait-elle dit. Tu es beau garçon, tu as la taille bien prise. Elle va te tomber dans les bras !

Au fond de sa poche, il serrait le cadeau qu'il avait préparé depuis longtemps : un collier de grains d'or acheté à un villageois de Gournah.

Il sonna à la porte de bois sculpté de la maison Bokty. Un serviteur en gilet rouge ouvrit et le dévisagea.

— Mlle Bokty est-elle rentrée de voyage ? demanda-t-il, le cœur battant.

Le serviteur acquiesça, mais n'invita pas le visiteur à entrer.

— Je suis James Curtin, dit-il avec l'assurance d'un grand voyageur. J'arrive de Thèbes et j'ai quelque chose à lui remettre.

Le Nubien le fit attendre dans le *diwan*, sombre et frais. Des éclats de miroir décoraient les fresques de céramique qui couraient le long des murs. Jack en profita pour s'y mirer tant bien que mal et mettre de l'ordre dans sa tenue. Il était ébloui par sa chance : Caroline était rentrée et il allait enfin la revoir.

— Qui ? fit Mme Bokty en fronçant le sourcil.
— James Cur-tin, Missis... fit le Nubien en s'appliquant.
— Je ne le connais pas.

Caroline, frémissante, prit son courage à deux mains.

— Moi, je le connais.

Mme Botky se retourna et dévisagea sa fille, qui baissa les yeux et murmura tout bas :

— C'est le fils de M. Belzoni.
— Depuis quand M. Belzoni a-t-il un fils ?... Je vais recevoir ce jeune homme.

Caroline s'interposa, les joues en flammes.

— Non, maman. C'est moi qu'il vient voir.
— Raison de plus !

Mme Botky sortit précipitamment de la pièce. Caroline la suivit dans un envol de jupes.

— Je vous en supplie, maman. Je ne lui ai même pas parlé. Jamais.
— Je l'espère bien !

Devant la porte du salon, elle arrêta sa fille.

— Tu restes ici.

Elle pénétra dans la pièce pendant que Caroline se précipitait à l'étage, dans l'alcôve masquée d'un treillis de bois d'où on pouvait tout voir sans être vu.

Le visage de Jack se figea en voyant Mme Botky se diriger vers lui.

— Monsieur, vous êtes fort jeune, déclara-t-elle sans préambule, mais permettez-moi de vous dire que vous avez un fier courage de vous présenter à ma fille sans avoir jamais été reçu dans cette maison.

Jack rougit et prit le courage en question à deux mains.

— Madame, je ne connais pas d'autre moyen et je n'ai que de bonnes intentions.

Dans l'alcôve, Caroline se sentit défaillir de bonheur. Elle le dévorait des yeux, si fier, si beau, avec ses cheveux d'ange, décolorés par le soleil.

— Qui êtes-vous donc pour avoir cette audace ?

— James Curtin, madame. J'ai dix-huit ans, je suis irlandais et M. Belzoni m'a adopté en bas âge.

Mme Bokty dut reconnaître en son for intérieur que le garçon lui était sympathique.

— Chez nous, voyez-vous, la cour se fait autrement. Ma fille pourrait être choquée par tant d'impétuosité. Je ne crois pas qu'elle puisse vous recevoir.

Jack insista.

— Madame, je ne suis au Caire que pour quelques jours. Je voudrais la voir, au moins une fois. Je dois savoir si elle a reçu mes lettres. Et ce qu'elle a à me répondre.

— Vous vous écrivez ? s'exclama Mme Bokty, horrifiée.

Caroline porta sa main à sa bouche comme pour étouffer un cri. Les lettres de Jack qu'elle avait lues et relues cent fois étaient cachées dans sa chambre. Elle allait passer un mauvais moment. Eh bien, tant pis ! Elle dévala à grand bruit l'étroit escalier de bois et se précipita dans le salon.

— Oui, maman, nous nous écrivons, et il n'y a aucun mal à cela, et personne ne m'empêchera de voir M. Curtin si je le veux.

Jack, émerveillé, la dévorait des yeux. Elle l'aimait...

Caroline le regardait droit dans les yeux, le cœur au bord des lèvres.

— Merci, monsieur, de votre visite, murmura-t-elle en esquissant une petite révérence, je suis heureuse de votre retour au Caire.

Mme Bokty se laissa tomber sur le divan, fauchée par ce nouveau coup du sort.

Jack sortit le cadeau de sa poche. Il porta discrètement à ses lèvres le petit collier vieux de trois mille ans avant de le tendre à Caroline.

— Je l'ai arraché au désert pour vous.

Elle le prit d'une main tremblante et frôla les doigts de Jack.

Cette nuit-là, Caroline ne trouva pas le sommeil. Elle aurait tout donné pour être auprès de lui. Elle se sentait prisonnière, en proie à une agitation jamais éprouvée auparavant. Elle sortit de sa chambre et monta sur le toit en terrasse pour y trouver un peu de fraîcheur. L'aube était proche, on distinguait les dizaines de minarets de la ville et la fumée des premiers feux du matin.

« Oh ! pouvoir le rejoindre à Boulaq, se répétait-elle. Il suffirait de réveiller un serviteur qui m'accompagnerait. J'arriverais au port, je monterais sans bruit à bord de son bateau, et je le surprendrais dans son sommeil. »

Les images se bousculaient en elle. Elle rêvait de ses caresses, de ses baisers, et roulait sous ses doigts le petit collier d'or qu'elle portait autour du cou. Elle se pencha sur l'ombre fraîche et humide du jardin. Le murmure apaisant de la fontaine monta vers elle. Il lui sembla soudain entendre un chuchotement. Elle reconnut les voix étouffées de sa mère et de son père. Ils devaient être descendus au jardin pour chercher un peu de fraîcheur eux aussi.

— Joseph, je suis inquiète pour Caroline. Il faut que nous pensions à la fiancer.

Caroline se laissa glisser sur une petite terrasse en contrebas pour mieux les entendre.

— C'est une gamine, répondit M. Botky. Elle a le temps.

— Non, le temps presse au contraire. Je crains qu'elle ne se soit déjà entichée de quelqu'un. Elle n'a d'yeux que pour le petit protégé de Belzoni.

— Le petit va-nu-pieds ? Mais c'est un domestique !

— Il m'a dit qu'il avait été adopté.

La voix de Joseph Bokty monta d'un ton.

— Parce que vous lui parlez ? Que se passe-t-il dans cette maison ?

— Calmez-vous, mon ami. Il n'y a rien de grave. C'est une amourette de jeune fille. Tout cela passera.

Depuis la mort de sa fille cadette, Mme Bokty avait cessé de lutter contre les choses de la vie.

— Il n'est même pas pensable qu'il en soit autrement. Ma fille amoureuse d'un domestique ! Tout cela doit cesser immédiatement. J'y veillerai personnellement.

Il y eut un silence. Caroline écoutait, les yeux gros de larmes.

— Mon ami, reprit sa mère, j'ai beaucoup changé depuis... l'accident. Il faudrait vivre comme si demain ne devait jamais arriver. Et si le petit va-nu-pieds, comme vous dites, était le seul amour que Caroline connaisse jamais, serait-il juste de le lui interdire ?

— L'amour, l'amour ! Vous n'avez que ça à la bouche, vous autres femmes ! Peut-on revenir sur les principes fondamentaux de la société parce que votre fille est assez sotte pour s'enticher du valet d'un saltimbanque ? Donnez-la-lui donc en mariage ! Votre faiblesse est inconcevable.

Des larmes silencieuses coulaient sur les joues de Caroline.

— Et pourtant..., ajouta la voix triste de sa mère, j'aurais préféré mille fois que ma petite soit mariée à un valet plutôt que morte. Comprenez-vous cela ?

— Non, fit Botky.

Un grand silence s'abattit sur le jardin.

Caroline s'enfuit vers sa chambre, le cœur plein de l'image de sa sœur morte et du visage radieux de Jack. Ses pieds nus ne faisaient aucun bruit sur les dalles de céramique bleue. Elle arracha sa chemise de nuit et se jeta à plat ventre sur son lit, pleurant jusqu'à ce que le sommeil la prenne.

Jean-Baptiste se rétablit rapidement.

Jack mettrait bien trois semaines à revenir du Caire avec le bateau. Il fallait être fataliste et ne pas se battre inutilement contre le destin. On était déjà à la mi-août, l'embarquement du Colosse était compromis.

Cela lui donnait le temps d'aller visiter Assouan, et peut-être même au-delà. Il mit de l'ordre dans ses papiers et rangea les croquis que Sara avait à peine fini de rehausser à l'aquarelle. Ils étaient assez fidèles à la réalité, mais rien ne pouvait rendre les délicates couleurs usées par des siècles de *khamsin*, le vent du désert qui polit les pierres comme des squelettes.

Un homme se présenta à l'entrée de la tombe. Jean-Baptiste reconnut Mena, l'homme qu'il avait sauvé.

— Mena, lui dit-il, je sais ce que tu as fait pour moi. Je veux te remercier.

— Ne te donne pas cette peine, répondit l'homme aux cheveux gris. Je suis ici pour autre chose. On m'a dit que tu cherchais aussi des tombes...

Il eut un geste vague vers l'intérieur de la montagne, et reprit après un silence :

— Je connais bien le Pays des Morts. Si tu veux, je peux t'emmener là où personne n'est encore jamais allé. Je sais que tu ne connais pas la peur.

Tous les guides promettaient la même chose. Mais cet homme-là avait un regard droit.

— Pourquoi me le proposes-tu à moi ? demanda Jean-Baptiste. Il y a d'autres voyageurs plus fortunés à Louxor. Je ne suis pas riche.

— Je ne t'ai pas demandé d'argent et nous n'avons aucune dette l'un vers l'autre... rétorqua l'homme en s'asseyant dignement sur la banquette. Il y a un destin pour chacun de nous, et pour toutes choses. Mon destin m'a parlé quand j'étais sous Al-Khafany. Je suis arrivé à l'âge où on peut partir sans crainte pour l'autre monde, et sans toi, j'y serais déjà. Il est dit que tu ne m'auras pas ramené en vain.

La plupart des Égyptiens qui avaient eu des contacts avec des étrangers ne pensaient qu'à en tirer profit. Mena aussi, sans doute, mais il avait la manière.

— Tu as besoin d'un guide. Je t'aiderai.

Belzoni le remercia encore. L'homme sourit.

— Pardonne-moi, mais je lis dans tes pensées : tu doutes... Il faut donc te montrer aussi les chemins de l'âme... Je connais peu de Francs, mais aucun ne pourrait venir là où nous allons.

— Pourquoi ?

— Ils mourraient. Mais toi, tu peux. Je le sais. Allons.

— Et de quoi mourraient-ils ?

— De peur.

Mena avait exigé qu'ils fussent seuls, mais pas un instant Belzoni ne craignit d'être tombé dans un guet-apens ; il avait confiance. Les deux hommes sortirent du village et se dirigèrent vers la montagne aride et déserte, où le soleil cognait comme un marteau. C'était une terre de sépulture, que hantaient seulement les chacals, les hyènes et les cobras. Pendant qu'ils cheminaient en économisant leurs mouvements, Mena parla.

— Comme nous tous ici-bas, tu cherches une réponse depuis longtemps. Le hasard a porté tes pas à Thèbes aux cent portes.

Il se retourna et désigna de son bâton les villages de Karnak et de Louxor qui s'étendaient sur l'autre rive du fleuve. Le Nil scintillait au soleil comme une lame.

— Thèbes couvre les deux rives, c'est une ville immense. Si tu fermes les yeux, tu peux encore l'entendre... Là-bas, se dresse le grand temple où la Réponse est donnée à tous. La Sagesse Divine y est résumée. Elle dit : « Je suis ce que Je suis, ce que J'ai toujours été, ce que Je serai toujours. Aucun mortel n'a encore soulevé le pan de ma robe. » Ici, c'est l'autre côté : la rive de l'autre visage des choses, où la réponse n'est donnée qu'à quelques-uns.

Belzoni était attentif. Depuis qu'il était dans ce pays, il ne s'étonnait plus de rien. Tout lui semblait parfois suivre un itinéraire établi depuis toujours.

— Mena était le nom du premier roi de ce pays, reprit son guide. Aussi loin qu'on puisse remonter dans le temps, ma famille a toujours habité le temple. Quand les Barbares sont venus, quand le temple s'est écroulé, elle s'est installée sur la rive des Morts. Par tradition, celui qui s'en va transmet ses connaissances à un autre ; c'est un devoir. Disons que je suis un serviteur héréditaire du temple...

— Mais le temple n'existe plus... dit Belzoni.

Mena le regarda avec commisération.

— Nous portons le temple en nous ; ce n'est pas le temple qui nous porte en lui.

Ils marchèrent longtemps avant d'arriver au pied de la montagne et de commencer à l'escalader. Mena, malgré son âge, semblait infatigable. À la fin, il s'arrêta devant un roc dressé qui ne semblait pas différent des autres.

— Aide-moi... fit-il.

Les deux hommes poussèrent la pierre, dégageant l'orifice obscur d'un boyau qui s'enfonçait dans la terre. Un souffle chaud et chargé d'odeurs leur sauta au visage. Mena fit signe à Jean-Baptiste d'entrer. Il eut un moment de panique et de doute, et Mena le regarda en silence avec une ombre d'ironie. Il attendit un instant et pénétra dans la galerie, où il disparut.

Belzoni regarda le ciel immuable où planaient des faucons et descendit sous terre lui aussi.

— Mena ?

Aucune réponse. La galerie était taillée dans le roc. Après une série de marches grossièrement taillées et usées au milieu par des pas innombrables, la galerie plongeait dans le cœur de la terre, dans une obscurité totale, en se rétrécissant aux dimensions d'un boyau.

Belzoni entendait une sorte de grattement devant lui ; Mena, probablement, qui le précédait. Il rampait maintenant dans le noir, enserré par les parois, comme une taupe aveugle, sans pouvoir retourner en arrière, et sans savoir où il allait. C'était peut-être vers une mort horrible. Il fit le vide dans son esprit et continua à avancer. L'air, raréfié, était de plus en plus imprégné par cette odeur bizarre qui l'avait assailli : encens, herbes sèches... Il étouffait.

Presque sans transition, le boyau prit fin et laissa la place à un espace impossible à imaginer : il n'y avait plus de parois. La seule réalité certaine était le sol, où il continua à ramper. Il sentait sous ses doigts une poussière très fine. Il la renifla ; l'odeur venait de là.

— Mena ? appela-t-il encore.

Sa propre voix lui fit écho. Il devait se trouver dans une salle de vastes proportions. Il mit les mains en avant et avançant comme un aveugle, finit par toucher quelque chose de part et d'autre. C'étaient deux parois faites d'objets indéfinissables, entassés les uns à côté des autres. Il s'engagea dans cette sorte de chemin qui s'enfonçait encore plus loin, vers le fond de la caverne, et qui allait se rétrécissant. Il s'arrêta et chercha à mieux comprendre. Les objets lui paraissaient à la fois étroits, creux et légers ; ils étaient tous surmontés par une boule creusée d'aspérités et de bosses. Il les palpa avec plus d'attention : deux trous surmontant une sorte d'arête ; au-dessous encore une ouverture garnie de petits objets durs et réguliers. Des yeux, un nez, des dents... Il retira brutalement sa main de la bouche de la créature. Son sursaut provoqua une sorte de bousculade dans l'étroit espace. Il lui sembla que des corps innombrables tombaient en cascade de tous côtés, lui coupant toute retraite, prêts à l'ensevelir.

Un vertige le saisit et il tomba en avant, en criant de terreur. Il s'écroula sur les corps entassés qui craquèrent et s'effritèrent comme des gaufres, dégageant une poussière impalpable qui s'introduisit dans ses narines. Il se mit à tousser, ses poumons étaient en feu. Les yeux exorbités dans l'obscurité, il cherchait un souffle d'air.

Une mince lueur jaillit devant lui. Mena était là, un lumignon à la main. Autour d'eux, des centaines de momies encore emmaillotées et qu'on avait sorties de leurs sarcophages étaient dressées contre les parois de la grotte et les fixaient de leurs yeux éteints. C'était sur elles que Belzoni était tombé, c'étaient leurs poitrines qui avaient éclaté qui s'étaient pulvérisées comme les papillons morts qu'il trouvait, enfant, dans le grenier de son père. Pendant un instant, il eut une sorte d'hallucination : il était entouré d'un vol épais de papillons de nuit. Des ailes grises voletaient autour de lui, répandant leur poussière impalpable. Il voyait flotter les minuscules têtes de mort qui décoraient leur dos, et les petits abdomens bombés et velus...

Certaines momies avaient perdu leurs bandelettes ; d'autres n'en avaient jamais eu. Pauvres et riches, nobles et esclaves étaient mélangés dans cette dernière demeure. Par terre, gisait un tas de pauvres restes informes et brunâtres : papyrus, bandelettes noircies et menus objets tombés de la main des morts, de leurs cous, de leurs bras — les souvenirs de parents, d'amis, d'amants, morts eux aussi depuis longtemps. Tout près de Belzoni un pied de femme menu, aussi parfait que celui d'une statue de bronze. Un mince bracelet d'émail était fixé à la cheville et sur chacun des ongles soignés, l'embaumeur avait déposé une petite feuille d'or, pareille à une larme précieuse. Cela émut Belzoni plus que tout autre chose. Les yeux brûlants, il sentit à ses côtés la présence de la jeune fille aimée et morte trop tôt, que des mains expertes avaient préparée pour son voyage sans retour. Là, devant lui, ce voyage était fini. La pitié et la tendresse l'envahirent.

Certains marchands se seraient rués sur cette manne, y auraient plongé les mains et rempli leurs poches des amulettes d'or, des bracelets d'émail, des colliers millénaires qui brillaient dans la poussière. Belzoni resta à genoux au milieu des corps.

— Médite sur ces carapaces dont aucun souffle ne s'échappe quand on les crève, dit Mena. Leur âme est au loin depuis longtemps, mais il reste autour de ces momies un souffle, une empreinte : celle de ceux qui ont fabriqué ces yeux d'émail, peint ces sourires, rempli ces corps de myrrhe et d'aromates, travaillé sans relâche dans le sel et les acides pour envoyer ces corps à travers le temps comme des navires messagers, pour qu'aujourd'hui ils arrivent à toi, demain à un autre, et que la porte de la Connaissance s'ouvre un peu plus. Leur art parle plus fort que la parole des prêtres, plus fort que l'argent et que le pouvoir. Il résiste au néant et à la corruption. C'est un message éternel.

Mena repoussa les momies et lui fit signe de le suivre. Ils entrèrent dans une salle contiguë, aux murs peints de fresques aux couleurs vives. Au centre, se trouvait un grand sarcophage d'albâtre admirablement sculpté. Belzoni se pencha dessus. Il était vide.

— Il est à toi, dit Mena. Le roi qui l'occupait a disparu. Si tu le gardes assez longtemps, tu pourras un jour l'occuper à ton tour.

Il eut un sourire ironique. Un fort courant d'air se leva et le lumignon qu'il tenait à la main s'éteignit, replongeant la scène dans l'obscurité.

Il chercha la main de Belzoni et le guida comme un enfant vers l'extérieur. En réalité, ils étaient curieusement près de la surface.

Une fois à l'air libre, ils descendirent en silence vers les bords du Nil. Belzoni chercha sa bourse dans sa poche pour récompenser son guide, mais l'autre l'arrêta.

— Pas d'argent. Le moment venu, je te dirai ce que je veux. Le sarcophage t'appartient, c'est dit. N'en parle à personne.

Il monta dans une petite felouque qui l'attendait et qui s'éloigna rapidement, portée par le courant. Le Nil, comme à son habitude, charriait paresseusement toutes sortes de plantes. Mena fit un signe d'adieu à Belzoni et hissa la voile qui ressemblait à l'aile d'une mouette, avant de disparaître vers le grand temple dont on distinguait les colonnes sur la berge opposée.

Au début de septembre, Rifaud avait enfin quitté Le Caire avec Rossignano, Lebolo et quelques autres. Son soulagement était grand : il allait enfin entrer en activité.

— D'abord établir une base à Louxor, avait dit Drovetti. Les grands champs de fouilles sont là, dans le temple et ses environs. Et les Anglais sont là aussi. Nous devons être partout où ils seront. Avant eux, si possible.

Drovetti savait qu'il ne se rétablirait pas de sitôt, il n'avait donc lésiné sur rien.

— Je mets les moyens, mettez le reste, avait-il ajouté. Je veux vous voir installés à Louxor, les chantiers ouverts, les entrepôts prêts à recevoir la marchandise, et l'équipe prête à partir pour le sud, avec les meilleurs bateaux. Prenez ce qu'il y a de mieux, hommes et matériel. Je garde Cailliaud pour le moment. Je veux sonder Burckhardt qui en sait beaucoup plus qu'il n'en dit sur les mines d'or des Pharaons. Quant à Belzoni, je veux l'oublier.

— Rossignano, déclara Rifaud, je dois te donner raison. Je suis tombé dans le piège comme un couillon ! J'ai vraiment cru que Belzoni allait se mettre à l'agriculture. Il nous a bien eus ! Le voilà déjà installé à Louxor, avec une belle avance sur nous. On va avoir de l'algue au filet avec lui.

— Comme on fait son lit, on se couche, Rifaud. Tu n'as pas voulu qu'on l'élimine, il va falloir le subir.

À Louxor, on leur apprit que le géant était parti vers le Sud, un mois auparavant avec sa femme. On apercevait son Colosse le long de la rive, abandonné. Les Anglais n'avaient pas envoyé le grand bateau qu'ils lui avaient promis.

— Ils le laissent à pied et sans un sou, persifla Rossignano. C'est dire le cas qu'ils en font ! Tant mieux, ça nous laisse les mains libres. Il va trouver des changements quand il reviendra !

— C'est possible, fit Rifaud, mais à moins qu'il ne nous pousse des ailes pendant la nuit, il va garder son avance.

— Je ne vois pas pourquoi tu t'inquiètes. D'ici jusqu'au fond de la Nubie, Drovetti a fait le tri des meilleures pièces et il a déjà acheté les *cachefs*, les gouverneurs et *tutti quanti*.

— Je me demande qui des deux est le plus naïf : toi ou Drovetti. Belzoni va tout ratisser, on ne trouvera plus rien. Après tant d'années en Égypte, vous raisonnez encore comme des Européens. La règle dans ce pays, c'est « ici et tout de suite ». On paye et on emporte.

Rossignano fit ancrer le bateau à la hauteur du village de Gournah. Rifaud ne cacha pas sa déception devant la pauvreté du paysage et du village qu'on devinait au flanc de la montagne désertique.

— Comme partie de cabanon, il y a mieux ; c'est pas le Grand Hôtel ! Est-ce qu'il y a au moins un arbre, de l'ombre, de l'eau ? C'est que je sue pratiquement sous la langue...

Rossignano le rassura :

— Il y a de tout et même plus : tu vas être étonné.

— Alors, étonne-moi vite : j'ai la raie du cul comme une gouttière !

— Quand je travaille sur Thèbes, c'est là-haut que j'habite, à Gournah, fit l'ex-mamelouk. J'ai même une petite femme qui sait cuisiner. Je me suis organisé.

Rifaud était superstitieux : il entra dans la maison-tombeau de Rossignano en se cramponnant d'une main à ses propres testicules — méthode italienne infaillible contre la malchance — et de l'autre aux amulettes et médailles saintes qu'il portait sur la poitrine. Mais finalement, il dut admettre que la vieille tombe était très confortable. C'était une enfilade de pièces vastes et sombres, creusées dans la roche et décorées du sol au plafond de fresques aux couleurs encore vives. Au fond de la demeure, une porte murée donnait sur l'intérieur de la montagne. Deux divinités à tête de chacal étaient peintes de chaque côté.

Dans la chambre du maître des lieux, l'ameublement était sommaire : un lit de bois, des meubles rustiques, des nattes tressées sur le sol de terre battue, quelques lampes à huile, des poteries et des vanneries. Une caisse de momie en bois peint et doré servait de coffre. L'ensemble donnait une idée assez vraisemblable de ce que pouvait être la demeure d'un seigneur de campagne, à l'époque des pharaons.

La seule touche anachronique était l'uniforme de soldat français taché et déchiré qui pendait à un clou, dans un coin, et un tambour crevé aux couleurs de l'armée française. L'un et l'autre avaient fait la bataille des Pyramides. C'était le passé du soldat Rossignano. Il n'arrivait pas à s'en séparer.

Rifaud et Lebolo s'installèrent dans la fraîcheur des salles souterraines. On ne pouvait qu'envier la vie paisible et bien organisée que s'était faite Rossignano. Il avait même une femme, une Bédouine craintive qui s'était donnée à lui pour faire honneur à sa tribu.

Les villageois avaient vu arriver le bateau de loin et elle attendait son mari devant la porte, modestement drapée dans ses voiles. Une bonne odeur de pain frais montait d'un petit four de briques. Elle servit aux visiteurs un repas frugal fait de *dourah* et d'œufs, une jatte de lait de chèvre, des poissons du Nil et un plateau de dattes. Un régal. La jeune Bédouine semblait glisser sur le sol de terre battue, dans un petit bruit de bijoux d'argent. Rifaud se prit à humer son sillage : il émanait d'elle une odeur rassurante de foin et de bergerie.

— Tu sais que je t'envie, Rossi ? C'est exactement ce que je voudrais pour moi-même.

— Eh bien moi, je ne veux plus qu'une chose maintenant, c'est rentrer en Provence ou au Piémont. Et ça, il n'y a que l'argent qui puisse me le donner. Alors parlons affaires. Rien d'autre ne m'intéresse.

Ils allèrent rôder aux alentours du Colosse. Belzoni avait rassemblé autour quelques statues, fruit de ses dernières excavations. Le tout était ceinturé d'un mur de terre, assez symbolique en vérité.

Lebolo sauta à califourchon sur le muret.

— Par principe, dit-il, je fais toujours tout ce qu'on m'interdit. C'est très instructif.

Belzoni avait payé deux paysans pour monter la garde, mais pour éviter les histoires, ils firent mine de regarder ailleurs quand les Français enjambèrent le faîte du petit mur.

Rifaud fut étonné par l'ampleur du travail effectué par Belzoni. Agacé, aussi. Son rival savait travailler.

Le Colosse, hissé sur un traîneau de bois, était prêt à être chargé. Il souriait imperturbablement. Sur le cou de la statue, on distinguait nettement les coups de pioche que les soldats de Napoléon avait donnés en vain pour détacher la tête des épaules.

Lebolo tournait autour, l'air sournois.

— On pourrait mettre une mine dessous, dit-il. Ou lui casser le nez. Une petite charge de poudre, et pfft... Il ne vaudra plus rien. Les Anglais en feraient, une tête !

— On n'est pas venus pour casser, rétorqua Rifaud. Si je te prends à détruire quoi que ce soit, tu auras affaire à moi. C'est de l'art, tout ça, ça vaut de l'or.

— L'art, connais pas ! fit l'autre, vexé. L'or, oui. Je suis payé pour emmerder les Anglais, pas pour faire de l'art. Je dis que si on veut lui couper l'herbe sous le pied, à ton bonhomme, on tient l'occasion rêvée : une mine dans tout ça, et l'affaire est faite.

— Non.

Rifaud avait compris que la guerre serait longue, mais il avait des principes. Il y a des choses qu'on ne fait pas. Il savait bien, cependant, qu'en descendant vers la Nubie comme le voulait Drovetti, il croiserait Belzoni rentrant à Thèbes en toute tranquillité, avec un chargement d'antiquités. Rifaud ne réussirait jamais à le contrer, ni même à recenser les biens dont il se serait emparé, à Louxor comme en Nubie.

Bref, si Rifaud obéissait à Drovetti et respectait ses principes, Belzoni conserverait son avance et les Français entreraient dans un chassé-croisé démoniaque dont ils ne récolteraient que les restes. Il décida de séjourner à Thèbes jusqu'au retour de son rival et d'utiliser ce temps pour ouvrir le chantier et commencer des fouilles. La Nubie attendrait.

Jean-Baptiste était parvenu sans encombre à Assouan. Le village était minuscule mais l'étape importante, car c'était là qu'on se préparait à franchir la première cataracte du Nil. Non qu'elle fût si redoutable, mais selon la quantité d'eau, elle pouvait être plus ou moins violente et, en période de crue, il valait mieux la passer à pied. En période sèche, c'était pire : on risquait de s'éventrer sur les rochers qui affleuraient de toutes parts. Quand les bateaux étaient de petite taille, on réussissait, non sans risque, à les hâler avec des cordages, mais quoi qu'on fasse, un capitaine expérimenté était indispensable.

Il fallait quelquefois vider le bateau à Assouan, transporter les bagages à dos de chameau de l'autre côté de la cataracte, du côté de Philae, et les recharger sur une autre embarcation. Une bonne journée de travail.

Il y avait quelques bateaux à l'ancre dans la petite rade qui servait de port. Des voyageurs anglais, leur dit-on, qui voulaient voir le temple de Philae. Ils étaient donc partout ? pensa Belzoni avec une pointe d'agacement.

Il était en train de décharger sa cange avec l'équipage, quand des cris retentirent dans une maison qui surplombait le fleuve. Deux hommes surgirent sur la terrasse, un sabre à la main. Un blond, et un brun à demi nu. Le blond couvrait le brun d'invectives.

— Défendez-vous, Finati, sinon je vous tue comme un chien !

— Je me défends, monsieur, je me défends... Regardez !

Il plaça un fendant qui blessa son adversaire au gras de l'épaule gauche. Le blond, furieux, attaqua de plus belle. Les sabres scintillaient au soleil. Tout le monde s'était arrêté de travailler sur le bateau pour profiter du spectacle.

— Vous m'avez déshonoré, Finati !

— Monsieur, je suis au regret de vous dire que votre femme était consentante. Encore, si je l'avais contrainte...

Le mari offensé rugit de colère et monta à l'assaut. Le nommé Finati était en fâcheuse posture.

Des sanglots et des cris perçants montaient de la maison. Une jolie femme éplorée apparut, soutenue par deux servantes, les cheveux répandus sur les épaules.

— Arrêtez, je vous en supplie...

— Madame, il semble que je doive mourir pour vous, dit Finati. Ne m'oubliez pas dans vos prières.

Le mari avait poussé l'Italien au bord de la terrasse. C'était un simple toit sans rebord. L'homme n'avait plus le moindre espace pour se défendre. Il jeta un coup d'œil derrière lui. La maison était construite sur un promontoire. S'il tombait, il s'écraserait en contrebas. S'il plongeait, avec un peu de chance, il réussirait à atteindre l'eau du Nil, assez profonde à cet endroit. Il plongea.

La foule poussa un long cri, la femme hurla et s'évanouit, le mari victorieux resta campé au bord du toit, les jambes écartées, le sabre à la main, soufflant comme un bœuf.

On guetta la surface du fleuve, mais le plongeur ne reparut pas. Le courant était très fort à cette saison, l'homme avait été emporté.

— Dommage ! fit Sara. Un si bel homme...

Belzoni fourrageait dans ses bagages à la proue quand il s'entendit héler tout bas. Il regarda par-dessus bord, car la voix venait du fleuve. L'homme était accroché à la corde de l'ancre. Il sourit et s'excusa.

— Mauvaise présentation ! Je m'appelle Giovanni Finati, et si vous me tiriez de là, vous me rendriez un fier service...

Belzoni se mit à rire tout bas.

— Vous en avez de bonnes ! Le mari guette encore.

La cuisine de bord était une cabine minuscule qui s'ouvrait à la proue, et où l'on ne tenait pas debout. Jean-Baptiste ouvrit la trappe.

— Entrez vite là-dedans. Je vous ferai sortir à la nuit.

— Je le reconnais, dit l'Italien quelques heures plus tard en décortiquant à belles dents la côtelette de mouton qu'il tenait à la main, je ne suis pas très moral... Mais j'ai beaucoup de mal à résister aux femmes.

Le petit groupe avait fait halte à Philae pour la nuit et avait dressé le camp devant le *Lit du Pharaon*. Un lieu enchanteur, une nuit parfaite.

— Ce qui m'a coûté cher plus d'une fois. Quand j'étais soldat chez les Turcs, en Dalmatie, je suis tombé amoureux de la femme de mon général.

— Et alors ? fit Sara.

— Alors, j'ai dû l'enlever. On nous a rattrapés, mais j'ai eu de la chance, j'ai réussi à m'échapper.

— Et elle ?

— Je ne sais pas, je ne l'ai jamais revue. Oh ! Fatima s'en sera sortie, elle avait du caractère. Je dirais même une sorte de courage masculin. Ces femmes-là n'ont besoin de personne.

Belzoni était bien tombé : Finati était le meilleur guide qu'on puisse trouver en Égypte. En vérité, bien qu'originaire de Ferrare, en Italie, c'était un mercenaire à la solde des Égyptiens, pour lesquels il combattait régulièrement sous le nom de Hadji Mohammed. Quand il ne combattait pas, il louait ses services aux étrangers et se faisait richement payer. Il proposa d'accompagner gratuitement Jean-Baptiste jusqu'au temple enseveli, dont il connaissait l'existence.

— J'ai un contrat avec William Bankes, expliqua-t-il, un Anglais richissime qui veut sillonner l'Orient en y dépensant beaucoup d'argent. Mais j'ai le temps de vous accompagner à la seconde cataracte et de revenir. Vous aurez besoin d'un bon guide, croyez-moi. Très peu de gens sont allés jusque-là. Il y a des tribus qui n'ont jamais vu de Blancs.

Il se tourna vers Sara.

— Madame, vous serez la première Européenne à avoir franchi les deux cataractes. Le saviez-vous ?

— Non, répondit en souriant Sara. Me décernera-t-on une médaille pour mon courage masculin ?

Finati s'inclina devant le mot, une main sur la poitrine, à la mode arabe.

Les deux hommes parlaient encore une fois du temple d'Abou-Simbel.

— Selon moi, il est impossible à dégager, disait Finati. Trop de travail. On ne trouve pas de main-d'œuvre, pas de nourriture. Si on veut du pain, il faut construire le four. Il n'y a rien aux alentours. Il faudrait tout apporter de Louxor. Surhumain...

À demi allongée dans l'ombre, Sara regardait les deux hommes discuter. Il fallait reconnaître que Finati était spectaculaire. Brûlé par le soleil, des yeux et un sourire de carnassier, avec sa courte barbe noire et ses cheveux longs, il avait l'air de ce qu'il était : un prédateur. Il portait des bijoux d'argent aux deux poignets, des cicatrices un peu partout et un tatouage bleu à la hauteur du cœur, qu'on voyait nettement dans l'échancrure de sa chemise. Elle le soupçonna de la laisser largement ouverte pour qu'on le remarquât.

— Je ne voudrais pas être inconvenante en vous posant une question aussi personnelle, monsieur Finati, mais je suis curieuse : que signifie votre tatouage ?

Finati la regarda de ses yeux de braise :

— C'est un mot arabe, qui veut dire *Ici*. J'encourage l'adversaire à viser au cœur, ce qui l'agace beaucoup en général...

Il marqua une pause et ajouta :

— Ou ça le séduit.

12

Les *dahabieh* nubiennes remontaient lentement le cours du fleuve. De chaque côté, le désert, ou plutôt les déserts — l'un jaune d'or, l'autre gris. De larges bancs de sable entravaient la navigation. De grands crocodiles y somnolaient, veillés par des ibis et des oies sauvages.

Au fur et à mesure qu'il avançait sur le fleuve, Belzoni sentait l'excitation le gagner. Ce temple serait sien, il le tirerait de sa gangue de sable et il serait le premier à y pénétrer. Son nom y resterait attaché à jamais, il passerait à l'Histoire, et cela Salt ne pourrait pas le lui enlever. Qui sait, peut-être la nature avait-elle protégé le temple des violeurs pendant tous ces siècles ? Peut-être contenait-il un trésor qui ferait sa fortune ? Il savait bien pourtant qu'on ne devient pas riche en obéissant à ses passions.

On dépassa les derniers villages marqués sur la carte : Derr, Ibrim. Burckhardt avait dit : « Tu trouveras le temple après un coude du fleuve. Les colosses sont tournés face au levant... »

Dès qu'il arriva au coude, il sut que c'était là et ne put s'empêcher d'éprouver une émotion intense. Quel destin l'attendait derrière ce petit promontoire rocheux, derrière cette végétation rase qui couvrait les rives du fleuve ?

Il rejoignit Sara à l'avant du bateau et la serra contre lui. C'était avec elle qu'il voulait découvrir le temple oublié.

Le bateau tourna lentement autour du bosquet de papyrus qui bordait la rive. Un visage de pierre gigantesque, d'une beauté parfaite, émergeait du sable au flanc d'une sorte de falaise. Le désert avait envahi le site et une grande coulée de sable descendait jusqu'au fleuve, masquant le reste du temple.

Belzoni reconnut le visage, le même qui hantait les ruines de Karnak : c'était celui de Ramsès, le pharaon le plus orgueilleux, le bâtisseur qui avait couvert l'Égypte d'or et de temples.

On jeta l'ancre et Jean-Baptiste donna l'ordre d'établir un camp pour la nuit, à mi-hauteur, face au temple. Sara resterait à bord avec la petite servante qu'elle avait emmenée d'Assouan.

Le feu du soir, au camp, était un des moments préférés de Jean-Baptiste. Mais ce camp-là était différent des autres. Il s'allongea, enveloppé dans les plis de son manteau, sur les tapis qu'on avait déroulés devant la tente. Finati s'était éloigné et, assis sur une pierre, il fumait en silence. Il regardait en contrebas la silhouette des bateaux, et le reflet de leurs lanternes sur le Nil. Il faisait froid. Belzoni contemplait l'énorme visage qui les dominait, à peine visible dans l'obscurité, et c'était aussi irréel qu'un rêve. Le grand pharaon portait les deux couronnes de l'Empire encastrées et regardait vers le Levant, en attente du soleil pour l'éternité. C'était d'une beauté à vous serrer le cœur.

Vaincu par la fatigue et par une sorte d'égarement, Jean-Baptiste bascula dans le sommeil.

Du pont du bateau, Sara regardait elle aussi le temple enseveli. Une lueur bleuâtre provenait du ciel nocturne qui fourmillait d'étoiles. On distinguait le visage gigantesque du pharaon qui veillait sur le Nil et la coulée de sable si blanc qu'on aurait dit de la neige. Du camp, on ne distinguait que les feux et une vague mélopée qui arrivait par bouffées. Jean-Baptiste tenait à partager la vie de ses hommes. C'était sans doute pour cela qu'il réussissait à en obtenir tout ce qu'il voulait. C'était un chef qui se faisait aimer. Sara pensait qu'une femme aurait faussé les rapports — et ce n'est pas Finati qui l'aurait contredite.

Le lendemain, il apparut clairement que, si l'on voulait en savoir plus sur le temple, il fallait dégager le sable de l'entrée. On pouvait imaginer qu'elle se trouvait entre le deuxième buste décapité et le troisième, complètement enfoui dans le sable. Les hommes protestèrent : il fallait enlever une hauteur de sable de vingt mètres au moins, et il continuait à en tomber sans cesse du haut de la falaise, comme une cascade. Autant vider le Nil avec une cuiller. Quelqu'un émit l'hypothèse que le patron était devenu fou, et qu'il devait éviter le soleil.

Jean-Baptiste entra dans une violente colère, assura qu'on avait des tas de paniers et qu'on pouvait fort bien désensabler une partie de l'entrée. Au moins de quoi laisser passage à un homme.

Les marins se mirent à rire, répétant qu'il était de plus en plus fou et qu'ils aimeraient bien voir comment on peut faire tenir du sable dans un panier d'osier.

Jean-Baptiste dévala la pente jusqu'à la rive, un couffin à la main. Les hommes le regardaient avec curiosité. L'un d'eux improvisa un couplet sur le thème : « Le soleil tape dur aujourd'hui, le soleil tapera dur demain, ne te presse pas, l'ami... »

Jean-Baptiste mouilla une bonne quantité de sable avec l'eau du fleuve et la tassa dans le panier qu'il hissa sur son dos. Il remonta péniblement la pente et jeta le panier dégoulinant aux pieds de l'équipage.

— Voilà comment on fait ! dit-il à bout de souffle. Allez remplir d'eau toutes les *gouleh* que vous pourrez trouver.

Les hommes s'étaient tus, frappés d'admiration devant l'astuce véritablement diabolique du patron.

Tandis qu'ils s'affairaient en colonne, comme des fourmis, Belzoni saisit un marteau et un ciseau, et entreprit de sculpter son nom sur la pierre du passage qu'on avait commencé à déblayer. En grandes lettres régulières et profondes.

Finati le regardait faire d'un air goguenard.

— Longue vie au travers des siècles ! s'exclama-t-il quand Jean-Baptiste eut fini. J'imagine qu'un jour, une inconnue s'arrêtera justement là où vous êtes, lèvera les yeux et dira : « Oh ! »

— Oh ! quoi ? fit Belzoni, piqué.

— Oh ! un certain Belzoni est venu ici en 1816.

— Je crois qu'elle se demandera plutôt qui j'étais, pour avoir osé écrire mon nom si haut et si grand auprès de celui de Ramsès. Un fou, sans doute.

Une semaine plus tard, Belzoni n'avait pas dégagé cinq mètres de sable. Il fallait étayer constamment. Il manquait de matériel, de bras. Les couches profondes du sable étaient durcies par des siècles d'accumulation ; il fallait du renfort. Mais il n'avait plus rien, plus de vivres, plus de cadeaux. Il lui restait de l'argent, mais bien inutile puisque les tribus en ignoraient l'usage et vivaient de troc. Enfin il ne savait pas où trouver de l'aide, la Nubie étant pratiquement inhabitée. C'était déjà un miracle qu'il y ait eu un village dans les parages.

Il se demandait comment résoudre ce problème quand un groupe d'hommes surgit du désert. Ils étaient montés sur des chameaux blancs — des bêtes de prix —, drapés dans d'élégantes tuniques claires et armés jusqu'aux dents. Autour du chef, la garde paraissait menaçante.

— Daoud-Cachef[1] interdit qu'on touche aux géants, traduisit l'interprète. Il ne veut pas que la malédiction frappe les villages. Nos gens sont en colère et parlent de venir vous tuer.

« Allons bon... » pensa Belzoni. Il alla prendre un fusil dans son coffre pour en faire présent au chef qui ordonna à ses hommes de rester calmes.

— Discutons, dit-il.

Tout le monde s'assit en arc de cercle.

— Que cherches-tu ici ?

— Des pierres sculptées. Je crois qu'il y en a dans le temple, répondit Jean-Baptiste.

— Tu ne dis pas la vérité. Personne ne ferait un aussi long voyage et un aussi grand travail pour des pierres.

— Grand chef, je veux faire un accord avec toi. Mais je n'ai plus rien à te donner en gage de ma bonne foi sinon ceci.

Il prit sa bourse de cuir, la délia et en sortit quelques pièces de monnaie.

Daoud-Cachef allongea sa main maigre et s'empara d'une pièce qu'il examina des deux côtés, et la fit passer à ses hommes. Ils se consultèrent en hochant la tête. Apparemment, ils n'en avaient jamais vu. La pièce revint dans les mains du cheikh qui la rendit à Belzoni.

— Nous n'en voulons pas, cela n'a aucune valeur.

Belzoni eut envie de rire. Comme ils avaient raison.

— En Égypte, expliqua-t-il, tu n'échanges pas des dattes contre du sel ou du sel contre de la *dourah*. Tu donnes quelques-unes de ces pièces et tu as ce que tu veux en

---

1. Daoud-Cachef : lors de son exploration en 1813, Burckhardt avait été repoussé par son père, Hussein, qui l'avait obligé à rebrousser chemin.

échange. Ces pièces sont si importantes que personne ne peut vivre sans.

Voilà qu'il était en train de contaminer ces fiers guerriers... Il était en train d'introduire en Nubie *l'argent* et son cortège sordide. Croisant le regard direct des hommes assis autour de lui, il fut sur le point de renoncer. Eux, ne perdaient pas une miette de ce qu'il disait. « Me voilà l'apôtre du capital », pensa-t-il avec dérision.

— En Égypte peut-être, ici, certainement pas... répondit Daoud méprisant. Tu ne trouveras personne qui te donne quatre grains de blé pour ce bout de métal.

— Dans mon pays, les gens qui n'ont pas une seule de ces pièces, meurent.

Le *cachef* se montra surpris.

— Et les autres les laissent mourir ?

— Oui.

Belzoni avait placé les pièces sur le sable, et tous maintenant les regardaient avec crainte, en murmurant.

— Ce sont donc des talismans ? Qui protègent de la mort ?

Jean-Baptiste réfléchit. Que répondre ?

— Oui, en quelque sorte.

Les guerriers se concertèrent.

— Donc, plus on en a, plus on est protégé ?

Il ne savait plus comment s'en sortir. Comment leur expliquer le cercle infernal de l'argent ? Il ne devait pas perdre des yeux son objectif.

— Oui. Mais comme toutes les magies puissantes, elles peuvent entraîner l'ivresse. Certaines gens peuvent tuer pour les posséder. Il faut être vigilants quand on en a.

L'accord fut conclu et le cheikh déposa soigneusement dans sa sacoche de cuir la petite bourse pleine de piastres que Belzoni lui donna pour sceller leur accord. Ils se serrèrent les mains en guise d'entente et de paix.

Belzoni, pensif, regarda les guerriers s'éloigner et disparaître dans le désert. Il ne leur avait pas rendu service.

Sara n'était pas mécontente de retourner à Thèbes.

— Nous sommes partis depuis plus d'un mois, il faut rentrer : Jack doit être arrivé. Je suis sûre qu'il commence même à trouver le temps long. N'oublie pas que le Colosse doit arriver à Alexandrie avant que le Nil soit trop bas.

Elle n'ajouta pas, mais elle le pensait : « Et que Salt doit te payer avant que nous ne soyons encore une fois totalement démunis. »

Quand ils appareillèrent, les géants de pierre étaient dégagés jusqu'aux épaules, le sable étayé tant bien que mal et le portique assez largement ouvert pour pouvoir y camper. Mais l'entrée n'avait toujours pas été atteinte.

Au moment où Belzoni regardait le temple pour la dernière fois, un ruisselet de sable glissa du haut de la falaise en surplomb et scintilla dans le soleil comme un signal. Quand ils reviendraient l'année prochaine, tout serait à refaire. Rien n'arrêtait l'avancée du désert.

Quand Jean-Baptiste repassa devant l'île de Philae, les paroles de Finati lui revinrent au mémoire : « Philae, c'est comme quand tu rencontres une inconnue très belle et que tu ne t'y attends pas. Sa beauté te frappe au visage et tu restes muet... »

Giovanni Finati était assis à la proue du bateau. Il regardait le fleuve et n'entendait pas être dérangé dans sa contemplation.

Il émanait de la petite île une sérénité qui lui était propre. Tout y était harmonieux : les couleurs, l'équilibre des ruines, le fouillis romantique des rochers de la rive, et jusqu'à l'air, qui avait une légèreté paradisiaque après la chaleur violente d'Abou-Simbel.

Le flux du Nil avait baissé et les marins purent accoster aux pieds du temple principal. Ils abattirent la grande voile rayée sur le toit de la cabine pour la protéger du soleil.

— Il faut que je revoie mon obélisque, avait dit Jean-Baptiste, en sautant à terre.

Sara le suivit.

Son obélisque était plus petit que ceux du temple de Karnak, et il avait l'avantage d'être tombé à terre, intact, ce qui le rendait plus facile à emporter. C'était celui-là même que convoitaient les Français.

Il tourna autour et se mit à le mesurer à grands pas.

— Sept mètres. On ne peut pas l'emporter aujourd'hui. Le bateau est trop court.

— Et la cataracte ? Comment vas-tu la passer ?

Il se retourna pour regarder les rives du Nil. À cet endroit, elles étaient escarpées ; un amoncellement de roches granitiques s'avançait dans le lit du fleuve et y formait des rapides où les grands bateaux ne se risquaient pas.

— Avec un bateau. Et l'obélisque dessus.

— Passer la cataracte avec un poids de plusieurs tonnes ? Tu es fou.

— Il n'y a pas d'autre solution, la voie de terre est impossible. Regarde, l'obélisque est tout près de la cataracte : il n'y a qu'à le faire glisser. Avec un bateau convenablement équilibré, je suis sûr qu'on peut y arriver.

Des carcasses de bateaux qui s'étaient fracassés en descendant la cataracte pointaient encore hors de l'eau, entre les rochers. Il ne pouvait pas ne pas les avoir vues.

— Si tu veux perdre le bateau, l'obélisque, et la vie par-dessus le marché, c'est une bonne idée, dit Sara.

— Mais non, Sara, si on l'attache bien, le poids est réparti sur toute la longueur du bateau. S'il y a assez d'eau dans la cataracte, et pas trop de courant... Avec de bons rameurs...

— Et si on a de la chance, si on ne périt pas noyé, ou fracassé contre les rochers, ou écrasé par l'obélisque, ou...

— D'accord, d'accord. De toute façon, aujourd'hui, ce n'est pas possible. Je reviendrai à la prochaine décrue.

Il regarda Sara, qui détourna les yeux.

Par moments, elle était tellement fatiguée de tout ça.

Ils restèrent quelques jours à Philae. L'île semblait ancrée sur le Nil comme un merveilleux navire de pierre. Sur le fleuve, des oiseaux multicolores qui ressemblaient à des hirondelles se poursuivaient en sifflant, touchant l'eau de la pointe des ailes. Au crépuscule, Sara entraînait Jean-Baptiste vers une crique au fond de sable, abritée par des blocs de granit rouge. Ils se lavaient nus dans l'eau du Nil, écoutant les bruits apaisants de la nature. De petits poissons argentés fuyaient à leur approche comme des éclats de miroir. Sur le sable humide, des bergeronnettes les regardaient gravement en hochant la queue. C'était comme au premier jour du monde.

Tous les soirs, Sara sentait sur elle le regard indéchiffrable de Finati qui les regardait s'éloigner.

Dès qu'il mit pied sur le rivage de Gournah, le premier regard de Jean-Baptiste fut pour son Colosse. Il était toujours là et le mur était intact. Une grande *djerme* était ancrée juste devant, chargée de matériel de toute sorte.

Il exulta : Jack était là et il avait ramené le bateau.

— Ohé ! Jack, nous voilà ! appela-t-il. Sors de ton trou !

Rien ne bougea à bord.

— Ne te fatigue pas, fit Sara à mi-voix, indiquant une petite felouque chargée de victuailles qui traversait le Nil et venait vers eux. Ce n'est pas lui.

Le raïs fit une manœuvre audacieuse et se rangea habilement entre les deux bateaux.

Rifaud, en cafetan rayé, était allongé entre les cages à poules, les outres et les dattes séchées.

— Bienvenue monsieur Belzoni ! Madame, mes respects. Vous attendiez quelqu'un d'autre peut-être ?

— Oui, un bateau du Caire, répondit Sara. L'auriez-vous rencontré sur votre route ?

— Non, il n'y a que notre bateau à Thèbes, et voilà que la crue touche à sa fin. Vous ne pourrez pas emporter votre Colosse cette année. Quel dommage ! Tant de travail pour rien...

Belzoni serra les mâchoires...

Tout en surveillant les marins qui déchargeaient ses provisions, Rifaud continuait à parler, avec une insupportable amabilité.

— Alors, comme ça, vous avez renoncé à l'agriculture ? Nous voilà donc en concurrence ! Enfin, si vous avez besoin de quelque chose, n'hésitez pas. Entre voisins, il faut s'entraider. Je pars pour Assouan dans quelques jours. Venez donc me voir au chantier avant, j'ai ouvert des tranchées à Karnak, juste à côté des vôtres. Deux cents ouvriers : M. Drovetti veut faire les choses en grand... C'est à voir, je vous jure. Vous n'imaginez pas ce que j'ai déjà trouvé. De quoi remplir un entrepôt !

Qu'était-il arrivé à Jack ? Son retard était de mauvais augure. Et le bateau, où était le bateau ?

— Pourquoi aller au Caire puisqu'il y en a un ici, dit Sara pour le calmer.

— Il est trop petit, tu le sais bien.

— Je ne parle pas du nôtre, mais du leur.

— Sara, je ne suis pas un pirate. Je ne peux pas le leur voler.

— Qui parle de le voler ? On peut faire affaire avec le raïs. Les Français vont partir pour Assouan ; ils seront bien obligés de le laisser aux pieds de la cataracte, il est trop grand pour passer.

Si Jean-Baptiste avait le moindre scrupule à s'approprier le bateau des Français, les villageois de Gournah se chargèrent de le lui ôter. Un homme vint l'avertir que les *Françaoui* complotaient contre lui.

— Viens vite, si tu ne me crois pas. Youssouf-Cachef parle contre toi, il te veut du mal...

Youssouf-Cachef, c'était Rossignano.

Le paysan fit entrer Jean-Baptiste chez lui. Derrière un faisceau de roseaux placés contre le mur de la salle commune, il cachait l'entrée d'une tombe royale. À travers d'étroites galeries, ils arrivèrent dans une salle obscure. L'homme éteignit sa lanterne : de la lumière filtra par une fissure dans le mur du fond. On entendit la voix de Rossignano qui parlait en arabe. Il était avec des notables du village, dans la salle commune qui servait aux réunions.

— Si vous vendez des objets au géant ou à ses amis, disait-il, si vous lui donnez des informations, si vous aidez les Anglais en général, vous serez sévèrement punis par votre *cachef*. C'est interdit, c'est très grave, c'est une trahison. Par contre, si vous nous aidez, vous serez récompensés, vous aurez des cadeaux et de l'argent...

Le lendemain, Belzoni découvrit une mèche d'explosif à la base du Colosse, et plusieurs statues endommagées dans l'enclos de Louxor. L'avertissement était clair. Ils étaient en danger. Il n'y avait plus de temps à perdre.

L'idée de Sara prit forme avec une vitesse surprenante. Belzoni alla parler avec le raïs du grand bateau des Français, qui poussa les hauts cris. Il ne donnerait jamais son bateau pour y charger Al-Khafany. Il ne croyait pas trop à la malédiction du Colosse, mais son poids, lui, était une réalité : il ferait couler la *djerme*. C'était son seul bien ici-bas. Il n'en était pas question, pour tout l'or du monde.

Et puis, « tout l'or du monde » se concrétisa en une somme rondelette et la garantie que si le bateau coulait, on lui en offrirait un neuf, à condition qu'il sache tenir sa langue. Il ne devait rien dire aux Français sous peine de perdre l'affaire. Le raïs fit ses comptes et accepta : dès que les Français quitteraient son bateau à Assouan, il le ramènerait à Louxor et Belzoni en userait à sa guise.

Quand la nuit commençait à tomber sur Alexandrie, le palais du vice-roi à Ras-el-Tine fermait ses portes. L'intendant général procédait personnellement à la vérification des serrures et mettait en place à l'extérieur un cordon de janissaires armés.

Le vice-roi gardait à dîner presque tous les soirs un petit groupe de courtisans. Ils s'installaient sous une tonnelle de jasmin ou dans le pavillon de marbre prévu à cet effet. Les bouffons se déchaînaient : le pacha était généreux quand on le faisait rire. Conteurs, chanteurs, et poètes attendaient sur une estrade les ordres du souverain.

Le jardin était décoré de lanternes sourdes masquées de papier huilé de toutes les couleurs qui se reflétaient dans l'eau des bassins ; cette féerie nocturne plaisait infiniment au vice-roi. Elle lui faisait du bien à l'âme ; et un peu au corps, aussi, car il mangeait gras, buvait sec et souffrait atrocement de l'estomac. Il devait souvent se faire masser une bonne partie de la nuit avant de trouver le sommeil.

Les derniers temps cependant, Méhémet-Ali avait congédié sa Cour et se promenait volontiers seul dans le jardin. La déambulation favorise la réflexion. Il allait sans crainte, même la nuit car il n'avait plus peur de la mort. Elle avait été la compagne de toute une vie et souvent une alliée, emportant au bon moment un ennemi encombrant. Il traversait un moment difficile et la mort subite d'un bon nombre de personnes aurait bien arrangé ses affaires. Au reste, sa vie n'avait-elle pas été une longue suite de moments difficiles, depuis sa naissance dans les quartiers pauvres de Kavala, en Macédoine ? Combien d'obstacles n'avait-il pas surmontés, écarté de rivaux ! Que de calculs, que de subterfuges, que de sang... Il n'aimait pas se souvenir de ces années-là. Sa vraie vie avait commencé en Égypte.

Aujourd'hui il prenait conscience qu'un jour ses fils le pousseraient dans l'ombre et chercheraient à prendre sa place. C'était dans l'ordre des choses, même si les règles de la nature sont presque toutes intolérables. Toussoun, son fils préféré, n'était encore qu'un gamin de vingt ans, mais il venait de conquérir ce que lui-même n'avait jamais réussi à obtenir en toute une vie d'intrigues : la confiance d'Istanbul et les honneurs du sultan. Et cela remplissait son père de fierté et d'irritation à la fois.

Son petit Toussoun, le plus sensible peut-être, le plus réfléchi, de ses fils... Le seul qui n'ait jamais eu peur de lui.

Tout en arpentant les allées du jardin, il revoyait Toussoun et son sourire d'enfant.

« Dire que je l'ai fait commandant de mon armée à dix-huit ans et que je l'ai envoyé à la guerre en Arabie, pour l'endurcir ! Et voilà qu'il revient vainqueur, ayant dépassé ses maîtres... »

Les images se superposaient cruellement dans sa mémoire, celles des combats menés ensemble, quand le père cherche le fils du regard, le retrouve vivant à ses côtés, et remercie Dieu. Et toujours ce regard d'enfant posé sur lui, dont il lui faudrait désormais se méfier.

La guerre, toujours la guerre, cette blessure ouverte au flanc de l'Égypte. Un père et un fils d'un côté, un père et un fils de l'autre. Méhémet-Ali s'était parfois demandé si son ennemi le roi Séoud avait éprouvé les mêmes inquiétudes devant son fils Abdallah. Il est vrai que l'adversité soude les hommes et que ceux du clan de Wahhab, que la mort du grand Séoud avait mis à terre, vaincus sans l'être tout à fait, faisaient corps : ils refusaient de se rendre et se retiraient toujours plus loin dans leurs terres brûlées du Nedj. Leurs guerriers étaient capables de survivre avec rien, comme des oiseaux de proie.

Avant de partir en guerre, Toussoun avait voulu mieux comprendre.

— Pourquoi des gens de la même foi doivent-ils s'entretuer ? Les villes saintes n'appartiennent-elles pas à tous les croyants ? avait-il demandé.

Il posait toujours tant de questions.

— Cette guerre n'est pas qu'une guerre de religion, Toussoun, avait expliqué le pacha. C'est aussi une guerre économique. Les Wahhabites nous ont fermé la route des Indes. Or, je veux que l'Égypte redevienne ce qu'elle était autrefois : commerçante, riche. Je veux que toutes les marchandises d'Orient transitent par nos ports. Du fait de cette situation, des flottes entières échappent à notre contrôle, les grandes flottes marchandes qui proviennent des Indes.

Il les voyait clairement ces centaines de *dhows* de haut bord, chargés de richesses de toutes sortes, avec leurs étendards brodés d'or et leurs commandants impériaux, debout à la proue... Une vision dérangeante...

— Même le café que tu bois aujourd'hui ne vient plus d'Arabie, Toussoun : il vient d'Amérique. Le café arabe, *notre* café, reste désormais au port de Moka. Ce café est un symbole. Il me le faut. Je veux plus que son parfum.

— Et La Mecque ?

— Les villes saintes doivent nous revenir aussi. Nous nous battons pour cela plus que pour le reste. Pourquoi le *hadj*, notre pèlerinage, doit-il nous être interdit ? De quel droit les Wahhabites décident-ils de nos traditions, de notre religion ? Aucun croyant ne peut accepter une telle arrogance.

— Mais, père, pourquoi sommes-nous les seuls à combattre pour une cause qui regarde justement tous les bons musulmans ? Que font les autres ?

Méhémet-Ali se souvint avait tapoté avec indulgence l'épaule de Toussoun.

— Mon fils, les héros sont toujours seuls. Nous sommes des héros, nous voulons l'être, nous y avons tout intérêt. Qui agit seul, seul profite. Nous serons généreux quand la guerre sera gagnée, pas avant.

— Père, je vous ramènerai La Mecque au prix de ma vie et de celle des huit mille soldats que vous m'avez confiés...

Et Toussoun était parti, laissant derrière lui sa jeune épouse, sa vie de prince et son sourire d'enfant.

Les villes étaient tombées comme des feuilles mortes, il avait enchaîné des tribus entières à son char comme un jeune pharaon, et deux ans après, promesse tenue, il déposait les clefs de La Mecque aux pieds de son père. Il lui ramenait sa

Terre sainte, immense et stérile, peuplée de guerriers et de saints.

La Sublime Porte ottomane et toute la province d'Égypte exultaient et comblaient le vice-roi d'honneurs qu'il n'espérait plus. Loué, le père d'un fils pareil ! Fils chéri, plus chéri que jamais, celui qui fait honneur à sa famille. Et le père s'effaçait devant la gloire du fils.

Ibrahim, l'aîné, regardait ces triomphes en silence, les yeux secs, un sourire de loup sur les lèvres. La jalousie lui gonflait le cœur à en éclater, le ressentiment le dévorait. C'était à lui, l'aîné, qu'aurait dû revenir cette guerre ; ces honneurs lui avaient été volés.

Mais cette guerre-là était de celles qui durent cent ans, et quand Méhémet-Ali lui enjoignit de remplacer son frère, Ibrahim était prêt.

— Maintenant, c'est à toi, Ibrahim. Ton temps est venu. Va, et conclus l'œuvre de Toussoun. Ramène-moi l'Arabie une fois pour toutes.

— Père, je la roulerai pour vous pas à pas, comme un tapis...

Il était meilleur que son frère et il allait le montrer : il écraserait à tout jamais les Wahhabites.

Toussoun s'était retiré dans sa maison de campagne, non loin d'Alexandrie : il avait bien gagné son repos. Il profitait de son premier-né Abbas, qui avait deux ans et qu'il n'avait jamais vu. Et à cette heure de la nuit, il devait profiter de ses femmes...

Méhémet-Ali soupira et se dit qu'il allait se reposer lui aussi. Rien de tel qu'une bonne nuit pour vous donner l'esprit vif au matin. Il se dirigea vers le harem. Des lampes brillaient encore dans l'appartement d'Amina Hanem, la première épouse. Il sourit dans l'ombre.

Après tant d'années, c'était encore auprès d'elle et d'elle seule qu'il trouvait la paix. Elle était vieille pourtant. Il voyait bien au travers des gazes habilement superposées que ses seins n'étaient plus fermes, il sentait bien sous ses doigts la flétrissure du temps sur la peau, les hanches épaisses et le ventre élargi qui avait porté ses enfants.

Mais Amina Hanem avait gardé son pouvoir sur lui. Elle

avait la séduction de l'esprit et de la force de l'âme. Dans sa volonté de puissance, Méhémet-Ali voyait le reflet de sa propre grandeur. C'était une impératrice. Il n'avait de respect que pour elle. Elle seule avait le privilège de le regarder dormir.

Il s'achemina vers son appartement, qui était le plus confortable, comme il sied à une première épouse. Elle devait l'attendre. Tout était silencieux dans le harem. Les jeunes étaient endormies, les jeunes aiment dormir — et c'est curieux, il y a tant à faire quand on est jeune. Les voix d'enfants s'étaient tues depuis longtemps. Seul le bruit frais des jets d'eau peuplait les salles vides et obscures. Un inexplicable sentiment de solitude et de tristesse envahit Méhémet-Ali. Le temps était devenu lourd et collant comme un caillot de sang. Il se sentait vieux et n'était pas à la moitié de sa tâche...

Il poussa la porte derrière laquelle l'attendait le repos.

Le petit matin le trouva frais et dispos. Un silence anormal régnait encore dans le harem. D'habitude, les rires et les bavardages commençaient tôt, comme dans un village. Il caressa le visage de sa femme et sortit.

Il trébucha et faillit tomber. Quelqu'un avait déposé une grande caisse devant la porte pendant la nuit...

Méhémet-Ali se sentit mourir. Il refusait de croire à ce que voyaient ses yeux. Ce n'était pas une caisse quelconque, c'était un cercueil.

Et dans le cercueil — Seigneur Tout-Puissant —, il y avait un cadavre : Toussoun.

Il poussa un hurlement d'animal mis à mort et se jeta sur le cadavre de son fils, à même la caisse. Il le couvrait de baisers et de larmes en l'appelant, le serrait contre lui comme si cela pouvait le rappeler à la vie. Lui qu'on n'avait jamais vu pleurer, il sanglotait comme une femme, comme un *fellah*, sans honte et sans retenue. Amina Hanem était tombée lourdement à genoux sur le seuil et s'était voilé le visage.

Petit à petit, les femmes, les eunuques, les esclaves commencèrent à sortir du fond des appartements où ils s'étaient terrés. On entendit les gémissements de deuil s'élever et enfler pour devenir une plainte immense qui envahit le harem et se propagea dans le palais, dans les jardins, sur le

Nil. La nouvelle courut de bouche en bouche, d'Alexandrie jusqu'au Caire : Toussoun, le bien-aimé du peuple, celui qui était bon et compatissant, celui qui était généreux, Toussoun, le préféré de son père, était mort mystérieusement. Le pacha cessa brusquement de pleurer et alla s'enfermer chez lui. Il y resta prostré plusieurs jours, sans manger ni boire, ressassant interminablement les mêmes pensées.

— Tu me laisses seul, Seigneur. Est-ce le prix à payer pour ce que j'ai fait ? Mais que sais-Tu de cette souffrance-là, Toi qui n'as pas été engendré, et qui n'as pas engendré ? Tu viens de me châtier, Seigneur, et c'est l'Ange de la Mort que Tu as mis à mes côtés. Il m'a pris par les cheveux et m'a plongé dans le puits de l'horreur. Il ne me quittera plus désormais. J'ai dans la bouche le goût de cendres de la fin du monde, quand tout se renversera et se confondra — le ciel, la terre, l'eau et le feu. Pour moi, tout cela a déjà eu lieu. J'ai vu l'éblouissement de l'apocalypse. La nuit peut descendre sur moi. Mon fils, mon sang, où es-tu maintenant ? Dans quel désert ? Te lamentes-tu ? Ton âme est-elle affolée comme un oiseau qui se cogne aux murs ? Seigneur, libère-le de la souffrance et mets à ses côtés les anges de la pluie, messagers de la joie. Je prends toutes ses fautes sur moi. Tout. C'est une âme pure. C'est moi qui ai voulu faire de lui un aigle, qui n'ai voulu que des aigles pour enfants, mais sans doute en ai-je élevé trop dans le même nid. Qui a guidé la main criminelle ? Qui a versé le poison ? Qui s'est consumé de jalousie au point de vouloir te retrancher de ta vie et de la mienne ? Qui pouvait te vouloir tant de mal, à toi qui n'en faisais pas ? Toussoun, mon fils aimé, quel est le prix des souvenirs, le prix de tes premiers pas, de tes premiers mots ? Je me repens amèrement, Seigneur, de tout ce que je n'ai pas fait, de tout ce que je n'ai pas dit... T'ai-je dit une seule fois : « Fils, je t'aime. Tu es la prunelle de mes yeux. » Jamais. Je croyais que c'étaient des paroles de femme. Je T'ai remercié, Seigneur, à l'heure de sa naissance, et je l'ai tendu vers le soleil... Je lui avais promis les plus belles armes, et les plus beaux chevaux, je lui avais promis un royaume, et je n'ai pas su écarter la mort. Oh ! Seigneur, la haine me colle aux mains comme du sang coagulé !

En Arabie, le messager dépêché par le vice-roi annonça la nouvelle à Ibrahim tête basse. Le jeune pacha était en grand costume, prêt à passer ses troupes en revue. Le messager s'attendait au pire.

Il y eut un long silence.

Surpris d'avoir la vie sauve, l'homme osa enfin lever les yeux : Ibrahim le regardait sans le voir, un sourire sur ses lèvres épaisses.

Il parla enfin :

— Qu'on annonce officiellement que par la volonté d'Allah, mon frère bien-aimé Toussoun-Bey est mort de la peste à Damanhour, dans les bras de son esclave favorite.

Depuis la mort du vieux roi Séoud, tous les Wahhabites avaient l'impression d'avoir perdu leur père et leur protecteur. Il avait laissé le pays en héritage à son fils Abdallah, mais il lui avait surtout laissé la guerre. Et tout le monde savait que si Séoud avait été une véritable machine de guerre, à l'instar de son ennemi Méhémet-Ali, ce n'était pas le cas du jeune roi. Cette guerre était une guerre sainte et il ne cherchait pas à se dérober à ses devoirs, mais rien au monde ne pourrait lui faire *aimer* la guerre.

— Dieu nous aime !

C'est par ce cri que le prince Abdallah commençait ses harangues. D'abord, parce qu'il en était convaincu, et parce qu'il fallait que ses sujets le soient.

Non, il ne renoncerait pas aux villes saintes. La Mecque et Médine étaient en territoire arabe : elles lui appartenaient. Et s'il décidait d'en fermer les portes aux Égyptiens, c'était son droit et celui des tribus qui peuplaient l'Arabie depuis la nuit des temps.

— Mon père, le grand Séoud, émir du Nedj et imam des Wahhabites, m'a légué ces villes et le devoir de les protéger. Nous les reprendrons. C'est lui qui a rendu leur dignité à ces lieux en arrachant de sa main les ornements impurs dont les Égyptiens les avaient chargés. C'est lui qui a restitué à la Kaaba et aux tombeaux des Saints leur pureté primitive. Était-ce pour mieux les rendre aux Ottomans ?

Mais tout en exhortant ses guerriers, il savait que leurs chances de repousser l'ennemi diminuaient de jour en jour. Le pacha égyptien voulait l'Arabie à tout prix et la guerre ne prendrait fin que quand il l'aurait eue. Les vagues successives de soldats qu'il avait envoyées avaient été décimées par la maladie, la chaleur et la guérilla, mais chaque fois, son armée revenait plus nombreuse et mieux adaptée aux règles du désert. Ses troupes disposaient d'armes nouvelles et mettaient en œuvre des stratégies diaboliques, empruntées aux Infidèles. Le courage ne suffirait pas toujours.

Abdallah s'était réfugié dans son fief, le Nedj, une zone quasi inaccessible et invivable au cœur du pays. À l'exception des villes saintes et de la côte, où depuis des millénaires passait la route des caravanes de l'encens, l'Arabie n'était qu'une terre brûlée où erraient des tribus farouches et habituées aux privations. Un bon Bédouin devait se contenter de peu : une poignée de dattes par jour, une gorgée d'eau, et trois heures de sommeil. Les tribus nomades vivaient en perpétuelle transhumance vers le nord, vers un climat plus humain et une survie possible. Seuls les seigneurs et leurs guerriers restaient orgueilleusement ancrés au cœur du désert, soudés par une même pensée : ils étaient les élus d'Allah.

— Je méprise les Égyptiens et les Syriens, disait encore Abdallah. Ils se sont vendus aux Turcs. Ils n'ont pas de dignité. Même leur religion est abâtardie. Dieu aime le Nedj parce qu'il est à son image : immuable, pur et absolu. Il ramène l'homme à son essence, c'est-à-dire à Lui. C'est ici et nulle part ailleurs que naissent les vrais défenseurs d'Allah. De tous les Arabes nous sommes les meilleurs, nos guerriers sont les plus orgueilleux, nos prophètes les plus intègres, notre langue la plus pure. Et nous devrions plier l'échine devant des mécréants ?

Abdallah fit battre le cœur d'Amina dès qu'elle le vit.

Après sa fuite du Caire, elle avait réussi à traverser la mer Rouge avec une caravane, surgissant dans une tribu de Bédouins avec la force de ces météorites brûlantes qui tombent du ciel dans le désert. Elle avait le don de la parole et la puissance de la foi. Elle sut les galvaniser, elle montra tant de force guerrière, de résistance au combat, que les Bédouins oublièrent qu'elle était femme. À la mort de leur chef, ils vinrent se mettre spontanément sous son commandement, comme sous celui de la légendaire Galieh, autrefois.

Amina n'avait pas renoncé à sa féminité pour autant et combattait à visage découvert, parée de bijoux d'argent et d'armes barbares, le crâne rasé comme un saint homme, le nom d'Allah écrit sur le front au henné. Derrière sa tête, elle fit tatouer la constellation de la Petite Ourse de telle manière que l'Étoile Polaire fût au centre. C'était si étrange qu'on ne pouvait en détacher le regard.

— Cette étoile sera votre repère, disait-elle à ses Bédouins, car je serai toujours devant vous au combat. Jamais derrière.

Sa renommée de vierge guerrière était arrivée aux oreilles du prince Abdallah. On lui avait dit qu'elle était comparable à la panthère africaine, qui attaque en silence. Qu'elle était suffisamment forte pour manier le sabre. Qu'on ne lui connaissait pas d'homme et qu'elle avait juré de tuer le premier qui porterait la main sur elle. Qu'elle connaissait le Livre par cœur et qu'elle parlait la langue des Infidèles. Qu'elle avait tué un grand nombre d'ennemis et qu'elle avait l'instinct si sûr qu'aucun de ses hommes n'avait été fait prisonnier. Bref, que c'était une « Élue » — et qu'elle était belle.

Quand elle arriva enfin dans le Nedj avec ses guerriers pour se mettre à disposition du prince, Abdallah voulut la voir aussitôt. C'était une curiosité si forte et si peu habituelle qu'il s'en inquiéta. N'était-ce pas une sorcière pour exercer déjà sur lui un tel pouvoir ? Il la fit venir dans sa tente, où la tradition voulait qu'on entre désarmé et qu'une femme n'y reste que pour servir ou faire l'amour.

— On me dit des choses sur toi. Assieds-toi, femme.

Elle s'assit en silence, face à lui. Il vit qu'elle avait les yeux bleus, comme une sorcière en effet. Il y plongea sans même le vouloir. Elle soutint son regard calmement.

— Que viens-tu chercher aux côtés de mes soldats ? demanda-t-il. La gloire, la mort ? Les femmes ne sont pas faites pour ça.

— Moi, si. Je cherche Dieu. Ici et ailleurs.

Il aurait dû lui ordonner de baisser les yeux et de l'appeler « maître ». Il ne le fit pas.

— N'as-tu pas peur de mourir ? D'être blessée ? Torturée ? Tu sais ce que te fera l'ennemi s'il te prend ?

— Je n'ai pas peur. Il ne me prendra jamais vivante. La

mort n'est qu'un passage que je saurai me procurer le moment venu.

— N'as-tu donc pas de famille, de mari ?

— Non, et j'oublie aujourd'hui la journée d'hier. Le temps, les liens terrestres ne comptent pas aux yeux de Dieu.

Abdallah se sentait en grand embarras. Les femmes qu'il avait connues étaient des esclaves dont le principal mérite était de savoir les différentes manières de faire l'amour. Il n'avait jamais rien éprouvé pour elles, il leur préférait ses faucons. À eux, il savait parler tendrement quand il les nourrissait.

Amina l'intriguait. Il la fit venir plusieurs fois dans sa tente. C'était la première fois qu'il conversait avec une femme. Il était étonné qu'elle trouve réponse à tout malgré son jeune âge, et qu'elle ne se départît pas devant lui de cette force sereine que lui-même n'avait jamais su trouver. Elle prétendait qu'Allah lui avait indiqué « la voie ».

Elle l'inquiétait aussi. Abdallah se sentait faible et transparent en face d'elle, comme si elle eût pu lire ses pensées. Elle aurait pu alors le coucher sur son sein comme un fils, il n'aurait pas protesté. Il commença à désirer sa présence, à souffrir de son absence, à ne plus trouver ses mots. Il chercha à lui plaire.

13

Le raïs de la grande *djerme* avait tenu parole. Il avait débarqué le chargement des Français sur le rivage d'Assouan et était reparti pour Thèbes séance tenante, les laissant bouche bée à côté de leurs caisses.

Jean-Baptiste l'accueillit avec soulagement. Jusqu'au dernier moment, il avait craint que l'homme ne revienne pas. C'était sa dernière chance de pouvoir livrer le Colosse à Alexandrie avant la fin de l'année. Dans l'intervalle, ses ouvriers avaient installé le plan incliné qui permettrait de hisser l'énorme statue à bord. C'était une opération délicate ; il suffisait d'un rien pour la faire tomber au fond du fleuve broyant tout sous elle.

La foule amassée sur le rivage ne perdait pas une miette du spectacle, espérant secrètement quelque tragédie qui eût justifié la réputation diabolique d'Al-Khafany. Mais apparemment, le mauvais génie qui l'habitait depuis des siècles avait été dompté, car centimètre par centimètre, le Colosse glissa sans encombre le long du plan. Le capitaine transpirait, s'exclamait et adressait de bruyantes prières à Allah. Il avait les yeux rivés sur son bateau. Enfin, la statue prit place au milieu du pont : l'embarcation s'enfonça en gémissant, mais accepta le poids.

La foule exulta. L'Italien avait vaincu le génie d'Al-Khafany et l'avait plié à sa volonté.

Personne ne l'attendait plus. Au consulat du Caire, on fut étonné de voir apparaître Jean-Baptiste et d'apprendre que le Colosse était ancré à Boulaq. Il n'y avait dans les murs que le secrétaire du consul, William Beechey, un tout jeune homme que son père avait placé auprès de Salt pour parfaire son éducation. Il fourragea dans un tiroir et brandit une enveloppe.

— Avant de partir pour Alexandrie, M. Salt m'a laissé des consignes pour vous, monsieur Belzoni. Au cas où...

— Au cas improbable où je reviendrais ?

Beechey lui lança un bref regard embarrassé :

— Il faut laisser tout le chargement au consulat, dit-il. M. Salt a bien insisté sur ce point. Sauf le Colosse, qui doit aller à Alexandrie de toute urgence. On l'enverra au British Museum par le premier bateau.

Belzoni déchira l'enveloppe. Il y avait dedans une lettre de crédit, beaucoup d'instructions et pas un mot de remerciement.

— Les ordres sont les ordres, monsieur Beechey, dit-il amèrement. Il ne sera pas dit que j'aurai fait les choses à moitié. J'irai à Alexandrie. Vous avez encore l'âge des illusions, profitez-en.

Si un jour la collection d'antiquités d'Henry Salt devenait une réalité, Belzoni savait déjà qu'il ne recevrait même pas une poignée de mains. Salt se considérait quitte avec ce salaire médiocre et les humiliations qui allaient avec. Jean-Baptiste maudit le manque d'argent qui le contraignait à accepter un aussi piètre traitement. Sara avait raison quand elle disait : « Salt ne permettra jamais que tu gagnes assez pour t'affranchir de lui. Il sait ce que tu vaux, il te craint. »

Le jeune Beechey le retint et rougit un peu en lui disant :

— Je voudrais vous dire, monsieur Belzoni, je... J'ai la plus vive admiration pour votre travail, et... et vous pouvez compter sur moi au cas où...

Belzoni sourit.

— Merci, Beechey, je m'en souviendrai. « Au cas où... »

— Au fait, nous avons ici un hôte qui sera heureux de vous revoir.

Jack était couché dans une des chambres de service, le visage contre le mur. Il ne bougea même pas en entendant son nom.

Jean-Baptiste s'assit sur le lit de camp et le prit par

l'épaule, le contraignant à se retourner. Le jeune homme avait le visage plein d'ecchymoses et un œil à moitié fermé. Une coupure profonde tailladait une joue jusqu'à la lèvre. Il avait maigri.

Belzoni sentit quelque chose s'émouvoir au fond de lui. Il avait envie de le serrer contre lui pour le réconforter, le protéger.

— Tu as pris une sacrée volée. Qui a fait ça ?
— Les Albanais de Botky.
— Pourquoi ?

Le jeune homme ne répondit pas.

— Il faut que tu me le dises, Jack, c'est grave.
— À cause de sa fille.

Belzoni revit la gamine blonde qui chantait *Tout s'efface* dans le salon de Boghos.

— Jack, je n'ai pas envie de t'arracher les mots. Ou tu as subi une injustice et je t'aide, ou tu l'as cherché et on n'en parle plus.

Le garçon hésita un instant, et puis il se lança :

— J'ai eu beaucoup de mal à obtenir le bateau du consulat. Il a fallu du temps. Quand je l'ai eu, j'ai fait dans la journée toutes les courses dont vous m'avez chargé. Je devais partir le matin à l'aube. Mais la nuit, Caroline est venue me rejoindre à bord.

Belzoni ne put s'empêcher de sourire. Il prenait un bon chemin, le petit Jack.

— Caroline, hein ? Tu as été rapide en besogne.
— Elle s'était enfuie de chez elle. Elle avait peur. Elle m'a supplié de lever l'ancre aussitôt, en me disant que ses parents ne lui pardonneraient jamais et qu'il fallait fuir. Que pouvais-je faire ? Nous avons été rattrapés le lendemain par des soldats du pacha. Botky était sur la rive avec eux, je l'ai vu. Ils sont montés à bord, ils ont emmené Caroline et ils ont coulé le bateau. Je n'ai rien pu faire, ils étaient trop nombreux... Je suis tombé à l'eau pendant qu'ils me cognaient. Heureusement, sinon, je serais mort à cette heure.

— Et ton amoureuse ?
— Je ne sais pas où ils l'ont emmenée. Je ne la reverrai jamais.

— Tu la reverras si tu veux la revoir, idiot ! Mais la prochaine fois, évite les filles de famille, ce sera plus simple. Allez debout, il y a du travail ! Tu ne peux pas te permettre de jouer les poètes !

Il fallut obéir aux ordres du consul et décharger la *cange* où trônait le Colosse. Les marins alignèrent le long du Nil les statues mineures, les sphinx, Isis, Hathor, un scribe inconnu, un pharaon anonyme. Jean-Baptiste passait entre elles sous les yeux de la foule et mesurait, pensif, le grand changement qui s'était opéré en lui en quelques mois.

Que de travail pour extraire ces fragments d'histoire du sable et de l'oubli ! Mais quel bonheur aussi, quand un visage émergeait finalement du sable et que, du bout des doigts, il fallait en nettoyer les yeux, la bouche, les ailes du nez. C'était comme donner la vie à ces statues une seconde fois. Jusqu'au dernier moment, il avait espéré que Salt lui en aurait laissé au moins une, mais non, il fallait maintenant se séparer de toutes : il passait de l'une à l'autre, avec le sentiment de les abandonner à une triste fin. On allait les traîner jusqu'au Caire sur des charrettes, comme des condamnées, et les entasser dans la cour du consulat où elles végéteraient en attendant d'être vendues en Europe...

Une foule animée contemplait le déballage. Quelqu'un le héla joyeusement en se frayant un chemin. C'était une silhouette familière, vêtue d'une ample tunique arabe.

— Je le savais ! Je savais que tu réussirais ! On vient de m'avertir de ton arrivée.

C'était Burckhardt.

Il monta à bord, embrassa Belzoni et se mit à tourner autour du Colosse, le sourire aux lèvres, appréciant sa beauté.

— Tu as tenu parole ! Tu n'imagines pas ma joie ! William Bankes, en bon milliardaire plus pressé que les autres, commençait à perdre patience et ne nous épargnait pas ses sarcasmes. Viens, je t'invite à déjeuner chez moi, il faut que nous parlions...

Personne mieux que Burckhardt ne connaissait le plaisir intense que représente un peu de luxe au retour d'une expédition lointaine. Sa maison du Caire était tenue avec un soin exceptionnel par un serviteur que personne n'avait jamais vu. Osman s'occupait de son maître depuis des années et l'entourait d'attentions raffinées. Même en cela, Burckhardt était un homme mystérieux. On se posait beaucoup de questions sur lui, il les éludait toutes — serein, parfait, inattaquable. S'il avait une face cachée, nul jusqu'à ce jour n'était parvenu à la dévoiler. En ce qui concernait Osman, il était évasif :

— Osman n'est pas un serviteur, mais un ami. Et il n'aime pas la société.

Après déjeuner, ils allèrent s'allonger sous la tonnelle de vigne du jardin intérieur. Osman avait préparé des narghilehs à côté de grands coussins de soie brodée. Sur une table basse, des roses s'effeuillaient dans un vase bleu, entre des coupes d'argent pleines de pistaches et de raisins secs.

— Ouvre Abou-Simbel et monte ta propre collection, conseilla Burckhardt. La grande curée des antiquaires est commencée et ce serait absurde de ne pas prendre ta part. Et tout de suite. Après, il faut partir. Ne reste pas en Égypte. De grandes choses t'attendent ailleurs. C'est pour cela que je veux te parler de l'African Association, et de mes projets.

Il tira une longue bouffée du narghileh dont l'eau glouglouta dans le silence.

L'African Association était l'« employeur » de Burckhardt. La société, installée à Londres, gérait des intérêts coloniaux importants sous la direction de sir Joseph Banks, un voyageur légendaire qui avait participé à la grande expédition de l'amiral Cook en Océanie. Elle se voulait philanthrope et se battait contre l'esclavage, mais ce n'en était pas moins un bastion de l'Angleterre en Orient et en Afrique. Ou plutôt un avant-poste, car elle cherchait à pénétrer de nouveaux territoires, vierges si possible, et à s'y installer.

Tout cela importait peu à Jean-Baptiste : si Burckhardt en faisait partie, il était prêt à y entrer les yeux fermés.

— Nous luttons contre toutes les formes d'exploitation de l'homme par l'homme, poursuivit Burckhardt. Mais, aussi bien en Orient qu'en Afrique, qui dit suppression de l'esclavage, dit destruction d'un ordre social et d'une économie séculaires. Si nous les détruisons, nous devons les remplacer par autre chose. L'African Society et sir Joseph ont les idées claires sur l'administration de l'Afrique. L'Afrique noire est riche, c'est de là que provenait l'or des pharaons. Depuis l'Antiquité, la région qui se trouve au nord du Niger a été le cœur commercial du continent... L'African Society veut y pénétrer. Pour ses ressources, bien sûr, mais aussi dans l'espoir de trouver d'autres civilisations antiques. Nous recueillons depuis longtemps déjà toutes les informations qui proviennent des pays au sud du Tropique du Cancer. Ce sont encore des sources vagues, des récits de voyageurs, de marins, de commerçants... Là se trouve notre prochain objectif.

— Notre ? Tu veux dire le tien et le mien ? fit Belzoni.

— À toi de décider, répondit Burckhardt.

Il ouvrit un grand carton et en tira une carte de l'Afrique. Elle était pliée au niveau de l'Équateur, comme si tout ce qui était au-dessous ne présentait aucun intérêt. Il pointa l'index au milieu de la carte, au cœur du désert.

— Voilà où je veux aller.

Belzoni se pencha sur la carte. Rien n'y était écrit. À cet endroit, même les fleuves étaient en pointillé. Il releva les yeux. Burckhardt ne prononça qu'un mot :

— Tombouctou.

Jean-Baptiste ne savait rien de cette ville, rien de cette région de l'Afrique, et pas grand-chose de l'Afrique elle-même.

— Le dernier à y avoir mis les pieds est Léon l'Africain, au XVIᵉ siècle. C'est aussi le dernier à en avoir parlé, comme d'une merveille *« au milieu de déserts brûlants et aréneux qui défaillent d'eau et de fruits goustables... »* Depuis, plus rien. Le silence. Et pourtant, des intérêts énormes ont continué à transiter par là. Tombouctou est à l'Afrique ce que Samarcande était à l'Orient. Au croisement des grandes routes marchandes de l'or et du sel, nord-sud et est-ouest.

— Pourquoi personne n'y est-il plus entré depuis trois siècles ?

— Parce qu'ils sont tous morts. Avant ou après. Aucun étranger ne peut entrer à Tombouctou. La Société a envoyé de nombreux voyageurs, aucun n'est revenu. Aucun n'y est même arrivé. Le dernier en date s'appelait Mungo Park[1], un jeune médecin anglais dont tu as certainement entendu parler. C'est le grand drame de sir Joseph : c'était son protégé. Park touchait presque au but après avoir perdu presque tous ses gens. Il était arrivé à Gao quand sa pirogue fut attaquée. Il chercha le salut en sautant dans le fleuve. Mais le Niger n'en a rien restitué.

Belzoni avait l'œil rivé sur la carte où reposait le bras de

---

1. Mungo Park (1771-1806) : il fit deux voyages d'exploration à la recherche des sources du Niger, et y trouva la mort. Son fils, parti à sa recherche, connut le même sort.

Burckhardt, avec ses bracelets de cuir tressé et d'argent. Il imaginait la scène. Lui n'aurait pas sauté à l'eau. Il se serait battu jusqu'à la mort.

Sur la carte, les distances étaient énormes. Trois pistes étaient tracées en rouge. Elles convergeaient toutes vers Tombouctou.

— J'ai étudié tous les itinéraires, dit Burckhardt. En fait, ça fait neuf ans que je travaille sur cet objectif.

Sir Joseph avait mis tous ses espoirs en Burckhardt qu'il avait rencontré étudiant. Conquis par ses qualités, il l'avait immédiatement mis sous contrat. Il l'avait envoyé à Cambridge, et lui avait fait étudier l'arabe, l'astronomie, la médecine, tout ce qu'un explorateur de premier ordre doit savoir. Les missions en Syrie, en Arabie, en Égypte, faisaient partie de sa préparation sur le terrain.

Burckhardt suivait du doigt des pistes dessinées sur la carte.

— Ici, ce sont les pistes antiques, celles dont parlent Pline et Hérodote.

— Celle-ci part des Syrtes : c'est la route des Garamantes, un peuple disparu qui vivait dans le Fezzan. Ils se déplaçaient sur des chariots légers, probablement de bois. Ils ont laissé des signaux tout au long de la piste, sculptés dans le rocher. Tiens, regarde.

Il tendit à Jean-Baptiste une sorte de dessin enfantin qui représentait un homme debout sur un chariot à quatre roues.

— Comment faisaient leurs chevaux pour se nourrir dans le désert et comment faisaient-ils pour ne pas ensabler leurs chariots ? s'étonna Jean-Baptiste.

— Mystère ! Le désert était peut-être une prairie à l'époque... En tout cas, ces pistes-là ne sont plus praticables. Friedrich Hornemann[1] a essayé de pénétrer le Fezzan par là il y a quelques années, mais il est mort d'épuisement.

— Et les autres pistes ?

— La seule envisageable partirait du Maroc. J'emploie un conditionnel, parce que là aussi les étrangers ou plutôt les chrétiens sont repoussés ou tués.

— De nous deux, c'est donc moi qu'ils tueront puisque

---

1. Jeune explorateur de l'African Society, mort à vingt-huit ans, en 1801, en cherchant à renouveler l'exploit de Park.

tu es musulman, sourit Belzoni. À moins que je ne me convertisse aussi...

C'était un sujet que Burckhardt n'abordait jamais. Il n'aimait pas parler des motifs de sa conversion et Belzoni s'était souvent demandé s'il n'avait pas été contraint de le faire.

« Cheikh Ibrahim » avait dû lire dans ses pensées.

— Sache-le une fois pour toutes, dit-il, je ne me suis pas converti par opportunisme. L'Islam m'a profondément convaincu, sinon je serais resté chrétien.

Il enchaîna aussitôt :

— Nous serons les premiers à entrer à Tombouctou. Après quoi, nous continuerons vers les sources du Niger. On entre dans l'histoire pour moins que cela. Il me faut encore un an ou deux de préparation. Ne sois pas impatient ; c'est exactement le temps qu'il te faudra pour te libérer de l'Égypte !

À Alexandrie, l'arrivée du Colosse avait été annoncée comme imminente et aussi bien Henry Salt que William Bankes brûlaient de curiosité. Mais les jours passaient et le bateau de Belzoni n'arrivait pas.

Il y avait une raison à cela : il était pris au piège dans le Delta, dans la branche de Rosette dont l'issue s'était ensablée. Deux cents bateaux s'étaient amassés depuis un mois sur ce bras du fleuve qui menaçait de devenir un cul-de-sac. La situation était dramatique, à cause de l'odeur qui se dégageait des cargaisons avariées autant que du fleuve lui-même qui se remplissait d'ordures jour après jour.

Le Colosse trônait imperturbablement sur la pourriture, les rats, les lotus en fleurs et la rumeur assourdissante qui s'élevait des embarcations.

— Et puis un beau matin, à l'aube, raconta Jean-Baptiste, une clameur m'a réveillé. Le fleuve avait déblayé les sables pendant la nuit, une brèche s'était ouverte. Deux cents voiles furent hissées en un temps record, et les bateaux s'égaillèrent bientôt sur la mer en direction d'Alexandrie. J'ai eu une dernière crainte en franchissant la barre qui était très forte. La *djerme* n'a pas de quille, il suffisait d'une mauvaise vague pour nous renverser. Avec un tel lest, nous allions droit au fond !

Salt tournait autour du Colosse avec satisfaction. C'était une belle réussite.

— Bien entendu, M. Belzoni continuera à effectuer des fouilles pour notre compte, dit-il. Il y a encore beaucoup à faire à Louxor.

Belzoni ignora délibérément l'intervention de Salt et se tourna vers William Bankes.

— Je tiens particulièrement à deux opérations, dit-il : l'ouverture du temple d'Abou-Simbel et le prélèvement de l'obélisque de Philae.

William Bankes avait conservé de son adolescence excentrique un côté « enfant gâté » qui arrive toujours à ses fins. À Cambridge, on se souvenait encore des quatre cents coups qu'il avait faits avec Byron. Mais il avait aussi un goût très sûr pour les antiquités, et les moyens de se lancer dans de vastes recherches. Depuis que ce Colosse était arrivé, il ne tarissait pas d'éloges sur Belzoni et lui aurait accordé n'importe quoi.

— Si vous voulez que je vous rapporte l'obélisque, dit Jean Baptiste, j'ai besoin de fonds et d'autorisations. Et je voudrais votre guide, Finati...

— Vous aurez tout cela, répondit Bankes. Je vais même vous donner un dessinateur italien de premier ordre, Antonio Ricci. Il est médecin, en outre. C'est un homme précieux. J'ai un vaste projet dont j'aimerais vous parler : je voudrais fixer en images tous les vestiges de l'Égypte et de la Nubie.

— Vaste projet, en effet.

— J'aime les défis, dit Bankes. Et grâce à Dieu, j'ai les moyens de les soutenir.

Salt intervint, ne voulant pas être en reste.

— Un représentant du consulat vous accompagnera pendant ce voyage. Beechey, par exemple.

Salt voulait le surveiller, c'était clair, et surtout éviter qu'il ne prenne son indépendance. Le consul porta l'estocade.

— Nous sommes toujours d'accord ? Ces opérations se font au profit de l'Angleterre et de ses musées. Vous n'avez pas l'intention de fouiller à titre personnel, n'est-ce pas ?

— Pas pour le moment, répondit Belzoni glacial. Mais puisque vous soulevez ce problème, j'aimerais ne pas devoir un jour me payer sur la bête... Nos conditions ne me conviennent plus. Le seul remboursement de mes frais ne me suffit pas. Et recevoir une gratification à la fin de chaque opération me met dans une position déplaisante d'employé.

Henry Salt eut une expression de dédain : était-il autre chose ?

— Vous m'avez à bon compte, monsieur Salt, et de plus, vous ne me facilitez pas les choses : les Français engagent jusqu'à deux cents personnes en même temps sur leurs chantiers. Si vous voulez Abou-Simbel et l'obélisque, il va falloir affronter quelques frais...

— Je prends l'obélisque à ma charge[1], fit rapidement Bankes.

Belzoni se retourna vers le consul.

— Sachez, monsieur Salt, que j'entends ouvrir Abou-Simbel de toutes façons, dussé-je le faire à mains nues. Mais dans ce cas, bien évidemment, ce que je trouverai dedans n'appartiendra qu'à moi.

— Êtes-vous sûr qu'il s'agit d'un temple ? Ce n'est peut-être qu'un autel placé à flanc de montagne. Il n'y a peut-être pas la moindre chambre derrière. Comprenez-moi, je n'ai pas envie de financer le déblaiement énorme dont vous me parlez pour rien.

— Si Burckhardt dit que c'est un temple, lâcha Jean-Baptiste, cela devrait vous suffire.

Salt trouvait Belzoni de plus en plus encombrant. Il lui signerait un nouveau contrat, mais il le ferait surveiller par Beechey qui ne le lâcherait pas d'une semelle. Bankes, de son côté, enverrait Finati et Ricci... Il faudrait que Belzoni soit vraiment très malin pour échapper à tant de regards et se constituer une collection personnelle à leur insu ! Henry Salt n'était tout de même pas assez bête pour introduire lui-même un troisième larron sur le marché.

À chaque fin d'année, il y avait une fête au consulat anglais. Tous les diplomates étaient là, le clan des Piémontais présidé par Drovetti, les banquiers, les grands marchands d'Alexandrie et de Damiette, avec leurs femmes surchargées de bijoux, Burckhardt, le mystérieux chevalier de Lascaris, le docteur Goracciuchia — le président de la franc-maçonnerie — et beaucoup plus de voyageurs que l'année précédente...

---

1. L'obélisque de Philae est encore aujourd'hui érigé à Kinston Lacy, propriété de la famille Bankes.

Jean-Baptiste avait été invité avec Sara, mais il n'était pas de bonne humeur. Engoncé dans une redingote étroite et une chemise à col droit, étranglé par la cravate à plusieurs tours, moulé d'une manière embarrassante dans des pantalons collants et torturé par des chaussures trop étroites, il maudissait Noël, et les mondanités.

Seuls les préparatifs de sa prochaine expédition en Nubie justifiaient ce sacrifice : il tenait à rencontrer les banquiers qui finançaient les opérations de Salt. L'un d'eux l'aiderait peut-être à s'affranchir de cette encombrante tutelle.

Le groupe des participants à l'expédition grandissait à vue d'œil : deux officiers de la Royal Navy, Charles Irby et James Mangles, voulaient se joindre à eux. L'équipe comptait maintenant une bonne dizaine d'éléments qui s'étaient réunis spontanément dans le petit salon du consulat pour faire des plans. Au milieu d'eux, Burckhardt persuadait peu à peu Salt et William Bankes[1] de financer les travaux d'Abou-Simbel.

Sara avait retrouvé Georgina Russell et constatait, non sans étonnement, qu'elle éprouvait maintenant un vrai plaisir à la futilité. La vie difficile du désert l'avait transformée et Georgina la regardait d'un petit air goguenard lorgner la table magnifiquement ornée, étincelante d'argenterie et de cristaux, et se délecter des chants de Noël, des danses, de tout ce dont elle n'avait cure, naguère. Sara retrouvait avec délices les saveurs, les odeurs de l'Angleterre, les mets venus spécialement par bateau pour l'occasion. Pour la première fois, peut-être, elle prenait conscience de ses racines. Son corps s'en souvenait.

Elle commençait aussi à penser qu'elle avait trop vécu dans l'ombre de son mari. La personnalité et la beauté de Jean-Baptiste avaient toujours attiré tous les regards, la reléguant au deuxième plan. Vivre de cette lumière réfléchie lui avait longtemps convenu ; à présent elle voulait sa part, et capter elle aussi les regards et les conversations. On découvrit vite que Sara Belzoni était intéressante et spirituelle.

— Mieux que ça ! disait Georgina. Elle est originale. Elle ne ressemble à personne.

De fait, ses mises « à l'orientale » auraient fait fureur à

---

[1]. C'est Bankes qui finira de désensabler entièrement le temple en 1818-1819, et qui découvrira que les statues sont assises et non pas debout.

Londres et à Paris, de même que ses turbans, ses tissus teints à l'indigo, ses broderies tribales et ses scarabées de lapis-lazzuli arrachés aux tombes royales. Et l'on poussait les hauts cris quand on découvrait le plus original de ses bijoux : un caméléon vivant qu'elle portait en broche et qu'elle appelait Master Joe.

— Une lionne est née... affirmait Georgina.

Sara riait sous cape : nul ne se doutait que c'était tout bonnement par manque d'argent qu'elle n'avait pas de robe de soirée, pas de chaussures de satin, de gants en peau d'ange ou de bijoux du bon faiseur. Mais on peut s'amuser sans, et elle n'avait même plus envie d'en avoir.

Le chevalier de Lascaris s'approcha de Belzoni.
— Pourrais-je vous dire deux mots en confidence ?
Ils s'éloignèrent.
— J'ai des raisons de croire, commença le chevalier dès qu'ils furent à l'abri des oreilles indiscrètes, que M. Drovetti prépare quelque chose contre vous à Louxor. Indirectement, bien sûr. Mais ces luttes de territoire sont les prémices d'une guerre ; ne vous laissez pas surprendre.
— Pourquoi me prévenez-vous ? demanda Jean-Baptiste.
— Vos intérêts dans cette affaire ne me sont pas indifférents. Nous avons d'importants amis communs.

Belzoni fit le tour de ses amitiés. Il savait Lascaris affilié à plusieurs sociétés secrètes et mêlé à la politique. Comme Burckhardt, et sans doute pour les mêmes raisons, il entretenait d'excellents rapports avec tous les consulats.

Un mois après, en février, le chevalier eut la bonté de l'informer une nouvelle fois :
— Vous ne m'avez pas écouté... M. Drovetti vient de recevoir du vice-roi un *firman* qui lui donne l'accès prioritaire à tous les terrains de Thèbes, sur les deux rives du Nil. Ses hommes ont embarqué ce soir à Boulaq et ses émissaires sont déjà partis à cheval. Vous allez être exclu des fouilles. À moins de partir sur-le-champ, de les devancer et d'occuper ce que vous pourrez.

— Tu me rejoindras dans quelques jours avec l'équipe, dit Jean-Baptiste en faisant précipitamment ses préparatifs.

— Je crois que je vais rester un peu au Caire, répondit Sara. Si tu n'y vois pas d'inconvénient, c'est-à-dire.

Belzoni ne répondit pas, mais accusa le coup. Ils ne s'étaient jamais séparés en dix ans.

Mais Sara se trouvait bien au Caire. Elle n'avait pas envie de retourner vivre à Gournah, de retrouver la solitude, la fournaise, les mouches, les serpents, l'odeur aigre du village.

— Qu'est-ce qu'il y a ?

— Rien, Jean-Baptiste. Je ne me vois pas voyager toute seule avec ton équipe. Il n'y a que des hommes... Je me sentirais mal à l'aise, et eux aussi.

— Ça ne t'a jamais gênée. Nous avons toujours tout partagé jusqu'à aujourd'hui.

Sara n'avait pas envie de répondre : « Justement. » Elle ne voulait pas trop expliquer, de peur de dire des choses irréparables. Par exemple, que leur rapport actuel ne la satisfaisait pas et qu'elle avait la nostalgie de leur tendresse d'autrefois ? Que pouvait-il répondre ? Qu'en dix ans tout s'émousse, et qu'on n'y peut rien ?

— J'ai juste envie de me reposer. À force de vivre dans le désert, on devient bizarre. Les journées sont longues quand tu n'es pas là.

Jean-Baptiste réalisa qu'en effet, il s'était rarement demandé ce que Sara faisait de ses journées. Elle ne se plaignait jamais, et lui avait d'autres soucis.

— Tu t'ennuies à Gournah ?

— Pire. J'ai l'impression de rétrécir.

Et tout d'un coup, elle se laissa aller.

— Écoute, j'ai visité tous les villages, toutes les ruines, tous les chantiers. J'ai fait l'infirmière et la sage-femme. J'ai appris à faire du pain, à traire les chèvres, à teindre des tissus. J'ai cousu, brodé, dessiné, peint, copié des hiéroglyphes, appris l'arabe et joué à la bouillotte des soirées entières avec Jack. J'ai écrit des lettres et un journal... Aujourd'hui, je me pose des questions.

— Sara, est-ce que c'est vraiment le moment ? Tu sais le combat qui m'attend ? Pourquoi fais-je tout cela ? Pour de l'argent, des honneurs, oui. Pour que nous rentrions en Angleterre, non plus en exclus mais à une place de choix.

— Je sais ce que tu vaux...

— Eux, non. Je veux faire partie de la société. Et je ne trouve pas cela dérisoire. C'est même essentiel pour moi.

— *Je... moi...* Les hommes ne parlent jamais que d'eux-mêmes. Et si tu disais *nous* ?

— Quand je dis *je*, j'entends *nous*. Tu fais partie de moi...

— Comme la côte faisait partie d'Adam...

— Ne complique pas tout, Sara. Je sais bien que je t'ai imposé des sacrifices et que les dernières années ont été dures. Mais avais-je le choix ? Dois-je te dire chaque jour que j'ai besoin de toi ?

Sara chercha son regard.

— Dis-moi seulement que tu m'aimes. Mais dis-le-moi du fond du cœur, comme à Londres, autrefois. Voyons si cela suffira.

Belzoni empoigna son sac. Jack et le guide étaient déjà dans la rue avec des chevaux. Il la serra contre lui.

— Il faut que je parte, maintenant. Arrête de te tourmenter et rejoins-moi vite. Tu sais que je n'aime pas écrire.

À Louxor Drovetti avait effectivement réquisitionné la place et les hommes. De larges rubans délimitaient les terrains ; et il n'avait pas hésité à s'installer sur ceux où Belzoni avait déjà creusé. Tous les habitants de la zone avaient été menacés par leurs chefs : malheur à eux s'ils frayaient avec les Anglais. Ils ne pouvaient travailler ou commercer qu'avec les Français.

Jean-Baptiste s'installa sur la rive occidentale du Nil, autour de Gournah et de Biban-el-Molouk. Il fallait laisser passer un peu de temps, et compter sur l'inconstance des *cachefs* et des beys : la fidélité aux engagements était de courte durée dans ce pays. Peu à peu, en effet, les gens de Gournah se remirent à travailler pour Jean-Baptiste.

C'est alors que le redoutable *defterdar*, le gendre du vice-roi, vint en personne. Il fit battre le cheikh de Gournah à coups de bâton jusqu'à ce qu'il s'effondre sans connaissance, et lui promit de le faire exécuter la prochaine fois.

Il ne fallait rien donner, rien vendre aux Anglais. Et le *defterdar* n'était pas homme à plaisanter : il avait plus d'une fois pratiqué d'horribles punitions, faisant ferrer un homme comme un cheval, et ouvrir le ventre d'un autre pour vérifier s'il avait bu.

Jean-Baptiste écrivit à Sara.

Je suis à bout de nerfs. Je me tais pour ne pas compromettre un peu plus les pauvres bougres qui travaillent pour moi. La bande de Rifaud nous nargue jour et nuit. Rossignano fait circuler le bruit qu'on pourrait bien trouver l'un de nous égorgé, un de ces jours. Moi, par exemple. Toute la main-d'œuvre de la Vallée de Thèbes travaille pour Drovetti et nous fuit. Ma seule satisfaction, c'est qu'ils creusent n'importe comment et n'importe où, sans aucune logique, et que, même en passant après eux, je sais que je trouverais encore quelque chose. Mais quelle maigre satisfaction !

Salt ne répond pas à mes lettres. Je suis plus que jamais décidé à ouvrir Abou-Simbel, dès que mes renforts et les autorisations arriveront du Caire. Peut-être êtes-vous en chemin... Tu es cependant le renfort moral que je souhaiterais le plus auprès de moi en ce moment. Viens, Sara. Qu'attends-tu ? Pourquoi tout ce silence ? Et Salt, que fait-il ? A-t-il parlé au vice-roi ? J'attends des nouvelles, mais je t'attends surtout, toi. Ma lettre mettra vingt jours à te parvenir. Et toi vingt jours à arriver... Je devrai donc attendre encore un mois et demi pour te voir... Tout est si lent quand on attend.

Le bateau qui transportait le reste de l'équipe arriva enfin : Beechey — qui portait des fonds —, Finati, Irby et Mangle, plus les marins : une dizaine de personnes. Sara n'était pas à bord, et n'avait pas envoyé de lettre non plus. Ils s'arrêtèrent à Louxor juste le temps d'embarquer Jean-Baptiste et mirent le cap sur la Nubie et Abou-Simbel.

Le 4 juin, la petite expédition fit halte à Philae. C'était l'anniversaire du roi George, et les deux officiers décidèrent de le fêter comme on l'aurait fait en Angleterre. Finati tua quelques volatiles qui ressemblaient à des oies sauvages et qu'on mit à rôtir sur un grand feu. On banqueta dans le temple. Ce fut un souper honorable, arrosé comme on sait le faire dans la Royal Navy : Irby et Mangle avaient embarqué quelques bonnes bouteilles. Beechey sortit de son bagage un grand drapeau anglais qu'il alla planter au sommet du temple, au risque de se rompre le cou, car il avait beaucoup bu. Au moment de porter un toast au roi, on tira de toutes les armes à feu, déclenchant un bruit infernal dont les échos retentirent dans toute la vallée.

Une salve de coups de pistolet et des « zagarits, les typiques cris d'allégresse des femmes arabes », répondirent de l'autre rive.

Le petit groupe se figea aussitôt avant de se mettre à l'abri. On entendit le cliquetis des armes qu'on rechargeait. Sur la table abandonnée en hâte, les lanternes continuaient à brûler joyeusement au milieu des débris de la fête et des papillons de nuit.

On entendit des voix dans la pénombre, de l'autre côté du fleuve. Elles incitaient des chameaux à avancer : une petite caravane sortit de l'obscurité, précédée par deux serviteurs portant des torches.

Une silhouette blanche perchée sur le dos d'un chameau, un pistolet à la main, se mit à chanter :

— *God save our gracious King !*

C'était Sara.

Jean-Baptiste lui envoya aussitôt la felouque.

Sa première réaction fut de joie. La seconde de malaise : comment lui dire qu'elle tombait mal ? Il ne le lui dirait pas ; on verrait bien demain. Elle comprendrait peut-être d'elle-même. Il était si évident que le bateau était trop petit.

Le lendemain au réveil, Sara s'étira. Elle était courbatue, à cause du voyage, à cause du mauvais matelas de coton. Et aussi parce qu'en trois mois, elle avait perdu l'habitude de faire l'amour. Elle sourit.

« Les êtres humains sont trop bêtes, pensa-t-elle. Moi la première. Trois mois de séparation et les griefs sont oubliés. On retrouve l'insouciance, le désir et la passion d'autrefois. On a presque l'impression qu'une nouvelle vie commence, alors que rien n'a changé. »

Mais elle avait appris à profiter de tous les instants possibles de bonheur : cette belle nuit-là n'était plus à prendre.

Jean-Baptiste qui était sorti de bonne heure entra dans la pièce, mal à l'aise.

— Tu en fais une tête ! dit Sara. Qu'est-ce qui se passe ?...

— Il faut que je te parle, et je ne sais pas par où commencer...

Sara se leva, les cheveux en désordre, et enfila une

tunique de coton. Un peu de vent entrait par la fenêtre qui dominait le fleuve.

— ... Nous voyageons à l'économie, commença Jean-Baptiste en cherchant ses mots. Il n'y a pas d'autre bateau. Nous avons dû tout mettre sur celui-là et restreindre les bagages.

— Je sais, je n'ai pris que le minimum.

— Nous sommes dix à bord. C'est déjà trop. Je... je ne sais pas où...

— Tu ne sais pas où me mettre ?

Belzoni acquiesça sans la regarder.

— Ne le prends pas mal, je t'en prie... Il n'y a pas de solution. J'y ai pensé toute la nuit.

Sara lui tourna le dos pour cacher sa déception. Et ce n'était pas tant à cause du temple. Elle n'y entrerait pas, voilà tout. Des larmes lui venaient aux yeux.

— Ça ne fait rien... dit-elle d'une voix ferme. Je t'attendrai. J'ai l'habitude.

— Vraiment, il n'y a pas de place. Nous sommes six, plus l'équipage. On sera obligé de dormir à tour de rôle. Entre hommes, c'est déjà dur, alors une femme au milieu... Tu serais très mal.

— Est-ce que je vais être bien ici, toute seule à Assouan, pendant deux mois ? Ou est-ce que ce sera trois ? Ou plus ? Tu sais combien de temps j'ai mis pour venir passer cette seule nuit avec toi ? Un mois... J'ai voyagé pendant un mois. Seule. J'en ai assez d'être seule.

Jean-Baptiste détourna le regard.

— Je sais... Même à Abou-Simbel, je n'aurais pas eu le temps de m'occuper de toi.

— Jean-Baptiste Belzoni, depuis quand t'occupes-tu de moi ? Je ne me plains jamais. Je n'exige jamais rien. Avec toi, j'ai dormi n'importe où, j'ai mangé n'importe quoi, je sais me défendre et travailler comme un homme... Alors ?

— Alors, c'est comme ça, je n'y peux rien.

Belzoni était navré et agacé. Il lui en voulait d'être revenue. D'insister. De toujours vouloir des explications.

— J'ai compris, dit-elle. Chacun pour soi. C'est notre lot, je suppose.

Elle lui tourna le dos et fourragea dans son sac de toile, la gorge serrée à lui faire mal.

— Il faut que j'y aille..., fit Jean-Baptiste gauchement. J'ai payé des gardes armés. Ils te protégeront pendant quelques jours. Mais ne reste pas ici, retourne à Assouan, chez l'aga.

Il la prit dans ses bras et l'embrassa avec tendresse, pris de remords...

Le bateau était parti sans elle, louvoyant au milieu des rochers.

Du haut du temple où ils avaient campé, on dominait le paysage, Sara avait vu Jean-Baptiste, debout à la poupe, la saluer jusqu'au dernier instant. Étrangement, c'est le regard de Giovanni Finati que Sara sentait peser encore sur elle. Un regard qui la mettait mal à l'aise. Affairés sur le pont, les autres avaient déjà tourné le dos. Mais lui, immobile dans l'ombre de Belzoni, avait continué à la regarder fixement. Le bateau disparut. Son sillage scintilla encore un peu entre les rochers arrondis et luisants qui émergeaient du fleuve comme des dos d'animaux aquatiques. Puis, plus rien.

Sara resta quelques jours encore dans la petite maison de terre perchée sur le pylône du temple d'Osiris. Elle avait besoin de réfléchir. Et si elle ne devait plus jamais revoir Jean-Baptiste ? Si le bateau ne revenait pas ?

Une des choses les plus cruelles de la vie, c'est qu'on ne sait jamais quand c'est la dernière fois, et qu'après, on passe sa vie à se dire : si j'avais su...

Sara revint à Assouan en marchant derrière le chameau. Elle se concentrait sur ses pieds, nus dans des sandales de cuir, secs et poussiéreux, comme des pieds de pèlerin. Jusqu'où devrait-elle encore marcher ? Et vers quoi ?

On avait fait de la place pour elle dans la maison des femmes de l'aga. Elle avait posé sa malle dans un coin et rangé dedans son costume d'homme, désormais inutile : ici, on savait qui elle était.

Elle enfila une tunique informe mais commode, comme toutes les femmes de la maison. Le harem était une simple pièce commune avec des paillasses. Dans les murs, des meurtrières donnaient sur le désert d'un côté, et sur une ruelle calcinée par le soleil de l'autre... Il y avait une cour minuscule, soigneusement balayée, avec un arbre rachitique. Accrochée à l'arbre, une cage d'osier où un oiseau chantait parfois et, dessous, un lit de bois sur lequel on s'étendait pour prendre le frais.

Avec deux nattes, Sara entreprit d'édifier une sorte de paravent dans son coin, pour s'isoler des autres. Les femmes de l'aga ne se lassaient pas de la regarder et de la commenter à voix haute, et même de venir la toucher, comme un être surnaturel. Bientôt, elles fouilleraient dans sa malle. Elle ne supportait plus leur curiosité naïve. Elle voulait qu'on la laisse en paix.

Quand elle eut fini de construire son abri, elle se jeta sur sa paillasse et se mit à pleurer en silence. Bon, elle avait encore des larmes en elle, c'était rassurant : elle était encore humaine, malgré tout. Elle prendrait le prochain bateau et rentrerait au Caire.

Le lendemain, le *khamsin*, le vent du désert, se mit à souffler, balayant les petites rues du village. Les vieux qui somnolaient le long des murs, assis sur les mastabas, rentrèrent vite chez eux : le souffle diabolique durerait cinquante jours. Le vent assénait des claques râpeuses comme du papier de verre et charriait du sable jusque dans les moindres recoins. On en trouvait partout, dans les cheveux, dans les oreilles, sous les dents. Pour s'en défendre, il eût fallu faire comme les chameaux qui plongent leurs naseaux dans le sable.

Sara chercha à fermer l'ouverture par laquelle le vent s'engouffrait dans la pièce. Elle prit une gifle de sable dans le visage. Ses dents grincèrent et ses cils devinrent blancs de poussière, bien qu'elle serrât les paupières.

Une femme la vit et l'empoigna pour la rejeter en arrière. Par gestes, elle lui fit comprendre que le sable était dangereux pour les yeux.

— Le vent va t'empoisonner !
— Je sais, je sais, le sable, oui...

Elle haussa les épaules et se remit à boucher la lucarne. La femme l'arrêta à nouveau et elle baissa son voile sur ses yeux, lui faisant comprendre d'en faire autant.

Le lendemain matin au réveil, Sara avait les paupières enflées, rouges et douloureuses. Quand elles la virent, les femmes s'exclamèrent et se concertèrent.

« Quelle histoire pour une irritation ! pensa Sara, agacée. Demain tout sera passé. »

Les femmes lui apportèrent une décoction de plantes d'une vilaine couleur brune, qu'elle craignit d'appliquer : le remède semblait pire que le mal. Elle chercha dans ses bagages une petite bouteille d'eau-de-vie qu'elle gardait pour les cas extrêmes. Elle en dilua dans un peu d'eau et s'en lava les yeux, provoquant une brûlure atroce.

Le lendemain, elle était aveugle.

Plusieurs jours passèrent. Sara avait perdu le sens du temps et celui de l'orientation. Elle restait allongée sur sa paillasse, en proie à la douleur et à la panique, sans autre recours que les femmes qui l'entouraient. Elle en était dépendante pour les moindres choses : se laver, manger, boire, faire ses besoins. Elle qui était l'indépendance même... Elle réussissait cependant à se faire comprendre, car elle parlait un peu d'arabe, maintenant. Les souvenirs lumineux du passé la hantaient. Elle revoyait le visage heureux de Jean-Baptiste à leur arrivée en Égypte, quand ils étaient tous deux pleins d'espoir. Les larmes la brûlaient comme du feu. Les heures se succédaient dans la nuit totale et la douleur. Elle pensait aux milliers d'aveugles de la mosquée El-Azar du Caire. Elle revoyait les yeux blancs des enfants, les vieux abandonnés, la vieille qu'on avertissait des repas on tirant la corde qu'elle avait autour du cou. Elle pria.

« Mon Dieu, si je recouvre la vue, j'irai à Jérusalem rendre grâces, je le jure. Mon Dieu, ne m'abandonnez pas... »

Puis, elle se rendit compte que, dans l'obscurité, son esprit était devenu plus agile. Tout ce qui lui semblait vague et flou dans sa vie avait maintenant pris une acuité nouvelle.

« Plus que jamais, se disait-elle, j'ai le sentiment d'assister à un long spectacle intitulé *Vie de Sara Belzoni*. J'y assiste avec curiosité, mais avec un certain détachement, comme si la chose ne m'intéressait pas outre mesure. Je me révolte, je m'indigne, j'éprouve de la joie et du plaisir, mais en même temps, je m'observe et je me dis : "Oh ! non, ma fille, tu ne peux pas encore traîner longtemps dans cette histoire. Ton spectacle se répète... Il va mal tourner." Dormons. »

Les femmes lui lavèrent les yeux plusieurs fois — avec quoi ? — en chantant des incantations. Sara, brisée, se laissait faire. Cette fois, personne ne viendrait l'aider. Les pensées les plus noires l'obsédaient. Que deviendrait-elle si elle restait aveugle ? Elle ne pourrait même pas se tuer...

À la fin, les femmes se concertèrent :

— On ne peut pas la laisser comme ça. Il n'y a que la Vieille qui puisse faire quelque chose.

— Laissez-la crever. C'est une chienne ! cracha avec mépris Zulaika.

Toutes la regardèrent avec étonnement. L'invitée était sacrée.

Zulaika était très jeune, très jolie et très grasse. Elle n'avait pas encore eu d'enfants, et elle passait pour la plus belle femme d'Assouan.

— Tu fais des histoires ? fit la plus ancienne. Tu es jalouse ?

— Moi, jalouse ! répliqua Zulaika en éclatant de rire. Jalouse d'une géante *kafira* ? Elle amène le malheur et la maladie chez nous et je n'en veux pas.

— Tu mens, Zulaika ! fit une troisième qui nourrissait un enfant au sein. Je t'ai vue quand le grand cheikh, le mari de la *kafira*, est venu ici, et qu'il t'a donné les perles de couleur et le miroir. Je sais comment tu l'as regardé, comme une chamelle en chaleur, et comment tu tournais autour pour avoir des cadeaux...

Zulaika se jeta sur elle ; la première femme dut les séparer. Sara, au milieu de ce vacarme incompréhensible, tournait la tête de-ci de-là, comme un animal pris au piège.

La première femme envoya un gamin avertir la Vieille, qui habitait de l'autre côté du Nil. C'était une Nubienne sans âge qui vivait seule dans la montagne. On disait que, comme la déesse des anciens, Isis, elle avait sept scorpions comme gardes du corps. Elle savait utiliser les venins pour guérir, aussi bien les bêtes que les hommes.

La Vieille portait des cicatrices rituelles sur tout le corps aussi ridé que celui d'un vieil éléphant, mais elle avait une vigueur de jeune fille. On ne savait pas d'où elle venait ;

aucune des tribus nomades qui passaient par là de temps en temps ne la connaissait.

Peut-être la Vieille avait-elle été perdue par des marchands d'esclaves africains. Elle-même disait qu'elle était tombée du ciel. On ne savait pas quoi penser et il était juste qu'elle vécût à l'écart de la communauté, puisqu'elle était si différente.

Elle vint à la tombée du jour. Elle traversait le Nil comme les anciens, à cheval sur un fagot qu'elle laissait dériver. Elle ne craignait pas les crocodiles, qui n'aiment ni l'eau profonde ni les courants. Elle savait les éviter, et portait, lié autour de la jambe, un poignard dont la lame triangulaire ne ressemblait à aucune arme connue. Ses yeux étaient presque invisibles entre ses paupières flétries et gonflées comme celles d'un batracien. Elle avait quelque chose d'une créature de l'eau. Elle posa son regard jaune sur Sara.

— Toi, la jeune, donne-moi ton tabouret et une jarre d'eau propre. Fais-la bouillir sur le feu. Je veux que l'eau frémisse comme le Nil sous le vent, pas plus. Alors, tu m'appelleras.

La Vieille s'assit près de Sara et lui caressa les mains, les palpa. Elle avait les mains sèches et chaudes, et marmonnait tout bas des choses incompréhensibles. Sara, qui avait sursauté quand la Vieille avait posé la main sur elle, se calma : elle avait compris qu'il s'agissait d'une guérisseuse.

Sara avait très vite appris à reconnaître les moindres bruits, les plus infimes déplacements d'air. Elle comprit à l'odeur que la Vieille balançait des herbes sèches autour de son visage : ça sentait le thym et le genièvre. La Vieille mit les herbes dans la jarre d'eau bouillante et prit les herbes fraîches qu'elle avait apportées dans sa besace. C'étaient des plantes grasses qui poussaient dans les montagnes calcinées du désert. Elle rompit les tiges : un suc limpide en sortit. Elle entrouvrit les paupières de Sara et laissa tomber la sève de la plante dans ses yeux à vif. Sara cria de douleur.

La Vieille sortit de ses haillons une fiole de terre cuite. Un scorpion et d'autres insectes y macéraient depuis longtemps. Elle versa quelques gouttes de la mixture dans la tisane chaude qu'elle fit boire à Sara.

La Vieille revint trois fois. Petit à petit, Sara recommença à percevoir une lueur cotonneuse, puis des formes, dont les contours devinrent chaque jour plus précis. Les femmes ne la laissaient jamais seule, ce qu'elle redoutait plus que tout. Elle avait peur des serpents et des insectes venimeux qui réussissaient quelquefois à pénétrer dans les maisons.

Un jour, la première femme vit Zulaika qui préparait une mixture dans une écuelle. Zulaika était très paresseuse et elle fut étonnée de lui voir tant d'ardeur. Elle se cacha et l'observa. Zulaika parlait toute seule.

— Ah ! *kafira*, tu vas partir aujourd'hui. Tes maléfices ont assez duré. Tu fais mine d'être malade pour mieux nous envoûter. Tu as déjà envoûté la première épouse. Mais pas moi. Tu partiras d'ici avant moi, chienne... Tiens, ma belle, tiens, mon trésor, regarde ce que je te prépare... Tu vas voler avec le diable...

Zulaika se fit toute douce : elle caressa le front de Sara et lui approcha l'écuelle de la bouche.

— Bois, ma *kafira*, bois, ma gazelle...

La première épouse se précipita et, d'un revers de main, fit voler l'écuelle

— *Indak*, Sara ! Attention...

Sara tressaillit et se tapit dans le coin le plus reculé de son alcôve.

— Maudite ! s'écria la femme, tu voulais empoisonner notre hôte ! Tu voulais nous faire toutes fouetter, maudite ! Je vais te dénoncer à notre maître, mauvaise, chienne du diable... Il va te peler le dos avec le fouet, tu vas voir !

Elle agrémentait son discours de coups de poings et de coups de pied. Zulaika se mit à pleurer, se laissant frapper comme un enfant. Tout cela avait lieu à mi-voix.

— Si je te vois encore l'approcher, je le dirai à notre mari, sois-en sûre. Et tu n'approcheras pas non plus de nos repas. Tu mangeras dans un coin, après tout le monde, et si on me demande pourquoi, je saurai quoi répondre...

Zulaika avait la faveur du maître des lieux : c'est elle qu'il choisissait régulièrement quand il avait envie de passer une nuit d'amour, mais l'ascendant de la première épouse était tel qu'elle préféra se taire. Elle connaissait parfaitement les traditions du harem : le poison, cette fois, aurait été pour elle.

Les femmes ne laissèrent plus jamais Sara seule avec qui que ce soit et prirent d'elle un soin jaloux. Pendant les repas,

Zulaika, accroupie dans un coin comme un chien sauvage, la couvait d'un regard brûlant.

Au vingtième jour, Sara guérit, mais sa vue resta définitivement altérée. C'est alors qu'elle prit l'habitude de plisser les yeux pour mieux voir, habitude qu'elle conserva jusqu'à sa mort.

Comme il fallait s'y attendre, à Abou-Simbel le sable avait de nouveau envahi la façade du temple, montant comme une marée à l'assaut des beaux visages de pierre.

Les Anglais creusaient depuis des semaines dans des conditions indescriptibles, écrasés par la chaleur terrible du mois d'août.

Il leur fallut tout ce temps pour creuser un nouveau chenal dans la muraille de sable à moitié solidifié et ménager une petite ouverture dans le porche d'entrée. Un matin, ils s'étaient retrouvés seuls : les hommes du village n'étaient pas revenus. Le conseil des anciens avait décidé de ne plus aider les étrangers et de rensabler le temple dès qu'ils seraient partis. Ils avaient vite compris que le temple pouvait être une source de revenus : tous les visiteurs seraient disposés à payer de nouveaux travaux.

Enfin, le dernier mur de sable durci s'était effondré. Il y avait bien un temple sous le sable d'Abou-Simbel et, en s'ouvrant, il leur avait craché une haleine brûlante au visage. Ils avaient tous bondi en arrière.

— Laissez évacuer !...

Les exhalaisons d'air vicié pouvaient être mortelles.

— Alors tu te décides ? fit Belzoni à Finati.

Jean-Baptiste était trop grand, trop massif, pour passer par l'ouverture. Il aurait pourtant voulu entrer le premier. Giovanni, lui, était long et sec, tout en muscles et en nerfs. Il se faufila comme une anguille par le trou, avec une torche et un briquet.

Le petit groupe attendait en silence. Ils étaient tous à moitié nus, cuits par le soleil, amaigris, des chiffons mouillés enroulés sur la tête en guise de turban. Ils avaient la barbe longue et les yeux brillants de fièvre. Leurs regards convergeaient vers l'ouverture. Le temps passait et aucun bruit ne venait de l'intérieur.

Brusquement Giovanni ressortit en respirant bruyamment, comme après une immersion. Son torse tatoué luisait comme du cuir mouillé. Il poussa un cri rauque, et se laissa tomber sur le sable.

— Superbe... Immense... Des statues partout. Il n'y a pas de sable à l'intérieur... Je n'ai pas pu aller jusqu'au fond, ça entre dans la montagne... Une chaleur d'enfer... À crever.

Le changement de température était tel qu'il se mit à trembler. On lui mit un manteau sur les épaules, et puis on élargit le trou à coups de pioche.

Ils entrèrent l'un après l'autre. Au cœur de la montagne, le silence était absolu. Ils allumèrent des torches : une allée de colosses apparut, puis des fresques aux couleurs fraîches, des colonnes sculptées de hiéroglyphes. Au fond, en ligne droite, dans une petite salle, quatre divinités assises en rang semblaient les attendre. Il faisait 50° au moins et les corps se liquéfiaient. Ils ne purent rester que quelques minutes. Quelqu'un essaya de dessiner, mais le papier s'imbiba de sueur à tel point qu'il devint inutilisable.

Une curieuse atmosphère régnait dans le temple, comme si quelqu'un l'avait soigneusement rangé et nettoyé avant de partir. Pas de sarcophage, pas de papyrus, pas l'ombre du trésor que Belzoni avait promis aux chefs de tribu. C'était une merveilleuse boîte vide.

Au moment de sortir, l'attention de Jean-Baptiste fut attirée par un éclat métallique dans le sable — une lamelle de cuivre qui gisait au milieu de la grande salle où huit Ramsès géants coiffés de la double couronne d'Égypte se faisaient face. Il ramassa l'objet. C'était un tout petit débris, une plaque décorative sans aucune valeur, sans doute arrachée à un coffre par les derniers voleurs, ceux qui avaient si bien nettoyé avant de fermer la porte...

Il tâta le petit morceau de cuivre au fond de sa poche : il rentrait les mains vides. Sa mission était achevée. Il n'avait plus rien à faire dans cet endroit.

On dîna en silence, à la nuit tombée. D'abord, parce qu'il n'y avait plus rien à dire, et plus grand-chose à manger non plus, sinon de la farine de *dourah* pleine de charançons diluée dans de l'eau. Quelqu'un avait tué un petit crocodile dans l'après-midi, mais la viande s'était putréfiée en deux heures.

La tribu des nobles cavaliers ne s'était pas manifestée. Personne ne leur viendrait en aide.

Jean-Baptiste était amer. Il en avait assez d'être frustré quoi qu'il entreprenne, comme si un mauvais génie lui faisait flairer l'odeur du succès et, à chaque fois, le lui arrachait des mains au dernier moment. Cette montagne hostile avait résisté longtemps au viol, mais aujourd'hui qu'avait-elle donné d'elle-même ? Beauté, silence, grandeur — et la présence écrasante de Ramsès, le pharaon qui l'avait façonnée à son image. Encore une fois, c'était lui le vainqueur. Il leur avait offert son spectacle et Belzoni comprenait enfin le sourire qui se jouait sur les lèvres des colosses, les belles lèvres d'ogres millénaires...

À son retour à Philae, il découvrit que l'hostilité des Français était arrivée jusque-là.

À l'aller, il avait soigneusement scié et préparé près du rivage des stèles magnifiquement sculptées qu'il voulait emporter à son retour d'Abou-Simbel ; il les destinait à sa collection personnelle. Il venait de les retrouver mutilées, détruites. On avait même signé la provocation au noir de fumée : « Manqué ! » En français.

Il ne décoléra pas jusqu'à Assouan. À tout cela, se mêlait l'inquiétude de savoir si Sara l'avait attendu. L'heure des comptes avait sonné. Lui aurait-elle pardonné de ne pas l'avoir emmenée ? Avait-elle bien compris qu'il n'avait pas eu le choix ? Ou bien aurait-elle disparu ?

Il ne restait à bord que Finati et Jack, les officiers de la Royal Navy ayant continué leur voyage.

À Assouan, Jean-Baptiste fouilla du regard le rivage, les maisons, les terrasses. Personne. Les nouvelles vont vite dans un village : si elle l'avait attendu, elle arriverait en courant, comme les curieux venus assister à leur débarquement.

— Tiens, ta femme n'est pas là... constata Finati.

— J'ai des yeux pour voir, répondit avec humeur Jean-Baptiste en descendant à terre.

Jack se mit à nettoyer le bateau. Lui aussi s'inquiétait pour Sara. Si elle apparaissait, au moins trouverait-elle une cabine digne de ce nom, et pas une tanière puante.

Quand Belzoni entra dans la maison de l'aga, une femme était assise sur un lit de bois dans la petite cour tendue d'une voile de bateau. Elle lui tournait le dos, les bras levés dans un joli geste pour verser de l'eau à un oiseau en cage.

— Sara ?... demanda-t-il doucement.

Une autre femme se serait enfuie dans un envol de voiles. Sara se retourna et le regarda en plissant les yeux.

— Ah ! c'est toi...

Il la trouva changée. Il y avait quelque chose de gris en elle, qu'il n'avait jamais remarqué avant. Un manque d'éclat, une fatigue qui lui faisait le dos rond et l'épaule basse. Et d'où sortait-elle cette tunique sale et tachée ? Ses pieds étaient bruns de poussière, les talons crevassés par le sable, des pieds de paysanne...

Elle abrita ses yeux derrière sa main pour mieux le regarder, comme si la lumière la blessait, et c'était un geste de vieille. Elle ressemblait à une de ces femmes usées par la vie qui attendent dans les arrière-cours des villages. Elle avait vieilli, oui, et il se sentit en même temps coupable et irrité de l'être.

Il s'avança vers elle, partagé entre le remords, le désappointement et une joie trouble faite de tendresse, d'habitude et de besoin. Il la serra fort contre lui. Elle se laissa aller presque passivement contre sa poitrine, remontant mécaniquement une mèche de cheveux roux sous son turban, et la douceur était amère.

14

Au cœur de l'Arabie, dans son château de terre crue aux murs crénelés, Abdallah, impuissant, souffrait pour son peuple. Il savait que son armée, à moins d'un miracle, ne sortirait pas victorieuse du conflit avec les Égyptiens. Pour gagner du temps, il avait signé un traité déshonorant avec Toussoun ; il fallait que ses hommes reprennent des forces. Mais le répit avait été de courte durée et cette fois, c'était Ibrahim qui revenait à l'attaque avec une énergie nouvelle. Abdallah était épuisé. Il marchait la tête basse, ne dormait plus et fumait l'herbe des assassins pour se donner du courage.

— Tu ne peux pas perdre, l'esprit de ton père est avec toi ! disait Amina. Fais face !

Abdallah exigea sa présence sur le champ de bataille, près de lui.

Le dernier combat fut un désastre. Comme toujours, Abdallah fonça sans réfléchir, comptant sur la fougue de ses guerriers. Mais ce n'était pas pour vaincre qu'ils se battaient, c'était pour ne pas mourir. L'armée plongea comme un seul homme dans le piège des Égyptiens. Ce fut un carnage. Seule l'attaque furieuse des Bédouins d'Amina permit de sauver l'honneur.

Méhémet-Ali était mécontent. Autant combattre contre le vieux Séoud avait été un plaisir, car chacun des deux vieux renards connaissait à l'avance les mouvements de l'autre et ses stratégies préférées, autant combattre le fils était pénible. Un exercice de boucherie, sans la moindre fioriture. Un exercice ennuyeux, qui durait trop...

Au demeurant, il éprouvait un sentiment presque paternel

pour Abdallah, un garçon qui avait l'âge d'être son fils et faisait de si grossières erreurs.

Ce fut à Amina qu'Abdallah dut d'avoir la vie sauve. Au sein de la bataille, il se trouva engagé dans un duel sans merci. Il combattait avec le sabre de son père, une lame légendaire dans tout le Nedj, *Rahaïjan l'Affilée*. L'épée avait appartenu au fondateur de la lignée d'Abdul Wahhab, à l'époque où les armes portaient un nom. Celle-là avait traversé les siècles jusqu'à lui. C'était une arme merveilleusement équilibrée, au pommeau d'or massif incrusté de perles fines.

Brusquement, l'Affilée voltigea au-dessus de la tête d'Abdallah et alla se ficher en vibrant dans le sol. Il était désarmé, à la merci de son ennemi. L'homme rugit de plaisir. Il avait défait la *baraka* qui s'attachait à cette arme. Abdallah et son épée lui appartenaient.

Amina avait vu la scène de loin. Elle accourut au galop et, accrochée au pommeau de la selle et à un étrier, elle attrapa l'Affilée au vol. Dans l'élan de son cheval, les forces décuplées par la fureur, elle se rua sur l'Égyptien et lui ouvrit la poitrine de bas en haut. L'Affilée portait bien son nom. L'homme tomba en arrière, les yeux écarquillés de stupeur, ne sentant pas encore la douleur de la blessure.

Amina revint sur ses pas, les traits tirés par la haine. Elle se pencha vers l'homme et écartant la plaie de la pointe du sabre, elle trancha d'un coup sec les aortes qui retenaient le cœur et l'arracha.

Elle se retourna vers Abdallah et jeta le cœur à ses pieds. Il palpita encore un peu dans le sable et frémit une dernière fois avant de cesser de battre.

Ils revinrent au camp côte à côte, sans un mot, couverts de sang et de poussière, écoutant la fureur du combat bouillonner encore dans leurs veines. Ils entrèrent dans la tente et n'en sortirent que le lendemain.

L'histoire fit le tour des deux camps et la renommée d'Abdallah en sortit grandie. Seul un homme d'exception pouvait avoir à la fois une arme légendaire et une femme-guerrière aussi féroce.

Ibrahim-Pacha ne s'y trompa pas.

— Si vous ne le prenez pas, enlevez-lui au moins l'épée et la femme. Sinon il va devenir une légende.

Il savait parfaitement que le peuple est friand de belles

histoires et que le couple risquait de devenir un symbole pour les rebelles. Il rêvait de les capturer. Il s'était toujours cruellement vengé de ceux qui lui résistaient. C'était un trait de son caractère que Méhémet-Ali réprouvait. Certes, une vengeance horrible est un excellent épouvantail et lui-même en avait largement usé, mais jamais personnellement... Il s'était toujours tenu loin du spectacle de la mort qu'il infligeait. Ibrahim, au contraire, tenait à y participer et en jouissait ouvertement.

Par ailleurs, le jeune homme conduisait la guerre de main de maître et Méhémet-Ali commençait à le regarder d'un œil plus affectueux. C'était un bon guerrier : il avait promis de lui rapporter l'Arabie roulée comme un tapis et il était en passe d'y parvenir.

Ibrahim, inconsciemment, continuait à rechercher l'approbation paternelle, et surtout cette qualité spéciale d'amour que le vice-roi avait pour Toussoun — cet amour qu'il n'avait jamais donné à Ibrahim et qu'il ne lui donnerait jamais, ce regard de tendresse qu'il ne poserait jamais sur lui. Il continuait à se heurter à l'impassibilité du vice-roi. Cette frustration passait dans la rage qu'il mettait au combat, et dans les tortures qu'il infligeait à ses prisonniers. Ce n'est qu'au spectacle de leurs souffrances qu'il se sentait en paix avec la sienne.

— Père, j'ai décidé de prendre la ville d'Abdallah, sa forteresse, son nid d'aigle : Dar'yeh. Une fois qu'il en sera privé, il devra errer avec ses troupes dans le désert et deviendra une proie facile. J'abattrai les murailles de sa ville, je ferai incendier et piller les maisons une par une, empoisonner les puits et semer du sel sur les ruines pour que rien n'y pousse plus jamais. Mes hommes anéantiront dans le sein de leurs femmes la semence des Wahhabites.

Ibrahim ne disait pas ce qu'il ferait à « Galieh » s'il la prenait vive, mais il s'en délectait d'avance. Peut-être n'avait-il décidé de raser Dar'yeh que pour s'emparer d'elle et de la fabuleuse épée de Wahhab. Il la tuerait avec, le moment venu. Ce serait un beau geste. Un geste que tous les vrais hommes apprécieraient, car les femmes doivent rester à leur place. Sinon elles deviennent dangereuses, elles détrônent leurs maîtres et les ramènent à l'état d'enfants.

C'est le sourire aux lèvres qu'il vit apparaître les tours de Dar'yeh à l'horizon.

Jean-Baptiste rumina son ressentiment jusqu'à Louxor. La destruction des stèles de Philae était une déclaration de guerre de la part des Français. Il chercha partout Rifaud et Drovetti pour exiger réparation, mais ils semblaient avoir disparu. Au coucher du soleil, les terrains de fouilles étaient déjà déserts.

Belzoni traversa le Nil et regagna Gournah pour la nuit. Ils ne perdaient rien pour attendre.

Plus tard, il y eut tempête à l'entrepôt que les Français avaient construit au bord du Nil. Rifaud avait convoqué ses seconds et prié Drovetti d'assister à leur entretien.

— Qu'est-ce qu'on me dit ? Que le petit Cailliaud a fracassé les sculptures que Belzoni avait mises de côté à Philae ?

Rifaud était furieux. Il marchait de long en large entre les statues entassées.

— Qui t'a dit ça ? demanda Drovetti.

— Ah, je ne l'ai pas sucé de mon doigt, hein ? L'Italien nous cherche partout pour faire un esclandre et il n'a pas tort. On peut être adversaires sans se faire honte.

— Je ne vois pas pourquoi on accuse Cailliaud.

— Monsieur Drovetti, ne me jouez pas Ponce-Pilate. Vous êtes comme la chair et l'ongle avec le petit Cailliaud. S'il l'a fait, il vous l'a dit, et s'il ne vous l'a pas dit, vous le couvririez de toutes façons, ce qui est bien coupable. Il y a des choses qu'on ne fait pas.

— Tu en es encore à « Messieurs les Anglais, tirez les premiers » ? C'est fini, ce temps-là, Rifaud. Tu crois que Salt ou Belzoni ont tes scrupules ? Ils nous volent impunément et tu le sais bien. Les terrains, les statues... À croire que l'Égypte leur appartient.

Rifaud fit une moue explicite. Apparemment, elle appartenait à qui voulait la prendre.

— Au moins, s'ils volent, ils ne cassent pas. Ils respectent. Et moi, je suis sculpteur, monsieur Drovetti... Je suis le seul ici à savoir le travail que représentent ces statues.

Il monta sur le socle d'un pharaon assis, plus grand que nature, fait d'un basalte noir poli comme du métal.

— Vous savez combien d'heures, combien de peine il faut pour sortir un sourire comme celui-ci d'un morceau de basalte brut ? Je crois que je pourrais étrangler Cailliaud si je le voyais y toucher avec son petit maillet. Parce que je l'ai déjà vu de mes yeux : il a un maillet de métal dans sa poche et il fait sauter les bouts de rocher qui lui plaisent.

— C'est son travail, il est minéralogiste. Qu'il n'aime pas Belzoni, c'est un fait, et il est un peu exalté. Mais d'un autre côté, Belzoni m'a vraiment déçu. Il n'a jamais cherché à traiter une seule fois avec nous. Il rafle ce qu'il trouve sans se demander si nous l'avons découvert avant lui. Après tout ce que j'ai fait pour lui... Et selon toi, je devrais me laisser faire ?

— Je veux bien réensabler leurs chantiers, dit Rifaud, mais pas plus. Je ne veux pas de mort d'homme, ici. Il n'y a pas que Cailliaud qui ait le sang chaud, et vous vous mettiez bien d'accord avec Salt, avant.

— Les choses vont trop vite, maintenant. Les hommes sont excités. Ils veulent la bagarre. Et je crois bien qu'ils s'empoigneront à cause de l'obélisque. Si Belzoni y touche, c'est la guerre. Je l'avais réservé à la France et je n'y renoncerai pas. Alors, arrangez-vous pour l'enlever les premiers.

— Où est Cailliaud ?

— Dans le désert, il cherche Bérénice Panchrysia[1].

— C'est bien le moment de courir la gueuse !

Drovetti éclata de rire.

— Ce n'est pas une gueuse, Rifaud, c'est une ville disparue, qui était revêtue d'or. D'où son nom. *Pan-chrysia*... « toute d'or ». C'est du grec.

Rifaud vexé, changea de sujet.

— Et qu'est-ce qu'il va nous rapporter, le bijoutier du roi ? Des pépites ? Des lingots ? Je vais vous dire, monsieur Drovetti, il en fait trop, votre freluquet. Et il chante trop haut du derrière.

— Et alors ?

— Alors, ça use les autres, ça leur brûle le sang et la tête. Jusqu'à ce qu'on se retrouve avec un crime bien bas et bien sanglant sur les bras. Il faut passer un compromis avec les Anglais. Mais vous êtes libre de ne pas m'écouter : braiment d'âne ne monte pas au ciel.

Depuis sa maladie, Drovetti n'était plus le même homme, passait d'un état d'abattement à des crises d'entêtement

---

1. Bérénice Panchrysia : port sur la mer Rouge, fondé par l'empereur Ptolémée. Le véritable site de la ville a été découvert en 1997 par une expédition italienne.

presque séniles. Son regard même avait changé ; il était devenu d'une fixité inquiétante.

— Je suis encore le patron, ici, répliqua-t-il. Je connais ce pays comme ma poche. Et je devrais céder le pas à des nouveaux venus comme Salt ou Belzoni ? Je ferai valoir les préséances qui me sont dues. Le vice-roi favorisera la France aussi longtemps que je serai dans ce pays. Si Thèbes doit devenir un champ de bataille, il le deviendra.

— Ma parole, monsieur Drovetti, un vice-roi suffisait... Vous voilà deux, c'est trop.

Drovetti tourna les talons, le regard noir, et se dirigea en ruminant sa mauvaise humeur vers sa maison de Louxor. Quelqu'un l'appela discrètement en piémontais. C'était Lebolo, « La Hyène ».

— Ne vous en faites pas, monsieur Bernardino, je m'en occupe. Rifaud est un artiste. Il parle haut, mais il est faible. Il a trop de cœur. Moi, je suis un soldat, je vous comprends, et je vais vous débarrasser du problème.

Drovetti posa sur Lebolo son regard pénétrant et un peu fou. Il lui tendit la main, la serra et la retira aussitôt, comme s'il avait touché quelque chose de gluant.

— Je ne veux rien savoir, Lebolo. Faites ce que votre cœur vous dicte.

— Ce sera fait.

Le lendemain, Rifaud se fit conduire seul sur l'autre rive du Nil et se dirigea vers Gournah. Une de ses équipes y travaillait mollement à la recherche de momies. Elles étaient la plupart du temps de qualité médiocre, des momies de gens sans importance, conservées davantage par la sécheresse des sables et des vents que par les soins des prêtres embaumeurs. Rifaud soupçonnait les villageois de Gournah d'avoir caché les plus belles pièces dans quelque recoin de la montagne. Et c'était très bien ainsi. Une fois qu'on aurait troussé l'Égypte à fond, que resterait-il de son mystère ?

Rifaud voulait rencontrer Belzoni en tête-à-tête. On lui dit qu'il le trouverait dans la vallée de Biban-el-Molouk, là où se trouvaient les tombes des pharaons. Il l'aperçut bientôt, turban sur la tête et bâton à la main, comme un berger. Il marchait lentement en regardant par terre et se baissait de temps en temps pour ramasser un caillou qu'il examinait attentivement.

— Ho, Belzoni !
Jean-Baptiste se retourna.
— Rifaud !
Le soleil commençait à taper dur. Rifaud descendit de sa monture et s'approcha de Belzoni.
— Faire avancer cet âne-là ou traîner un veuf, c'est tout comme... Une peine ! une lenteur ! Il faut que je te parle.
Belzoni eut un geste ample qui balaya la solitude calcinée qui les entourait.
— Nous sommes seuls.
— Écoute, Belzoni, le hasard a voulu que nous soyons dans des camps ennemis, mais ça n'empêche pas l'estime. Ne crois pas que j'approuve ce qui s'est passé à Philae.
— J'aimerais seulement savoir à qui je dois renvoyer la balle.
— Laisse tomber. Je peux te dire que Cailliaud a tenu le marteau, mais Drovetti lui tenait la main et le vice-roi lui tenait la chandelle... Tu me comprends ?
Jean-Baptiste approuva.
— Bon. C'est pas le moment de se dorer la langue, hein ? Je n'aime pas ce qui se prépare. Mauvais climat. La saine compétition est finie. Tu connais mes gens : braguetans et flibustiers. Un meurtre de plus ne les empêcherait pas de dormir.
— Tu veux dire que j'ai des tueurs aux trousses ? Ça ne me fait pas peur.
— Les héros meurent jeunes, Belzoni. Je préférerais que tu fasses languir tes héritiers. On ne va pas laisser notre carcasse ici. La situation peut m'échapper et je voudrais la désamorcer en nous partageant le marché. Comme ça, entre nous.
Ils s'assirent à l'ombre d'un rocher.
— J'ai dû vieillir sans m'en apercevoir, reprit Rifaud. La guerre me fatigue ; je la trouve bête.
Belzoni sortit de sa musette un couteau, des oignons, un morceau de fromage de chèvre et une galette.
— Tu en veux ?
Rifaud accepta.
— Je t'ai vu ramasser des cailloux tout à l'heure.

— Je cherche de la terre d'excavation. Il y a une tombe par ici, je la sens.

— Bon courage. Autant chercher une aiguille dans une botte de foin.

— Je sais, mais vous ne m'avez pas laissé grand-chose d'autre à faire.

— Justement, parlons-en. Drovetti est devenu bizarre depuis qu'il a été malade, mais je suis sûr qu'on peut encore s'entendre. Partager les terrains. Par exemple, tu pourrais avoir toute cette rive et reprendre tes vieilles tranchées sur l'autre. Tu parles avec Salt, je parle avec Drovetti. Il faut trouver un accord, sinon, ça va mal finir pour tout le monde.

— Je verrai Salt. Mais que ce soit clair : je ne baisserai pas les bras devant tes hommes. S'ils me cherchent noise, ils me trouveront. Et que personne ne s'avise de toucher à mes gens... Quant à Cailliaud, il aura ce qu'il mérite.

Rifaud tira une pipe de sa poche et la remplit de tabac, en le tassant bien du pouce. Belzoni avait en poche un briquet à amadou. Il le lui tendit. Les deux hommes restèrent assis contre le rocher, se passant la pipe en silence.

— Si Drovetti nous voyait... dit Rifaud, le sourire aux lèvres.

— Il viendrait s'asseoir avec nous.

— Sûrement, c'est pas lui le pire... C'était un homme généreux, et il doit l'être resté au fond. Il a beaucoup fait pour les Anglais il y a dix ans. Il a perdu de sa noblesse depuis et ça se comprend. Tu connais l'histoire de la rançon ?

— Non. Il y a dix ans, j'étais loin.

— Il a payé quatre-vingt mille piastres-or de sa poche pour sauver des Anglais condamnés à mort. On les avait fait voyager avec les têtes coupées de leurs camarades pour les préparer... L'Angleterre a remercié et n'a jamais remboursé. Il n'y en a pas un seul qui ait payé sa dette. Ça fait réfléchir... Ah ! Boun Dio !

Il se leva d'un bond, serrant sa main gauche et écrasant violemment quelque chose par terre avec le talon.

— Fan de pute... il m'a mordu. Un serpent, un scorpion, je ne sais pas, je ne l'ai pas vu. Il a détalé sous la pierre.

Belzoni le força à s'asseoir. Il regarda la main de Rifaud. Il y avait deux trous minuscules dans la peau et la peau commençait à marbrer autour. Un cobra, sûrement ; il fallait faire vite.

— Calme-toi. Calme-toi tout de suite. Il faut que tu restes immobile.

Il sortit un morceau d'amadou de sa poche et y mit le feu.

— Tiens le coup, Rifaud. Il faut brûler tout ça. Gueule un bon coup si ça peut t'aider, mais tiens le coup.

Une odeur de chair brûlée monta pendant que Belzoni maintenait l'amadou en feu sur la plaie. Rifaud avait enfoncé ses ongles dans la terre, et serré les mâchoires pour ne pas crier. La douleur devait être atroce. Des larmes et de la sueur descendaient en rigoles sur son visage. Il cria enfin.

— Aaaah ! j'en peux plus... Arrête, arrête ! J'en ai les trois sueurs...

Belzoni examinait la main. L'amadou avait creusé un trou noirâtre et sanglant.

— Le plus gros du venin est éliminé, on ne peut pas faire mieux... À dieu vat !... Ne bouge pas et bois ça. On va attendre un peu.

Rifaud but avidement l'eau de la gourde que lui tendait Belzoni.

— Allez, courage... Tu vas avoir de la fièvre, tu vas être malade comme un cochon, mais tu ne crèveras pas. Dès que le choc sera passé, je t'emmène au bateau...

Le Marseillais regarda Belzoni et fit une grimace qui voulait être un sourire. Il était très pâle et la sueur lui coulait du front.

— Alors, en plus, maintenant, je te dois la vie !
— Donnant donnant. Et puis, je ne t'ai pas vu, hein ? Aux yeux de tous, restons ennemis, ce sera plus simple.

Rifaud tendit sa main valide. Il tremblait.

— Tope là !

Jean-Baptiste aimait le désert. Il y allait quelquefois simplement pour réfléchir. Ses pensées les plus inquiètes se diluaient dans les lignes pures des dunes, les couleurs essentielles du sable, le ciel parfait. Le désert l'apaisait.

Souvent le vieux Zulficar Kaya lui revenait en mémoire, quand il lui expliquait la nécessité des mirages dans notre vie.

Il avait fallu tout ce temps-là pour comprendre combien il avait raison.

Il disait que ce qui rend notre vie amère, c'est la lutte entre le vrai et le faux, le rêve et la réalité. C'est la soif accrue du marcheur face à l'illusion de l'eau.

« Mais c'est quand même la contemplation de la beauté qui sauve », ajoutait-il. « Marcherais-tu autant chaque jour sans l'appel d'un mirage ? »

Une obsession s'était emparée de Belzoni. S'il voulait reprendre la situation en mains, il fallait qu'il trouve une tombe riche. Une tombe royale.

Il alla trouver Mena.

— Pourquoi ne pries-tu pas ton Dieu ? demanda celui-ci.

C'était une question difficile. Est-ce que Dieu écoute toutes les prières de tous les hommes et qu'est-ce qui guide Ses choix ?

— Je ne sais pas, répondit Jean-Baptiste. Je crois qu'il s'intéresse à des choses plus importantes.

— Tu penses donc que Mena peut être plus efficace que ton Dieu ?

Belzoni se mit à rire.

— Je ne vous mets pas sur le même plan.

Il avait d'ailleurs du mal à se rappeler quand il avait prié pour la dernière fois, et s'en sentit coupable. On ne devrait pas prier uniquement dans le besoin.

— Viens... fit Mena.

La montagne sacrée dominait la vallée de Thèbes. Elle avait la forme d'une pyramide naturelle, et pour y parvenir il fallait escalader une terre morte sans un brin d'herbe, désolée. C'était la terre du Rien et on s'étonnait d'y rencontrer des lézards et des serpents qui ne pouvaient survivre dans cet enfer qu'en se mangeant les uns les autres. Autrefois cet endroit passait pour un lieu divin où seuls les prêtres s'aventuraient.

Mena et Jean-Baptiste s'arrêtèrent plusieurs fois. Mena lui fit remarquer d'abord les proportions divinement calculées d'un scarabée qui roulait sa boule d'excréments vers l'ouest. Puis ce fut la sinusoïde parfaite d'un cobra fuyant sur le sable, et une pelote d'herbe sèche chassée par le vent avec une apesanteur bouleversante.

— Dieu est un et multiple, dit Mena. Voilà pourquoi il y avait autrefois autant de temples et de divinités. C'est que le Dieu de l'herbe « est et n'est pas » celui du serpent, comme le Dieu de la guerre « est et n'est pas » celui du verbe. Le Dieu de Mena « est et n'est pas » le Dieu de Belzoni.

D'en haut, la vue coupait le souffle. On se rendait compte de la fragilité du mince ruban vert qui entourait le Nil et de la pression énorme du désert qui s'étendait jusqu'à l'horizon comme un océan. Le plan du grand temple de Karnak apparaissait aussi net que sur un dessin d'architecte. Belzoni devina des allées de sphinx cachées, des alignements de statues enfouies dans les décombres. D'en bas, on ne voyait rien de tout cela.

Au sommet de la montagne sacrée, il y avait un espace sableux aménagé dans le rocher.

Au levant, des vases d'offrandes en terre cuite étaient alignés devant une sorte d'autel. Le soleil ailé de Râ, le Dieu Suprême, y était sculpté, entre deux représentations du dieu Osiris, le sexe brandi dans son suaire comme une arme contre le Néant.

Mena se mit à chanter à mi-voix en se balançant d'avant en arrière, les mains pendantes et ouvertes, tournées vers l'autel, dans la position suppliante que Belzoni avait remarquée sur tous les bas-reliefs. Pharaons et prisonniers priaient de la même manière, offrant leurs paumes vides aux Plus-Puissants en signe d'humilité.

— Nous sommes dans un lieu sacré, dit Mena. Je vais maintenant ouvrir tes yeux pour que tu réalises ton vœu. Que désires-tu le plus, au profond de ton cœur ? La connaissance ou la renommée ?

Jean-Baptiste réfléchit.

— La renommée, avoua-t-il avec amertume. J'ai été longtemps pauvre et humilié. Je le suis encore. Je veux être célébré, aimé et reconnu. C'est une faiblesse, je le sais.

Mais maintenant que c'était dit, il se sentait soulagé. Il n'éprouvait pas de honte devant Mena.

— C'est ton droit. Chacun peut préférer les inquiétudes de la renommée à la sérénité de la connaissance. La renommée est entourée de mots aux becs acérés prêts à crever les yeux de ceux qui les ont libérés. À toi de les dompter, si tu peux.

Mena leva sa main osseuse et la posa sur la tête de Belzoni. Il lui enfonça durement la pointe des doigts dans le crâne, à lui faire mal, cherchant des points précis. Des mouches lumineuses passèrent devant les yeux de Jean-Baptiste et il fut sur le point de repousser sa main.

— Je vais t'aider d'abord à trouver ce que tu cherches. Pour trouver une tombe royale, il faut que la montagne te parle. Mais il faut aussi que tu saches la comprendre. Le sable et la pierre ne sont pas des matières inertes ; les Anciens y ont laissé des signes en quantité...

Il plaça ses index sur les yeux fermés de Belzoni qui vit un voile rouge incandescent se former sous ses paupières. La pression était légère mais ferme, à la limite de la douleur.

— Tu seras désormais comme le meilleur chasseur qui découvre les empreintes du gibier là où les autres ne voient rien.

Il laissa retomber ses mains sur ses genoux et Belzoni ouvrit lentement les paupières.

— Ce que tu as demandé a un prix élevé, poursuivit Mena. Le Plus-Puissant ne donne rien pour rien. Si tu laisses tes yeux se refermer, si tu n'es pas vigilant, Il te reprendra la vue qu'il vient de te donner. Il ne pardonne pas la négligence.

Un chien sauvage hurla soudain dans la montagne, comme un diable aux aguets. Il commençait sa chasse nocturne.

— Ici-bas, nous sommes tous à la fois chasseur et gibier... La mort, de toute façon, est au bout de tous les chemins.

— Et au-delà ? demanda Jean-Baptiste.

— Au delà ? Il n'y a que Dieu.

Le lendemain matin, il faisait froid au pied de la montagne sacrée et Belzoni reconnut la drôle d'odeur qui stagnait au fond de la Vallée des Rois. Les bergers avaient trouvé du bois à brûler pour se chauffer. Mais pas n'importe quel bois.

Il se précipita.

Le petit groupe était assis autour d'un maigre feu qui faisait beaucoup de fumée, et dégageait une forte odeur de bitume. Des débris de planches peintes finissaient de se consumer : c'étaient les restes d'un sarcophage et deux grands yeux maquillés de noir les regardaient au travers des flammes. Les bergers les contemplaient en silence, en serrant leurs haillons autour d'eux. L'un d'eux était accroupi dans la vague lumière du jour naissant et fouillait une momie brisée en plusieurs morceaux et partiellement démaillotée. Il cherchait des amulettes et des papyrus entre les plis des bandelettes. Après une longue conversation, les bergers acceptèrent de faire voir le puits à momies qu'ils avaient trouvé. Il était vide et la vallée à l'entour était pleine d'ossements et de haillons de bandelettes. Un désastre irrémédiable. Le dernier d'une longue série. Quand on pensait à tout ce qui avait été brûlé, et détruit par ignorance ou nécessité au cours de siècles, on en restait pétrifié.

— *Malesh*. Dommage... dit calmement Belzoni en s'asseyant à leurs côtés. Vous auriez pu m'en parler avant.

Le berger le plus âgé eut un regard goguenard.

— Avec ton argent, on n'aurait pas pu se réchauffer. Le bois appartient à celui qui le trouve et il en fait ce qu'il veut. On l'a toujours fait, et nos pères avant nous. Le cercueil était abîmé et de toutes façons, tout ça, ce n'est pas beau et ça porte malheur.

— C'est possible, admit Belzoni, encore ébranlé par l'évocation des milliers de momies transformées en bois de chauffage au cours des siècles. Mais les corps des anciens, il faut les respecter...

— *Malesh* anciens, reprit le vieux, ceux qui sont cassés, on en fait de la *mumia*. C'est bon pour les rhumatismes.

La *mumia*, ou poudre de momie, avait intoxiqué des générations. On lui prêtait des vertus miraculeuses, mais seuls les peintres y trouvaient un avantage réel, en raison du mystérieux mélange de résines, de bitumes, et de sels que les momies représentaient, et qui constituait un liant exceptionnel pour les pigments.

Belzoni revint plusieurs fois à cet endroit, comme un limier sur une piste. Un puits à momies n'est jamais seul. Jack l'accompagnait. Dans certains cas, on n'est pas trop de deux

— Non, pas par là, ce n'est pas un chemin, c'est la caillasse d'un torrent. On est en plein dans son lit. À la saison des pluies, l'eau gonfle et noierait la tombe s'il y en avait une. Ils n'étaient pas fous, les anciens.

Ils n'étaient pas fous, ils étaient malins.

« L'eau est un obstacle formidable, se dit Jean-Baptiste, et l'absurdité en est un meilleur encore. Si je devais décourager des voleurs, qu'est-ce que je ferais ? Le contraire de ce qu'ils s'attendent à trouver. Dans ce cas, ils auraient raisonné exactement comme Jack. Par contre, si j'avais été l'architecte royal... »

Il fit porter pelles et pioches. On le traita encore de fou, de *majnoun*, mais il en avait pris l'habitude. Le surnom finirait par lui rester : Belzoni-el-Majnoun !

Il descendit pas à pas le lit du torrent asséché, essayant de refaire les calculs de l'architecte, à travers les millénaires. Il choisit le point le plus bas du cours d'eau. En cas de crue soudaine, c'était là que l'eau se ruerait comme un torrent. Il murmurait à voix basse.

— Moi, l'architecte royal, je vais faire des pierres si bien jointes que l'eau ne pourra pas filtrer, et quand bien même elle filtrerait, après l'escalier qui descend, je creuserai un plan incliné qui remontera au-dessus du niveau de l'eau. Si ça ne suffit pas, je ferai creuser un puits pour drainer le terrain et arrêter les voleurs. Derrière le puits, je murerai la galerie qui conduit aux chambres royales. On ne verra qu'un mur comme les autres. La tombe de mon maître sera scellée hermétiquement et bien au sec.

Il fit creuser dans une fissure et n'éprouva aucune surprise quand les *fellahîn* incrédules trouvèrent des marches qui s'enfonçaient dans le sable. Mena l'avait dit. La renommée était au bout de l'escalier.

Il y eut trente-sept marches avant la porte du sépulcre... Une attente interminable.

Jean-Baptiste avait « vu » là où des centaines d'autres étaient passés sans voir.

La tombe était prodigieuse, une merveille, une enfilade de pièces peintes, du sol au plafond, de fresques intactes, aux couleurs fraîches comme au premier jour. Les plans inclinés descendaient de plus en plus bas. À chaque étage une nouvelle chambre, plus riche que la précédente. Belzoni avançait lentement dans l'air raréfié et vicié d'odeurs étranges. Il liait des chandelles par blocs de dix. Les torches imprégnées de poix qu'on utilisait d'habitude dégageaient une épaisse fumée noire et auraient rendu l'air irrespirable.

Il faillit tomber dans le puits qui s'ouvrit brusquement sous ses pas et ne dut sa sauvegarde qu'à sa force exceptionnelle. Il fit un rétablissement sur le bord et y resta assis.

En face de lui, de l'autre côté du puits, il y avait un mur. Un mur comme tous les autres. Il se mit à rire.

— Ah ! l'architecte, je t'ai deviné...

Jack apportait déjà des planches et les installait au-dessus du vide. Il sonda la muraille : il y avait une galerie derrière.

À Gournah, un gamin vint avertir Sara. Il était au comble de l'excitation.

— Viens, ton mari a trouvé une tombe pleine d'ors et de peintures.

Dès qu'elle pénétra dans la tombe, Sara sut qu'il s'agissait d'une grande découverte. Elle avançait dans la pénombre, frappée d'admiration par les bas-reliefs intacts qui tapissaient les murs et les piliers. L'un d'eux, en particulier, la retint : il représentait deux divinités se tenant par la main. La belle déesse aux cornes de vache, un serpent d'or à l'oreille, moulée dans une robe indiscrète et lui, orgueilleux, drapé dans les plis d'un voile de lin et chaussé d'or. Les deux visages hiératiques se regardaient, comme en extase, leurs corps minces se faisant face. C'était l'instant magique d'une première rencontre.

Belzoni arriva derrière elle. La lumière des torches agitait des ombres sur les fresques, leur donnant un semblant de vie.

— Elle, c'est Isis, et lui, c'est le pharaon mort, avec sa couronne. Elle l'accueille dans son royaume... Quel pharaon, voilà ce que je donnerais cher pour savoir. Et pourtant, son nom est là inscrit dans ces cartouches. Ah ! comment déchiffrer ces inscriptions ?

Des hiéroglyphes de toutes les couleurs, sculptés minutieusement en relief, couvraient les murs des galeries, racontant une mystérieuse épopée.

— Je n'ai jamais rien vu d'aussi beau... murmura Sara. C'est la plus belle chose que tu aies jamais trouvée. C'est magnifique.

Elle était pâle, les yeux dilatés par l'obscurité et l'excitation. Elle n'arrivait même pas à imaginer la portée de cette découverte prodigieuse.

— Cette fois, tu es la première à la voir, Sara...

Elle ne releva pas l'allusion à l'épisode du temple.

— Dis moi plutôt comment tu vas protéger tout cela ?

— Je ne sais pas, on ne peut pas prélever toutes les fresques... Il va falloir refermer la tombe.

— Est-ce qu'on ne pourrait pas en faire des moulages ? Une sorte de copie ?

Belzoni réfléchit un instant.

— Des moulages ? Pourquoi pas ? Oui ! On peut la copier entièrement !

Sara s'enthousiasma.

— Je sais tout de la cire, dit Sara enthousiaste. J'ai assez fait de moulages chez Marie Tussaud ! Je suis sûre qu'on peut faire un mélange de cire, de résine et peut-être de poudre de marbre. On peut la faire venir d'Italie. Il faut trouver un mélange qui résiste à la chaleur et qui n'altère pas les couleurs. Il y a de la cire partout dans les bazars, j'en ai vu des pains entiers.

— Mais oui, la voilà l'idée, s'écria Jean-Baptiste. Nous allons faire une copie de cette tombe, nous en aurons la trace pour toujours. Je vais même faire ce que personne n'a encore tenté : transporter la copie de la tombe à Londres. Et comme Marie Tussaud, je monterai une exposition...

Il éclata de rire et souleva Sara en l'air.

— Sara, nous la ferons voir au monde entier... Ce sera un triomphe... Ah ! Sara Belzoni, qu'est-ce que je ferais sans toi ?

Un bref instant, Sara eut une sensation désagréable de déjà-vu. « Venez, venez, braves gens, il ne vous en coûtera rien ou presque ! »

La galerie Tussaud, l'exposition Belzoni... Tout recommençait. Sans le vouloir, Sara venait de renouer les fils de leur vie de saltimbanque. Elle revit en un éclair Joe Grimaldi, son expression ironique, son œil globuleux de caméléon. Il l'avait bien dit : on n'échappe pas à son destin.

Ils débouchèrent enfin dans la salle du tombeau. Un magnifique sarcophage trônait au milieu de la pièce. Il était fait de l'albâtre le plus fin, le plus translucide, et Jean-Baptiste voyait de loin les délicats personnages qui y étaient sculptés par centaines. Un chef-d'œuvre.

Mais il voyait aussi le couvercle brisé qui gisait à terre. Le sarcophage était vide. Le pharaon avait disparu. Les voleurs étaient déjà passés.

À Louxor, la nouvelle s'était propagée comme une traînée de poudre et les voyageurs qui se trouvaient dans les parages affluèrent. Rifaud fut le premier et s'extasia sincèrement. Il fut si enthousiaste qu'il retourna à Louxor chercher Drovetti.

La nouvelle parvint même au chef-lieu du district, à Keneh. De bouche à oreille, une fable était née : on parlait maintenant d'un trésor fabuleux, d'un coq d'or massif rempli de pierreries. Le *cachef* Ahmed en personne enfourcha son meilleur cheval. Chacun ici caressait le rêve de trouver un jour un trésor, et le *cachef* considérait que celui-ci ayant été trouvé sur son territoire, il lui appartenait de droit. Perles et pierres précieuses scintillaient dans sa tête pendant qu'il traversait au galop les palmeraies au bord du fleuve.

L'homme se jeta à bas de sa monture, rayonnant malgré la fatigue et se précipita dans la tombe, sans saluer personne.

— Où est le trésor ? demanda-t-il, essoufflé, à Belzoni.

— Venez, je vais vous le montrer.

Jean-Baptiste avait déjà eu des problèmes avec Ahmed-Cachef. Il prit un grand plaisir à lui faire traverser les sept salles, descendant toujours plus profondément sous terre et s'arrêtant devant chaque fresque pour la commenter. Son visiteur frémissait d'impatience.

— Oui, mais le trésor ?

— Bientôt...

Dans la salle du sarcophage, le *cachef* épuisé se laissa choir sur le couvercle cassé.

— Voilà, dit Jean-Baptiste, vous êtes assis dessus. Ce sarcophage est un trésor. La tombe tout entière est un trésor. C'est l'histoire de l'Égypte.

Le *cachef* crut étouffer de rage. Mais il reprit ses esprits, et commenta froidement :

— Parfait pour un harem. Au moins les femmes auraient quelque chose à regarder.

Belzoni se dit qu'il ne manquerait pas de citer cette finesse dans son livre.

La découverte de la tombe du pharaon déchaîna les espoirs et les convoitises des deux clans. Comme le vice-roi avait enfin accepté de faire des concessions aux Anglais, Henry Salt décida d'ouvrir un énorme chantier dans la Vallée des Rois et de dépenser ce qu'il fallait. « Il a enfin compris qu'on ne gagne les guerres qu'avec de l'argent », ironisa Belzoni. Mais Salt ne voulait plus avoir recours à lui : cette fois il voulait conduire lui-même les travaux et trouver lui aussi une tombe royale, une tombe intacte, pleine de tous les trésors qu'un peuple en deuil peut offrir à son roi. Le succès de Jean-Baptiste avait déchaîné sa jalousie : c'était la goutte qui faisait déborder le vase. Il ne pouvait plus le contrôler, il était devenu un rival dangereux qu'il fallait mettre hors jeu.

Salt était arrivé à Louxor en compagnie du voyageur le plus extravagant qu'on pût imaginer.

Somerset Lowry-Corry, deuxième comte de Belmore, aimait voyager dans le luxe et entouré de tous les siens. Il arma donc une véritable flottille qui vint s'ancrer à Louxor, étendards au vent.

Tout le long du Nil son extraordinaire équipage avait fait fuir les *fellahîn*, convaincus qu'il s'agissait du pacha venu pour razzier de nouveaux soldats et les envoyer à la guerre en Arabie. Plus d'un s'était même mutilé pour échapper aux recruteurs, ce qui expliquait pourquoi il ne restait plus que des femmes et des estropiés dans les villages où passait lord Belmore.

Sur les grands bateaux avaient pris place sa femme, son frère, ses enfants, et une armée de serviteurs, sans compter le guide — le meilleur : Finati ! —, le confesseur, le médecin, le consul d'Angleterre — et la belle Emma Thorpe dont le mari venait de mourir.

Avec l'arrivée de lord et lady Belmore, Louxor connut une période de mondanité intense ; tout ce qui comptait en Égypte s'y trouva réuni.

Une concurrence acharnée se déchaîna : rendez-vous, tractations secrètes, pactes, délégations et contrats se succédaient. La découverte de Belzoni avait relancé le marché. On fouillait à qui mieux mieux dans la Vallée des Rois. On achetait et on vendait n'importe quoi. Des colosses, des papyrus, des bouts de momies, des faux, même, que les petits malins de Gournah commençaient à fabriquer au fond de leurs cavernes. Le marché de la main-d'œuvre était en ébullition. Les autorités locales étaient dépassées, car les paysans préféraient désormais laisser leurs champs en friche et aller travailler par familles entières sur les terrains de fouilles.

Thèbes ne serait plus jamais la vallée somnolente qu'elle avait été pendant des siècles.

Lady Belmore redoutait l'ennui des longs mois de voyage en Égypte. Elle qui s'ennuyait à Londres, même en pleine saison mondaine, imaginait avec effroi l'étendue du désert. C'était bon pour son mari, Somerset, qui avait une passion pour les antiquités et préparait ce voyage depuis longtemps : l'Égypte, la Nubie, la Palestine, la Syrie — et Dieu sait ce qu'il allait inventer en route ! Un cauchemar. C'est pourquoi elle avait invité Emma Thorpe. Emma était drôle et dévorait la vie à belles dents ; c'était une compagne de voyage idéale. Même si la bonne société la jugeait infréquentable. Son veuvage, et l'héritage qui allait avec, n'avaient pas suffi à faire oublier son passé : en fait elle n'était pas de celles qu'on épouse habituellement. Mais elle avait eu la chance de séduire le fils d'un gros banquier. Absalom Thorpe qui avait toujours cherché les disgrâces comme un sanglier cherche des truffes. Il ne tombait amoureux que de femmes perdues et jouissait intensément des souffrances que leur « rédemption » lui infligeait.

Emma était une ex-*professional beauty*, mercenaire de surcroît. Sa rédemption était impossible. D'ailleurs, elle convenait elle-même que le mariage était une condition désastreuse, que ni elle ni son mari n'avaient supportée. Lui surtout. Tout le monde savait qu'Abbie s'était suicidé.

Lady Belmore et Emma étaient donc arrivées à Louxor avec la ferme intention de s'amuser.

Belzoni descendit de la petite felouque qu'il utilisait parfois seul pour traverser le Nil. Il liait l'amarre à un piquet devant le temple de Karnak, quand une gourde de cuir atterrit brutalement à ses pieds. C'était un bel objet frappé à l'or fin, aux armes de quelque noble famille.

— De l'eau ! ordonna une voix de femme en anglais.

Il leva les yeux. Sur un cheval richement sellé, qui dansait d'un pied sur l'autre, une femme en noir le regardait de haut. Un voile masquait ses traits, ne laissant apparaître que ses yeux bleus. Cette femme ne devait pas connaître grand-chose de l'Égypte pour ne pas savoir qui il était : sa haute taille le rendait partout reconnaissable. Il se dit cependant qu'en vêtements de travail, il ressemblait certainement plus à un paysan qu'à un notable. Il décida donc de jouer le jeu. Il sourit à l'inconnue, et se dirigea vers le Nil en traînant les pieds comme un *fellah*.

— J'ai soif. Dépêche-toi !

En voilà une que l'Égypte se chargerait de mettre au pas, pensa-t-il. Il lui tendit la gourde pleine d'eau fraîche.

Elle la lui arracha des mains et, soulevant son voile, but avec avidité. L'eau coula le long de son cou jusque sur ses seins, plaquant le mince tissu noir contre sa peau blanche. Jean-Baptiste apprécia le spectacle.

Une autre cavalière arrivait dans un nuage de poussière : c'était lady Belmore. Elle fit entrer son cheval dans l'eau jusqu'au poitrail pour le rafraîchir et se retourna sur sa selle.

— Bonjour, monsieur Belzoni. Le consul m'a dit que je vous trouverais ici et que vous me feriez visiter votre temple. Je vois que vous avez déjà fait connaissance avec mon amie Emma.

Emma, pétrifiée, se pencha vers Belzoni et darda ses yeux transparents sur lui. C'est alors qu'il la reconnut : c'était la belle prostituée de Londres, la fille aux camélias qui l'avait tant ému autrefois...

— Monsieur, je vous ai offensé. J'ignorais qui vous étiez...

— D'une main aussi belle que la vôtre, madame, on accepte tout...

— Merci, monsieur. Acceptez donc mes excuses.

Sans attendre sa réponse, elle piqua des deux et fit volte-face. Le cheval hennit de surprise et s'élança droit devant lui.

Emma avait été frappée par la prestance de Jean-Baptiste. Il est vrai qu'il y avait longtemps qu'elle n'avait pas vu un bel homme. Un « vrai ». Londres fourmillait de gandins de salon et de riches vieillards, mais elle avait presque oublié ce qu'était la beauté virile, les muscles, la barbe, la sueur d'un homme. Belzoni le lui avait brusquement rappelé.

L'expédition repartait dans quelques jours, et si elle voulait faire sa connaissance, il n'y avait pas de temps à perdre, elle devait prendre l'initiative. On était au fin fond de l'Égypte, au diable les conventions !

Elle se fit emmener à la tombe où il travaillait. Il y avait quelques ânes devant l'entrée, sous un auvent de palmes tressées, et deux gamins qui somnolaient. Elle renvoya son guide et descendit les trente-sept marches qui menaient au souterrain.

— Y a-t-il quelqu'un ?... Monsieur Belzoni !...

Du fond de la tombe montaient des bruits sourds et inquiétants. Quelqu'un travaillait en bas. Emma s'avança jusqu'à la deuxième salle où il y avait encore un peu de lumière. Elle portait un petit pistolet dans sa ceinture brodée, et le tâta pour se réconforter.

C'était la première fois qu'elle entrait dans une tombe égyptienne et elle était impressionnée. Une galerie aux murs couverts de hiéroglyphes s'enfonçait dans l'obscurité. Il en sortait un souffle d'air presque frais et chargé d'odeurs inconnues. Odeurs de terre, de cave, d'herbes sèches... L'inquiétude la faisait transpirer : sous la tunique, son pantalon de coton lui collait désagréablement aux cuisses. Elle sentit des gouttes de sueur se former sur sa nuque. Elle appela encore.

Enfin, une voix monta des profondeurs.

— J'arrive !

Belzoni franchit avec aisance la planche qu'on avait jetée sur le puits. Il se déplaçait sans bruit sur les débris qui jonchaient le sol de la tombe : Emma ne l'avait pas entendu arriver, mais, rassurée, contemplait les fresques. Il attendit qu'elle se retournât, observant sa jolie silhouette, ses épaules, sa taille. Elle était seule : il ne put s'empêcher de sourire. Il savait ce qu'elle était venue chercher. Combien de fois ne s'était-il pas trouvé dans cette situation quand il se montrait sur les planches ! Mais cette fois, il avait vraiment envie d'elle, une envie qui avait bien cinq ans d'âge...

Elle se retourna brusquement, et leva le bras en un geste de défense. Mais ses forces semblèrent l'abandonner d'un coup : elle vacilla joliment. C'était quelque chose qu'elle faisait très bien et que les hommes trouvaient irrésistible. Jean-

Baptiste n'eut qu'un bras à tendre pour la rattraper. Elle était légère et fragile et suscitait un appétit d'ogre. Une veine battait fort sur son cou moite.

— Vous m'avez fait peur..., murmura-t-elle.

— Pardon, fit Belzoni, je ne voulais pas. Vous veniez visiter la tombe sans doute ?

Mais Emma ne faisait rien pour se dégager, et en vérité, il ne faisait rien pour la lâcher non plus.

Elle le regardait, comme hypnotisée, la bouche entrouverte...

— Seule ?

Son petit turban tomba à terre et ses cheveux se dénouèrent. Jean-Baptiste la serra un peu plus et elle ferma les yeux.

— Quelle imprudence...

Sa respiration même était éloquente. Elle plaqua son ventre contre lui. Il n'y avait entre eux que le tissu de leurs vêtements.

Une excitation vertigineuse s'était emparée de Jean-Baptiste : c'était l'apparition de la *long room* qu'il serrait enfin contre lui. L'essence de la beauté...

D'un mouvement prompt, Emma prit l'initiative. Elle écrasa sa bouche sur celle de Belzoni, tout en dénouant sa ceinture comme une furie, et en semant ses vêtements autour d'elle.

Belzoni l'entraîna au fond de la salle.

— Les *fellahîn* vont revenir, il ne faut pas qu'ils vous voient.

— Je m'en moque, j'ai trop envie de vous.

Elle émergea complètement nue de ses vêtements et se colla à lui.

— Prends-moi, murmura-t-elle. Et ne m'épargne rien...

Jean-Baptiste se souvenait parfaitement de ce dont elle était capable. Il la revoyait à quatre pattes dans la *long room* de Londres, la croupe tendue comme une chienne, ivre et reine malgré tout, au milieu d'hommes à demi nus.

Dans la pénombre de la tombe, le corps blanc d'Emma étincelait. Il ressemblait comme un double au corps mince de la divinité qui était peinte sur le mur, juste derrière elle, et c'était comme si la déesse elle-même s'offrait à lui de la manière la plus impudique.

Elle lui murmurait des obscénités à l'oreille, le provoquant et le retenant à un pas de la conclusion, jusqu'à ce que son désir frôle la violence. Il éprouva même de la colère quand, au moment où il allait s'abandonner, Emma le repoussa soudain et lui dit crûment :

— Retire-toi... Je ne veux pas d'ennuis.

Emma tomba amoureuse. Ce n'était pas prévu.

— Voilà si longtemps! dit-elle à Betty Belmore. Je ne veux plus qu'une chose : faire l'amour avec lui. N'importe où, n'importe quand. Je ne pense plus à rien d'autre. Et je suis sûre qu'il éprouve les mêmes sentiments...

— Des sentiments? s'étonna Betty Belmore. Voilà une nouveauté.

— Oh! il m'aimera, tu verras. Si ce n'est déjà fait...

Emma ne tarissait pas d'éloges sur le corps magnifique de son nouvel amant, sa poitrine, ses bras, ses cuisses puissantes...

— C'est tout? demandait Betty, railleuse. On dit cependant que les hommes de grande taille ne sont pas intéressants au lit... Et quand je dis au lit, je m'entends : celui-là n'opère que dans les tombes, ce qui est très inconfortable et malsain. J'aurais horreur de cela. Je te rappelle que nous partons dans quelques jours. J'espère que tu ne vas pas te mettre dans la tête de rester ici au milieu des ruines, des mouches et des chameaux.

Lady Belmore sentait poindre en elle la mauvaise humeur. Il n'était pas question qu'Emma lui fausse compagnie et la laisse seule pendant trois mois avec lord Belmore qui préférait visiblement passer ses soirées avec les consuls ou les chameliers.

— Pouvons-nous l'inviter en Nubie?

— Certainement. Avec sa femme, je suppose. Car il a une femme, tu ne l'ignores pas.

Emma était furieuse : Betty s'arrangeait toujours pour tout lui gâcher. Encore une qui jouissait des malheurs de ses amies.

— Sa femme? L'as-tu seulement vue? On dirait un hussard de la Garde, tant elle est grande. Et accoutrée comme une Arabe. Pieds nus dans de méchantes babouches, avec des bijoux de pacotille et deux ou trois chiens sur les talons. Une folle excentrique...

— Excentrique ou pas, il ne la quittera pas pour toi, Emma. Et d'ailleurs, te vois-tu camper ici dans l'inconfort, la chaleur, la poussière ? Laisse-les tranquilles. Profites-en bien pendant ces quelques jours, et fais-le discrètement, je te le demande. Je ne veux pas de scandale.

— Je le veux, Betty, fit Emma d'une voix plaintive. Pour une fois, j'ai trouvé un homme qui me plaît. Je ne peux pas y renoncer... Après tout, mon deuil est fini...

Jean-Baptiste s'en voulait, mais il était incapable de lutter contre la passion qu'Emma avait ranimée en lui. Il avait besoin d'elle, de l'approcher, de la toucher, de sentir son odeur. Rien que d'y penser, un raz-de-marée l'envahissait et balayait ses scrupules. Et l'image de Sara.

Lord Belmore offrit un grand dîner aux résidents. La trêve mondaine renvoyait les luttes et les haines à plus tard. Toute la société européenne de Thèbes était là.

Des tentes à rayures vertes avaient été dressées au bord du Nil et des tapis déployés sur le sol. Les invités étaient à demi étendus sur des coussins pendant que s'empressaient les serviteurs en tuniques blanches et en turbans rouges. On avait fait rôtir des moutons et des oies. On passait des plats de terre pleins de bamias et de galettes fraîches, des vins et du champagne apportés d'Europe. Les conversations et les rires allaient bon train pendant que les musiciens jouaient en sourdine. La nuit était tiède, le ciel transparent, avec une pleine lune de conte oriental.

Jean-Baptiste s'était lancé dans une longue conversation avec son voisin, un excentrique chevalier milanais qui se faisait appeler « Prince Amiro ». Il avait la manie de composer des vers instantanés sur n'importe quel sujet, érotique de préférence.

Belzoni le laissait parler ; il ne voyait qu'Emma Thorpe, comme si elle irradiait de la lumière. Betty Belmore, attentive à la bienséance, avait veillé à les séparer, mais les deux amants ne se quittaient pas des yeux : leurs regards se prenaient à distance. « Quelle imprudence ! pensa lady Belmore agacée, Tout le monde va s'en rendre compte ! » Et pourtant la principale intéressée, Sara, ne s'était aperçue de rien et conversait joyeusement avec ses voisins. Les nouveaux venus à Thèbes s'émerveillaient qu'on puisse habiter dans un tel isolement. Sans parler des risques qu'on devait courir à habiter dans les ruines.

— N'avez-vous donc pas peur des serpents ? demanda Betty Belmore.

— Nous sommes habitués à vivre avec... fit Sara. Il faut être un peu attentifs, c'est tout. Quelquefois, j'en trouve dans la maison, mais ils sont très craintifs.

Antonio Ricci renchérit.

— Si vous voulez les voir, il suffit de mettre un récipient avec un peu de lait, la nuit devant votre maison. C'est un spectacle surprenant.

Jean-Baptiste l'entendit conclure :

— C'est une vie rude et solitaire, c'est vrai. Nous sommes souvent coupés du monde. Mais j'ai un mari exceptionnel, et nous affrontons les difficultés ensemble, quelles qu'elles soient.

Des regards se tournèrent vers lui. Il dut sourire, tout en éprouvant un ressentiment rageur. Non, il n'était pas un mari exceptionnel : il était lâche, menteur et tout à fait méprisable. Il chercha le regard d'Emma. Il était rivé sur lui, scintillant, brûlant du même désir. Il lui parlait, il lui entrait dans le corps jusqu'aux reins. Il se leva.

— Veuillez m'excuser, lady Belmore. Je reviens dans un instant.

Toute à la fête, Sara ne l'entendit même pas.

Emma l'attendait déjà derrière la tente et l'entraîna dans l'ombre, vers la palmeraie. Ils se jetèrent l'un contre l'autre, les mains fébriles, la bouche avide.

L'ombre était pleine de regards, on les épiait sûrement, ici tout se sait, tout se voit. Mais plus rien n'avait d'importance, sinon posséder cette femme tout de suite. Elle l'entraîna à terre et remonta sa robe, en tremblant d'excitation.

Des rires et des applaudissements s'élevèrent au loin. Les danseurs étaient arrivés.

Les tambours étaient déchaînés et la danse des bergers battait son plein. Ils entrechoquaient leurs bâtons comme des épées.

Quand il rentra sous la tente, Sara n'y était plus.

Jean-Baptiste ressortit immédiatement, pressentant le pire.

Il la trouva bientôt, appuyée à un arbre. Il ne pouvait pas voir son visage dans l'ombre, mais il sentait l'odeur familière de l'huile de jasmin qu'elle utilisait.

— Je vous ai vus..., murmura Sara.

Giovanni Finati était venu s'asseoir auprès de lady Belmore. Elle voulait des informations, et de nul autre que lui, dont la réputation de guide exclusif de la *gentry* n'était plus à faire.

Il rompit un gâteau de dattes et le divisa entre les dames. Sara était encore sous le choc, elle tremblait. Elle remarqua à peine la main de Finati et ses anneaux barbares. Elle prit mécaniquement le morceau de gâteau qu'il lui tendait et le posa sur la nappe. Elle avait la gorge serrée.

— Vous êtes-vous jamais marié, monsieur Finati ? demandait Betty Belmore.

Finati se mit à rire. Il était hâlé comme un Maure et ses dents en paraissaient d'autant plus blanches. Sara nota confusément qu'il avait un sourire cruel. Elle retenait des larmes brûlantes et douloureuses.

— Oh ! non. Disons que je préfère d'autres arrangements.

— On parle beaucoup de vous au Caire, le savez-vous ? On dit que vous êtes le plus redoutable séducteur d'Égypte et que vous vivez avec plusieurs almées. On parle de vous comme du diable !

— C'est très flatteur... Quant aux almées, ce sont des filles remarquables. Elles savent tout faire : chanter, danser, composer des poèmes. Et surtout elles ont un avantage sur les honnêtes femmes : elles sont folles de leur liberté. Dans un harem, elles mourraient, comme moi dans un ménage. Je suis un nomade, moi aussi. C'est pourquoi nous nous entendons si bien.

— Moi qui pensais que toutes les femmes égyptiennes vivaient en harem, j'ai été bien surprise d'en voir autant de libres partout.

— Le harem n'est pas du tout ce que la littérature vous a fait croire en Occident. Les femmes des harems sont habituées à être servies. Pas le contraire. Et je vous assure que c'est très fatigant.

Sara s'était reprise. La douleur avait fait place en elle à une colère si violente qu'elle lui enflammait les joues. Elle croisa le regard de Finati, et cette fois ne se déroba pas.

Il avait des yeux noirs étirés vers les tempes, un regard ténébreux et troublant. Intelligent, aussi. Elle l'avait croisé souvent, ce regard, sans le comprendre, car il n'avait jamais rien dit ni tenté qui ne fût strictement professionnel.

Elle effilochait d'un geste mécanique le bord de son châle, les yeux dans le vague, et se sentait au bord d'un abîme. Un vertige confus et douloureux tourbillonnait dans sa tête. Comme s'il l'avait compris, Finati posa un instant sa main sur la sienne. Elle était sèche et chaude, et Sara eut l'impression que c'était la seule source de vie qui lui restait.

Belzoni précipita leur départ pour Le Caire.

Il voulait mettre les distances entre Emma et lui, écarter toute tentation de la revoir.

Il était dans un état de confusion anxieuse et sentait la souffrance de Sara, qui s'était réfugiée dans un silence lourd de reproches.

Rentrer au Caire signifiait passer trois semaines ensemble sur le même bateau. Tôt ou tard, il faudrait bien qu'ils parlent, et Jean-Baptiste souhaitait cette explication, si pénible soit-elle. Leur lien en sortirait renforcé ou rompu, mais il voulait sortir de ce néant opaque, fait de rancœur et de culpabilité.

Chacun d'eux observait l'autre à la dérobée, conscient du bouillonnement de ses pensées. Jean-Baptiste céda le premier :

— Je suis un imbécile. Pardonne-moi.

— Non, je ne veux pas te pardonner, dit Sara. Justement parce que tu n'es pas un imbécile.

— J'ai fait une erreur, cela ne change rien aux sentiments que je te porte... Je ne pourrais jamais aimer une femme que je n'estime pas.

— L'estime, la confiance, la loyauté... Que de mots usés à force d'être répétés ! As-tu pensé à mes sentiments ? Non. Personne ne pense jamais aux sentiments des femmes. Devons-nous toujours tout accepter ? On veut que nous soyons des créatures soumises et irresponsables. Un mari, c'est un père et un patron, il a tous les droits. Je ne peux pas l'accepter. Et tu sais que je suis capable de tout abandonner pour une déception.

— Je ne te laisserais jamais faire une pareille sottise.

Mais Sara continuait sur sa lancée.

— Je ne crains pas de rester seule. Ni de travailler pour vivre. J'en ai assez d'entendre dire que ce sont là des vertus masculines...

— Tu donnes à cette histoire une importance qu'elle n'a pas, je t'assure, protesta Jean-Baptiste. Et je m'étonne que tu ne le comprennes pas ; tu es une personne d'exception...

« Pourquoi ne se taisaient-ils pas au lieu de ressasser ? » pensa-t-il avec accablement.

— Ce sont des mots ! fit Sara. Rien d'autre. Tu m'as plongée dans des sentiments bas qui me dévorent et qui me font horreur. Je n'en veux pas. Cela après ton abandon à Assouan, c'est trop.

Il sentit que la scène touchait à sa fin, et il voulut être sincère.

— Les hommes et les femmes sont décidément trop différents. La plupart des hommes ne considéreraient même pas ce qui s'est passé comme une erreur.

— J'en suis certaine : c'est un simple « débordement » !

— Oui. Je ne sais pas comment te faire comprendre que je n'ai pas changé. Je tiens à toi peut-être même encore plus, aujourd'hui.

Sara eut un éclat de rire sardonique.

— Tu as peur de te retrouver seul ?...

Il trouva inutile de lui dire qu'il l'aimait et qu'au fond, il était satisfait de sa violence : c'était le signe qu'elle l'aimait encore. Mais tout cela était d'une banalité navrante.

Le voyage fut catastrophique.

15

Au Caire, Henry Salt attendait Jean-Baptiste dans son bureau du consulat. Il avait l'air sincèrement consterné. Pour une fois, son vernis anglais avait craqué.

— Monsieur Belzoni, j'ai une bien mauvaise nouvelle à vous annoncer... Notre ami Burckhardt nous a quittés.

— Quittés... Que voulez-vous dire ? s'exclama Jean-Baptiste.

— Nous avons eu une très mauvaise épidémie de peste après la crue. Beaucoup de victimes...

— Je ne peux pas y croire...

— Sa maladie a été foudroyante, reprit Salt. Le docteur Richardson a fait de son mieux. Mais Burckhardt avait toujours voulu habiter dans le quartier turc, dont les portes, vous le savez, ferment à huit heures du soir. Il s'est senti mal en pleine nuit, nous l'avons su trop tard... Il a laissé une lettre pour vous.

Il sortit une enveloppe d'un coffret métallique et la lui tendit du bout des doigts. Elle avait été ouverte.

Belzoni reconnut l'écriture de son ami. Les lignes de la lettre étaient convulsives et s'interrompaient brusquement, comme si la plume lui était tombée des mains.

Mon ami, tout était prêt, je pensais partir au Fezzan avec toi, à Tombouctou... Et voilà, hélas, qu'on m'appelle ailleurs. Contacte Joseph Banks à Londres, il t'aidera. Je n'ai plus la force. Ton amitié m'a été chère. Que Dieu te garde... En travers, il avait ajouté : « Je te recommande Osman. » Souligné.

Un petit carnet de notes tomba de l'enveloppe. Sur la couverture, le mot « Tombouctou » était calligraphié de sa main.

— J'aurais dû le brûler, à cause de la contagion, dit Salt, mais je sais combien vous pouviez tenir à ce souvenir. Et lui aussi.

Belzoni pleura.

Burckhardt avait été son seul ami, son seul conseiller, son seul modèle. Plus qu'un frère. Rien ne pourrait combler le vide de cette absence.

— Où est-il ?

— On l'a enterré tout de suite. La peste a ses lois. Sa maison a été vidée. Tout a été brûlé.

Il ne restait donc plus rien de lui. Disparus ses livres, brûlés ses cartes, ses souvenirs, ses vêtements. La peste avait tout emporté dans son tourbillon mortel de pus, de sang et de vomissures.

Une vague de révolte l'envahit. Jean-Louis Burckhardt ne méritait pas cette mort douloureuse et sale, lui qui tenait tant à l'ordre, à la beauté. Jean-Baptiste revit les roses qui s'effeuillaient sur la table, le dernier soir qu'ils avaient passé ensemble — les roses d'Osman, le fidèle et mystérieux serviteur. Un pétale n'en finissait pas de tomber dans sa mémoire.

Belzoni dut chercher longtemps avant de le trouver. Osman était resté dans le quartier turc où les rues ne portaient ni nom, ni numéros. Lui seul avait assisté aux derniers moments de Burckhardt.

Il eut une première surprise : Osman n'était pas égyptien. Il avait des yeux bleus, profondément enfoncés dans un fouillis de rides et une belle barbe poivre et sel.

— Je suis écossais, monsieur, et je dois ma liberté à Ibrahim — je veux dire, à Jean-Louis. Je lui dois tout.

Des larmes roulèrent sur ses joues cuites par le soleil.

— J'ai été fait prisonnier dès mon arrivée en Égypte avec l'armée anglaise, et donné en esclave au vice-roi. Je le serais toujours si Jean-Louis ne s'était ému de mon humiliation. Il m'a racheté et m'a affranchi. Mais je lui appartenais de cœur, monsieur. Si j'ai aimé un homme sur cette terre, c'est lui. J'aurais donné ma vie pour la sienne... Et quand j'ai compris qu'il s'en allait...

Il dut s'arrêter : des sanglots l'étouffaient, et c'était bouleversant de voir cet homme pleurer comme un enfant.

— J'ai des choses à vous dire, monsieur, se reprit-il. Peu de temps avant l'épidémie, le chevalier de Lascaris était mort d'une façon mystérieuse...

— Lui aussi !

— Le Caire est une ville dangereuse, monsieur. Le chevalier savait beaucoup de choses, il était devenu encombrant. Dès que Jean-Louis a appris sa mort, nous nous sommes précipités chez lui. Il y avait un grand désordre, comme si la maison avait été mise à sac. Jean-Louis savait où était cachée sa correspondance secrète. Nous l'avons placée dans une boîte en fer et nous l'avons remise à Henry Salt, qui l'a aussitôt envoyée à Londres sous bonne garde.

Belzoni n'était pas étonné par ce que disait Osman : il avait toujours soupçonné Burckhardt d'avoir des activités secrètes.

— C'est sur sa demande que je vous informe, poursuivit Osman. Il y avait là une correspondance confidentielle entre Drovetti et le chevalier. Quand Drovetti a su que ses lettres étaient parties pour l'Angleterre, il a perdu son calme et il a proféré de graves menaces contre les voleurs.

Osman le regarda en face.

— Jean-Louis est mort peu après. C'est moi qui l'ai soigné et qui lui ai fermé les yeux : il n'avait pas la peste. Le chevalier non plus, d'ailleurs. Il allait très bien, il allait partir pour l'Abyssinie. Il a été empoisonné.

— Vous voulez dire que Drovetti...

— Je dis seulement qu'on a brûlé tous leurs papiers sous prétexte de contagion et que M. Drovetti aujourd'hui est soulagé. C'est tout.

Osman avala d'un trait son verre d'*arak* et le reposa doucement sur la table.

Quand Belzoni retourna près de Sara ce jour-là, la tête basse comme un chien malade, elle dut se faire violence pour ne pas lui ouvrir les bras et resta à l'écart.

— Sara, Burckhardt est mort...

Sara se sentit paralysée par cette nouvelle. Tout s'écroulait autour d'eux, tout devenait un cauchemar.

— Il faut partir, dit-elle violemment. Quitter l'Égypte.

C'est un pays de mort qui dévore tout pour en faire des ruines : les gens, les rêves, l'amour, l'amitié... J'ai peur de ce qui va arriver maintenant.

Jean-Baptiste l'attira à elle et l'étreignit. Des larmes coulaient sur son visage.

— Toi aussi, on t'utilise, continua-t-elle... et tu ne t'en rends pas compte. Tu finiras comme Burckhardt. Quand ils n'auront plus besoin de toi, ce sera ton tour.

Jean-Baptiste protesta.

— Je ne me laisserai pas faire, tu peux me croire. Quand nous quitterons ce pays, nous serons riches et respectés. Et c'est toi, et aucune autre, qui seras à mes côtés.

— Riches ? fit Sara, amère. Respectés ? Pour quoi faire ? Nous étions bien plus heureux à Londres quand nous n'avions rien. Ici, tu as l'illusion d'être quelqu'un, mais tu n'es qu'un casseur de pierres comme les autres. Non seulement nous n'avons rien, mais, nous nous sommes perdus. Quand nous quitterons ce pays, nous serons aussi pauvres qu'avant, et surtout nous serons seuls.

Elle avait le sentiment que l'Égypte marquait de son sceau tous ceux qui y vivaient. Ils y laissaient leur vie, leur santé. Elle leur entrait dans le sang et dans la tête comme une maladie.

— J'ai l'impression de rêver quelquefois, que tout cela n'est qu'une ébauche de notre vie... dit Belzoni. Une série d'essais manqués, et que la vraie vie reste à venir.

— Eh bien, accroche-toi à cette illusion. Moi, je suis bien vivante et je veux profiter de ma vie... Quand j'ai perdu la vue à Assouan et que j'étais seule et désespérée, j'ai fait le vœu de me rendre en pèlerinage à Jérusalem si je guérissais. Je vais y aller. Henry Salt envoie une escorte à William Bankes en Palestine... Je pars avec.

Belzoni la scruta, frappé par une intuition.

— Qui dirige l'escorte ?

Sara soutint son regard.

— Giovanni Finati.

Sa première réaction fut de chercher Finati et de l'écraser contre un mur à coups de poing.

Il n'avait pas pu se retenir, ce chien ! Il avait fallu qu'il essaie même avec Sara. Bien sûr, débaucher les femmes des autres, c'était sa spécialité. Et elle avait été assez folle... Non, c'était impossible. Pas Sara.

Jean-Baptiste s'était jeté dans la rue et avait marché droit devant lui dans les rues, bousculant les porteurs d'eau et les marchands. La jalousie aveugle un homme plus sûrement que le soleil. C'est un soleil noir, qui envahit l'intérieur de la tête et éclipse tout le reste.

Il ne vit ni les mendiants, ni les estropiés, ni les voleurs à qui on avait coupé le nez ou la main. Il ne vit pas non plus les almées, les matrones ni les jeunes filles qui laissaient tomber un instant leur voile sur son passage pour se faire admirer. Il n'entendit ni les appels, ni les rires, ni les prières. Un homme jaloux devient sourd et aveugle.

Les passions l'avaient épargné jusqu'à ce jour. Mais elles étaient sorties de leur antre toutes ensemble et elles s'étaient jetées sur lui comme des furies : le désir, le désespoir, le remords, la haine, la jalousie... Il se sentait déchiré. Une image oubliée était remontée à la surface. Il se revoyait gamin, à Padoue, dans une chapelle dont les murs étaient peints du sol au plafond.

Il était resté interdit et effrayé, mais incapable de fuir, comme si on l'avait plongé dans les visions et les cauchemars de quelqu'un d'autre. « Regarde, disait son père, c'est la Maison de Dieu... » Mais plus que les étoiles et les arcs-en-ciel, plus que les visages lisses des anges de Giotto, c'étaient les scènes de désordre et d'enfer qui l'avaient fasciné. La Jalousie, surtout, que le peintre avait représentée comme un serpent qui sortait de la bouche d'un homme et le mordait au front. Cette image l'avait fait hurler plus d'une fois, la nuit. Maintenant, il sentait la morsure.

Sara décida de partir comme on se jette à l'eau.

Elle prépara sa petite malle, des vêtements, des chaussures, quelques médicaments et quelques livres, un flacon d'huile de jasmin et un d'eau de rose de Medina, son précieux cahier et ses plumes. Et aussi son pistolet personnel, une petite arme au canon finement ciselé, que Jean-Baptiste lui avait acheté à Séville et qui n'avait encore tué personne.

Jack voyageait encore plus sobrement, les mains dans les poches de préférence. Il avait horreur de s'encombrer et estimait qu'on n'a besoin que de deux vêtements par saison. Le petit cortège arriva au port de Boulaq sur une charrette. L'animation y était grande, le spectacle garanti : on chargeait des marchandises qui partaient pour le Nord, on déchargeait des prisonniers qui venaient d'Arabie. Des bateaux se croisaient et manœuvraient dans tous les sens.

Une *dahabieh* élégante venait d'arriver près de la rive. Sur le pont, l'équipage avait escaladé le bôme pour détacher la voile. Il fallait douze hommes pour cette manœuvre, douze équilibristes qui se hissaient avec les pieds et les mains jusqu'à la pointe du gigantesque mât.

Jack les regardait avancer à la force des bras et ne vit pas la jeune fille qui sortait de la cabine du bateau voisin. C'était une jeune Européenne en chapeau fleuri et en robe blanche. Derrière elle, un homme sévère, plus âgé qu'elle, la guidait vers la planche qui servait de passerelle.

— Donnez-moi la main, Caroline, vous pourriez glisser.

Jack n'entendit qu'un mot : « Caroline », et braqua les yeux sur eux. La jeune femme avait baissé la tête, on ne pouvait voir son visage. Elle lâcha la main de l'homme et, descendant la passerelle d'un pas léger, elle se jeta pratiquement dans les bras de Jack. Caroline faillit crier de surprise en le reconnaissant et rougit violemment. Elle porta sa main droite à sa bouche pour lui intimer le silence. Jack remarqua qu'elle portait une alliance.

— Eh bien, Caroline, qu'y a-t-il ? fit l'homme.
— Rien, mon ami, j'ai trébuché.

Elle s'éloigna en frôlant du bord de sa robe un Jack éperdu. Un peu plus loin, elle laissa tomber un petit mouchoir, seul message qu'elle pût se permettre.

Jack se retint pour ne pas courir derrière elle et l'arracher à cet homme. À quoi bon... Pour lui aussi, une porte venait de se refermer. Il allait ramasser le petit mouchoir, mais un gamin se précipita dessus avant lui et courut derrière la « dame anglaise » pour le lui rendre.

Pendant que le mari sortait un bakchich de sa poche, Caroline tourna les yeux vers Jack et lui lança un regard suppliant et enflammé à la fois. Elle murmura quelque chose, et Jack eut l'impression qu'elle disait en silence : « Je vous aime »... ou : « Trop tard. » Enfin, quelque chose de triste et d'inutile qui le bouleversa.

L'instant d'après, sa décision était prise.

— Sara, je t'accompagne en Palestine. De là, je partirai pour l'Angleterre. Je ne veux pas revenir en Égypte. Je vous attendrai à Londres. Je préparerai votre arrivée. Je ferai ce que tu voudras, mais je ne reviendrai pas ici.

Sa jeunesse était finie.

Jean-Baptiste sortit épuisé de la tourmente qui s'était abattue sur lui. Sara voulait partir à Jerusalem ? Qu'elle parte ! Il la rejoindrait tôt ou tard. Il n'avait même pas envie de retourner à Louxor, où il avait laissé Antonio Ricci et William Beechey se débattre avec le moulage de la tombe. C'était la première fois qu'il déléguait un travail de cette importance et qu'il s'en désintéressait. Il avait touché la terre des épaules, comme Antée, et maintenant les forces allaient lui revenir. Il fallait une nouvelle fois qu'il se mesure à la puissance du destin. Même Burckhardt lui avait dit : « Il te faut quelque chose à ta mesure. » On attendait de lui quelque chose de colossal, en proportion avec son corps de géant, mais aujourd'hui rien ne lui semblait à la mesure de son désarroi. Personne n'imagine qu'il peut y avoir un enfant désemparé à l'intérieur d'un homme.

Le clan adverse ne cessait de proliférer. Il ne se passait pas de jour sans qu'un nouveau venu ne fît son apparition au Caire, certains avec un titre ronflant, d'autres avec leurs seules dents longues.

Le comte de Forbin[1] avait les deux, plus une suite consistante de parents et d'amis. Il était le directeur du Musée du Louvre et tout le monde au Caire se l'arrachait : il payait en argent comptant.

On l'avait tout de suite averti que Belzoni était « l'homme à abattre ».

— Raison de plus pour le connaître, avait rétorqué Forbin. Avant d'être abattu, je gage qu'il a encore beaucoup à donner.

---

1. Comte de Forbin (1777-1841) : succéda à Vivant-Denon à la direction du Louvre en juin 1816. Il séjourna plusieurs mois en Égypte à partir de décembre 1817. Peintre apprécié.

Les deux hommes se détestèrent au premier coup d'œil.

Le comte avait une superbe naturelle qui lui donnait l'air d'être partout chez lui en maître. Chacun de ses gestes était étudié pour tenir à distance ses interlocuteurs, comme s'ils appartenaient à une classe ou une race si lointaine de la sienne que le seul fait de leur adresser la parole était un geste de magnanimité. S'il n'avait pas eu autant besoin d'argent, Jean-Baptiste l'aurait ignoré avec plaisir.

Forbin tourna autour des statues, les examinant d'un œil expert.

— Vous êtes un chercheur heureux, monsieur, déclara-t-il. Si vous êtes disposé à vendre, je suis disposé à acheter. Je vous avertis, je ne marchande pas, je n'y suis pas habitué.

— Moi non plus, monsieur, je ne suis pas commerçant. J'attends donc votre offre.

Le comte de Forbin avait hanté pendant trop longtemps les couloirs de la politique pour ne pas savoir jauger un adversaire à première vue. Il était clair que, pour Belzoni, la dignité était une valeur essentielle, plus importante même que la vie, et qui n'avait pas de prix. Un complexe de « pauvre » qu'il paierait séance tenante : Forbin lui offrit un quart de la valeur des statues.

Belzoni, amusé, le regarda droit dans les yeux. Il allait lui donner une leçon de classe.

— Elles sont à vous, monsieur.

Le comte n'osait y croire : ou cet homme était fou ou il était ignorant. Comment pouvait-il méconnaître à ce point la valeur de ce qu'il avait dans les mains ? Mains d'ouvrier au demeurant, couturées de cicatrices, tannées par le vent et le soleil, aux ongles cassés et noirs de terre.

Belzoni surprit son regard. Il arrêta de brosser la statue de Sekhmet qu'il nettoyait, sourit largement et lui tendit sa main sale.

— Concluons. Lesquelles voulez-vous ?

Le comte regarda un instant la paume tendue et la serra à contrecœur, s'épongeant délicatement le front tout de suite après avec un mouchoir en lin des Flandres. Jean-Baptiste poussa son avantage.

— Vous m'en offrez très peu, monsieur, mais je vous concède que seul un pharaon pourrait les payer leur juste prix et qu'aucun marchandage n'en viendrait à bout. Considérez donc cette transaction comme une sorte de cadeau de bienvenue de ma part.

Le comte fut contraint de remercier et eut du mal à masquer son agacement. Il se hâta de changer de conversation.

— Vous avez sans doute l'intention de rejoindre l'équipe de M. Salt aux pyramides ? demanda-t-il.

— Non, la seule chose qui m'intéresserait, serait de pénétrer dans Khéphren[1].

— Je ne vois pas comment. C'est une construction pleine, purement décorative.

— Oh ! que non, c'est une tombe royale, comme Khéops.

— C'est à démontrer ! Selon vous, tous les savants qui, depuis des siècles, essaient d'y pénétrer seraient donc des incompétents... Y compris Hérodote et la dernière expédition française qui, je vous l'assure, n'a ménagé ni ses forces ni ses moyens. Sur quoi vous appuyez-vous donc, monsieur Belzoni, pour être si sûr de vous contre le monde entier ? Sur vos études peut-être ? Ou sur vos expériences ?

— Sur mon instinct. L'homme de la rue voit quelquefois plus clair que le savant. Tant pis pour Hérodote.

Le comte ne put réprimer un rire perlé.

— Eh bien, bonne chance, monsieur Belzoni, et si vous trouvez l'entrée de Khéphren, quand vous la trouverez, ne manquez pas de m'en envoyer les plans, je leur réserverai le meilleur usage. Chez M. Drovetti, s'il vous plaît : j'aimerais qu'il profite lui aussi de votre instinct.

— Je n'y manquerai pas. Je sais combien vous êtes tous deux avides... de culture.

Sans le savoir, le comte de Forbin avait rendu un immense service à Jean-Baptiste. Il lui avait donné une idée et l'argent pour la réaliser.

Jean-Baptiste se rendit tout droit aux pyramides. Il n'y était plus revenu depuis son arrivée en Égypte, il y avait trois ans seulement. Trois ans qui lui semblaient une éternité. La proximité du désert et l'harmonie des immenses constructions lui rendirent un peu de sérénité. Il s'assit à l'ombre des blocs

---

1. La seconde pyramide élevée pour servir de tombeau au pharaon Khéphren, fils de Khéops (IVe dynastie).

gigantesques de la grande pyramide et regarda l'autre, celle de Khéphren.

Indiscutablement, seul un fou pouvait vouloir s'attaquer sans aide à une telle montagne de pierres. Mais c'était là l'épreuve rédemptrice qu'il cherchait, et comme Hercule aux prises avec ses douze travaux, il lui tardait de se mesurer avec la pierre, d'exercer sa force physique pour soulager son mal-être. Il voulait sentir fonctionner, lutter et souffrir les muscles parfaits dont la nature l'avait doté.

Un petit groupe d'Européens apparut bientôt, conversant avec animation. C'étaient des membres de l'équipe anglaise. Il n'eut pas le temps de regagner sa monture.

— Mais c'est M. Belzoni ! Que faites-vous donc là tout seul ? Vous oubliez qu'on vous voit de loin, surtout au milieu du désert !

Jean-Baptiste reconnut le capitaine Caviglia[1] et maudit sa vue perçante de marin. Il était accompagné de Samuel Briggs[2], le banquier qui finançait les fouilles autour du Sphinx.

Les Anglais étaient justement en train de reboucher leur chantier : le capitaine avait découvert que la tête monumentale avait des pattes, et qu'il y avait un petit temple entre celles de devant. Les *fellahîn* travaillaient en riant sous cape. Ces Francs étaient vraiment bizarres : les uns payaient pour creuser des trous, les autres pour les reboucher, et d'autres paieraient bientôt pour les rouvrir...

— Les Français nous prennent pour des ânes ! expliqua Caviglia. Ils croyaient profiter de nos travaux... S'ils veulent revoir les pattes de notre Sphinx, qu'ils transpirent eux aussi !

— Ce n'est que justice... fit Briggs.

Le capitaine passait pour un « illuminé ». Ancien officier de la Marine marchande anglaise, il s'était lassé de naviguer et s'était installé en Égypte, qu'il aimait passionnément parce qu'elle satisfaisait son besoin d'étrangeté. Il avait su convaincre Henry Salt et le banquier Briggs d'entreprendre des fouilles aux pyramides. Ses succès avaient apporté à l'An-

---

1. Jean-Baptiste Caviglia : Italien de Gênes (1770-1875). En Égypte depuis 1815. Effectue des fouilles dans la zone des pyramides pour le compte des Anglais. Mystique et passionné par l'ésotérisme. Fait partie, ainsi que Salt, de la société secrète « Frères de Louxor ». Auteur de la *Lettre folle sur la magie, la cabale et les hiéroglyphes*.

2. Samuel Briggs : important intermédiaire politique et financier entre l'Angleterre, l'Égypte et les Indes. Mécène de nombreux archéologues.

gleterre un énorme prestige et causé bien des insomnies au gouvernement français.

— Qu'est-ce qui nous vaut le plaisir de votre visite ? demanda-t-il.

— J'étais curieux de votre découverte, mentit Belzoni. Tout Le Caire en parle. Et j'avais envie de revoir les pyramides.

— Eh bien, venez, j'ai fait de nouveaux travaux à l'intérieur.

C'était exactement ce que Jean-Baptiste désirait. Il voulait revoir les galeries que Caviglia venait de dégager, leurs angles, tous les détails de l'architecture interne de la construction, car il était certain que Khéphren était construite sur le même principe. Il suffisait de retrouver les indices dissimulés par les siècles.

Les torches affolaient les grandes chauves-souris qui y avaient élu domicile : elles s'enfuirent en leur claquant leurs grands ailes molles au visage. À cause de sa propre envergure, Belzoni sentait l'étouffement le gagner dans les étroits boyaux de pierre. La masse énorme suspendue au-dessus de leurs têtes provoquait en lui une sensation qu'il avait du mal à maîtriser. C'était comme si un génie retenait son souffle pour les laisser passer : encore un instant et tout pouvait s'écrouler sur eux.

Briggs les précéda dans la chambre funéraire aux murs nus et noircis par la fumée des torches.

— Qui sait si les autres ont conservé leurs trésors ! J'ai toujours été étonné par le dépouillement de ces tombeaux... fit Briggs.

— Nous n'allons pas tarder à le savoir, répondit le capitaine. Une souscription énorme a été lancée en France pour ouvrir Khéphren. On parle d'un demi-million de francs. Drovetti va pouvoir commencer les travaux.

Belzoni dressa l'oreille. Encore Drovetti ! Il le trouverait donc toujours sur sa route !

— Il veut utiliser des explosifs pour aller plus vite et nous damer le pion au moins une fois. C'est de la folie. Il peut vraiment provoquer un écroulement. Mais Drovetti est un soldat, n'est-ce pas : ça passe ou ça casse.

— Caviglia, dit le banquier, si vous croyez pouvoir entrer dans la course, il suffit de me le dire. Nous vous avons financé pour le Sphinx, nous pouvons le faire pour la pyramide. La balle est dans notre camp, gardons-la. Vous savez que j'aime les grandes entreprises.

Samuel Briggs n'était pas un banquier ordinaire ; c'était un homme qui aimait le risque et le panache. Un homme fiable, grand ami de Salt et du vice-roi, qui servait d'intermédiaire entre les cours et les hommes d'État.

Briggs se tourna vers Jean-Baptiste.

— Monsieur Belzoni, vous devriez faire équipe avec le capitaine. Vos deux noms sont une garantie. Je me fais fort de vous trouver des financements au moins aussi importants que ceux des Français. Tout de suite.

Belzoni eut la force de résister à cette sirène. S'il ouvrait la pyramide, ce serait seul et en silence. S'il échouait, personne n'en saurait rien.

— Nous en reparlerons, monsieur Briggs, c'est une idée qui mérite réflexion..., répondit-il avant de plonger bien vite dans l'étroit couloir qui conduisait à l'air libre.

Le comte de Forbin avait voyagé avec son cousin, l'abbé de Forbin-Jansen, qui dirigeait la Congrégation des Pères de la Terre-Sainte et ne se déplaçait jamais sans une dizaine de personnes. Il avait décidé d'escalader la grande pyramide avec sa suite pour y célébrer une messe.

— L'abbé, doit-on vraiment monter là-haut pour communier ? s'inquiétait une noble dame déguisée en Arabe de fantaisie. Je suis un peu lasse de vos messes excentriques. Je ne me suis pas encore remise de celle que vous avez célébrée sur le bateau !

— Comment ? s'exclama un jeune homme au physique de poète, mais c'était à pleurer de beauté ! Les embruns sur le gaillard d'avant, le coup de canon au moment de la consécration, et l'équipage à genoux sur le pont ! Sublime ! Celle-ci sera encore plus belle !

— On pourrait déplorer que, avec un pareil sens de la mise en scène, monsieur l'abbé se soit donné à l'Église et non à l'Opéra ! commenta Anselme Duplessis, qui faisait partie du voyage.

L'abbé de Forbin rougit de contrariété.

— Si mes messes ne vous conviennent pas, monsieur le baron, donnez-vous donc à Mahomet !

On se récria. L'abbé, encadré par deux solides gaillards arabes, se lança à l'assaut du monument et disparut bientôt à leurs regards.

Anselme Duplessis était déjà monté là-haut des années auparavant, et selon lui le coup d'œil valait la fatigue : une fois, pas deux. Il entreprit donc de faire le tour des pyramides à dos d'âne, un petit tour paisible qui favorisait la digestion. L'Égypte était splendide et il y était revenu volontiers, bien décidé cependant à s'économiser car il en connaissait désormais les fatigues.

Il découvrit bientôt qu'on faisait des travaux sur la seconde pyramide. Des ouvriers étaient accrochés à une des parois comme des fourmis. Il y avait une petite tente en bas. Il décida de pousser jusque-là et de se faire offrir un café.

La tente était pleine d'objets poussiéreux, de papiers, de bacs contenant de menus objets, de pelles, de pioches, de brosses, de scalpels, de tamis de toutes les dimensions. On aurait dit la tente d'un chercheur d'or. Un homme aux cheveux longs était assis à une table, lui tournant le dos. Il écrivait et il y avait un tel silence alentour qu'on pouvait entendre le grattement de la plume sur le papier.

Un jeune garçon entra dans la tente, portant du café et des tasses douteuses. Il jeta un coup d'œil inquiet à Anselme et s'exclama en arabe :

— Patron ! Il y a un Franc dehors.

L'homme se retourna et cligna des yeux, aveuglé par la réverbération du soleil sur le sable. Il avait horreur des visites.

— Monsieur ?

Anselme le reconnut tout de suite, malgré la poussière qui lui collait au visage.

— Belzoni ! Ne me dites pas que vous êtes au pied des pyramides depuis trois ans !

— Duplessis !

L'apparition d'Anselme était par trop inattendue. C'était un revenant. Le gamin versa du café dans les horribles tasses.

— Le comte de Forbin a organisé ce voyage et je me suis laissé convaincre, expliqua Anselme. Selon lui, les Français ont l'Égypte en mains.

— Je ne dirais pas ça, répondit Jean-Baptiste. Nous avons

fait quelques petites choses, nous aussi... Je pensais ne jamais vous revoir, Anselme. Ici, nous sommes sur les montagnes de la Lune. Venez. Asseyez-vous. Parlez-moi du monde, de vous...

— Oh, vous savez, rien ne change, la terre continue à tourner. À Paris, on mène une vie très agréable depuis le retour du roi. Vous me connaissez : je butine, je lutine, je fais ronfler le diable... J'ai ma loge à l'Opéra. Je vous attends quand vous voulez.

L'Opéra... Un fantôme passa dans une envolée de robes rouges et de cheveux noirs.

— Que devient Angelica Catalani ? demanda Jean-Baptiste. En parle-t-on encore ?

— On ne parle que d'elle. Le roi a voulu la récompenser pour sa loyauté et lui a confié le Théâtre des Italiens. Et bien mal lui en a pris.

— Pourquoi donc ?

— Parce que le mari est en train de dépecer le Théâtre, l'allocation royale, et la carrière de sa femme avec. Un désastre dont ils auront du mal à se reprendre. C'est qu'elle n'a plus rien d'une biche maintenant, et le cristal a perdu de sa pureté. Sa voix s'en va, elle le sait. Elle est devenue odieuse, jalouse de tout et de tout le monde, et il y a de quoi : elle a beau chanter *Son' regina...*, son règne est fini.

Belzoni fut pris d'une grande tristesse. Est-ce ainsi que va la vie ?...

Anselme Duplessis continuait, tripotant distraitement les menues amulettes entassées dans une corbeille.

— Quant au mari, l'enfant rebelle d'Israël, comme on le surnomme dans les journaux, il taille, il coupe, dans les partitions et licencie à tour de bras. Il a déjà saccagé l'orchestre qui était le meilleur d'Europe. « Avec ma femme et trois mannequins, je fais de belles chambrées, dit-il. Je n'ai pas besoin de vos grands musiciens. » Quant à l'argent, Dieu seul sait ce qu'il en fait.

— Je le sais aussi. Il joue... murmura Jean-Baptiste.

— Tout de même, retoucher Mozart pour faire des économies, je n'aurais pas cru ça d'elle ! C'était une grande chanteuse autrefois...

— Oh ! taisez-vous, dit brutalement Belzoni, je ne veux plus vous entendre !

Il sortit de la tente et s'éloigna à grandes enjambées.

Le baron resta bouche bée. Décidément, ces gens qui vivaient dans le désert devenaient tous un peu bizarres.

En haut de la grande pyramide quelqu'un tira un coup de pistolet pour les saluer. Anselme se dépêcha de sortir le sien et de répondre.

Belzoni escalada les blocs de pierre en toute hâte pour rassurer ses ouvriers. Il était furieux. Dès ce soir, au Caire, tout le monde allait savoir ce qu'il faisait aux pyramides.

Anselme n'avait pas changé : où qu'il aille, il semait le désordre.

Quelques jours suffirent à abattre le moral de Jean-Baptiste. Il n'avait plus un sou en caisse. Même plus de quoi payer sa dignité. Une fois de plus, il avait échoué.

Cette nuit-là, il ne réussit pas à dormir. Le campement des ouvriers était silencieux ; ils dormaient, enroulés dans leurs haillons, écrasés de fatigue. Peu à peu, les chiens sauvages eux-mêmes cessèrent de s'appeler d'une dune à l'autre. Alors, Jean-Baptiste sortit de sa tente et entreprit de faire le tour de la pyramide, en observant de loin sa masse obscure. La lumière de la lune lui donnait un aspect à la fois mystérieux et intime, mettant en relief des détails que la lumière crue du jour écrasait. Comme il suivait la face nord, Jean-Baptiste eut la sensation d'avoir « vu » l'entrée, à une sorte d'éboulis imperceptible, masqué depuis des siècles par le sable. Trois sillons parallèles, invisibles si on avait le nez dessus. Plus il les regardait et plus sa conviction se renforçait. C'était sa dernière chance. Demain, il ferait creuser à cet endroit. S'il s'était trompé, il abandonnerait. Demain tout serait dit.

La lune n'avait pas menti : l'entrée était bien là.

Quand ils arrivèrent dans la galerie d'accès qui s'enfonçait sous terre, festonnée de stalactites de salpêtre vieilles de plusieurs siècles, les hommes furent pris de frénésie. Ils reconnaissaient les signes. Passages, galeries, puits, rien ne les arrêta jusqu'à la chambre funéraire, au cœur de la pyramide.

Belzoni avait entraîné avec lui le chevalier Frediani qui était venu le visiter ce jour-là et qui eut le privilège de partager sa découverte. Ils restèrent longtemps dans un profond silence, une immobilité respectueuse devant un lieu resté inviolé pendant si longtemps. L'air même qu'ils respirèrent en entrant était si ténu, si privé d'odeurs et de vie, qu'il semblait leur parvenir du fond des temps.

Sur le mur, une inscription arabe presque effacée avait été laissée par le dernier visiteur : le sultan Ali-Mohammed, fils du célèbre Saladin, six cents ans auparavant...

Tout Le Caire défila sur les lieux, amis et ennemis. Ces derniers avaient considérablement augmenté, comme si la découverte de Jean-Baptiste avait brisé en eux rêves et ambitions. Pas de doute : Belzoni avait un talent spécial pour se faire des ennemis...

Seul et sans argent, avec quelques paysans et quelques pioches, il avait mis en échec deux équipes officielles, et ridiculisé les historiens !

Un mois avait suffi.

À la surprise générale, au lieu de fêter comme il se devait cet événement exceptionnel, Henry Salt sembla faire de son mieux pour l'étouffer. En vérité, l'Italien était devenu sa « bête noire », c'était presque une obsession. Voilà qu'il lui dérobait encore une fois la vedette ! Devait-il en plus le crier sur les toits ? Salt tenta de se refaire en lui offrant de payer ses travaux, ce qui l'aurait rendu en quelque sorte maître de la découverte. Mais Jean-Baptiste n'était pas dupe : il refusa. Cette victoire-là lui appartenait entièrement. Elle signait son affranchissement. Mais elle avait aussi un sens profond qu'il était le seul à connaître, et auprès duquel l'argent n'était rien.

Pour l'équipe française, ce furent des journées de deuil et de colère. Drovetti souriait en public, mais écumait en privé : Belzoni lui avait coupé l'herbe sous le pied, mais surtout l'avait privé de son magnifique financement. Il l'aurait volontiers étranglé de ses mains.

Le comte de Forbin était parti pour Thèbes avec sa suite. Belzoni ne sut résister au plaisir de lui envoyer, comme promis, le plan de sa découverte.

Le voyage en Nubie avait été un cauchemar pour lady Belmore. Elle regrettait amèrement d'avoir emmené Emma.

La belle ne s'était intéressée absolument qu'à elle-même, puisqu'il n'y avait en vue aucun homme en mesure de lui faire oublier sa déception. Sans cet excitant, le voyage à la seconde cataracte ne fut pour elle qu'une fastidieuse succession de pierres, de sables et de sauvages.

À Abou-Simbel, la vue du nom de Jean-Baptiste gravé dans la pierre la fit éclater en sanglots.

Betty Belmore n'en pouvait plus.

Il y eut un léger mieux dès que les bateaux prirent le chemin du retour, et Emma retrouva sa bonne humeur en vue d'Assouan. Elle souriait quand on débarqua, et elle eut un véritable accès d'allégresse en découvrant que deux grands bateaux battant pavillon français étaient amarrés au rivage. C'était le comte de Forbin et sa compagnie. Elle n'eut de cesse de faire inviter les voyageurs à dîner par Betty.

Le comte lui accorda un regard distrait, mais ne manqua pas de faire comprendre qu'il était habitué aux femmes de qualité et qu'il avait été l'intime de Pauline Bonaparte et Mme Récamier.

Emma le trouva détestable. Il faut dire que pour faire bonne mesure, le comte avait âprement critiqué « une certaine personne de sexe féminin, ridiculement vêtue d'un spencer rose bonbon, avec ombrelle assortie, qui déambulait dans les ruines de Karnak comme au Grand Panorama des Tuileries ».

— J'ai quitté les lieux immédiatement, avait ajouté Forbin. Le charme était rompu. Je ne viens pas de si loin pour qu'on m'inflige l'ignorance et la futilité.

Betty ne trouva pas opportun de souligner que le spencer rose d'Emma avait été créé par le couturier qui habillait la reine d'Angleterre et qu'une femme n'est pas obligée de se mettre en robe de bure pour visiter l'Égypte.

D'ailleurs, Emma s'était déjà intéressée aux autres hommes de la compagnie. Elle n'en retint que deux : Louis-Adolphe[1], le dessinateur — mais le jeune homme n'avait pas vingt ans — et un certain Anselme Duplessis, qu'elle jaugea avec attention.

— Betty, je sais qu'une femme n'est rien si elle n'a pas

---

1. Adolphe Linant de Bellefonds (1799-1883) : géographe d'origine bretonne, arrive en Égypte avec le comte de Forbin, puis passe au service de Bankes comme dessinateur. Reste en Égypte et sous le nom de Linant-Bey devient un des personnages importants de la construction de l'Égypte moderne.

un homme solide et nanti à ses côtés. Je suis veuve et je dois penser à mon avenir. Que penses-tu de ce Duplessis ? Je le trouve très convenable. D'ailleurs, j'adore la France et je n'aurais rien contre le fait de m'installer à Paris.

Betty comprit avec soulagement que le souvenir de Belzoni avait été définitivement balayé.

— Tu vas vite en besogne, Emma. Cet homme n'a peut-être aucune envie de se lier.

Emma devint tout à fait sérieuse :

— Quarante ans, la fleur de l'âge, il a jeté sa gourme. C'est l'âge où les célibataires méditent et sont à prendre.

— J'aurais pensé plutôt qu'à cinquante ans... hasarda Betty.

— Non, cinquante, c'est l'âge des grandes questions sur l'existence. La peur de la solitude et de la vieillesse. C'est trop lourd : ils deviennent nerveux, hypocondriaques. Ou débauchés. Il faut les rassurer constamment. Même au lit. Une tâche ingrate... Non, Anselme est parfait. Il a de la fortune, un château en province, un appartement à Paris, ses entrées à la Cour. Je ne lui trouve que des qualités. Il est même amusant. Je crois que je pourrais l'épouser. Emma Thorpe-Duplessis, ça sonne bien.

— Encore faudrait-il qu'il te le demande ! Il ne t'a vue qu'une fois.

— C'est suffisant. Je t'assure qu'il n'attend que cela.

Anselme n'attendait que cela, en effet, et abandonna immédiatement l'ennuyeuse expédition de M. de Forbin pour se joindre à eux.

Il donna un premier gage d'amour à Emma en perdant plusieurs kilos entre Assouan et Thèbes. Et un second en acceptant de suivre la compagnie en Palestine, voyage qui l'intéressait médiocrement.

Lord Belmore voulut sauter l'étape de Thèbes, ce qui arrangeait bien Emma, soucieuse d'éviter de fâcheuses rencontres et d'encombrants souvenirs. Il fallait être à Jérusalem pour la semaine sainte.

À peine furent-ils arrivés au Caire, qu'on leur apprenait l'incroyable réussite de Belzoni. Anselme Duplessis n'arrêtait pas de chanter ses louanges.

— J'ai toujours su que c'était un génie, cet homme-là !

Nous sommes arrivés en Égypte ensemble, il y a quelques années. J'ai vu tout de suite son courage, sa détermination... Et dire que j'ai failli assister à sa découverte !

Personne ne put convaincre Betty et Emma à aller voir les pyramides. Anselme attribua leur répugnance à l'agaçante frivolité des femmes.

— Vous ne comprenez donc pas l'émotion qu'il y a à entrer les premiers dans une pyramide qui a été fermée pendant des siècles à tout regard humain... Quant à Belzoni, il est tout simplement spectaculaire. C'est un géant, un homme de toute beauté. Vous regretterez de ne pas l'avoir vu.

— Nous le connaissons déjà..., murmura Betty.

Belzoni pilota Anselme et lord Belmore au cœur de la pyramide et écouta distraitement Anselme bavarder comme à son ordinaire. Le baron lui glissa à l'oreille qu'il avait rencontré une petite femme de toute beauté. Qu'il avait pour elle de grands projets et qu'il l'accompagnait à Jérusalem.

Jean-Baptiste ne retint que cette dernière information.

— Anselme, Sara est en Palestine. Vous la rencontrerez certainement. Puis-je vous charger d'un message important. Je n'ai aucun autre moyen de le lui faire parvenir... Je compte sur vous ?

— C'est comme si c'était fait ! dit Anselme, ravi de rendre service à « son vieil ami Belzoni ».

Après un voyage épuisant, Sarah était enfin parvenue à destination.

Jérusalem, le 25 mai

Ma chère Georgina, me voici enfin à Jérusalem, après une série d'aventures extraordinaires qu'il me tarde de vous raconter. Tout d'abord, j'ai eu les plus grandes difficultés à quitter l'Égypte : mon navire est resté bloqué à Damiette pendant deux mois ; il n'y avait pas assez d'eau pour gagner la haute mer. J'ai cru devenir folle. Enfin, je suis arrivée en Palestine à la mi-mars, juste à temps pour les derniers jours de la semaine sainte. J'ai donc pu bénéficier du spectacle extraordinaire des festivités dans l'église du Saint-Sépulcre, toute d'or, de marbre et de velours. La ville entière sent l'encens. J'étais très émue de me trouver là, car vous le savez, j'avais fait le vœu d'y rendre grâces pour avoir été guérie de ma cécité. J'ai passé beaucoup de temps à genoux sur le marbre, au point d'y avoir des cals comme un chameau. La suite vaut la peine d'être racontée.

Le 1ᵉʳ mai, je veux être au Jourdain, et je veux y être dans les premières, pour éviter la ruée des pèlerins. Je me lève de bon matin, j'enfourche la mule qu'on m'a prêtée, mais un gardien noir me barre la route brutalement.

— Non, me dit-il, vous n'irez pas. Seul le gouverneur de la ville a le droit d'y aller le premier.

Vous me connaissez, je n'aime pas les menaces. D'ailleurs, la foule grossissait à vue d'œil et le gouverneur dormait encore.

Je décide de partir quand même, le gardien se jette sur moi et frappe ma mule à coups de bâton. Je rends coup pour coup au malotru. Nous nous battons. Je m'en sors assez bien grâce à une certaine technique que m'a enseignée mon mari. L'homme s'écroule et j'en profite pour m'éloigner au galop.

Il faut que vous sachiez que je voyage désormais complètement seule, car Jack n'est plus avec moi. Dès mon arrivée en Palestine, j'ai retrouvé un ami anglais, M. Leigh, qui lui a proposé un travail à son service et un passage pour l'Angleterre. Mon Jack s'en va et ne reviendra pas. Je me sens comme une mère dont le fils part à la guerre.

J'ai retrouvé aussi les Belmore, qui rentreront bientôt à Londres. Lady Belmore ne sait pas quoi faire pour escamoter à ma vue sa bonne amie Emma, bien que celle-ci ait trouvé, semble-t-il, une autre victime.

Je continue mon récit : j'arrive donc seule dans la vallée de Jéricho en pleine chaleur. Imaginez une plantation de rosiers sur la lune. Je conquiers un maigre buisson épineux sur lequel je peux étendre un voile pour me procurer de l'ombre. À voir la longueur de ces épines, on frémit, car on ne peut s'empêcher de penser au supplice du Christ. Mes Anglais passent et, me voyant seule, m'invitent dans leur tente. Ils doivent me prendre pour une originale ou pire. Mais il y a une personne dans leur groupe qui pâlit à chaque fois qu'elle me rencontre et qui sait fort bien les raisons de mon refus : c'est Emma Thorpe.

J'aurais dû accepter que Jack reste avec moi. J'ai passé une nuit de terreur au pied de mon arbuste. La vallée était maintenant envahie de gens de toutes sortes qui grouillaient autour de moi dans *l'obscurité. J'étais la seule « Franque » et je n'avais même pas de lanterne.*

Avant le lever du soleil, j'ai pu assister au bain collectif dans le Jourdain. C'est une chose folle, impossible à décrire. Imaginez une foule énorme qui se met en branle dans le noir : une pagaille de chameaux, de gens, d'enfants qui hurlent, qui prient et qui pleurent, quelques brûlots dans des pots de terre, quelques feux de camp, et tout autour de cet immense troupeau qui invoque le ciel, des gardiens noirs à cheval qui galopent, une pique à la main, comme les démons de l'Enfer.

Après cela, à l'aube, tout ce monde-là se jette dans l'eau jaune et boueuse du fleuve, les Grecs les premiers dans des tuniques neuves. Ils les mettent ensuite à sécher sur le sol en faisant des signes de croix au-dessus avec une lampe qui doit avoir été allumée au feu du Saint-Sépulcre — qui vient du ciel — sinon la cérémonie ne vaut rien. Ils garderont la tunique toute leur vie dans un coffret. Elle leur servira de suaire.

Moi aussi, je me suis baignée dans le fleuve. Et quelle ne fut pas ma surprise quand je me suis trouvée face à face avec Emma Thorpe, ruisselante et en chemise de lin. Je dois admettre que, dans cet appareil, elle me parut d'une extrême beauté. Elle était avec une de nos vieilles connaissances, Anselme Duplessis, qui mit un terme à notre dialogue silencieux. C'est un homme qui a le don de parler quand il faudrait se taire.

Il se lança dans l'éloge de mon mari et me dit qu'il avait pour moi une lettre de sa part.

— C'est un grand homme, Sara ! Vous avez bien de la chance d'être sa femme...

J'échangeai un dernier regard avec Emma avant que la foule ne nous sépare. Tout avait été dit.

Je me sentais extrêmement fatiguée après ma nuit blanche et toute cette confusion. Une famille de notables proposa de m'emmener à Nazareth, fuite honorable que j'acceptai volontiers.

Vous souvenez-vous, ma chère Georgina, de la jolie robe que je portais à Noël ? J'étais une autre alors... Aujourd'hui, vous ne me reconnaîtriez pas : j'ai repris les vêtements masculins qui sont censés me garantir de la curiosité et des agressions. La moitié de la ville est venue me regarder sous le nez, le bruit s'étant répandu que j'étais je ne sais quel célèbre personnage voyageant en travesti...

Mais le pire reste à venir. Sur la route du retour, je décide de voyager de nuit pour éviter la chaleur qui est atroce. À l'aube, je distingue un campement de nomades, de grandes tentes noires qui ressemblent à d'immenses rapaces accroupis sur le sol. On me prend pour un homme et on me conduit dans la tente réservée au sexe fort. Je sais que cette situation vous amuse à l'excès et que vous auriez payé cher pour être à ma place, mais je n'en menais pas large.

J'ordonne à mon guide de continuer son chemin, je ne veux pas m'attarder dans cette tente où de fâcheuses méprises pourraient me mettre en danger. Ici plus qu'en Angleterre, certains hommes ne dédaignent pas d'honorer passionnément les jeunes gens qui leur plaisent. Ma joue — dangereusement imberbe — avait déjà attiré de la part de l'un d'eux une sorte de caresse qui m'inquiétait beaucoup.

J'insiste pour partir, mais le guide répond qu'il a peur d'être attaqué par les chiens sauvages et qu'il ne fera pas un pas de plus. Je m'apprête donc à repartir quand le plus beau des hommes vient droit sur moi. Presque aussi grand que mon mari, noir de poil, des yeux brûlants et de longs cheveux bleus à force d'être noirs. Il me prend par les épaules et me guide aimablement vers une autre tente où un repas délicieux m'est servi. Des femmes jeunes et belles me servent du chevreau rôti et des galettes fraîches en me lançant des œillades assassines. Elles aussi me prennent pour un homme. Mon hôte est aux petits soins : il m'offre une donzelle qu'il entend visiblement partager avec moi.

Imaginez la suite que vous préférerez, elle sera au-dessous de la réalité. Je vous dirai seulement que j'ai été devinée, mais qu'il ne m'en a rien coûté que de fort agréable. Seul désagrément, celui des mouches jour et nuit, torture que j'aimerais recommander à l'Inquisition espagnole...

Je suis revenue assez lasse, au pas tranquille de ma mule, dans un paysage charmant fait de petits champs bien cultivés et de haies de figuiers de Barbarie.

Voilà. Je suis de retour à Jérusalem. Mon mari devait me rejoindre avant-hier, mais sa lettre me dit qu'il ne viendra pas. Trop de travail. Je suis habituée. Mais il y a maintenant entre nous cet arrière-goût d'amertume qui persiste...

Je vous embrasse, ma chère et lointaine amie. Je vous écrirai de nouveau dans quelques jours.

Sara

P.S : *Giovanni Finati n'est pas venu à temps. Bankes a pris quelqu'un d'autre et ne décolère pas.*

Encore une fois, Jean-Baptiste remontait le cours du Nil vers le sud, en direction de Thèbes.

« Encore et encore, pendant combien de temps ? » pensait-il.

Il avait offert à Osman de le prendre à son service, et l'Écossais avait accepté avec enthousiasme, reportant sur lui les attentions qu'il avait eues pour Burckhardt. Osman était un homme silencieux, qui aimait vivre au rythme de la nature et travailler de ses mains. Avec lui, pas besoin de parler. D'ailleurs Belzoni n'avait envie de parler avec personne. Étendu sur le pont de la petite *dahabieh*, il regardait le ciel et la grande voile qui se dressait au-dessus de sa tête, gonflée par le vent du nord.

« À force de vivre dans des grottes ou des tombes, je finis par ressembler davantage à un animal qu'à un homme. Un animal velu, dirait Sara. Un ours. »

La solitude était entrée dans sa vie, il s'en rendait compte, mais elle ne lui faisait plus peur. Il l'avait apprivoisée. Quelquefois, le vieux sentiment d'urgence le reprenait : il fallait réussir, il fallait aller vite, accumuler des biens pour s'en faire un bouclier, être reconnu, recherché, loué, entouré d'autres humains, se nourrir de leur chaleur, de leur admiration, se laisser porter par cette grande vague chaude d'amour et désir.

Mais quand on est au milieu du vieux Nil qui clapote le long d'une vieille dahabieh, avec un vieux raïs, sous une voile rapiécée où joue un soleil plus vieux que tout, ces choses-là perdent de leur importance.

On passait devant Akmin quand des paysans se mirent à crier le long du rivage. Des oiseaux passèrent en vol désordonné, et la lumière changea. Il se mit à faire de plus en plus sombre, comme si un grand nuage passait devant le soleil. Osman ne leva même pas la tête. Le raïs était très agité, il pointa un doigt vers le ciel d'un air inquiet :

— Mauvais signe ! dit-il. C'est du malheur qui arrive...

Une éclipse... La première pensée de Jean-Baptiste fut pour Sara. Si on la voyait aussi à Jérusalem, elle la regardait sans doute en ce moment même, et peut-être pensait-elle à lui. Cette idée, absurdement, le réconforta. Des milliers de personnes, en cet instant, étaient tournées vers le ciel et communiaient, d'une certaine manière, en pensant les uns aux autres. Il imagina comme des fils ténus les pensées qui liaient les hommes par-dessus les déserts, les fleuves et les mers. Toutes ces pensées convergeaient vers le soleil masqué, qui n'était plus maintenant qu'un mince anneau flamboyant.

Le ciel était si près des hommes ici... Il se souvint de Dendérah, la « maison du ciel », et de la comète qu'il avait vue avec Sara alors qu'ils remontaient le Nil pour la première fois. C'était si loin déjà...

À Gournah, Ali regardait le ciel lui aussi, mais lui n'avait pas le choix : étendu sur le dos, face tournée vers le ciel, et il attendait la mort. Ali était mineur de fond. On l'avait ramené tant bien que mal à Gournah pour y mourir, parce qu'il y était né et que le bon sens veut qu'un homme souffre moins quand sa vie cesse là où elle a commencé, entouré des siens et des odeurs de sa terre.

Ali avait craché le sang pendant longtemps et maintenant il respirait à petits coups, trop fatigué pour avoir peur. Quand il vit le soleil se voiler, il crut que le moment était arrivé et ferma les yeux. Mais sa femme ne se résignait pas. Ali était encore jeune. L'éclipse lui donna le courage du désespoir. À Biban-el-Molouk, il y avait un jeune médecin franc qui travaillait dans la tombe du pharaon. Elle courut lui demander de l'aide. Ricci-Bey avait déjà sauvé plusieurs personnes grâce aux drogues des étrangers.

Quand Ali fut guéri, il raconta une curieuse histoire.

— J'ai passé mon enfance dans les mines de la montagne d'Émeraude, le mont Zabarah. J'étais un de ces petits qui servent à tout sur les chantiers. C'était très dur. Si dur que tous mes compagnons aujourd'hui sont morts. Je suis le seul à connaître le fond de la mine, et c'est pour ça que les Français m'ont emmené avec eux.

Belzoni dressa l'oreille.

— L'expédition de Frédéric Cailliaud?

Juste avant son départ du Caire, on avait annoncé le retour triomphal du Breton. Le vice-roi avait donné une grande réception pour fêter la réouverture des mines d'émeraudes et la découverte de la ville de Bérénice.

— Oui, dit Osman. Et ce n'est pas le succès qu'on raconte. Un désastre, au contraire. La moitié de ses gens a failli mourir de faim et de soif.

— Je leur avais dit..., renchérit Ali. Mais ils ne m'ont pas cru. On était au moins deux cents, des soldats, des mineurs, des guides, et autant de chameaux. Dans tout le désert, il n'y avait pas un seul puits suffisant pour abreuver une pareille armée. On a fini par se battre pour avoir de l'eau et un peu de farine. Et puis on a dû se battre avec la tribu des Abadeh aussi, à cause des femmes.

— Tu as compris ? dit Beechey. Ali sait où se trouve la Ville d'Or.

— Et alors ? fit Belzoni. Cailliaud l'a trouvée. Tout le monde parle de ses émeraudes et de Bérénice Panchrysia. Tous les journaux. Même l'*Osservatore Romano*, qui ne se trompe jamais.

— Eh bien, cette fois, il s'est trompé, et Cailliaud aussi.

— Ils ont failli me tuer à cause des émeraudes, reprit le mineur avec rancœur. Je leur ai dit que les filons sont épuisés, mais ils ne m'ont pas cru. Quand ils ont su que je connaissais le fond de la mine, ils m'ont descendu de force dans un puits de huit cents pieds, attaché au bout d'une corde. Il n'y avait presque pas d'air au fond. C'est là que je suis tombé malade. Il n'y a rien de pire qu'un Franc qui est sûr d'avoir raison. En vérité, ils n'ont rapporté que de la gangue pour faire croire qu'il y a de l'émeraude, qu'il suffit de chercher, mais ils n'ont pas une seule bonne pierre.

— Et la Ville d'Or ?

— Je les ai laissés se tromper là-dessus aussi. Je sais où est la vraie. Je n'ai pas besoin de carte : Tout est là... fit-il en se frappant la tête du plat de la main.

Bérénice Panchrysia faisait rêver les aventuriers et les historiens depuis des siècles. Elle avait été construite sur le site des mines d'or qui avaient fourni les pharaons pendant des millénaires. Elle n'avait cessé d'exister qu'au XIIe siècle lorsque le cours de l'or s'était effondré sur tous les marchés. La difficulté tenait à ce que le pharaon Ptolémée, qui adorait sa mère, avait donné son nom, Bérénice, à trois villes différentes, dont une cité troglodyte, situées entre le Nil et la mer Rouge, toutes disparues aujourd'hui. Où étaient-elles, et laquelle était la bonne ?

— Si Cailliaud a dit la vérité, hasarda Beechey, tout reste à découvrir. Il prétend avoir trouvé une ville aussi belle que Pompéi. Elle devrait donc regorger de mosaïques, de statues, de villas... Qui dit commerce, dit richesse.

Panchrysia était une plaque tournante de première grandeur. Elle voyait transiter non seulement l'or dont elle tirait son nom, mais le soufre, le cuivre de Coptos, les émeraudes de Zabarah, les turquoises du mont Sinaï. Elle pouvait bien ressembler à Pompéi ; c'était forcément une ville riche, avec des palais à colonnes, des entrepôts, des temples importants, un vrai port, un phare peut-être. Elle devait se trouver plus ou moins au croisement de la route de Coptos à la mer rouge et de la vieille piste des caravanes côtières — la piste du vingt-troisième parallèle. C'est de là que les bateaux égyptiens partaient pour le merveilleux pays de Pount[1].

— Qu'est-ce qu'on fait ? demanda le jeune Beechey, qui frémissait déjà d'impatience.

Belzoni réfléchissait à toute vitesse. Montagne d'émeraude, ville d'or, n'allait-il pas succomber lui aussi à la séduction des « trésors » ?

Non, retrouver la ville lui suffisait. Si Cailliaud s'était trompé, il aurait tout le mérite de trouver la « vraie » Bérénice, et s'il ne s'était pas trompé, il serait le premier à fouiller vraiment le site. La prestigieuse Société des Antiquaires de Londres ne pourrait plus l'ignorer. Malgré tout ce qu'il avait fait jusqu'à ce jour, on ne l'avait pas encore invité à en faire partie, et c'était un des objectifs que Burckhardt lui avait recommandés.

— On part, Beechey...

Il se tourna vers Osman et constata que l'Écossais était déjà en train de préparer leurs besaces. L'homme leva les yeux, et sourit en silence. Il avait compris depuis longtemps que Jean-Baptiste ne résisterait pas à l'appel du désert.

Le soir même Samuel Briggs les invita à dîner sur son bateau. Il acheva de les convaincre. Il venait de rentrer des Indes et avait dû traverser le même désert oriental, de Kosséir à Kous. Il n'avait perdu ni un homme ni un animal, et rapportait des marchandises en parfait état, y compris des plantes en pot, des manguiers et des ananas qu'il entendait introduire en Égypte, tant les fruits lui en avaient plu[2]. Seul un homme immensément riche pouvait se satisfaire de trésors aussi bucoliques.

---

1. Actuelle Somalie.
2. Les manguiers de l'île Éléphantine descendent de ces premiers plants rapportés par Samuel Briggs. L'ananas ne « prit » pas.

16

À Jérusalem, Sara s'était lassée d'attendre Finati. C'était un mercenaire, elle ne devait pas l'oublier, toujours à la solde de qui le payait. On était en septembre, à présent, et elle commençait à penser à son retour.

Je retrouverai bien mon mari en Égypte occupé à creuser quelque trou, écrivit-elle à Georgina. Il doit être du côté de Louxor avec ses Français. Il en dit pis que pendre, mais il ne peut se passer d'eux. Que feraient les Anglais sans les Français et vice-versa, et que feraient les Italiens sans les deux ?

Je dois vous conter la fin de mon séjour, qui est très étonnante. J'ai décidé, pour tromper l'attente, de visiter l'emplacement du temple de Salomon, où se trouve une mosquée magnifique, bleue et verte, dont le dôme d'or domine toute la ville. Je me déguise donc en femme turque. Il faut que vous sachiez que le costume turc prévoit pour les femmes le port de bottines noires à talons hauts qui feraient la joie des filles des rues londoniennes. C'est la seule coquetterie des Turques, mais elles y tiennent beaucoup. J'ai malheureusement des pieds proportionnés à ma taille et personne n'a été en mesure de trouver des chaussures à ma mesure. Le haut étant voilé, c'est à ces fameuses bottines qu'on reconnaît une Turque. Pouvais-je mettre le groupe en danger ? Je fus donc obligée de chausser ces instruments de torture de deux tailles trop petits et d'y passer toute une matinée. J'ai cru mourir. Mais j'ai aussi failli étrangler ces dames quand je compris qu'elles ne m'avaient point emmenée au temple de Salomon, mais ailleurs, tant elles avaient peur d'être punies.

Le temple est en effet interdit aux infidèles comme vous et moi.

Si l'on m'y attrape, on me condamne à être brûlée vive. Bien que cette perspective ne m'attire pas, je ne sais pas résister à l'interdit. D'autant plus que le seul à avoir été admis dans le Saint des Saints — je le sais — est le docteur Richardson, le médecin de lord Belmore. Cela me met en fureur. Vous savez ce que le souvenir de leur expédition en Égypte représente pour moi.

Je ne comprends pas pourquoi on m'interdit un endroit où la Vierge Marie a tenu l'enfant Jésus sur ses genoux, et pourquoi un Richardson peut y entrer. Il a, dit-on, sauvé la vie du pacha. Très bien, me dis-je, mais si les coliques d'un pacha suffisent à faire lever un interdit si puissant, alors, une tisane, un clystère devraient-ils pouvoir tuer dans l'œuf les guerres de religion.

Pour visiter le temple, je m'invente donc un déguisement masculin des plus réussis et je fais bien attention à mettre mes chaussures les plus confortables. Comme la tradition le veut, je prends soin de les enlever avant d'entrer dans le sanctuaire. Un vieil homme veille à la porte. Il me regarde les déposer en hochant la tête. Il a le nez coupé et porte une rose sur l'oreille. Il sourit, ce qui lui donne l'air d'une tête de mort.

J'entre et je me trouve sur une place immense quand une voix d'homme s'élève soudain derrière moi en italien. « Ne vous retournez pas, dit-il, et marchez droit devant vous d'un bon pas. Laissez-vous guider et n'ayez crainte. »

Je traverse la place du Temple sans me retourner. Je sens l'inconnu tout proche ; une odeur de musc et d'ambre... Je vois défiler, sans pouvoir m'arrêter et sans rien comprendre, des portiques, des pavillons, des cyprès qui me rappellent l'Italie, de petits dômes joliment ouvragés. J'imagine ce que pouvait être cet immense parvis à l'époque de Jésus, quand les sages côtoyaient les marchands et les prêtres. Je voudrais qu'on m'explique au moins où se trouvait l'Arche d'Alliance. Impossible. Jean-Baptiste m'a souvent parlé de la Pierre de la Fondation, qui devrait se trouver dessous — celle qui a donné naissance au monde, et qui compte tellement pour les francs-maçons. La pierre sur laquelle Salomon aurait écrit de sa main le nom ineffable de Jehovah. Mais pas question de rêver. L'inconnu me presse. « Ne vous arrêtez pas ! »

Je jette un coup d'œil oblique et réussis à voir qu'il est vêtu de blanc et qu'il porte ses chaussures sous le bras. Étrange. Nous dévalons un escalier de pierre. Et nous arrivons à une porte monumentale, au moment où des cris haineux et le bruit d'une course s'élèvent derrière nous.

L'homme me prend par le bras et me pousse littéralement sur un chemin poussiéreux en criant :

— Cours, Sara !

C'est Giovanni Finati.

Nous ne nous arrêtons qu'au mont des Oliviers. Je me laisse tomber hors d'haleine au pied d'un de ces arbres au tronc ravagé par les siècles, et je m'y appuie. Giovanni me regarde avec son sourire de loup affamé. Il lace lentement ses chaussures.

— J'ai perdu les miennes ! dis-je.

— Tu pouvais perdre la vie. Le Vieux t'a repérée tout de suite, justement à cause des chaussures : c'étaient des chaussures de Franque ! Il laisse entrer les infidèles dans le temple, mais on s'arrange pour qu'ils n'en sortent pas. Tu peux me remercier. J'ai été plus rapide que les tueurs.

Je vous avais dit combien je trouvais Giovanni Finati intéressant. Je vous le confirme. J'aurai beaucoup à vous dire quand nous nous verrons. Je ne saurais vous décrire le mont des Oliviers, car je n'ai pu en connaître qu'une grotte bien cachée sous des arbres centenaires.

Après cette aventure, William Bankes, qui est le client de Finati, a fait sa crise de jalousie. Il a voulu entrer dans le temple lui aussi, et connaître le frisson du danger. Quitte à payer son ange gardien une petite fortune pour le sauver. Je me demande si Finati et le vieux à la rose ne sont pas de mèche.

Je rentrerai donc en Égypte. Seule.

À bientôt, chère Georgina.

Sara

Son retour fut un cauchemar. Elle embarqua sur un navire plein de soldatesque albanaise, réputée pour être la pire. Elle chargea deux pistolets qu'elle mit dans ses poches. Le capitaine lui attribua une place en cabine, mais celle-ci était pleine de melons. La fatigue, la chaleur, l'odeur des melons, firent tant et si bien qu'elle vomit jusqu'à Damiette, où elle arriva dans une condition pitoyable.

Elle trouva son hôte anglais errant dans son jardin et lisant à voix haute des vers de Shelley. Il la salua à peine et lui annonça que sa mère et sa sœur étaient parties en voyage.

— Mon frère se prépare à partir aussi...

Et il éclata en sanglots.

Sara, déroutée, rentrait dans la maison quand elle fut

bousculée par un Italien qui sortait précipitamment, un mouchoir sur le nez. C'était le médecin.

— Allez-vous-en, il y a la peste ici. Ils sont tous morts.

Sara, épouvantée, se précipita vers le port où elle loua un bateau pour Le Caire, en le payant dix fois son prix.

Jean-Baptiste n'était pas là.

— Bonne nouvelle, monsieur Drovetti..., annonça Rifaud en pénétrant dans la hutte de terre de Karnak qui servait à la fois de bureau et de remise à outils. Belzoni est parti !

Drovetti leva les yeux de la lettre qu'il était en train d'écrire, l'air à la fois étonné et satisfait.

— Et j'ai une deuxième nouvelle. Moins bonne : il est parti à la recherche de Bérénice.

Rifaud eut son sourire en biais.

Drovetti eut un geste de dépit qui secoua sa plume : une tache d'encre s'écrasa sur la feuille. Contrarié, il se leva en renversant sa chaise.

— Nous ne nous en débarrasserons donc jamais ! Dès que nous trouvons quelque chose, il arrive derrière nous comme un charognard et s'en empare. Rifaud, franchement, avec lui, la diplomatie ne sert plus à rien. Passons aux actes.

— C'est vrai qu'il n'arrête jamais d'œuvrer, cet homme-là, fit Rifaud, il ferait honte à la fourmi... Mais que voulez-vous y faire ? On ne peut pas jouer éternellement à qui des deux a la plus grosse.

— Non, mais on ne peut pas prendre non plus les affronts pour des dragées. Cela suffit. Convoquez Lebolo, Rossignano, tout le monde. Il faut le mettre hors d'état de nuire.

— Il n'y a pas le feu, monsieur Drovetti. Notre homme est parti pour une bonne quarantaine de jours, on a tout le temps.

— Non, on n'a pas tout le temps. Je vous attends tous demain matin, chez moi.

Le lendemain, l'équipe française se réunit dans le temple de Karnak où vivait Drovetti, qui assis par terre, qui sur un fût de colonne. C'était un petit groupe pittoresque aux costumes fantaisistes, qui mêlaient les vêtements européens et locaux. Le soleil était encore bas et l'ombre des colonnes était fraîche.

— Messieurs, commença Drovetti, on m'a appris hier que l'équipe anglaise était partie pour Bérénice, sur les lieux que notre ami Frédéric Cailliaud vient d'ouvrir, avec l'intention évidente de s'approprier encore une fois notre découverte. Depuis plusieurs années, Belzoni s'insinue dans nos travaux et nous en ôte le mérite ou le profit. Cette fois la coupe est pleine et je vous demande donc de me seconder dans ma décision de l'éliminer.

Tous approuvèrent bruyamment. Seul Rifaud se taisait, tout en ne perdant pas un mot du discours de Drovetti.

— Je veux m'en débarrasser une bonne fois pour toutes, reprit celui-ci. Nous attaquerons en tenaille, à la fois sur le front moral et sur le front matériel. En Égypte et en France, où nous avons le soutien de M. de Forbin.

Rossignano hochait la tête, les yeux brillants. Il reconnaissait l'officier avant la bataille.

— À partir d'aujourd'hui, vous pouvez répandre sur son compte tous les bruits possibles. Et frappez bas, sans retenue. Il tient à sa réputation, nous la briserons.

— La langue n'a pas d'os, mais elle en fait briser ! murmura Rifaud à voix basse.

Drovetti le décevait.

— N'hésitez pas à attaquer ses biens, ses bateaux, ses statues. Occupez ses terrains. Et surtout qu'il ne puisse plus rien emporter. Quant à l'obélisque de Philae sur lequel il a posé les yeux, je le veux en priorité absolue. Payez-le deux fois si c'est nécessaire, mais ne le lui laissez pas. J'en fais un point d'honneur. Et si tout cela ne suffit pas à le décourager, nous interviendrons physiquement. Nous sommes assez nombreux pour lui donner une leçon dont il se souviendra... Mais attention, je ne veux pas de cadavre.

Les hommes applaudirent, ravis de se sentir solidaires. Une même agressivité les unissait. Voilà qui cimentait une équipe mieux que des mots. Rifaud conclut en beauté.

— Et d'ici là, tenez le clystère, les gars !

Drovetti lui lança un regard interrogateur.

— Bouche cousue ! rectifia Rifaud.

Jean-Baptiste était parti au cœur de la nuit, avec Beechey, Osman, Ali, Antonio Ricci et quelques hommes, plus six chameaux de bât chargés de matériel, d'eau et de provisions.

Quand il pénétra dans le désert, à trois heures du matin, et qu'il eut devant lui l'étendue obscure et infinie de sable et de cailloux parsemée de touffes de *basillah* sèche, il eut un moment de doute : « Mais qu'est-ce que tu cherches... »

Il savait que plus d'un mois d'errance, de faim, de soif, l'attendait. Et une fois qu'il aurait atteint la mer Rouge, il devrait refaire la route à l'envers. Qu'est-ce qui le poussait à affronter tout cela ? La ville de Bérénice, vraiment ?

La liberté lui courait dans les veines comme du sang frais, aussi aiguë que le froid de la nuit. C'était une sensation exaltante de commencement du monde et la clarté qui diluait déjà la nuit de l'est l'invitait comme l'eau d'un océan invite le plongeur. Rien, absolument rien, ne pouvait rivaliser avec cette émotion.

Les chameaux se mirent en colonne et commencèrent leur déambulation ondoyante. La monture d'Osman se porta à la hauteur de celle de Belzoni.

— Le pire qui puisse arriver à un homme c'est de trouver une mine d'or, dit-il lentement. Espérons que ça ne va pas nous arriver.

— On n'est sûr de rien, Osman, même pas de revenir. Quant à la mine d'or, c'est ce qui m'inquiète le moins. On les dit épuisées depuis dix siècles.

— On ne sait jamais, s'écria Beechey plein d'espoir.

Enveloppé dans son manteau brodé à capuchon, une courbache à pommeau d'argent à la main, le jeune homme vivait pleinement l'aventure et Belzoni envia un instant sa belle insouciance.

Pendant les quarante jours que dura leur voyage, ils ne trouvèrent même pas une paillette de l'or des pharaons. Ils ne virent que les entrées des galeries de mines, effondrées depuis des siècles.

Les mines d'émeraude furent une grande déception pour Ali qui vit son rêve s'envoler. Le puits dont il se souvenait s'était écroulé et le filon était à jamais inaccessible. Il fut morose pour le reste du voyage. Le mont Zabarah était réputé pour être une gigantesque pierre verte. Mais pour y arriver, il fallait percer la gangue qui l'enveloppait, et elle était énorme. Des milliers de chercheurs avaient truffé le sol de galeries et le mont Zabarah avait maintenant la consistance d'une gaufre qui s'effritait.

Ils retrouvèrent les mineurs que Frédéric Cailliaud avait laissés sur place. Les malheureux étaient là depuis six mois, à moitié fous de faim et de soif, mais encore dévorés par la convoitise et soutenus par les quelques pierres de mauvaise qualité qu'ils avaient arrachées à la terre. Il en mourait un de temps en temps, de maladie ou avalé par la montagne, ou encore tué par les Bédouins Abadeh à qui les mineurs volaient des moutons et des femmes. Aucun ne voulut repartir.

Quand on marche des heures par jour dans un paysage calciné, les pensées deviennent comme des branches au printemps, elles prolifèrent et fleurissent prodigieusement. Les hommes ne parlaient pas, et se laissaient porter par les chameaux, chacun enfermé dans son monde intérieur.

« Que se passe-t-il quand la passion occulte la réalité, que l'imagination devient la lymphe de la vie ? Que l'idée qu'on a de soi devient plus importante que ce qu'on est ? » Jean-Baptiste se dit que lorsqu'on réussit à formuler une question, c'est que la réponse n'est pas loin. Le voyage, au fur et à mesure qu'il éloigne un homme de ses repères, le rapproche de son essence. Pour peu qu'il le désire.

Maintenant qu'elle était leur seul et dernier rêve, Bérénice était devenue dans leur imagination plus belle, plus vaste et plus mystérieuse que Pompéi. Ils repoussaient l'idée que Cailliaud pouvait s'être trompé ou avoir menti.

— Pourtant, les mineurs nous ont dit qu'il n'y avait rien d'intéressant dans les ruines. Des murs de pierre qui sortent du sable, c'est tout, ruminait Beechey, inquiet.

— Que veux-tu qu'ils en sachent ? Thèbes aussi, ce sont des murs de pierre dans du sable. Tout dépend de ce qu'il y a dessus. Ou dessous.

Il n'y avait rien. Ni dessus, ni dessous. La ville qu'ils trouvèrent se réduisait à des murs de coraux et de madrépores entassés qui faisaient un millier de petites maisons. Pas de marbre, pas de statues, pas de fresques, pas un objet, pas une trace de cette vie qui, pourtant, avait dû grouiller dans un aussi grand port de commerce. Rien que du sable et des pierres, sans même un cri d'oiseau.

Ils ne se résignaient pas, ils avaient dû se tromper, et Cailliaud aussi... Ils continuèrent à errer dans les montagnes et dans les vallées où les terres mortes passaient de l'orange au violet. Jean-Baptiste scrutait les cartes antiques qu'il avait emportées, à la recherche d'un indice, d'un passage. Ils escaladèrent les montagnes pour voir plus loin encore, mais partout c'était la désolation infinie du grand désert. Bérénice était cachée au milieu, confondant ses ruines avec les rochers éclatés par le soleil.

Ils ne rencontrèrent que deux bergères auprès d'un puits où s'abreuvaient dix chèvres silencieuses. La lune leur faisait des yeux liquides et les dents bleues. Elles étaient seules. Beechey et Belzoni étaient seuls aussi, ils les trouvèrent belles, et après une course dans la nuit qui ressemblait à une chasse, ils découvrirent qu'ils n'étaient pas meilleurs que les autres hommes. Ils passèrent leur déception sur le corps lisse et odorant des petites Bédouines qui avaient appris depuis longtemps à ne pas se rebeller contre les mâles solitaires.

N'avaient-ils fait ce long voyage que pour ce rut ?

Sur la route du retour, tourmenté par la soif et la faim, Belzoni comprit enfin la raison de son expédition. C'était une initiation. Il suivait la ligne directrice indiquée par Burckhardt. Son chemin vers Tombouctou venait de commencer.

Au Caire, Sara s'était réfugiée chez Georgina Russell. Malgré la douceur de ce mois de novembre, elle se sentait épuisée et malade. Elle avait souvent des fièvres bilieuses qui lui donnaient des vomissements et de terribles maux de tête, et la laissaient épuisée. Il est vrai qu'au cours de son voyage elle avait mangé n'importe quoi. Il ne fallait pas avoir l'estomac délicat pour affronter certains menus — les viandes, en particulier, qui étaient souvent plus que faisandées.

Une lettre l'attendait, rédigée sur un papier qui avait visiblement beaucoup voyagé avant d'atteindre sa destinataire.

— Quelqu'un l'a déposée il y a quelques jours et s'est enfui sans attendre. Je n'ai vu personne, dit Georgina.

C'était une lettre d'Amina.

J'ai besoin de votre aide, Setti Sara. Et de celle de M. Finati.
La guerre est perdue. J'ai quitté de justesse Dar'yeh, la ville royale, avant que les soldats égyptiens ne l'incendient et ne la

rasent. Ils me cherchaient partout. Ibrahim-Pacha veut ma tête et je ne suis en sécurité nulle part, même ici. Le siège de la ville a duré sept mois. Nous nous sommes bien battus, et je n'ai cessé de combattre que quand ils ont pris Abdallah. Les habitants ont été emmenés en esclavage et horriblement torturés. On a arraché les dents à tous les hommes. Les femmes ont été violées. La fuite a achevé d'anéantir mes forces : je ne suis plus celle d'autrefois. « Galieh » n'existe plus. Quand j'ai commencé à avoir peur, je suis devenue une femme comme les autres. J'avais peur pour lui, pour moi, peur de le perdre, peur de la mort, de tout... J'ai pu fuir dans le désert avec une poignée de mes hommes, je ne voulais pas faire partie du butin.

Il aurait mieux valu qu'Abdallah meure avec sa ville. Il n'aimait pas la guerre, il ne la voulait pas. Ibrahim-Pacha l'a humilié, le chargeant de chaînes comme un criminel pour le transporter au Caire. Je l'ai suivi, mêlé au troupeau des femmes qui suivent les armées. Ils vont le tuer. Je veux entrer dans sa prison et le voir une dernière fois. Je ne désire rien d'autre. Je sais que vous me comprenez.

Aidez-moi. M. Finati est un bon ami du commandant de la Citadelle. Il peut y entrer sans contrôle.

Je suis au Caire, je me cache dans la Ville des Morts. Georgina Russell sait où me trouver.

Sara courut au consulat anglais.

Finati venait d'arriver avec William Bankes qu'il avait ramené de Saint-Jean-d'Acre. Bankes s'était découvert une nouvelle passion pour l'histoire des moines-soldats et Finati l'avait promené dans toutes les forteresses des Templiers.

— On va l'aider, dit-il. Je peux effectivement entrer dans la Citadelle : on se fait de solides amitiés quand on est soldat. J'étais à Dongola avec un copte qui est maintenant gardien-chef.

À l'aube, Sara et Finati partirent à la recherche d'Amina dans le grand cimetière des mamelouks. Georgina lui avait indiqué deux ou trois tombes où s'arrêtaient habituellement les Bédouins de passage.

Les brumes du matin montaient entre les silhouettes fantomatiques des mausolées. Sara appelait de temps en temps, faisant lever des nuées de corbeaux. Ils firent en vain le tour de la Ville des Morts. Amina n'était pas là.

Georgina lui avait recommandé d'essayer aussi à la mosquée El-Azar. En rentrant dans la ville, ils furent arrêtés à la porte du Mokkatam par le cortège du prisonnier qui venait d'arriver. On l'avait installé dans les appartements du Kiakya Bey, le second personnage de l'Égypte. Il y resterait jusqu'à son départ pour Constantinople. Événement exceptionnel, Méhémet-Ali avait adressé au sultan une demande de grâce. Avait-il compris que la mansuétude est le propre des grands chefs ? Ou bien considérait-il que le prince Abdallah, comme ses propres fils, avait obéi à l'amour filial et défendu l'honneur de son père ? Était-ce simplement une ruse politique dont personne ne voyait encore le but ?

Les mendiantes formaient un petit groupe misérable à la porte d'El-Azar. L'une d'elles se leva en boitant et s'approcha de Sara. Elle souleva son voile. C'était Amina :

— C'est moi. Merci d'être venus. Merci.

— Va t'habiller en homme, lui dit Finati, les femmes n'entrent pas là-bas.

— J'ai ce qu'il faut dessous.

Dans l'entrée sombre d'un passage, Amina ôta son voile. Elle était déjà en costume masculin. Elle enroula un turban autour de son crâne rasé. Elle était prête.

Elle avait vieilli. Son visage était creusé par les épreuves. Une cicatrice barrait sa joue droite et ses yeux bleus cernés par les nuits sans sommeil brillaient de fièvre.

— Je sais que le vice-roi va demander la grâce. *Allah karim.*

— Souviens-toi d'une chose, dit Finati. Je ne peux pas le faire évader. N'essayez pas. On nous couperait la tête séance tenante.

Les portes de la Citadelle étaient encore fermées. Il fallut attendre dans une petite taverne sur la place où il y avait déjà foule. La tradition voulait qu'on expose à la curiosité publique les grands criminels et les ennemis vaincus. On pouvait leur parler, les insulter si on voulait, mais il était interdit de les toucher. Mais l'hébergement de prince Abdallah dans l'appartement d'un aussi grand personnage avait beaucoup calmé les esprits ; impressionnés par les lieux, les gens se contentaient de défiler lentement, le regardant comme une bête curieuse et murmurant à mi-voix.

Abdallah était maigre, dévoré par le soleil, les privations et la défaite. Il ne portait pas de turban. Il avait un beau visage, au crâne ras, avec des yeux bien fendus et un nez aquilin. Mais toute vie avait quitté son regard : c'était un homme vaincu, déjà mort.

Il était tourné vers l'étroite fenêtre d'où on ne voyait que le ciel et ne regardait rien d'autre. On aurait dit qu'il priait.

Le copte était lui aussi un ancien mercenaire. Il accueillit Finati avec les marques de la plus profonde amitié, et le fit entrer dans la pièce qui servait de cellule, refermant la porte au nez des curieux. C'était un personnage important : il avait ses entrées chez le Kiakya Bey, dont on savait qu'il aimait les beaux hommes un peu rudes.

Dès qu'il entendit la voix d'Amina, Abdallah se retourna. Elle se jeta dans ses bras.

Sara était restée sur le seuil étroit de la pièce avec Finati. Elle regardait les deux amants s'embrasser et ne pouvait détacher les yeux du couple : ils étaient si beaux, si épris l'un de l'autre. Que resterait-il bientôt de ce jeune homme dans la force de l'âge, qui avait aimé, ri, souffert et combattu ? Le sultan lui accorderait-il sa grâce ? Sara savait déjà ce que ferait Amina dans le cas contraire.

Abdallah avait changé de visage en voyant Amina. D'un seul coup, ce n'était plus le prince superbe, le chef vaincu mais orgueilleux. Les caresses de la jeune fille avaient eu raison de son courage. Elles lui avaient rendu la volonté de vivre et l'horreur de son sort. Sa faible cuirasse avait fondu. Il la regardait avec des yeux d'enfant désespéré qu'on abandonne au fond d'un trou.

— Ne crains rien, mon âme, dit Amina, je reste avec toi. Nous serons unis, quel que soit le voyage. Dieu nous aime, rappelle-toi...

Le copte fit un signe. Il fallait écourter la visite. La foule se pressait et on ne savait plus comment l'endiguer. Les autres aussi avaient le droit de voir...

Brusquement, le copte se précipita en hurlant.

— Qu'est-ce que tu fais ! Donne-moi ça !

Il se jeta sur Abdallah pour lui ôter le poignard qu'Amina avait caché dans sa ceinture et qu'il brandissait à deux mains, cherchant à se frapper au cœur. Amina se jeta entre eux pour arrêter le copte et permettre à Abdallah de mourir avec honneur. Mais l'homme était fort, il réussit à s'emparer de l'arme. Au cri qu'elle avait poussé, il avait compris qu'Amina était une femme et il se retourna contre elle comme un fauve.

— Traîtresse ! Tu m'aurais fait pendre ! gronda-t-il.

Et d'un revers de main, il lui trancha la gorge.

Elle s'effondra en silence comme un pantin cassé, pendant qu'une tache sombre s'élargissait sur sa poitrine.

Abdallah gémit et ferma les yeux. Il se jeta contre le mur, cherchant à se fracasser la tête sur la pierre. On entendit les os craquer. Mais le copte se saisit de lui et l'assomma proprement. Il devait vivre.

Sara avait senti l'horreur et l'impuissance lui tordre le ventre. Elle s'accrocha au regard de Finati. Le copte venait vers eux, menaçant, le couteau à la main.

— Tu ne devais pas me faire ça, Hadji Mohammed... Tu m'as trompé. Allez-vous-en avant que je ne doive vous tuer aussi.

— Merci, mon frère... dit Finati en entraînant Sara dans les couloirs obscurs.

Elle était secouée de sanglots muets et ne retrouvait pas son souffle. Elle tomba à genoux. Il la releva, lui caressa le visage comme on fait avec un enfant et lui parla tout bas en l'embrassant. Sara regardait sa bouche sans comprendre, cette bouche faite pour mordre et pour déchirer. Elle sentait ses lèvres passer doucement sur son front, sur ses yeux, sur ses joues, pour en ôter la peur et le désespoir. Elle voyait ses mains de mercenaire, des mains qui avaient souvent tué, se tendre vers elle, la soutenir et la rappeler à la vie. Elle se serra contre lui et pleura.

Une fois hors de la Citadelle, Sara chancela sous la lumière crue du soleil. Elle serra fort la main de Finati et le regarda intensément avant de disparaître comme on se noie, happée par la foule.

Elle revint chez Georgina Russell sans savoir comment.

— Tu as vu Amina ? demanda Georgina, inquiète.

— Oui. Elle est repartie.

— Où ? insista Georgina.

— Je ne sais pas... Loin. Nous ne la reverrons plus.

— J'espère qu'elle sera heureuse, dit pensivement Georgina. Qu'elle trouvera enfin la paix.

— Où qu'elle soit, elle l'a maintenant, dit Sara.

À quelque temps de là, il y eut un dîner au consulat.

— Vous souvenez-vous du prince Abdallah, celui qui a fait courir toute la ville à la Citadelle ? fit Georgina Russell.

— Un jeune homme magnifique, fit Mme Barthélémy.

— Eh bien, il est mort.

Toute la table se récria. Le jeune prince avait ému tout le monde.

— Le sultan Mahmoud a refusé la grâce. Mais il a fait pire : il a fait promener le pauvre garçon pendant trois jours dans Constantinople, en butte à la populace. Le quatrième, on lui a coupé la tête... Son corps est resté exposé pendant une semaine avant d'être jeté aux chiens.

— Et Méhémet-Ali ?...

— Depuis quand le sultan accorde-t-il des grâces au vice-roi d'Égypte ? s'exclama Georgina. Il s'en méfie comme d'un cobra ! D'ailleurs, connaissant ce dernier comme nous le connaissons, il se pourrait bien que ce soit là, de sa part, une vengeance contre les Wahhabites d'autant plus raffinée qu'elle conserve toutes les apparences de la noblesse. Nul mieux que lui ne connaît le caractère du sultan. Le vice-roi savait parfaitement qu'il n'obtiendrait rien.

— En tout cas, l'histoire ne finit pas là. Le sultan craignait sans doute de ne pas être compris de tous. Il a voulu aller encore plus loin.

— C'est-à-dire ? demanda Mme Barthélémy, toujours avide d'horreurs. Je ne comprends pas la cruauté de ce jeune homme. Il a pourtant été élevé à la française par sa mère, Aimée Dubucq de Rivery, une femme très raffinée.

— Mahmoud est turc avant d'être français, chère amie. En tout cas, la tête du rebelle, que vous auriez volontiers baisée tant elle était belle, a été pilée dans un mortier, de manière à ce qu'il n'en reste rien...

À Thèbes, Bernardino Drovetti essaya toutes les voies diplomatiques pour récupérer l'obélisque de Philae. C'était devenu pour lui une obsession. Il était prêt à tout pour ne pas le laisser aux Anglais. Ceux-ci étaient arrivés la veille au grand complet et, consul en tête, se promenaient sur leurs terrains de fouilles fraîchement récupérés. Drovetti décida de faire une dernière tentative. Il commanda des rafraîchissements — sorbets et limonades —, mit son chapeau et alla les inviter.

Le soleil était déjà haut et les Anglais acceptèrent volontiers. Drovetti savait se montrer séduisant quand il le voulait.

— On me dit que vous partez pour Assouan demain matin.

— À l'aube, fit Bankes. Je vais chercher l'obélisque que M. Salt m'a enfin vendu. J'en suis tombé amoureux depuis que je l'ai vu. Il a déjà sa place dans mes jardins, c'est comme s'ils avaient été dessinés pour le recevoir !

Drovetti baissa les yeux.

— En vérité, voilà une affaire sur laquelle M. Salt et moi ne nous sommes jamais entendus, malgré tous les *gentleman's agreements* que nous avions convenus. L'aga d'Assouan me l'avait réservé il y a longtemps — et souvenez-vous, Salt, que j'étais consul bien avant vous —, mais le drôle a mis l'argent dans sa poche et fait maintenant la sourde oreille.

— L'aga ne m'a jamais rien dit de tel, répondit sèchement Salt. Nous lui avons payé le gardiennage de l'obélisque pendant trois ans. M. Bankes l'a acheté régulièrement et finance l'opération d'enlèvement. Je ne vois pas comment l'empêcher de l'emporter où bon lui semble. Tenez, voici les papiers signés par l'aga.

— Ha ! fit Drovetti, les agas ne sont pas avares en signatures... Ils peuvent tout aussi bien en faire dix et n'en respecter aucune. C'est ce qu'ils ont fait avec moi. D'autre part, Henry, il n'y a aucune raison de manquer aux règles de bonne entente. Puisqu'il le faut, le beau geste viendra donc de moi. Monsieur Bankes, je renonce à l'obélisque. Prenez-le.

Il vida élégamment son verre de limonade et changea de sujet comme s'il s'agissait d'une affaire classée, et se tourna vers Belzoni.

— Savez-vous qu'on me rapporte que vous avez ici un sosie ? Un homme se fait passer pour vous. Il copie vos vêtements, vos habitudes, vos manières...

— Vu la taille de M. Belzoni, voilà qui paraît bien difficile ! s'exclama Bankes.

— Et que fait-il, ce sosie ?... demanda Jean-Baptiste, qui était déjà sur ses gardes.

— Hélas, il vole ! Et cela m'inquiète, car mes hommes

sont énervés et ont promis de lui tirer dessus la prochaine fois qu'ils le verront. Je ne voudrais pas qu'il y ait méprise...

— Monsieur Drovetti, vous ne devriez pas croire tout ce qu'on vous raconte. Quand je suis revenu de la mer Rouge, M. Rossignano — ou son sosie — avait fait courir le bruit que j'étais mort et qu'on pouvait s'emparer de mes terrains. Me voilà. Bien vivant.

— En effet... admit Drovetti. Mais un malheur est si vite arrivé.

— Dites-le donc à votre ami de Forbin, à Paris. Il joue avec le feu : on me dit qu'il a fait publier les plans de mes travaux aux pyramides en s'en attribuant le mérite. Et comme si cela ne suffisait pas, il emploie à mon sujet des termes regrettables, comme « charlatan », « ignorant ». On fait rendre gorge à des malotrus pour moins que cela.

— Il est vrai que le *fair play* est une notion essentiellement anglaise... laissa tomber Salt. Pour ma part, je communique régulièrement l'avancement de nos travaux à M. Champollion, ce que M. de Forbin, quoique français, se garde bien de faire.

— Et vous avez raison, dit Belzoni, M. Champollion est un génie. Forbin ne lui arrive pas à la cheville...

Les Anglais avaient à peine tourné les talons que Drovetti appelait Rifaud.

— Où est Lebolo ?
— À Kom-Ombo.
— Envoie-lui quelqu'un immédiatement. Il faut qu'il parte pour Assouan toutes affaires cessantes et qu'il aille parlementer avec l'aga. Discrètement. Je ne veux pas apparaître dans cette affaire. L'aga doit certifier par écrit que cet obélisque appartient depuis plusieurs générations à la famille Drovetti et qu'il me revient donc par héritage.

— Et les Anglais vont avaler ça ? demanda Rifaud. C'est un peu gros.

— Il faut gagner du temps...
— Au bout de trois ans ?
— Peu importe, je ne veux pas le leur laisser. Étudions toutes les possibilités et instruisons Lebolo. Il sait être très convaincant.

— Ah ! ça, il ment comme l'âne pète, c'est vrai.

— Qu'il aille convaincre le *cachef* de Philae et qu'il le monte contre celui d'Assouan. Donne-lui un ordre de ma part, avec tous les timbres et sceaux officiels que tu pourras trouver : ça les impressionnera.

— Une bourse bien remplie est toujours mieux accueillie qu'un bout de papier.

— Eh bien, propose de l'argent aux ouvriers de Belzoni. Qu'ils arrêtent de travailler pour lui. Donne-leur le même prix. Plus si nécessaire. Éloigne tous les bateaux.

— Sinon ?

— Sinon, manière forte. On coule son bateau. Je préfère voir l'obélisque au fond du Nil que dans les jardins de William Bankes.

— Dites donc, vous le voulez vraiment, ce bout de pierre !

— Oui, je le veux vraiment. Et de toutes façons, Belzoni ne l'emportera pas au paradis.

Le départ des Anglais attira de nombreux spectateurs au débarcadère de Louxor. Rossignano, qui dormait ce jour-là à l'entrepôt, fut tiré de son sommeil par un raffut indescriptible. Grognements, bêlements, braiements, caquètements, c'était une cour de ferme en folie. Il sortit : les bateaux anglais appareillaient, chargés de leurs provisions.

Une main s'abattit soudain sur son épaule et l'obligea à se retourner. C'était Belzoni.

— Avant de partir, fit le géant, j'ai un compte à régler avec toi, renégat.

Rossignano jeta un coup d'œil affolé autour de lui, il était seul. La main de Belzoni le serra comme dans un étau, et le poussa en avant.

— Marche.

Ils entrèrent dans les ruines du temple. Soudain, Rossignano se retourna. Il tenait son couteau à la main et se rua en avant. Jean-Baptiste esquiva par miracle.

— J'avais des doutes, je n'en ai plus, dit-il. Tu es vraiment un serpent.

— Et je m'en vante, Padouan de merde ! Sinon, il y a longtemps que je serais mort.

Mais les ruines, à cet endroit, étaient un amas colossal de

blocs impossibles à escalader. Rossignano était dans un cul-de-sac ; il ne lui restait qu'à se défendre.

— Tu dois en avoir sur la conscience pour transpirer autant, dit Belzoni.

— Tu ne me fais pas peur !

— Attends, je vais te la faire venir...

Il marcha sur Rossignano et, d'un formidable revers de main, fit voler son couteau et se mit à lui asséner des gifles.

— On ne se bat pas avec des gens comme toi, on leur donne des leçons ! Tiens, prends ça pour la tombe du pharaon... Il le singea : « Belzoni est un imposteur : il ne l'a pas trouvée, la tombe, il l'a achetée à quelqu'un de Gournah ! » Ah ! oui ? Combien l'ai-je payée, alors ? Combien ? Tiens, pour les terrains volés, les statues cassées, et pour ta maudite langue de serpent...

Rossignano avait toutes les peines du monde à se protéger de la pluie de coups qui lui arrivait. Le dernier le mit à genoux.

— Voilà ! conclut Jean-Baptiste. C'est comme ça que j'aime te voir.

— Je te tuerai, Belzoni, je jure que je te tuerai...

Belzoni se mit à rire.

— Je suis déjà mort, renégat, tu l'as annoncé partout ! Tu ne vas pas me tuer deux fois !

Il prit le couteau de Rossignano, le replia soigneusement et le jeta à terre devant lui, comme on jette un os à un chien.

— Tiens, fais-toi les ongles. Tu te négliges.

Rifaud était sorti lui aussi sur l'embarcadère, les yeux gros de sommeil.

— Pécaïre de nôtre ! C'est la cour du roi Pétaud ! Le consul veut faire gras à table, on dirait : il emmène son garde-manger.

En effet le train de bateaux des Anglais comprenait, outre ceux de Salt, de Bankes et de Belzoni, un canot chargé d'animaux vivants destinés à la cuisine et qui protestaient contre leur sort. Un accompagnement sonore détestable, qui allait les suivre jusqu'au bout du voyage, mettant à mal leur réputation d'élégance.

— Eux qui étaient maigres comme des crucifix grecs, ils

vont nous revenir bardés de lard comme des moines, dit Rifaud pensif en mastiquant une herbe sèche.

Rossignano apparut à ses côtés, le regard noir et les joues en feu.

— Comme des capons, oui. Bons à tuer...

Rifaud se retourna et fit les yeux ronds :

— Qu'est-ce qui t'arrive, Rossi ? Tu as les joues rouges comme du mou de bœuf !

— Il m'arrive que je veux partir pour Assouan. Envoie-moi à la place de Lebolo.

— Non. Laisse reposer ta bile, tu as une tête à faire des bêtises.

— C'est une question d'honneur.

— De quoi ? ricana Rifaud. Il y a des mots que tu ne devrais pas employer.

Jean-Baptiste exerçait un ascendant incontestable sur les *fellahîn*. Il leur aurait fait faire n'importe quoi. Les paysans d'Assouan et de Philae se présentèrent en masse quand il fallut transporter l'obélisque. L'idée de participer à une entreprise aussi insensée que de lui faire descendre la cataracte leur plaisait infiniment. Ils étaient peu habitués aux divertissements et aux paris. C'était un gros travail, mais c'était aussi un jeu extraordinaire.

Le géant devait vaincre à la fois le fleuve et les autorités. Comme eux. Jean-Baptiste était en quelque sorte leur champion et quand Lebolo voulut les acheter, il ne rencontra que mépris ou indifférence.

Lebolo n'avait jamais vu personne résister à de l'argent dans ce pays ; il comprit que la partie était perdue, à moins de passer aux actes.

Drovetti l'avait bien dit : « Je préfère voir l'obélisque au fond du Nil que dans les mains de Bankes. »

Le lendemain matin, mètre par mètre, le monument fut tiré vers le remblai qui surplombait le fleuve, à la hauteur du pont du bateau. Il était soutenu par un mur antique qui avait bravé les millénaires et les innombrables coups de boutoir d'innombrables crues.

Jean-Baptiste était déjà à bord. À ses côtés, le raïs se tordait les mains, convaincu que son bateau allait sombrer sous la masse des sept mètres de granit.

Brusquement, en effet, la progression régulière des travaux se transforma en chaos. Des cordes cassèrent, des cris s'élevèrent et Belzoni vit comme dans un cauchemar la rive s'éventrer : hommes, pierres, poutres et obélisque disparurent ensemble dans le fleuve. Les poutres et les hommes flottèrent. L'obélisque se planta dans la vase du fond. Seule la pointe affleurait maintenant dans les remous du Nil, entre le bateau et les rochers.

Il y eut un moment de silence. Bankes, accablé, s'était caché les yeux.

Lebolo, qui observait la scène de loin, eut un mince sourire. Quand il avait vu l'obélisque se dresser, une bouffée de triomphe avait failli l'étouffer. Le contremaître qu'il avait acheté avait bien travaillé, et Lebolo avait enfin rempli une partie de sa mission.

Soudain, quelqu'un se matérialisa à ses côtés. C'était Osman, qui n'avait plus quitté Belzoni depuis la mort de Burckhardt et continuait auprès de lui son service discret. « Joli spectacle » fit-il doucement. Lebolo chercha à s'éloigner, mais Osman le saisit par le poignet, avec un calme inquiétant, et l'arrêta avec un « Tst-tstt » réprobateur.

Sur la rive, les hommes s'étaient assis par terre. Ils attendaient des ordres, quelque chose qui viendrait donner un autre dénouement à cette histoire. Ils voulaient pouvoir la raconter un jour à leurs enfants et dire : « J'y étais. » Un géant ne reste jamais sur un échec. Au moins dans les fables.

Jean-Baptiste tournait comme un lion autour de l'endroit de l'accident. Personne n'osait lui adresser la parole.

Il arracha brusquement sa chemise et plongea dans le fleuve. L'eau était trouble, mais il put voir que l'obélisque s'était planté de biais dans le sable limoneux du fond. Intact.

Bankes était sur la rive, sombre, mais résigné. Il avait déjà fait son deuil du monument : il avait pris un risque, il avait perdu. Tant pis. Belzoni émergea et cracha un jet d'eau comme un triton :

— Je vais le sortir de là. Donnez-moi deux jours et je le ramène à la surface.

Et deux jours plus tard après, l'aiguille de pierre qui portait le cartouche de Cléopâtre[1] glissait doucement dans son logement sur le pont du bateau.

Si on part de la source du Nil, la cataracte d'Assouan, dite « Première Cataracte », est la trente et unième, la dernière. C'est dire que le fleuve y est immensément plus vaste et plus fort, ayant rassemblé sur son cours toutes les eaux de tous les affluents. Le dernier, l'Atbara, le « Fleuve Noir », se rue en juillet, chargé de toutes sortes de décombres arrachés à ses rives.

Quand le Nil arrive à la dernière cataracte, qui est une sorte de pente rocheuse parsemée d'îlots et de rochers de toutes tailles, il se fractionne en plusieurs cours d'une violence inégale et il faut toute la bravoure et l'expérience des marins d'Assouan, pour en entreprendre la descente. Jamais un grand bateau lesté d'une aussi lourde charge n'avait forcé la cataracte, ni même tenté de le faire. Belzoni avait bien fait quelques essais, il avait même franchi les rapides avec un *maâsch* vide. Mais personne ne savait ce qui allait se passer.

Tout le petit peuple d'Assouan et de Philae commentait l'événement et faisait des pronostics. Les agas, les *cachefs*, les notables en grande tenue, avec tout leur entourage, s'étaient installés sur les rives. On avait parlé de l'événement jusque dans les tribus du désert. Salt et Bankes s'installèrent aussi avec des longues-vues. Bankes était au comble de l'excitation.

— Même aux courses, même à la chasse, disait-il, je n'ai jamais rien éprouvé de semblable.

— Et s'il s'abîme au fond du fleuve ?

— Tant pis, Henry, j'aurai vécu un moment inoubliable...

On avait ôté la voilure et le mât du bateau, et l'équipage était armé de rames et de perches. Sur les rochers au milieu de la cataracte, des hommes à demi nus, les muscles tendus, retenaient l'embarcation avec des cordes. Le capitaine et Belzoni s'installèrent à la proue, et le pilote au gouvernail. Échangeant leurs informations à grands cris, ils s'engagèrent enfin dans les rapides bouillonnants.

Bankes frémissait à chaque fois que le bateau piquait du

---

1. C'est le cartouche qui permit à Champollion de déchiffrer ses hiéroglyphes.

nez. Il suffisait d'une fausse manœuvre, d'un léger choc, pour déplacer la cargaison et provoquer une catastrophe. Des cris s'élevaient de toutes parts, du fleuve, du bateau, de la rive. Par moments, on ne voyait plus émerger que la haute silhouette de Belzoni.

Soudain un grand cri s'éleva du rivage : l'embarcation avait heurté un écueil. On avait vu et entendu le choc. La carène était-elle éventrée ? Allait-on voir le bateau s'enfoncer dans l'eau ? Le courant s'empara puissamment du *maâsch*. Il eut un instant d'hésitation, s'éleva et retomba dans une gerbe d'écume, et s'élança à une vitesse folle dans la dernière descente. Les hommes sur les rochers lâchèrent les amarres. *Inch'Allah...*

Le bateau pénétra profondément dans le dernier tourbillon. Il embarqua une grande vague qui trempa l'équipage, et émergea avec une force surnaturelle, due à son poids, avant de venir s'immobiliser doucement au milieu du fleuve. Une folle acclamation monta des rives et du fleuve.

Belzoni dressa un poing victorieux vers le ciel à l'intention de Salt et de Bankes, qui criaient de joie en agitant leurs chapeaux. William Bankes avait perdu toute retenue et dansait littéralement sur place, en poussant des cris de sauvage.

Sur le promontoire d'Assouan, un homme regardait amèrement la scène, du seul œil qui lui était resté ; l'autre était à demi fermé. Il avait la bouche fendue, le nez éclaté. Lebolo avait fait plus ample connaissance avec Osman, perdant au passage beaucoup de sa superbe.

17

Depuis que Sara était rentrée en Égypte, elle ne se sentait nulle part à sa place. Elle se demandait même s'il y avait une place pour elle quelque part, ailleurs qu'aux côtés de Jean-Baptiste. Les longs mois de leur séparation lui avaient laissé le temps de réfléchir. Elle pouvait vivre sans lui : tout le monde peut vivre seul. Mais il restait toujours au centre de ses pensées. L'amour n'est souvent qu'une lutte entre propriétaires ; or, ce qu'elle ressentait pour lui était fait d'estime et de noblesse, et se montrait plus fort que toute rancœur. Il ne se passait pas de jour qu'elle ne le rejoignît par la pensée. Elle avait décidé de rentrer au bercail...

Il pleuvait à torrents quand Sara arriva à Louxor. Une averse de fin du monde qui faisait fondre la boue séchée dont étaient construits les villages. Elle sauta à terre en s'abritant tant bien que mal et se fit accompagner par le raïs jusqu'à leur maison, sous les propylées du temple. De grandes traînées de pluie s'abattaient, au loin, sur le lac sacré et les temples disparaissaient dans le nuage vaporeux qui montait de la terre. C'est là que les Belzoni habitaient quand les grandes chaleurs étaient passées. Mais tout était fermé, et quelqu'un avait tracé des insultes à la chaux sur la porte.

Elle eut du mal à l'ouvrir : l'humidité avait fait jouer le bois. Une partie du toit s'était effondrée et la pluie creusait de profondes ravines dans la terre sèche, jetant animaux et insectes dans une fuite désordonnée.

Un chat jaune se présenta à la porte et se frotta contre le montant. Il miaula un peu et l'interrogea du regard. Les chats anglais sont plus joufflus et débonnaires ; celui-ci avait une face triangulaire de petit fauve, comme les chats des fresques. Elle voulut lui gratter la tête, mais il l'esquiva avec dignité.

La maison était inhabitable. Sara sentit des larmes de fatigue lui monter aux yeux. Elle avait tant espéré y trouver Jean-Baptiste... Mais la pièce était vide depuis longtemps. Il n'y avait pas trace de vie. Elle eut une nausée et s'appuya au mur. Elle se sentait mal depuis son retour de Palestine. Ce n'était pas seulement un épuisement physique, mais une lente dépression qui s'était insinuée en elle et la grignotait de l'intérieur.

« J'ai fait l'impossible pour arriver avant Noël, et tu n'es pas là. C'était pourtant une belle date pour se retrouver... C'est trop injuste : je t'avais apporté des cadeaux, du tabac, le vin italien que tu préfères, des lettres, des journaux... J'avais même préparé une robe neuve pour te faire honneur... Que faire maintenant ? »

Elle décida de s'installer de l'autre côté du fleuve, à Biban-el-Molouk, près de la grande découverte de Jean-Baptiste, la tombe de Séthi, dans la petite maison de terre crue qui avait servi de refuge pendant les fouilles. C'est là qu'il reviendrait, tôt ou tard. Elle eut un dernier regard pour la maison abandonnée de Karnak où elle avait vécu, et s'en alla.

Le chat, déçu, la regarda s'éloigner vers l'embarcadère. Quand elle monta à bord, il s'assit avec précautions, ramenant sa queue autour de ses pattes. On aurait dit que lui aussi attendait quelqu'un.

Le bateau se traînait sur le fleuve. Le ciel était gris, l'air épais collait à la peau.

— On ne peut pas aller plus vite ? demanda Belzoni.

— Rien à faire, patron, les vents sont contraires. Plein Nord.

Jean-Baptiste était nerveux. On perdait un temps précieux. L'obélisque devait arriver au plus tôt à Alexandrie, car Drovetti pouvait prétendre exercer un droit aussi longtemps que le monument se trouverait en Égypte. Mais il était surtout inquiet pour la tombe de Séthi et les grandes reproductions qu'il avait laissées sur place. Sous bonne garde, certes, mais chacun savait ce que vaut une bonne garde en Égypte. Ricci était reparti au Caire : il ne s'était pas remis des fièvres qu'il avait attrapées dans le désert après avoir bu l'eau pourrie d'un puits.

Quant à Sara... Il n'avait plus aucune nouvelle de Sara. Il suffisait qu'il pense à elle pour que l'angoisse le prenne. Il fallait arriver au Caire au plus tôt. Là-bas, quelqu'un saurait ce qu'elle était devenue.

Encore fallait-il s'arrêter à Thèbes pour charger les dernières statues et repartir au plus tôt, quitte à travailler jour et nuit. À condition que Drovetti ne s'en mêle pas. Le consul n'accepterait jamais la défaite d'Assouan ; il ne prenait même plus la peine de s'en cacher. Il était prêt à tout.

Les vents restaient contraires. Il fallut hâler les bateaux avec des cordes. À bout de nerfs, Jean-Baptiste laissa Osman à bord et décida de continuer par voie de terre. Il trouva miraculeusement un cheval, dans ce pays où on ne trouvait habituellement que des ânes.

Quand il arriva en vue de sa maison troglodyte de Biban-el-Molouk, il vit qu'elle était occupée. Un peu de fumée s'échappait de l'ouverture du four. Il fulmina.

— Ils veulent vraiment me pousser à bout ! Ils ont pris les terrains, maintenant c'est la maison... Demain ce sera quoi ?

Il sauta à bas du cheval et ouvrit la porte à toute volée. Quelqu'un avait pris possession des lieux. Il distingua une forme allongée sur le lit.

— Qu'est-ce que vous faites là ?

La forme gémit et se retourna lentement. C'était une voix de femme. Il s'approcha, brusquement inquiet.

— Sara ?

C'était elle, maigre, pâle à faire peur, les yeux éteints. Un fantôme. Il lui prit les mains. Elles brûlaient.

— Tu es malade... Depuis quand es-tu ici ? Qu'est-ce que tu as ? Sara...

— Je ne sais pas... J'ai essayé de me soigner, mais ça ne va pas...

Sara était dans un état de faiblesse extrême. Jean-Baptiste envoya quelqu'un à Akhmin avec le cheval, pour chercher des médicaments. Il fit préparer une soupe de poulet, qu'il lui donna à avaler à la cuiller. Le lendemain, il alla à Louxor où des voyageurs de passage lui donnèrent du calomel.

Les maladies étaient si nombreuses et si mal connues en Égypte qu'on ne savait pas comment les soigner. Quelques-unes réapparaissaient régulièrement, d'autres jamais. Selon les symptômes, on les appelait fièvres ou coliques, et on ne les traitait guère que par saignées et purgatifs, comme autrefois. En général, on ne pouvait compter que sur la fibre du malade, et attendre que le corps se défende et gagne la partie. Le corps de Sara gagna lentement, sans qu'on sût ce qu'elle avait eu.

À l'approche de Noël, ils se retirèrent dans leur « caverne », entourés par les gens du village qui fêtèrent leur retour en leur apportant qui un poulet, qui un agneau, qui des pigeons, et même du vin de palme. Le village était comme une nacelle suspendue dans le temps. Rien du passé n'était effacé. Les siècles, simplement, s'étaient superposés. Il suffisait de gratter un peu et on retrouvait, intactes, des habitudes vieilles de quatre mille ans.

De l'autre côté du fleuve, les Français étaient déchaînés. Drovetti ne pouvait pas rester sur un échec. Il concentrait ses efforts sur le temple de Karnak, et reprit les fouilles de plus belle.

Rifaud avait extrait du sol une série de grandes statues et, à la demande de Drovetti, il les avait marquées à son nom. Un pharaon assis en beau granit noir, un autre en granit rouge, à genoux et tenant deux vases dans les mains, le dieu Ptah avec, dans les mains, l'ankh — la croix de vie rituelle — et une magnifique barbe attachée avec des lacets, la même qu'on retrouvait au menton d'Amon-Râ et de son « fils » au beau visage, le jeune pharaon Toutankhamon[1].

On retrouvait souvent les statues enfouies ensemble et en désordre, comme si elles avaient été jetées à la va-vite dans une fosse, pour les cacher. Lorsqu'on en trouvait une, il y avait des chances pour qu'il y en ait d'autres dessous, ou à côté[2]. Les contremaîtres le savaient et ils étaient d'autant plus enthousiastes qu'ils touchaient des primes à chaque décou-

---

1. Respectivement, statues de Thoutmosis III, d'Amenhotep II, d'Amon-Râ et Toutankhamon, actuellement au musée de Turin.
2. Au moment des invasions perses, les prêtres enterrèrent effectivement les statues dans des fosses. La plus riche, à Karnak, contenait 779 statues de pierre et 17 000 de bronze.

verte. Khatab était un de ceux-là, jeune et énergique, et il mettait les bouchées doubles à cause des bakchichs. Il était amoureux d'une fille de Karnak et devait réunir au plus tôt la somme nécessaire au mariage.

— Khatab, dit Drovetti, Rifaud-Cachef m'accompagne à Louxor ; tu vas rester seul sur le chantier de la grande tranchée. Je compte sur toi pour faire consolider les parois. C'est un travail dangereux, fais attention. Il y a de belles statues là-dessous, c'est certain. Tu auras une prime quand on les sortira.

Khatab était un bon meneur d'hommes : il mit tout son monde au travail dans la grande tranchée, au pied des murs du temple. Les hommes creusaient en cadence et les enfants entassaient la terre à évacuer dans des paniers qu'on se passait de main en main jusqu'à la surface.

Un des badauds qui traînaient toujours autour du chantier l'avertit :

— Khatab, tu vas te faire attraper par Rifaud-Cachef. Le trou est trop profond, maintenant !

La tranchée descendait à dix mètres et, par endroits, le sol sableux commençait en effet à s'effriter. Khatab, agacé, rétorqua :

— Est-ce que je t'ai demandé ton avis ? Est-ce que je ne connais pas mon travail ? Ne t'use pas la langue pour rien !

Pour consolider le tout, il aurait fallu arrêter le travail pendant une journée entière. Le jeune homme décida de passer outre. On ferait ça demain. Pour l'heure, il voulait à tout prix déterrer au moins une statue.

Rifaud et Drovetti étaient en train de charger deux grandes statues sur leur bateau. La méthode simple utilisée par Belzoni pour le chargement du Colosse avait fait école.

Le mois de décembre avait été merveilleusement doux, et travailler aux bords du fleuve était un plaisir.

— Un vrai temps de dame, fit Rifaud en regardant miroiter les eaux paisibles du Nil. Ça vous donne envie de boire le soleil comme un lézard...

Drovetti avait beaucoup vieilli, et il était même devenu quelque peu neurasthénique, à voir tous ses amis et ses ennemis mourir les uns après les autres. On mourait beaucoup en Égypte à l'époque. Ses paupières flétries par le soleil voilaient son regard, et ses favoris étaient devenus gris. Par coquetterie, il s'était fait pousser une touffe de barbe sous la lèvre inférieure, qui lui donnait l'air d'un vieux mousquetaire.

— Dans le Piémont, en ce moment, il y a de la neige...

— Ah ! monsieur Drovetti, vous allez me faire un coup de nostalgie, je vous vois venir !

— On pense à la famille, Rifaud, quand on en a eu une. Moi, je pense à mon fils qui est à Alexandrie et qui va encore une fois passer Noël sans moi... Il n'a jamais vu la neige. J'aimerais l'emmener sur le Mont-Rose. En hiver et au printemps, quand fleurissent les rhododendrons et que les marmottes sortent de leurs terriers.

— C'est vrai que ça laisse de beaux souvenirs quand on est pitchoun. La première fois que j'ai vu neiger, ça tombait du ciel sans bruit comme du duvet de cygne. Ce qui m'a le plus frappé, c'est le silence...

Drovetti sourit.

— Est-ce que ton père te faisait des bonshommes de neige ? Avec une carotte en guise de nez et deux charbons à la place des yeux ?

— Il ne neigeait pas souvent chez nous, et mon père préférait faire des « bonnes femmes » de neige... Il était doreur, alors il leur mettait des fausses-coupes de cadres dorés autour du cou, comme des colliers. Ce doit être pour ça que j'aime les femmes à bijoux.

On entendit des cris au loin. Des ouvriers arrivèrent en courant.

— Vite, vite, la tranchée s'est écroulée... Les enfants sont dessous...

— Bon Dieu ! s'exclama Rifaud.

Il se précipita en courant vers le chantier.

Les hommes creusaient la terre à mains nues en appelant et en pleurant. Les parois de la tranchée avaient cédé d'un coup. Les adultes avaient réussi à sortir à temps, mais dix enfants étaient restés dessous. Les femmes étaient déjà dans le trou, hurlant comme des louves et grattant le sable avec les ongles.

Rifaud sauta de son âne et se mit à creuser lui aussi. Il trouva tout de suite un petit bras nu et commença à tirer. L'enfant était inanimé, mais son cœur battait encore. Rifaud lui nettoya les narines, lui souffla dans la bouche, et massa la petite poitrine, qui reprit à se soulever. L'enfant toussa, s'étouffa, puis cria comme s'il venait de naître pour la deuxième fois.

Rifaud et les hommes se remirent à creuser côte à côte, mais désormais tous les petits corps qu'ils ramenèrent à la surface étaient sans vie. Les femmes s'étaient jetées sur leurs enfants en les appelant par leur nom. Elles pleuraient et se griffaient les joues. Les hommes commencèrent à appeler la malédiction du ciel sur les Français, à proférer des menaces de mort et à casser le matériel du chantier maudit.

Rifaud revint à Louxor, Drovetti, effondré, l'attendait dans la remise des statues. Dehors, des hommes s'étaient rassemblés. Ils criaient des insultes et jetaient des pierres contre l'entrepôt.

— Quelle tragédie ! gémit Drovetti. Je ne le supporterai pas. Je ne me pardonnerai jamais d'avoir laissé la responsabilité à Khatab. Où est-il ?

— Il s'est enfui. C'est un Bédouin, il a dû rejoindre sa tribu. Ils sont loin maintenant.

Drovetti marchait de long en large entre les statues, les larmes aux yeux.

— Que faire, mon Dieu, pour dédommager ces pauvres gens ? Qu'ils pillent, qu'ils prennent tout, peu importe ! Ils ont toutes les raisons du monde. Nous avons été d'une négligence criminelle. C'est ma faute...

— Vous paierez, voilà tout, fit Rifaud, distant. Les *oulémas* fixeront le prix.

— J'abandonne tout, Rifaud. Mais il y a quelque chose que je ne veux pas perdre. Rien ne m'est plus précieux... Je sais que je te demande de prendre un grand risque, car les gens sont surexcités. Mais nous devons récupérer les papiers qui sont restés dans les deux pupitres de la cabane du chantier de Karnak. Ce sont toutes mes notes... Je mesure ce que je te demande, mais c'est là le travail de plusieurs années. Le tien, aussi.

Rifaud sortit en silence, enfourcha un âne et traversa à nouveau la foule hostile. Il était si bouleversé que la perspective même d'être agressé ne l'inquiétait pas.

Il rentra une heure plus tard, et jeta en silence deux liasses de papiers sur la table de Drovetti. C'était le journal des travaux de Louxor.

— Le village n'est que cris et pleurs, raconta-t-il. Les paysans sont prêts à la révolte. Je suis gelé comme un mort, moi aussi.

— Je ne veux plus revenir sur les chantiers, dit Drovetti. Rifaud, tu t'occuperas de tout.

— Pourquoi moi ? demanda durement Rifaud.

Les mains de Drovetti tremblaient. Il eut brusquement l'air d'un vieillard, et évita son regard.

— Parce que tu as le cuir plus dur que moi.

— Vraiment ?... fit Rifaud avec sarcasme. Vous me croyez de pierre ? Eh bien, figurez-vous que ce soir, même la soie me blesse. J'ai pris un trou dans l'âme ! J'en pleurerais à m'arracher les paupières, si je pouvais. Ces hommes-là, je les vois tous les jours, je les engueule tous les jours, je connais leurs femmes, ils me confient leurs économies. Et surtout, j'appelais chacun des pipious par son nom. Et voilà qu'ils sont morts. Je ne trouve plus autour de moi que haine et mépris. J'en prends pour vous et j'en prends pour moi. Partez, monsieur Drovetti, emportez vite vos belles statues et vos papiers « françaoui ». Je reste avec eux. Je suis en deuil, moi aussi.

C'est dans cette atmosphère funèbre que l'obélisque arriva, la veille de Noël.

— Et ça, c'est la goutte d'eau qui fait déborder le vase... Belzoni le fait exprès, ma parole ! murmura Rifaud en regardant le grand bateau manœuvrer pour se ranger le long du rivage.

Couché sur le pont, l'obélisque semblait encore plus grand et plus beau.

Quand Drovetti sortit de chez lui, il s'arrêta net, comme si on l'avait frappé en plein visage. On ne pouvait pas éviter de voir le grand *maâsch* avec le monument ficelé dessus, amarré le long de la rive de Louxor.

Le jour de Noël, Rossignano et Lebolo se réunirent et mirent au point un piège à l'intention de Belzoni.

Jean-Baptiste se réveilla de mauvaise humeur. Il en avait assez d'arpenter le Nil comme un voyageur de commerce. Il se rendit de bonne heure à Louxor et réveilla discrètement au passage un des gardes du bateau, Yanni le Grec.

— Accompagne-moi à Karnak, je veux voir où en sont

nos terrains. Il faut les récupérer. Prends deux pistolets chargés, on ne sait jamais...

Ils allèrent jusqu'au lac sacré où se trouvaient les terrains. La première chose qu'ils virent fut que le gens de Drovetti s'étaient installés sur les terrains réservés aux Anglais, et qu'ils les avaient si bien creusés qu'une armée de taupes n'aurait pas mieux fait. Au milieu, il reconnut Silvestro Guidi, un marchand d'antiquités italien qui s'était jusqu'à présent toujours comporté en ami.

— Même lui a cédé à l'appel du gain...
— Qu'est-ce qu'on fait ? dit Yanni. On les chasse ?
— Non, laisse-les tirer les marrons du feu. On verra après. Nous ne sommes pas en force, de toutes façons. Je vais aller parler avec Drovetti.

Il se dirigeait vers les huttes de terre où logeait l'état-major de Drovetti quand il vit arriver une petite troupe de *fellahîn* manifestement hostiles. Ils étaient armés de bâtons. Rossignano et Lebolo se trouvaient au sein de la petite bande et se frayèrent un chemin dans la foule qui venait droit sur eux.

Belzoni arrêta sa monture et les attendit.

— Vous voulez un pistolet ? proposa Yanni.
— Non, ils n'iront pas jusque-là. C'est une feinte.

Lebolo, le regard mauvais, vint se camper devant Belzoni. Il portait encore sur le visage les traces des coups d'Osman. Un gourdin pendait à sa ceinture.

— On ne passe pas, Belzoni. Il n'y a plus de place pour toi ici. La coupe est pleine.

Les Arabes entourèrent Yanni, le jetèrent à bas de sa monture, et le désarmèrent.

— On va régler nos comptes pour l'obélisque que tu nous as volé. Le tiers de la vente nous revient, sors l'argent !

Rossignano était armé d'un fusil à canon double. Il l'arma et l'appuya sur la poitrine de Belzoni.

— Alors, Belzoni, le vent tourne, on dirait ?
— Les girouettes restent, fit Jean-Baptiste en attrapant le fusil par le canon comme si c'était une allumette.

Il le fit tournoyer en l'air et le fracassa contre une colonne.

— Tu es monotone, Rossignano.

Il vit du coin de l'œil Yanni se battre avec les ouvriers. Ils étaient désarmés tous les deux. Deux contre trente... Même avec sa force herculéenne, il n'en viendrait pas à bout.

Rossignano avait extrait fébrilement un pistolet de sa ceinture et le braqua contre la poitrine de Belzoni. C'était vraiment trop bête de mourir comme ça, se dit-il, à califourchon sur un âne devant le grand temple de Karnak. Il n'avait pas peur, rien qu'une sensation étrange d'absurdité.

On entendit brusquement la voix impérieuse de Drovetti.

— Qu'est-ce qui se passe ici ? Belzoni, vous empêchez mes gens de travailler ?

Le consul venait d'arriver avec son nouveau maître de fouilles égyptien, un jeune homme aux dents limées en pointe qu'on surnommait « le Crocodile », et Silvestro Guidi. L'antiquaire agitait nerveusement un éventail d'ivoire d'une main potelée couverte de bagues. Il connaissait bien Belzoni et il se trouvait dans une position embarrassante. On ne fait pas de bonnes affaires avec de bons sentiments, mais de là à être surpris en flagrante trahison !

Drovetti avait repris le contrôle de la situation. La mort des petits appartenait au passé désormais. On n'y pouvait rien, *inch'Allah*. Mais une rancœur violente couvait parmi les ouvriers, et il aurait fallu lui laisser libre cours pour éviter de futurs incidents. On pouvait aussi la canaliser autrement, et la détourner sur d'autres objectifs. Le moment venu, Drovetti saurait s'en souvenir.

— Vous plaisantez, monsieur ! répondit Belzoni. Vos gens nous ont tendu un guet-apens dont vous répondrez !

— Descendez de votre monture ! ordonna sèchement Drovetti, qui était à pied.

— Sûrement pas.

Dans le silence qui suivit, il entendit derrière lui le bruit caractéristique d'un pistolet qu'on arme. Il se jeta à terre au moment où explosait le coup de feu, et se retourna prêt à défendre chèrement sa vie.

— C'est un scandale ! s'écria Guidi horrifié. Belzoni, je suis témoin, comptez sur moi !

Drovetti se calma comme par enchantement.

— Ne craignez rien, aussi longtemps que je serai ici, personne n'est en danger.

Belzoni sourit avec dédain.

— Vous me permettrez d'en douter, monsieur. Comme de tout ce qui vous concerne, désormais.

Lebolo aussi avait changé de ton.

— Bon, fit-il, on y a été un peu fort, mais on a tiré en l'air. Si on ne peut plus plaisanter, maintenant ! C'est votre faute, aussi. Vous venez parader sous notre nez avec l'obélisque... On n'est pas des saints !

Belzoni, pâle de colère, se tourna vers Drovetti.

— Je sais, vous êtes des tueurs... Monsieur, vous me decevez depuis longtemps. J'avais cru à votre estime, mais je vois qu'il n'en est rien. Et surtout, j'ignorais que les « accidents mortels » fissent partie de vos habitudes. Je le sais maintenant et je n'entends certes pas rester dans un lieu où vous pensez exercer votre pouvoir de cette manière. Vous ferez comme d'habitude votre petite cuisine avec M. Salt, et vous y trouverez votre compte tous les deux. Mais à ce prix-là, je préfère de loin rester un aventurier.

Il s'éloigna avec Yanni, pendant que la petite troupe déçue se disloquait en murmurant. Drovetti prit Silvestro Guidi sous le bras et l'emmena vers son entrepôt. Il lui fit un excellent prix sur un lot de statues en bois de cèdre que l'antiquaire désirait depuis longtemps.

— Sara, on part ! Prépare les bagages et avertis nos gens. Je ne veux pas rester ici un jour de plus. C'est fini ! Thèbes est entièrement aux mains des consuls. Je suis pris entre les deux. Bientôt, ils se coaliseront contre moi.

— C'est déjà fait, constata Sara. Henry Salt t'a détesté depuis le premier jour.

Jean-Baptiste se rendit à la tombe de Séthi avec les *fellahîn* de Gournah et empaqueta les moulages et les dessins. C'étaient des mois et des mois de leur vie à tous. Beechey et Ricci avaient passé des journées entières sous terre à copier les fresques, à s'en crever les yeux. Maintenant, il fallait sortir sans l'abîmer le grand sarcophage d'albâtre, si délicat qu'on voyait au travers, et le charger sur le bateau. On ne savait pas s'il appartenait à Bankes, à Salt, à Belzoni ou aux trois — ce qui promettait de belles luttes à venir.

Le ciel était aussi noir que l'humeur de Jean-Baptiste et, au moment où le sarcophage du pharaon prenait place sur le bateau, un orage épouvantable éclata. On aurait dit la fin du monde. Des cascades jaillissaient du pont du bateau où étaient arrimées les statues. Belzoni, torse nu sous la pluie, vérifiait la solidité des cordes de palmes.

Par le lit du torrent asséché où s'ouvrait la tombe, un torrent d'eau et de boue dévala de la montagne et s'engouffra dans le souterrain, envahissant la première salle et détruisant rageusement une partie des fresques millénaires.

— Les Anciens se vengent..., murmuraient les vieux du village. Le sarcophage était sacré, il avait contenu les restes d'un grand roi. Il n'aurait jamais dû quitter sa terre de repos.

Jean-Baptiste et Sara avaient fait leurs bagages. De temps en temps, Belzoni levait les yeux et, devant la beauté de l'immense vallée, du ciel et du fleuve, sentait sa volonté vaciller.

Vraiment ? Il partait vraiment ? Pour ne plus revenir ?

Quand tout fut prêt et que le soleil commença à décliner entre les nuages, il entraîna Sara sur la montagne sacrée. Main dans la main, ils regardèrent une dernière fois les ruines fabuleuses que le soleil teintait de rose et la vapeur violette qui montait du désert de l'est après la pluie. Ils laissèrent la beauté et le silence des siècles monter jusqu'à eux. En descendant vers la vallée où reposaient les rois et les hommes, Sara se pencha et ramassa une petite pierre dans le sable. Une petite pierre très commune, qu'elle mit au fond de sa poche. Elle avait toujours gardé dans une boîte en fer de petits morceaux des lieux qu'elle avait aimés.

Quand le soleil matinal pointa à l'horizon, le ciel était lavé de frais. Les hommes montèrent en haut du mât pour larguer la voile et le bateau se détacha lentement de la berge de Gournah, propre et luisant. Il n'y avait plus un gramme de poussière sur le pont. Sur la rive, tous les gens du village étaient venus saluer, apportant des cadeaux. Il y avait même des musiciens et un chanteur, ce qui donna un peu d'allégresse au départ. C'est que Belzoni-Bey et sa femme faisaient partie du village, maintenant. Chacun avait voulu leur serrer longuement la main en leur souhaitant une belle et bonne vie, *inch'Allah,* et en les priant de revenir bientôt parmi eux.

Petit à petit les villageois, la Vallée des Rois, le profil de la montagne sacrée et le majestueux désordre des ruines, tout s'effaça. Quelqu'un chantait une chanson d'adieu qui mourut au loin, elle aussi.

On n'entendit plus que le friselis de l'eau contre la coque du bateau et le froissement de la grande voile rayée. Un ibis blanc se mit comme d'habitude dans le sillage du bateau et les accompagna longtemps.

30 mai 1820

Ma chère Georgina,

J'ai du mal à écrire car je ne vois plus très bien depuis mon retour à Rosette, que je n'aime pas, comme je vous l'avais déjà dit. Toutes ces eaux à moitié stagnantes, ces bancs de sables mouvants, ces étendues plates et souvent noires, m'attristent, comme les grandes plages du Nord. Elles provoquent un travail de l'âme, et je l'ai bien vu à la réaction de Jean-Baptiste devant l'apparition sur le marais d'un bateau vide, poussé par un vieil homme encapuchonné. « Nous voilà donc aux bords du Styx. Et voilà le nautonier... »

J'ai quelquefois l'impression que Jean-Baptiste se détache peu à peu des choses de ce monde, et qu'il pense à l'autre, et ce n'est pas forcément une bonne chose. Dès que nous serons à Londres, il nous faudra sortir les griffes.

Nous avons quitté définitivement Thèbes et notre tombe de Gournah. Je devrais m'en réjouir, mais comme de toutes les choses qui finissent sans retour, j'en ressens de la nostalgie.

Une partie de ma vie vient donc de se conclure. Une autre commence, et la solitude me colle à la peau comme la malchance. Me voilà de nouveau installée seule aux portes du désert, dans la méchante maison de campagne d'un ami de Jean-Baptiste.

Avant de partir pour l'oasis de Siwa où il restera un mois — ou deux, ou trois... il a dans l'esprit de retrouver l'armée de Darius qui s'est jadis perdue dans les sables — Jean-Baptiste a voulu que je quitte Le Caire à cause de la peste estivale. Mais je ne suis pas sûre qu'elle épargne les villages du Delta. Je la sens rôder, dans l'air, dans l'eau, dans tout ce qui m'entoure. Je suis pourtant une bien maigre proie. Elle aurait mieux à faire ailleurs, à la Cour par exemple. Le marchand anglais qui nous a prêté cette maison s'est empressé de quitter l'Égypte. Je suis donc absolument seule et sans même un domestique. Jack est en Angleterre et je suis sans nouvelles. Je crois que l'oiseau a définitivement quitté le nid, cette fois.

La maison est devenue une arche de Noë. Il ne se passe pas de jour que je ne recueille un animal. Ils se présentent à ma porte et je n'ai pas le cœur de les chasser. Ils ont faim, ils sont perdus ou blessés. J'ai maintenant des chèvres, des ânes, deux gazelles, un chien, un renard du désert et des oiseaux à ne savoir qu'en faire. Ils ne sont pas farouches. Les oiseaux sont si bien habitués à moi qu'ils se perchent sur mes épaules et m'accompagnent dans mes promenades. Les fellahîn me prennent certainement pour une sorcière. Mais c'est l'apanage des femmes seules et non reproductives. Rien n'effraie plus les hommes que la force vitale féminine, quand ils ne peuvent la subjuguer.

Master Joe est mort, à mon grand chagrin. Je l'ai trouvé raide, un matin, au pied de mon lit, comme une feuille morte, et je l'ai enterré derrière la maison.

Il y a beaucoup de caméléons dans cette région, mais ils sont fragiles et mélancoliques. Si je reste longtemps ici, je finirai par leur ressembler. Ils ne vivent que quelques jours et aucun n'a les merveilleuses couleurs que savait prendre Master Joe. J'ai été le seul témoin de son œuvre éphémère. Je crois qu'il est mort de jalousie, en artiste amoureux. Il est vrai que, sans la mort, il n'y aurait pas d'art. Pensez-y.

J'observe volontiers mes caméléons ; je pourrais écrire un ouvrage sur leurs habitudes. Leurs couleurs pâlissent quand ils s'endorment, et quand ils meurent — comme nous ? Quand ils se fâchent, ils deviennent noirs, se gonflent comme des coqs de combat, roulent des yeux et sifflent deux fois. Quand ils mangent, ils ont la peau si fine qu'on sent la mouche gobée se débattre encore dans leur estomac.

J'en ai trouvé un extraordinaire qui pourrait bien remplacer Joe, s'il survit. Quand je le prends dans les mains et que je le caresse, il change doucement de couleur et c'est comme s'il rougissait. C'est très émouvant, très féminin. J'ai donc décidé que c'était une dame, quoique j'ignore absolument à quoi on devine le sexe des caméléons. Je l'ai appelée Iris Rainbow, et « elle » est en ce moment allongée sur ma lettre, cherchant vainement à s'y confondre. Je l'encourage, car je trouverais enthousiasmant qu'Iris parvienne à reproduire un seul mot !

Bref, Georgina, j'ai maintenant un troupeau de cinquante éléments, verts, jaunes et noirs. En échange de mon hospitalité, cette équipe ménagère nettoie la maison des insectes venus du marais.

Comme tout cela pourrait devenir aisément philosophique...
Je vous laisse donc, chère amie lointaine. Qui sait si nous nous reverrons un jour ?

Sara.

IV

LE RETOUR

18

Jean-Baptiste posa le pied sur la neige craquante comme une croûte de sucre. C'était une sensation oubliée... En vingt ans, on oublie beaucoup de choses.

Il avait neigé sur Padoue pendant la nuit et les gens étaient terrés chez eux. L'air glacé du petit matin lui fit venir les larmes aux yeux. Il était encore seul sur le *Prato della Valle*. La beauté de la place sous la neige était surnaturelle, avec son canal ovale pris par la glace, ses petits ponts et sa foule de géants de pierre qu'il connaissait tous : il y en avait soixante-dix-huit ou quatre-vingts, le compte ne tombait jamais juste. On disait que, la nuit, des statues descendaient de leur piédestal pour se promener dans la ville endormie. Un ou deux socles restaient vides.

Avant d'aller réveiller la famille, Jean-Baptiste voulait revoir les lieux de son enfance. Les retrouver glacés et vidés de leurs habitants lui donnait l'étrange sensation d'être le seul survivant d'une ville morte ou frappée d'enchantement. La neige feutrait le bruit des roues de la voiture sur les galets du Pô qui pavaient les rues.

Au fur et à mesure qu'il approchait de son quartier, il devenait nerveux, comme aux aguets.

— Regarde, Sara, rien n'a changé depuis vingt ans... Les portiques, les églises, les canaux. Même les enseignes... C'est comme si j'étais parti hier...

Il y avait au bout de la rue Ognissanti une petite église à coupoles qui ressemblait à une église russe.

— Santa Sofia, l'église où j'ai été baptisé... J'y ai grandi pour ainsi dire. Je jouais souvent devant, avec les gamins du quartier.

Ils furent distraits par une odeur de pain frais. Jean-Baptiste se précipita derrière l'église. Un peu de lumière filtrait au rez-de-chaussée d'une belle maison ancienne qui donnait sur le canal. Il poussa la porte et se baissa pour entrer.

Un homme aux vêtements enfarinés vint vers lui, une boule de pâte à la main.

— Il va falloir attendre. Le pain n'est pas cuit

— Ça ne fait rien. Je prendrai seulement six sous de pâte. Je suis un des fils Belzoni.

Le boulanger se retourna et écarquilla les yeux.

— C'est pas vrai ! C'est bien toi. Giambattista !

Ils s'embrassèrent. Le fils du boulanger avait succédé à son père.

— Tu ne nous as pas oubliés, c'est bien, ça !

Jean-Baptiste prit un peu de pâte crue et en mangea un morceau et tendit l'autre à Sara.

— C'est bon ! Si ton père était là, il me taperait sur les doigts...

— Papa est mort, fit le boulanger en baissant les yeux.

Jean-Baptiste fit arrêter la voiture et s'engagea sous les arcades qui bordaient la rue. Il s'arrêta devant la boutique paternelle : elle était fermée, et avait un air de vieillesse et d'abandon. La devanture et les volets de bois avaient besoin d'être repeints. Les lettres de l'enseigne qui annonçait *Barbiere* commençaient à s'écailler. Son père était mort pendant qu'il était en Égypte, mais ce n'est qu'en voyant la boutique dans cet état qu'il ressentit vraiment la réalité de sa disparition.

— Je n'ai pas vu la famille depuis vingt ans, tu sais... murmura-t-il à Sara, pendant que la voiture passait sur un pont en cahotant.

Des canards transis se dandinaient au milieu des herbes prises par le givre.

— Ma mère doit être vieille maintenant. Malade, peut-être. Je n'ai pas vu le temps passer. Et d'un coup... Vingt ans, c'est trop.

Ils passaient devant le couvent des sœurs de la Charité. Il les avait bien détestées. Il revit les longues tables du réfectoire, les bancs noirs et polis par des années de fonds de culotte. Il fallait manger à toute vitesse ce qu'on vous jetait dans une écuelle d'étain. Debout, parce que manger ne doit pas être un plaisir, mais une fonction. Après seulement, on avait le droit de s'asseoir, de poser la tête sur ses bras croisés et de dormir un peu.

Juste à la sortie du réfectoire, il y avait la roue où on déposait encore des nouveau-nés. Rien alors ne lui semblait pire que d'être un enfant trouvé, condamné à grandir dans le couvent...

L'angoisse l'avait saisi. Il prit la main de Sara. « J'ai peur » dit-il comme un enfant.

Des gens et des voitures commençaient à circuler, transformant la neige en boue. Toutes les cloches se mirent à sonner l'angélus. Le ciel était gris et bas.

Sara regarda son mari pousser la porte de la maison paternelle. Il avait les traits tirés et il était devenu mortellement pâle. À l'intérieur, on entendit des exclamations, des pas se précipitèrent.

La gorge serrée, Jean-Baptiste vit le groupe des parents immobiles au fond du couloir. Une infinie douleur le traversa. Sa mère était seule au milieu d'eux comme un grand arbre tourmenté, envahie par les rides et la mauvaise graisse. Près d'elle, Francesco avait pris la place vide de leur père. Il n'avait plus rien de l'adolescent qu'il avait entraîné avec lui, c'était un homme adulte qui posait sur lui le regard sévère d'un étranger. C'était comme un cauchemar.

Où était le couple vigoureux qu'il avait quitté, le centre de sa vie d'enfant ? Autrefois, ils l'auraient entouré de leurs bras protecteurs ; aujourd'hui, c'était lui qui serrait sa mère contre lui et qui sentait toute sa fragilité, sa fatigue, et les blessures que la vie lui avait infligées en son absence. Il cacha son visage dans le creux de l'épaule maternelle et il pleura. Il pleura son père, son frère Antonio, qui était mort aussi. Il pleura les oublis, les indifférences, les égoïsmes. Ce qu'il avait fait et ce qu'il n'avait pas fait. Sans larmes, un homme est mort.

Sara était restée à l'écart, ces moments-là ne lui appartenaient pas. Elle se retira discrètement et fit décharger les gazelles que Jean-Baptiste avait voulu ramener à sa mère pour Noël et qu'elle-même avait tenues en vie par miracle. Elles devaient avoir elles aussi l'âme chevillée au corps pour avoir survécu.

Quand elles sortirent de leur cage et firent les premiers pas en tremblant sur la pelouse enneigée, laissant des traces menues comme une broderie, un petit nuage de vapeur au bout du museau. Teresa Belzoni se précipita, comme une enfant. On voulut la retenir, craignant qu'elle ne tombe. Ses jambes ne la soutenaient plus.

— Laissez-moi tranquille ! fit-elle avec humeur en se dégageant.

La vue des gazelles, si vulnérables dans la neige de décembre, ressuscitait en Teresa la jeune fille qu'elle avait enfouie au plus profond d'elle-même, fragile et forte comme un crocus au printemps, la jeune fille délicate qui avait dû lutter toute sa vie contre ce corps massif et encombrant qui la condamnait au rôle de matrone.

Giambattista lui ressemblait en tout. Il avait compris tant de choses sans jamais rien dire. Elle savait que ces gazelles étaient un délicat message d'amour filial. Elle ne l'en aima que plus.

Jean-Baptiste resta un mois à Padoue, pendant lequel on se l'arracha : lui et Sara étaient devenus l'ornement des salons les plus fermés de la ville, ces mêmes salons aristocratiques qui en d'autres circonstances n'auraient jamais ouvert leurs portes à un fils de barbier. On vint le voir de partout — de Venise, de Ravenne, de Bologne.

D'éminents personnages l'invitaient à tenir des conférences et dans tous les regards, il voyait les rêves se former comme une eau mystérieuse. Il suscita des vocations, des poèmes et des passions.

Il était puissant, il était adulé. Il était devenu un héros.

Le célèbre lord Byron lui-même, qui vivait à Ravenne, voulut le connaître. « Notre homme s'est exhibé dans sa jeunesse comme "géant Patagon", lui avait écrit son éditeur de Londres, John Murray. Votre père n'est-il pas allé en Patagonie au cours de ses voyages ? Et si j'ai bonne mémoire, il y a vu des géants, je crois. J'ai trouvé la coïncidence assez curieuse pour vous la signaler. »

On ne parlait alors que de la beauté, du charme irrésistible de Byron, de ses débordements sulfureux. Jean-Baptiste vit apparaître un homme de trente ans déjà usé, qui en paraissait quarante, pâle et soufflé de mauvaise graisse jusqu'aux mains. Mais les yeux, brillants d'intelligence et d'ironie, étaient fascinants.

— J'arrive de Venise, l'île verte de mes rêves, où je suis contraint d'égayer les femmes et la foule, car l'objet de mes pensées s'y trouve... J'avoue, monsieur, que vous m'avez mis le cœur en tumulte avec vos récits.

— Vous me flattez, dit Jean-Baptiste, je suis un piètre orateur.

— Les sens sont plus importants que le style. Le grand objet de la vie n'est-il pas le tumulte des sensations ? C'est cela qui nous amène, vous et moi, à combattre, à voyager, à chasser, à aimer... Je vous suis débiteur, monsieur, d'un instant de sensations. Cela n'a pas de prix. Quand vous serez à Londres, allez voir John Murray de ma part. Vous avez tout à gagner en lui faisant publier votre Journal... Il édite aussi Walter Scott, dont j'ai lu les romans cinquante fois chacun. Adieu, monsieur, il se pourrait que nous ne nous revoyions pas, les gens de qualité sont fragiles.

Une nuit, il rêva de Mena. Le vieil homme se tenait dans un temple immense, à la voûte constellée d'étoiles. Il le regardait en riant et lui disait : « Voilà, tu as ce que tu voulais maintenant. Tu me dois quelque chose en échange, rappelle-toi... » et il lui tendait une poignée de sable qui filait entre ses doigts, laissant la main presque vide. Il n'y resta bientôt qu'une minuscule amulette noire, tout à fait identique aux deux statues qu'il avait offertes à la ville de Padoue et qui représentaient la déesse Sekhmet, symbole de la puissance aveugle et féroce du destin. Et brusquement Jean-Baptiste reconnaissait la salle : c'était celle du *Palazzo della Ragione*[1]. Sur un de ses murs, il découvrait le portrait de la femme-lion du Zodiaque, la Leo Virgo que Giotto avait peinte plusieurs siècles auparavant.

Il se réveilla brusquement. Aucune autre salle au monde n'était plus vaste, aucune autre ne rappelait autant les proportions et les mystères de l'Égypte. Sur ses parois était représen-

---

1. Palazzo della Ragione (Palais de la Raison) : salle d'immenses proportions (81 m de longueur, 27 m de hauteur) construite au XIIe siècle pour servir de tribunal. Les fresques sont de Giotto.

tée, comme à Dendérah, l'influence complexe des astres sur les hommes, et sur ces fresques mystérieuses reposait la carène colossale d'un vaisseau retourné. Une coque de telles proportions qu'enfant, il croyait que c'était l'arche de Noé. C'était un lieu qui forçait le respect. On s'y sentait aussi petit qu'en Égypte... C'était là qu'il fallait installer les statues ; elles ne seraient pas dépaysées.

Le mois de janvier passa vite, trop vite, et ce fut la cérémonie des adieux. Une nuée de femmes et d'enfants hurlants entourèrent Sara et Jean-Baptiste. Francesco, ému, les embrassa en promettant de venir à Londres, pendant que Teresa Belzoni, pâle et raide dans son fauteuil, dévorait des yeux son fils aîné.

Elle le serra longuement contre elle avec une force désespérée qu'ils étaient seuls à comprendre. En vingt ans, elle ne l'avait vu que deux fois et elle avait pleuré sa mort bien souvent. Quand il reviendrait, s'il revenait, cette fois c'est elle qui ne serait plus là et ils le savaient tous les deux.

« Londres est la plus grande ville du monde. L'hiver y dure huit mois et le mauvais temps quatre. »

Quand Sara et Jean-Baptiste y arrivèrent par une triste journée du mois de mars, ils avaient oublié combien la capitale pouvait être sinistre. Londres, c'était le contraire de l'Égypte : le bruit de la ville ressemblait au grondement d'un animal aux aguets, la lumière y était crépusculaire, et les façades souillées.

Les premiers jours furent difficiles. Cinq ans seulement avaient passé, mais Jean-Baptiste et Sarah se sentaient plus que jamais des étrangers : ils avaient le teint foncé comme des gitans et on se retournait pour les regarder dans la rue. Dès que Jack avait appris leur retour, il s'était précipité à Half-Moon Street, leur nouveau domicile. Il expliqua à Belzoni les véritables motifs de la curiosité des passants.

— En fait, ce n'est pas parce que vous êtes grand et que avez le teint cuit par le soleil... C'est parce que vous ressemblez à « King Bergami » !

— Qui est-ce ? Un acteur ?

— Non, c'est l'amant de la princesse-régente. Vous vous

souvenez ? Celle qui vous courait après, il y a dix ans ? Eh bien, elle a trouvé chaussure à son pied. Un Italien aussi, Bergami, et il est presque aussi grand que vous.

Sara se mit à rire :

— Nous avons raté une chance d'entrer dans la famille royale par la porte de service, on dirait !

Jack était au courant de tous les potins de la Cour. Il travaillait pour un lord qui siégeait au Parlement.

L'exubérante princesse avait été répudiée depuis longtemps pour mauvaise conduite, mais le roi George III était mort en janvier après des années de démence, et maintenant que le régent, son mari, lui avait succédé, elle voulait sa part du gâteau. Sans renoncer à son bel Italien.

Belzoni et « King » Bergami se ressemblaient effectivement : il ne se passait pas de jour qu'un petit groupe de gens ne suive Jean-Baptiste dans la rue, comme autrefois, le regardant comme une bête curieuse. Ceci, ajouté au chaos de la ville, transformait toute sortie en expédition infernale au milieu des voitures, des chevaux et des piétons qui se bousculaient férocement. Sans parler des cris des postiers, des concierges, des balayeurs, des paysannes irlandaises et autres marchands des quatre saisons. Londres n'avait qu'un point commun avec l'Égypte : les ânes, qui, entre toutes les créatures, en savent généralement plus sur la misère et la cruauté humaine que les hommes eux-mêmes.

Au Caire, cette cruauté était franche, c'était le droit du fort sur le faible. À Londres, on la sentait comme on devine un fleuve souterrain, et c'était une perversité tortueuse et sanglante, pétrie de colère et de désir, qui s'appliquait aux hommes autant qu'aux animaux. C'était la seule véritable unité sociale, et on sentait parfois passer dans la foule des courants qui donnaient le frisson.

— On ne va jamais pouvoir s'habituer, murmurait Sara, glacée.

— Mais si, tu vas voir. Le succès est le meilleur des remèdes.

Il avait raison. On les avait reçus comme des héros, mieux qu'à Padoue encore. On avait mis à leur disposition un bel appartement à Half-Moon Street, un quartier élégant près de l'Egyptian Hall, où serait montée l'exposition.

— Half-Moon, la demi-lune... murmura Sara. Comme c'est étrange, c'est le symbole de l'Islam...

Jean-Baptiste souleva la lourde tenture de velours qui masquait la fenêtre. Des courants d'air malfaisants s'insinuaient partout. Sara vint s'appuyer contre lui. Elle aimait encastrer son épaule sous son aisselle et se sentir protégée...

— Tu regrettes d'être rentré à Londres ?

Il l'entoura de son bras.

— Non, pas du tout. L'heure de la moisson a sonné...

Il fit une pause et la regarda en coin.

— Tout compte fait, le mariage a du bon, tu ne trouves pas ?

Sara hocha la tête. Il reprit, avec un large sourire :

— Ne serait-ce que pour ne pas affronter ça tout seul !

« Ça », c'était le paysage du dehors, triste et gris, gommé par un léger brouillard. Au bout de la rue, on distinguait le passage des attelages sur Piccadilly et les arbres de Hyde Park, nus et décharnés. Un homme en noir traversa la rue en tenant son chapeau.

Derrière eux, le feu crépita dans la cheminée. En plein après-midi, il faisait déjà sombre. Jean-Baptiste serra Sara contre lui et l'embrassa. Il l'embrassait sans se presser, comme on savoure un bon vin de propriété. Sara avait glissé sa main sous sa chemise et éprouva du plaisir à retrouver le contact familier de sa peau. Comment avaient-ils pu jamais penser à se séparer ?

Maintenant, Sara voulait le succès de son mari.

— Je veux te voir célèbre. Je veux voir ton nom imprimé sur un livre en lettres d'or, sur une belle reliure. Alors, j'aurai l'impression de ne pas avoir vécu en vain...

— Pourquoi n'écris-tu pas ton journal, toi aussi ? demanda Jean-Baptiste. On pourrait le publier avec le mien.

— Non, chacun sa place. Je me vois mal me mettre en concurrence avec toi. D'ailleurs, ce que j'aurais à raconter, ce ne sont que des histoires de femmes et d'esclaves qui ne plairaient à personne. Et je ne suis pas Mme de Staël hélas...

Elle avait les idées claires et pouvait, quand il le fallait, se montrer méthodique et infatigable, comme une machine. Jamais plus une occasion comme celle-ci ne se représenterait. Il ne fallait pas la gâcher. Marie Tussaud le lui disait sans cesse autrefois : « Quand la Fortune frappe à ta porte, tu dois être prête à la recevoir. Alors, prépare-toi tous les matins. Et d'abord : souris... »

Marie... Qui sait ce qu'elle était devenue ? Sara se promit de la chercher dès qu'elle le pourrait.

Sur la grande table de travail s'amoncelaient des cartes, des documents, des plumes, des encres, de l'aquarelle et les cartons des dessins qu'ils avaient rapportés d'Égypte. Ceux de Ricci étaient parfaits, ceux de Jean-Baptiste, un peu moins, et les esquisses de Sara maladroites mais pleines de vie. Sur un guéridon, s'entassaient les cahiers du *Journal de voyage* dont il faudrait tirer un livre à succès...

Jean-Baptiste ressentait toujours quelque chose de trouble en regardant tout ce tas de papiers. Il y avait là quatre ans de sa vie, quatre ans pleins de découvertes et d'aventures, de passions, de vies et de morts. Et ce bouillonnement frénétique se réduisait maintenant à un paquet de feuilles mortes entassées en bon ordre, triées, classées et numérotées...

Pourquoi devait-il toujours voir la poussière des choses au-delà des choses elles-mêmes ? Était-ce là le cadeau de Mena, cette clairvoyance dont il disait l'avoir doté pour toujours ? Joli cadeau ! Une chose était certaine, cependant : il lui avait ôté toute inquiétude et Jean-Baptiste laissait ses pensées se heurter en lui sans crainte, comme les bulles désordonnées qui viennent crever à la surface d'un étang. La vase travaille, se disait-il, c'est bien ; tout ce qui est entassé au fond bouge... Et cela le faisait presque sourire. Les sédiments de la vie commencent à s'accumuler dès qu'on ouvre les yeux : ou ils vous étouffent, ou ils vous portent vers le haut comme une grande vague scintillante. Pour une fois, il s'y sentait presque, sur la grande vague. Il lui importait peu qu'il pleuve et qu'il vente, mais c'était une sensation si nouvelle qu'il avait peur de se laisser aller.

C'était décidé : il se retirerait chez lui pendant plusieurs mois pour réécrire son journal. Sara recopierait ses brouillons. Elle le poussait cependant à s'organiser pour sortir dans le monde.

— Ne t'enferme pas, il faut que tu te fasses connaître, que ça te plaise ou non. Le public t'a oublié depuis le temps de Samson le Patagon.

— Je l'espère bien !

— Oui, mais si tu veux qu'il vienne à l'exposition, il faut faire des efforts.

Le jour même de son arrivée, Belzoni avait envoyé une lettre à l'éditeur John Murray, l'homme qui allait décider de son avenir.

— Je ne sortirai pas avant d'avoir sa réponse, disait-il à Sara. C'est trop important.

À ses yeux, le jugement de Murray était un verdict sans appel : s'il refusait sa proposition, il se sentirait condamné.

Jean-Baptiste n'eut pas à attendre longtemps : l'éditeur lui répondit par retour. Il voulait le rencontrer immédiatement et lire son manuscrit. Belzoni se rendit donc à Albermarle Street, où se trouvait la maison d'édition, à deux pas de chez lui.

Il pénétra dans l'immeuble avec plaisir : tout y était vaste, lumineux et moderne, l'endroit respirait le succès. John Murray devait principalement sa réussite à lord Byron dont il avait publié tous les ouvrages. Le public s'était arraché le dernier livre du poète, *Le Corsaire*, qui s'était vendu à dix mille exemplaires le jour même de sa sortie. Murray était sur une trajectoire fulgurante, il débordait d'activités, de projets, de joie de vivre et de produire. Il avait la quarantaine, comme Jean-Baptiste, l'âge où un homme se sent au sommet de ses possibilités, refuse encore la maturité et brûle des derniers enthousiasmes de la jeunesse. En croisant son regard, Jean-Baptiste eut une curieuse impression de déjà vu : John Murray avait quelque chose de Jean-Louis Burckhardt — le regard, peut-être, profond et sans ambiguïté. Et surtout il était, comme lui, immensément cultivé, ce qui avait sur Jean-Baptiste l'effet du soleil sur un tournesol.

L'éditeur alla droit au but :

— Votre journal de voyage est ce que j'attendais depuis longtemps, monsieur Belzoni. Il plaira à tous. Il fera rêver. Je veux en faire une édition de luxe, illustrée, pour la fin de l'année. Je pense que nous en ferons d'autres par la suite. Nous le ferons traduire en français et en allemand. Et je suis aussi disposé à éditer le catalogue de votre exposition. Luxueux. Cher. Je n'ai aucun doute sur votre succès.

Jean-Baptiste l'aurait embrassé. C'était exactement ce qu'il avait envie de s'entendre dire.

Murray lui ouvrit les portes de son salon et celles de son amitié. Il devint son mentor, son guide. Il se rendait compte que Jean-Baptiste avait encore beaucoup à apprendre des usages du monde, mais qu'il avait les qualités d'un vainqueur. Il suffisait de peu pour en faire un personnage de premier plan, et un bon investissement.

Grâce à lui, le succès se mit en place si vite que Jean-Baptiste avait parfois l'impression un peu inquiétante de monter un escalier quatre à quatre. Lui qui avait toujours dû se battre pour les moindres choses de la vie, tant de facilité le déconcertait.

John Murray appartenait à l'élite de la société. Il était l'ami de princes et de ducs et faisait partie d'associations puissantes, à commencer par la franc-maçonnerie. Il connaissait par leur nom les quatre-vingts personnes qui comptaient vraiment et surtout il en était connu. Il considérait les invitations et les visites comme une partie essentielle de son travail d'éditeur, et triait attentivement celles qu'il estimait utiles à ses protégés.

— Je ne sais comment vous remercier de vos efforts, disait Belzoni.

— Ne le faites pas : j'investis sur vous, mon ami, tout simplement. Vous me le rendrez au centuple avec vos ventes, vous verrez.

Murray remarqua vite que la garde-robe de Belzoni le mettrait tôt ou tard en embarras. Il appela ses tailleurs au secours, MM. Davidson. et Meyer, qui avaient été aussi ceux de Beau Brummell. Ils sélectionnaient impitoyablement leur clientèle et pratiquaient des prix scandaleux, mais une étiquette Davidson et Meyer était un passeport pour les meilleurs salons.

— Il faut me remettre cet homme-là complètement à neuf, leur expliqua John Murray. Il vient de passer des années en Égypte. Attention, ce n'est pas un dandy, n'allez pas me le corseter de satin pastel. Et vu sa taille, il faut faire sobre, sinon il aura l'air d'un phare. Jacquettes, frac, chemises de soirée : je prévois une activité mondaine importante. Guidez-le aussi pour les chaussures et pour les gants.

Au premier essayage, Jean-Baptiste, dans le grand salon des tailleurs, croisa le célèbre comte d'Orsay.

Beau Brummell était déjà oublié ; il n'en restait que le nom et la trajectoire. Il avait été trop loin, feignant un jour de ne pas reconnaître le roi et en demandant à son entourage : « Mais qui est donc ce gros homme qui me salue ? » L'exil lui avait été fatal, il n'avait jamais voulu apprendre le français et comme Napoléon en Russie, il avait été définitivement vaincu par le langage. Peu à peu il sombrait dans la misère et la folie, seul dans la grisaille d'un hôtel de Calais qui avait connu lui aussi des jours meilleurs. Il brûla ses derniers vaisseaux en donnant un dîner somptueux dont il fut le seul convive. Il conversa et dansa avec des fantômes et s'abattit sur la table au dessert. En larmes et fou à lier.

Le comte d'Orsay avait repris le flambeau. Dans la fleur de l'âge, il était à la fois d'une beauté renversante et parfaitement insupportable. Comme tous les dandies, il avait quelque chose de féminin et de cruel. Il savait tout faire à la perfection : danser, monter à cheval, peindre, sculpter, mais gâté par son extrême désinvolture — il méprisait ses dons et n'en faisait rien. Il comptait sur sa bonne fortune et sur la bêtise des êtres humains, et semblait n'attacher de valeur qu'à la perfection de ses vêtements et à ce que Brummell appelait le *knick-knack*, le superflu.

Rien ne comptait pour lui en ce monde absurde, alors pourquoi ne pas faire d'un bouton de gant le centre de l'univers ? Ses gants d'ailleurs étaient des chefs-d'œuvre : on aurait dit de la mousseline mouillée. Ils dessinaient jusqu'au pourtour de l'ongle et il fallait quatre artistes pour les réaliser — dont un exclusivement pour le pouce.

D'Orsay passa devant Belzoni avec l'indifférence d'un lévrier. Son ami, lord Whitman, le suivait. Ils étaient tous deux moulés dans des redingotes qu'on aurait dites cousues à même la peau. Le tissu en était volontairement élimé, presque impalpable, une négation de tissu. C'était un long et délicat travail que les ouvriers de Davidson et Meyer effectuaient avec un éclat de verre.

Belzoni les observait du coin de l'œil, parfaitement décidé à ne pas leur ressembler. D'Orsay s'arrêta devant le miroir et se regarda de dos. Un des principes des dandies était de ne jamais se regarder en face. Il examina froidement son visage au-dessus de la cravate de satin bleu qui exaltait la couleur de ses yeux. Il était d'une beauté sensuelle et éclatante. Trop de santé : jamais il n'aurait la classe d'un Brummell, pâle, blond, qui semblait toujours marcher dédaigneusement au bord d'un gouffre.

D'Orsay corrigea lentement le bord de son chapeau. Le parfum de jasmin de ses gants en chevreau pervenche arriva jusqu'aux narines de Belzoni.

Du jasmin ! L'Égypte surgit de la mémoire de Jean-Baptiste avec le sourire d'un *fellah* tendant un bouquet blanc.

— Retrouvons-nous chez le duc, Whitman, murmura l'« œuvre d'art » d'une voix lasse. Je suis en retard. Mme Fitz ne me le pardonnera pas...

D'Orsay n'était jamais à l'heure. C'était bon pour les *nobodies*, les riens, les nuls.

— Pauvre femme, je la trouve bien lai... dit lord Whitman qui n'aimait pas Maria Fitzherbert.

Belzoni ne lui permit pas de finir sa phrase.

— La maîtresse d'un roi n'est jamais laide, monsieur, et sa femme encore moins... Grosse peut-être, mais pas laide.

Le comte d'Orsay se retourna et posa sur lui un regard offensant.

— Qui croyez-vous donc être, monsieur, pour donner une leçon de style à lord Whitman ?

— Jean-Baptiste Belzoni, rien de plus, rien de moins, et je maintiens que pour un homme comme lord Whitman, les femmes d'un certain rang ne sauraient être laides.

Ces caricatures malfaisantes et vaines l'irritaient. Il avait envie de leur mettre le nez dans leur fatuité. Le comte éclata brusquement de rire, découvrant de petites dents écartées qui donnèrent à son visage une expression déplaisante d'avidité.

— Voilà bel et bien de l'insolence ! Mais je vous donne raison, monsieur : nous concéderons aux femmes cet avantage de haut en bas jusqu'au rang de comtesse. Pas au-dessous.

— Vous avez de la chance, l'insolence est un de nos beaux-arts ! renchérit lord Whitman.

— Venez donc ce soir chez Watier's, monsieur Belzoni. On y jouera un macao d'enfer. Vous êtes mon invité.

Jean-Baptiste déclina et ce fut certainement le seul homme à avoir refusé une invitation du favori de la *fashion*, haut fait que MM. Davidson et Meyer se gardèrent bien d'ébruiter pour sauvegarder l'image de leur meilleur client. Mais le comte avait une excellente mémoire.

Les clubs de Londres étaient le lieu d'élection des dandies, on y faisait et défaisait les modes et les réputations. Le White's en était le *nec plus ultra* : on y pratiquait une sélection impitoyable. Même l'aristocratie était triée sur le volet et la plus stricte tradition était de rigueur. On refusait jusqu'aux fumeurs de cigares.

Plus ouvert, plus moderne, Watier's était le club à la mode. La table était excellente, la carte des vins et des alcools exceptionnelle. Les salons illuminés *a giorno* avaient vu défiler les dandies les plus célèbres et des intérêts financiers et politiques de première grandeur. C'est que les beaux jeunes gens savaient s'entourer : sous leur apparence frivole et leur mépris pour le vil commerce de la City, ils cachaient une passion dévorante pour l'argent et le pouvoir. Leur train de vie et leur goût du jeu en exigeaient beaucoup.

Paul Valabrègue était un habitué. Le Watier's était même un des rares endroits au monde où il se sentait comme un poisson dans l'eau. D'abord, il n'y avait qu'à Londres qu'on s'amusait vraiment, quoi qu'on cherche. Dès qu'il débarquait sur le sol anglais, il se précipitait au club, et dès qu'il poussait la porte, il se sentait revivre. On l'y accueillait d'ailleurs à bras ouverts : quand il habitait Londres avec Angelica, il y avait perdu des sommes énormes, payant toujours rubis sur l'ongle. Gagné aussi, quelquefois...

Aujourd'hui, il était venu à Londres sans sa femme.

Le temps des illusions était passé. La faillite du Théâtre des Italiens à Paris les avait presque ruinés, et c'était bel et bien à la gestion de Paul qu'on devait le désastre. Angelica, de son côté, s'était montrée d'une indifférence coupable, car elle savait parfaitement de quoi son mari était capable pour assouvir sa passion du jeu.

Aujourd'hui, leur seule solution pour s'en sortir était que la diva Angelica Catalani se remette à chanter. Paul avait donc concocté une tournée européenne qui leur permettrait d'écrémer rapidement les principales capitales. C'est lui qui discutait les contrats d'Angelica, et il était venu à Londres pour signer avec le Covent Garden où elle avait laissé de glorieux souvenirs : c'est là qu'elle avait chanté Mozart pour la première fois. Dieu qu'elle était jolie dans le rôle de Susanne...

À Paris, on disait qu'Angelica Catalani était trop orgueilleuse pour qu'on la plaigne. On ne comprenait pas ce qui pouvait la lier à un mari qui avait dilapidé sa fortune. Une autre aurait au moins pris un amant. Elle, non. Elle était devenue une grande dame ennuyeuse à force d'être respectable, et si ce n'était pour la voix extraordinaire et le feu latin qui continuaient à l'habiter, il y a longtemps qu'on l'aurait mise au rencart. D'autres beautés peuplaient déjà les scènes.

John Murray avait organisé au Watier's un petit dîner entre amis. William Gifford représentait la presse : il dirigeait la *Quarterly Review*, le premier journal à avoir parlé des découvertes prodigieuses de Belzoni en Égypte. Le docteur Young voulait connaître à tout prix le « Titan de Padoue ». Il avait abandonné pour l'occasion la course contre la montre qu'on avait lancée dans toute l'Europe pour le déchiffrement des hiéroglyphes. Walter Scott n'aurait raté pour rien au monde une bonne occasion de faire la fête. Quant à Samuel Briggs, le banquier, c'était un coffre-fort vivant dont la présence dans ce temple du jeu constituait une version raffinée du supplice de Tantale.

Après le bouillon de tortue, on eut deux poissons et deux relevés, cinq ou six entrées, de délicieux perdreaux garnis de truffes au champagne, une charlotte d'abricots légère comme un soufflé et un chaud-froid au citron indispensable à une digestion qui s'annonçait laborieuse. L'esprit convenablement échauffé par les vins de Moselle et de Bordeaux, on se dirigeait d'un air épanoui vers le fumoir pour savourer un cigare dont on tremperait le bout dans un vieux cognac ou un porto gingembré, quand les joueurs firent leur entrée. Ils revenaient du théâtre dans un grand nuage de parfums et de commentaires au vitriol.

D'Orsay était de mauvaise humeur. Un créancier l'avait assailli dans le foyer et il avait dû recourir à toute sa verve pour tourner le goujat en ridicule et l'éloigner. À ses yeux, les réclamations des fournisseurs étaient un véritable outrage. Ne faisait-il pas une faveur à ces gens-là rien qu'en les saluant ? Le monde, vraiment, était peuplé d'ingrats !

Il déposa au vestiaire l'impeccable chapeau blanc que

Lock's venait de lui livrer et reconnut Paul de Valabrègue. Il avait apprécié l'an dernier l'audace du joueur français et son mépris de l'argent. Il retrouva le sourire.

— Monsieur le comte, je me sens comme Néron, ce soir : prêt à incendier Rome. Serez-vous des nôtres ?

— Certainement, fit Valabrègue. J'ai déjà saccagé Paris, paraît-il...

Ils traversèrent les salles en conversant comme de vieux amis qui se comprennent à demi-mot. L'argent ? Il fallait le prendre où il était, sans vains scrupules, ne jamais se salir les mains à le gagner, et lui concéder une juste fin en le faisant flamber. Quoi de plus moral !

Une petite voix intérieure soufflait cependant au comte d'Orsay qu'il jouait un peu trop avec le feu, que la faveur du sort n'était pas éternelle et que, tôt ou tard, il pourrait bien avoir à fuir ses créanciers jusqu'en France, comme Brummell qui pourrissait dans la pauvreté. Il sourit à Paul. On n'a jamais trop d'amis, dans certains cas.

Le destin a parfois des pudeurs incompréhensibles : Paul Valabrègue et Belzoni ne s'étaient jamais rencontrés. Alfred d'Orsay les réunit.

Le dandy avait reconnu à la table de Murray le géant italien qui lui avait fait l'offense de refuser son invitation. En passant, il ne put s'empêcher de lancer à voix haute une des flèches dont il avait le secret.

— Vous trouverez le club bien changé, monsieur de Valabrègue, les intellectuels et les *nobodies* sont dans la place. Ils ont le jeu en horreur. Ce sont de purs esprits, n'est-ce pas : ils n'ont pas de poches...

— Voilà qui ne risque pas de vous arriver, Alfred ! s'exclama Walter Scott.

Le dandy, surpris, fit un pas en arrière.

— Oh ! Lord Scott, pardonnez-moi ! Quand un écrivain m'adresse la parole, c'est plus fort que moi, je crains toujours qu'il ne postillonne un peu d'encre sur ma veste.

Walter Scott, bon enfant et un peu saoul, éclata de rire. Il prit Samuel Briggs sous le bras.

— Alors, acceptez les saluts de notre banquier. Quand on lui tape dans le dos, il arrive qu'il crache des guinées. C'est beaucoup moins salissant.

Le jeu était bien engagé quand les hôtes de John Murray vinrent jeter un coup d'œil dans la salle. D'Orsay n'aurait jamais touché les cartes ou de l'argent à mains nues. Il portait ce soir-là de sublimes gants de soie couleur chair, fins comme une seconde peau et brodés à son chiffre.

La chance lui souriait et il plumait méthodiquement Valabrègue, avec d'assez jolis gestes au demeurant. Comme tous les professionnels, il avait des doigts très souples. Paul, l'œil dilaté, suivait avec fascination ce ballet qui consacrait sa perte.

Jean-Baptiste remarqua en passant un carré blanc sur le tapis aux pieds du dandy. Il se pencha : c'était une carte. Il la releva et la posa lentement sur la table.

— Elle va vous manquer, tôt ou tard.

Alfred eut un mouvement de recul, comme si Belzoni eût mis un serpent à sonnettes sur la table.

— Qu'insinuez-vous, monsieur ?

— Rien, fit Jean-Baptiste. Il vous manque une carte, c'est tout.

— Vous vous trompez. Cette carte ne m'appartient pas.

Paul saisit l'occasion au vol. Il jeta son jeu sur la table et se leva. Alfred murmura tout bas :

— Vous faites une erreur grave, Paul. Ne m'offensez pas.

Paul haussa le ton. Sa voix dérailla en fausset sous l'emprise des nerfs. Il prononça les paroles fatales.

— Cette partie est nulle, j'ai été joué... Rendez-moi ma mise !

Lord Whitman s'interposa.

— Vous insultez le comte, monsieur.

Belzoni écarta Whitman d'un revers de main. Murray fit un geste inutile pour l'arrêter. Le scandale semblait inévitable.

— Vous avez entendu ? Monsieur souhaite récupérer son bien.

Alfred d'Orsay prit la salle à témoin.

— Cet homme est un provocateur ! Monsieur, vous portez atteinte à mon honneur, et tout géant que vous soyez, je vous demande réparation. À vous autant qu'à M. Valabrègue.

— Je suis à votre disposition, sourit Jean-Baptiste.

La table des « intellectuels » était maintenant dégrisée. Ils avaient un duel sur les bras et le comte disposait de puissants protecteurs.

D'Orsay avait retrouvé son sang-froid. Il eut un sourire dédaigneux.

— Ayant le choix des armes, je choisis le pugilat. Whitman, fixez les détails avec ces messieurs.

— Ce n'est pas possible, protesta Whitman, regardez sa taille ! Cet homme est beaucoup plus fort et plus lourd que vous, il est d'une catégorie supérieure...

— Vous oubliez qu'à la boxe, je ne crains personne. Quant aux géants, ils ont les pieds d'argile. Je sens d'ici la glaise que celui-ci porte encore aux semelles.

Belzoni pâlit sous l'insulte.

— M. d'Orsay veut une leçon à tout prix ? fit-il. Il l'aura.

Paul regarda son sauveur d'un drôle d'air, comme si un soupçon prenait corps en lui.

— Je vous remercie, monsieur. Je serai votre témoin. À qui ai-je l'honneur ?

— Jean-Baptiste Belzoni.

Paul en eut le souffle coupé. C'était donc bien là le fameux Belzoni, l'ex-amant d'Angelica, celui pour lequel elle avait failli le quitter...

— Je... je suis Paul de Valabrègue...

Jean-Baptiste sursauta. Les deux hommes se regardèrent un instant, s'évaluant du regard, aux prises avec une émotion qu'ils étaient seuls à comprendre.

Valabrègue parla enfin.

— Je n'ai qu'une parole, monsieur. Vous pouvez compter sur moi...

Tout le monde trouva l'idée du comte d'Orsay suprêmement originale. C'était un duel sans l'être. La boxe était un art noble, le seul qui permette à un homme de trouver son véritable centre de gravité. Alfred s'entraînait régulièrement avec ses amis depuis son enfance.

Sa seule inquiétude concernait Belzoni. L'Italien savait-il se battre selon les règles de la *fancy*, établies par le marquis de Queensbury ? C'est qu'il ne s'agissait pas d'une rixe de taverne, mais presque d'un événement mondain de première grandeur, sur lequel des paris grandioses allaient naître. On les comparait déjà à David et Goliath...

John Murray aurait bien voulu étouffer l'affaire ; trop d'intérêts étaient en jeu. Jean-Baptiste ne pouvait que sortir perdant contre le célèbre dandy. Même et surtout s'il gagnait le combat. Il se précipita chez son ami le duc de Sussex, frère du futur roi.

— Mon frère a gardé une dent contre les dandies, dit le duc. Les chevaliers errants des salons, comme il les appelle... J'en fais mon affaire.

— Dans ce cas..., fit Murray, soulagé.

Belzoni, lui, regrettait de n'avoir pas tout de suite cloué le bec au comte. Mais il ne pouvait à présent se dégager sans déshonneur.

Il avait fait de la boxe autrefois, quand il travaillait au Saddler's : un comédien doit savoir tout faire. Mais les rares bagarres auxquelles il avait été mêlé s'étaient soldées à la force des poings, sans le moindre fair-play.

D'Orsay, il le savait, chercherait à le ridiculiser. Il était habile à ce jeu-là, une sorte de trapèze volant qui lui permettait de tourner à son avantage les situations les plus désastreuses et d'en sortir grâce à une pirouette. Tout le monde en restait abasourdi. Jean-Baptiste ne devait pas tomber dans son piège.

Avant tout, il lui fallait trouver un entraîneur, et s'il y avait un homme à Londres susceptible de dénicher le meilleur, fût-il dans les bas-fonds, c'était bien Joe Grimaldi.

La salle du Covent Garden était déserte et plongée dans l'obscurité quand Belzoni y pénétra. Une faible lumière provenait de la scène : une lampe était posée à même les planches. Un grand miroir avait été appuyé contre les briques nues du mur du fond.

Belzoni s'assit silencieusement au parterre et retrouva l'odeur familière de la vieille salle, une odeur de foule et de poussière. Il y avait deux personnes sur scène. On distinguait à peine leur silhouette : un petit homme et un adolescent tenant un violon à la main. L'homme esquissa un pas de danse en se regardant dans la glace...

— Regarde-moi bien, Joe. Voilà ce que tu dois faire : d'ailleurs tu ne t'appelles plus Joe, mais Chi-Ta-Ke, tu es une inpératrice chinoise, tu marches sur tes tout petits pieds, en vacillant, parce que tu es petite et très grasse. Comme un champignon. Tu es une toupie épuisée sur le point de tomber. Regarde : une toupie impériale qui danse...

Et la silhouette devenait brusquement cette impératrice oscillant avec grâce et autorité, les bras harmonieux comme ceux d'un danseur de corde. Mais l'homme n'arriva pas à la fin de sa danse. On entendait ses articulations craquer. Brusquement, il se bloqua et gémit de douleur en saisissant sa cuisse.

— Papa ! fit Joe en posant son violon par terre.

Il se précipita.

Grimaldi s'allongea sur la scène en grimaçant de douleur.

— Ne t'inquiète pas, Joe, ce n'est rien... Juste une crampe, ce n'est pas grave... Masse-moi un peu, là...

Il était recroquevillé sur le bord de la scène, comme frappé par les lanières d'un fouet invisible. Joe junior dénoua les lacets du pantalon bouffant et commença à masser vigoureusement les jambes de son père.

Jean-Baptiste se leva et monta sur la scène :

— Attends, petit, je vais m'en occuper, il faut frotter plus fort, je connais ça. Va me chercher de l'alcool. Même du gin, ça peut aller...

L'adolescent regarda avec stupeur l'homme gigantesque qui avait surgi de l'ombre.

— Giambattista ! s'exclama Grimaldi. *Dio Santo*, je ne peux même pas me lever pour t'embrasser, mon vieux ! Je suis foutu... Foutus, les genoux, les hanches...

Il regarda ses mains.

— Foutues les mains aussi. Une vraie torture, quand les crampes commencent...

— Je m'en occupe, Grim ! Jean-Baptiste se mit à le frictionner vigoureusement, ça va passer.

Grim se laissait faire et sa grosse tête hirsute roulait en cadence sur les planches de la scène. Deux grosses larmes débordèrent de ses yeux fermés et s'écrasèrent dans la poussière impalpable.

— Je vais être obligé d'arrêter, Giamba. Je ne peux plus jouer, je ne peux plus danser, je souffre comme un chien... Mais pourquoi moi, Bon Dieu ! Pourquoi ? J'avais encore tant à faire...

Il se prit la tête dans les mains et se replia sur son chagrin. Jean-Baptiste ressentit pour lui une tendresse amère. Il y avait en Grim une fêlure profonde que seule la dérision pouvait apaiser. C'était la substance même de son art et elle finirait par le consumer entièrement. Le feu sacré faisait rarement grâce à ceux qu'il frappait.

Le jeune Joe était revenu avec du gin. Il avait assisté, du fond de la salle, au désespoir de son père. Avec une sorte de rage, il ouvrit la bouteille et en but une rasade au goulot. L'effet anesthésiant de l'alcool ne tarderait pas. Il avait appris à tuer l'angoisse ; ce n'était pas difficile.

Il remonta sur scène en portant sa bouteille entamée.

Jean-Baptiste versa de l'alcool dans ses mains et en frotta les muscles noués de Grim. Joe ramassa son violon et s'assit au bord de la scène. Il se sentait flotter agréablement dans la chaleur du gin, loin de toute cette misère, et il se mit à jouer en sourdine, face à la salle vide, les yeux fermés, un sourire doux sur les lèvres. Il imaginait la salle pleine de visages tournés vers lui, captivés par sa musique. Joe avait de nombreux talents. Il prendrait la relève de son père. Un jour.

Quand les crampes eurent cessé, Grim entraîna Belzoni dans sa taverne favorite, le Marquis de Corn.

— Je vis ici, pour ainsi dire. J'habite à deux pas, je travaille à deux pas... C'est commode.

Le patron leur servit deux plats de saucisses fumantes avec deux chopes de bière. Grim leva la sienne pour trinquer :

— Aux beaux jours enfuis ! dit-il.

— À l'avenir ! répondit Belzoni.

— Le tien est rayonnant, mon ami. Le mien... Le mien est à mon image.

Il mit sa main à plat sur la table. Elle était déformée et ressemblait désormais à la patte d'un animal. Il rit avec amertume.

— Je me transforme, fit-il, et je ne sais pas en quoi : un oiseau avec des griffes ? Ou un cochon peut-être, avec deux ongles géants pour mieux me gratter ? Mon médecin assure que je finirai dans une chaise roulante, que c'est la faute de mon père qui m'a fait à soixante-cinq ans, alors que la syphilis l'avait à moitié bouffé — et surtout parce qu'on a eu faim. Je reconnais qu'à dix ans, je me serais mangé moi-même quelquefois. D'ailleurs, mon père me le disait quand je lui demandais du pain : « Mange ton poing et garde l'autre pour demain... »

— Les médecins sont des ânes, fit sombrement Jean-Baptiste.

— C'est vrai, mais le professeur Astley Cooper soigne aussi le roi d'Angleterre. Il devrait savoir quoi faire, je le paie assez cher.

— C'est un âne plus cher que les autres, voilà tout. Ne l'écoute pas. Ton père a bien fait de te mettre au monde. Les gens ont besoin de toi. On t'aime.

Grimaldi lui serra la main affectueusement. Son visage prématurément vieilli se plissa en un sourire heureux.

— Dis donc, Jean-Baptiste, tu as peut-être fait ton trou en Égypte, mais je n'ai pas chômé non plus ! Je suis devenu un cochon de patron : j'ai racheté une partie du Saddler's. Tu te rends compte ? Associé avec Mister Dibdin ! Hein ? Qui l'aurait dit ?...

— Au moins tu travailles pour toi-même, maintenant.

— Pour mon fils, rectifia Grim. Il ne me regrettera pas, mais au moins il aura un héritage.

— Grim, arrête de broyer du noir !

— Je connais bien mon fils. Il a honte de moi. Ou de lui-même. Ou des deux. Ça arrive, à dix-sept ans. Mon Joe est déjà un musicien hors pair, tu sais. Il danse et il chante très bien. Il parle français. J'avais de grands projets pour lui. Mais mon vieil instinct me dit qu'il ne sera jamais le grand comédien que j'espérais.

— Comment peux-tu dire ça ? C'est un gamin.

— Je le sais, Giamba. Il n'a pas de couilles, même si c'est mon fils. Je le sais. Et je l'aime pourtant... Je voudrais lui épargner tant de choses, et je ne peux pas...

Il baissa la tête et murmura d'une voix sourde :

— Dans deux ans, trois ans au plus, je serai fini, et lui ne sera rien.

Grimaldi entraîna Jean-Baptiste dans une salle privée où seul l'entraînement était autorisé. C'était là que Tom Archer coulait ses vieux jours.

Tom connaissait à fond le monde de la boxe. Pendant longtemps, il avait recruté de futurs champions dans le ruisseau et entraîné les jeunes gens de bonne famille : Byron et ses amis, par exemple, qui pratiquaient la *fancy* depuis leurs folles années de collège à Harrow. « Si je n'avais pas été là, disait-il, ils seraient tous morts à l'heure qu'il est. De vraies têtes brûlées... »

On le surnommait *Tom Bull,* parce qu'à force de coups reçus, il avait le profil aplati d'un chien de combat.

— Enlève tes bottes, ta redingote et ta cravate. Et fais-moi voir ce que tu sais faire.

Belzoni hésita à attaquer. Le vieux lutteur en profita et prit l'avantage avec une rapidité incroyable. Ils firent quelques échanges. Tom para tous les coups avec aisance, ne donnant pas une seule fois la possibilité de l'atteindre. Jean-Baptiste devint nerveux et frappa plus fort : aucun de ses coups ne réussit à abaisser la garde du vieux Bull.

— C'est bien ce que je pensais : tu ne deviendras jamais un champion. Tu as peur de ta force, et tu n'as pas de technique. Si ton adversaire sait se battre, il peut t'avoir.

— Ça m'étonnerait, fit Belzoni. Je l'assomme quand je veux. Je suis le plus fort.

— Non, tu es le plus lourd, ce n'est pas pareil. T'as quel âge ? Quarante ?... Tu as encore beaucoup à apprendre. Si tu en as vraiment envie, on peut s'entendre. Sinon, rentre chez toi. Après tout, que tu massacres le prince de la mode ou non, c'est toi que ça regarde.

— Eh bien, allons-y. Je t'écoute. On n'a pas de temps à perdre.

Toute cette mise en scène, uniquement pour sacrifier à des codes, l'agaçait profondément. Tom Archer s'assit et le regarda fixement.

— À quoi sert de courir ? La vie est faite de temps perdu. Tu ne réfléchis jamais avant d'agir ? Il te manque une chose essentielle, mon gars : la patience. Patience égale stratégie. Sans elle, tous tes combats seront perdus d'avance, celui-ci et les autres. Prends ton temps et pense. Quand tu auras repris tes esprits, on pourra s'y mettre. En attendant, enlève tes chaussures et prends contact avec le sol. C'est par les pieds qu'on commence à apprendre.

Le jour dit, le comte d'Orsay se présenta avec un petit groupe de supporters passablement blasés, et persuadés qu'ils allaient s'ennuyer. Belzoni, à leurs yeux, était une sorte de

Goliath à la force brute, auquel Alfred-David allait donner une leçon dans les règles de l'art. Ce serait si vite expédié qu'on n'aurait même pas le temps d'en rire. Le dandy s'était surtout inquiété de sa mise, s'assurant qu'on parlerait de lui dans le prochain numéro du *Beau Monde* et du *Lady's Magazine*. Lady Blessington, sa folle maîtresse, lui offrit avec l'argent de son mari une petite aiguière d'or et de cristal de roche pour se rafraîchir pendant le combat. Une petite éponge grecque découpée en forme de cœur y était attachée.

Jean-Baptiste était sûr de lui. Les quelques jours d'entraînement intensif avec Tom Bull lui avaient beaucoup apporté. Depuis l'enfance, il avait craint sa propre force et s'était méfié de son corps. Il avait donc passé la plus grande partie de sa vie à éviter de se battre. Tom Bull lui avait appris à maîtriser son agressivité et à la transformer en force positive.

Le combat commença davantage comme une joute technique que comme une lutte pour la survie. Après deux rounds assez mous, Belzoni trouva qu'il avait assez sacrifié aux bonnes manières. Il décida d'en finir et, profitant d'un instant où son adversaire baissait la garde, il l'attaqua brutalement. La tête du comte fit un aller et retour de gauche à droite et du sang éclaboussa sa chemise immaculée. Surpris, il recula d'un pas incertain et vint s'accrocher à la corde du ring. Des exclamations s'élevèrent de la petite foule des invités. Aussitôt, Alfred se reprit et se lança furieusement contre Jean-Baptiste, plaçant un coup au foie si douloureux qu'il le plia en deux. Le combat commençait vraiment. Cependant, le tumulte se prolongeait anormalement du côté de la porte : des gens cherchaient à entrer, d'autres les repoussaient. En un éclair, Tom Bull comprit et fut sur le ring, séparant les combattants et cherchant à les pousser vers le fond de la salle.

— Vite, vite... La police... Ils viennent vous arrêter... Suivez-moi.

Ils s'échappèrent par une porte de service pendant que la salle se transformait en tourbillon furieux de cris et de coups, et débouchèrent dans la cour d'un maréchal-ferrant.

— Je m'en doutais, fit Tom Bull, on a été dénoncés. Les combats sont interdits dans Londres. Les paris aussi...

Une voiture attelée semblait les attendre, mais ils n'eurent pas le temps d'y monter. Des policiers se précipitaient déjà vers eux, coupant toute retraite.

Jack se précipita à l'Egyptian Hall. Après le tumulte de l'arrestation, le calme qui régnait dans les salles encombrées de caisses semblait surnaturel. Sara était seule, en train de retoucher une peinture, vêtue d'un grand tablier. Elle se retourna.

— Tu as des nouvelles de Jean-Baptiste ? demanda Jack essoufflé.

— Non, il ne viendra pas avant ce soir. Il avait à faire.

— Sara, il vient de se passer quelque chose de grave. Il est compromis dans un duel. Il nous avait interdit de t'en parler.

Sara se leva. Un duel ?

— Même pas un duel. Un défi idiot, aux poings. Mais quelqu'un a parlé, et la police est arrivée. Ils ont arrêté tout le monde. Il paraît qu'il est interdit de se battre en ville.

— Juste avant l'ouverture de l'exposition ? Il a perdu la tête... Tu aurais pu m'avertir, tout de même ! dit Sara en enlevant précipitamment son tablier. Mais non, vous les hommes, vous êtes toujours solidaires...

Elle se précipita chez John Murray.

— Il faut étouffer cette histoire et le faire sortir le plus vite possible, dit Murray. Je ne sais pas comment va réagir le roi. Il peut refuser la grâce. Maria Fitzherbert a beaucoup d'influence sur lui. Elle est catholique observante : à ses yeux, le comte est un suppôt du diable, comme l'était Brummell.

— Que faire, alors ?

— Je ne sais pas. Les Blessington vont intervenir aussi. Ils sont puissants. Alfred d'Orsay vit avec les deux. Ou plutôt, lady Blessington et lui vivent richement aux dépens du mari. On cite Voltaire dans tous les salons où il passe : « Je fus cocu et je vis que c'était l'état le plus doux de la vie... » D'Orsay s'est fait nommer exécuteur testamentaire de lord Blessington et pour conserver la main-mise sur l'héritage, il a voulu épouser sa fille. Il ne recule devant rien, il est redoutable. Et il n'a que vingt-trois ans...

On avait emprisonné les duellistes et leurs témoins à la prison de Newgate. Lord et lady Blessington usèrent de toute leur influence. Murray, de son côté, faisait la navette entre le salon du duc de Sussex et celui de Maria Fitzherbert. Il dut déployer tout son art pour convaincre cette dernière : elle aurait volontiers fait jeter le beau dandy dans un cul-de-basse-fosse et jeté la clef.

Il fallut quinze jours pour obtenir la libération.

Sara se trouva avec lady Blessington et Murray devant la prison de l'Old Bailey. Marguerite Blessington avait une trentaine d'années et elle était fort belle, avec de grands yeux cernés par l'angoisse. Elle avait failli perdre son jeune amant et avait compris qu'elle l'aimait beaucoup plus qu'elle ne l'imaginait. Elle tremblait et se tordait les mains.

Ils durent passer sous le gibet qui se dressait en permanence à l'entrée de la prison. Il y avait toujours des gens bizarres installés autour — rebouteux, bohémiennes, et jeteurs de sort, qui faisaient d'obscurs trafics liés aux condamnés : terre de gibet, cordes de pendus, cheveux, sang, sperme, autant d'ingrédients précieux pour les philtres qu'on vendait sous le manteau. Sara n'aimait pas ce quartier : la prison, l'hôpital Saint-Bartholomew et les boucheries du marché en faisaient un triangle sinistre où rôdait la mort.

Les bruits de la prison arrivaient jusqu'au parloir, une vraie géhenne de cris, de plaintes et de bruits de chaînes...

— Si on devait me demander à quoi on reconnaît une prison, murmura Sara, je dirais l'odeur...

Une puissante odeur d'excréments imprégnait en effet les murs. Vivre avec ses excréments et ceux des autres constituait la première dégradation d'un prisonnier.

Elle se souvenait des visites pénibles faites autrefois avec Marie Tussaud, quand elles venaient dessiner les condamnés à mort les plus intéressants. Des monstres, le plus souvent — ceux qu'on enterrerait dans la chaux vive au croisement de deux routes, après leur exécution, un pieu planté dans le cœur, pour être sûrs qu'ils ne reviennent pas.

Les prisonniers en attente de jugement étaient parqués dans une sorte de salle des pas-perdus, où le gardien-chef les accompagna...

On entendit de loin la voix étudiée du comte d'Orsay annoncer :

— Je reste ! J'ai le roi !

Un spectacle étonnant se présenta aux yeux des libérateurs. Devant l'ingratitude du destin, les adversaires avaient fait la paix et transformé leur cellule en tripot. Les vrais joueurs ont toujours des cartes sur eux... Non seulement, ils avaient repris le duel interrompu quinze jours auparavant, mais ils avaient élargi leur cercle et accueilli leurs témoins dans leurs rangs. Tout le monde jouait. On avait fait venir du dehors des vins de qualité, des cigares et des viandes rôties. Quand on paie, on peut avoir tout ce qu'on veut en prison.

Alfred arborait un magnifique œil au beurre noir, mais n'en avait cure, tout pris qu'il était par sa passion. Il avait ôté sa chemise tachée de sang et portait gaillardement son gilet mordoré à même la peau. On se demandait ce qui pourrait bien entamer sa beauté : même dans cette geôle ignoble, il rayonnait comme un soleil.

Belzoni, la barbe longue et la chemise largement ouverte sur sa poitrine puissante, tapait allègrement le carton en couple avec Whitman.

— Tu perds, mon petit Alfred ! Voyons si tu réussis à perdre plus que Charles Fox[1], lança-t-il au comte. Cent mille livres en moins de quarante-quatre heures. Quarante à la minute... Tu es bien parti.

Marguerite Blessington étreignit les barreaux de ses belles mains et s'écria :

— Alfred !

Le gardien agita ses clefs et ouvrit la porte.

— Shhhttt ! fit Alfred que le bruit dérangeait.

— Nous venons vous sortir de là ! annonça Murray en brandissant la lettre qui les libérait.

— Merci pour votre sollicitude, monsieur, mais nous avons une partie importante en cours. Je pensais que la prison était le seul endroit où on nous laisserait la finir en paix. Me serais-je trompé ?

---

1. Charles James Fox : mort en 1806, chef du parti whig, figure de premier plan de l'époque géorgienne et du Brook's Club où il fit cette perte colossale.

19

Jean-Baptiste fut remis en liberté juste à temps pour finir de préparer l'exposition.

Lord Devonshire avait eu la brillante idée d'ouvrir un passage commerçant dont il voulait faire l'équivalent du passage des Panoramas à Paris. Il venait donc de terminer l'aménagement de Burlington Arcade, et l'on s'arrachait les boutiques de luxe, dont les vitrines à petits carreaux se dressaient entre des colonnes corinthiennes. Une foule se pressait déjà pour découvrir cette nouveauté. Juste en face, se dressait l'immeuble magnifique de l'Egyptian Hall que John Bullock, un riche collectionneur de Liverpool, avait fait construire pour y loger son musée de Sciences naturelles. Il avait accepté avec enthousiasme de mettre le rez-de-chaussée à disposition de Belzoni pour l'événement sans pareil que promettait d'être l'Exposition égyptienne.

Tous les jours, Jean-Baptiste s'arrêtait un instant avant d'entrer et regardait la façade : deux colonnes en forme de lotus inspirées de celles du temple de Dendérah encadraient la porte. Au premier étage des caryatides monumentales soutenaient un fronton aux proportions typiquement égyptiennes. L'architecture était fantaisiste, mais elle suffisait à ranimer les souvenirs de Jean-Baptiste. Maintenant qu'il en était loin, l'Égypte lui manquait.

Dès que John Bullock avait donné son accord, Jean-Baptiste s'était jeté à corps perdu dans la préparation de l'exposition. Tout seul, comme d'habitude. Comme à l'époque du

Saddler's, quand il ne pouvait compter sur personne, sinon sur les amis italiens, l'entraide des émigrés.

Mais cette fois, il s'agissait d'une entreprise infiniment plus complexe qu'un numéro de cirque. Sara et lui travaillaient jour et nuit, mais ne suffisaient jamais à la tâche. À peine un problème était-il résolu que mille autres naissaient.

— Fais-toi aider ! insistait Sara. À ce rythme-là, nous n'en sortirons jamais.

— Je ne veux pas faire entrer d'étrangers dans l'affaire. Tout cela nous appartient. Cette fois, nous travaillerons en famille. Francesco a promis de venir. Il viendra.

— À ta place, je ne compterais pas trop sur lui.

— Et pourquoi ?

— Francesco n'est plus le même. Je ne sais pas pourquoi.

Elle le savait parfaitement : Francesco était jaloux de Jean-Baptiste. Sara l'avait compris à Padoue. Le jeune homme ne s'attendait pas au déferlement de célébrité qui avait accueilli son frère et regrettait certainement de l'avoir quitté trop tôt. Depuis que leurs chemins s'étaient séparés en Sicile, il vivotait à Padoue en donnant des leçons d'anglais.

Jean-Baptiste avait pourtant cherché à le mettre en valeur, mais sa gloire toute fraîche rejetait dans l'ombre tout ce qui n'était pas lui. L'amertume avait fait son chemin. Comment Francesco aurait-il pu éviter de comparer sa vie étriquée avec le cortège d'hommages et de réceptions qu'on offrait à son frère aîné ? Pour couronner le tout, lorsqu'ils étaient à Padoue, au lieu de rester entassés avec la famille à Via Paolotti, Jean-Baptiste et Sara avaient accepté l'invitation des comtes Papafava et logé dans leur palais.

— On n'est plus assez bien pour vous ? avait dit Francesco à Sara avec aigreur. Évidemment, quand on peut mener la vie de château...

— Oui, avait répondu franchement Sara, il faut savoir jouir des avantages qu'on a mérités et aller de l'avant.

Francesco avait réagi violemment

— Ça veut dire que je suis resté à la traîne ? C'est ça ? Mais qu'est-ce que tu crois ? Si Jean-Baptiste avait fait son devoir, je n'en serais pas là... Après tout, c'était à lui de s'occuper de la famille quand notre père est mort, pas à moi. C'est lui l'aîné... Mais non, monsieur se pavanait en Égypte. C'est facile de jouer au grand seigneur, maintenant !

Cette scène, heureusement, n'avait pas eu de témoins, mais Sara ne l'avait pas oubliée. Elle savait que même si Francesco venait aider son frère à Londres, le démon de la jalousie veillait. Tôt ou tard, elle empoisonnerait leurs relations.

— Francesco viendra, affirma Jean-Baptiste, d'un ton sans réplique. Et je suis content qu'il vienne. J'ai confiance en lui. Il sait tout faire.

— Si tu le dis.

— Je le dis ! Je ne connais pas mon frère peut-être ? Je n'accepterai jamais que ma femme doute de ma famille ! Je ne veux rien entendre sur Francesco, Sara. Rien. C'est mon frère, un point c'est tout. Où que je sois, la porte lui sera toujours ouverte.

Francesco vint en effet, mais au dernier moment. Le gros du travail était déjà fait. En fin de compte, Jean-Baptiste, encore une fois, avait travaillé seul. De tous ceux qui l'avaient entouré, seul Jack était venu l'aider. Ricci était resté en Égypte avec Bankes, Beechey avait disparu.

— Tu aurais pu venir plus tôt ! protesta Jean-Baptiste.

— Vous aviez besoin de bras ?

— Entre autres choses. Si Jack n'avait pas été là...

— Jack est un domestique. Pas moi. Je ne fais pas l'ouvrier à heures, même pour la famille.

Sara se mordit la langue et décida de se montrer aimable, mais Francesco lui adressait à peine la parole. C'était pourtant un bon travailleur, puissant et méthodique, qui ne se plaignait jamais. On le voyait peu : il n'aimait pas partager leurs repas et préférait manger seul dans quelque taverne. Il rentrait tard, de manière à ne pas devoir faire de conversation.

Un jour, Sara n'y tint plus :

— Francesco, qu'est-ce que tu as ?

— Rien.

— Nous t'avons fait un tort ?

— Non.

— Tu n'es plus le même avec nous.

— Je suis comme je suis. On change.

— Pourquoi es-tu venu si c'est à contrecœur. Pour l'argent ? Pour la gloire ?

Francesco lui lança un regard flamboyant.

— Parce que notre mère me l'a demandé, c'est tout.

Sara pensa qu'il mentait, et que rien ne lui ferait confesser ses intentions. Mais s'il voulait séduire Londres, et courir sa chance lui aussi, il devrait s'y prendre autrement : l'hydre aux cent têtes aimait l'encens et le miel, les sourires et les flatteries.

Dans le vestibule de l'Egyptian Hall, les ouvriers ouvrirent enfin avec des leviers les grandes caisses de bois qui contenaient, soigneusement enveloppés dans de la paille, les panneaux de cire et de résine que Ricci et Beechey avaient moulés dans la tombe du pharaon. Ils n'avaient pas trop souffert du voyage. Avec ces panneaux et les dessins, on allait pouvoir reconstituer l'entrée de la tombe, la première salle, et la chambre funéraire. Un système de lanternes sourdes rendrait l'atmosphère mystérieuse qui régnait dans la tombe quand Belzoni y était entré, une torche à la main. Il ne regrettait qu'une chose, c'était de ne pas avoir apporté un chargement de sable et de pierres du désert qu'on aurait répandus dans l'entrée. Le public aurait adoré fouler le sol même de l'Égypte.

— Mets un sable quelconque, les gens ne feront pas la différence, suggera Francesco.

— Non. Je veux que tout soit authentique. Je ne veux pas les tromper.

Francesco haussa les épaules. Décidément, il ne comprendrait jamais les subtilités de son frère.

Tout Londres attendait l'événement avec fébrilité. Les antiquaires, les historiens, la *fashion*, les artistes et les bourgeois. On disait qu'on y verrait des statues sculptées il y avait dix mille ans, des momies vieilles de quatre mille, des fresques représentant des femmes nues et des hommes qui... En somme des situations qu'il faudrait voiler, comme à Pompéi, pour ménager la pudeur des dames. La curiosité augmentait de jour en jour.

La veille de l'inauguration, il fut évident que la pièce maîtresse de l'exposition, le sarcophage de Séthi, ne serait pas là. Henry Salt l'avait gardé à Alexandrie. La chambre funéraire resterait vide. Jean-Baptiste tournait en rond, les nerfs à fleur de peau.

Sara plaça alors au centre de la petite salle une lampe à huile allumée. Une de celles que les paysans façonnaient grossièrement avec la boue du Nil. La flamme faisait danser des ombres sur le mur, animant les fresques d'une vie éphémère, et Jean-Baptiste, intrigué, vint voir ce qu'elle faisait.

— Je crée du calme, dit-elle en souriant, encore à genoux.

Les reflets de la flamme arrivaient jusqu'à la pièce attenante et donnaient une illusion de vie aux momies debout contre le mur. Elles étaient encore dans le cartonnage doré et peint qui leur servait de cercueil.

La troisième avait été extraite de son enveloppe. Encore enroulée dans ses bandelettes, elle gisait sur une table à hauteur d'homme. On la démailloterait en présence du duc de Sussex. Il serait le premier à voir son visage.

On entendit soudain un grand bruit dans l'entrée et une bordée de jurons.

Deux ouvriers avaient trébuché en transportant un panneau. Dans sa chute, il s'était cassé en plusieurs morceaux.

— Bougres d'imbéciles ! hurla Belzoni. Ça vous dit quelque chose, le respect du travail des autres ? Il a fallu des mois pour faire ce moulage. Et en enfer, encore !

Sara délaçait déjà sa veste à brandebourgs et relevait ses manches.

— Laisse, je vais arranger ça. Trouvez-moi une marmite. Des chiffons, du papier, un couteau...

En un instant le panneau fut installé sur le vantail d'une porte, en équilibre sur deux tréteaux et Sara commença à malaxer de la cire dans une casserole.

Jean-Baptiste s'approcha d'elle par derrière et l'embrassa dans le cou.

— Tu sais pourquoi je ne te quitterai jamais ? Parce que je n'en trouverai jamais une autre comme toi !

— Tu peux le dire ! Quand on est sortie de tout ça, il faut être idiote pour replonger. Quoique, personnellement, je ne trouve pas le travail manuel aussi avilissant qu'on le dit.

Sara chassa du bras les mèches rousses qui tombaient sur son front et se retourna pour lui sourire.

— Je dirais même que j'aime ça. Mais ne le répète à personne...

C'est alors qu'elle aperçut dans un miroir une silhouette immobile qui se découpait en contrejour dans l'entrée. Une femme les observait. Sara résolut de se taire.

— Allez, va, laisse-moi travailler...

Quand Jean-Baptiste eut disparu dans la salle du fond, Sara se retourna : la femme était encore là.

Elle se dirigea résolument vers elle.

L'ombre du chapeau en cabriolet dissimulait le visage de l'inconnue. Il y eut le bref éclat bleu d'un diamant.

— Bonjour, Sara.

Sara reconnut immédiatement la voix.

— Marie Tussaud !

Elle l'aime encore, pensa-t-elle en un éclair. Au point de venir le chercher.

— Tu as encore les mains dans la cire, Sara Banne ?

Le visage de Marie paraissait à peine ridé, sans âge.

— Moi, c'est fini, je laisse ça à mes enfants. Quand te décideras-tu à devenir une dame ?

— Jamais, je crois !...

Sara sourit. Elle était quand même bien contente de la voir.

Marie tendit sa main gantée de dentelle noire et lui caressa la joue, le regard plein de souvenirs.

Elle ouvrit les bras et les deux femmes s'embrassèrent.

— Eh bien, vous en avez fait des choses en cinq ans ! dit-elle en regardant autour d'elle.

Elle s'assit sans façon sur une caisse. Sara était restée debout. Marie réussissait toujours à prendre les situations en main.

— Qu'est-ce que tu as ? Je te dérange ?

— Non, c'est que...

— Tu me connais, je suis directe. Le temps a passé, Sara. Je ne suis pas du genre à cultiver une douleur toute ma vie. Il faut vivre, aller de l'avant. Sois tranquille, je ne suis plus capable de passion, et je ne m'en porte pas plus mal. En fait, je n'en voudrais pour rien au monde, c'est la pire des maladies.

On entendit un bruit de voix dans le couloir et Jean-Baptiste fit son entrée, de dos, portant une caisse avec un ouvrier.

— Doucement, doucement, je te dis. C'est comme du cristal, cette affaire-là.

— Je dirais plus, c'est de l'or ! dit Marie Tussaud. D'ailleurs, si vous voulez une associée, j'en suis !

Jean-Baptiste se retourna, surpris.

Sara le vit avec les yeux de Marie. Elle oubliait parfois

combien il était beau. Avec quelque chose de sauvage et de déterminé qu'il n'avait pas autrefois.

— Je suis venue aux nouvelles avant que vous ne deveniez trop à la mode tous les deux ! fit Marie.

Jean-Baptiste s'avança vers elle. Il était mal à l'aise. Marie appartenait à un lointain passé. Il voulut lui faire comprendre qu'il n'était plus le jeune rustaud italien d'autrefois, et s'inclina avec aisance sur sa main, comme dans un salon. C'était une façon de marquer les distances. Marie eut du mal à contrôler l'impulsion qui s'empara d'elle : elle faillit écraser ses doigts sur cette bouche bien modelée qu'elle n'avait jamais baisée et dont elle avait si souvent imaginé la douceur. Juste pour la sentir une fois seulement sur sa peau. Mais elle se retint et offrit au couple un visage tranquille qui les rassura.

— J'ai lu votre livre, Jean-Baptiste, dit-elle. C'est comme si j'avais visité l'Égypte avec vous.

Sara l'observait à la dérobée : Marie n'avait ni cillé, ni rougi à l'apparition de Jean-Baptiste. Aucun autre sentiment qu'une franche amitié n'était apparu sur son visage. Sara se sentit rassurée, car leur séparation brutale lui avait laissé au fond du cœur une sorte de fêlure.

Mais le cœur de Marie avait battu plus fort quand son regard avait croisé celui de Jean-Baptiste, plus bleu, plus intense que jamais. Battu à l'étouffer, mais cela, elle serait seule à le savoir. Elle se tairait comme une lionne affamée qui rumine le souvenir d'une proie manquée.

Le printemps arriva. Les jonquilles et les iris fleurirent tous en même temps. Il y avait des nappes de violettes sur les talus et une écume verte de jeunes pousses et de bourgeons sur les arbres de Hyde Park. On vit apparaître dans les rues les premières robes claires et des chapeaux fleuris.

Le 1er mai, Sara se précipita à la fenêtre et l'ouvrit toute grande. L'air sentait le muguet, et la journée promettait d'être resplendissante. Elle alla examiner la robe neuve qu'on lui avait livrée la veille, d'un vert pastel gansé de vert sombre, qui mettait ses cheveux en valeur. Tout à l'heure, le « Tout-Londres » se retrouverait devant l'Egyptian Hall, pour l'inauguration tant attendue.

À dix heures, le frère du roi, le duc de Sussex, fit son

apparition tandis que sonnait encore le bourdon de la Tour. Jean-Baptiste et John Murray l'attendaient sous le porche.

Auguste-Frédéric de Sussex était un homme très réservé qui, en dehors des cérémonies officielles, se cloîtrait dans son palais de Kensington, à la suite d'une déception amoureuse subie vingt-cinq ans auparavant. On le disait un peu bizarre, car il vivait entouré d'oiseaux et de pendules dont il exigeait qu'elles sonnassent toutes en même temps. On avait toujours aimé la ponctualité dans la famille de Hanovre. Les mauvaises langues disaient que, dans ses cauchemars, il se prenait lui-même pour une pendule et faisait réveiller ses gens à minuit cinq pour savoir s'il avait bien sonné ses douze coups.

Ce qui était une manie inoffensive, quand on savait que son frère Ernest avait fait un enfant à sa sœur et qu'il avait tué son valet de chambre dans un accès de colère...

John Murray lui remit le numéro un du luxueux catalogue qu'il avait édité. Le duc présidait la société des Beaux-Arts, mais surtout il était le grand-maître de la maçonnerie anglaise, autant dire la clef de voûte de l'*establishment*. Murray et beaucoup de ses auteurs les plus prestigieux appartenaient à la même loge.

Belzoni s'apprêta à guider personnellement l'important visiteur. Un bref souvenir le ramena à l'époque où il faisait le *show-man* pour Marie Tussaud. Un étrange fil rouge dirigeait ses pas. Il sentait qu'il croisait soudain d'anciennes routes. Vers où ? Vers quoi ?

Auguste-Frédéric et sa suite furent éblouis par l'exposition. Le duc sortit de sa réserve habituelle. L'atmosphère de mystère, entretenue par la lumière savante que Belzoni avait su créer et par la fumée d'encens qui montait des brûle-parfums, attisait la curiosité des visiteurs.

Dans la salle centrale, on avait reconstruit la colonnade de la tombe sur ses soixante mètres de long. Les douze dieux principaux dominaient les visiteurs du haut de panneaux peints à l'identique.

Le duc s'attarda sur celui où le pharaon, encore jeune homme, était en tendre conversation avec une déesse au beau profil.

— Le peintre a employé le jaune pour la couleur de la peau féminine, lui expliqua Belzoni. Pour celle des hommes, on utilisait le rouge. Votre Grâce remarquera la délicatesse des transparences qui font deviner le corps nu au-dessous du tissu. Les Égyptiens ne connaissaient que quatre couleurs, mais ils savaient les distribuer avec beaucoup d'art. Et si ce tombeau a été si bien conservé, c'est qu'il y a sur ces fresques une sorte de vernis qu'on ne trouve nulle part ailleurs et dont on ne connaît pas la composition.

Le groupe passa dans la salle suivante.

— Et voici la salle des Beautés... Votre Grâce jugera de la perfection des figures, et des détails précieux de leur habillement. Voyez les lotus qui les ornent ! Ils sont représentés à différents stades de leur floraison. Quant aux hiéroglyphes, chacun d'eux est un petit tableau qui remplira d'aise le docteur Young, qui nous honore ici de sa présence.

Le docteur Young, flatté, s'inclina. Jean-Baptiste montra un petit groupe de caractères dans une sorte de niche.

— Je voudrais rappeler que c'est justement ici que figurent les caractères que vous avez réussi à déchiffrer le premier, docteur. Si nous pouvons lire un jour l'histoire de l'Égypte comme dans un livre, ce sera grâce à vous. Nous espérons de tout cœur, docteur Young, que vous arriverez avant les autres savants engagés dans cette compétition...

Le duc approuva chaudement : la renommée britannique était en jeu...

On arriva enfin à la chambre sépulcrale.

Deux statues majestueuses et inquiétantes en gardaient l'entrée. L'étrange lumière de la petite lampe placée à terre fit taire peu à peu les murmures. On se recueillit pendant que Belzoni précédait le duc dans la pièce où étaient entreposées les momies. Seuls le duc et les plus hautes autorités du corps médical furent invités à entrer. À la tête de la prestigieuse délégation, on reconnaissait la haute stature couronnée de cheveux blancs du professeur Astley Cooper, médecin du roi depuis plusieurs années, et quelques autres lumières des hôpitaux de Londres.

— Et maintenant, Votre Grâce, nous allons procéder au démaillotage d'une momie, annonça Jean-Baptiste. Voulez-vous couper la première bandelette ?

Il tendit au duc une belle paire de grands ciseaux ouvragés. Sara avait eu beaucoup de mal à s'en procurer d'assez beaux et d'assez solides. Elle avait fini par demander de l'aide à Marie Tussaud, qui s'était rabattue sur un service d'argenterie où ils faisaient office de ciseaux à volaille. Le duc hésita une seconde : les bandelettes étaient imprégnées de bitume et leur couleur n'était pas engageante. Les premières couches de bandelettes durent être toutes coupées car elles étaient collées en un magma brunâtre. Enfin, on distingua l'enchevêtrement artistique des étroites bandes de lin dont la finesse disait assez l'importance du défunt, et, bientôt on put dérouler correctement le tissu. De petites amulettes d'argile vernissée tombaient de temps en temps, glissées entre les plis par une main pieuse : bleues, vertes, jaunes, représentant un œil, un faucon, un scarabée, une chouette, une déesse. Le professeur Cooper prit enfin la momie à bras le corps pour la faire pivoter. Il fut surpris par sa légèreté et sa petite taille.

Il fallut cisailler aussi les dernières couches, collées par les sécrétions millénaires. La momie portait des bijoux magnifiques et on avait placé deux petits bouquets de fleurs des champs sous ses bras. C'était une jeune femme. On avait peint les ongles des mains et des pieds et mis une petite fleur entre chaque orteil. Entre les paupières entr'ouvertes, des yeux d'émail donnaient à la momie un semblant de vie. Étrangement, le crâne n'avait pas été rasé : sa chevelure était tressée et parsemée de perles bleues.

Le petit visage desséché conservait des restes de beauté, malgré son nez brisé et ses lèvres dorées étirées en un sourire souffrant. Jean-Baptiste remarqua ses dents intactes et se dit qu'il était bien absurde que chez un être humain seules l'âme et les dents soient immortelles.

Sous les poignets fragiles croisés sur la poitrine, les seins n'étaient plus que des sacs vides, et les os des hanches saillaient tragiquement de chaque côté du ventre qui avait été autrefois tendre et doux.

Quelque chose dans le pauvre corps tanné par les acides disait qu'il était mort en pleine jeunesse, au faîte de sa beauté.

Aucune femme n'avait voulu assister au démaillotage, craignant de s'évanouir. Mais Sara, elle, n'aurait manqué cela pour rien au monde. Elle était restée discrètement derrière son mari, prête à l'assister en cas de besoin.

Un grand silence s'était fait dans l'assemblée. Chacun fixait l'étrange chrysalide, brune comme une feuille morte, et pensait, qui à l'âme qu'elle avait contenue, qui à la fragilité de la beauté, qui au destin de l'homme.

Qui à Sara, comme le professeur Astley Cooper. Il la regardait à la dérobée.

« Où ai-je bien pu la voir ? se demandait-il. Je la connais... »

Comment aurait-il pu se souvenir de l'avoir seulement croisée chez Marie Tussaud dix ans auparavant ? Tom Butler s'était bien gardé de lui raconter l'enlèvement manqué.

Cette femme répondait tellement aux canons de la beauté telle qu'il l'entendait, que c'en était troublant. Il se sermonna : « Astley, tu es un homme en vue, tu as une famille, et tu as passé l'âge. Arrête. » Mais son regard revenait sans cesse se poser sur le cou et les épaules de Sara, forts, pleins, comme ceux d'une statue antique.

Sara, gênée par ce regard, lui tourna le dos. Ce fut pire, car rien au monde ne troublait davantage le professeur que la nuque d'une femme. Ce creux d'ombre aux allures de sexe où les petits cheveux frisent comme pour cacher un secret. Il en eut la chair de poule, ce qui était très mauvais signe. Il s'approcha un peu d'elle, très lentement. Sentir de plus près la chaleur de cette peau, son odeur... Pour un peu, il aurait saisi à pleine main la nuque offerte, il l'aurait serrée, possédée... Une sensation oubliée.

Le professeur se força à se concentrer sur la momie. On lui parlait. Il hocha la tête d'un air docte.

— Voyez, professeur, la fente latérale par laquelle on a extrait les viscères. On a aussi trépané le crâne très proprement pour enlever le cerveau, de manière à préserver le visage, semble-t-il.

On plaça le corps dans les mains du professeur qui, troublé et agacé, le laissa retomber maladroitement sur sa couche. Le cou se cassa net. La tête de la petite princesse roula sur le côté au milieu d'un murmure horrifié. Sara se précipita pour l'attraper au vol et éviter qu'elle n'allât fracasser à terre en mille morceaux, comme une poterie.

La petite tête était si délicate, si légère dans ses mains, ce n'était même pas horrible.

Le professeur s'empressa :

— Madame, je suis mortifié, je ne permettrai pas... s'il vous plaît...

Il saisit d'autorité le crâne et en profita pour frôler au passage les mains chaudes de Sara. Il frémit jusqu'au tréfonds de l'âme et sa propre nuque se hérissa de plaisir. Qu'avait donc cette femme pour provoquer en lui un tel trouble ?

Le reste de la visite fut pour lui un supplice. Il aurait voulu s'enfuir et aller déguster en paix ses sensations chez lui.

Cette année-là, la « saison » qui, de fin avril à fin juillet, concentre les mondanités, fut marquée par deux événements exceptionnels : l'Exposition égyptienne et le couronnement du roi. Une nuée de visiteurs s'abattit sur Londres. Même dans ses rêves les plus fous, Jean-Baptiste n'aurait jamais imaginé un succès pareil. Pour la première fois de sa vie, l'argent entrait enfin tout seul dans ses caisses. Le premier jour, on vendit presque deux mille entrées ; le catalogue fut épuisé en un clin d'œil, malgré son prix extravagant.

C'est donc un homme heureux, presque grisé qui, le 19 juillet, enfila son habit pour se rendre à la cathédrale de Westminster, où le prince régent allait devenir officiellement le roi George IV.

« Il y aura foule, ne soyez pas en retard, lui avait écrit John Murray en lui envoyant son invitation. Rendez-vous sur le parvis. Grande tenue de rigueur évidemment... »

Jean-Baptiste s'habilla avec un soin scrupuleux. Il devait admettre qu'il était flatté. Seuls les grands du royaume pourraient pénétrer dans la cathédrale. Il se contempla dans le miroir et eut une pensée reconnaissante pour Davidson et Meyer : il était superbe.

Avant de monter en voiture, il leva les yeux vers les fenêtres de son appartement. Quelqu'un l'observait et laissa retomber précipitamment le rideau : Francesco, certainement. Sara était partie bien avant avec un groupe de dames.

Murray attendait déjà sur le parvis assiégé par un chaos de calèches, de carrosses, de chevaux et de peuple en liesse. Jean-Baptiste abandonna la voiture et se précipita. Le cortège de la princesse régente, Caroline de Brunswick, venait d'arriver. Le scandale était inévitable.

Son royal mari croyait qu'elle n'aurait pas l'audace de se présenter. C'était mal la connaître. Il l'avait répudiée, il avait même fait supprimer son nom de toute la liturgie du couronnement, et, défiant les lois de l'Église sur la bigamie, il avait eu l'audace d'en épouser une autre. Mais le divorce n'existant pas, Caroline était bel et bien reine d'Angleterre et entendait faire valoir ses droits. Elle était revenue tout exprès de son exil italien.

Elle descendit de son carrosse en grand appareil, et passa devant Belzoni et Murray en tanguant maladroitement comme une grosse caravelle. Elle accorda quand même un regard intéressé à ces deux beaux hommes. Mais elle avait mieux à faire aujourd'hui et, levant haut son double menton, elle se dirigea vers l'entrée.

Les hallebardiers hésitèrent à lui croiser leurs lances au nez, et le maître des cérémonies fort mal à l'aise se hâta de fermer les grilles. À l'abri des barreaux, ne sachant quel titre lui donner, il lui communiqua la décision du roi : Sa Majesté avait interdit l'accès à l'église à toutes les femmes de la famille royale.

Caroline commença un scandale si bruyant qu'il couvrait les chœurs et les trompettes. Elle occupait toute l'entrée avec sa suite. Elle avait parfaitement compris ce que le roi cherchait à faire et elle était bien décidée à lui donner sa leçon. Elle connaissait mieux que personne sa nature dissolue.

— C'est un lâche, un ivrogne et un joueur. Il est mauvais en toutes choses, un chien scrofuleux et méprisable. Un bigame, un pervers qui n'a de passion que pour sa grosse Maria. Je ne suis pas sans péché, des péchés bien humains, et j'en demande pardon à Dieu, mais je n'ai pas de leçons à recevoir d'un homme assez arrogant pour m'interdire la maison de Dieu alors qu'il ne devrait pas oser s'y présenter lui-même. Je demande justice au peuple !

Le peuple lui fit une ovation.

Les derniers arrivants, parmi lesquels Belzoni et Murray, lui jetaient des regards noirs : ils étaient bloqués sur le parvis, leurs invitations à la main, ne sachant que faire et très énervés parce que la cérémonie commençait et qu'on n'arrive pas en retard au couronnement de son roi.

Une femme en noir se fraya alors un passage au travers de la foule et se dirigea droit sur la princesse.

— Majesté, dit-elle en pliant le genou — ce qui était une bonne entrée en matière —, Dieu reconnaît les siens et vous avez été unie au roi devant Lui. De quoi vous inquiétez-vous ?

Point n'est besoin d'une autre cérémonie. Le peuple vous aime, n'est-ce pas ? ajouta-t-elle d'une voix forte en se retournant vers la foule.

— Oui, oui, hurla la masse. Vive la reine Caroline.

Quelques voix crièrent même « Vive King Bergami ! », continuant à prendre Belzoni mortifié pour l'amant princier. Caroline répondit aux vivats de la foule par de petits gestes ronds de sa main gantée qu'elle avait longuement répétés devant son miroir.

Le groupe des invités ne pouvait ni entrer ni sortir. Quelques lords tournaient en rond comme des lions. Belzoni était au supplice. Murray riait. La confusion était à son comble.

Jean-Baptiste reconnut la femme en noir et la prit à partie.

— Marie Tussaud ! Taisez-vous, pour l'amour de Dieu ! Vous jetez de l'huile sur le feu. Je ne veux rien avoir à faire avec la princesse.

Le visage de Marie s'illumina malgré elle. En un clin d'œil, elle enregistra la mise élégante de son ex-employé, la présence de John Murray et les invitations royales...

— Mais non, elle va partir, vous allez voir. Laissez-moi faire !

— Je ne veux rien voir du tout, fit Belzoni au comble de l'énervement. Je dois entrer et j'entre...

Avant que Murray ait pu intervenir, il empoigna les deux vantaux de la grille de fer et gonfla ses muscles comme un lutteur de foire. La foule l'encouragea bruyamment. Il n'avait rien perdu de sa force prodigieuse. En un clin d'œil, la grille fut forcée et les invités se glissèrent par l'ouverture, pendant que les hallebardiers barraient tant bien que mal la route à la princesse. Elle était d'autant plus furieuse qu'elle avait cru un instant à un geste de galanterie de la part du géant. Elle qui se promettait déjà de le récompenser comme il se devait dès qu'elle serait reine !

Marie Tussaud s'était placée sans hésiter dans le sillage des deux hommes qui se frayaient un chemin entre les invités. Quelle rencontre providentielle, se dit-elle. Il fallait qu'elle s'approche du roi. À tout prix et le plus près possible : elle avait un certain travail à faire.

Elle parvint à proximité du sanctuaire où officiait l'archevêque de Canterbury. On murmura sur son passage, mais personne n'intervint : Marie put sortir sans encombre de son sac une sanguine et du papier et se mit à dessiner le futur roi. Elle bâcla son visage lourd et ingrat, ses petits yeux cruels et vicieux, son gros ventre boudiné dans un corset et ses grandes fesses molles. Elle avait déjà terminé son mannequin pour la galerie et, désormais, elle connaissait le roi George mieux que sa propre mère. Ce qui l'intéressait aujourd'hui, c'était son costume. Le petit peuple n'avait pas accès à la cathédrale et ne verrait du roi que ce qui dépassait du carrosse, sur le chemin du palais. Il ne verrait pas ses belles jambes gainées de soie — ce qu'il avait de mieux, sans conteste — ni les riches jarretières, ni les boucles des chaussures ornées de diamants. Il verrait à peine le travail prodigieux des dorures et des décorations qui encombraient la poitrine royale — il y en avait au moins pour vingt mille livres, disait-on — et surtout il ne verrait pas la splendeur de la cape royale avec ses mètres de traîne de velours brodé d'or et doublé d'hermine.

Mais Marie était là : c'était à elle qu'incombait le devoir de montrer au peuple la copie exacte de toute cette pompe. « Encore heureux qu'il n'y ait pas de reine avec robes et diamants de la Couronne ! » se dit-elle pendant qu'elle dessinait. La seule quincaillerie du roi allait lui coûter une petite fortune à reproduire, et il lui faudrait augmenter le prix des entrées si elle voulait s'y retrouver.

Août 1821

Chère Georgina

Londres est devenue soudain la ville la plus aimable du monde. Il est vrai qu'avec le soleil, les parcs resplendissent. J'ai une passion nouvelle pour les arbres, il faut être privé d'ombre pendant des années comme vous pour me comprendre.

Vous pouvez être fière de moi, Georgina. J'ai suivi vos conseils et « madame Belzoni » a pris de la consistance. Elle a enfin fait ses débuts dans le monde. Je suis même devenue une personnalité, car j'ai été remarquée (une robe bouillonnante d'un gris très clair incrusté de bleu, retenue aux épaules par de grands bouquets de pervenches violettes) au bal que le roi donnait pour son couronne-

ment le mois dernier. Nous sommes tous choqués ici, car la princesse Caroline, qui avait fait grand scandale ce jour-là pour se faire reconnaître, vient de mourir à l'improviste. Elle n'a pas eu le temps de jouer à la reine. Vous n'imaginez pas ce qu'on murmure dans les salons, car cette brusque disparition arrange beaucoup les affaires du roi et de l'Église. On se croirait en Égypte.

Comme vous le savez, je ne fréquente pas beaucoup les coteries, et la mode m'importe peu. Mais il semble qu'ici cela soit de première importance. La suffisance des modistes, des bottiers et des coiffeurs français est indescriptible. Ils font la loi. Les nouveautés sont introduites sous le manteau comme des secrets d'État et je suis bien aise de vous en divulguer quelques-unes dont vous pourrez enchanter les dames du Caire. Si le ridicule tuait, il y aurait ici hécatombe, je vous l'assure, car certains hommes sont encore plus enragés que les femmes. Ils se disputent à coup de zinzolines, popelines et canezous, les nouveaux tissus que chacun doit avoir, et de couleurs qui n'ont de neuf que le nom : « crapaud mort d'amour » et « araignée méditant un crime ». Autant dire, vert bilieux et marronnasse. Très triste, très peu seyant. Ceci promet un hiver redoutable. J'imagine que si je m'habille en rose, on me fermera toutes les portes. Ce qui m'arrangerait, au fond, car j'éprouve dans le monde une grande fatigue physique et morale. Je sens qu'un œil au moins est toujours rivé sur moi, enregistrant mes fautes pour mieux me les jeter un jour au visage en me chassant du Saint des Saints. Une version mondaine du Jugement Dernier ou de l'exil du Paradis.

Jean-Baptiste fait désormais partie des happy few. On l'admire, on l'adule, on le veut. Il n'a que des amis haut placés qui se mettent en quatre pour lui. Il est très occupé et je le vois de moins en moins. Je me tiens très en retrait de tout cela et ne participe que lorsque c'est indispensable. Vous me connaissez, j'ai horreur des conventions. Je me sens donc fort mal à l'aise dans la fashion, dont la vie est codée heure par heure, et je pense qu'on trouverait mes quartiers de noblesse bien insuffisants. Mais Jean-Baptiste s'y déplace comme s'il y était né : son aisance me confond.

La valse est interdite à la Cour, et on retouche les décolletés : un vent pudibond a repris à souffler, qui ne me dit rien qui vaille. Le diable et le roi forgent de nouveaux couvercles pour couvrir leurs marmites. Le contenu qui y mijote ne changera pourtant pas et il n'est guère appétissant. Je dois vous dire qu'il règne dans ce pays *l'injustice la plus criante, car si le luxe y est bien plus aveuglant qu'en Égypte, la misère y est la même, sinon pire.*

Quelques femmes essaient de lutter contre cet état de choses et je suis tentée de les rejoindre. J'ai vu trop de souffrances, où que j'aille. On ne peut pas fermer les yeux sur les pauvres et les exploités. Mais si les œuvres de bienfaisance sont vivement applaudies, nous sommes honnies dès que nous essayons d'agir plus concrètement. Avons-nous seulement le droit de parler ? On nous traite de bas-bleus, d'illuminées, de révolutionnaires, de dangers publics. On dirait qu'il y a pour les autres classes une jouissance et un réconfort à voir la déchéance des plus démunis. Peut-être le simple soulagement de penser : « Je n'en suis pas ! »

Je ne vous donnerai pas mon opinion sur le roi, il faut sans doute le voir à l'œuvre. Mais la rumeur publique n'est pas clémente. Il a beaucoup d'ennemis au sein même de l'aristocratie, qui le jugent le plus grand fat, cynique et cruel, que la terre ait jamais porté. Je me limite à dire que c'est en tout cas le plus orné, car il aime passionnément l'or et le pompon.

Le journal de voyage de Jean-Baptiste se vend très bien. La première édition est presque épuisée. L'éditeur se frotte les mains, et nous aussi. Nous avons tellement travaillé pour en arriver là ! Avez-vous reçu l'exemplaire que je vous ai envoyé ? Il est vrai que, pour vous, tout cela n'est guère exotique et que vous trouverez plus de charme à l'Ivanhoé de sir Walter Scott que je vous ai joint. Ici, on n'est rien si on ne l'a pas lu.

Walter Scott est un homme qui vous plairait. Il a un rire irrésistible et il fait honneur à ses origines écossaises. C'est un vrai Celte. Je veux dire par là qu'il aime la bonne bière et les belles poésies. Il a un appétit qui n'a d'égal que sa soif : on le surnomme Colonel Grogg, c'est tout dire. Il est boiteux comme le diable, mais il a tant d'esprit qu'on l'oublie. Lui, cependant, ne l'oublie pas : il rêve d'épopées et c'est ce qui nous vaut tant de beaux romans de chevalerie où il vit au travers de ses personnages tout ce qu'il ne pourra jamais faire.

Jean-Baptiste a maintenant autour de lui un petit groupe d'amis sincères qui nous repaissent des déceptions égyptiennes. Déceptions qui n'en finissent pas. Me croiriez-vous si je vous disais que William Bankes nous a tourné le dos ? Il nous était cependant tout acquis lorsqu'il s'agissait d'enlever son obélisque.

Voilà maintenant qu'il nous évite. Il est vrai que M. Drovetti continue à jurer qu'on le lui a volé, ce qui est faux. Si Bankes croit à cette version, rien ne l'empêche de le laisser en Égypte ou de le lui rendre. Mais il s'en garde bien, et s'est mis d'accord avec Henry Salt pour le faire expédier en Angleterre avec notre sarcophage.

La chose qui nous préoccupe le plus, c'est que le consul ne semble pas pressé, et pourtant cette pièce devait figurer à la place d'honneur de l'exposition. Je commence à penser qu'il cherche à la vendre pour ne pas avoir à nous la laisser...

Sara

En réalité, la vie de Jean-Baptiste était devenue si mouvementée qu'il avait fini par se résigner à l'absence du sarcophage. Il avait eu, dans l'intervalle, des compensations qui avaient fait passer tout le reste au second plan.

À sa sortie de l'exposition, le jour de l'inauguration, le duc de Sussex lui avait longuement serré la main d'une manière étrange, qui ressemblait au salut secret qu'échangeaient les « Frères de Louxor » au Caire. Les yeux dans les yeux, il avait murmuré :

— Merci, monsieur, je vois maintenant combien vous aimez notre pays. Vous avez fait beaucoup pour sa renommée. Il vous le rendra au centuple.

Il ajouta plus discrètement à l'intention de John Murray :

— Monsieur Murray, pourquoi n'amèneriez-vous pas M. Belzoni à une de nos prochaines réunions ? Il me semble en tous points digne d'être des nôtres...

Remerciements, salutations, les voitures du cortège officiel s'étaient éloignées. John Murray avait souri largement :

— Tu peux être satisfait, Jean-Baptiste Belzoni. On vient de t'ouvrir le cercle des Élus.

Contrairement à celles d'autres pays d'Europe où elle avait des allures de société secrète plus ou moins équivoque, la maçonnerie anglaise était vraiment le symbole de la réussite sociale et du mérite. La Grande Loge unie des anciens maçons était dirigée par un membre de la famille royale et comptait en son sein les meilleurs représentants de toutes les professions, maçons d'honneur et maçons acceptés, répartis en trois degrés qu'on devait franchir avant d'atteindre le grade supérieur de la *Royal Arch*. La plupart des auteurs à succès de Murray en faisaient partie, Walter Scott le premier : il aurait adoré être Templier ou chevalier de la Table Ronde.

L'entrée de Jean-Baptiste dans la Loge acceptée à l'unanimité, on fixa la date de la cérémonie. John Murray et Walter Scott furent chargés de l'informer. Comme tout le monde, Belzoni s'interrogeait sur les fameux mystères et les épreuves auxquelles il serait soumis.

— Les gens racontent n'importe quoi, lui dit Murray. C'est très simple, en réalité. D'abord, il te faudra prêter serment sur la Bible, puis on te communiquera la Parole Perdue...

— C'est-à-dire ?

— Je ne peux pas te le dire maintenant, tu ne le sauras qu'en la présence de trois initiés. On ne crie pas sur les toits le nom secret de Dieu. Enfin on te remettra le tablier sur lequel sont brodés les symboles correspondant à ta position. Il se peut qu'on te soumette à des épreuves, mais il n'y a là rien d'effrayant. Le symbolisme est un complément de la raison.

— Personnellement j'aimerais mieux que ce soit comme au Moyen Âge, soupira Walter Scott. Combattre un dragon, défaire des adversaires en lice, défendre la veuve et l'orphelin, les couleurs de sa dame... Mais, au pire, on te fera boire un calice d'amertume, et on te fera sentir trois éléments : l'eau, l'air et le feu.

— Le calice, je l'ai bu plus d'une fois et j'en connais même le fond, dit Belzoni.

— Et le feu ?

— J'ai traversé quelques déserts qui peuvent en tenir lieu.

— L'eau ? Le vide ?

— La soif et la solitude sont de bons professeurs.

Au cours de la cérémonie, alors qu'il était enfermé dans le cabinet « de réflexion », il se posa la question essentielle. Est-ce que tout cela apaisait son désir d'appartenance et de conformisme ? Et est-ce que ce désir était plus fort que sa volonté de liberté, que son désir de conquête ? Voulait-il vraiment faire partie de la grande meute, en être un membre reconnu et accepté ? Était-il prêt à payer le prix ?

Oui. La réponse était oui. Ne plus jamais être au ban, parce qu'il était différent, trop pauvre, trop grand, trop beau... Se trouver au même rang que des frères sélectionnés parmi les hommes les meilleurs, plus proches de lui que ses frères de sang, parler le même langage, serrer des mains amies, donner et recevoir de l'aide sans s'humilier, pouvoir se fier aux autres... Oui, il serait maçon, et avec enthousiasme.

Et si ce n'était qu'une illusion, eh bien la vie continuerait. Il trouverait une autre voie vers la Lumière. Personne n'imaginait à quel point il était déterminé. Personne ne connaissait la force et la rage qui le poussaient vers l'avant.

Sara, peut-être...

Au banquet qui suivit la cérémonie, Jean-Baptiste se trouva assis entre ses « parrains ». Auprès du Grand-Maître, il reconnut d'éminents personnages de la politique, de la finance, et de la science. Le discours avait été confié au professeur Cooper, qui dut mettre des lunettes pour mieux lire son texte. La feuille tremblait légèrement dans ses mains et Belzoni se dit qu'il n'aurait pas aimé être son patient.

— Messieurs, commença le professeur, nous accueillons aujourd'hui parmi nous M. Belzoni, un homme hors du commun, qui a contribué à dévoiler tout un pan de l'histoire du monde et à faire reculer les ténèbres de l'ignorance. Quelqu'un qui possède toutes les qualités que nous exigeons d'un homme. Permettez-moi donc d'emprunter mon discours de bienvenue à un de nos frères du siècle dernier, Raymond de Sangrò, prince de Sansevero, pour lequel certains d'entre vous connaissent mon intérêt...

— Sa manie, oui ! Une vraie fixation..., souffla Murray.

— Ce discours est daté de 1745, mais il n'a pas une ride.

Il en avait beaucoup, au contraire, et de plus, il était interminable. Walter Scott avait baissé la tête et commencé un petit somme réparateur. À cette vue, Belzoni sentit le sommeil le gagner. Il se tourna vers Murray ; celui-ci étouffa un bâillement... Le Grand-Maître avait posé sa montre devant lui et la fixait d'un regard absent.

Astley Cooper s'était tourné vers Belzoni et s'adressait à lui.

— Mais surtout, mon frère, n'avilissons pas nos mystères en les révélant aux profanes. Parmi toutes les vertus que nous devons pratiquer avec austérité, aucune n'est plus nécessaire que la discrétion. Les choses les meilleures cessent de l'être quand elles deviennent trop communes et les hommes ordinaires dont le cœur est désenchanté n'y gagnent jamais rien.

Il s'assit au milieu du soulagement général, pendant que

Belzoni s'inclinait pour remercier. Désormais, il faisait officiellement partie de l'*establishment*.

De toutes les félicitations qu'il reçut, ce furent celles du président de l'Association africaine qui retinrent le plus son attention. Sir Joseph Banks avait été le compagnon du capitaine Cook et participé à l'aventure mythique du *Discovery* dans les mers australes. Mais surtout, il avait été le protecteur de Jean-Louis Burckhardt.

— Monsieur, dit-il à Jean-Baptiste, nous devons absolument avoir une conversation privée. Rien ne presse, mais elle est de la plus haute importance. Je pense d'ailleurs que feu notre ami vous en a parlé.

— Oui, monsieur, et je me suis engagé à prendre la suite de son projet d'expédition en Afrique.

— Vous m'en voyez ravi, car j'estime que vous êtes le seul homme capable de la mener à bien. Vous serez le bienvenu à l'Association. À n'importe quel moment.

La longue soirée entre hommes touchait à sa fin. Quand il reçut l'accolade du duc de Sussex, Jean-Baptiste éprouva la joie pure du fils prodigue embrassé par son père. C'était quand même un membre de la famille royale qui l'embrassait...

Il était tard quand les convives se séparèrent. Murray raccompagna Jean-Baptiste chez lui ; ils habitaient à deux pas l'un de l'autre.

Dans la voiture, John lui dévoila ses plans :

— Es-tu jamais allé à Saint-Pétersbourg ?

— Non, grands Dieux ! Je suis un homme du sud. Rien que l'idée du froid...

— Eh bien, il va falloir que tu t'habitues à l'idée. Nous avons beaucoup d'amis maçons dans la noblesse russe. Le tsar veut te connaître.

— John, on en reparlera demain. C'est trop pour une même soirée.

C'était même tellement qu'il décida de ne pas rentrer tout de suite chez lui. Il salua Murray et s'engagea dans Half-Moon Street. La fenêtre de sa chambre était obscure ; Sara dormait déjà. Il eut envie de faire quelques pas dans Piccadilly Road le long de Hyde Park, pour calmer le feu qui l'animait et mettre de l'ordre dans ses pensées. La nuit, la promenade pouvait être dangereuse, car les jardins abritaient tout un peuple de malfaiteurs et de prostituées, mais la taille imposante de Jean-Baptiste le mettait à l'abri des attaques. Personne n'avait jamais tenté de l'agresser.

La température était tiède, il y avait une sorte de volupté dans l'air et une odeur de terre humide qui évoquait la campagne. On avait envie de s'attarder et de s'asseoir sur un banc pour rêver. Jean-Baptiste croisa un groupe de femmes qui descendaient bras dessus bras dessous vers Piccadilly. Elles avaient bu, riaient haut, et se taquinaient comme des gamines.

— Tu nous arroses, mon prince ? demandèrent-elles. On a une sacrée soif.

— Je ne suis pas assez riche, mesdames, pour désaltérer d'aussi belles femmes comme elles le méritent ! Le meilleur champagne ne suffirait pas ! répondit-il aimablement.

Les putes s'exclamèrent joyeusement.

— Est-il galant, cet homme-là ! Est-il beau ! Est-il grand !...

Et de tâter ses poches et le reste. Belzoni se mit à rire en les repoussant.

— Mesdames, épargnez-moi, je suis un homme marié...

— Tiens, mon prince, fit la plus jeune d'une voix éraillée, c'est mon jour de bonté. Je vais te montrer le plus beau cul que tu aies jamais vu, ça te mettra en forme pour ta petite femme.

— Vas-y, Susan, rit une autre, fais-lui voir. Y z'en ont pas des comme ça dans la haute.

Susan remonta ses jupes par-dessus tête et se pencha en avant. Elle était perchée sur des bottines noires aux talons éculés par les longues marches. Au-dessus de ses bas blancs douteux, elle avait un derrière parfait, rond, blanc, dur, avec deux fossettes. Une motte de beurre qui évoquait la ferme.

Les filles éclatèrent de rire.

— Allez, profite ! Monte là-dessus, tu seras pas déçu... Hein ? Quel sacré clair de lune !...

Une femme vêtue de gris avait rejoint le groupe d'un pas lent. Une épaisse voilette masquait ses traits.

— Écarte les jambes, Susan, il ne faut pas tromper les clients.

La voix de l'inconnue était rauque, sans doute à cause de l'alcool, mais distinguée.

— Tu as dit que tu lui faisais voir, n'est-ce pas ? Alors, fais-le vraiment.

De dessous les jupes, parvint une voix étouffée :

— J'ai dit le derrière, pas tout.

— Ne sois pas mesquine. M. Belzoni t'en sera reconnaissant. Il aime les jolis « cous » anglais, et encore plus qu'on les lui serve dans la nature.

Jean-Baptiste se retourna vers la femme pendant que la fille s'exécutait en soupirant, montrant un sexe rose au milieu d'une épaisse toison noire.

La femme fit face à Jean-Baptiste. Elle avait coupé une petite badine dans un buisson et elle en arrachait méthodiquement l'écorce. Elle remonta lentement sa voilette. Son chapeau était fleuri de camélias factices.

Malgré les cheveux teints en rouge, les poches sombres sous les yeux étincelants, et les plis amers que l'alcool et la maladie avaient creusés le long de ses joues, il la reconnut.

— Toi...

Emma Thorpe éclata de rire et se mit à tousser.

— Vas-y... dit-elle les yeux vrillés à ceux de Jean-Baptiste. Prends-la.

Elle remonta un peu plus la jupe de la fille avec sa badine, mettant la marchandise en valeur.

— Tu peux l'avoir tout de suite. Dix shillings. Elle est saine, comme neuve... Elle est serrée comme le poing d'un nouveau-né et juteuse comme une poire. Mieux que moi. Essaie...

Belzoni était frappé d'horreur. Les mots crus le cinglaient comme des gifles. Il sortit en tâtonnant une poignée de billets.

— Emma, qu'est-ce qui t'est arrivé ?

Elle eut un regard dur.

— Anselme m'a quittée et peu après j'ai tout perdu : l'argent, la santé... Ça va vite... Je suis retournée au monde d'où je venais... Heureusement, j'ai les filles. Elles au moins me respectent.

— Je peux t'aider...

— Non, merci...

Elle eut un rire grinçant et donna une pichenette méprisante aux billets que Belzoni lui tendait.

— Je suis devenue commerçante, je gagne ma vie. Je n'ai pas besoin qu'on m'aide. Qu'on m'aime, éventuellement.

Mais pour ça, il est toujours trop tard... Bon, tu consommes ou tu t'en vas. On a à faire...

Il recula lentement. Il se sentait le cœur serré et coupable, simplement parce qu'il était homme et qu'il avait contribué à cette déchéance. Il ne pouvait même pas dire « à son corps défendant ». Son corps avait tellement voulu celui d'Emma.

— Alors, ça vient ? demanda la pute sous ses jupes. J'étouffe, moi. Je ne vais pas rester comme ça jusqu'à la Saint-Glinglin...

Emma haussa les épaules. Elle avait fini de peler sa badine, qui était maintenant d'un blanc éclatant, comme un os de squelette. Elle en asséna un petit coup net sur les fesses fermes.

— On te fait grâce. Couvre-toi, tu vas t'enrhumer. Le pigeon a pondu et il s'est envolé.

Elle ramassa les billets éparpillés par terre en les comptant tout bas. La dentelle de ses gants était déchirée au bout des doigts, mais désormais cela n'avait plus d'importance.

Belzoni fut d'humeur sombre pendant plusieurs jours. Personne ne comprenait pourquoi.

Vint le mois d'août, et la nouvelle que le sarcophage du pharaon était arrivé à bord d'une frégate anglaise.

Il fallait le vendre au plus tôt. Jean-Baptiste avait refusé plusieurs offres qu'il jugeait insuffisantes, autant en termes de prestige que d'argent. Il souhaitait que le merveilleux objet figure dans les collections du British Museum, et personne n'était mieux placé pour l'y faire entrer que William Bankes.

Mais le collectionneur semblait avoir disparu. Depuis son retour de Nubie, son amitié pour Belzoni s'était évanouie.

— Il a emporté son obélisque dans sa propriété en silence, comme un chien son os dans sa tanière, disait Sara. Il doit avoir peur qu'on ne le lui reprenne.

C'était une attitude inexplicable pour un homme qui avait toujours méprisé le qu'en-dira-t-on et adoré les provocations. Byron, qui le connaissait depuis le collège, disait que c'était leur meneur, aussi asocial qu'un loup arraché à sa meute. Jean-Baptiste ne comprenait pas qu'on puisse changer autant. De plus, maintenant, il avait vraiment besoin de lui. Il savait comment se font les achats dans les musées. William

Bankes appartenait au conseil du British Museum. Sans son soutien, l'opération était impossible.

Bankes ne répondit pas aux lettres, n'intervint pas et le British refusa la proposition de Jean-Baptiste.

— C'est absurde ! J'ai tout fait pour qu'il reste à l'Angleterre et c'est ainsi qu'on me remercie ?

— Tu es sûr que le British ne cherche pas à faire baisser le prix ? Qui te dit d'ailleurs que Bankes ne s'est pas mis d'accord avec Salt derrière ton dos. Voilà qui expliquerait son changement. C'est celui d'un homme mal à l'aise.

Le bon sens de Sara était redoutable.

Belzoni ne décolérait pas. Il alla voir l'agent d'Henry Salt, Richard Bingham.

— Monsieur Bingham, William Bankes m'a trahi. Je voudrais que vous écriviez à Henry Salt pour lui demander sa position dans l'affaire du British Museum.

Richard Bingham appréciait Belzoni. Il savait que de sombres manœuvres étaient en cours ; il les déplorait, mais ne pouvait intervenir.

— M. Bankes prétend que vous l'avez mis en fâcheuse posture dans l'affaire de l'obélisque, et que c'est pour cela qu'il ne vous aidera pas dans l'affaire du sarcophage. Pardonnez-moi, mais il semble convaincu que vous l'avez « emprunté » aux Français.

— S'il le croit vraiment, qu'il le leur rende ! Mais il s'en garde bien.

— Je ne demande pas mieux que faire office de médiateur, dit Bingham. Mais je crains que M. Salt, de son côté, ne soit plus bien disposé à votre égard. Il a terminé sa collection d'antiques, et il est déterminé à la vendre. Il a besoin d'argent et il m'a dit clairement que le moment est venu de réaliser ses investissements. Il a même ajouté qu'il n'était ni banquier ni bienfaiteur de l'humanité, et que la tombe et le sarcophage de Séthi ne vous ont rien coûté et vous ont cependant apporté la célébrité. Alors que lui a tout payé sans recevoir le moindre avantage, ne serait-ce que celui de la notoriété : il reste un parfait inconnu aux yeux du public. Il se trouve quitte, en somme.

Belzoni était furieux.

— Et parce qu'il a soif de célébrité, je devrais renoncer à

mes droits et brader au premier venu une merveille comme le sarcophage ? Il est jaloux, voilà tout.

— Je crois surtout qu'il est amoureux. Il s'est marié sur un coup de tête et il a besoin d'argent... Monsieur Belzoni, je crains fort que vous ne voyiez pas un sou de plus.

Jean-Baptiste ne parvenait pas à oublier sa rencontre avec Emma. Son image le hantait. Il se refusait à l'abandonner à un destin aussi sordide. Il fallait l'aider et la sortir de l'enfer où elle était tombée. Comment, il l'ignorait, et c'était bien sûr un dessein qu'il ne pouvait confier à personne.

Il était devenu distant, soucieux, rentrait tard le soir. Sara ne disait rien. Elle avait compris que quelque chose de secret le tourmentait, et n'osait pas le questionner. La nuit, elle l'attendait les yeux grands ouverts dans le noir. Elle ne les refermait que lorsqu'elle entendait son pas dans l'escalier. « Merci, mon Dieu... Ce soir encore, il est rentré... »

Elle était sûre qu'il y avait une autre femme et elle se serrait contre lui, faisant mine de dormir, mais cherchant une odeur étrangère... Il s'écartait doucement et échappait à son étreinte. Des larmes montaient aux yeux de Sara dans l'obscurité. Elle entendait le veilleur de nuit égrener les heures et voyait enfin poindre la lumière grise du petit matin entre les rideaux. Où trouver le courage de poser des questions, et celui, surtout, de prendre les réponses en plein cœur...

Dans la pénombre glauque de leur chambre, elle regardait Jean-Baptiste endormi et se souvenait des glorieux matins ensoleillés de Choubra, dans la maison aux céramiques bleues, et elle avait envie de pleurer...

En peu de temps, des rides nouvelles avaient marqué le visage de Belzoni. Les favoris qu'il s'était laissé pousser pour suivre la mode lui donnaient un air austère et triste. Même dans le sommeil, il conservait une expression préoccupée, avec une ride verticale entre les yeux qu'il n'avait pas avant.

Que ferait-elle s'il la quittait ? Sara sentait un vide immense se creuser en elle et, pour la première fois, elle reconnaissait son impuissance et sa faiblesse. À vingt ans, elle aurait livré bataille. Aujourd'hui, elle était prête à n'importe quoi pour ne pas la livrer...

Jean-Baptiste avait entrepris de retrouver Emma dans les bas-fonds. Ce n'était pas une petite affaire, car les bas-fonds de Londres étaient beaucoup plus vastes que les honnêtes gens ne pouvaient l'imaginer.

Les premiers soirs, il se contenta de refaire la promenade le long de Hyde Park, espérant retrouver le petit groupe des filles. Mais il faisait froid et il n'y avait pas grand monde sur les trottoirs. Aucune de celles qu'il rencontra ne connaissait Emma.

Il s'aventura alors dans les bas-quartiers. L'East End, Whitechapel, les Docks étaient des antichambres de l'enfer où les épidémies, la faim, et le crime fauchaient leurs victimes par dizaines de milliers chaque année. Les latrines et les cimetières débordaient, les ruelles étaient des cloaques où grouillaient des rats énormes. Des pièces surpeuplées s'ouvraient aux rez-de-chaussée : les parents gisaient au fond, ivres morts. Sur le pas de la porte, des fillettes blêmes, nues jusqu'à la taille malgré le froid, et des gamins au regard dur s'offraient avec des gestes obscènes et mécaniques.

Jean-Baptiste retrouvait l'écrasante détresse humaine. Les aumônes étaient autant de gouttes d'eau dans une mer de misère. Il ne se passait pas de jour qu'il ne découvrît dans la fange une fille au regard pur qu'il aurait voulu sauver. Emma, dans toute sa déchéance, faisait figure de privilégiée. Elle était d'ailleurs introuvable, comme si la ville l'eût dévorée. Il décida de cesser ses recherches.

Il rentrait chez lui, ce soir-là, quand on le héla d'une calèche.

— Mylord ! Mylord !

Une joli visage encadré de violettes et de rubans mauves se penchait à la portière. La femme fit un signe au cocher.

— C'est moi, Susan, vous ne me remettez pas ? Sur Piccadilly ? Avec Emma la Rouge ?

— Oui, je me souviens... Bien sûr...

Il frémit de joie : il allait la retrouver.

— C'est Dieu qui t'envoie, Susan !

— Vous voulez monter ?

Susan ouvrit la porte de la voiture et le laissa s'installer en face d'elle en riant. Elle n'avait rien perdu de sa fraîcheur fermière, mais elle était habillée à la dernière mode, et aspergée d'un parfum étourdissant. Elle portait des bijoux voyants et un petit parapluie de satin violet d'un goût douteux dont le manche serti de diamants avait dû coûter une fortune.

Elle surprit son regard et se mit à rire.

— J'ai changé, hein ? Fini le tapin sur Piccadilly avec Emma... Je me suis placée chez un vieux riche à crever. Il me couvre de cadeaux. Demande, ma petite Susan, qu'il dit, et il te sera donné... Alors je m'prive de rien. Je suis bonne fille, vous me connaissez ! Il ne manque de rien non plus, je lui en donne tant et plus... Mylord, vous me devez réparation depuis la dernière fois !

— Qu'est-ce que je t'ai fait, Susan ?

— Ben rien, justement. Personne ne m'a jamais refusée, sauf vous, alors ça m'est resté en travers. Vous m'avez toujours trotté dans la tête depuis, je peux vous le dire entre quatre-z-yeux.

Belzoni rit à son tour.

— Je ne voulais pas t'offenser, Susan. Tu es une très jolie fille. Je n'avais pas envie, c'est tout.

— Et maintenant ?

— Maintenant non plus.

Susan soupira, déçue.

— Mais si tu veux me faire plaisir...

Elle releva la tête, pleine d'espoir.

— Je cherche Emma. Si tu m'aides à la retrouver, je te récompenserai.

— Vous êtes amoureux d'elle ?

— Non, mais il faut que je lui parle.

— Bon. Elle est aux Docks. Je vous emmène, mais ne lui dites pas que vous m'avez vue. Elle est devenue bizarre et je ne veux pas d'ennuis.

Aux Docks, au milieu des chantiers et des entrepôts, on trouvait des tavernes de toutes sortes. Elles éclusaient le peuple de marins qui descendaient à terre pour tirer leur bordée. On y parlait l'espagnol, le portugais, le russe et le breton. Le gin et la bière coulaient à flots et, la nuit, les quais étaient jonchés de corps plus ou moins ivres, plus ou moins vivants. On y jouait facilement du couteau, et chaque nuit laissait des cadavres derrière elle. Dans les arrière-cours, il y avait des salles de jeux clandestines, des salles de boxe et de combats de chiens, et même des fumeries d'opium, pour les marins qui revenaient d'Orient.

Susan lui indiqua la bouche sombre d'une cour.

— Vous entrez là-dedans. Dans la deuxième cour, il y a une taverne chinoise. Elle est là. Si elle n'y est pas, c'est qu'elle est morte.

Elle ouvrit le devant de sa robe, faisant jaillir un sein blanc et rose.

— Attendez...

Elle fourragea dans son corset et tendit quelque chose à Belzoni.

— Tenez, prenez ; ça peut vous servir. Y'a pas que du beau monde là-dedans. Ouvrez l'œil, mylord. Bonne chance...

C'était un petit pistolet à barillet, finement ciselé, tout chaud du corps de Susan. Instinctivement, Jean-Baptiste regarda dedans. Il manquait une balle. Il n'eut pas le temps de lui demander sur qui elle avait tiré : Susan avait déjà claqué la porte de la voiture qui s'éloignait à grand bruit sur les pavés du port.

Au fond de la cour, une maigre lanterne rouge était suspendue au-dessus d'une entrée de cave. Jean-Baptiste y descendit en baissant la tête pour ne pas se heurter à la voûte médiévale.

Un vieil homme en tunique chinoise, maigre à faire peur, vint à sa rencontre en s'inclinant.

— Je suis monsieur Tang. Bienvenue chez moi.

Jean-Baptiste avait déjà préparé de l'argent qu'il tendit à l'homme.

— Je cherche une femme. Elle est rousse. Elle s'appelle Emma.

L'homme prit l'argent avec un geste avide et l'enfouit dans une sorte de poche de toile sale qu'il portait sur le ventre.

— Viens... fit-il.

Il le précéda sans se retourner et trottina jusqu'au fond de la cave. Il y régnait une odeur écœurante d'excréments, d'encens et d'opium. Dans la pénombre, des formes vagues étaient étendues sur des châlits de bois. Quelques lanternes sourdes étaient allumées çà et là. La seule chose qu'on voyait nettement c'était le rougeoiement de la braise quand les fumeurs aspiraient la fumée. Une rumeur vague montait de l'obscurité, faite de gémissements, de soupirs et du gargouillement des pipes à eau. Une petite fille en haillons était assise auprès d'un client et préparait une boulette d'opium. La braise du petit fourneau étincela dans le noir.

Quelqu'un vomit bruyamment dans l'allée. Le patron l'injuria copieusement en chinois, mais l'homme était déjà retombé en arrière, inerte.

Ils arrivèrent au fond du bouge. Des bougies, dans une niche, projetaient des ombres dansantes sur les murs et les voûtes humides. Un homme les regardait, perdu dans son rêve, un sourire extasié sur les lèvres...

À côté de lui, sur la paillasse, une forme inerte. Jean-Baptiste reconnut les cheveux roux embroussaillés.

— La voilà, fit le patron. Elle va se réveiller bientôt. Elle m'a donné l'argent d'avance pour qu'on la laisse tranquille.

Jean-Baptiste s'assit auprès d'Emma. Elle lui tournait le dos et dormait sur le côté, repliée sur elle-même, les bras croisés sur la poitrine. « Comme elle est maigre... », se dit-il en découvrant les veines bleues et saillantes de ses poignets. Il allait s'occuper d'elle. Il allait la sortir de là.

— Emma... appela-t-il doucement, Emma... C'est moi, Jean-Baptiste...

Emma ne bougea pas. Son cou était blanc et délicat sous les cheveux teints.

— Je t'ai cherchée partout... Laisse-moi t'aider... Tu verras, rien n'est perdu, tu redeviendras celle que tu étais... Plus belle, même... Et honnête. Parce que tu étais plus honnête que n'importe qui, autrefois... Tu étais claire comme de l'eau pure... J'aurais donné n'importe quoi alors pour t'emmener, mais je n'ai pas osé... Ce que je n'ai pas fait alors, je vais le faire maintenant. Je vais te tirer de là, Emma, aie confiance en moi...

Il la prit délicatement par l'épaule. Elle n'avait plus que la peau et les os et il en eut le cœur serré. Il faudrait la soigner, la faire manger, comme un enfant.

— Emma, réveille-toi... Emma...

Il l'attira lentement vers lui. Le bras plié glissa et retomba hors du lit de tout son poids, d'une telle blancheur qu'il sembla éclairer le bouge.

Jean-Baptiste se pencha vers elle, pris d'un doute horrible, et tourna le visage d'Emma. Il vit en un instant les yeux bleus au regard fixe, le sourire indéfinissable, le petit nez parfait, la pâleur de cire... Il était arrivé trop tard.

20

Jean-Baptiste marcha longtemps au hasard et, au petit matin, se rendit directement chez John Murray.

— John, je vais partir dès aujourd'hui pour Saint-Pétersbourg. Si vous avez des lettres d'introduction à me donner, c'est le moment.

— Tout de suite ? Comme ça ?

— Si je ne pars pas maintenant, je ne le ferai plus jamais. J'ai besoin d'être seul, de faire le point.

Il attendit que Sara soit sortie pour rentrer chez eux. Il n'avait pas envie de l'affronter, d'expliquer, de devoir mentir. La confusion qui régnait en lui n'avait rien à voir avec l'amour ou la fidélité. Il lui dirait tout un jour, mais aujourd'hui, il voulait juste s'éloigner de cette ville effrayante et reprendre son souffle.

Saint-Pétersbourg était encore sous l'emprise des glaces. L'ambassadeur anglais précéda Belzoni dans le traîneau. Il allait le présenter au tsar, sur le Champ de Mars où, chaque matin, le souverain passait la garde en revue.

— Quel froid ! s'exclama Jean-Baptiste.

Il n'avait jamais rien connu de tel, même au plus fort de l'hiver à Padoue.

Les deux hommes se réfugièrent dans la petite cabine dorée et s'emmitouflèrent dans une pelisse.

Une brume scintillante qui semblait faite de cristaux acérés s'étendait sur la ville impériale.

Aux croisements des canaux, le cocher du traîneau lançait

un cri rauque pour signaler sa présence. Enfin, on arriva sur la Néva qui miroitait et sembla à Jean-Baptiste plus large encore que le Nil.

Le brouillard diluait le paysage. Le soleil s'était levé à une heure du matin et resterait bas toute la journée. Il faisait briller les flèches et les coupoles d'or qui émergeaient de la couche laiteuse. C'était une vision irréelle : on ne voyait rien de la rive opposée. On se sentait suspendu dans le vide, comme dans un rêve. Les palais multicolores, les stucs, les marbres, l'or et les statues avaient fondu dans la brume. Le fleuve était une immense étendue de glaces qui s'étalait à perte de vue.

— C'est comme cela que j'imagine l'enfer, dit l'ambassadeur à mi-voix. Silencieux. Avec des barques qui glissent sur des eaux sombres, sans fond. D'ailleurs, ce pays n'a plus de limites. Depuis Pierre le Grand, c'est une pierre qui roule.

— Pour le visiteur, c'est une ville magnifique, dit Jean-Baptiste. Glacée, mais splendide.

— Vous vous en lasserez vite.

Décidément, l'ambassadeur était dans un mauvais jour.

— Je n'y resterai pas longtemps. Le temps de présenter mon exposition au tsar et d'obtenir son accord.

— Vous avez la grande chance d'être étranger. Chacun ici, et le tsar lui-même, affecte le plus grand dédain pour tout ce qui est russe. On a donné la flotte aux Anglais, l'armée aux Allemands, la culture aux Français et l'art aux Italiens. Il ne reste au peuple russe que la certitude que la vie est courte. Et qu'elle ne vaut souvent pas la peine d'être vécue.

Il fallut attendre longtemps au Champ de Mars, et Belzoni sentait le froid s'insinuer sous ses vêtements et le pénétrer jusqu'aux os. Il tremblait et claquait des dents malgré lui.

Enfin le tsar Alexandre apparut, accompagné d'un seul aide de camp. Belzoni s'attendait aux fastes d'un satrape oriental ; il fut étonné par sa simplicité.

Au passage du tsar, toute la noblesse se découvrit et le petit peuple se mit à genoux. Le régiment de Saint-Paul, devant lequel il passa au petit trot, était le jouet favori de l'empereur, un instrument de précision, une armée d'automates qui concluaient leur exhibition par un coup de talon menaçant, à la mode germanique. On se réjouissait de leur docilité, comme on admire un fauve qui se couche aux pieds de son dompteur.

Alexandre revint vers eux, rayonnant de satisfaction. Il salua quelques invités et s'attarda auprès de Belzoni, dont il loua la prestance.

— Je n'ai encore rencontré personne, monsieur, qui me rappelle à ce point notre ancêtre Pierre ! Vous êtes aussi grand que lui... Il vous aurait certainement mis à la tête de son régiment préféré.

Jean-Baptiste remercia. Il remarqua que le tsar ne portait aucune décoration. Juste une petite épée d'or brodée sur la poitrine, à gauche, à la hauteur du cœur.

— C'est un immense compliment, murmura l'ambassadeur en remontant dans le traîneau.

— Est-ce que je ressemble vraiment à Pierre le Grand ? demanda Jean-Baptiste.

— Vous jugerez par vous-même : sa statue de cire grandeur nature est au palais impérial. On l'a habillée avec ses propres vêtements. On jurerait qu'il va parler. Il est à côté de son cheval, dûment empaillé et harnaché, et de son domestique favori, qu'on a empaillé également, un heiduque aussi grand que lui et vous. La chose curieuse, c'est que ce serviteur avait des doigts anormaux. Figurez-vous qu'à chaque main, il a deux doigts énormes, comme des pinces de crabe... En vérité, Pierre le Grand collectionnait les monstres : les soldats, les chevaux, les palais, les choses les plus disparates... Il y a ici beaucoup d'étranges souvenirs de cet homme étrange. Jusqu'à une collection de dents, qu'il aimait arracher lui-même.

Le tsar se montra charmant. Il se fit raconter plusieurs épisodes des aventures de Belzoni en Égypte.

— J'ai particulièrement apprécié la découverte de la tombe du pharaon et l'ouverture de la pyramide. Voilà des choses inoubliables. Mais j'ai beaucoup aimé aussi l'histoire de l'armée du roi Cambyse perdue dans le désert. Ici aussi, nous avons vu un empereur se perdre sans remède dans les neiges, du côté de la Berezina. La connaissance de la nature est essentielle en matière de stratégie, on ne le dira jamais assez.

Belzoni était au supplice : une douleur lancinante le poignardait dans le dos et il claquait des dents, secoué par des frissons incoercibles et des accès de toux qui lui déchiraient la poitrine. Il aurait donné n'importe quoi pour s'allonger de tout son long sur le somptueux divan de réception tapissé de satin jaune.

Après le thé, qu'on servit dans un service de porcelaine

de Sèvres « Retour d'Égypte » et une argenterie somptueuse qui avait servi à la Grande Catherine, le tsar fit enfin porter son coffret à bijoux.

— Voilà un coffre qui ne désemplit pas. Un bijou en sort, dix y entrent... murmura l'ambassadeur.

Alexandre en sortit un anneau serti de diamants, et le tendit à Belzoni.

— Acceptez ce modeste cadeau en souvenir de cette belle journée, monsieur Belzoni. J'aurai grand plaisir à vous revoir parmi nous.

L'anneau était sans doute un peu oriental au goût de Belzoni, mais le geste était flatteur.

— Majesté, je le porterai toute ma vie, car c'est à ce jour le cadeau le plus précieux que j'aie reçu.

Ce furent peut-être les seules paroles sincères qu'on adressa au tsar ce jour-là, mais le souverain était si habitué à l'encens de la Cour qu'il ne les entendit pas.

Jean-Baptiste alla s'écrouler sur son lit et y resta cloué pendant quinze jours, sans pouvoir se lever, vaincu par une double pneumonie. Il manqua toutes les fêtes, les opéras des quatre théâtres impériaux, les actrices internationales, les réceptions du Palais Millione où l'ambassadeur de France donnait le ton, les salons des belles princesses russes dont on disait merveilles. Il n'y avait pas en Europe, disait-on, de société où les femmes fussent plus séduisantes, plus cultivées et plus écoutées.

Il ne connut de Saint-Pétersbourg que les boiseries blanches et or du mur de sa chambre, le visage barbu du médecin, et la vue qu'on avait de la fenêtre au travers des doubles vitres : l'eau verte du canal Moika et plus loin en face, la façade imposante du palais des princes Youssopov, dont on disait qu'ils étaient plus riches que le tsar.

Jean-Baptiste écrivit avec difficulté deux lettres à Londres pour avertir Sara et John Murray de sa maladie. Deux lettres brèves, car la fièvre était forte et la douleur insupportable. Il gisait sur le flanc, expulsant comme il pouvait des crachats d'une couleur brune inquiétante.

« C'est du sang, se dit-il, du sang noir... C'est la fin. »

On lui mit des cataplasmes, on lui posa des ventouses, on lui appliqua des sangsues. Il étouffait. On le saigna.

Il passa sa vie en revue. La mort d'Emma l'avait obsédé

pendant tout le voyage d'aller. À cette heure, Sara devait se torturer pour comprendre la raison de son silence. Quand il reviendrait, il faudrait qu'il lui parle. Il n'imaginait pourtant pas la vie sans elle. Il rouvrit sa lettre et le lui écrivit.

Dehors, il faisait grand vent et grand froid. Les vitres étaient étoilées de givre, et pourtant, entre les doubles fenêtres, dans un petit pot de terre, une primevère anémique avait fleuri et annonçait le printemps.

Dans la lumière glauque du jour, les rares passants luttaient contre les rafales. Quand Aliocha, le garçon chargé de porter le courrier à l'ambassade d'Angleterre, sortit, un grand coup de vent lui arracha les lettres des mains et les fit rouler sur le quai comme des fétus. Il courut après, alourdi par son manteau en peau de mouton et ses lourdes bottes. Le vent finit par les plaquer contre le parapet du pont des Baisers. Elles avaient l'air de jouer avec le gamin, de l'attendre. Aliocha en avait à peine attrapé une, que l'autre lui échappa. Elle fit une gracieuse parabole et tomba dans l'eau noire du canal.

Aliocha la regarda dériver, consterné... Elle disparut bientôt dans le courant. Il décida de n'en rien dire. Avec un peu de chance, personne n'en saurait jamais rien. Après tout, ce n'était qu'un bout de papier.

— Il le fait exprès ! clamait Sara en arpentant son salon. Mais pourquoi ?

Jack chercha à la calmer.

— Tu trouves normal que j'aie des nouvelles de mon mari par son éditeur ? Est-ce que ça ne devrait pas être le contraire ? Il est parti depuis un mois. Pas un mot, pas un signe de vie... Et pourtant Saint-Pétersbourg, ce n'est pas le Soudan ! Et voilà que John Murray me dit que Jean-Baptiste lui a écrit et qu'il est au fond d'un lit, entre la vie et la mort !

— Il ne voulait pas t'inquiéter !

— Allons donc ! Je n'y vois qu'une explication : Murray est plus important que sa femme. C'est à lui qu'il a écrit, pas à moi !

Jack se tut. D'une certaine manière, c'était vrai... Tant d'intérêts se croisaient entre les mains de l'éditeur.

Sara s'assit près de la fenêtre et regarda dehors pour cacher les larmes qu'elle ne pouvait pas retenir. Comment accepter de ne plus compter assez pour celui qu'on aime ?

Petit à petit, sa vie avait rétréci comme une peau de chagrin, alors que celle de Jean-Baptiste s'était dilatée et débordait d'amis, de relations, de rencontres. Elle n'était plus qu'une figurante qu'il emmenait dans les salons où elle faisait acte de présence aux côtés des autres épouses. Et tout en elle se rebellait. Si Jean-Baptiste était aujourd'hui ce qu'il était, où il était, avec les tsars et les princes du sang, c'était aussi grâce à elle, à son travail, à ses conseils. À son amour...

Au bruit de sa respiration, Jack comprit qu'elle pleurait.

— Ça sert à quoi, d'aimer, de tout donner, de tout comprendre, de tout pardonner... si c'est pour en arriver là ! Et puis, s'il meurt là-bas, tout sera dit. Fini. Je ne le reverrai plus...

Elle éclata en sanglots.

— Il est peut-être déjà mort, Jack !

— Mais non, Sara, les hommes comme lui ne meurent pas d'un refroidissement. Il en a vu d'autres et s'en est toujours sorti. Il est déjà en route pour Londres, tu verras.

Elle le regarda, défaite mais grave.

— Jack, je ne l'ai jamais dit à personne, mais pour moi, il n'y a que lui au monde, je n'en veux aucun autre... S'il mourait, quelque chose de moi mourrait aussi au même moment. Je continuerais à l'attendre... Je ne pourrais pas faire autrement.

Jack se souvint de son amour fou pour Caroline et serra la main de Sara.

Le professeur Cooper savait que Belzoni était à l'étranger et ne rentrerait pas avant longtemps. Suivre Sara alors qu'elle sortait de Half-Moon Street fut un jeu d'enfant.

Elle s'engagea dans Piccadilly, puis tourna dans Bond Street. Elle regardait vaguement les vitrines, l'air triste, suivant quelque réflexion intérieure. Sa promenade dura longtemps. Elle passait devant la façade corinthienne de Saint-Georges, quand, mue par une sorte d'inspiration, elle poussa la porte de l'église et entra. Une bouffée d'orgue s'en échappa... Astley Cooper la suivit. Il avait retrouvé une ardeur de jeune homme.

Sara sembla désorientée par la pénombre. Elle n'avait pas l'habitude des églises. La grande nef était déserte. Elle s'avança jusqu'au chœur et s'assit devant l'autel, contemplant le vitrail antique qui lui faisait face et filtrait le soleil en rais multicolores.

Le professeur se félicita de la fougue de l'organiste invisible qui s'acharnait sur Haendel : la musique couvrit le bruit de ses pas et il put s'installer juste derrière Sara sans qu'elle ne s'en aperçût. Il aurait pu la toucher. Perdue dans ses pensées, elle regardait droit devant elle. Elle ne priait pas. On aurait dit qu'elle s'était juste assise dans un coin tranquille pour réfléchir, s'abandonnant à la musique.

Cooper était fasciné par le seul endroit de peau nue qu'il pouvait voir, entre le col et le chapeau. Il semblait destiné à ne voir que cela d'elle, et c'était une provocation délicieuse et intolérable. Il se rapprocha lentement, jusqu'à voir le grain de sa peau. Il s'imagina penché sur elle, collant ses lèvres et sa langue sur cet espace minuscule, chaud et vital...

Sara se retourna brusquement, découvrant cet homme trop proche, au visage étrangement familier. Le professeur eut juste le temps de baisser les yeux. Ses mains gantées étaient jointes devant lui. Il était l'image même de la piété.

Elle se leva et se dirigea d'un pas rapide vers la sortie.

Le professeur resta seul et son cœur s'emballa comme un cheval fou, martelant sa poitrine. Il sentait le sang pulser jusque dans sa langue, jusqu'au bout des doigts, se frayant un chemin tumultueux dans les carotides douloureuses, gonflées comme des racines. Il dut s'asseoir pour se reprendre et chercha à contrôler sa respiration. L'organiste plaquait des accords qui lui résonnaient dans la tête comme des coups de boutoir. Son corps vibrait de la tête aux pieds comme une chambre d'harmonie. Il murmura : « Assez !... Assez !... », comme si le musicien pouvait l'entendre. Allait-il donc mourir ici, seul comme un chien devant Dieu ? Il se retourna péniblement et capta enfin le regard railleur du musicien dans le miroir de l'orgue. Il prit peur. L'Ange de la Mort aurait ces yeux-là quand il viendrait.

Jean-Baptiste fut de retour à Londres le 1er mai. Il s'était rétabli aussi vite qu'il était tombé malade. De Saint-Pétersbourg, il avait gagné la Suède, puis le Danemark et la Hollande. Le port d'Amsterdam lui avait rappelé de très vieux souvenirs. Il travaillait alors avec Francesco sur les digues et s'essayait au commerce. Il avait vingt ans. Avaient-ils rêvé devant les grands voiliers qui arrivaient des Antilles, d'Afrique, du bout du monde ! En avaient-ils entendu des histoires au long cours...

« Moi aussi, je partirai, se disait Jean-Baptiste, et j'irai plus loin qu'eux. »

Aujourd'hui qu'il était devenu une sorte de colporteur de lui-même, il ressentait davantage la fatigue de son état que l'excitation de la découverte. La Russie l'avait épuisé et déçu, il avait fait un voyage inutile. Certes, il avait rencontré le tsar, mais il savait maintenant que l'exposition ne serait jamais invitée à Saint-Pétersbourg. Il eût fallu pour cela qu'il joue le jeu des salons, qu'il étonne l'impératrice et ses amies. Il n'en avait pas eu le temps.

Sara ne parvint pas à réprimer sa joie en le voyant. Elle aurait voulu se montrer froide et distante. L'un et l'autre évitèrent de parler de son départ désastreux. Jean-Baptiste n'expliqua rien et Sara se garda bien de le questionner. Il était revenu, c'était l'essentiel, et ses attentions disaient assez ses regrets.

Mais le démon de l'aventure guettait, et il avait le visage aimable de John Murray.

— En juin, on déménage l'exposition à Paris, annonça John. J'ai une proposition... Ils ne nous font pas des ponts d'or, mais nous nous y retrouverons. Je connais les Français. Ils ne cèdent jamais volontiers le pas aux autres, mais ils savent reconnaître un talent. En outre, depuis Napoléon, ils considèrent l'Égypte comme leur territoire. Ils viendront. Ils ne résisteront pas à la curiosité... Mais je répugne tout de même à clore à Londres une situation dont on peut encore tirer beaucoup. Que diriez-vous d'une vente aux enchères[1] ?

— Je ne vendrai ni les dessins ni les panneaux de cire ! protesta Jean-Baptiste.

Il était attaché à tous les objets qu'il avait trouvés et, s'il avait pu, n'en aurait vendu aucun. Mais il fallait être réaliste. Il n'était pas assez riche pour se permettre une collection personnelle. Il n'avait même pas de propriété où la conserver.

— Je ne parle pas de tout vendre, dit John Murray. Nous referions un catalogue, des invitations, le public des acheteurs reviendrait pour voir les pièces, nous relancerions les ventes du *Journal*...

La vente fut organisée en deux semaines, pendant lesquelles l'exposition connut un regain de succès : tout ce qui comptait à Londres voulut participer à l'événement et acheter une authentique « œuvre d'art » égyptienne.

Marie Tussaud enleva à cher prix une tête de pharaon gran-

---

1. Elle eut effectivement lieu et la tête de Sekhmet qui figure aujourd'hui sur la façade de Sotheby, à New Bond Street, provient de cette vente.

deur nature en pierre tendre où il restait encore des traces de la peinture d'origine : le maquillage autour des yeux noirs, et l'étrange coiffure rayée qui semblait nouée derrière la nuque.

Avant de la faire porter chez elle, elle la soupesa. Elle se dit qu'elle était certainement une des rares à Londres, le bourreau mis à part, à connaître le poids d'une tête véritable. Celle-là pesait beaucoup plus lourd.

— Sara, fit-elle, je voudrais installer ce pharaon dans mon salon et créer derrière un petit décor égyptien. Veux-tu m'aider ?

À peine arrivée dans son atelier, elle déposa la tête royale sur un drap rouge et demeura un instant captivée par sa beauté. Elle caressa le visage poli du bout des doigts, s'attardant sur les narines délicates, la bouche ourlée. Elle ferma les yeux, sentant les moindres coups de ciseau, les minuscules défauts qui rendent humain le travail le plus parfait.

Sara errait dans l'atelier, retrouvant l'atmosphère du passé. La nouvelle galerie était un lieu fait pour recevoir : Marie avait su entourer d'exotisme les nécessités manuelles de son travail. Tout y était propre et mis en scène, avec des lumières étudiées, des plantes vertes, des fauteuils confortables et de grandes draperies orientales au goût du jour. Sur la grande table de travail, les pots d'huile, de plâtre, de cire, les moules et les instruments de travail : gouges, ciseaux, scalpels, pinceaux, brosses. Et, planant sur la salle, l'odeur exquise de la cire fondue.

Dans un coin, se dressait un mannequin en cours de réalisation, couvert d'un grand drap blanc, comme un fantôme. Seule une main d'homme en sortait, le doigt pointé vers le bas en un geste impérieux.

— C'est le roi... dit Marie d'un air chagrin. J'aimerais que tu me dises ce que tu en penses.

Elle découvrit la statue.

— Je crois que je l'ai raté, dit-elle. Il fait rire tout le monde.

En effet, le roi George ressemblait plus à un gros dindon qu'à un souverain.

— On dirait qu'il va se dandiner, pondre un œuf et glousser tout de suite après, s'exclama Sara. Tu l'as fait exprès, dis la vérité ! L'effet de croupion est irrésistible...

Elle fut prise d'un tel fou rire qu'il gagna Marie. Elles se laissèrent aller sur les fauteuils, les larmes aux yeux, pendant que le roi les fixait aimablement de ses yeux globuleux, la bouche humide entrouverte, la croupe tendue et le pied joliment cambré en avant

— Le pire c'est qu'il est ressemblant ! Détruis-le vite. La Cour ne manque pas de bonnes âmes, il va le savoir tout de suite.

Marie recouvrit la statue en soupirant.

— Autrefois, vois-tu, je n'aurais pas fait une telle erreur. Je me serais bien gardée de faire un roi de son vivant. Avec l'âge, on devient un peu voyant, un peu sorcier. Un jour, on se croit tout permis et on va trop loin.

Sara se dit qu'effectivement pour restituer si bien l'apparence de la vie, il fallait être capable de voler quelque chose à l'âme... Le souvenir de la nuit où elle avait surpris Marie en train de sculpter la tête de Jean-Baptiste revint avec force à sa mémoire. Elle avait vraiment l'air d'une possédée, cette nuit-là. Elle parla presque sans s'en rendre compte, ce fut plus fort qu'elle.

— Marie, tu n'avais pas fait un buste de Jean-Baptiste, autrefois ?

Marie eut un regard bref et aigu. Comment Sara savait-elle ça ?

— Oui. Il est... dans la remise, je crois.

— Est-ce que je peux le voir ? Il était si beau alors...

Marie se dirigea lentement vers un placard. Elle chercha une clef dans un trousseau et soupira avant de la tourner dans la serrure.

Les deux vantaux s'ouvrirent. On aurait dit le cabinet secret de Barbe-Bleue : des grappes de mains et de pieds pendaient à un clou. Installées sur les étagères, des têtes les regardaient, avec des expressions diverses, horrifiées, menaçantes, hurlantes, rêveuses, endormies, mortes. Celle de Jean-Baptiste était tout en haut et dardait sur Sara son regard lumineux.

Elle ressentit une horreur profonde. Marie s'en aperçut.

— Ah ! ne fais pas ta délicate ! Quand j'étais gamine, j'étais comme toi. Mais j'ai eu tellement peur pendant la Révolution que rien ne me touche plus. Et j'en ai appris la leçon : une tête coupée en appelle mille. Plus le peuple en voit, plus il en veut. Je lui en donne ! Crois-moi, plus il verra de têtes en cire, bien réalistes, bien saignantes, moins il en voudra de vraies. La famille royale devrait baiser la trace de mes pas !

Elle se haussa sur la pointe des pieds pour atteindre la tête de Jean-Baptiste, et la tendit à Sara.

— Tiens, prends-la, je te la donne. J'avais une vague idée d'en faire un tableau avec le buste du pharaon, dans le style « Retour d'Égypte », mais j'y renonce. L'histoire du roi m'a dégoûtée du travail pour un bon moment.

Sara se mit à bredouiller. La tête l'impressionnait...

— Je... je ne peux pas.

— Bon, tu la prends ou je m'en débarrasse, fit Marie avec humeur. Je n'en ferai plus rien...

— Détruis-la, dit Sara hâtivement.

Marie lui jeta un regard étrange et s'approcha du fourneau où brûlait un feu perpétuel sous un chaudron de cire. Elle suspendit la tête au-dessus, la tenant par les cheveux et interrogea une dernière fois Sara du regard. Sara acquiesça. Marie serra les lèvres et laissa tomber la tête de Jean-Baptiste dans le liquide épais. Sous l'effet de la chaleur, elle commença à se déformer d'une manière horrible.

Marie regarda fixement les traits aimés fondre et disparaître à tout jamais. Sara avait le sentiment de participer à un rite de magie noire. N'avaient-elles pas l'air de deux sorcières devant leur chaudron ? Rien de bon ne pouvait en sortir.

— Je crois que je vais partir, Marie... Je reviendrai une autre fois.

— Oui, fit Marie sans lever les yeux. Je crois que c'est mieux.

Il ne se passait pas de jour que Jean-Baptiste ne fût l'hôte de marque d'un dîner, et ceux de John Murray étaient les plus appréciés. Il choisissait avec soin ses invités et ne laissait rien au hasard.

Murray veillait au succès de ses clients. Il fallait le nourrir constamment et il ne savait pas toujours avec quoi...

— Il y a dans l'alchimie du succès quelque chose qui nous échappe, dit-il à mi-voix, et que nous ne comprenons que lorsque la fête est finie.

Chacun à table eut l'impression qu'il avait pensé à voix haute et qu'il ruminait sa rupture avec Byron. Leur liaison professionnelle avait été intime et prolifique, alimentant une correspondance plus serrée que Byron n'en avait jamais eu avec la plus aimée de ses maîtresses... Et cependant, ils venaient de se fâcher.

— Vous avez vu tant de fêtes, mon cher John, vous devez

bien avoir quelque recette désormais ? s'exclama Maria Seymour, la marquise d'Hertford[1].

John Murray se reprit.

— Cette fois, mes recettes, je vais les utiliser pour notre ami Belzoni. Maria, je voudrais que nous le présentions à Paris. Puis-je compter sur vous ?

La marquise, italienne de naissance, acquiesça avec enthousiasme : elle avait une inclination spontanée pour tout ce qui était italien, beau, riche et élégant. Elle avait épousé un homme fou d'art et de musique, Charles Seymour[2] et partageait son temps entre Londres et Paris où elle possédait un hôtel magnifique sur le boulevard de Gand[3]. On pouvait dire qu'elle était un phare de la mode. John Murray avait donné le dîner pour elle.

La marquise était tombée immédiatement sous le charme de Jean-Baptiste :

— Je vais vous aider, c'est sur le Boulevard qu'il faut présenter votre exposition. Giambattista, il faut conquérir Paris comme une femme, et le Boulevard, c'est son cœur...

Walter Scott eut un rire grivois et murmura en passant à l'oreille de Belzoni :

— Pas du tout, c'est son clitoris...

Il haussa la voix :

— Maria, vous avez raison. Paris est une femme, soit, mais une femme de mauvaise vie, qui ne pense qu'au plaisir. Où que vous alliez — restaurants, cafés, bains — tout n'est que recherche frénétique de la jouissance... La foule frémit, les hommes chassent, les femmes sont prêtes à tout... Aux terrasses, on ne voit qu'œillades et mains frôlées. Dans les salons, c'est la course aux louis d'or...

— Sir Scott, vous ne pensez qu'au vice ! Mais l'art aussi y a sa part : les meilleurs spectacles sont au Boulevard, et M. Belzoni s'y trouvera très bien, insista la marquise. John, est-ce que six salles vous suffisent ? Il y a en face de ma

---

1. Marquise d'Hertford : Maria Fagnani, fille naturelle du duc de Queensbury, mère d'Henry Seymour, qu'on dit avoir servi de modèle au personnage populaire de Milord l'Arsouille. Elle possédait au 24 bd des Italiens l'hôtel de Brancas-Lauragais, futur siège du restaurant Taitbout.
2. Charles Seymour, marquis d'Hertford : héritier de la collection Wallace, subventionna Rossini et s'offrit à payer les dettes de Balzac.
3. Bd de Gand : ex bd de Coblenz après le retour des émigrés de la Révolution, puis bd des Italiens.

demeure parisienne un pavillon qui sera parfait pour votre exposition. À partir de seize heures, tout ce qui compte à Paris passe et repasse devant.

— La partie n'est pas gagnée d'avance, Maria, dit Murray, c'est pourquoi j'ai réellement besoin de vous. Vous connaissez les Français : tout ce qui touche à l'Égypte les hérisse. Ils ne se sont jamais remis de l'avoir perdue et encore moins de nous y voir... Belzoni a eu fort à faire avec eux là-bas.

— Soyons justes, fit Jean-Baptiste, je ne suis pas un enfant de chœur non plus...

— C'est ce qui fait votre charme, glissa Scott. Les saints se vendent mal.

— En tout cas, nous aurons notre cabale, c'est certain.

La marquise se tourna gracieusement vers Jean-Baptiste.

— J'ai quelques bons amis à Paris, monsieur Belzoni, ils seront à votre disposition. Quant au Boulevard, c'est le royaume des Italiens... *Vinceremo*... ajouta-t-elle à voix basse.

Jean-Baptiste s'inclina, le sourire aux lèvres. Oui, il vaincrait. Rien ne l'arrêterait plus désormais.

En juin, l'exposition de Londres ferma ses portes. Francesco demanda à être payé. Les gens ignoraient que Belzoni avait un frère qui s'échinait pour lui dans l'ombre. Il n'aurait pas la célébrité, mais il voulait sa part de bon argent.

— Va voir Sara, c'est elle qui tient les comptes, fit Jean-Baptiste. Arrange-toi avec elle.

— L'argent, ça se discute entre hommes, répliqua Francesco. Les femmes n'ont pas à se mêler de ça. Ce sont des faiseuses d'histoires.

Décidément, rien n'allait plus entre Sara et Francesco.

— Alors, dis-moi... fit Belzoni agacé. J'ai à faire.

— Mon travail ici est terminé. Je voudrais rentrer à Padoue pour l'été. Donne-moi ma part avant de partir.

— Ta part de quoi ?

Francesco avait touché régulièrement ce qui lui revenait.

— Du sarcophage.

Jean-Baptiste eut un rire amer. Il tendit sa main vide.

— C'est vite fait. Voilà...

— Je ne comprends pas, fit Francesco.

— Rien. Zéro... Salt le vendra pour récupérer ses frais,

un point, c'est tout. Je n'ai rien eu et je serais bien étonné d'en avoir un jour quelque chose.

Francesco changea de visage.

— Et je devrais avaler ça ?

Jean-Baptiste pâlit et se leva.

— Francesco, tu mets ma parole en doute ? Tu crois que je te mens ?

— Le sarcophage est ici depuis des mois, ça veut dire que quelqu'un l'a payé. Sinon Salt ne te l'aurait jamais laissé, il aurait eu bien trop peur que tu le gardes. Alors, je veux ma part, comme convenu. Je crois que je l'ai méritée. Je ne sortirai pas d'ici avant de l'avoir.

Jean-Baptiste lui donna une violente bourrade sur l'épaule et haussa le ton.

— Tu crois que je te vole ? Après toutes ces années ensemble !

Francesco le repoussa violemment.

— Je n'ai confiance en personne, et tu ne me fais pas peur.

Il n'en fallut pas plus pour que les deux frères se lancent l'un contre l'autre, se battant comme les gamins qu'ils étaient autrefois. Quand ils s'arrêtèrent, ils étaient en piteux état. Ils s'assirent l'un près de l'autre pour souffler.

— Tu m'as blessé, Francesco, fit Jean-Baptiste. Tu sais très bien que je ne te léserais jamais. Je t'ai toujours donné ce qui te revenait. Salt n'a rien payé, c'est la vérité.

— Tu veux peut-être que j'aille lui casser la figure à ta place ? Ce n'est pas de ma faute si tu te fais avoir... conclut Francesco buté, en essuyant le sang qui lui coulait du nez.

— Allez, faisons la paix. Tu n'es pas bien ici ? Qu'est-ce que tu vas faire en Italie ? Il y a du travail en perspective : Paris, Saint-Pétersbourg...

— Si c'est aussi bien payé que Londres, autant retourner donner des leçons d'anglais à Padoue...

Sara entra. Les deux frères avaient piètre apparence après leur bagarre.

— Qu'est-ce qui se passe ? fit-elle alarmée par leurs vêtements déchirés et par le mouchoir ensanglanté dont Francesco se tamponnait le nez.

— Rien, répondit Francesco, ça nous regarde. Si on ne peut plus discuter entre frères, sans que tu viennes y mettre ton grain de sel !

— Tu pourrais me parler autrement ! s'exclama Sara sidérée.

— Je me retiens parce que tu es la femme de mon frère, la coupa Francesco. Chez nous, les femmes qui ne savent pas rester à leur place, on les mate.

Belzoni chercha à faire discrètement un signe apaisant à Sara, mais elle était lancée.

— Tu devrais avoir honte, Francesco Belzoni. J'ai fait tout ce que j'ai pu pour t'être agréable. Je me suis occupée de toi comme de mon propre frère. J'ai tout accepté, mais la patience même a des limites. Tu es détestable. Je ne te supporte plus... Et bien folle la femme qui te supportera !

Jean-Baptiste soupira avec accablement. La journée tournait au désastre. Sara continuait :

— ... et si mon propre mari ne me défend pas, je n'ai plus qu'à m'en aller !

— Bon vent ! fit Francesco alors que son frère lui donnait une bourrade pour le faire taire.

Elle sortit en claquant la porte.

Quelques jours plus tard, Jean-Baptiste découvrit que la chambre de Francesco était vide. Il avait plié bagages et quitté Londres sans un mot.

Le 22 septembre Jean-Baptiste était en France, dans le port de Dieppe, et faisait déposer la dernière caisse de l'exposition dans la cale des péniches noires qui allaient remonter la Seine, emportant leur précieuse cargaison jusqu'à Paris.

Quand la modeste flotte atteignit la capitale, Belzoni sortit sur le pont du bateau-amiral et, debout à la proue, il regarda défiler les palais de pierre grise, les toits d'ardoise, les coupoles et les innombrables ponts. Qui sait si la ville de ses rivaux lui ouvrirait les bras...

En amont des vaisseaux de pierre des deux îles qui forment le cœur de Paris, l'Académie des Belles Lettres domine la Seine de sa coupole sculptée. C'est un palais ancien qui a vu passer dans ses salons bien des hommes illustres. Il se dresse devant le Louvre. On se plaît à penser qu'il a été mis là autrefois pour rappeler au roi de France quand il se levait le matin et qu'il mettait le nez à la fenêtre que sans culture un peuple n'est rien.

Il regarda défiler les hautes fenêtres classiques des salles de réception de l'Académie. Comment aurait-il pu voir l'homme qui en ce moment même les arpentait de long en large ? Il aurait pourtant apprécié à sa juste mesure le clin d'œil ironique que lui adressait en cet instant le destin.

Jean-François Champollion repassait mentalement le contenu du discours qu'il allait adresser au secrétaire général, le baron Dacier. Il était arrivé avant tout le monde pour mieux se concentrer. Sa décision était prise : il allait annoncer officiellement qu'il avait percé le secret des hiéroglyphes. Il pouvait désormais les lire couramment, tous et dans n'importe quelle circonstance. Il n'avait éprouvé la même satisfaction qu'une seule fois dans sa vie : à huit ans, lorsqu'il déclamait l'*Odyssée* d'Homère devant son père ébahi. Depuis, il avait appris seul l'hébreu, le copte, l'arabe, le chinois, le persan, le sanscrit : il était né avec une étrange prédisposition pour les signes.

« Est-ce normal ? » s'inquiétait sa mère le voyant, à cinq ans, inventer d'incompréhensibles alphabets. Ce souvenir fit sourire Jean-François. Il aurait donné cher pour retrouver aujourd'hui ces glyphes prédestinés.

Il ne dormait plus depuis une semaine, hésitant encore. Dans une heure, et pour toujours, il ne serait plus seul à entendre la voix des Anciens. Ce serait la ruée des savants et des amateurs, pressés d'extirper des vieilles pierres d'Égypte jusqu'au moindre secret. Demain, il serait célèbre dans le monde entier, mais il n'en ressentait aucune joie, plutôt une sorte d'abattement. Une fois que les hommes auraient dépouillé l'univers de tous ses mystères, comme leur vie deviendrait triste !

Il s'arrêta devant une des hautes fenêtres et regarda en bas la Seine grise qui coulait entre les platanes dorés par l'automne. Un train de péniches passait lentement. Un homme était debout à la proue. Il se tourna et parut regarder dans sa direction. Les pans de sa redingote flottaient autour de lui.

Comme un gamin, Champollion le salua joyeusement du bras, mais l'inconnu était trop loin, il ne le vit pas...

Jean-Baptiste s'installa dans un hôtel du quartier des Italiens, au fond d'un de ces passages dont Paris regorgeait et qui ressemblaient à de prodigieuses cavernes d'Ali-Baba. Le soir de son arrivée, quand il sortit sur le Boulevard, il constata que le tableau qu'avaient peint Walter Scott et la marquise d'Hertford au cours du dîner chez Murray était au-dessous de la vérité.

La fête battait son plein et l'avenue regorgeait d'une bohème galante et colorée... Des cafés à la mode, qui s'étalaient de chaque côté, les rires déferlaient jusque dans la rue où les attelages allaient au pas. On se saluait d'une voiture à l'autre et les terrasses étaient noires de monde jusqu'à une heure avancée.

Les Italiens s'étaient établis depuis longtemps sur le Boulevard et tenaient en mains toute une partie de cette juteuse clientèle. La marquise avait recommandé à Jean-Baptiste de s'adresser au semainier du Théâtre-Français, Bartolomeo Camerani, un gros Italien qui avait tout ce beau monde dans la poche, et officiait aussi au Café Anglais.

— Monsieur Belzoni, s'exclama celui-ci vous ne pouviez pas mieux tomber. Vous pouvez compter sur moi pour vous amener la fleur des pois et la jeunesse dorée... Toute cette foule-là ne veut qu'une chose : qu'on l'étonne, qu'on la séduise. Elle est prête à payer pour ça. Oubliez le raffinement, ils veulent de la nouveauté et de l'exotisme. Ça, il faut oser ! Quand on a des clients comme le marquis de Saint-Cricq, il faut s'attendre à tout ! Un homme qui se fait verser un seau de glace au chocolat de chez Tortoni dans les bottes pour se rafraîchir, est capable de tout... Tenez, regardez ma dernière invention :

Il déploya le menu du jour du Café Anglais. Il commençait par un : « potage de foies de poulets électrocutés ».

— Ils crient au génie comme si j'étais Vatel. Il suffisait d'y penser. L'électricité, c'est moderne, ça plaît. C'est qu'il faut damer le pion à la concurrence. Chacun y va de sa petite idée : tenez, au Café Riche, le père Hardy s'est fait faire un gril en argent de toute beauté. Unique à Paris. Il faut le voir trôner derrière, son trident à la main. On dirait Neptune qui aurait embroché un boudin Richelieu ! Comme on dit, il faut être riche pour aller chez Hardy, et hardi pour aller chez Riche...

— Je travaille dans un domaine tout à fait différent... hasarda Belzoni.

— Tant mieux, on ne se gênera pas. Mais la clientèle est la même et si vous voulez mon avis, ici il n'y a que le rôt et la poudre aux yeux qui rapportent. Je m'en vais de ce pas imaginer un menu égyptien : je vous enverrai tous ceux qui dîneront chez moi et vous, tous ceux qui flâneront chez vous. Si ce n'est pas de l'entr'aide, hein ?...

Pris par le feu de la création, il s'éloignait déjà vers les cuisines.

— Informez-moi pour l'inauguration : entre Italiens, on se tient les coudes... mais surtout, ne parlez qu'anglais, du fond de l'œsohage, ils préfèrent... c'est très chic...

Le ballet des caisses, des panneaux, des momies, reprit de plus belle. Cette fois, Jean-Baptiste dut faire le montage de l'exposition tout seul. Jack travaillait à Londres, il n'avait pas pu venir, et Francesco n'avait pas écrit. À Paris, Belzoni ressentit plus que jamais l'absence de son frère et l'amertume de sa disparition. Il écrivit à Padoue pour le lui dire, même s'il savait déjà qu'il ne répondrait pas. La défection de Francesco le tourmentait beaucoup. Pas un mot, rien...

Il avait calculé qu'il lui faudrait une semaine de travail intense avec les ouvriers qu'il avait engagés, mais le cœur n'y était pas. Tous les soirs, il allait aux Bains Chinois, pour se détendre, c'était juste à côté. Un établissement en forme de pagode, orné d'un paraphernalia de clochettes, lanternes et parasols dans le goût oriental. Deux magots de cuivre en gardaient l'entrée et l'intérieur regorgeait de cristaux, de vitres et de miroirs : on avait l'impression de se trouver dans une bonbonnière de cristal.

Jean-Baptiste avait pris l'habitude du hammam au Caire où les Bains Tambaleh étaient connus à la fois pour la beauté de leur architecture et par la débauche qui y régnait.

Les Bains Chinois étaient très différents. Ils avaient été très à la mode et commençaient à décliner, ce qui en faisait un havre de paix. Belzoni en aimait les cabinets particuliers confortables, le linge propre, frais et doux parce qu'un peu élimé, et l'odeur surannée des bains qu'on pouvait choisir à la carte : l'eau persane, l'eau des bayadères, l'eau de violette, l'eau de champagne... Tout cela favorisait la pensée. Un vrai luxe, après le boulevard poussiéreux où l'univers entier semblait se presser dans la recherche spasmodique du plaisir. Le garçon de bains italien, Enrico, qu'on appelait « Henri La

Gazette » était informé de tout, savait tout sur tout le monde. C'était aussi un philosophe.

— Il faut vous amuser, monsieur, l'homme n'est pas fait pour vieillir seul.

— Il n'est pas fait pour vieillir du tout.

Mais Jean-Baptiste se disait qu'Enrico avait raison : il avait pris goût à la solitude et à la réflexion comme un véritable ermite. Trop de luttes, trop de déceptions n'incitent pas à la fréquentation de ses semblables.

— Je n'ai pas le temps de m'amuser, Enrico. Rien n'est gagné. J'ai des ennemis dans la place et ils se sont déjà ligués.

— Les Parisiens en ont vu d'autres, monsieur, et s'ils ont envie de voir la tombe du pharaon, personne ne les en empêchera.

— Je ne suis pas de ton avis : le comte de Forbin a déjà semé son fiel. À l'époque, il a essayé de s'approprier ma pyramide. Il n'a qu'une crainte, c'est que je le démasque publiquement et qu'on découvre le pot-aux-roses. Il est habile, il est prudent. Aujourd'hui, il fait le généreux, mais nous savons lui et moi ce qu'il en est... Et il n'est pas le seul ! Il y a aussi Edme Jomard, le vieux géographe. Rien de ce que j'ai découvert ne figure dans son grand livre sur l'Égypte, bien sûr, et ça le rend fou. Maintenant que j'expose à Paris, il n'a qu'un recours : c'est d'empêcher les gens d'y aller et de constater ses lacunes. Il est dépassé. Voilà pourquoi il dit partout que c'est un ramassis de foutaises...

— Vous vous faites trop de soucis, monsieur. Les gens viendront malgré tout... Forbin, Jomard, personne ne les connaît !

Un soir, Henri la Gazette vint annoncer une visite à Belzoni qui flottait pensivement dans son bain.

— Quand je lui ai dit que vous étiez là, il a voulu vous voir tout de suite. Il dit que vous le connaissez peut-être... Il s'appelle Champollion.

— Et comment ! fit Jean-Baptiste en bondissant hors de l'eau. Où est-il ?

On frappait déjà à la porte. C'était Jean-François Champollion, enroulé lui aussi dans un drap qui lui faisait comme une toge.

— Pardonnez-moi, dit-il. Je ne sais pas attendre... J'avais hâte de vous connaître. J'entends parler du « Titan de Padoue » depuis des années ! Savez-vous qu'Henry Salt m'informait régulièrement de vos découvertes quand vous étiez en Égypte ? Et qu'il me recommandait chaudement de vous rencontrer ?

Jean-Baptiste fut surpris.

— Le secrétaire même de l'Institut de France, M. Dacier, est l'un de vos admirateurs. Il me répète sans cesse : « Allez voir Belzoni, aux côtés d'un tel géant, vous marcherez à pas de géant vous aussi. »

Belzoni allait de surprise en surprise : voilà que des Français, prestigieux de surcroît, appréciaient ses travaux. Il commanda du vin de Beaune.

Les deux hommes s'assirent côte à côte pour bavarder. On aurait dit deux sénateurs romains aux thermes, le calice à la main.

Champollion était jeune, très brun d'œil et de poil, avec une belle chevelure bouclée, et débordant de vitalité joyeuse.

— Je vous envie tellement, monsieur Belzoni ! Vous avez vu, vous avez touché des monuments dont je rêve depuis ma naissance. Et même si le consul Salt a eu la bonté de m'informer sur vos progrès, c'est pour moi un moment rare que celui-ci... Je vous suis débiteur : on m'a souvent rapporté des dessins d'Égypte, et ceux qui provenaient d'Abou-Simbel ont été pour moi une aide capitale.

Il fallut lui décrire la table astronomique de Dendérah, les batailles sculptées sur les murs de Karnak et les quatre dieux assis au fond du temple d'Abou-Simbel. On ne résistait pas à l'enthousiasme de Champollion.

La nuit tombait.

— Venez, dit Belzoni, l'exposition est presque prête. Vous aurez une avant-première, en quelque sorte. Sans illumination, cependant.

— J'irais en rampant, s'il le fallait, une bougie à la main.

Dans les salles obscures, la lumière de leurs deux lanternes faisait danser sur les murs les dieux et les signes. Champollion lut à mi-voix : « Embarque-toi, fils de Râ, et vogue sans crainte vers le pays qui mêle les hommes... »

Belzoni s'approcha de lui, étonné. Les lèvres de Champollion continuaient à déchiffrer en silence.

— Mais... vous lisez les hiéroglyphes ? Vous avez donc trouvé la solution ?

Champollion sembla revenir à lui.

— Oui, dit-il. J'ai trouvé... Je peux les déchiffrer et je le sais déjà depuis plusieurs semaines. Je viens de l'annoncer publiquement et je le regrette déjà...

Jean-Baptiste, pris par ses préparatifs, n'en avait rien su.

— Vous comprenez, avant, quand j'étais seul à le savoir, c'était comme si j'avais eu la main fermée sur un papillon. Je l'ai ouverte... et pff... le trésor s'est envolé.

Il vida son verre comme pour noyer sa déception.

— J'avais la clef d'un monde disparu et j'étais le seul à l'avoir... c'est une sensation indescriptible. Mais, je ne pouvais pas garder le secret. Je le devais à l'histoire des hommes.

Jean-Baptiste s'enthousiasma et lui indiqua les moulages.

— S'il vous plaît... traduisez pour moi... que disent-ils, là ?... et là ?... J'ai sorti tout cela de terre à la force des bras, mais sans rien savoir, sans rien comprendre... J'ai toujours eu un tel désir de savoir, de mettre des noms sur des visages... Vous n'imaginez pas ce que je ressens en ce moment, monsieur Champollion...

Plusieurs heures passèrent, comme hors du temps. Les deux hommes restèrent assis par terre tous les deux, jusqu'à extinction de leurs lampes. Ils auraient pu aussi bien pu se trouver au fond de l'Égypte. Paris et ses boulevards n'existaient plus.

Angelica était d'une humeur massacrante. Elle lisait de moins en moins les journaux qui ne rapportaient sur elle que des choses désagréables.

Les médisances ne l'avaient jamais excessivement troublée, car les Français avaient toujours eu la dent dure pour les Italiens et leur théâtre, avant même son ouverture. Ils avaient fait feu de tout bois, allant jusqu'à railler l'édifice que l'architecte avait choisi de construire le dos tourné au Boulevard. Les quatrains foisonnaient :

> *Dès le premier coup d'œil, on reconnaît très bien*
> *Que le nouveau théâtre est italien !*
> *Car il est disposé de telle manière,*
> *Qu'on lui fait au passant présenter le derrière...*

Mais il en était du théâtre comme des chanteuses : on les décriait d'abord pour mieux les encenser ensuite. Quand

Angelica avait pris sa gestion en mains, le Théâtre des Italiens était l'un des meilleurs de Paris.

Année après année, cependant, le vent avait tourné et les pamphlets qui concernaient le couple Catalani-Valabrègue étaient devenus féroces.

Elle savait qu'ils avaient raison : Paul grattait honteusement sur les salaires comme une servante sur la dépense du ménage, réduisant artistes et musiciens à la portion congrue. À coups d'économies forcées, il avait fini par réduire à rien le meilleur orchestre d'Europe, et le public déçu avait déserté le théâtre.

Au bord du gouffre, elle s'était sentie prise par une volonté de destruction ; elle ne coulerait pas seule, elle entraînerait tout le bâtiment dans sa chute, l'orchestre, les choristes, les décors fanés, les ténors éreintés et les chanteuses médiocres. Qu'on en parle, que le public sache combien de fois elle avait renfloué de sa poche les caisses vides et rétabli les bilans ! Il vaut mieux régner en Enfer que servir au Paradis !

Elle s'était néanmoins remise à chanter. Et si elle avait accepté cet humiliant *Extended European Tour* aux relents de grosse caisse et de chant du cygne, c'était bien pour sauver le théâtre, payer ses dettes, et redorer le blason terni des Valabrègue.

Le public ne l'avait pas oubliée, il la sauverait, payant encore à Vienne, à Prague, à Bruxelles, pour assister à la fin de la trajectoire d'une grande dame de l'Opéra. Après quoi, il faudrait bien qu'elle accepte la défaite et la pensée amère que, de sa fortune, il ne resterait sans doute qu'une petite propriété à la campagne, où elle finirait d'élever ses enfants. Elle y ouvrirait une école de chant pour jeunes provinciales. Pour s'occuper. Pour ne pas devenir définitivement neurasthénique une fois qu'elle serait restée seule. Paul la quitterait peut-être quand elle n'aurait plus rien.

Elle ressassait ces pensées sombres quand son regard tomba sur la gazette qui gisait intacte sur sa table de nuit. Elle lut : « *Le grand voyageur Belzoni qui présentera à Paris la tombe du pharaon découverte récemment en Égypte...* »

Elle se jeta sur le journal et le déplia fébrilement.

Jean-Baptiste ! À Paris !

L'inauguration de l'exposition était pour demain, sur le boulevard de Gand. Elle irait... Non, elle n'irait pas... Elle ne voulait pas qu'il vît sa taille alourdie par trois maternités et son double menton naissant.

Elle s'en voulut de ne pas avoir assez lutté pour conserver sa beauté. Pour Paul, c'était bien inutile, il ne la voyait pas. Il lui disait que plus les reines sont grosses, plus elles sont majestueuses. Elle rêvait parfois de le trouver mort à son réveil...

Elle se laissa glisser hors du lit, enfila ses mules en dentelle de Venise, son déshabillé « à la vierge », une création de Mme Trouillebert, la reine de la lingerie, et s'installa devant le miroir. Elle se brossa longuement les cheveux. C'était une opération qui l'aidait à réfléchir. Elle plaça un peigne de chaque côté, en serrant bien, ce qui tirait la peau des tempes vers le haut et effaçait un peu les cernes et les rides. Un peu seulement.

Demain, elle dissimulerait le reste sous un joli chapeau, sauvegarde des femmes de quarante ans. La bride cacherait le menton, l'ombre gommerait les rides et on ne verrait rien des premiers cheveux teints.

Elle mettrait la robe rouge foncé qui lui allait si bien au teint et dont le col haut flattait la minceur de son cou. Jean-Baptiste aimait bien le rouge.

— Honorine, viens serrer mon corset.

La femme de chambre s'empara des lacets. Angelica, agrippée à sa commode, retint son souffle

— Encore !

— À quoi bon, madame, vous allez vous trouver mal. Il faudra vous délacer Dieu sait où.

— Je ne prendrai que du bouillon de viande aujourd'hui, et je dormirai corsetée. Je dois retrouver ma taille pour demain. Et fais acheter du lait, du son et des concombres.

Honorine, excédée, leva les yeux au ciel. Elle allait encore être de corvée de crèmes toute la journée...

Angelica se sourit au miroir. Elle saurait encore faire illusion. C'était son métier.

Elle rêva de Jean-Baptiste. Un rêve érotique, comme elle n'en faisait plus depuis longtemps. Il l'avait serrée dans ses bras, embrassée passionnément, et elle l'avait entendu l'appeler distinctement : « *Amore mio* », comme autrefois... Elle refusait de se réveiller complètement, retenant ses émotions, son plaisir et cette sensation trouble d'avoir été possédée sans s'en souvenir.

Elle ouvrit enfin les yeux et s'assit dans son lit, agacée par les tours que lui jouait sa mémoire.

Tout était bien fini entre eux, depuis longtemps, sans espoir de retour. Comme la mer, la vie réduit en sable les rocs les plus orgueilleux. Mais ce rêve, ce rêve... Avait-elle tant besoin d'être aimée ?

Dans la chambre voisine, elle entendit Paul tousser et se moucher, tous ces bruits intimes du matin qu'elle détestait. Ils faisaient chambre à part depuis la naissance d'Angélique. Onze ans déjà...

Il avait certainement passé la nuit chez Frascati. Elle l'avait accompagné une fois. Le « fermier des jeux », un ancien notaire reconverti dans l'exploitation du vice, l'avait accueillie avec tous les honneurs. Elle s'était sentie pétrifiée de honte en pensant qu'elle devait davantage cet accueil chaleureux aux pertes de Paul Valabrègue qu'à la renommée d'Angelica Catalani — alors que c'était elle, justement, qui les avait financées. La fausseté de la situation lui fit détester à tout jamais cet endroit ravissant et funeste.

En sortant, elle vit un jeune homme pâle qui écrivait quelque chose en grands caractères rageurs sur la porte.

> *Il est trois portes à cet antre,*
> *L'Espoir, l'Infamie et la Mort,*
> *C'est par la première que l'on entre*
> *Et par les deux autres qu'on sort...*

Le jeune homme se retourna vers elle et ricana. Elle s'enfuit comme si elle avait vu la mort en face et ne remit jamais les pieds chez Frascati.

Elle sonna Honorine pour le petit déjeuner et ses pensées dérivèrent sur ses fils : Jean et Paul, de petits hommes maintenant, seize et treize ans, si différents l'un de l'autre. Elle se dit qu'ils auraient adoré visiter l'Exposition égyptienne, Jean surtout qui était si aventureux et rêvait de voyages. Pourquoi ne pas y aller avec eux ? Elle n'était plus une séductrice, mais une mère de famille bourgeoise avec de graves problèmes financiers, un mari détestable et trois enfants. Pourquoi ne pas se montrer à Jean-Baptiste comme elle était, et non pas comme elle aurait voulu être encore ?

Le courage lui manqua. La séductrice l'emporta et fit une entrée magnifique à la tombée de la nuit, alors que tous les feux s'allumaient sur le Boulevard et que l'exposition allait fermer.

L'organisateur vint avertir discrètement Belzoni.

— Vous avez de la visite. Je peux vous dire d'ores et déjà qu'on parlera de vous dans le prochain *Journal des Dames* et dans le *Journal des Théâtres*. La dame s'est mise en frais.

Au bout du couloir, dans le cercle de lumière que faisait le grand lustre aux pendeloques de cristal, une silhouette rouge attendait, au milieu d'un cercle d'habits noirs. Une impérieuse aigrette rouge dominait la scène : il sut immédiatement qu'il s'agissait d'Angelica et s'avança, le sourire aux lèvres. Qui d'autre aurait pu orchestrer une telle mise en scène, et attendre comme une reine, sans faire le moindre effort ?

Il la détaillait en s'avançant et n'éprouvait qu'un sentiment d'affection joyeuse, le plaisir de revoir quelqu'un qu'on a perdu de vue depuis longtemps. Et en même temps, un fond de regret pour le feu sauvage qui l'animait autrefois dès qu'il la voyait. Angelica était toujours belle, ses yeux noirs étincelants dans tout ce rouge, et il y avait encore autour d'elle cette vibration spéciale qui attirait les hommes comme des phalènes. Elle arborait une mise excessive, trop décorée, trop ample, trop riche. Elle ne renoncerait jamais à se mettre en scène.

Elle se déganta lentement en le regardant dans les yeux et lui tendit la main. Chacun étudiait le visage de l'autre, attentif à ses propres sensations. Ce fut l'affaire de quelques secondes. Jean-Baptiste se pencha sur la main blanche et chaude, un peu moite, et la baisa, non sans remarquer le gros rubis cœur-de-pigeon qui l'ornait.

Elle avait toujours eu ce goût oriental et excessif qui détonnait un peu, où qu'elle aille. Ses détracteurs le lui reprochaient assez : « Elle montre trop ses yeux, ses dents et ses diamants... »

Jean-Baptiste lui tendit le bras pour lui faire visiter les lieux, flatté de lui faire voir qu'il avait enfin réussi.

Il s'aperçut vite que l'exposition ne l'intéressait aucunement. Ils arrivaient à la reconstitution de la chambre sépulcrale, où l'on n'entrait qu'à deux.

— Angelica, qu'es-tu venue faire ici, si l'Égypte t'ennuie tant ?

— J'étais curieuse de savoir si tu avais changé.

— Et alors ?

— Nous avons changé tous les deux...

Elle marqua un silence.

— La vérité, c'est que j'avais la nostalgie de toi... Dans les bons et les mauvais moments, c'est à toi que j'ai pensé. Je croyais tout facile, autrefois. Je sais maintenant le prix des remords, des désirs, du temps qui passe. Je n'ai rien regretté de ma vie... sauf toi.

— Moi... ou Paul Valabrègue ?

Jean-Baptiste la dévisageait avec curiosité. « Qu'ai-je tant aimé en elle qui ne m'émeut plus aujourd'hui ? Le sourire ? La bouche ? Le regard ? Ou cette manière passionnée et inquiète qu'elle a de tourner la tête ? Comme une antilope. »

— Ne parlons pas de Paul, fit Angelica. Les autres le dénigrent bien assez, et il est meilleur qu'on ne le dit. C'est un bon père, on ne peut pas lui enlever ça.

— Un bon père ? s'étonna Jean-Baptiste. Tu as donc un enfant ?

Il ne pouvait l'imaginer dans ce rôle de mère qui lui allait si mal. Ou alors sous les traits de Médée, peut-être...

Angelica se mordit la langue. Tant pis, autant tout dire maintenant.

— J'en ai trois, dont un qui te ressemble. L'aîné...

Il y avait du défi dans son regard. Jean-Baptiste l'attira brusquement à lui.

— Que veux-tu dire ?

— Ce que j'ai dit : il te ressemble. Il est très grand, il a tes yeux.

Belzoni fut bouleversé par ce qu'il crut comprendre.

— Tu es en train de me dire que j'ai un fils et que je ne l'ai jamais su ?

Elle détourna le regard et s'écarta de lui en silence...

Jean-Baptiste lâcha sa main et alla s'asseoir sur la caisse d'une momie, écrasé par l'énormité de la nouvelle. Angelica tourna la tête vers lui avec ce mouvement gracieux et hautain qui n'appartenait qu'à elle. Elle sembla prendre une décision et trancha :

— Non, Jean-Baptiste, cet enfant n'est pas le tien. Il s'appelle Jean, c'est vrai... Jean de Valabrègue. Paul l'a adopté.

Jean-Baptiste était accablé.

— Ne joue pas avec moi, je t'en prie. Je n'aurai jamais d'enfants avec Sara. Dis-moi la vérité. Si Paul l'a adopté, il n'est donc pas de lui ? Il faut que je sache...

Angelica eut un sourire amer qu'il ne vit pas.

— Jean a été abandonné devant ma porte, il y a seize ans. Je l'ai gardé, c'est tout. Et s'il te ressemble, c'est un hasard.

Il essayait de réprimer l'émotion violente qui l'avait saisi.

— Tu ne mentirais pas sur quelque chose d'aussi grave, n'est-ce pas ?...

— Non, dit-elle. Même pour me venger.

— Te venger de quoi, grands dieux ! Angelica, ne me laisse pas dans le doute. Ton silence...

— J'ai été tentée de te faire du mal. Pardonne-moi... C'est la vérité. Malheureusement.

Elle tendit la main vers son visage et lui caressa pensivement la joue. Son geste était délicat et plein de tendresse.

— Nous nous sommes bien aimés, n'est-ce pas ?

Il retint sa main et la dévisagea, encore bouleversé. Enfin il baisa doucement sa paume.

— Oui, nous nous sommes bien aimés.

Elle s'émut, l'air désemparé dans ses falbalas d'impératrice soudain hors de propos.

— Il y a longtemps que personne ne m'a plus embrassée comme cela...

Il se leva et la serra contre elle avec une tendresse sincère, et elle s'abandonna.

— Tu resteras toujours dans mon cœur, murmura-t-elle, tu seras toujours plus proche qu'aucun autre...

Elle se reprit presque aussitôt.

— Sortons d'ici. Mon cortège doit se poser des questions...

— Tu auras toujours des hommes qui t'attendent derrière une porte, toi.

— Et quels hommes ! fit-elle avec dérision en retrouvant le petit groupe qui attendait.

Les vieux corbeaux en habit noir firent un « Aaah ! » de courtisans à l'apparition de leur diva.

Angelica se redressa et reprit son rôle en un clin d'œil. Un chaud sourire s'étalait sur ses lèvres et elle dériva d'une manière charmante jusqu'au premier bras qui s'offrit.

— Allons prendre un punch chez Tortoni, fit-elle d'un ton enjoué. J'ai soif.

Quand elle passa près de Jean-Baptiste, elle fredonna :
— *Non ti scordar di me...*
« Ne m'oublie pas. »

Oublie-t-on une brûlure au fer rouge ? Ou même sa cicatrice ? Il la regarda s'éloigner pensivement.

La cabale avait atteint son but : l'exposition n'eut pas le succès escompté. Après la ruée des premiers jours, le public se fit de plus en plus rare.

Champollion avait pourtant été une aide précieuse. Il s'était montré impartial et généreux, racontant à qui voulait l'entendre l'importance que les découvertes de Belzoni avaient eue pour lui.

— Si un jour, je parviens à déchiffrer la langue des anciens Égyptiens, une part du mérite en reviendra à M. Belzoni.

Le vieil Edme Jomard, qui travaillait avec lui, se rebella. Il n'aimait pas Champollion. Ni, en général, aucun des jeunes blancs-becs qui étalaient leur science devant un ancien de la campagne d'Égypte comme lui, géographe et homme de science confirmé. Si quelqu'un avait son mot à dire en matière de hiéroglyphes, c'était bien lui. Il en avait dessiné et classé plus qu'aucun d'entre eux n'en verrait jamais. Spécialement ce Champollion, qui n'avait jamais mis les pieds en Égypte.

— Ah ! non, fulminait-il, c'est à moi que ce mérite reviendra, et pas à cet aventurier vendu aux Anglais. Il s'est contenté de creuser des trous et a eu la chance d'y trouver quelque chose ! Un enfant en aurait fait autant... Ne le mettez pas un seul instant en parallèle avec des gens qui ont passé leur vie dans l'étude !

— Et pourquoi pas, Jomard ? Belzoni a étudié à sa manière, sur les pierres mêmes, et avec assez de passion pour les comprendre. Tout en n'ayant rien appris, il en a tiré assez d'enseignements pour aller au-delà, au risque de sa vie. Et sans ses découvertes et le soin qu'il en a pris, nous n'aurions pas pu progresser. Dois-je lui contester ses mérites uniquement parce qu'il ne vous plaît pas ?

— Il ne plaît qu'à vous, mon cher Champollion. Vous êtes encore jeune. Pas moi : on ne me la fait pas ! Cet homme-là est sans scrupules. Il vous passerait sur le corps s'il y trouvait son compte.

— Vous vous trompez, Jomard. Il n'aime pas faire sa cour et ne sait pas s'attirer les sympathies, mais c'est un honnête homme.

— Eh bien, donnez-lui donc la Légion d'honneur, et faites-le entrer à l'Institut !

Les louanges de Champollion furent inutiles. L'exposition périclitait ; la presse cessa vite d'en parler. Il fallut bientôt penser à plier bagages.

Jean-Baptiste acceptait ce demi-échec avec détachement. Il était distrait, ailleurs. L'agitation frénétique de Paris semblait ne pas le concerner. Il avait compris que dans la deuxième partie de la vie, le sens et l'ordre des choses changent. Le bilan ne lui plaisait pas : les succès mondains de Londres, les ombres de sa vie privée, l'abandon de Francesco, la mort d'Emma, et ce fils qu'il n'avait décidément pas eu, qu'il aurait pu avoir...

« Je me suis habitué à l'idée de ne pas avoir de descendance. Je l'ai effacée de mon esprit. Ne suis-je pas trop plein de moi-même, de ma réussite ? Un enfant aurait-il sa place dans la vie que nous menons ? Non, impossible... Au fond, traiter Jack comme un fils a été bien commode : tantôt il était fils et tantôt il ne l'était pas... »

Mais Jean-Baptiste avait beau faire, il y avait un grand vide dans sa vie : il n'aurait jamais accès aux mystères de la filiation : la naissance, la petite enfance et tous les liens subtils qui se tissent jour après jour entre un père et un fils... Jack était déjà grand quand il était entré dans la famille. Il n'aurait jamais pu être un fils à part entière.

Adopter un de ses neveux de Padoue ? La petite fille de son frère défunt, Antonio, si menue, si sérieuse ? Il envoyait de l'argent pour l'instruction des enfants, mais à qui donner ce besoin d'amour sans limites et sans détours qu'on ne donne qu'à un fils ?

Il alla se poster plusieurs fois devant la demeure des Valabrègue, enfermé dans une calèche pour ne pas être vu : il voulait voir de ses yeux l'enfant qu'Angelica avait adopté. Il l'aperçut enfin, une fois, à la fenêtre d'une voiture qui sortait lentement de l'immeuble et passa tout près de lui. Ils se dévisagèrent en silence pendant une minute qui sembla éternelle.

Jean-Baptiste ne ressentit rien et ne se souvint, par la suite, que des yeux bleus, inquisiteurs et tristes, de l'adolescent. Il fut déçu que rien en lui ne l'ait reconnu. Il avait secrètement espéré une tempête de sentiments qui aurait décrété : « C'est lui, c'est ton sang, ton fils ! Va, cours et parle-lui ! » Mais non. Rien qu'un vide de l'âme qui lui faisait horreur.

Sara n'en sut rien, mais elle avait de plus en plus de mal à réprimer l'inquiétude qui faisait désormais partie de sa vie quotidienne et que seule, l'écriture calmait.

10 Septembre 1822

Ma chère Georgina,

Je ne devrais pas vous écrire uniquement pour me plaindre, mais si vous saviez comme votre amitié me manque ! Je ne me résous pas à penser que vous resterez à jamais en Égypte et que je ne vous verrai donc plus. J'ai si peu d'amies ici.

Nous ne sommes pas encore en mesure de recevoir chez nous, et c'est très bien ainsi. J'ai gardé de notre passé de saltimbanques l'inquiétude de devoir m'« installer ». Je le ressens comme une terrible privation de liberté, et je ne vois que les murs qui m'entourent, fussent-ils tendus de soie et d'or. Je ne me sens libre qu'avec mes vieilles sandales et mes hardes. Un baluchon me suffit. Alors, Sara Belzoni tenant salon, ce n'est pas pour demain. L'hypocrisie des règles sociales m'effraie et je suis ravie chaque fois que je peux m'y soustraire.

Jean-Baptiste, lui, s'y soumet volontiers et je ne peux pas le lui reprocher. Il a mérité ces honneurs dont on le couvre, et s'il en tire du plaisir, tant mieux. Il est très occupé et je n'ai plus guère de part à ses activités. Je le vois rarement, désormais, et la solitude me pèse, je l'avoue. La condition de femme mariée est ici d'une morne platitude. La plupart se sauvent de l'ennui en développant une passion pour les boutiques, ou en prenant des amants. Cela n'est pas pour moi.

Je pense toujours à l'Égypte comme à un paradis perdu. C'est vrai que l'homme ne sait pas voir le bonheur quand il passe. Il en prendrait plus.

Londres me fait peur, et honte aussi. Tous semblent accepter la misère qu'on voit ici comme une fatalité et je vois proliférer une classe de nantis qui ne regardent jamais vers le bas. Ils font le lit des révolutions. On s'est hâté d'oublier les leçons de la France, pensant qu'ici un tel désastre n'arrivera jamais. Et pourtant, la hache et la corde n'ont jamais chômé dans ce pays. Il est bien vrai qu'il n'est pire sourd que celui qui ne veut pas entendre.

En ce qui me concerne, j'entends et je vois, et je ne peux rester insensible. J'essaie de porter une aide à la condition des enfants dont personne ne veut, mais que tous exploitent : les petits ramoneurs qu'on enfile tête en bas dans les cheminées, les repasseuses et les laveuses aux mains mangées par l'eau glacée et la soude, les enfants des mines qui crachent noir et toussent à fendre l'âme, tous ces orphelins qui n'ont pas dix ans et ne sourient jamais.

Aux femmes, on laisse volontiers la bienfaisance comme une occupation superflue et improductive, indigne des hommes. Mais je suis convaincue que nous pourrions avoir une force réelle, nous à qui on interdit toute politique et qui devenons suspectes dès que nous sortons du territoire qui nous est assigné, c'est-à-dire de la cuisine au salon en passant par le lit. Il est vrai que la plupart sont résignées à leur destin et ne font pas un geste pour améliorer leur condition. Elles ont presque l'air d'être reconnaissantes qu'on les laisse respirer. Je leur fais peur quand je les conjure d'ouvrir les yeux sur le monde.

J'en parle souvent avec une de ces rares amies que j'évoquais plus haut. Nous essayons d'agir plus que de parler, ce qui n'est pas facile. Elle s'appelle Jane et doit avoir quarante ans. Plus ou moins. L'âge a si peu d'importance devant les qualités de l'âme. Elle vit avec son frère et écrit de la poésie. Elle en vit, ce qui n'est pas commun, et elle a cette forme d'esprit rebelle qui porte au progrès.

Nous avons été ensemble à Paris, car je répugnais à y aller seule. L'Exposition égyptienne ne marche pas vraiment, même si le livre s'est très bien vendu. Le public parisien boude et nous perdons de l'argent. Murray dit qu'il y a une cabale et qu'il vaut mieux démonter fin septembre, avant la date prévue. Jean-Baptiste est soucieux...

Quand mon mari est dans cet état, j'ai appris à me tenir loin de lui, malgré l'envie que j'ai de lui venir en aide. Ma chère, vos leçons de séduction sont bien loin maintenant et je les regrette toutes. J'en aurais bien besoin aujourd'hui, ainsi que de vos huiles et de vos parfums, et des précieux conseils des dames du Hammam... En ce moment, aucune femme n'intéresse mon mari et j'en suis bien aise : vous n'imaginez pas ce que sont ici les femmes à la mode. Vos almées sont des oies blanches, en comparaison. Ici, l'impression générale est que toutes les femmes sont à vendre. La galanterie est partout, dans les voitures ouvertes, sur le perron des cafés, dans les théâtres. Le soir, on ne voit qu'épaules nues et décolletés débordants qui luisent au milieu des dentelles, chevilles vite et haut découvertes, parfois jusqu'aux jarretières. Le Boulevard est un étal de volailles lubriques et consentantes ; on peut y faire son marché. Les Parisiens ne pensent qu'à l'amour et à l'argent. Et lorsqu'on se pose, comme moi, des questions sur l'utilité de l'un et de l'autre, toute cette agitation devient difficile à supporter...

Vous dirai-je que Jane s'est prise de passion pour mon mari ? Elle veut tout savoir de ses aventures, boit ses paroles avec un regard extasié et pense à écrire sur lui une épopée en vers. Elle l'a même convaincu qu'il pouvait être poète lui aussi. Cela le distrait de ses soucis. La vanité masculine est insondable : le voilà flatté par les attentions d'une intellectuelle qu'il aurait traitée de bas-bleu en d'autres circonstances, et, le croiriez-vous, il s'est mis vraiment à la poésie !

Je vous rassure, le pauvre Shelley ne se retournera pas dans sa tombe.

Cependant les vers de Jean-Baptiste ont quelque chose de sincère dans leur inquiétude. Je sais qu'il est de bon ton de donner dans le tragique quand on est poète, mais j'entends là une sorte d'adieu dont je ne sais que penser...

> *Anglais, mes bons amis, adieu...*
> *Je dois quitter vos rives où j'ai été heureux.*
> *Mon cœur à tout jamais près de vous restera.*
> *Si je ne revois plus ce pays qui m'est cher*
> *Le monde et ses intrigues ne me manqueront guère*
> *Pour peu que se souviennent encore mes amis*
> *Qu'il y eut auprès d'eux un certain Belzoni...*

Qu'en dites-vous ? Ne dirait-on pas une épitaphe ?

Votre Sara

À Londres, un message de l'African Association attendait Jean-Baptiste. Sir Joseph Banks voulait le voir.

— N'étions-nous pas convenus de nous rencontrer, monsieur Belzoni ? Je vous ai attendu. Vous me pardonnerez, mais à mon âge, chaque jour compte !

À quatre-vingt-cinq ans, sir Joseph Banks avait tout d'un vieil éléphant podagre. Son visage était encadré de lourdes bajoues dominées par un nez impérieux. Il s'extirpa avec effort de son fauteuil et alla à la rencontre de son visiteur. Il était difficile d'imaginer que c'était là le jeune marin aventureux qui avait accompagné Cook dans les mers australes pour observer le passage de Vénus devant le Soleil.

Sir Joseph ne faisait plus qu'un avec l'African Association. C'était là qu'il avait passé le plus clair de son temps depuis la lointaine journée de 1774 où il l'avait fondée avec quelques amis.

Les statuts de la société prévoyaient l'exploration systématique des régions intérieures de l'Afrique et l'élimination de l'esclavage. Mais il fallait bien reconnaître que, derrière cette noble vocation, se cachaient des intentions plus triviales, comme la recherche de nouveaux marchés et le regroupement de tous les renseignements possibles sur les pays convoités. L'Angleterre avait perdu sa colonie la plus importante, l'Amérique, et ses formidables débouchés économiques. Il lui en fallait d'autres.

Le bureau de sir Joseph était revêtu de bois sombre et regorgeait de tableaux, cartes, statues, sabres et fétiches exotiques — souvenirs rapportés par les rares explorateurs de la société qui avaient survécu à leur expédition.

— Vous connaissez sans doute ma passion pour Tombouctou, monsieur Belzoni ? commença-t-il. Disons même mon idée fixe...

— Je crois que personne ne l'ignore plus, sir... répondit courtoisement Belzoni.

— Je me demande parfois moi-même la raison de mon acharnement. Mais c'est là la question de fond de la science et de la connaissance. Où l'homme doit-il s'arrêter ? Est-il juste et nécessaire de savoir toujours plus du monde qui nous entoure ? Et à quel prix ?

Il trancha.

— Je crois que la vocation de l'homme est d'aller plus loin, toujours, quel que soit le prix à payer.

Il fit une pause, comme s'il rassemblait ses esprits.

— Est-ce que vous avez des ambitions, monsieur Belzoni ? Des rêves inassouvis ?

— Bien sûr, monsieur, comme tout le monde !

— Alors, il faut aller au bout, toujours, même si on vous dit que ce sont des utopies. La conquête d'un rêve est plus importante que le rêve lui-même. Je suis bien placé pour vous le dire, moi qui, après une vie d'aventures, suis maintenant contraint par l'âge à agir par personnes interposées !

Ses détracteurs disaient de sir Joseph qu'il était devenu gâteux à force de vouloir entrer à Tombouctou, et qu'il fallait l'empêcher d'exercer de nouveaux ravages sur la jeunesse. Car si cette passion ne lui coûtait rien à lui, elle avait en revanche coûté la vie, après d'infinies souffrances, à beaucoup de valeureux jeunes gens. Et toujours en vain.

Qui sait si Mungo Park ne l'avait pas maudit avant de disparaître dans les eaux du Niger ? Et son fils, mort dans la jungle à la recherche de son père ? Et Ledyard, mort de fièvre bilieuse à trente-sept ans, et Hornemann mort d'épuisement à vingt-huit ans, et Houghton mort seul, comme un chien, au pays de l'or, et Ritchie, et Oudney, et Clapperton... Tous engloutis par l'Afrique sur la route de Tombouctou.

Sir Joseph n'avait récupéré que quelques carnets de voyage tachés de sueur et de sang, qu'il feuilletait parfois mélancoliquement.

— N'est pas explorateur qui veut... dit sir Banks. Ici ont défilé les jeunes gens les plus exaltés. J'ai dû en repousser beaucoup, comme vous l'imaginez : le goût de l'aventure est le propre de la jeunesse. Mais pour ces voyages, l'audace ne suffit pas. C'est pourquoi j'ai pensé à vous. Vous êtes un homme fait et vous avez l'expérience du désert. Quel âge avez-vous maintenant, monsieur Belzoni ?

— Quarante-trois ans, répondit Belzoni avec répugnance.

— Ah ! le bel âge ! s'extasia sir Banks.

Avec sa couronne de cheveux blancs vaporeux comme de la soie, ses yeux bleus aristocratiquement globuleux, et ses mains tavelées de taches par l'âge et le soleil des tropiques, il ressemblait dangereusement à l'enchanteur Merlin.

— Je donnerais n'importe quoi pour avoir quarante-trois ans et revoir l'Égypte, le Soudan, le Niger...

— L'Égypte m'a tout donné, dit Belzoni, je n'y retournerai pas. Je veux me mesurer avec un autre pays, un monde vierge. Mais cette fois, j'aimerais ne pas y retrouver la même racaille européenne.

— Là où il y a de l'or, il y a de la racaille, monsieur Belzoni. Et en Afrique, il y a de l'or... Le vrai et l'autre, le pire qui soit : les esclaves. Vous savez que notre association a été la première à se battre pour la suppression de l'exploitation de l'homme par l'homme.

— Dans ce cas, il n'est pas nécessaire d'aller aussi loin. Il y a de quoi faire en Angleterre...

Sir Joseph lui lança un regard noir.

— Sans doute, sans doute, mais là n'est pas la question. Seriez-vous socialiste ?

Belzoni sourit aimablement.

— Vous me parliez d'un monde nouveau, inexploré, au centre de l'Afrique...

Il n'ignorait pas l'attrait qu'exerçaient sur les États européens les voies commerciales historiques, dont Tombouctou, entre autres, était un des nœuds les plus importants. Après avoir fait main basse sur le commerce, on s'emparerait des royaumes affaiblis pour en faire des comptoirs, des protectorats...

Quant au trafic des esclaves, sa suppression représentait un vaste problème. Avec l'or, c'était le revenu le plus important du centre de l'Afrique ; ce marché-là avait enrichi tout le monde en Europe.

Sir Joseph retomba élégamment sur ses pieds.

— Si je m'entête sur cette région de l'Afrique, monsieur Belzoni, c'est que je ne veux pas la laisser aux Français. Eux aussi cherchent des territoires. Ils noyautent, ils grignotent partout. Leur Société de Géographie vient d'offrir un prix de cent mille francs au premier qui entrera dans Tombouctou : ce n'est évidemment pas pour la beauté du geste. Il faut agir vite, M. Burckhardt vous l'aura dit.

— Je n'ai qu'un regret, soupira Jean-Baptiste, c'est qu'il ne soit pas des nôtres. Si j'entreprends cette exploration, c'est aussi pour honorer sa mémoire et la parole que je lui ai donnée. Soyez tranquille : j'entrerai à Tombouctou et je remonterai le Niger jusqu'à sa source. Les alibis « philanthropiques » ne m'intéressent pas, je vous les laisse.

Sir Banks prit Belzoni sous le bras — il tremblait d'excitation — et l'entraîna vers une carte d'Afrique fixée au mur. Un poignard maure était planté en plein centre. Tout alentour, la carte était vide : pas de reliefs, pas de villes, pas de fleuves. Le cours du Niger, encore appelé Djoliba, n'était qu'esquissé et se perdait en pointillés dans le néant. Deux mots seulement, deux mots magiques : *Unexplored lands*.

— Voilà, Tombouctou devrait être à cette hauteur, aux alentours du dix-huitième parallèle... On y arrivera, j'en suis certain ; les grandes routes commerciales s'y croisent depuis des siècles. À la Renaissance, on y trouvait du velours de Gênes, c'est tout dire. Vous serez le premier à y entrer, monsieur Belzoni, après des siècles d'isolement, et ce sera là une gloire sans précédent pour l'Angleterre ! Le seul Européen qui soit jamais entré à Tombouctou est un Français, un naufragé vendu comme esclave à un commerçant de la ville et c'était en... 1630. Si vous y parvenez, je me fais fort de vous obtenir le titre de *Sir*, monsieur Belzoni.

Belzoni fixait le poignard et entendait encore les avertissements de Burckhardt : « Il faudra te préparer au pire. Là-bas, tout sera épouvantable : la faim, la soif, les maladies, les tribus. L'Égypte, à côté, ce n'est rien... »

Sir Banks, d'une poigne surprenante, arracha l'arme du mur et la tendit à Jean-Baptiste.

— Prenez-le, il appartenait à Mungo Park. Il est à vous, désormais.

V
TOMBOUCTOU

21

Dès le premier jour, Sara fut conquise par le Maroc. Le printemps, les couleurs, les costumes, les fêtes, tout contribuait à en faire un paradis. Autant le poids du temps était lourd et incontournable en Égypte, autant ici il semblait inexistant. On vivait dans l'instant et c'était une sensation de légèreté qu'elle avait oubliée depuis longtemps.

Sara réussissait même à minimiser ce pourquoi elle était là, à Fès, avec Jean-Baptiste : leur inéluctable séparation.

— Ce ne sera pas la première fois, disait-elle avec son sourire calme, et nous nous sommes toujours retrouvés.

Cette fois, cependant, c'était différent et ils le savaient tous les deux. Aucun de ceux qui avaient tenté le voyage de Tombouctou n'était revenu.

— Personne n'a essayé comme il faut la route des caravanes qui traverse le Tafilalet, expliquait Jean-Baptiste avec sa désinvolture habituelle. Je vais commencer par là et je vais mettre toutes les chances de mon côté.

Il avait investi tout son avoir dans la préparation de ce voyage et il était prêt à couvrir de cadeaux tous les sultans, les rois ou les chefs de bandes qui se présenteraient. Il fallait qu'il passe...

Mais il n'était pas question que Sara l'accompagne.

— Si courageuse sois-tu, tu représenterais un danger pour moi : je ne peux prendre aucun risque, je ne peux me charger d'aucun poids... Je dois être totalement libre de mes mouvements.

C'était la première fois qu'elle entendait de telles paroles dans la bouche de Jean-Baptiste : poids, risque... Et malgré l'évidence, elle se sentait blessée. En vérité, elle ne se résignait pas et nourrissait encore l'espoir qu'au dernier moment, il changerait d'avis. Elle préférait le danger, la mort même, à ses côtés, plutôt que de rentrer seule à Londres comme on revient d'un enterrement.

Le consul anglais à Fès, sir Wilmot, les avait avertis :

— Ne sortez pas habillés en costume européen. C'est dangereux. Les étrangers ne sont pas encore acceptés ici...

C'était difficile à croire, les gens semblaient si accueillants. On les dévisageait, certes, comme partout, mais on leur souriait.

— Croyez-moi, insistait le consul, ne sortez pas sans escorte armée.

Sara sentait bien que le consul réprouvait le costume masculin tout neuf qu'elle arborait, mais elle n'avait aucunement envie d'y renoncer. S'habiller en homme donne une telle sensation de liberté. Non seulement on voit le monde d'une autre manière, mais le monde lui-même vous regarde autrement.

— Monsieur Wilmot, dit-elle, vous avez devant vous une femme qui a traversé seule la Palestine, qui est entrée la première en Nubie, et dans la mosquée interdite de Jérusalem. Rien que pour ça, on devrait me couper la tête. Je n'ai plus peur de grand-chose, je vous assure.

— Il est de mon devoir de vous mettre en garde, madame. Chaque pays a des usages qui lui sont propres et que vous pourriez ignorer. Nous ne sommes pas en Égypte. Je crains, par exemple, que l'absence de barbe dans votre cas et la couleur même de vos cheveux...

Il jeta un regard réprobateur sur son casque de boucles rousses. Comment une femme respectable peut-elle en arriver à se couper les cheveux aussi courts !

Sara se demandait encore ce qui lui avait pris. Elle les avait coupés avant de s'embarquer, un peu comme un sacrifice, comme si elle avait offert sa chevelure à quelque divinité protectrice. Elle sourit au consul en enroulant habilement un turban autour de sa tête.

— Pour la barbe, il faudra attendre un peu, j'en ai peur, à moins que vous ne m'en procuriez une fausse.

« Je ne serai tranquille que le jour où elle repartira pour

l'Angleterre... se dit le consul. Cette femme-là est une source de problèmes. »

Jean-Baptiste avait demandé audience au sultan. Il fallait traverser la ville, et à mesure qu'il avançait dans les rues animées de Fès, entre les murs de faïence multicolore, il se disait qu'il aurait été agréable de s'y arrêter dans le seul but de profiter de la douceur de l'air, des couleurs et des parfums, comme les vieux à barbe blanche qui prenaient le thé sous les arbres. Chaque quartier avait sa propre odeur : les écuries, les marchés, les jardins, celui des tanneries même, malgré l'odeur, était une fête pour les yeux. Des cuves multicolores y étaient creusées à même la pierre, et des hommes foulaient aux pieds les peaux, souples comme du tissu, et les imprégnaient de couleur : le rouge de la garance, le jaune du gaude, le bleu de l'indigo. Un vieil homme était assis sur un petit mur et parlait tout seul, grattant la chaux du muret de ses ongles bleus d'ancien teinturier.

À proximité des jardins royaux, le parfum de fleurs l'emporta sur l'odeur des tanneries : les vieux murs de la résidence royale croulaient sous les roses de mai. Le sultan Moulay-Abd-el-Raman aimait donner ses audiences en plein air.

Il se fit attendre longtemps. Courtisans et solliciteurs s'étaient installés patiemment à l'ombre des arbres. Enfin, les portes du palais s'ouvrirent et tout le monde se précipita. Le sultan parut, vêtu de blanc, la barbe soignée, un burnous négligemment jeté sur les épaules. Il chevauchait un étalon blanc harnaché de vert, la couleur sainte de l'Islam. Belzoni remarqua que ses étriers étaient en or massif. Auprès du cheval, marchait un serviteur noir qui portait en guise de dais un haut parasol de soie amarante doublé de bleu.

Le sultan se montra particulièrement aimable avec Jean-Baptiste. Les courtisans se pressaient autour d'eux : ils voulaient voir les cadeaux que le géant étranger avait apportés, et ils les commentaient à mi-voix. C'était une scène pleine de couleur et d'allégresse, avec les murs rouges de la ville en toile de fond et, très loin sur l'horizon, la silhouette bleue des montagnes de l'Atlas.

Le sultan accepta de bonne grâce les présents de Belzoni. Il apprécia en particulier une grande boîte à musique de marqueterie dont il fit ouvrir et refermer le couvercle plusieurs fois. Les notes tremblantes des *Petits Riens* de Mozart qui s'en échappaient provoquaient l'étonnement général, mais il ne convenait pas de montrer en public trop de curiosité pour les merveilles étrangères, et le sultan la fit fermer pour de bon.

En ce qui concernait l'expédition, Moulay Abd-el-Raman était réticent. On lui avait rapporté qu'au sein même de la colonie étrangère, ce Belzoni n'était pas bien vu. Les Français et même certains Anglais ne souhaitaient pas qu'il arrive à Tombouctou — ce qui correspondait assez bien au désir de la plupart des conseillers du sultan. Pourquoi favoriser la pénétration des chrétiens en territoire islamique ? N'avaient-ils pas eux-mêmes assez de problèmes avec les tribus ?

Le sultan coupa la poire en deux.

— Je peux garantir votre sécurité jusqu'aux montagnes, dit-il. Vous aurez un de mes meilleurs guides. On fera savoir partout que j'ai posé ma main sur votre tête et que je vous protège. Mais au-delà, les tribus de l'Atlas sont en guerre et refusent de se soumettre. Seul Allah peut vous guider.

Le consul, assis auprès de Jean-Baptiste, avança une explication à mi-voix.

— Un laissez-passer du sultan peut être interprété par les rebelles comme une provocation. Il ne contrôle pas les montagnes, même s'il refuse de l'admettre.

Les montagnes étaient la porte du désert. La piste pour Tombouctou les traversait et se dirigeait vers le sud, vers le Tafilalet, la dernière oasis avant le Grand Désert. C'était là qu'était le danger, dans une région propice aux embuscades, où les tribus contrôlaient le transit des hommes et des marchandises et exigeaient un droit de péage exorbitant. Les rares caravanes à se hasarder dans ces régions pouvaient être rançonnées jusqu'à quinze fois, quand elles avaient de la chance.

— Majesté, dit Belzoni, dans les montagnes je confierai ma vie au Tout-Puissant et il en sera comme il le voudra. Je ne crains pas la mort. Quand il me rappellera à lui, il me trouvera prêt et le cœur ferme. Je ne doute pas qu'il fera voler sur moi ses anges *musawwimîna* et me laissera entrer dans les *gannat* d'où l'eau ruisselle... Il sait reconnaître les gens de bien et Il aime ceux qui s'en remettent à Lui...

Belzoni connaissait bien le Coran et citait volontiers la troisième sourate qui parle de la protection divine. Ses longues conversations au bord du Nil avec Zulficar Kaya et avec

Burckhardt lui avaient permis d'approfondir le Livre. Il était en mesure d'en disserter avec beaucoup de finesse, ce que les chefs appréciaient. Une brillante interprétation du texte sacré était le meilleur des sauf-conduits...

Le sultan donna l'ordre de mettre à disposition de Belzoni une escorte armée et des guides parlant le tamazirt, la langue des tribus berbères. À la fin de l'audience, il le retint un instant.

— Réfléchissez encore. Vous parviendrez peut-être au Tafilalet, mais vous n'irez pas au-delà... Vous ne trouverez pas de guide pour traverser le Grand Désert ; ils préfèrent les grandes caravanes bien armées et bien équipées. Un petit groupe comme le vôtre est un trop grand risque.

Le consul Wilmot s'empressa.

— Majesté, si M. Belzoni disparaît, je suis témoin que vous aurez fait tout ce qui était possible pour lui venir en aide. L'Angleterre ne saurait donc vous demander réparation. Il voyagera à ses risques et périls.

— Merci, Wilmot, murmura Jean-Baptiste pendant que le sultan se retirait. C'est bon de se sentir aimé.

Il avait quand même eu son escorte. Jusqu'au dernier moment, Sara avait espéré qu'il ne l'obtiendrait pas.

— Alors ça y est, tu vas partir... murmura-t-elle.

Elle détourna les yeux pour dissimuler l'angoisse qui l'avait saisie. À l'horizon se dressaient les montagnes bleues qu'il allait affronter dans quelques jours.

— Sara, ne revenons pas là-dessus... fit doucement Jean-Baptiste. Je voudrais que nous nous séparions sans...

Il ne savait pas comment conclure sans la blesser.

— Sans douleur ?

— Oui, comme si nous devions nous revoir demain.

— Nous ne nous reverrons pas demain.

— Le sultan a essayé de me décourager, tu ne vas pas t'y mettre aussi ! J'ai étudié scrupuleusement l'itinéraire. Je te l'ai dit, j'ai mis toutes les chances de mon côté. Je reviendrai beaucoup plus tôt que tu ne l'imagines.

Il avait effectivement préparé son voyage dans les moindres détails, tenant compte des travaux de Burckhardt et des erreurs de ses prédécesseurs.

— Il y en a qui mettent des années à rentrer... dit Sara.

— Pas moi, je suis pressé. Et en plus, je tiens à ma peau.

Le consul entra, une liasse de feuillets à la main.
— Voilà, votre testament est prêt.

Cette annonce tombait si mal à propos qu'ils se mirent à rire.

— J'aime mieux vous voir dans cet état d'esprit ! se méprit le consul. En général, on affronte toujours cette formalité de grise mine, alors que c'est une sage décision : un honnête homme laisse toujours ses affaires en ordre. D'ailleurs, vous reviendrez, vous réussirez... Il m'a suffi de voir l'ascendant que vous exercez sur les Arabes pour en être persuadé...

Il se tourna vers Sara :
— Il les impressionne, il les charme, je ne sais pas ce qu'il leur dit, mais il en fait ce qu'il veut. Soyez tranquille, ce testament ne servira à rien.
— Que Dieu vous entende, monsieur Wilmot, fit Sara.

Le consul conclut sa lecture. Sara luttait contre l'émotion. Pour elle, ce testament n'était pas une simple formalité, c'était un adieu en bonne et due forme, rationnel, calculé, où tout avait été prévu et compté, et qui n'en était que plus effrayant. Elle assistait au partage de leur vie, énoncé par la voix indifférente de sir Wilmot. Les dépouilles de Jean-Baptiste seraient divisées en trois parties égales : une pour elle, une pour sa mère et la dernière pour le plus jeune et le plus humble de ses frères, Domenico, celui dont on ne parlait jamais. Le nom de Francesco n'était même pas cité. Jean-Baptiste signa son testament. Il était nerveux, la plume grinça et égratigna le papier. Le consul ajouta quelques paraphes de-ci de-là, d'une main élégante, sécha l'encre, et se retira avec le soulagement de celui qui a fini une corvée.

Il était convenu que, le jour dit, ce serait Sara qui partirait la première. Il l'accompagnerait à Tanger où elle prendrait le bateau pour l'Angleterre. Une longue navigation solitaire l'attendait, mais Sara savait qu'à partir de ce moment-là, plus rien n'aurait d'importance, ni le temps, ni l'inconfort, ni la solitude. L'attente aurait commencé.

Dans la lumière de l'aube, on finissait de charger le brick qui battait pavillon anglais. Des canots allaient et venaient sur une mer calme et presque laiteuse, entre la rive et le bâtiment. Une agitation fiévreuse régnait sur la plage où les porteurs riaient et s'invectivaient au milieu des caisses. Le soleil de juin venait de se lever et on sentait déjà sa morsure.

— Il va faire chaud aujourd'hui..., dit Sara.

Il fallait remplir le silence, dire n'importe quoi.

— Au large, il y a toujours un peu de vent, tu verras.

Ils marchaient côte à côte, le long de la mer.

— Chaque vague me rappellera que tu t'éloignes un peu plus.

Sara le regarda : il avait maigri et retrouvé l'éclat qu'il avait en Égypte : les cheveux et la barbe longs, le teint coloré, et cette espèce d'impatience qu'ont les chevaux quand ils n'ont pas assez couru.

— Saltimbanque... dit-elle tendrement.

Il approuva avec le sourire désabusé et ironique qu'elle aimait.

— On ne se refait pas !

L'heure du départ approchait. Ils ralentirent en même temps et s'arrêtèrent, la gorge nouée.

Au loin, l'équipage anglais semblait fin prêt. Le commandant s'installa sur la dunette avec ses officiers ; leurs galons scintillaient au soleil levant.

— Qu'est-ce qu'on fait quand on a peur ? demanda Sara. Quand on ne veut pas partir et qu'on voudrait mourir sur place ?

Belzoni la serra contre lui en silence et la regarda. Des larmes contenues dilataient son regard. L'Égypte et le temps avaient creusé des rides définitives au coin des yeux de Sara. Jean-Baptiste y posa ses lèvres avec tendresse.

Ils avaient fait l'amour le matin au réveil, encore endormis, avec une passion hâtive d'adolescents, comme pour rattraper le temps perdu, donner à l'autre tout ce que les paroles ne disent pas, effacer les erreurs et les incompréhensions, et surtout conjurer le gouffre béant de l'avenir.

La cloche du brick retentit. C'était un appel. Le dernier canot n'attendait plus que Sara. Belzoni pâlit. Sara fouilla nerveusement au fond de son sac de tapisserie. Elle en sortit un bel étui de cuir contenant un encrier et les meilleures plumes qu'elle ait pu trouver. L'encrier était un objet raffiné, taillé dans un cristal de roche et monté en argent. Elle l'avait acheté pour l'occasion dans une boutique élégante de Burlington Arcade avant de quitter Londres.

— Écris-moi, je t'en prie... dit Sara véhémente. Je serai prête à venir te rejoindre, n'importe où, à n'importe quel moment, quand tu voudras. Ne m'oublie pas...

Les lettres prendraient des semaines, des mois peut-être. Si elles arrivaient. Ne pas y penser.

— Promets-moi de te protéger, de faire attention.

Mais elle avait le cœur trop lourd, elle éclata en sanglots et se détourna de lui.

— Sara, je t'en prie, balbutia Jean-Baptiste désemparé. Nous avons pris la décision ensemble... C'est très dur pour moi si tu pleures.

Elle se reprit.

— Jamais je n'ai autant regretté d'être une femme. Donne-moi ton mouchoir.

Elle se moucha bruyamment.

— Voilà, c'est fini... Allons-y, maintenant.

Tout était paisible et clair. De petites vagues indifférentes venaient mourir sur le sable. Belzoni souleva Sara dans ses bras et entra dans l'eau transparente jusqu'aux cuisses. Au moment de la déposer dans le canot, il la regarda au fond des yeux et l'embrassa une dernière fois.

— Je reviendrai bientôt, Sara. Aie confiance.

Il eut un instant d'hésitation avant de repousser le canot vers la haute mer. Puis, tout alla très vite : les marins se mirent à ramer furieusement pour profiter du jusant.

Sara ne quittait pas des yeux la silhouette de Jean-Baptiste. Elle voulait garder cette dernière image de lui, au cas où il ne reviendrait pas : la mer bleu indigo, et la ville blanche qui dévalait à flanc de montagne, coulée dans ses remparts. Et lui, plein de force et de vie, immobile au milieu des vagues dans la tunique arabe que le vent plaquait sur sa poitrine.

Il resta sur la plage, jusqu'à ce que les manœuvres soient terminées. Petit à petit on largua la toile. Le brick, toutes voiles dehors, sortit de la rade en se cabrant sous l'impact de la pleine mer.

« Adieu, ma Sara... pensa-t-il. Que Dieu te garde... »

Sara s'était réfugiée dans la cabine, assise sur le bord de la couchette étroite, le mouchoir de Jean-Baptiste roulé en boule dans la main. Elle le serra longtemps encore en écoutant les grincements familiers du voilier qui gagnait le large. Sur le pont, les marins commencèrent à chanter pour aider la manœuvre.

Elle se laissa aller sur la couchette. La boussole suspendue au plafond tremblotait comme une étoile.

Cinq jours plus tard, la petite troupe de Belzoni quitta Fès avant l'aube. La brume stagnait encore en longues écharpes moites sur la vallée. On sortit de la ville par la porte principale, la majestueuse Bab-bou-Jeloud.

En passant dessous, Belzoni reçut une goutte sur la tête et pensa qu'il allait se mettre à pleuvoir. Il s'essuya le front et leva machinalement les yeux. C'était du sang.

Deux têtes fraîchement coupées étaient suspendues au-dessus de la porte.

On les avait attachées à des piquets par les cheveux, et des corbeaux se battaient déjà pour en arracher des lambeaux.

— Hé ! hé ! s'exclama le guide, tu as de la chance. Ce sang-là guérit tous les maux. Il rend même la vue aux aveugles ! C'est arrivé autrefois à Bab-el-Seba. On y avait pendu le frère du roi du Portugal ! Vingt ans, il y est resté... On essayait de décrocher les os à coups de pierre quand on était petits !

L'épisode sembla renforcer le courage de l'escorte, qui voulut toucher la main et le front du chef. La « baraka » du sang allait les protéger.

Le guide lui expliqua que les deux condamnés étaient des rebelles de la tribu berbère des Aït-Izdeg, qui vivaient là-haut dans les montagnes, et que leurs têtes seraient exposées de ville en ville jusqu'à ce qu'elles soient complètement desséchées. Elles avaient été évidées et salées, mais les juifs qui étaient contraints à ce travail par la loi — on appelait leur quartier le Mellah, le quartier du Sel — faisaient souvent les choses à moitié. Quand on laisse des bouts de cervelle, ça fait pourrir l'étoupe et tout ce qu'il y a dedans, c'est bien connu.

Belzoni se dit, lui, que ces têtes étaient un mauvais présage, mais il repoussa cette idée. Il avait déjà dans le cœur un tel tumulte de sentiments : l'excitation du départ, l'absence de Sara, et une sensation déplaisante de non-retour. Les dés étaient jetés. Il se tut jusqu'aux premiers contreforts des montagnes.

Le paysage était grandiose. On chevauchait au travers d'une forêt bruissante de murmures sous le couvert de vieux cèdres tourmentés. Les voyageurs étaient aux aguets, les nerfs tendus, sentant des présences.

Au bout de quelques heures, on déboucha dans un paysage lunaire, troué de lacs bleus où se reflétaient des falaises rouges déchiquetées par le vent. On aurait dit qu'une multitude de forts en ruines surveillaient le haut-plateau, mais c'était une illusion : El-Arid n'était que pierres sur pierres, dans une solitude de fin du monde. Aucun homme n'y avait jamais rien construit.

On progressait lentement, en silence. Les pillards les observaient probablement déjà, se demandant s'ils attaqueraient.

Belzoni les aperçut le premier, au coucher du soleil.

— Ce sont des Riatas, de la tribu des Imaziren... murmura le guide. Ceux-là ne connaissent ni Dieu, ni sultan. Seulement la poudre.

Ils étaient deux, en vigie, statues immobiles au sommet d'un promontoire. Une lourde épée leur barrait la poitrine et leur donnait un vague air de chevaliers. Ils paraissaient très grands.

— Ils ne savent que fabriquer des armes et peuvent aligner trois mille hommes et deux cents chevaux, reprit le guide. Grands fumeurs de kif... Leurs femmes ne sont pas voilées et remontent leurs jupes jusqu'aux genoux s'il le faut. Elles n'ont pas de pudeur et se battent comme des bêtes.

Belzoni se leva pour mieux les regarder. On s'observa longuement de part et d'autre. Les deux éclaireurs finirent par tourner bride tranquillement, sans le moindre geste de menace ni d'inquiétude.

Les chameaux se plaignirent toute la nuit, les chiens aboyèrent. Belzoni dormit mal, son pistolet chargé à portée de la main.

— On arrive aux gorges de l'oued Ziz, annonça le guide quelques jours plus tard. On a deux solutions : ou on passe par les gorges, ou on passe par la montagne. Si on suit l'oued, on ira plus vite, mais on risque de se faire attaquer par en haut. Passer par la montagne, c'est plus long, c'est difficile, on trouvera même de la neige, mais on ne rencontrera personne. Les tribus préfèrent se battre en bas.

— On prend les gorges, dit Belzoni, il faut aller vite, et économiser les vivres et les chameaux pour le désert. Nous enverrons régulièrement des éclaireurs.

— Celui qui veut vivre vieux, doit apprendre la patience, fit le guide. Mais c'est toi le chef, ce sera comme tu voudras.

Leur caravane s'étira le long de la piste étroite encastrée entre les parois abruptes de la gorge des Gazelles. À cette période de l'année, l'oued Ziz était un torrent paisible, mais au premier orage, il pouvait se transformer en furie et les balayer comme des fétus de paille.

Belzoni ne se sentirait en sécurité que lorsqu'on pourrait camper en terrain plat. Ici, chaque rocher pouvait dissimuler un guerrier, chaque éboulement une troupe. Les montagnes rouge vif étaient de plus en plus escarpées ; elles les dominaient maintenant, écrasantes, couronnées de neige au sommet. Les franchir aurait été une longue épreuve.

Ils arrivèrent sains et saufs au col de Telremt, et aperçurent au loin, comme une terre promise, la vallée blanche et désertique où l'oued Ziz s'étalait entre le ruban vert de ses rives. La palmeraie continuait jusqu'au Tafilalet.

— On s'arrêtera près de Ksar-er-Souk, dit le guide, au croisement des pistes. Les animaux doivent se reposer et boire avant le désert. Si Allah nous assiste jusqu'au bout, demain nous verrons les premières grandes dunes de l'Erg Chebbi.

Une odeur d'incendie vint bientôt flotter à leur rencontre.

— Je n'aime pas ça... dit le guide, qui ne connaissait que trop bien l'odeur de la guerre.

Il ne se trompait pas ! L'oasis n'était qu'un amas de débris fumants, de tentes dévastées, de cadavres. Pas un survivant pour raconter ce qui s'était passé, mais ce n'était que trop évident : la caravane avait été attaquée pendant la nuit, les marchandises et les animaux razziés, les marchands égorgés. Les feux fumaient encore et le sang n'était pas sec.

Belzoni donna l'ordre d'enterrer les morts. La protection du sultan n'arrivait plus jusque-là. On s'éloignait à toute hâte pour trouver un autre campement, quand un éclaireur vint signaler qu'il avait vu un feu dans une grotte. Les *rezzous*, comme on appelait ici les bandes de pillards, s'étaient peut-être cachés là. Ou quelque survivant.

Les hommes s'empressèrent de ligoter le museau de leurs animaux pour pouvoir avancer en silence. Belzoni fit signe au guide de l'accompagner : il fallait savoir.

Aucun bruit ne provenait de la caverne. Ils rampèrent vers l'entrée. Couché à plat ventre dans l'herbe sèche, Jean-Baptiste découvrit que les rochers portaient des graffiti de toutes sortes, des silhouettes stylisées d'hommes et de gazelles, et même le char à quatre roues que Burckhardt lui avait montré autrefois : le signe des Garamantes[1]. Il se sentit aussi excité que s'il avait trouvé la piste d'un trésor. Il était sur la bonne route : celle du cœur de l'Afrique.

Dans l'ombre du crépuscule, on n'entendait que le murmure attirant d'une source.

Un feu abandonné mourait à l'entrée de la grotte. Au bord de la fontaine, quelqu'un avait abandonné un pot d'étain et un voile bleu.

Soudain, un pleur d'enfant s'éleva. Le guide recula, pétrifié. Il avait peur des *djînn*.

Belzoni, le fusil armé, se précipita dehors, dans les hautes herbes, et débusqua une femme. Elle se leva en criant, cachant son visage d'une main qui était comme gantée de tatouages. Elle serrait contre elle un petit enfant ensanglanté.

Aux questions du guide, elle répondit qu'elle s'était perdue et que sa tribu était partie. Elle était tombée en courant sur ses traces et l'enfant s'était blessé à la tête. Alors, elle était revenue se cacher dans la grotte.

— Et qui a tué les marchands ? Tu étais avec eux ou avec le *rezzou* ?

Elle refusa de répondre, se lamentant d'une voix enfantine et demandant pitié. Les hommes regardaient de travers la mère et l'enfant.

— C'est un piège. Une femme berbère ne se perd jamais.

— Ils sont sous ma protection, dit Belzoni aux hommes du groupe, faisant asseoir la femme près de lui. L'enfant a perdu beaucoup de sang. Donnez-leur à boire et à manger.

— Tu as tort, dit le guide, sa tribu nous observe déjà. Ils

---

1. Des traces de ce peuple, ancêtre probable des Touaregs, ont été retrouvées du Fezzan au Niger en passant par le Hoggar, alimentant l'hypothèse d'une route antique transsaharienne qui aurait mis en communication la Méditerranée avec la boucle du Niger mille ans avant J.-C.

nous distraient pour mieux nous surprendre. La femme est complice.

Belzoni haussa les épaules et prit le petit sur ses genoux pour le panser.

Le guide avait raison. Pendant la nuit, les Berbères attaquèrent, saccagèrent le camp, emmenèrent les chameaux et leur chargement. Mais ils ne tuèrent personne.

Quant tout fut fini, un Berbère de haute taille, drapé dans un burnous blanc brodé d'or, s'avança vers Belzoni. Il était armé jusqu'aux dents et montait un beau cheval aux naseaux frémissants.

— Je vais vous faire ramener jusqu'à Fès, toi et tes hommes, déclara-t-il. N'essayez pas de fuir. Tu vas porter un message de ma part à Moulay-Abd-el-Raman. Dis-lui que s'il laisse encore une fois entrer ici des étrangers, je porterai le feu et le sang dans sa ville. Personne ne peut traverser mes terres sans mon autorisation. Elles appartiennent à ma tribu depuis des générations. J'ai droit de vie et de mort sur tout ce qui y vit, sur tous ceux qui y passent. Je te fais grâce parce que tu as sauvé un de nos enfants. Mais si tu reviens, je te tuerai sans hésiter. Réunis tes hommes et va-t'en.

Belzoni fit une tentative désespérée. Il fallait parlementer et essayer de passer coûte que coûte.

— Je te remercie de ta générosité. Mais il faut que tu saches que je ne suis pas un marchand. Je cherche la route de Tombouctou et je ne comptais pas m'arrêter sur tes terres. Le chargement que tu as pris est tout ce que je possède. C'est le prix de mon voyage.

Les anneaux d'argent que le chef portait aux oreilles luisaient dans la lumière des torches.

— Non, c'est le prix de ta vie.

— J'ai encore de l'argent, proposa Jean-Baptiste. Parlons en amitié...

— Nous n'avons rien à nous dire. Tu n'es ni mon ami, ni mon parent. Quant à l'argent, il n'y a que la poudre d'or qui m'intéresse et tu n'en as pas. Oublie Tombouctou. Par cette piste, aucun chrétien n'y arrivera jamais. Remercie Allah d'avoir la vie sauve.

Il tourna bride, et disparut dans la nuit avec ses guerriers.

À Londres, le soleil caressait les tristes immeubles aux façades noircies. Les grosses grappes violettes d'un lilas fleurissaient le jardinet malingre de la maison voisine. Jack ouvrit la fenêtre et huma l'air frais. Il allait rendre visite à Sara qui venait de rentrer du Maroc et s'était habillé avec recherche.

Il regarda son reflet dans la vitre, seul miroir en pied dont dispose un garçon de maigres ressources. Jack avait enfermé beaucoup de ses rêves dans un tiroir.

« On pourrait me dire : Quoi, Jack, toi, domestique toute ta vie ? Oui, on ne m'imagine pas portant des plateaux, mais il y a serviteur et serviteur ! se dit-il en se redressant. J'ai du style, je ne suis pas mal, et la vie est longue... La chance tournera. »

Il eut une pensée reconnaissante pour Belzoni. Il avait suivi à la lettre ses conseils et ne s'en était jamais repenti. « Quand on n'a pas d'argent, disait Jean-Baptiste, il faut prendre le plus grand soin de ses vêtements. Il faut être propre, impeccable. Aux yeux de tous, pauvreté rime avec saleté. Même les riches, qui pourraient tout se permettre, sont rarement négligés. »

Jean-Baptiste savait de quoi il parlait : n'était-il pas parti de rien lui aussi ? Jack en avait fait son modèle en tout.

« Un jeune homme ambitieux doit avoir des chaussures bien cirées, un bon chapeau, gris de préférence, des gants assortis, une canne. Un jeu de cravates de différentes couleurs. Une chemise blanche impeccable. Avec ça, il pourra aller partout. »

Jack sourit. Il entendait presque la voix de Jean-Baptiste lui seriner le refrain qui avait bercé son enfance : « Et on se lave tous les jours, Jack... Jusque dans les oreilles. »

Il mit son seul luxe dans son gousset : la montre d'argent que Belzoni et Sara lui avaient offerte pour son vingtième anniversaire. Il traversa Hyde Park sans se presser, en faisant des moulinets avec sa canne, salua quelques gouvernantes délurées qu'il se promit d'aborder un prochain jour et se dirigea vers le numéro cinq de Downing Street.

C'est là que Sara était revenue habiter à son retour du Maroc. Elle allait avoir besoin de lui, et Jack voulait veiller sur elle jusqu'au retour de Jean-Baptiste.

Il s'attendait à la trouver abattue. C'était mal la connaître. Elle vint ouvrir la porte elle-même, ses cheveux roux en bataille. Ses yeux scintillèrent quand elle le vit. Elle avait de grands cernes qu'il n'avait jamais remarqués avant. Elle le serra contre elle et l'embrassa avec chaleur.

— Tu as déjeuné ? Viens, je vais te faire quelque chose. Tu es maigre comme un chat de gouttière.

Jack protesta, mais se laissa faire. C'était bon de la retrouver.

Il y avait des paquets, et des valises partout, à demi ouvertes.

— J'étais en train de les défaire quand une idée m'est venue. On va remonter l'Exposition égyptienne et l'emmener en Russie, comme voulait le faire Jean-Baptiste.

Jack haussa les sourcils. Elle ne se calmerait donc jamais ! Elle le devina.

— Si je ne fais rien, je vais devenir folle. Je vais donc faire prospérer ses affaires. Il aura besoin d'argent quand il reviendra... C'est qu'à la fin, il avait négligé tant de choses, il ne pensait plus qu'à Tombouctou. Le tsar s'était montré très généreux avec lui, rappelle-toi. Il nous soutiendra.

Elle avait pris possession du bureau de Jean-Baptiste et apparemment avait passé la journée à écrire. Il y avait de la paperasse partout et des brouillons froissés en boule sur le tapis. Une lettre pour les frères Briggs, leurs hommes d'affaires, une pour le révérend Browne, le procurateur de Jean-Baptiste, une pour l'ami Cyrus Redding, une pour Walter Scott, et une pour le consul de Russie. Elle n'avait pas chômé.

— Il faut aussi suivre l'affaire du sarcophage. Henry Salt s'arrangera pour ne pas nous donner un sou. C'est un grigou. Quand je pense qu'après avoir monté une collection entière grâce à nous, il a le front d'appeler maintenant Jean-Baptiste « le prince des aventures ingrates ». J'aimerais bien qu'il me le dise en face une seule fois !

Jack se mit à rire. Il aurait bien aimé voir ça, lui aussi. Sara pouvait se montrer violente quelquefois.

— J'ai entendu dire qu'il vient de perdre sa femme, dit-il. Il avait eu du mal à en trouver une, il est aigri, il faut le comprendre...

— Il a toujours été envieux et près de ses sous. C'est tout ce que je comprends.

Jack tira les lourdes tentures bourgeoises et ouvrit les

fenêtres en grand. Le soleil entra joyeusement faisant vibrer des rais de poussière.

— Sara, laisse tout ça de côté... C'est l'été, c'est dimanche, et j'ai eu ma paie hier : je t'emmène à St James Park voir le Diorama. Quand je pense à ce qu'on pourrait faire avec les paysages d'Égypte ! Imagine : les terrasses du Caire... Ou bien le paysage qu'on voit du toit du temple à Karnak, tu te souviens ?

Il y eut un silence, chargé de souvenirs et de regrets inexprimables.

— Allons ! fit Sara. À Paris, les gens font encore la queue pour voir le même panorama depuis des années. Il faut croire qu'ils savent rêver s'ils s'en contentent. Qui sait, il y a peut-être une bonne idée pour nous là-dedans !

Elle noua énergiquement les rubans de son chapeau et prit en souriant le bras que Jack lui tendait.

Les guerriers berbères encadraient Belzoni et sa petite troupe. Il avait fallu rebrousser chemin.

La colère et la rébellion du premier moment avaient fait place en Jean-Baptiste à une sorte d'excitation mentale. D'abord, il avait cherché le moyen de se débarrasser de leurs gardiens, quitte à les tuer à mains nues. Mais c'était peine perdue, il valait mieux penser tout de suite à organiser un nouveau voyage. Les pistes de la côte des Maures étaient tout aussi dangereuses, sinon plus, mais c'était l'unique possibilité. Maintenant que le chargement était perdu, il fallait trouver de l'argent, et surtout convaincre à nouveau le sultan...

Le petit groupe dut refaire à l'envers la traversée des gorges de l'oued Ziz. Les cavaliers les accompagnèrent sous la menace de leurs armes jusqu'à la vallée de Fès. Arrivés en vue de la ville, le chef de l'escorte remit à Belzoni une lettre pour le sultan, enfermée dans un sac de peau brodé de motifs géométriques. Ils échangèrent un regard haineux. Jean-Baptiste l'aurait volontiers jeté à bas de son cheval.

— Et rappelle-toi, fit le chef de l'escorte le sourire aux lèvres. Si tu reviens, on te saignera comme un mouton.

Il tourna bride, disparaissant avec ses compagnons entre les troncs de la forêt de cèdres.

— En lisant la lettre des rebelles, le sultan est entré dans une colère épouvantable, raconta Wilmot. Il a donné l'ordre d'interdire toute nouvelle traversée de l'Atlas. Plus aucune protection ne sera accordée à qui que ce soit. À la moindre infraction, il fera fermer les consulats et renverra tous les étrangers dans leur pays.

— J'ai perdu deux mois et tout mon équipement ! s'exclama Belzoni. J'ai grassement payé tous les intermédiaires pour obtenir l'autorisation du sultan. Et ce serait en vain ? Qu'on me laisse au moins tenter l'autre route, celle de Marrakech et du Draa ! J'estime que j'en ai le droit, et après tout ma vie m'appartient, j'en fais ce que je veux.

— Pas du tout, fit le consul. Ici, vous n'avez aucun droit. Et moi pas beaucoup plus. Le sultan a insisté sur le fait qu'une entorse à ses ordres nous rendrait « indésirables ». C'est un euphémisme, naturellement. Je n'ai pas que vos intérêts en charge, Belzoni. Il faut vous résigner : les routes marocaines vous sont fermées. Toutes. Et j'ajoute que je serais soulagé de ne pas avoir votre mort sur la conscience.

Jean-Baptiste réfléchit rapidement.

— Eh bien, je passerai par la mer. Je vais à Tanger. Ou plutôt non, je vais à Gibraltar ! Au moins, je serai en territoire anglais. Je trouverai bien un long-courrier allant vers le sud. Et si je ne le trouve pas, j'en fréterai un.

— Vous voulez faire tout le tour de l'Afrique ?

Wilmot était sidéré.

— Jusqu'à l'embouchure du Niger, oui.

— Mais c'est une distance énorme ! Vous allez mettre des mois !

— J'ai tout mon temps désormais.

Jean-Baptiste s'était préparé depuis si longtemps à retrouver le désert, qu'il se sentait frustré. Il désirait le sable et cette sécheresse brûlante de fin du monde qui ramenaient l'homme à sa limite essentielle, exprimant de lui de toutes ses humeurs liquides : larmes, sueur, salive, sperme... Il aimait l'économie de gestes et de mots que le désert engendre, et aussi le pacte intime et silencieux qui se tisse entre les hommes et les animaux, chacun étant le garant de la vie de l'autre. Il s'était préparé aux nuits froides à la pureté cristalline, à retrouver l'odeur du feu et de la tente noire posée sur le sable comme une chauve-souris.

Le destin le ramenait encore une fois vers l'eau et le poussait vers la mer.

22

Le rocher de Gibraltar dominait le détroit de sa masse écrasante. Jean-Baptiste reconnut le paysage des Colonnes d'Hercule et pensa encore une fois à Burckhardt. Jean-Louis connaissait à fond les auteurs antiques, grecs et arabes. Il assurait que leurs récits, même les plus fantaisistes, avaient toujours un fond de vérité et qu'il fallait prendre la peine de le chercher. L'histoire du détroit de Gibraltar était un de ses exemples préférés.

— Beaucoup de voyageurs arabes, dont Ibn-Battûta et Al Ma'asudi, parlent de la catastrophe de dimensions colossales qui s'abattit dans la nuit des temps sur la Méditerranée. L'Europe était alors rattachée à l'Afrique par une langue de terre, et la Méditerranée était une mer fermée, dont le niveau était inférieur à celui de l'Atlantique. On dit que les peuples qui vivaient là avaient réussi à faire communiquer les deux mers grâce à un système d'écluses et de canaux... C'était un chef-d'œuvre d'art hydraulique, construit en pierres et en briques, long de douze milles. Et puis un jour — phénomène naturel, erreur ou sabotage — les digues cédèrent et l'océan se rua par la brèche. Le niveau de la Méditerranée monta d'un coup, noyant les villes côtières et les îles basses. Quelque chose qui ressemblait au déluge universel s'abattit sur les côtes. Depuis ce jour-là, tous les peuples ont dans leurs légendes quelque ville engloutie par la faute d'une belle traîtresse.

Belzoni scrutait les eaux bleues du détroit et imaginait les villes gisant au fond, leurs temples aux colonnes abattues, leurs statues, leurs rues désertes où défilaient des bancs de poissons, et leurs jardins envahis par les algues...

Au pied de la forteresse et de la montagne abrupte, le port de Gibraltar grouillait d'activité. La rade était pleine de bateaux de commerce et de guerre, anglais et alliés. Belzoni sauta à terre et se précipita au consulat. Le consul le reçut à bras ouverts : il avait bien connu sir Joseph Banks autrefois. Il offrit l'hospitalité à son visiteur. Mieux, il organisa en toute hâte un dîner avec quelques notables.

— Il faut remplir votre caisse, monsieur Belzoni ? Nous avons ici quelques gros commerçants qui sont très intéressés par tout ce qui touche à l'Afrique. Le rêve de chacun est d'être le premier à trouver un filon et de s'en assurer l'exclusivité. Laissez-moi faire.

Le soir même, grâce à l'habileté du consul, mille thalers[1] venaient renflouer la caisse vide de Jean-Baptiste. Il voulut savoir à qui il les devait.

— Le principal donateur voulait rester anonyme, répondit le consul, mais je vais passer outre, car je sais qu'il brûle de vous connaître. Venez...

Ils traversèrent le port et arrivèrent à un entrepôt devant lequel on roulait des barriques. Un escalier extérieur conduisait à l'étage. Une vigne mêlée de jasmin ombrageait la terrasse.

— C'est la maison Cresques. Armateurs et commerçants depuis des générations. Une grande famille juive... Bonjour, Benjamin !

Au bord de la terrasse, allongé sur une sorte de chaise longue, gisait un jeune homme pâle. Il tourna la tête avec difficulté et Jean-Baptiste comprit qu'il était paralysé. Autour de lui, on avait organisé une sorte de bureau à portée de main, et il surveillait le commerce de son entrepôt à la longue vue. Il reconnut Jean-Baptiste et son visage s'éclaira.

— Benjamin, j'ai passé outre à votre désir. J'ai informé M. Belzoni de votre générosité. Il est venu vous remercier.

Le jeune homme s'agita.

— Il ne fallait pas...

Jean-Baptiste s'assit près de lui.

— Vous avez sauvé mon expédition, monsieur. La moindre des choses était que je vous remercie.

---

1. Les pièces de monnaies à l'effigie de Marie-Thérèse d'Autriche, qui n'avaient plus cours ailleurs, étaient très appréciées sur le marché africain et on les frappait exclusivement pour cet usage.

— Ce n'est rien... On m'a dit aussi que vous aviez besoin d'un bateau. J'ai ce qu'il vous faut.

— Il faut que je vous pose une question, monsieur Cresques, même si elle n'est pas dans mon intérêt : pourquoi faites-vous cela ? Je ne peux rien vous garantir en retour...

Le jeune homme eut un sourire désabusé.

— Regardez-moi, monsieur Belzoni. Je ne quitterai jamais cette chaise. Je ne connaîtrai jamais l'Afrique. Je ne peux même plus monter sur le pont de mes bateaux... J'attendrai que vous reveniez. Vous me raconterez. Et si vous arrivez à Tombouctou, vous y ferez entrer mes marchands.

— J'en prends l'engagement, dit Jean-Baptiste, ému.

— Voyez-vous, nous, les Cresques, nous avons toujours eu la bougeotte de père en fils. Quand j'ai entendu parler de votre expédition, je me suis dit : « Il y a des gens qui font les routes, et d'autres qui s'en servent. Si ton ancêtre Abraham[1] était encore de ce monde, voilà une occasion qu'il n'aurait pas laissée passer. » Il vous aurait accompagné, rien que pour dresser la carte du Niger et ouvrir la route au reste de la famille... Pour le bateau, j'en ai justement un qui part pêcher du côté de Ténériffe. Cette fois, je pense que l'*Isabelita* ira plus loin. Disons... jusqu'à la Gambie ? Est-ce que cela vous convient ? Elle est solide, la toile est neuve et le capitaine connaît bien les côtes de l'Afrique. Je mets le bateau, vous paierez l'équipage.

Le lendemain, Belzoni, encore incrédule, se trouvait avec le capitaine Diego Sanchez et son subrécargue sur le gaillard d'arrière de l'*Isabelita*. Les trente hommes d'équipage étaient à la manœuvre et, derrière eux, le rocher de Gibraltar s'estompait à l'horizon. On avait mis le cap sur Madère avec une brise favorable de Nord-Nord-Est et le bateau chevauchait déjà les vagues de l'Atlantique.

— *Vamos con Dios* ! fit le capitaine Sanchez, joyeux. J'ai quarante ans aujourd'hui, et ce voyage est un sacré cadeau du ciel. Je n'en pouvais plus de la pêche à la sardine. Je suis un gitan de la mer, moi. La routine, ça me tue.

Jean-Baptiste avait retrouvé un peu d'espoir. La situation

---

1. Abraham Cresques, cartographe juif de Majorque, réalisa en 1375, sur la base d'informations obtenues auprès des commerçants juifs du Sahara, un atlas qui traçait les principales routes caravanières avec leurs puits.

s'était retournée si vite que c'en était miraculeux. Le destin serait-il redevenu bienveillant ?

— Je ne sais pas qui m'a envoyé Benjamin Cresques, mais Dieu ou diable, je l'en remercie. Et si je dois être honnête, Sanchez, j'espère que tu connais ton affaire, parce que je ne sais pas du tout ce qui nous attend...

— *Hombre*, il y a un destin écrit pour chacun de nous ! Quand Christophe Colomb est parti, il ne savait pas non plus. On verra bien. Ton nom restera peut-être écrit dans l'histoire du monde, comme le sien, qui sait ? Et le mien avec.

L'*Isabelita* entra dans la baie de Funchal deux jours après, au crépuscule, et Belzoni eut une pensée pour sir Joseph qui le croyait en plein Sahara. Le vieil aventurier était passé par Madère dans sa jeunesse, alors qu'il faisait voile vers la Nouvelle-Zélande. La végétation luxuriante l'avait séduit, il était botaniste dans l'âme. Quand il se lançait dans ses souvenirs de voyage, il décrivait le paysage avec lyrisme. C'était le même que Jean-Baptiste reconnaissait maintenant. Rien n'avait changé.

« On entre dans un amphithéâtre de verdure parsemé de maisonnettes de toutes les couleurs, avait dit sir Joseph. C'est un enchantement de petits vignobles séparés par des haies de grenadiers, de myrtes et de lauriers-roses, un mélange de buissons fleuris, de rosiers sauvages, et de citronniers... Le parfum des orangers arrive jusqu'au large... »

Diego vint s'accouder un instant près de Belzoni perdu dans ses pensées, pendant que l'équipage s'affairait en riant.

— Les gars sont pressés d'aller à terre. Les femmes de l'île sont chaudes. Il n'y a que des moines ici, ou presque, alors, pour elles, un équipage, c'est une aubaine. Je vais peut-être en profiter aussi, parce qu'après, on se serrera la ceinture... Hein, mon vieil Amiral ?

L'Amiral aboya. Son regard allait de Sanchez à Belzoni. Il avait de bons yeux affectueux, la gueule entrouverte. On aurait dit qu'il souriait. Il se leva et s'approcha aimablement des deux hommes en remuant la queue. L'Amiral tenait son nom de l'amiral Nelson. C'était un gros labrador qui faisait son compte de travail comme un pilotin. Il savait porter une amarre à terre en nageant même par gros temps, s'atteler à une corde, tirer un filet. Et quand il y avait tempête et que l'équipage devait rester des jours à la cape, il n'y avait que lui à tenir sur le pont, prêt à aboyer à la vue du moindre bâtiment, du moindre feu de position. On pouvait dormir tranquilles quand l'Amiral était sur le pont.

Madère ne fut qu'une brève étape, le temps de charger des fruits, des légumes, deux tonneaux de muscat et de dégourdir l'équipage. Ce fut à Sainte-Croix-de-Ténériffe, aux Canaries, qu'il fallut affronter la première décision.

— Jusqu'où peux-tu aller, Sanchez ? Si tu continues, il faudra qu'on aille au moins jusqu'à Saint-Louis.

Les deux hommes étaient penchés sur les cartes des côtes africaines : la distance à parcourir était impressionnante.

— Plus on descend vers l'Équateur, répondit Sanchez, plus on se rapproche de la zone des tempêtes et des calmes plats. Je ne voudrais pas aller jusque-là... Mais jusqu'au banc d'Arguin, oui, c'est bon. Saint-Louis, peut-être... Après, on verra. Ça dépendra du ravitaillement, et de l'équipage aussi. Il arrive un moment où continuer n'est plus une question d'argent. Les hommes prennent peur, ils deviennent difficiles et c'est aussi bien d'en tenir compte.

On remplit la cambuse et les tonneaux, on entassa les légumes secs et les jarres à huile, les cages à poules, et une provision de ces filtres à eau typiques qu'on fabrique dans l'île avec de la pierre volcanique. À terre, on vendait aussi des lapins à très bon marché. Les gamins allaient les attraper dans la montagne qui en était infestée.

— On pourrait emmener des lapins vivants, dit Jean-Baptiste. Ça fait moins de bruit que les dindons.

— Ah ! non, s'exclama Diego Sanchez. On voit bien que tu n'es pas marin. Pas de lapins à bord, ça porte malheur !

Jean-Baptiste éclata de rire.

— Sanchez, ceux qui croient aux mauvais présages ne connaissent que de mauvaises aventures...

— C'est possible, mais ceux qui prennent trop de risques aussi. Et le lapin en est un. L'équipage, expliqua-t-il, les quitterait immédiatement si on enfreignait ce tabou. Une vache, des moutons, des poulets, un éléphant, tout ce qu'on voulait — mais pas des lapins. Ou alors, sous forme de patte séchée au fond d'une poche. Comme ça, oui, à la rigueur, le lapin pouvait porter chance...

Quand l'*Isabelita* quitta la Grande Canarie, chacun s'arrêta dans sa tâche pour regarder le spectacle magique du pic de Ténériffe. Le sommet était encore illuminé par le soleil alors qu'il projetait son cône d'ombre sur la mer. Au ras de l'eau, dans le clair-obscur, des poissons-volants amoureux sautaient par centaines hors de l'eau comme autant d'éclairs d'argent.

La côte était un chaos de roches écroulées, entaillé de défilés et de murailles abruptes où la mer chargeait comme un fauve. On frôla les derniers îlots calcinés couverts de cactus et de sable noir et on se dirigea vers la côte d'Afrique. Elle n'était qu'à une centaine de kilomètres.

La brise était de plus en plus ronde, et on filait huit nœuds sous les voiles majeures...

Les jours commencèrent à se suivre, à se ressembler et à se confondre.

À la hauteur du cap Juby, on inclina sud-sud-ouest et on commença à suivre la côte en tirant de petites bordées. La terre d'Afrique n'était encore qu'une ligne lointaine de falaises bleues et de dunes orange, brouillée par la chaleur vibrante que Jean-Baptiste connaissait bien. Il observa le paysage quelque temps à la lunette, sans y déceler le moindre signe de vie. Il ne pouvait s'empêcher de penser que s'il débarquait là, il trouverait une piste. Il aurait fallu des hommes, des chameaux, de l'eau... La carte, il la connaissait par cœur.

Le vent qui gonflait la toile saupoudrait le bateau d'une poussière impalpable. Avant le coucher du soleil, des centaines de papillons bleus tombèrent du ciel, exténués, et se posèrent un peu partout sur le bateau. Les huniers, les vergues, les échelles de cordes frémissaient du battement de leurs ailes. Il y en avait tant qu'on pouvait presque les entendre. C'était comme un chuchotement.

— C'est la saison des amours, dit Sanchez. Les poissons, les insectes... Pauvres de nous !

À la nuit, les papillons se laissèrent tomber sur le pont et restèrent empêtrés dans le goudron du calfatage que la chaleur du soleil avait ramolli...

Jean-Baptiste descendit dans la salle commune. Malgré les sabords ouverts, la chaleur était intenable. Les hommes qui n'étaient pas de quart s'étaient couchés pêle-mêle dans la fumée de la lampe à huile et l'odeur épaisse de leurs corps. Les uns fumaient la pipe, les autres parlaient à mi-voix. Quelqu'un avait les yeux fixés sur les images de la Macarena et du Gran Poder[1] que Sanchez, qui était né à Séville, avait clouées sur le bois luisant du grand mât.

Jésus, le mousse, s'était endormi sur la table, près de la lampe qui oscillait régulièrement. C'était la « Mèche », le feu sacré du bord qui ne devait jamais s'éteindre. Belzoni regardait la tête rasée du gamin posée sur ses poignets maigres et retint une caresse. Il crut revoir le petit Jack des années auparavant, quand il avait rencontré Sara chez Marie Tussaud.

Sara... Cette nuit, tout le tourmentait. Que faisait-elle ? Elle pensait sans doute à lui, la nuit. Il eut soudain envie de la sentir dormir contre lui et de l'entourer de ses bras.

Il remonta sur le pont. Sur le banc de quart, le pilote commençait son tour de nuit. L'Amiral s'était couché à ses pieds et dormait d'un œil en soupirant. La mer était calme et le bateau tranchait sans bruit l'eau et la nuit.

— Ici, on a du temps pour penser, fit Diego dans l'obscurité. Pour voir le monde de loin. Ce qui relie les choses entre elles, les petites et les grandes...

— Qu'est-ce que tu fais quand tu es de quart ? demanda Jean-Baptiste.

— Ça. Je parle tout seul, avec la mer, Dieu, le chien... Je chante, je m'invente des *coplas*. Les marins n'ont pas besoin de beaucoup de mots pour faire une chanson. Il suffit de sentir le ciel au-dessus, les montagnes au fond de la mer : on devient oiseau, poisson et rien ne peut t'arrêter... À propos, je ne t'ai pas demandé : pourquoi vas-tu si loin ?

— Pour l'argent, non. Et même pas pour la gloire. C'est peut-être juste pour voir jusqu'où je peux aller. Et je l'ai promis à un ami.

Sanchez approuva de la tête.

Belzoni alla s'allonger contre le bastingage, la tête sur un rouleau de corde, et regarda les étoiles au-dessus de lui. Il se dit que l'*Isabelita* naviguait peut-être en ce moment à la hauteur de Tombouctou. Un oiseau aurait pu sans doute y parve-

---

1. Respectivement Vierge et Christ protecteurs de Séville. La Macarena est aujourd'hui considérée comme la patronne des toreros. Le Gran Poder est la seule statue « membrée » du Christ adulte, d'où son nom et le pouvoir qui lui est attribué.

nir. Il s'imagina accroché à des ailes énormes et dériva vers l'Est dans le bleu du ciel, dormant déjà.

— Cap Bojador,... fit Sanchez. Le désert des Maures...

Il sentit les pensées de Belzoni qui observait la côte comme à son habitude.

— Non, on ne peut toujours pas aller à terre. Tu n'as pas le temps de dire ouf ! que tu es déjà mort...

— Ils ne sont tout de même pas alignés le long de la côte, en train de nous attendre.

— Ils sont partout. De vrais pirates. Ils connaissent tous les points où les bateaux peuvent aborder et ils y campent. Ils observent la mer et suivent quelquefois les navires. Ils se déplacent bien plus vite que nous avec leurs montures.

Belzoni continuait à rêver sur les pistes qui traversaient le désert. Il en repassait mentalement le tracé.

— Il doit bien y avoir un moyen d'entrer... Je pourrais leur faire croire que je suis un marchand qui a fait naufrage, un musulman d'Égypte, j'en sais assez pour faire illusion... dit Jean-Baptiste.

— Un Égyptien blond aux yeux bleus ? fit Sanchez. Il n'y en a pas beaucoup, mais, bon, si tu veux mourir avant l'heure, c'est toi que ça regarde. Dans ce cas, il faudra que tu ailles à terre à la nage, parce que personne ici ne t'y conduira. Ils ont bien trop peur... Et puis, *conio*, Batista, crois-moi un peu, à la fin. J'ai vu de mes yeux des amis se faire massacrer. Les Maures ne sont pas fous : pour eux un musulman ne vient jamais de la mer.

— Tu les as vus ? Comment sont-ils ? demanda Belzoni.

— Ils ont la peau blanche comme nous, des traits fins, bien faits même. Avec un regard de diables. Et d'excellents poignards. Tiens, en ce moment même, ils sont là, derrière les dunes, ils nous épient, j'en suis sûr, et ils font des plans pour nous attirer. Ce sont des bêtes sauvages et sournoises. Ils vivent auprès des trous d'eau à la saison sèche, et s'en vont quand il pleut. Ils cachent leur visage dans un voile qu'ils entortillent autour de leur tête pour se protéger du sable et du vent. Si bien que tu ne peux jamais les voir en face, même quand tu meurs.

— Mourir pour mourir, fit Belzoni, c'est vrai qu'on préfère savoir à qui on a à faire.

Les jours se succédaient avec la monotonie particulière de la mer. Si Jean-Baptiste n'avait pas tenu un carnet de bord, il aurait perdu le sens du temps.

Le long du rivage, il y avait maintenant de grandes étendues d'euphorbe, des nappes immenses constellées de petites fleurs jaunes dont le parfum d'épices arrivait par bouffées jusqu'au bateau. Jean-Baptiste se souvint qu'en Égypte, les chameliers s'en servaient pour guérir leurs bêtes de la gale.

Un peu après l'embouchure du Rio de Oro, on passa le tropique du Cancer et on arriva sur un grand banc de poissons. L'équipage sortit les filets.

Soudain, un marin lâcha prise, et le lourd chalut balaya le pont, projetant le mousse par-dessus bord.

— Un gars à la mer ! Affalez la toile, vite !

On courait sur le pont, quelqu'un jeta une bouée, mais la tête ronde de Jésus, le mousse, était déjà loin, dansant entre les vagues. Il appelait et agitait les bras.

— Tais-toi, *niño*, murmura Diego Sanchez en faisant tourner la barre. *Madre de Dios*, tu vas attirer les requins...

On n'arrête pas un voilier comme un coche. Il fallut plusieurs manœuvres. L'*Isabelita* ralentit enfin et se mit par le travers. La tête de Jésus n'était plus qu'un point intermittent sur l'eau que Jean-Baptiste regardait à la lunette.

— Voilà, il a réussi à s'emparer de la bouée ! Il a peur, c'est sûr... Il regarde vers la côte... Il va y aller... Elle est plus proche que le bateau. Avec un peu de chance, il peut y arriver. Il faut qu'il sorte de l'eau, vite...

À bord, il y eut un moment d'hésitation. Les marins regardaient le gamin nager de toutes ses forces et priaient pour lui. Qui l'attraperait en premier, les requins ou les Maures ?

— Doucement, *niño*, doucement, ne frappe pas l'eau si fort... Ils vont t'entendre.

— J'y vais, dit Jean-Baptiste. Descendez-moi un canot en vitesse. Et un harpon ou une hache.

Quelqu'un crut voir un frémissement dans l'eau, derrière Jésus. Les mains des hommes étaient crispées sur le bastingage. Au moment où Belzoni allait décoller le canot du flanc du bateau d'un coup de rames, Diego appela l'Amiral.

— Allez, saute, va !

L'Amiral se jeta courageusement à l'eau du haut du pont,

et Belzoni le hissa dans l'embarcation. Des cris de joie s'élevèrent pendant que le canot s'éloignait à grands coups de rame. Jésus venait d'atteindre la rive. Il avait gagné la première manche contre les requins et lançait maintenant des regards anxieux vers la terre.

Belzoni était presque au rivage quand quatre hommes surgirent de derrière une dune et se jetèrent sur Jésus, le poignard à la main et l'entraînèrent. Jésus se débattait en criant.

L'Amiral s'était déjà jeté à l'eau et se ruait sur un des assaillants qu'il saisit à la gorge. Jean-Baptiste se jeta dans la mêlée et en assomma un autre d'un formidable revers de main. Les Maures se défendaient à coups de poignard : un fendant désespéré atteignit l'Amiral au flanc. Le chien roula à terre, pendant que Belzoni arrachait Jésus aux deux Maures restants. Effrayés par la force monstrueuse de leur attaquant, ils s'enfuirent en hurlant des malédictions.

— Saute dans le canot, Jésus !

Le gamin s'effondra en sanglotant au fond de l'embarcation. Belzoni souleva le corps du chien et le déposa à côté de lui. Une large plaie s'ouvrait dans son flanc. On voyait les intestins. L'Amiral souleva la tête en gémissant et tenta de lécher sa plaie.

— Il faut le recoudre, dit Jean-Baptiste en le hissant sur le pont de l'*Isabelita*.

— J'ai du laudanum, fit Sanchez. On va lui en donner une demi-dose, ça va l'engourdir. Je ne voudrais pas que ça le tue. Un chien de bateau, ça doit mourir à bord, mais pas comme ça...

D'habitude, on utilisait le laudanum pour abréger les souffrances des mourants. On allongea le grand chien sur la table. Il parut comprendre et se laissa faire.

— Tenez-le bien. Il est fort comme un Turc, et il va quand même réagir...

Quand l'Amiral fut endormi, Jean-Baptiste prit l'aiguille courbe qu'on utilisait pour recoudre les plaies des pêcheurs, et la passa dans la flamme de la lampe. Il y enfila du catgut. Le grand corps de l'Amiral gisait sur le flanc. Il continuait à geindre tout doucement. Belzoni respira un bon coup et enfonça l'aiguille courbe près de la plaie béante.

La chaleur semblait augmenter chaque jour. L'*Isabelita* courait tranquillement, toujours Sud-Sud-Ouest, et longeait la côte.

Bientôt, le ciel se couvrit et le vent se leva, chassant les marabouts qui planaient au-dessus du bateau. La mer se déchaîna. C'était un ouragan tardif, de ceux qui soufflent d'habitude en juin, et creusent des lames de cinquante pieds.

— N'exposez pas la mâture ! s'exclama le pilote. Amenez la toile !

Les marins étaient cramponnés aux haubans d'artimon comme des fruits dans un arbre secoué par le vent. Belzoni ne les quittait pas des yeux, craignant toujours d'en voir un lâcher prise et s'écraser sur le pont.

On avait cloué une queue de requin au grand mât en guise de talisman.

— Touche-la, cria Sanchez, c'est le moment.

On aurait dit soudain que la nuit allait tomber. Des nuages passaient en rasant la mer dont la couleur changeait constamment. On était entouré d'éclairs, l'orage vous hérissait la peau et l'air était chargé d'une énergie menaçante. Le spectacle était d'une beauté grandiose. Belzoni voulut rester sur le pont. Dessous, l'enfer s'était déchaîné et tout ce qui n'était pas solidement arrimé se transformait en projectile.

— Si tu veux rester ici, attache-toi au mât, hurla Sanchez. Tu tombes à l'eau, et *adios*...

Le voilier escaladait vaillamment les vagues qui avaient grossi jusqu'à devenir de véritables montagnes bouillonnantes d'écume phosphorescente. Quand il était au creux d'une de ces lames monstrueuses, la crête de la vague suivante dépassait la vergue des huniers et semblait devoir l'engloutir. Le vent hurlait si fort dans les gréements qu'il faisait venir un frisson d'horreur.

— C'est beau, hein ? cria Sanchez accroché au gouvernail. J'ai bien vu ce matin, ce qui nous attendait. Quand le soleil devient bleu comme la lune, c'est mauvais !

La pluie tiède ruisselait sur sa tête, sur ses épaules, et sur le cordon de cuir qu'il portait autour du cou. Il y avait enfilé des médailles saintes, des coquillages et une croix de bois qu'il embrassait quand il y avait du danger.

Le vacarme de la tempête était impressionnant. Le bateau souffrait jusque dans ses structures les plus secrètes, qui gémissaient, sifflaient, se plaignaient avec des voix presque humaines. Ces lamentations infernales usaient les nerfs plus encore que l'attente du jour.

Belzoni regarda les vergues plier sous l'effort. Encore un peu et le vent allait tout arracher...

Diego surprit son regard et se mit à rire dans le fracas de la tempête.

— T'en fais pas, c'est du solide. Je pourrais voler avec ce bateau, si je voulais, je sais qu'il tiendrait le coup. Mais je me retiens, on a encore de la route à faire...

Le pilote encourageait le navire, comme si c'était une jument en fuite. On aurait dit qu'il s'amusait.

— Allez, grimpe, allez, encore une !

Des albatros jouaient au ras des vagues et Belzoni se demanda par quel miracle ils évitaient les montagnes d'eau, et surtout quel étrange instinct les poussait à défier la mort d'aussi près.

La nuit fut un cauchemar. On filait droit dans le néant en fuyant la tempête qui dura jusqu'à l'aube.

Au matin, chacun était vautré dans sa fatigue, il n'y avait plus rien de sec à bord et un désordre indescriptible régnait sous le pont. La vigie signala soudain à grands cris qu'une épave venait droit sur l'*Isabelita*. On se précipita à la manœuvre pour éviter le bâtiment à la dérive.

C'était une goélette démâtée, et sans gouvernail, qui traînait ses vergues dans l'eau. Elle devait errer sur les mers depuis longtemps, car de l'herbe avait poussé sur le pont. Quelques Noirs squelettiques étaient assis par terre, entourés de débris et d'ossements de toutes sortes. L'un d'eux portait un uniforme trop large pour lui et ouvert sur la poitrine. On passa si près que tous purent voir qu'il portait une montre d'argent en sautoir. Des mutins, évidemment, qui avaient été victimes d'une épidémie. Ils avaient les yeux si gonflés de pus qu'ils ne pouvaient plus les ouvrir. Tous étaient aveugles. Ils entendirent passer l'*Isabelita* et se précipitèrent en rampant vers le bastingage, tendant leurs mains décharnées et hurlant comme des damnés...

L'*Isabelita* les frôla en silence. Une odeur infecte de putréfaction assaillit les marins. On ne pouvait pas s'arrêter, sous peine de prendre leur mal. On jeta un paquet de vivres sur le pont au passage. Le navire fantôme continua sa course et les cris des hommes qui s'arrachaient la nourriture s'éteignirent au loin.

On arrivait dans la zone des tempêtes et des négriers.

À la hauteur du Cap Blanc, il fallut s'éloigner de la côte.

À 19°36', se trouvait le Banc d'Arguin, une sorte de haut-plateau de sable et de vase qui s'étendait de la côte au large sur une trentaine de lieues. Pendant des siècles, personne ne s'était hasardé dans ces eaux troubles. C'est là que s'était perdue la frégate *La Méduse* sept ans auparavant, et qu'avait erré le radeau de sinistre mémoire.

Il fallait naviguer avec beaucoup de rigueur, en sondant sans arrêt. À la moindre erreur de cap, ou de lecture de carte, on risquait de se trouver pris au piège en moins de temps qu'il ne fallait pour le dire, exactement comme *La Méduse*.

Alors que l'*Isabelita* longeait le banc de sable, les marins devinrent silencieux et certains même enlevèrent leur chapeau. Ce qui s'était passé là, ils n'avaient aucun mal à l'imaginer ; ils entendaient les appels désespérés du pilote de *La Méduse*, cherchant à faire virer le bâtiment *in extremis*. Et le bruit horrible du navire qui loffe et talonne sur le banc, et qui continue à courir en raclant le fond, la quille déchirée.

Jean-Baptiste se souvint qu'à l'Egyptian Hall on avait exposé le tableau d'un peintre français, Géricault, représentant le radeau de *La Méduse*. Tout Londres avait défilé devant.

Un vol de flamants roses croisa leur route et s'abattit au loin. À marée basse, le sable affleurait. Jean-Baptiste regarda la trace que le navire laissait derrière lui. La mer traîtresse scintillait et le sillage s'effaçait lentement...

En mer, le temps n'existe plus. Il y a les jours, il y a les nuits et l'heure des repas. Un peu comme en prison. Les rapports humains y prennent forcément de l'importance. On raconte sa vie, son passé, ses espérances, on parle de femmes mythiques, et de celles, réelles, qui vous attendent à terre et tout cela établit une étrange fraternité.

Parfois, Jean-Baptiste prenait la place du pilote. Il aimait contraindre le voilier à suivre la crête des vagues et le sentir s'incliner sous la force du vent. L'eau se déchirait sous lui comme de la soie et lui parlait. Quand la mer acceptait l'étrave de bon gré, elle faisait une sorte de friselis tendre et frais, presque amoureux.

— On va bientôt arriver au cap Timris, avertit Diego Sanchez. On pourra descendre à terre et charger du sel. On le vendra à Saint-Louis : plus on descend, plus il vaut cher. Dans les marécages salés, les *sebkas*, il y a des plaques de gypse et de sel déjà cassées par la chaleur. On se croirait sur de la glace, tu vas voir...

— Et les Maures ?

— Plus rien à craindre : ils ont peur des *sebkas*. Ils croient que des esprits se cachent sous le sel et qu'ils s'échappent quand on enlève les plaques.

Ils jetèrent l'ancre dans une anse ronde si parfaite qu'elle avait l'air faite de la main de l'homme. À terre, le sable du désert et les reflets miroitants du sel étaient d'une clarté aveuglante. Il n'y avait qu'une colline et les navigateurs la connaissaient bien, car c'était le seul relief à la ronde sur lequel on pouvait faire le point. Sanchez avait fait cette route des années auparavant

— Il y avait un port ici, autrefois : Portendick, avec un fort, des entrepôts et un commerce florissant. Il est encore sur les cartes. Quand la garnison hollandaise est partie, tout est tombé en ruines. Tu n'imagines pas comme ça va vite : en quelques mois, la terre retourne à la terre. Maintenant, on ne sait même plus où était la ville.

Des canons affleuraient dans le sable, on trouva des boules de verre qui avaient appartenu à des filets de pêche, des piécettes, et de ces perles de Venise de toutes les couleurs qu'on utilise pour le troc. Les marins les ramassèrent : les femmes de tous les ports aiment faire des colliers avec ces choses-là.

La *sebka* s'étendait à perte de vue, d'une blancheur irréelle, fracturée en plaques chaotiques qui se soulevaient facilement. Sanchez en retourna une du pied.

— Les chameaux aussi ont peur de marcher dessus. Les dalles se cassent et se referment sur leurs pattes comme les mâchoires des pièges à loups.

Pas de végétation sinon des nappes de salicornes. Pas d'animaux, sinon des sauterelles rouges affamées qui se levaient en nuages à leur approche.

L'équipage travaillait en silence. Sanchez indiqua l'horizon vibrant.

— Il y a une ville creusée dans le sel, là-bas, à quinze

jours de marche. Et plus loin encore, les sept mines d'or tenues par sept rois...

— Et tu y crois ? demanda Belzoni. On raconte n'importe quoi sur les mines d'or.

Il n'avait pas oublié sa déconfiture de Bérénice Panchrysia.

— Si tu ne me crois pas, je te ferai voir les marchands d'or à la prochaine escale, répondit Sanchez. Ils portent des bonnets et des sandales rouges, des plumes d'oiseaux et des os de chat autour de la ceinture. Ils s'en servent pour transporter les paillettes et la poudre.

Ils rentrèrent épuisés, les yeux brûlés par la poussière de sel, les mains et les pieds déchirés par les cristaux acérés. Mais le sel était une cargaison précieuse qu'ils pourraient négocier contre des vivres.

— Ou des esclaves, si tu veux... dit Sanchez. Ils ne sont pas chers, par ici. À Rosso, tu peux échanger une plaque de sel large comme les deux pieds contre un Abid, un beau Noir vraiment noir, de ceux qui viennent de l'intérieur des terres et qui sont sains et forts comme des taureaux.

— Sûrement pas ! s'exclama Belzoni. J'ai mes idées là-dessus et personne ne m'en fera changer. Comment peut-on fixer un prix à un homme ? Je vaux combien, moi, par exemple ? Pourquoi pas une plaque de sel aussi ? Et qu'est-ce qui vaut le plus ? Cent kilos de muscles noirs vraiment noirs ou cent kilos de blancs vraiment blancs ? Est-ce qu'un kilo de cervelle vaut plus ? Et de quelle couleur est-elle ?

— Grise... fit Sanchez d'une voix plate. Pour tout le monde.

Passé Nouakchott, son fort démantelé et sa plage triste qui grouillait de crabes, le temps changea. Les *travades* arrivaient et crevaient en averses verticales qui annonçaient les grandes pluies du mois d'août.

L'humeur de l'équipage changea aussi. Sanchez décida de ne pas aller plus loin.

— Je ne veux pas prendre le risque d'une rébellion ; je ne suis pas du genre à mater mes hommes à coups de nerfs de bœuf... Je vais faire le ravitaillement chez les Français, et je repartirai vers le nord. Tout ce que je peux faire, c'est te laisser à Gallinas, au sud de Saint-Louis. Là, il y a une factorerie d'esclaves où s'arrêtent tous les négriers et tous ceux qui écument la côte. Une vraie plaque tournante. De là, tu pourras aller où tu veux : Freetown, Elmina, Cape Coast Castle... Ou même à Ouidah, près du delta. C'est bien là que tu veux aller ?

Jean-Baptiste acquiesça : c'était là qu'il voulait aller.

À Saint-Louis débouchait le fleuve Sénégal, large et tranquille. Les premières pluies avaient fait renaître une végétation exubérante. Les plantations qui bordaient le fleuve étaient d'un vert surnaturel qui faisait ressortir les robes bariolées des femmes et le plumage des oiseaux.

Marcher sur la terre ferme après des mois de navigation était une curieuse sensation. Jean-Baptiste la sentait tanguer sous ses pieds bien plus encore que le bateau. Il dut s'arrêter sous un grand arbre aux larges fleurs jaunes et s'assit à son ombre. Des pirogues longues et étroites comme des flèches sillonnaient le fleuve, chargées de fruits, de légumes, de marchands et de pêcheurs.

Jean-Baptiste avait toujours dans sa sacoche de cuir quelques feuilles de papier et le « nécessaire-à-écrire » que Sara lui avait offert. Il s'installa confortablement contre le tronc lisse de l'arbre et sortit son encrier.

Me voilà enfin à terre pour plusieurs jours et ma première pensée est pour toi. Depuis Ténériffe, nous n'avons fait que des haltes rapides, toujours dans la crainte d'être attaqués par les Maures. Le port de Saint-Louis est plein de bateaux de toute sorte et j'en trouverai bien un qui te portera ma lettre. J'en donnerai une autre au capitaine Sanchez qui va rentrer à Gibraltar. Celle-là voyagera par la valise du consulat jusqu'à Londres et t'arrivera certainement. Tôt ou tard.

Ce temps qui nous sépare se dilate quelquefois jusqu'à devenir insupportable. Si je n'écrivais pas tous les jours dans mon carnet, j'en aurais déjà perdu le compte.

En ce moment, je suis assis aux bords du fleuve Sénégal et ses eaux jaunes ressemblent au Nil en crue. Ce limon-là aussi vient du cœur de l'Afrique. Je retrouve ici les mêmes chants d'esclaves et les mêmes tambours qu'à Assiout les jours de marché, la même agitation marchande. Je me souviens si bien de ce temps heureux... Tu me manques, chère amie. Nous avons passé tant d'années ensemble, pour le meilleur et pour le pire. Je sais désormais que tu es la compagne que Dieu me destinait entre toutes et je l'en remercie chaque jour.

 Le petit médaillon qui contient ton portrait et ta petite mèche de cheveux ne me quitte pas. Hier, je l'ai ouvert. Je voulais les toucher pour te sentir plus proche. J'ai trouvé dessous une petite fleur séchée que tu y avais glissée. Personne n'imaginerait que tu es capable de ces délicatesses. Moi, je sais. C'était comme si j'avais entendu ta voix.

 J'ai cherché ton parfum, mais rien... La boucle de cheveux était douce comme de la soie, brillante comme du cuivre, mais sans vie... Quand je ferme les yeux, j'essaie de me souvenir, je les vois filer entre mes doigts comme du feu et je te revois sur notre lit défait. Je ne peux trouver que de tristes soulagements à mon désir. Après, la solitude est encore plus grande.

 Après tout ce temps en mer, je me demande quelquefois si j'existe encore.

 La chaleur est devenue oppressante et de grands nuages chargés de pluie menacent. Le vent porte avec lui l'odeur de la terre mouillée et mon papier se transforme en buvard : la pluie va arriver, il faut que je te quitte. Ce n'est pas la petite pluie de Londres ni même les orages de Nubie, c'est une sorte de mur liquide qui s'effondre sur vous. La terre ne l'absorbe pas et se transforme en marécage. Dans un mois ou deux, je serai à destination. On me dit que là-bas, les pluies et la boue sont constantes : le plus dur reste donc à venir. Mais rien ne m'arrêtera et plus vite j'en aurai fini, plus vite je serai près de toi...

 Saint-Louis frémissait jour et nuit d'une activité joyeuse. On entendait parler français sur le port et la nuit retentissait de rires et de tambours. Sanchez et Jean-Baptiste passèrent la nuit à manger des langoustes avec un commerçant de Bordeaux qui venait d'installer un grand pressoir à huile dans sa plantation de palmes. Ils burent du vin français et dansèrent avec de belles filles de bronze aux rires suraigus. Elles avaient de petits seins pointus comme des fuseaux et des fesses éloquentes. Plus tard dans la nuit, sur la plage, on ne vit plus d'elles que les papillotes dorées de leurs coiffures, le blanc de leurs sourires, et le reflet bleu de la lune sur leurs ventres bombés.

 Jean-Baptiste avait du sable plein la bouche quand il se réveilla. Il chassa de sa chemise une colonie de petits crabes verts et s'assit. Sanchez avait disparu. Dans la lumière nacrée qui précède l'aube, il distingua la silhouette du Bordelais. Il pissait face au large, les pieds dans l'eau, et pleurait à chaudes larmes en regardant l'horizon. Pour la première fois, Belzoni sentit que la dérive le guettait. Il suffisait de si peu pour n'être plus rien.

Au-delà de Saint-Louis, la côte devient un labyrinthe de chenaux marécageux, infestés de crocodiles, de serpents et de moustiques. C'est au milieu de cette nature hostile que Don Pedro Blanco avait établi son comptoir. Son domaine était protégé par des vigies munies de lunettes et de fusils, perchées sur des mâts et même sur les arbres morts des marécages. Ses *baracones* étaient répartis sur plusieurs îlots. La nuit on allumait des feux le long de la côte pour guider les bateaux négriers ou pour égarer les Anglais qui montaient la garde au large. Neuf fois sur dix, ils manquaient leur objectif et pourchassaient les voiliers corsaires maquillés que Blanco avait engagés à grands frais pour faire diversion...

Don Pedro reçut ses visiteurs à dîner avec une élégance castillane, à mi-chemin entre le détachement et l'arrogance. Il était vêtu de noir, ce qui accentuait sa maigreur, et tenait en laisse deux molosses qui grondaient au moindre mouvement de Jean-Baptiste. Il y avait cher à parier qu'ils connaissaient le goût du sang.

La table rutilait d'une argenterie si lourde qu'on avait du mal à la déplacer, de chandeliers allumés en plein jour et de vaisselle des Indes sur des damas de fils d'or. Les esclaves s'agenouillaient pour présenter les plats et, en cas d'erreur, se mettaient spontanément à plat ventre devant leur maître pour être châtiés. Blanco leur assénait des coups de cravache sur le dos nu ou des coups de pied sur la tête, selon la faute. Il surprit le regard sombre de son hôte et sourit.

— À chacun son destin, monsieur Belzoni. Croyez-moi, il n'y a pas d'autre moyen de les traiter et ceux-là ont de la chance : ce sont des esclaves « à talent ». Ils ont un métier, ils ne pourriront pas dans un fond de cale comme les autres. Ils valent cher.

De fait les négriers entassaient les esclaves « ordinaires » dans des cales infâmes aux mortaises grillagées, et mettaient des chiens aux écoutilles. En cas d'attaque, on fermait le tout pendant des jours entiers en laissant un peu d'eau aux prisonniers. Les morts pourrissaient avec les vivants et ce n'est qu'en vue de la terre, qu'on déchargeait en pleine mer le magma putride avec des gants goudronnés. On sortait les survivants, on les lavait au vinaigre. On passait l'entrepont à la chaux et on repartait. Si la cargaison protestait, le cuisinier jetait de l'eau bouillante au travers des caillebotis et le problème était réglé. En cas d'épidémie, distribution générale de laudanum.

Un esclave « à talent » avait en effet un peu plus de chance de survivre que les autres.

Don Pedro continua à déchiqueter une cuisse de pintade rôtie de ses mains maigres ornées de lourds anneaux d'or armoriés.

— Je n'étais pas fait pour vendre de l'ébène, monsieur. Mes amis de jeunesse étaient grands d'Espagne et mon avenir semblait être fait de chasse, d'ennui et d'une indigence digne, car un noble de chez nous mourrait de faim plutôt que de se déshonorer en travaillant. Je rêvais de terres promises, comme vous, et j'ai trouvé la mienne à Gallinas. C'est mon royaume. Mes seigneurs sont des coquins, de vulgaires corsaires, ils s'appellent Théodore Canot et Schlegel[1], mais ils me protègent et ils m'enrichissent. J'ai un harem démesuré, une fortune que je ne pourrai pas épuiser... J'aurais mauvaise grâce à me plaindre du destin. Ce qu'il m'a ôté en honneur, il me l'a rendu autrement.

Écœuré par le cynisme du négrier, Belzoni voulut à tout prix remonter à bord de l'*Isabelita* après le dîner.

Une fois à bord, Diego Sanchez éclata.

— Je ne te comprends pas ! Je ne suis venu ici que pour toi. Blanco t'offre l'hospitalité, et tu refuses ? Ce n'est pas assez bien pour toi peut-être ? Une maison dont on parle jusqu'en Europe ! Tu es fou !

— C'est que je crois que je pourrais l'écraser comme un cloporte, ton Pedro Blanco. Je crois que j'aimerais bien ça.

Diego Sanchez pensa que les miasmes étouffants des marais altéraient les esprits les plus forts : l'Italien délirait. Si c'était ça, il ne ferait pas long feu dans les parages. Ce n'était pas pour rien qu'on appelait cette côte « la tombe de l'homme blanc ». Dommage...

---

1. Corsaires célèbres employés par les trafiquants d'esclaves pour protéger leurs bateaux.

Le lendemain, des nuages noirs chargés de pluie s'installèrent sur la mer. Jean-Baptiste avait décidé de retourner à Saint-Louis et rien ne le fit démordre de cette décision.

Au deuxième jour, alors qu'il pleuvait encore dru, la vigie annonça un navire.

— Voiles sous le vent à bâbord !

Impossible d'esquiver le bateau inconnu : le vent mollissait de plus en plus et la pluie redoublait. C'était l'accalmie. Encore un peu et toute manœuvre deviendrait impossible. Le navire s'approchait, son foc encore gonflé d'un reste de vent du large. On le distinguait à peine à la lunette. C'était une petite goélette, fine et racée, qui avait l'air faite pour la Course.

— Si c'est un corsaire, il nous aborde, fit Sanchez, inquiet. Si c'est un négrier, il va continuer sa route.

C'était compter sans l'accalmie. Le vent était complètement tombé, à présent. Les deux bateaux avaient mis toute leur toile dehors, mais les voiles pendaient lamentablement aux mâts. Pas un souffle. Les nuages bas pesaient sur la mer étale. La température était étouffante.

Après les averses, un brouillard visqueux s'était levé. Un énorme soleil rouge se reflétait sur la mer immobile comme une plaque d'étain. Les sons se propageaient rapidement sur l'eau et on entendait clairement le capitaine de la goélette inconnue donner ses ordres.

— On risque de rester ici pendant plusieurs jours, dit Sanchez. Il va falloir occuper l'équipage !

Les hommes étaient tendus. On s'observait d'un bateau à l'autre, à la lorgnette. On finit par échanger des signaux.

Diego déchiffra le nom du bateau : *La Belle Inutile*.

— Un bateau français sans pavillon... Deux bouches à feu sur le tillac. C'est un négrier et il voyage à vide, fit le pilote.

— À quoi vois-tu ça ? s'enquit Belzoni. À la ligne de flottaison ?

— Non, à l'odeur. S'il était plein, on ne pourrait pas tenir. Trois cents nègres qui chient et vomissent dans une cale, ça embaume à la ronde, c'est moi qui te le dis. Il va remplir sa cale sur la côte. Il est à la panne, lui aussi.

À la nuit, chacun des deux vaisseaux alluma ses feux. Les lumières s'allongeaient au loin sur les eaux étales. On servit une soupe épaisse et un godet d'eau-de-vie pour remonter le moral des troupes. Après quoi, les deux équipages condamnés à l'inaction eurent la même idée : faire de la musique et danser.

Le Français commença. Une bordée d'accordéon et de violon arriva de loin, comme dans les estaminets de la place Médisance à Brest. On voyait les silhouettes s'agiter sur le pont. Les marins dansaient, claquant des mains et frappant le pont de leurs talons nus. L'*Isabelita* répondit, avec force *coplas* accompagnées de castagnettes. Le tournoi dura jusqu'à tard dans la nuit. Le ciel était toujours opaque.

Le lendemain, les deux bateaux mirent un canot à la mer et échangèrent une visite. C'est ainsi que Belzoni fit la connaissance du capitaine Pencoat, de Saint-Malo.

La Belle Inutile allait vers le sud, en Sierra Leone, et acceptait de le prendre à bord.

À Londres, Sara n'avait reçu qu'une seule lettre de Jean-Baptiste, datée de septembre. Puis plus rien. Aucune nouvelle. Murray n'en avait pas non plus. Ni l'Association africaine. Elle avait fait en vain le tour des amis et des connaissances. Personne ne semblait s'inquiéter ; c'était comme si Jean-Baptiste n'avait jamais existé.

Deux mois s'étaient écoulés dans un silence effrayant. Elle n'en pouvait plus.

— Il m'a dit dans la lettre : « Je t'enverrai de mes nouvelles par chaque bateau que je croiserai. » Je ne peux pas croire qu'il en ait rencontré si peu.

Jack chercha à la tranquilliser.

— Tu connais les gens de mer. Dès qu'ils touchent terre, ils oublient tout. Une lettre, ça se perd, ça s'abîme, ça s'oublie. Il t'a certainement écrit, mais les lettres ne sont pas arrivées, c'est tout.

— J'ai un mauvais pressentiment, Jack. Je le connais trop bien. Il aurait trouvé le moyen. Il aurait envoyé quelqu'un.

— S'il est dans le désert du côté de Tombouctou, je ne vois pas comment. Et à mon avis, il y est déjà. Quand il engage sa parole, il la tient.

— Oui, c'est vrai... mais je n'en peux plus. Cette nuit, j'ai pris une décision : je me suis fixé une date. Si d'ici la fin du mois de novembre, je ne reçois aucune nouvelle, ça voudra dire qu'il lui est arrivé quelque chose.

— Et alors ?

— Alors, je partirai à sa recherche.

— Sara, c'est impossible. Une femme seule ne peut pas.

— Je deviens folle à rester ici sans rien faire pendant que mon mari est peut-être mourant. Je ne fais que me débattre au milieu de problèmes mesquins d'éditeurs et de marchands.

Elle alla chercher une carte d'Afrique.

— Regarde. Si on remonte le Nil jusqu'au Soudan, on croise forcément la route des caravanes du Darfour. Les caravaniers savent tout ce qui se passe, jusqu'au cœur de l'Afrique. Les nouvelles voyagent. On ne rencontre pas tous les jours un homme comme Jean-Baptiste. Il frappe les imaginations. Où qu'il aille, il y aura une caravane qui passe et un chamelier qui parle. Cette piste traverse le désert d'Est en Ouest. Si Hornemann est arrivé jusque là, Jean-Baptiste peut le faire. La piste va jusqu'à Tombouctou. S'il est prisonnier, s'il est malade, s'il est mort, quelqu'un sur cette piste le sait forcément.

— Sara, la traversée dont tu parles, aucun homme blanc n'a été capable de la faire jusqu'au bout. Hornemann en est mort et toi, une femme, tu réussirais là où il a échoué ?

— Pourquoi pas ? Tu oublies tout ce qu'on a fait en Égypte ? J'en ai fait ma part, et on me traitait déjà de folle. Mais je l'ai fait, oui ou non ?

— C'est vrai. Mais ce n'est pas la même chose et tu n'as plus l'entraînement. Et l'argent ? Où le trouvera-t-on ? Il en faut beaucoup pour monter une expédition comme celle-là.

— Une femme peut passer là où un homme ne passe pas. Quant à l'argent, je le trouverai.

— Combien de temps te faudra-t-il pour arriver là-bas ?

Sara baissa la tête et murmura.

— Je ne sais pas. Mais il faut que je fasse quelque chose. Il a besoin d'aide. Il faut que j'y aille, Jack...

Jack lui prit la main et rectifia.

— Il faut que *nous* y allions.

Sara frappa à toutes les portes et fut partout reçue aimablement. Mais sa démarche suscita plus de compassion que d'enthousiasme. Personne ne voulait la croire capable d'une telle expédition. On lui fit quelques promesses et on essaya surtout de la dissuader. À l'Association africaine en particulier : sir Joseph était mort et son successeur lui conseilla de s'adresser la Société biblique. On y recrutait volontiers les femmes de la bonne société en mal d'occupation.

— Mais comment pouvez-vous l'abandonner ? s'écria Sara. C'est vous qui l'avez envoyé là-bas ! C'est à vous de faire quelque chose, pas à moi ! Seulement, si je n'agis pas, personne d'autre ne le fera. Votre inertie est criminelle. Jamais vous n'avez fait un geste pour aller au secours de ceux que vous avez envoyés en Afrique. Pourquoi ?

L'homme se taisait, l'œil froid, son grand corps étalé dans son fauteuil, entre deux fétiches d'ébène qui avaient quelque chose de diabolique.

— Répondez-moi !

— Je comprends votre inquiétude, madame, soupira le nouveau directeur agacé, mais il est vrai que nous n'avons pas pour habitude de risquer la vie de cent hommes pour en retrouver un. D'autre part, le silence de votre mari pourrait durer encore de longs mois sans qu'on puisse en déduire qu'il est mort. Il se trouve sans doute dans une réelle situation d'isolement, c'est tout. Si dans un an, vous n'avez pas reçu de nouvelles, alors nous pourrons raisonnablement penser au pire.

— Dans un an !

— Dans un an. Relisez tout ce qui a trait à Mungo Park. C'est un précieux enseignement sur ce qu'il faut faire et ne pas faire quand on est femme d'explorateur.

La malheureuse épouse de Park avait attendu désespérément. Elle allait se remarier après un silence de presque deux ans quand son époux avait réapparu. Il lui fit quelques enfants, repartit et disparut pour de bon. Des rumeurs arrivaient de temps en temps : Mungo était encore vivant, il était prisonnier d'une tribu, on l'avait rencontré à tel endroit... Personne n'accepte l'idée que les héros soient mortels.

Sara, en définitive, ne trouva aucun financement, ni pour l'exposition en Russie, ni pour le voyage au Soudan. À l'Association africaine, on cessa de la recevoir, sans même une explication. Brisée par la déception, elle s'enferma chez elle et fut contrainte à l'attente et aux fantasmes, comme Mme Park.

23

Avant de quitter l'*Isabelita*, Jean-Baptiste échangea cadeaux et embrassades avec l'équipage. Il mit une grosse enveloppe dans les mains de Diego Sanchez. C'était une lettre pour Sara.

— Tu la remettras au consul. Jure-moi que ce sera la première chose que tu feras !

Diego sourit.

— Je le jure.

— Et que tu le presseras pour qu'il l'envoie par le premier bateau...

— Je le jure.

Belzoni l'embrassa et descendit dans le canot.

Les marins se mirent à chanter en chœur, et l'Amiral se hissa sur le bastingage pour le regarder. Belzoni le siffla encore une fois de loin. L'Amiral gémit et aboya en retour. Mais bientôt, le vent se leva et tourna : la voix de l'Amiral et les chants de l'équipage se perdirent sur la mer.

Les deux bateaux hissèrent leurs voiles en toute hâte pour profiter du vent et se séparèrent. Belzoni vit l'*Isabelita* s'éloigner lentement, et disparaître pour toujours à l'horizon. Il ne sut jamais que le bateau de Benjamin Cresques avait fait naufrage à la hauteur du banc d'Arguin. Deux marins et l'Amiral survécurent et furent recueillis dix jours après par une frégate française.

Les routes les plus fréquentées de la traite passaient toutes entre le quinzième parallèle et l'Équateur : sur des centaines de kilomètres, les comptoirs et les factoreries avaient poussé comme des champignons vénéneux. Pour la seule Côte de l'Or, on comptait vingt-trois établissements sur trois cents kilomètres. Ils étaient tous là, Hollandais, Français, Danois, Brésiliens, Espagnols — aucune nation n'était de reste. Et le nombre des bateaux engagés augmentait de jour en jour.

Le capitaine Pencoat flatta le bois de sa belle goélette du plat de la main.

— Pourquoi je l'ai appelée *La Belle Inutile* ? À cause de ma femme, monsieur. J'habitais Morlaix, en Bretagne, à l'époque... Ma femme était belle, très belle même, mais incapable, menteuse, paresseuse, ah ! la garce... ! Elle avait tous les défauts. Mais je ne voulais pas voir. Je l'aimais, hein ? Je l'appelais « ma belle inutile », je ne voulais pas lui faire de reproches, je trouvais ça gentil... Quand elle est partie avec un autre, j'ai dit : « À Dieu vat, j'achète un bateau ! » Voilà. Je lui ai donné son nom, c'était comme une revanche... Parce que ma vraie moitié, en fait, c'est elle, ma goélette : quand je suis seul sur le pont, il n'y a qu'elle qui m'écoute et qui me parle. Et je la comprends, et je lui réponds... Monsieur Belzoni, vous êtes terrien, vous ne pouvez pas comprendre.

C'était ainsi que Pencoat s'était lassé de traficoter entre la Manche et la mer du Nord. L'amertume l'avait rendu ambitieux. De Morlaix, il avait amené son bateau à Nantes et s'était mis en cheville avec un négociant qui faisait depuis longtemps la « triangulaire » : Nantes-Gambie-La Havane.

C'était une belle navigation : gros risques et gros gains. Comme Pencoat les aimait.

Juste avant la Sierra Leone, *La Belle Inutile* arriva en vue des terres de Charlie Everett. C'était là que le capitaine Pencoat comptait échanger sa marchandise contre un plein d'esclaves.

Il fit tirer un coup de canon, un seul, pour demander un canot, et mit de l'ordre dans son coffre aux drapeaux. Il en tapota le couvercle avant de le pousser sous sa couchette.

— Je dors dessus, c'est plus précieux qu'une bouée de sauvetage. Le *vade-mecum* du commerçant et du corsaire. Avec ça, je change d'identité en un clin d'œil : j'ai une dizaine de pavillons et les papiers du bateau dans les langues correspondantes. Il n'y a que le cœur du capitaine qui reste ce qu'il est : breton.

Il fit hisser le pavillon portugais.

— Sous ce drapeau-là, tout est permis, même la traite ; on ne peut pas me séquestrer.

Depuis 1807, en effet, seul le Portugal autorisait la traite des esclaves. Tout le reste de l'Europe l'avait interdite. Théoriquement. En fait elle n'avait jamais cessé.

À tel point que sur la côte d'Afrique, on ne trouvait plus d'hommes jeunes. Il fallait aller très loin dans les terres pour trouver des mâles dans la force de l'âge, et l'on mettait plus d'un mois pour en attraper une centaine. Encore, était-ce parce que les tribus préféraient vendre leurs criminels et leurs ennemis plutôt que de les exécuter. Ils les jetaient dans des fosses profondes couvertes de branchages, pour éviter qu'ils ne s'échappent, en attendant de les livrer. La survie d'un village pouvait dépendre de leur vente.

Les Anglais, de leur côté, n'avaient jamais cessé de faire la police le long des côtes. Ils arraisonnaient le bateau fautif, libéraient les esclaves et emprisonnaient l'équipage. Dans les cas les plus scandaleux, ils rendaient même une justice sommaire et jetaient les responsables à la mer, pieds et poings liés. Un cadeau pour les requins qui grouillaient le long de la côte, et qui n'étaient pas à plaindre, eux : plutôt que de perdre leur bateau, les capitaines négriers préféraient perdre la cargaison. Ils éliminaient souvent la preuve de leur délit en jetant les esclaves à la mer. Le moyen le plus rapide, c'était de les ligoter par grappes à la chaîne de l'ancre, et d'envoyer le tout par le fond d'un seul coup.

Les Français étaient plus procéduriers. Quand le bateau était reconnu « négrier avéré », ils traînaient tout le monde devant le tribunal. L'armateur perdait son bateau, l'équipage allait en prison. Ce pourquoi, à la première alerte, les négriers se cachaient comme ils pouvaient dans les graus, les chenaux et les lagunes qui abondaient sur presque toute la côte, pendant que les corsaires à la solde des factoreries détournaient l'attention des chasseurs.

L'esclave étant au riche ce que le bœuf est au pauvre, on n'était pas près de remplacer la traite par la culture de l'arachide ou de l'huile de palme, comme le voulaient les philanthropes et la Société africaine. Car rien n'enrichissait comme la traite. Même pas l'or.

Deux pirogues chargées de Noirs franchirent hardiment la barre et se portèrent à la rencontre de *La Belle Inutile*. Belzoni et Pencoat débarquèrent les premiers. Le « Duke » les attendait sur la terrasse bordée de colonnes blanches de sa belle demeure.

— Ne vous étonnez de rien, murmura Pencoat, narquois.

Il y avait de quoi être étonné en effet : le négrier était noir... Enfin presque. C'était un jeune métis d'une trentaine d'années, vêtu avec recherche malgré un embonpoint naissant. Tout en lui et autour de lui rappelait l'Angleterre : ses meubles, ses tableaux, ses bottes et sa cravate provenaient des meilleurs faiseurs de Londres et, n'eussent été les chiens qui circulaient librement dans la demeure et le désordre qui y régnait, on aurait pu aisément se croire dans une grande maison bourgeoise de Piccadilly.

M. Everett père, grand commerçant de Liverpool émigré en Afrique, avait eu Charlie de son esclave de lit. N'ayant pas d'autre héritier, il avait décidé d'en faire un jeune homme accompli, malgré sa « différence ». Il l'adorait. C'est lui qui l'avait surnommé Duke : son petit duc, auquel rien ne devrait jamais manquer.

L'enfant avait été envoyé dans un collège anglais où on lui avait administré à la fois une excellente éducation et assez de coups pour haïr l'Angleterre et le genre humain jusqu'à la fin de ses jours. Il devint calculateur et agressif et le proviseur conseilla bientôt au père de le ramener en Afrique :

— Monsieur Everett, le sang noir l'emporte sur le blanc. Il retournera à sa race dès qu'il le pourra, comme les autres. Nous perdons notre temps.

Mais le vieux tint bon et, chaque année, fit jurer son fils sur la Bible qu'il ne retournerait jamais à la négritude, quoi qu'il arrive.

— Tu es anglais, mon fils. Tu as le sang des Everett dans les veines. Tu dois en être fier. J'ai construit un empire à force de travail et tout cela t'appartiendra un jour. La couleur de ta peau importe peu en affaires, tu l'apprendras vite. Tu seras respecté non pour ce que tu es, mais pour ce que tu as. N'oublie jamais cependant qu'un marchand noir doit être plus déterminé et plus rapide que les autres. Et que dans les rapports d'argent, il n'y a pas d'amis. Quant à l'amour, si tu es sage tu épouseras une femme blanche, quitte à en aimer une noire, comme je l'ai fait.

Mais Charlie n'avait pas épousé de Blanche et se laissait aller avec délices à la mollesse des tropiques, avachi dans sa chaise longue de *mahogang*, un verre de gin à la main.

— Vous tombez bien, capitaine, mes *barracones* sont pleins à craquer. Vous allez avoir un choix de pièces d'Inde de première qualité. Qu'est-ce que vous m'avez apporté ?

— Tout ce que vous m'avez demandé la dernière fois et quelque chose de plus. Tenez...

Il lui tendit une liasse de papiers.

— Je ne tiens pas à assister à vos transactions, murmura Jean-Baptiste.

Pencoat se leva et l'entraîna au bout de la véranda sous le prétexte de lui faire admirer la vue d'ensemble sur les bâtiments des esclaves et les entrepôts.

— Vous êtes libre de vos opinions, mais ne compromettez pas mes affaires. Si cela vous gêne, allez faire un tour.

— Vraiment, vous n'éprouvez rien à vendre des hommes ? demanda Belzoni.

— J'achète et je revends des marchandises, monsieur Belzoni. C'est mon métier. Est-ce qu'un éleveur s'attache à ses veaux ?

— Ce sont des hommes... fit doucement Jean-Baptiste. Pas des veaux.

Le capitaine devint nerveux.

— Écoutez, si ce n'est pas moi qui fais l'affaire, ce sera un autre. Aussi longtemps qu'il y aura une demande, il y aura de l'offre. Et vous n'y changerez rien.

— On peut essayer, répondit Jean-Baptiste.

— Eh bien, une autre fois, s'il vous plaît. Ma cale est pleine et j'ai bien l'intention de vendre ce que j'ai eu tant de mal à amener jusqu'ici.

Pencoat avait apporté à Everett une cargaison de ces belles et bonnes nouveautés européennes dont l'Afrique raffolait : des toiles de Guingamp, des soieries de Damas, des mouchoirs de Cholet, des manteaux de drap, des fusils, des briquets, du rhum des Antilles, de la pacotille de Venise. Tout cela allait remonter jusqu'aux terres les plus lointaines et reviendrait sous forme d'or, d'ivoire, de gomme, d'épices et de tous ces trésors dont l'Europe ne pouvait plus se passer.

En échange, Pencoat recevrait une cargaison d'esclaves qu'il fallait évaluer. Après un solide dîner, et un cigare apporté de Cuba par Pencoat lui-même, on entra dans le vif du sujet. Le comptable du Duke, métis lui aussi, s'affairait à sa droite avec son boulier.

— Alors, fit le capitaine, à combien me mettez-vous le mâle adulte ?

— Soixante dollars la pièce.

Charlie Everett suçotait un cure-dents en or massif et contempla distraitement ce qu'il avait extrait de sa denture.

— Vous voulez rire ! Cinquante sont déjà trop. Je vous ai apporté en priorité une marchandise de premier choix. En priorité, Duke ! Je ne l'ai même pas offerte à votre concurrent Pedro Blanco. Me voilà bien mal récompensé. Peut-être n'en voulez-vous pas ?

— Capitaine, ne pleurez pas misère, vous les revendrez quatre cents dollars tête à Cuba et si vous étiez malin, vous iriez les vendre à New Orleans où on vous en donnerait mille... Vous ai-je jamais refusé une ristourne sur le lot ? C'est de la marchandise de premier choix que je vous offre moi aussi. Tous sains, sans défauts, sans blessures, tranquilles. Des pièces d'Inde de toute beauté. Des mâles pleins de vigueur qu'on peut croiser... Il y en a au moins une cinquantaine qui ont des queues d'étalons.

— Je n'achète pas pour la monte, vous le savez bien. Si les acheteurs veulent faire race et constituer un cheptel, ça les regarde. Je fais le marchand, moi, pas l'éleveur. Je n'ai pas l'intention de les payer plus cher parce qu'ils sont bien membrés !

— Mais vous exigeriez un rabais s'ils étaient coupés. Croyez-moi, on les vend mieux quand ils ont une belle queue.

Il y avait de la haine dans sa voix. Pencoat se dit qu'il devait avoir un problème de ce côté-là.

Il l'avait effectivement : Charlie Everett qui possédait déjà nécessaire et superflu avant d'être né, le « Baby Duke » que son papa n'avait jamais privé de rien, était impuissant. Il préférait penser qu'on lui avait jeté un sort. Il avait tout essayé, toutes les drogues, tous les alcools, toutes les sorcelleries. Toutes les femmes de la factorerie aussi, dans l'espoir d'un miracle. En vain. Son membre restait inerte, mort. Il était « noué ».

Il conservait au fond de sa mémoire le feu d'artifice de ses premières masturbations au collège, des attouchements qu'il échangeait la nuit dans le dortoir. Son sexe était bien vivant alors, comme un animal avide de liberté. Mais aujourd'hui, il aurait pu se masturber pendant des heures sans résultat.

Il se rabattait sur la nourriture et le gin : il était devenu gras comme un chapon.

Pencoat se frottait les mains. Il venait de troquer sa cargaison nantaise contre deux cent cinquante Mandingues et Soussous, réputés pour être les Noirs les plus doux et les plus solides. Ce serait une navigation sans histoire et, à Cuba, il en tirerait un bon prix.

Dès le petit matin, son registre à la main, il commença à les charger sur *La Belle Inutile*. Il faudrait une bonne journée, peut-être deux.

On avait fait deux groupes sur la plage, un pour les hommes et un autre, plus petit, pour les femmes. Jean-Baptiste regardait la triste colonne des hommes entravés avancer vers les canots dans un bruit de chaînes. On leur avait rasé la tête de frais. Ils devaient se dépouiller de leurs vêtements sur la plage et monter les premiers à bord, nus. Après, ce serait au tour des femmes qui, nues elles aussi, seraient parquées sur le pont.

Les garde-chiourmes du Duke les encadraient, le fouet à la main.

— Je les traite bien, mes passagers, vous savez, se crut obligé de dire Pencoat. Ils sont rangés dans la cale comme de l'argenterie dans un tiroir. Et pour les femmes, je mets une tente sur le tillac. Je ne suis pas assez bête pour les maltraiter. Je ne veux pas être obligé de les maquiller à l'arrivée en les gonflant de poudre à canon[1]. Une fois qu'on les a payés, ce sont des lettres de change vivantes. On a intérêt à y faire attention. Je prie tous les matins que la variole ne s'y mette pas. On mange et on boit trois fois par jour à mon bord, la goutte tous les matins et la bouche rincée au vinaigre tous les trois jours. Le soir, je les fais même danser pour les tenir en exercice. Et la cale est lavée et passée à la brique dès l'aube... Ah ! c'est du travail, mais si on ne veut pas perdre d'argent,

---

1. Avant la vente, on enduisait les esclaves avec un mélange de poudre à canon et de citron qui gonflait la peau et la rendait luisante.

la propreté, c'est indispensable. Et pas de violences, pas de blessures, pas de cicatrices. L'équipage connaît la consigne.

— Et quand vous devez sévir, qu'est-ce que vous faites ?

— D'accord, j'ai des poucettes, des fouets, des chaînes, comme tout le monde, mais moi, je ne les utilise qu'en cas de nécessité absolue. Et Dieu m'est témoin que, dès que la terre est en vue, on ne touche plus à personne : je fais jeter le chat-à-neuf-queues à la mer. C'est une tradition.

Les femmes attendaient leur tour sur la plage dans un sombre abattement, déjà à demi nues. Quelques enfants couraient entre elles, inconscients de leur sort. L'attention de Jean-Baptiste fut attirée par une femme blanche vêtue d'un pagne bleu qui s'était assise un peu à l'écart. Il appela Pencoat.

— Qu'est-ce que cette Blanche fait là ?

— Ce n'est pas une Blanche, c'est une quarteronne. La bâtarde d'un marchand ou d'un missionnaire. Ça arrive : elle a hérité de tout le blanc qu'il avait. Elle vaut son pesant d'or, celle-là. On va la soigner comme il faut.

Comme si elle avait entendu, la fille tourna la tête vers eux et les regarda. Elle était jeune et belle et son regard était désespérément vide.

— Est-ce que je peux l'acheter ? dit Jean-Baptiste sans réfléchir.

— Vous ? fit Pencoat, sidéré. Je croyais que vous étiez contre l'esclavage.

— À moins que vous ne vouliez m'en faire cadeau.

Pencoat, agacé, fit sortir la fille du groupe. Elle s'avança vers eux et plus elle s'approchait, plus sa beauté devenait évidente.

— Continuez à charger, vous autres ! hurla le capitaine. On n'a pas de temps à perdre... Monsieur Belzoni, vous êtes sûr ? C'est une situation un peu particulière, voyez-vous... J'ai des instructions précises pour cette fille. Ici on veut s'en débarrasser au plus tôt. Or, si vous l'achetez, elle va rester...

— Qui veut s'en débarrasser ?

— Le Duke. Personnellement.

— Pourquoi ?

— Je ne sais pas. Je ne suis pas son confesseur. Je suppose qu'il n'en veut plus.

— Peu importe. Je maintiens mon offre. Je la double, si vous voulez.

Pencoat soupira et poussa la fille vers Belzoni.

— Bon... Tu n'iras pas en Amérique, ma fille. Voilà ton nouveau maître. Baise-lui la main.

Jean-Baptiste, d'instinct, mit ses mains derrière son dos.

La fille resta debout devant lui, les yeux fixés à terre. Elle était grande, de proportions parfaites et n'avait rien d'africain dans le visage. Sinon la bouche, peut-être, pleine et bien ourlée, si belle qu'on avait du mal à ne pas la regarder.

Belzoni se trouva fort embarrassé de son achat. Où l'installer ? Dans la petite maison qu'on lui avait attribuée ? C'était une pièce unique avec quelques meubles européens hétéroclites récupérés sur des bateaux de passage. Sur la véranda aux colonnes de bois mal dégrossi, ouverte à tous les vents ? Non plus.

— Comment t'appelles-tu ?

Elle le regarda enfin. Elle avait d'extraordinaires yeux bleus.

— Mon nom est Apollonia Wilson, mais ici on m'appelle Pola. Je vous remercie beaucoup, maître...

Belzoni en resta muet d'étonnement. Elle parlait anglais mieux que lui.

Quand Charlie Everett sut que Pencoat avait cédé Apollonia Wilson à Belzoni, il entra en fureur.

— Pas question ! Il faut qu'elle parte avec les autres. Elle a provoqué trop de désordres ici. Je n'en veux pas sur ma terre.

« Tiens, tiens, pensa Pencoat. Le bât te blesse, mon vieux. »

— Trop tard, Duke : vendu, c'est vendu. Elle ne m'appartient plus. Vous n'aviez qu'à me le dire avant. Mais c'est une question de jours : elle va partir avec M. Belzoni par le prochain bateau. Il en sera garant et c'est un homme comme il faut.

Le Duke sortit en claquant la porte, il tremblait de rage. Il fit appeler un Mandingue qu'il utilisait pour ses basses œuvres :

— Va dans la case du géant et trouve la négresse blanche.

Tu lui donnes discrètement une bonne dose de *saucy wood*. Je ne veux plus la voir...

C'était un arrêt de mort.

Le Mandingue s'en fut dans la forêt et s'arrêta devant le tronc d'un *djedou*. Le grand arbre était entaillé tout autour, comme si un éléphant était venu y polir ses défenses, mais, c'était la trace des hommes : entre l'écorce et l'aubier, l'arbre sécrétait un poison violent. Les chasseurs, les guerriers, tous ceux qui avaient des comptes à régler n'avaient qu'à se servir. On utilisait même officiellement la sève de l'arbre pour rendre la justice : celui qui survivait au *saucy wood* était gracié.

Le Mandingue recueillit le suc épais dans une petite calebasse en faisant bien attention de ne pas s'en mettre sur les doigts. Il verserait du vin de palme par-dessus pour le dissoudre et le poison serait prêt.

Pola s'était installée pour la nuit dans le débarras attenant au *barracon* où dormait Belzoni. Il n'y avait pas de porte, mais elle ne s'en souciait pas. Sa vie était devenue si horrible que si la mort venait dans son sommeil ce serait un bienfait. Autrefois, quand elle dormait en pleine nature, elle se protégeait des serpents : elle faisait autour d'elle un cercle de corde, comme sa mère le lui avait appris. Contrairement aux hommes, les serpents ne seraient jamais passés sur le cadavre d'un de leurs congénères, et comme ils ne sont pas intelligents, une corde suffisait à les tromper.

Le Mandingue entra dans la pièce obscure, silencieux et léger comme un chat. Il s'agenouilla près de Pola endormie et sortit son couteau. Le contact froid et acéré de la lame sur son cou réveilla la jeune fille. Elle comprit en un instant et ne bougea pas, résignée. Son cœur se mit à battre si fort qu'il faisait dans ses oreilles un bruit assourdissant.

L'homme avait sorti la petite calebasse de son pagne et s'apprêta à en introduire de force le goulot entre les lèvres serrées de Pola, dont les yeux luisaient de peur dans la pénombre.

Dehors, un chien errant se mit à renifler et à aboyer juste devant l'ouverture de la porte. Le Mandingue s'arrêta, aux aguets : on entendit Belzoni se réveiller dans la pièce voisine et crier pour le faire taire.

Mais la bête en avait après le Mandingue. Il entra à moitié dans le débarras et s'arrêta en travers du seuil.

Jean-Baptiste se laissa glisser de son hamac en maugréant et sortit sur la véranda. Le chien trotta vers lui joyeusement et quêta une caresse.

— C'est donc tout ce que tu voulais ? Tout ce bruit pour rien...

Belzoni le flatta et s'assit sur les marches de bois, tout à fait réveillé maintenant. Il ne lui restait plus qu'à contempler la splendeur du ciel africain criblé d'étoiles. Des oiseaux de nuit s'appelaient. Au loin, des hyènes riaient et se répondaient. Le chien, satisfait, s'allongea près de lui.

Pola voyait distinctement la silhouette de son nouveau maître à quelques pas de l'ouverture de la porte. Il lui tournait le dos. Le Mandingue avait accentué sa pression sur sa gorge, pour lui signifier de ne pas bouger. Sa main calleuse avait une odeur sauvage de bois brûlé, de forêt. Pola était presque roulée en boule sous lui et lui sur elle. Elle décida de tenter le tout pour le tout et détendit les jambes avec toute la force qu'elle put trouver. Surpris, le Mandingue boula vers la porte. Le chien sauta sur pied en aboyant comme un forcené et Belzoni se précipita.

— Attention, maître, il a un couteau, s'écria Pola de l'intérieur.

Belzoni arrêta l'agresseur d'une seule main. L'homme jeta son arme à terre et attendit les coups, le menton fièrement levé vers le géant.

— Il voulait me tuer... dit Pola.

— Tu le connais ?

— Oui, c'est l'esclave de Master Charlie. C'est lui qui m'envoie le *saucy wood*.

— Et pourquoi veut-il te tuer ?

Pola baissa les yeux.

— Je ne sais pas, maître.

Belzoni lâcha le Mandingue.

— Retourne d'où tu viens et dis à celui qui t'a envoyé que je serai chez lui dès demain matin.

L'homme s'éloigna sans répondre, d'un pas lent et égal pour bien montrer qu'il n'avait pas peur. Belzoni se tourna vers Apollonia Wilson. Ses épaules blanches réfractaient la vague clarté qui tombait des étoiles.

— Et toi, ne m'appelle pas maître..., lui dit-il doucement.

Charlie Everett terminait une portion d'*eggs and bacon*, au fumet délectable. Jean-Baptiste revit en un éclair douloureux Sara appareiller la table, à Londres.

— Vous en voulez ?

— Non... fit sèchement Belzoni.

Le négrier haussa les épaules et essuya soigneusement son assiette avec un morceau de pain qu'il enfourna tout entier dans sa bouche. Il balaya les miettes qui décoraient le plastron de sa chemise. Il prenait son temps.

— Je n'ai pas besoin de subterfuges pour supprimer une esclave, dit-il enfin. La Wilson est un danger pour la factorerie. Elle allume les mâles, elle les rend fous. Qui dit désordre, dit rébellion. Un esclave rebelle, c'est le ver dans la pomme...

Jean-Baptiste réprima un sourire.

— Il n'y a pas de quoi rire, fit Duke. Vous autres, idéalistes, vous avez vite fait de libérer les esclaves, mais en ce qui me concerne, je n'ai pas l'intention de renoncer à la fortune de ma famille. Une créature comme la Wilson peut mener ma factorerie à la ruine. Et après, c'est la dégringolade, le marché de la Côte qui vacille, l'économie des tribus qui plonge, les guerres qui recommencent... Cette fille est un grain de sable, un fétu de paille. Et si je la balaie de ma route, je ne devrai rendre de comptes à personne, je suis maître chez moi...

Il se leva et alla ouvrir un lourd coffre d'acier noir. Il en revint, une bourse à la main, et la déposa devant Jean-Baptiste.

— Tenez, je vous la rachète, pour le geste...

— Et après, que comptez-vous en faire ?

— La déporter en Amérique, comme prévu. Tous ici doivent comprendre qu'on ne m'échappe pas.

Belzoni repoussa la bourse de cuir.

— Non, je la garde... Disons que je vous en débarrasse.

— Voulez-vous m'obliger à exercer mon droit ?

— Votre droit ? Je suis votre hôte : vous me devez protection, à moi, mes gens et mes biens. Donc à Apollonia Wilson qui m'appartient.

Le visage du Duke avait changé de couleur. Il était comme marbré de taches foncées et ses yeux semblaient s'être enfoncés dans ses orbites.

— Le droit ici, c'est moi.

Belzoni se leva, dominant le jeune homme de sa masse.

— Non, Everett, le droit c'est la loi du plus fort. Il faut savoir perdre... Le bateau pour Freetown arrivera ce soir. Nous monterons à bord immédiatement. Évidemment, je vous tiendrai responsable de tout ce qui pourrait arriver à Pola Wilson d'ici là.

Charlie Duke Everett alla vomir ses œufs au bacon par-dessus la balustrade et chassa à coups de pied les chiens qui se précipitèrent. Il ne supportait pas les échecs. Il convoqua ses contremaîtres :
— Est-ce qu'on a des prisonniers ?
— Oui, patron, deux. Des frères.
— Qu'est-ce qu'ils ont fait ?
— Ils ont cherché à s'évader et ils ont assommé le gardien.
— Parfait, fit Everett. Amenez-les dans la cour, et apportez-moi les fouets.

La « justice » de Charlie était une version grossière des jeux du cirque. Le rite avait lieu en présence de toute la factorerie : on mettait deux coupables reconnus en lice dans la cour centrale et on leur donnait un fouet d'attelage. Ils devaient combattre jusqu'à ce que mort s'ensuive.

Charlie adorait ces combats : il se sentait alors juge romain sur sa curule d'ivoire, empereur sur son trône, général sur son char... Il tenait dans la main un monde de condamnés, de gladiateurs et de vaincus...

Les armes étaient sa grande passion, mais il avait une prédilection pour tout ce qui sert à fouetter : cravaches, joncs, cannes, chats-à-neuf-queues, avec et sans crochets. Il n'aurait pas aimé qu'on lui dise qu'il exorcisait ainsi son impuissance et, plus loin dans le temps, les souvenirs cuisants du collège de Liverpool.

Le bateau de Pencoat n'était pas encore parti. Il attendait le vent propice pour lever l'ancre. Comme Charlie aimait avoir des invités, le capitaine fut convié au spectacle.

Les prisonniers étaient de vrais athlètes, deux jeunes Mandingues aux jambes longues et harmonieuses, aux muscles splendides. Ils restèrent longtemps embrassés en se demandant pardon avant d'entrer dans la cour. Puisque l'un d'eux devrait tuer l'autre, ils convinrent d'aller vite en frappant fort, à la tête...

Pencoat protesta :

— Je ne peux pas voir ça, Everett ! C'est du massacre. Ils sont jeunes, ils sont beaux...

Everett eut un regard mauvais.

— Peu m'importe, ils l'ont mérité. Je suis encore bien bon de gracier le survivant et de le faire soigner. Il sera traité comme un prince, Dieu m'en est témoin : au lait de femme et à la poudre de nacre. Il redeviendra comme neuf.

— Allons donc ! Les cicatrices de fouet sont les pires, elles font bourrelet. Il sera défiguré, invendable... En Amérique, on n'aime pas les esclaves marqués. Ni au fer ni autrement.

— Je m'en moque, Pencoat ! j'en ferai cadeau à qui le voudra.

Les coups de fouets des deux combattants claquaient comme des coups de feu et des gouttes de sang pleuvaient dans la poussière, mais Charlie n'arrivait pas à jouir du spectacle. Il était distrait, et regardait fréquemment dans la direction de la case de l'Italien. Le géant avait disparu et Pola aussi.

Pola... L'image brûlante de la quarteronne s'insinua en lui et il eut du mal à maîtriser son dépit. Sans ce Belzoni, il l'aurait mise en trophée et donnée au vainqueur. Voilà qui l'aurait matée ! Il l'imaginait livrée au survivant couvert de sang et de poussière : l'homme l'entraînait et la jetait sur sa paillasse, pressé de prendre sa revanche sur la mort. Charlie voyait les mains du Mandingue l'ouvrir brutalement et son sexe noir la labourer comme lui-même ne pourrait jamais le faire.

Depuis que Pola était arrivée, la vie de Charlie était devenue un enfer. Jamais il n'avait tant désiré une femme, et jamais tant maudit son infirmité. Il avait tout essayé avec elle, la violence, les coups, les caresses. Il l'avait explorée de toutes les manières. À mains nues et avec des simulacres de toutes sortes, de bois, de pierre, d'ivoire, jusqu'à de coûteux substituts fabriqués en Europe dans les cuirs les plus fins. Il l'avait caressée, léchée, frappée, mordue. Dans un accès de désespoir, il l'avait violée un soir avec le canon de son pistolet. Il voulait la sentir trembler. Au moins de peur.

— Je veux que tu cries, chienne, je veux que tu pleures... Je vais te tuer...

Mais c'était lui qui s'était mis à trembler, le doigt sur la gâchette...

— Te tuer, tu entends... Ouvre les yeux, regarde-moi...

Si elle l'avait fait, il aurait tiré, et dans le dernier spasme de la fille, exténué d'excitation, comme suspendu au bord d'un gouffre, il aurait enfin joui... Mais Pola l'avait laissé faire, inerte, les yeux fermés.

C'est comme ça que la sorcière le tenait au ventre et à la tête. Il fallait qu'elle disparaisse. Et en même temps, tout de lui voulait qu'elle reste : s'il n'y avait qu'une femme au monde capable de le rendre homme, c'était elle... Mais ce soir, le bateau de Freetown serait là. Elle s'en irait et ce serait l'Italien qui la prendrait.

Les fouets claquaient et sifflaient, déchirant les peaux noires et luisantes des combattants qui éclataient comme des grenades trop mûres. Un des hommes tomba à genoux. Son frère gémissait en le frappant, du sang et des larmes plein la bouche, cherchant à l'achever.

Le souffle court, la langue sèche, Everett attrapa le pot d'alcool de palme qu'on lui tendait et en avala une longue rasade. Le goût râpeux et familier le ranima.

Une tornade de poussière s'abattit sur la cour : le vent tant attendu avait tourné, le capitaine Pencoat regarda le ciel et sauta sur l'occasion. Il devait embarquer... Avant de monter à bord, il chercha Jean-Baptiste et le trouva derrière son *barracon*, en train d'écrire.

— Je ne voulais pas partir sans vous parler. Je n'ai toujours pas compris si vous étiez fou ou mal informé, mais comme je vous aime bien, ça me fait mal au cœur de vous voir vous jeter dans la gueule du loup !

— Que voulez-vous dire ?

— Vous allez descendre la Côte du Vent et la Côte des Esclaves en pleine saison des pluies.

— Et alors ?

— *Vomito negro, eau noire*, fièvre bilieuse... ça ne vous dit rien ? Les bateaux qui s'y aventurent à cette saison perdent le quart, voire le tiers, de leur équipage.

— Je sais.

— Et ça ne vous arrête pas ?

— Non, j'ai des comptes à rendre.

— À qui ? Au Créateur ? Allons, monsieur Belzoni, qui donc peut exiger de vous que vous creviez dans un fleuve de boue avec des maringouins gros comme des chauves-souris qui vous sucent le sang ! Là-bas, c'est le déluge universel. L'enfer peut être aussi une saloperie liquide, je vous assure.

— Je dois atteindre mon but, et vite, qu'il pleuve ou qu'il tonne. Mes commanditaires se foutent bien de vos maringouins. J'ai déjà perdu trop de temps, je dois le rattraper.

— C'est vous qui vous ferez rattraper... Est-ce que vous n'avez pas quelquefois l'impression de courir en rond ? Tous les chasseurs deviennent gibier, tôt ou tard : le temps nous court derrière, un jour il nous rattrape, et voilà... la boucle est bouclée !

— Bon, eh bien, si vous n'avez rien de plus réconfortant à me dire...

— Non, rien. Sinon que, quand on voyage par mer, il faut connaître les vents. Et les vents, monsieur Belzoni, ils ne veulent pas que vous alliez vers le sud. Passée la Sierra Leone, c'est vers l'Amérique qu'ils vous poussent. On n'a qu'à hisser la voile, on n'a même pas besoin de pilote ! Maintenant, si vous croyez être plus fort que la nature, c'est votre affaire, mais je vous souhaite bien du courage.

— J'en ai.

Pencoat lui serra la main longuement en hochant la tête, comme pour dire : « Quel gâchis. » Il était sincèrement navré.

Quand le brigantin *Merry Ann* apparut à l'horizon en fin d'après-midi, Belzoni était déjà prêt, non seulement à embarquer mais à se défendre contre une possible agression de la part d'Everett. Le Duke s'était retiré dans sa tanière, ivre à faire peur, après son ignoble cour de justice. Il n'allait pas dessaouler pendant une semaine.

Jean-Baptiste ne perdait pas de vue Pola, assise sur une des deux malles qui le suivaient depuis le début de son voyage. Le trajet entre le *barracon* et la chaloupe serait certainement le moment le plus dangereux. Ils seraient à découvert sur la plage : une cible facile pour les sbires d'Everett.

Le moment venu, après avoir obtenu l'accord du capitaine du *Merry Ann* et cher payé leur passage jusqu'à Freetown, Jean-Baptiste chargea les malles sur la chaloupe et, un fusil à la main, alla chercher Pola qui était restée enfermée dans le *barracon*. Personne ne vint l'aider. D'ailleurs la factorerie semblait brusquement déserte.

Dans le quartier des esclaves, les lamentations sur le cadavre du jeune Mandingue s'étaient éteintes petit à petit. Un lourd silence pesait sur les cases et sur la maison du maître, traversé par le grésillement incessant des cigales et les allées et venues des chiens.

Belzoni fit marcher la jeune fille devant lui, la protégeant de son corps, le fusil armé, le doigt sur la gâchette. Une vieille femme noire surgit brusquement de la forêt et se précipita vers eux.

Elle portait un coq dans les bras. Belzoni ne tira pas.

Pola était restée comme paralysée devant cette apparition.

La vieille s'arrêta devant eux et, fixant le géant d'un regard flamboyant, elle l'apostropha à haute voix, ponctuant son incompréhensible litanie de grands gestes, et promena son coq sur tout son corps. Puis, d'un geste vif comme l'éclair, elle sortit de son pagne une lame triangulaire, trancha le cou de l'oiseau et le brandit au-dessus de sa tête. Le sang gicla sur Jean-Baptiste. Enfin, elle jeta le coq décapité à ses pieds et tourna les talons. Le tout n'avait pas duré une minute.

— Qu'a-t-elle dit ? demanda Jean-Baptiste.

— Elle t'a maudit de la part d'Everett, murmura Pola. Elle a appelé la mort sur toi.

Elle arracha un coin de son pagne pour essuyer le sang qui avait éclaboussé le visage et la poitrine de son maître.

— Laisse, fit-il, c'est sans importance.

Il ramassa le cadavre du coq par les pattes et le soupesa.

— Belle bête. On le mangera au dîner.

Il y avait déjà à Freetown plus de dix mille affranchis, noirs, créoles, mulâtres. Les esclaves « à talent » qui étaient revenus d'Amérique constituaient l'élite de cette ébauche de société nouvelle, ils avaient un métier en mains et parlaient l'anglais. Les autres avaient été libérés des navires de traite, et c'étaient de pauvres hommes arrachés à leurs lointaines tribus, qui ne parlaient que leur dialecte. Ils ne savaient rien faire sinon chasser, travailler la terre et combattre.

Le gouverneur Mac Carthy dirigeait la ville depuis plusieurs années avec enthousiasme. Il était convaincu de sa mission : Freetown était une ville-symbole, un phare de la liberté et de la civilisation, le seul endroit où l'on rendait leur dignité aux esclaves.

Il répétait à qui voulait l'entendre que le blason de Freetown devrait porter trois C : Commerce, Christianisme, Colonisation. Les trois piliers de la puissance anglaise. Il avait été bouleversé par la condition misérable des affranchis ordinaires et les avait regroupés autour de la Church Missionary Society. Ces gens-là avaient besoin de Dieu.

En bon militaire, il croyait en outre fermement à la puissance rédemptrice de l'armée et avait recruté les meilleurs pour en faire des soldats : les trois bataillons noirs du Royal African Corps faisaient sa fierté.

Il aurait été mal venu de lui suggérer que l'enrôlement de ces affranchis était une forme d'esclavage déguisée, puisque ces régiments noirs seraient toujours envoyés en première ligne. C'était de la chair à canon. Gratis ou presque.

Le soldat créole Jack Le Borre, de Saint-Domingue, le savait mieux que quiconque, car il avait déjà un lourd passé militaire : il avait été trompette à Austerlitz.

— Je sais ce que boucherie veut dire, monsieur. Je les ai vus de mes yeux, les sillons que les boulets de canon tracent dans les régiments. Mais moi, j'ai eu de la chance, et elle s'appelle Gordon Laing.

— Justement, fit Belzoni. Je voudrais bien le rencontrer. On m'a dit que tu pouvais m'aider.

Le Borre éclata de rire.

— Vous ne doutez de rien. M. Gordon est comme les anges. Il est timide.

— Allons donc. Un militaire, un explorateur !

— Disons qu'il n'aime pas qu'on l'embête, alors. Embêtez-moi à sa place, je suis son aide de camp.

Le Borre aimait bien le mot « aide de camp ». Il lui remplissait la bouche.

— Je sais que l'année dernière, vous avez fait une expédition à l'intérieur des terres pour trouver les sources du Niger, dit Belzoni. Je voudrais que M. Laing m'en parle. Je suis moi-même à la recherche de Tombouctou.

Le Borre fixa un regard sérieux sur Belzoni.

— Je lui dirai. Mais choisissez une autre route. Celle-ci ne mène à rien de bon.

Belzoni eut un petit rire.

— Les autres non plus, à ce qu'il paraît... S'il veut me trouver, je suis logé chez le gouverneur Mac Carthy.

Dans la rue principale de Freetown, des maisons basses avaient poussé comme des champignons — le négoce au rez-de-chaussée et l'habitation au-dessus. Boulangers, tailleurs, menuisiers, les petits commerçants commençaient joyeusement une nouvelle vie. Jean-Baptiste trouva ce qu'il cherchait chez un fripier : une robe européenne et des chaussures pour Pola. Et même un petit sac.

— Il faut que tu sois élégante. Demain nous irons au bureau du gouverneur.

Pola regarda la robe, et surtout les chaussures, avec inquiétude.

— Je n'en porte pas depuis longtemps... Je ne vais plus savoir.

— Tu as donc déjà eu une robe comme celle-là, Pola ?
— Oui.

Elle se souvenait de celle que son père lui avait offerte quand elle était devenue jeune fille. « Tu es une demoiselle, maintenant, tu ne peux plus te promener en pagne. » Elle avait eu du mal à s'y habituer. La robe tenait chaud, elle serrait de partout, on se prenait les pieds dedans.

— Tu veux me parler de ce temps-là ? demanda-t-il doucement.

Pola baissa les yeux sur ses mains, bien à plat sur ses genoux, et raconta.

— Mon père était un missionnaire anglais, un des premiers *clergymen* qui se soient installés sur la Côte de l'Or. Ma mère était d'une grande famille ashanti. Il la traitait bien, comme son épouse, et c'est pour ça que les gens l'avaient accepté. Enfin, pas tous... Quand la guerre avec les Anglais est arrivée, les guerriers du roi sont venus de Kumasi et ils l'ont tué.

Il y eut un long silence.

— Ma mère et moi avons été emmenées sur la côte et vendues contre des armes. Nous sommes restées ensemble jusqu'à ce que Charlie Everett nous achète.

— Et après ?
— Il a revendu ma mère à un négrier brésilien.

— Pourquoi ?

Belzoni effaça la larme qui roulait sur la joue de Pola. Elle ne répondit pas.

— Je t'aiderai à la retrouver, Pola.

— Je ne veux pas aller chez les Blancs, je ne suis pas blanche, je ne veux pas l'être. Chez nous, seule la mère compte. Je suis ashanti, comme elle. Et si je peux te demander quelque chose, c'est de m'emmener, si tu vas là-bas. Je veux retrouver ma famille.

— Demain, tu seras libre officiellement, Pola. Ce sera écrit dans un registre devant le gouverneur. Tu ne préfères pas rester à Freetown ? Tu apprendrais un métier. Tu pourrais te marier avec qui tu voudrais. Tu aurais une maison, des enfants, ta propre famille... Il y a beaucoup de braves gens ici.

Jean-Baptiste s'écoutait avec dérision décrire les joies du paradis ménager. Comment pouvait-il décrire avec ce lyrisme de pacotille ce qu'il n'avait jamais voulu pour lui ?

— Non, dit Pola. Mon avenir n'est pas ici.

Belzoni fut soulagé. Comme s'il voyait une gazelle échapper au chasseur et, d'un bond infini, gagner la forêt.

Le lendemain, Pola apparut dans la robe gris et blanc qui avait sans doute appartenu à quelque membre de la Missionary Society. Elle avait remonté ses cheveux en chignon tant bien que mal et vacillait, pieds nus dans ses chaussures trop grandes. Mais elle avait quand même fière allure et le gouverneur Mac Carthy eut un sourire d'approbation vers Belzoni. Il la croyait probablement sa maîtresse.

Pola voulut signer elle-même l'acte qui la libérait. Le gouverneur leva un regard surpris sur Belzoni.

— Elle sait donc écrire ?

— Oui, monsieur, dit-elle, je sais. Et aussi lire et compter.

— On va avoir du mal à se défendre, monsieur le gouverneur, avec toutes ces femmes instruites, fit Belzoni avec un large sourire. Sans compter que si les Noires deviennent blanches, les Blanches voudront être noires !

Contre toute attente, Gordon Laing accepta l'invitation à dîner de Jean-Baptiste.

Le jeune officier venait d'avoir trente ans et — Le Borre avait raison — il avait l'air d'un ange.

Quelque chose d'immatériel et de pur flottait autour de lui. Il était blond, pâle, et résolu. Une sorte d'archange Gabriel, sous l'uniforme impeccable du Royal African Corps. Capable de livrer une guerre impitoyable pour une cause élevée. Sans se salir.

— Je veux arriver à Tombouctou par la voie du Niger, déclara Belzoni. La voie que vous avez empruntée l'année dernière peut-elle me faire gagner du temps ?

— Non, répondit Laing. Il faut se tailler le chemin pas à pas dans une forêt impénétrable, dévoré par les insectes, les vers, les sangsues, les fièvres, sans lumière, dans une humidité et une chaleur à la limite du supportable, en butte aux agressions des tribus. J'ai perdu la moitié de mes hommes. Et ne croyez pas que la voie du delta soit meilleure. Rien n'a changé depuis Mungo Park. Les tribus sont en guerre, on déteste les Anglais, les chrétiens, les Blancs. À juste titre, sans doute. Rien que pour arriver à Gao, il vous faudra beaucoup de temps et de chance. Et après, plus encore. Et personne ne vous en saura gré.

— Laing, je sais tout cela, et je ne cherche ni la gloire ni l'argent. Il y a longtemps que j'ai renoncé à être le plus riche du cimetière. Je sais parfaitement qu'en m'enfonçant dans le continent, je joue ma vie à pile ou face. J'en fixe même le terme probable.

Il s'approcha de Gordon Laing comme pour lui faire une confidence.

— Dois-je ajouter que j'en éprouve un grand sentiment de liberté, comme si je regardais Dieu face à face ?

— C'est de l'orgueil, Belzoni. Vous voulez mettre Dieu à l'épreuve.

L'ange le regardait d'un air réprobateur. Jean-Baptiste sourit.

— Je ne sais pas pourquoi, mais je crois que je pourrais vous dire ce que je tais à tout le monde depuis des mois. Quand j'ai accepté cette mission, je savais déjà que je ne reviendrais pas. Et cette sensation est devenue chaque jour plus forte. Maintenant, c'est une certitude, presque un désir d'en finir au plus tôt. Vous me comprenez, j'en suis sûr.

Le regard de Gordon Laing était devenu profond, sombre et désespéré, comme les lacs d'Écosse en hiver.

— Oui, je vous comprends. Quand j'étais à bout de forces, l'an dernier, j'ai eu envie d'en finir, moi aussi. C'est qu'à force de repousser les limites, on franchit une porte... Revenir en arrière devient difficile. Impossible même.

— Est-ce que vous êtes marié, Gordon ?

Gordon Laing eut un sourire amer.

— Quelle drôle de question... Je ne crains pas la solitude, monsieur, je crains les femmes. Les belles Noires respirant la luxure qu'on voit ici au bras de certains Blancs m'inspirent même de l'horreur.

— Ma femme m'attend à Londres. Une femme que j'estime, que j'aime... dit Belzoni. Mais je pense de moins en moins à elle, et quand j'y pense, je n'éprouve que du remords.

Belzoni parlait précipitamment, comme en confession. Quel étrange pouvoir avait donc ce jeune homme ascétique ? Il avoua :

— Je ne souffre même plus de son absence. C'est comme un bateau qu'on largue... Les liens tombent les uns après les autres.

Il sentit sur lui les yeux transparents de Laing. C'était comme toucher de la glace : une brûlure.

— Jusqu'à ce qu'il n'en reste plus qu'un..., fit la voix mesurée du jeune homme. Je vais vous raconter quelque chose qui ressemble à une parabole biblique, monsieur Belzoni. Faites-en l'usage que vous voudrez... Je suis Écossais. Notre sang celte nous pousse toujours vers la mer et les bateaux, comme les Irlandais, les Bretons, les Galiciens... Quand nous larguons un navire, le dernier lien, c'est un condamné à mort qui le tranche à la hache. En général, le rebond du filin tue l'homme sur place. Pensez-y, quand vous couperez le vôtre.

— Et si l'homme survit ?

— Nous n'avons pas l'orgueil de nous substituer à Dieu. Nous lui faisons grâce.

Gordon Laing se cacha le visage dans les mains. Elles étaient maigres et exsangues.

— Je suis plus jeune que vous, monsieur Belzoni, mais je sais déjà qu'il faut parfois avoir pitié de soi-même.

Belzoni rentra pensivement vers la maison du gouverneur. Il y avait des hommes ivres dans les rues comme dans tous les ports du monde et des filles blanches et noires qui attendaient leur destin. Les Noires étaient des affranchies sans autre « talent » que... celui-là, et les Blanches étaient les déchets sociaux dont l'Angleterre s'était débarrassée. Était-ce donc là la liberté, la seconde chance ?

Le gouverneur Mac Carthy avait pensé faire preuve de délicatesse en logeant Pola dans une petite pièce attenante à la chambre de Belzoni. Officiellement, c'était sa servante. Le reste ne le regardait pas.

Quand Jean-Baptiste rentra, la tête peine de sombres pensées, il trouva Pola endormie sur son lit. Nue. Il contempla un instant la courbe délicate de ses flancs, la rondeur satinée de son épaule dans la lumière de la lampe à pétrole, la main abandonnée sur le drap. Il n'avait pas eu de femme depuis longtemps... Il se déshabilla et s'allongea près d'elle. Pola sentit sa présence et elle se serra contre lui, cambrant le dos comme un chat qui s'étire. Le contact soyeux et chaud contre son ventre fit frissonner Jean-Baptiste. Il oublia tout le reste.

Le lendemain, il fut assailli par une angoisse vague mais tenace. Il fallait partir, partir, en finir avec cette Afrique qui l'engluait et cette sensation de jamais plus qui le détachait de tout. Le souvenir de Sara se mêlait douloureusement à son désir de revenir en arrière, de retrouver les jours enfuis... Il alla au port chercher le premier navire en partance pour la Côte de l'Or. Il fallait en finir.

Sur la place principale de Freetown, le gouverneur passait en revue les régiments noirs de l'African Corps. La porte de la petite église de la Mission était restée ouverte et les chants religieux qui en sortaient se mêlaient à l'orchestre militaire en une cacophonie dérisoire. Jean-Baptiste entra, attiré par les voix. L'église était pleine d'anciens esclaves dans leurs plus beaux habits. Ils chantaient passionnément en se balançant et en frappant dans leurs mains, comme s'ils devaient s'arracher l'âme.

Set me free, Lord... Set me free, Jesus...

Bientôt, Jack Le Borre entra dans l'église, cherchant quelqu'un du regard. Sa veste d'uniforme était boutonnée de travers, signe d'une profonde agitation. Il aperçut Belzoni et lui fit signe.

— Qu'est-ce qui s'est passé hier soir ? Mon officier est

comme fou, ce matin. Il m'a annoncé qu'il repartait immédiatement pour le Niger. Il dit qu'il a tranché la dernière amarre, et qu'il fallait que je vous le dise. Il n'est pas dans son état normal, il rit... On dirait qu'il a la fièvre. Il a sorti toutes ses cartes, tout le matériel.

— Il doit aller au bout de son voyage, lui aussi...

— Mais il ne faut pas qu'il parte, monsieur ! Il est malade.

— Jack, dit Belzoni, de quoi peut-on guérir ici ?

Le Borre détourna le regard vers la mer et ne répondit pas.

Set me free, Lord... Set me free, Jesus..., faisait la chanson dans la tête de Jean-Baptiste, tandis qu'il gravissait la passerelle du *HMS Pride*.

La corvette allait partir en reconnaissance vers la Côte des Esclaves et la Côte de l'Or. L'équipage fourbissait cuivres et canons. Un marin accroché à une échelle de corde passait du blanc sur les sabords en sifflotant. Il leva son pinceau pour le saluer : « Peinture sur saleté égale propre ! » dit-il avec un clin d'œil.

On ne pouvait pas mieux définir ce monde...

Sara écrivait frénétiquement pour tenir l'angoisse en échec. Mais le sort même de ses lettres l'effrayait. L'infini où elles se perdaient lui semblait en tous points semblable à la mort.

Mon cher mari, je t'écris tout en sachant bien que ma lettre ne te parviendra sans doute jamais. Dans quelle ville devrai-je l'envoyer ? Où passeras-tu ? Je l'enverrai donc au hasard, dans un quelconque des ports anglais de la côte d'Afrique, comme on jette une bouteille à la mer.

Depuis ta dernière lettre, datée de Cabo Bianco, le silence s'est refermé sur moi comme une pierre tombale. Ta mère m'a écrit pour me demander de tes nouvelles et, pauvre femme, je n'ai pas pu la rassurer.

Je ne peux qu'imaginer ta route. Je fréquente régulièrement l'Association africaine dans l'espoir de rencontrer un jour quelqu'un qui me parle de toi et me dise : « Je l'ai vu, il est vivant... »

Ma grande peur, c'est que tu meures avant moi, comme un homme qui tombe à la mer dans la nuit. Je me sentirai, comme le bateau qui passe, sourd et aveugle. Je sais ce que cela veut dire. Je t'ai vu partir, et tu étais sourd et aveugle à tout ce qui n'était pas ton but. Je n'en faisais plus partie et la douleur que j'ai éprouvée alors, je la sens encore aujourd'hui.

Jack me dit que je dois être forte. Que tu reviendras vainqueur. Mais vainqueur de quoi ? Nous pensons tous qu'un homme s'honore à risquer sa vie pour ses convictions ou ses idéaux, mais c'est faux. Mourir n'est pas honorable. C'est rester en vie par tous les moyens qui l'est. C'est une lutte autrement plus difficile.

J'ai toujours été forte, tu le sais, mais j'en ai assez. On dirait que le destin me met toujours plus de poids sur les épaules, pour voir jusqu'où je tiendrai. « Tu souffres, me dit-il, donc tu es. » Je ne peux plus, je suis arrivée au bout de mes forces.

La pensée de l'eau me fait peur : tous ces océans qui nous séparent, cette entité liquide qui t'a toujours entouré et suivi comme une mère jalouse. Elle a gagné, elle t'a emporté, elle nous a séparés... Je divague, tu vois.

Si cette lettre te parvient, je t'en supplie, donne-moi un signe de vie. Je sais que tu n'es pas mort ; je l'aurais senti. Je suis près de toi dans chacune de mes pensées, je suis si attentive à entretenir ce fil lointain qui nous lie, que s'il t'arrivait quelque chose, je le saurais immédiatement.

À l'Association, j'ai rencontré tous les voyageurs possibles, je me suis fait raconter leurs aventures, et je sais maintenant vers quoi tu te diriges. Et je m'en veux de ne pas être partie avec toi. Sir Joseph Banks me regarde d'un air compatissant, je sais ce qu'il pense, que la douleur m'a rendue folle, comme la femme de son Mungo Park. Je le déteste, ce vieil assassin cynique : il est responsable de notre malheur.

Même si l'état de grâce de nos vingt ans est passé, même si la guerre qu'est toujours un grand amour a fait place à la paix de la maturité, nous avons encore tant de choses à vivre ensemble. Cette espérance, c'est tout ce qui me reste. Ton amour me manque comme le ventre de sa mère manque au nouveau-né. Lui aussi doit éprouver cette horrible sensation d'être séparé pour toujours du Paradis et jeté sans défense dans un monde hostile.

L'ami Cyrus Redding m'encourage à monter l'exposition en Russie, à faire faire des lithographies de tes dessins, mais notre pécule rétrécit de jour en jour, malgré les soins de Samuel Briggs, qui est plus un ami qu'un banquier. Je ne veux pas y toucher. Je veux pouvoir envoyer régulièrement un subside à ta mère comme je te l'ai promis.

Je suis obligée aujourd'hui d'admettre l'importance de l'argent. Nous avons vécu jusqu'à présent comme des adolescents insouciants et l'argent nous a fuis, puisque nous ne l'aimions pas assez. Mais notre vie a été si riche. Quoi qu'il arrive, je ne regretterai rien.

John Murray aussi est d'un grand soutien. Grâce à lui, je peux continuer à vivre dans l'appartement de Downing Street, même s'il est trop grand pour moi. Mais il est si plein de ta présence que je ne me résous pas à le quitter. Tes vêtements sont là, les objets que tu aimes, tes livres, tes dessins... Et aussi longtemps qu'ils seront là, je sais que tu reviendras.

J'ai repris mon cahier d'Égypte, je continue à y écrire. Je suis passée d'une solitude à une autre mais les moyens de la tromper sont restés les mêmes. J'ai également repris l'étude du français, j'en aurai bien besoin quand il me faudra aller récupérer l'argent qu'on te doit encore. Jack m'aide en toutes choses, le cher garçon. J'aurais voulu l'installer, qu'il ne soit plus au service de personne. Servir est si humiliant... Il est seul, lui aussi. Et je me rends compte que nous vivons tous enfermés dans nos solitudes, inaccessibles comme des îles, alors que nous serions si heureux tous ensemble.

C'est exactement ainsi que je me sens : une île déserte, une roche solitaire que tous les vents et toutes les mers peuvent balayer, mais qui restera là à t'attendre.

Sara envoya cette lettre à Freetown à l'attention du gouverneur Mac Carthy, le suppliant de la faire suivre au cas où son mari serait déjà reparti. Le gouverneur se promit de le faire et la mit en évidence sur son bureau. Mais il y avait tant de papiers dessus que la lettre de Sara fut bientôt ensevelie et oubliée. Elle n'en sortit que très longtemps après, quand le gouverneur quitta son poste et qu'il fit du nettoyage. Mais les années, alors, avaient passé, le destin de chacun s'était accompli. Le gouverneur hésita et la soupesa, comme si elle avait contenu un secret lourd et important... Il finit par la jeter dans le brasero qu'on avait allumé exprès pour détruire les documents confidentiels.

La fine écriture de Sara se tordit dans les flammes et disparut en fumée.

Le *HMS Pride* avait eu une campagne de chasse fructueuse devant les côtes de Guinée : il avait arraisonné plusieurs négriers et libéré au total plus de trois cents esclaves. Il pouvait donc louvoyer maintenant le long des côtes avec une certaine tranquillité. Jusqu'au golfe du Bénin, ce n'était pas la traite qui prédominait, c'était le commerce. La paix était revenue entre les peuples indigènes et les comptoirs commerciaux de toutes nationalités poussaient à vue d'œil.

Il pleuvait maintenant matin et soir, et quand on apercevait la côte au travers du rideau de pluie, elle était triste et basse, d'une monotonie désespérante. Les bateaux se faisaient rares. Les fleuves déversaient dans la mer des torrents de boue jaune qui s'élargissaient jusqu'au large. La mer était sombre et opaque et la barre suivait le rivage en une ligne continue d'écume grise. La terre était un mur vert d'arbres et de palmiers, de misérables paillotes et fortins militaires en ruines, vestiges de batailles récentes avec les indigènes.

Quand apparurent les murs blancs du fort hollandais d'Elmina, Pola voulut sortir sur le pont et resta sous la pluie à regarder défiler la côte, le visage tendu, les yeux pleins de souvenirs. C'est là qu'elle avait été vendue.

On eut beaucoup de mal à faire sécher sa robe à temps pour l'arrivée à Cape Coast Castle qui dominait la mer de ses murs crénelés, de ses fortins et de ses quarante-deux canons. La forteresse anglaise était, avec Elmina, une minuscule enclave chargée de défendre les intérêts européens au bord du vaste et puissant empire indigène des Ashantis.

Le commandant du fort, le capitaine Filmore, savait qui était Belzoni. Il avait lu son livre de voyage et il fut si flatté de le rencontrer qu'il vint l'accueillir personnellement à bord du *HMS Pride*. On avait procédé à la cérémonie de l'arrivée dans le respect des règles de la Marine royale, et Jean-Baptiste ne put s'empêcher d'éprouver du plaisir en retrouvant la discipline anglaise et ses rites : les coups de canon, les saluts au drapeau, les uniformes impeccables, et l'hymne national chanté à pleine poitrine par marins et militaires.

Un malentendu s'instaura immédiatement : le capitaine Filmore prit Pola pour Mme Belzoni et la complimenta pour les aventures qu'elle avait héroïquement vécues aux côtés de son mari.

Pola se taisait, jetant des coups d'œil affolés à Jean-Baptiste. Elle faisait appel à tous ses souvenirs pour ne pas faire de gaffes et ne quittait pas son « mari » des yeux... Elle ne sut dire que : « Merci, monsieur le capitaine, vous êtes trop bon », et referma la bouche.

Le capitaine Filmore ne manqua pas de louer sa réserve auprès de Belzoni.

— Quelle femme extraordinaire vous avez, monsieur Belzoni ! Tant d'autres se vanteraient à juste titre de leurs aventures. Quelle rare distinction...

Belzoni se hâta de changer de sujet. Sara se matérialisait au travers de ces propos et tous ces compliments qui lui étaient destinés le mettaient mal à l'aise. Mais il était trop tard désormais pour rétablir la vérité : comment révéler au capitaine Filmore que la dame à qui il avait offert son bras pour aller déjeuner était, non pas l'aventureuse Sara Belzoni, mais une quarteronne ashanti ? C'était impossible. Jean-Baptiste se contenta de hocher la tête à l'intention de Pola pour l'encourager : tout irait bien.

À table, elle ne le quitta pas des yeux et copia ses gestes, dominant brillamment le jeu des couteaux et des fourchettes. Il y eut un moment de flottement quand le capitaine voulut la questionner sur la Nubie et la seconde cataracte.

— Pardonnez-moi, capitaine, ma... ma femme a été très éprouvée par la traversée, intervint Jean-Baptiste. Je crains qu'elle ne soit pas en mesure... N'est-ce pas, mon amie ? Peut-être veux-tu te retirer ?

Pola avait très peu mangé malgré une faim de loup et ne semblait pas malade du tout. Belzoni lui prit la main et la lui serra d'une manière significative.

— Oui... dit-elle dans un souffle, les yeux baissés, je préférerais... Je vous prie de me pardonner.

Jean-Baptiste l'accompagna à leur appartement avec les jeunes aides de camp du capitaine. Il lui fit un petit signe d'encouragement en la quittant.

— Installe-toi, mon amie. Je ne tarderai pas.

Il pensa à Sara avec remords en suivant les couloirs étroits du fort vers la salle à manger. S'il revenait, il lui raconterait cette histoire. Il saurait la faire rire de tout cela. Il l'imagina en train de rire aux larmes comme cela lui arrivait quelquefois, plissant le nez et mettant la main devant la bouche, comme une petite fille. Oui, Sara comprendrait, c'était une femme intelligente, forte. Une femme extraordinaire, comme avait dit Filmore.

Le capitaine fut visiblement soulagé de se retrouver entre hommes. On pouvait se laisser aller.

Il entraîna Belzoni dans son fumoir et s'arrêta devant la porte. Il sortit une grosse clef de sa poche et la fit jouer dans la serrure.

— Et maintenant, vous allez voir mon petit musée, mes trésors de Golconde !

Il ouvrit la porte avec orgueil. La pièce blanchie à la chaux était meublée sommairement de fauteuils disparates, mais une étonnante collection décorait les murs. Ils étaient littéralement tapissés d'objets d'or, d'une facture remarquable. Belzoni était stupéfait ; il n'avait jamais rien vu de ce genre. Ils appartenaient à une civilisation inconnue.

— Vous avez là quelques échantillons de l'art ashanti, dit le capitaine. Les montagnes de l'arrière-pays sont pleines de mines d'or et je ne comprendrai jamais pourquoi notre pays ne s'y intéresse pas. Moi, je m'y intéresse.

Il y avait là des sabres, des cannes aux pommeaux sculptés, des chaises délicates, des vases, des bijoux et une infinité de petits objets minutieusement ciselés et stylisés, d'un goût parfait. On n'aurait rien fait de mieux à Paris.

— Ces petites merveilles sont des poids qui servent à mesurer la poudre d'or. Vous n'ignorez pas que c'est une des deux monnaies en cours par ici, l'autre étant les cauris, ces coquillages qui proviennent des îles Maldives et ressemblent à de petites porcelaines.

Le gouverneur prit un poids et le fit tourner de manière à ce que Belzoni puisse l'admirer sous toutes ses faces.

— Sankofa, l'oiseau philosophique... C'est une pintade qui se gratte le dos en tournant la tête en arrière. Autrement dit : si tu veux vivre en paix avec toi-même, tourne-toi vers le passé et gratte... Les Ashantis sont un grand peuple, très évolué.

— Vous les admirez ?

— D'une certaine manière, oui.

Il se reprit immédiatement.

— Entendons-nous bien, ce sont par ailleurs des nègres sanguinaires qu'il faut amener au respect de l'homme blanc et à la crainte de Dieu.

Belzoni regarda l'oiseau philosophique de plus près et ne répondit pas.

— De plus, leur territoire est encore à explorer, nous n'en connaissons que la partie Sud. Mais le Nord pourrait bien remonter jusqu'à Tombouctou.

Belzoni tomba dans le piège sans même s'en rendre compte.

— Vraiment ?

— Oui. Il y a une ancienne route commerciale qui remonte vers le nord jusqu'à la capitale, Koumasi. De là, on devrait pouvoir atteindre Tombouctou. Il y a, à Cape Coast, un marchand anglais qui sait tout cela mieux que moi. Il s'appelle Jonathan Wilson et il fait partie de l'African Company of Merchants. Il a été aussi loin qu'on puisse aller chez les Ashantis, il a de bons rapports avec eux. Meilleurs que les miens. Voyez-vous, il s'agit d'un peuple qui n'a que deux occupations : la guerre et le commerce. Wilson est là pour le commerce, et moi...

— Pour la guerre, compléta Jean-Baptiste. Mais les tribus sont en paix en ce moment, n'est-ce pas ?

— Le mot paix ne signifie rien ici, monsieur Belzoni. Les Ashantis peuvent entrer en guerre d'un instant à l'autre pour des motifs imprévisibles. Ils ont un goût névrotique du combat. Comment définir des gens sensibles à l'art et à la poésie, qui mettent les artistes au sommet de leur échelle sociale, qui respectent les femmes, les étrangers, les enfants, mais qui sont capables de déclencher les tueries les plus sanglantes pour un oui ou pour un non. Tous les jours, pour un toit qui s'écroule, un arbre qui tombe, à la moindre faille dans l'ordre établi. Ils sont extrêmement dangereux. Monsieur Belzoni, l'esclavage est désormais interdit et je ne connais pas votre position à ce sujet, mais ici, c'est la pire chose qu'on pouvait faire. Les tueries vont reprendre. Avant, ils vendaient les prisonniers au lieu de les tuer... En mon âme et conscience, et malgré la fascination que les Ashantis peuvent exercer, je ne peux que vous déconseiller la traversée de leur territoire.

Belzoni sourit.

— Les voyages déconseillés sont ma spécialité. Vous venez de prononcer des paroles fatales, capitaine Filmore ! Tout ce que vous avez dit là est pour moi irrésistible.

Jean-Baptiste écrivit à Londres le jour même. Plusieurs lettres à plusieurs personnes, comme d'habitude, sans savoir si et quand elles arriveraient.

Écrire à Sara était le plus difficile. Depuis le Maroc, il avait menti sur tout, minimisant les dangers, la durée, l'éloignement... Pouvait-il dire maintenant que le golfe du Bénin était la porte de l'au-delà, qu'il l'avait toujours su, que la première goutte de pluie déchaînerait le débordement des fleuves et le grouillement des maladies ? Et que les Blancs survivaient en regardant le ciel... Pouvait-il dire que la pluie était déjà là ? Et comment parler de Pola ? Comment expliquer qu'une personne puisse à la fois ne pas « compter » et être indispensable ?

Il écrivit sèchement : « J'ai l'intention d'aller maintenant jusqu'au royaume du Bénin et j'espère y rejoindre le Niger qui devrait se trouver à l'est de la ville de Houssa... »

Les aides de camp du capitaine Filmore étaient de jeunes recrues qui faisaient leurs premières armes en Afrique. Ils n'avaient pas souvent l'occasion de voir de belles femmes blanches. Les voyageuses étaient en général des femmes de missionnaires usées par les sacrifices, et les filles n'arrivaient pas à l'âge de quinze ans. Elles mouraient avant, ou bien se mariaient à la première occasion pour fuir le pays. La femme de Belzoni les bouleversa. Ils n'avaient jamais vu pareille beauté.

Ils rangèrent scrupuleusement les bagages en prenant bien leur temps pour pouvoir mieux l'observer. Pola était restée assise sur le lit, sans les regarder, attendant qu'ils s'en aillent. Ils s'approchèrent pour prendre congé.

— Ben, si vous avez besoin, madame, on est là pour votre service... Moi, c'est Jones et lui, c'est Metloaf...

— Merci... murmura Pola en levant sur eux ses admirables yeux.

Il faisait une chaleur moite. Son corsage trempé de sueur

lui collait à la peau et révélait ses seins. Les deux soldats sortirent en désordre.

— Bon Dieu... murmura Metloaf en s'essuyant le front.
— Pince-moi, Metloaf... J'ai rêvé, ou... on voyait tout ?
— Non, non... tu as bien vu...

Jones reprit son souffle.

— Et dire qu'ils font chambre à part !

Quand elle fut seule, Pola enleva sa robe. Elle regarda attentivement le broc et la cuvette de porcelaine fleurie posés sur le marbre de la toilette. Il y avait les mêmes dans la chambre de Charlie Everett. Bien sûr, elle ne s'en était jamais servie. Elle versa l'eau dans la cuvette avec satisfaction. C'était presque une revanche magique. Elle se pencha sur la cuvette et se regarda dans le miroir d'eau frissonnante. Elle sourit.

— Bienvenue chez toi, Pola...

Et elle plongea son visage dans l'eau fraîche.

À condition de s'allonger sur le toit d'un appentis et de passer la tête par-dessus le faîte en se cramponnant bien, on pouvait épier ce qui se passait dans la chambre d'hôtes. Jones et Metloaf l'avaient déjà fait. Une seule fois, ils avaient réussi à voir un couple faire l'amour, mais la femme n'avait pas enlevé sa chemise de nuit et la chose avait été d'un ennui mortel. Les deux garçons n'étaient plus montés sur le toit depuis.

Cette fois, c'était différent.

Pola, nue, fit le tour de la chambre. Elle était meublée joliment avec des objets étranges dont elle ne connaissait pas l'usage ou qu'elle n'avait jamais eu l'occasion de toucher. Elle s'en donna à cœur joie. Elle tournait autour, les soulevait, les regardait sous tous leurs angles, cherchant à comprendre.

— J'peux pas y croire ! murmura le soldat Jones choqué par ce comportement étrange. On dirait qu'elle est pas normale...

Du coup son excitation devant le beau corps blanc retomba.

Pola s'était penchée pour examiner les poignées d'un tiroir, leur tournant le dos.

— Normale ou pas, souffla Metloaf en extase, je n'ai jamais vu un cul comme ça ! Je suis dans tous mes états, moi !

Le soldat Metloaf n'avait pas vingt ans. Il était allongé sur le ventre depuis un bon moment et, effectivement, son

« état » rendait la position inconfortable autant que périlleuse. Il chercha à se mettre à l'aise pour aider la nature, et c'est alors qu'il glissa dans un vacarme épouvantable.

Pola se précipita à la fenêtre, comprit qu'on l'avait épiée et commença à invectiver l'inconnu en langue twi. Sans s'en rendre compte, elle avait retrouvé le langage de son enfance.

Le capitaine Filmore entra dans une colère folle.

— Messieurs, vous allez être châtiés sévèrement pour ce que vous avez fait. Vous avez entaché la réputation de la Marine britannique. Vous resterez aux fers jusqu'à ce qu'une décision soit prise sur votre sort. Outrager ainsi une femme respectable ! Quelle honte !

— Oui, monsieur... fit le soldat Jones.

— Non, monsieur... fit le soldat Metloaf en même temps.

Il était décidé à se défendre.

— Qu'est-ce qu'il y a, Metloaf ? Vous avez quelque chose à dire ?

— C'est que, pour l'outrage... C'est pas une dame, monsieur...

Le gouverneur perdait patience.

— Ah ! non ? Et qu'est-ce que c'est, à votre avis ?

— Je ne sais pas, monsieur, mais elle parle le twi comme les gens d'ici. Pas comme une dame anglaise. Sauf votre respect, elle parle comme une négresse.

Le capitaine parut ébranlé, mais ne voulut pas perdre la face.

— Eh bien... peu importe... Vous resterez aux fers, jusqu'à nouvel ordre.

Le capitaine avait invité Jonathan Wilson pour le présenter à Jean-Baptiste. Le marchand était en retard et Filmore en profita pour se confondre encore en excuses auprès de Belzoni : justice serait faite, il se sentait personnellement responsable auprès de Mme Belzoni, elle pouvait lui demander toutes les réparations qu'elle voudrait.

— Eh bien, dites-le-lui vous-même, la voilà... dit Jean-Baptiste. Pour ma part, je considère que cet incident est clos et je ne veux plus en entendre parler.

Pola apparut à la porte du salon, aussi sereine que si rien ne s'était passé, et le capitaine s'empressa auprès d'elle. Il ne put s'empêcher de la regarder de plus près. Un doute avait germé dans son esprit. Par quel miracle Mme Belzoni, qui venait tout juste d'arriver, pouvait-elle parler le twi ? C'était impossible. L'arabe, oui, mais le twi ?... D'ailleurs, elle était si jeune, trop jeune... Et si ce n'était pas Mme Belzoni, alors qui était-ce ? Et qu'est-ce que cette femme avait à voir avec les Ashantis ?

Jonathan Wilson arriva, essoufflé, navré d'avoir fait attendre la compagnie. Il ôta ses petites lunettes embuées de vapeur et alla droit sur Pola, s'inclinant devant elle.

— Madame, veuillez m'excuser pour vous avoir...

Il avait relevé les yeux sur elle et rencontré son regard. Il se tut brusquement et resta figé devant elle, pendant que les yeux de Pola s'élargissaient de surprise et d'inquiétude.

— Apollonia... ?

Ses épaules semblèrent s'affaisser.

— C'est toi ? c'est bien toi ?... qu'est-ce que tu fais là ?

Pola se taisait, ne sachant visiblement que faire.

— Tu ne me reconnais pas ? insista Wilson. Je suis l'oncle John !... Jonathan !

Le regard de Pola parcourut la pièce comme un oiseau affolé, interrogeant Belzoni, fuyant le gouverneur, et revint se poser sur Wilson.

— Tais-toi, mon oncle, ne dis rien, je t'en supplie..., dit-elle en twi.

Sur quoi elle releva ses jupes à pleines mains et s'enfuit en courant.

Le marchand se laissa tomber sur le canapé, les jambes coupées par l'émotion.

— Qu'est-ce qui se passe, Wilson ? fit le gouverneur, résigné au pire.

— C'est ma nièce... Apollonia Wilson... murmura le marchand. La fille de mon frère le missionnaire qui a été tué il y a cinq ans. Elle avait disparu, mais il n'y a pas de doute, c'est bien elle...

Il leva les yeux sur Belzoni.

— Où l'avez-vous trouvée ?

— Dans une factorerie de la côte ouest. Elle y était esclave et j'ai dû la racheter pour la libérer.

— Esclave ! le gouverneur explosa. C'est une métisse ?

— Très peu, capitaine, elle est aux trois quarts blanche ! protesta Wilson. Et elle est chrétienne...

Filmore s'en prit à Belzoni.

— Vous m'avez trompé, monsieur, vous avez fait passer votre esclave pour votre femme.

— Vous avez tout fait tout seul, capitaine !

— Je tiens ici à un minimum de convenances. Une esclave de lit, à ma table... Une sang-mêlée !

Belzoni et Jonathan Wilson se levèrent en même temps, indignés, et s'exclamèrent de concert.

— Vous parlez de ma nièce, capitaine !

— Vous m'offensez, monsieur !

Filmore marchait de long en large, le visage congestionné. Il n'admettait pas le métissage qui se répandait dans toute l'Afrique et qui annexerait petit à petit ce que les Blancs avaient construit. À Cape Coast même, de grosses fortunes étaient maintenant passées dans les mains des métis, on était bien obligé de compter avec eux... Tout ça parce que leurs ancêtres blancs avaient fait un enfant à la bonne...

— Je représente ici le roi d'Angleterre et je prétends au respect qui est dû à la couronne et à la moralité. Nous avons libéré les esclaves, mais il n'est pas dit que nous devions les recevoir à notre table, encore moins dans nos lits. À chacun sa place. Les Noirs avec les Noirs, les Blancs avec les Blancs. Cette fille doit sortir immédiatement du fort, qu'elle soit votre nièce ou non, Wilson. Je regrette.

— Dans ce cas, je sortirai moi aussi, décréta froidement Belzoni. Je crains de commettre un crime de lèse-majesté en restant et je ne vais certainement pas vous faire juge de ma moralité... Venez, Wilson, il faut la retrouver.

Il se retourna avant de sortir de la pièce.

— Et sachez que je suis beaucoup plus près du roi que vous... Nous en reparlerons.

24

Pola s'était précipitée en larmes dans sa chambre. Elle avait arraché sa robe et ses chaussures, avait noué à la hâte son vieux pagne bleu autour de sa poitrine, et était sortie du fort en courant. Les gardes la regardèrent passer avec étonnement.

Elle avait une telle rage au cœur qu'elle ne vit rien de la petite ville qui avait poussé en quelques années autour du fort, ni des maisons toutes neuves des grands commerçants. Elle trouva d'instinct la route du nord, celle que le chariot de son père empruntait quand ils allaient faire des achats au village. C'était par là que les Ashantis venaient vendre leurs prisonniers en temps de guerre.

Pola marcha longtemps sans rencontrer personne. Elle voulait retourner sur les lieux de sa naissance, retrouver la maison de briques roses que son père avait construite de ses mains. Quelle que dût être la souffrance, elle revivrait ce qu'elle avait le plus profondément enfoui dans sa mémoire : la nuit de feu et de sang, les tambours de guerre qui battent comme le cœur d'un monstre et la tête de son père qui roule dans la cour, sa mère et elle qui ne sont plus qu'un cri et qu'on entraîne, le sorcier *adumfo* qui ramasse la tête en riant et l'accroche à son cou comme un trophée, et qui danse, qui danse...

Belzoni et Wilson contemplèrent en silence la robe que Pola avait jetée par terre.

— Je sais où elle est allée, fit Wilson. Mais on ne peut pas la suivre comme ça...

— Pourquoi pas ? Elle est peut-être en danger.

— Comment expliquerons-nous notre présence sur la route de Koumasi ? Un Ashanti ne risquerait jamais sa vie pour une femme.

— On vous connaît, pourtant.

— C'est vous qui ne connaissez pas les Ashantis. Tout imprévu est une menace pour le clan. Ça les rend fous. Et pour se calmer, ils tuent.

Wilson se laissa tomber sur le lit.

— Je suis marchand : je vais préparer un convoi de marchandises. On nous laissera peut-être passer pour commercer. Êtes-vous prêt à risquer votre vie pour Apollonia Wilson ?

Belzoni sourit.

— J'étais prêt à la risquer pour Tombouctou. J'allais vous demander de me montrer la route.

— Eh bien, vous allez être en plein dessus. Mais dès qu'on a retrouvé Pola, moi, je rebrousse chemin. Si vous tenez à continuer, je vous indiquerai à Koumasi quelqu'un qui vous aidera.

Jean-Baptiste eut une sensation désagréable de vertige. Tout allait trop vite. Comme si quelqu'un le poussait dans le dos malgré lui...

À la nuit tombante, Pola arriva dans un hameau aux paillotes misérables. Elle salit son visage et ses bras avec de la terre et du noir de fumée. Il ne fallait effrayer personne : tout le monde savait que dans l'au-delà les gens sont comme les noyés, leur peau devient blanche.

Elle entra dans la première case venue et demanda l'hospitalité pour la nuit. Une femme faisait cuire du *foufou* aux escargots dans une marmite. La bonne odeur de plantain, de manioc et de bois brûlé lui rappela son enfance. On lui en tendit une écuelle qu'elle avala avec reconnaissance.

Le lendemain elle arriva chez elle. La maison avait disparu. Il n'en restait que quelques murs de briques noircies envahis par les broussailles. Par terre, au milieu des herbes folles, des fragments de pots et d'assiettes brisées. Elle se pencha pour en ramasser un où l'on distinguait encore des dessins bleus. C'était autrefois un petit bol chinois, de ceux que les armateurs utilisaient en vrac pour équilibrer leurs cargaisons, de la porcelaine à jeter, qu'on trouvait pour rien sur les marchés d'Asie. Il y en avait des caisses dans tous les ports de l'océan Indien. Son père lui en avait fait cadeau, et elle le considérait alors comme son plus grand trésor.

Il n'en restait que ce morceau éclaté, qu'elle lissait entre ses doigts, passant et repassant dans sa tête les souvenirs heureux.

— Tu ne dois pas rester là, jeune fille. Il y a de mauvais esprits ici...

À la lisière de la forêt, un vieil homme s'était arrêté, son bâton à la main.

— Akina ?... Tu es Akina ?

Le vieil homme, surpris, acquiesça. Il plissa les yeux.

— Je suis Pola, la fille de Master Wilson... Tu te souviens de moi ?

— Ooooh !... fit le vieil homme s'avançant avec agilité. Il ne faut pas rester là... Viens, viens... La petite Pola !

Il la regardait de ses mauvais yeux couverts de taies.

— Oui, c'est bien toi, je te reconnais, la fille blanche d'Akua-née-un-mercredi, que Master Wilson avait prise pour femme... Tu es revenue chez nous ! Mais où vas-tu habiter ? Il n'y a plus de maison, depuis que Tano, le dieu du Mal, a frappé.

Akina l'emmena dans son village.

D'un geste large, Jonathan balaya l'entrepôt qui regorgeait de marchandises.

— Vous allez vous faire marchand, vous aussi, Belzoni. D'ailleurs si vous voulez arriver à Tombouctou, c'est peut-être un bon moyen... C'est une ville de commerce. À ma connaissance, les seuls étrangers à y être entrés sont des marchands juifs. On dit même qu'une des tribus chassées autrefois d'Israël se serait réfugiée à Tombouctou, et ceci expliquerait cela. Mais vous n'êtes ni Maure, ni juif...

— Et je suis plutôt mauvais commerçant.

— Ça s'apprend. Venez, je vais commencer par vous faire voir une bonne affaire.

Il entraîna Belzoni au fond de l'entrepôt : tissus bariolés, peaux de singe, défenses d'éléphant, bassines, velours anglais, caisses de perles de verre, barres de fer, plaques de cuivre, cônes de sucre empaquetés dans leur papier bleu, paquets de feuilles de tabac odorant, sacs de sel — les marchandises étaient entassées en désordre.

Wilson avait le commerce dans le sang. Dès qu'il parlait d'affaires, il s'épanouissait littéralement et oubliait tout le reste. Il ouvrit une caisse de bois : elle était pleine à ras bord de cauris, les coquillages qui servaient de monnaie d'échange.

— Voilà...

Il prit un cauri et le leva entre le pouce et l'index à hauteur de ses yeux. Il eut un petit rire.

— J'ai toujours trouvé qu'ils ressemblaient à un sexe de fille... Leur valeur n'est stable que sur la côte. Plus vous entrez dans les terres, plus ils deviennent rares et chers. C'est pourquoi les Ashantis les remplacent par de la poudre d'or. J'ai calculé qu'entre la côte et le marché de Serime, qui est à mi-chemin de Tombouctou, la valeur des cauris augmente de 800 %. Vous avez bien entendu... 800 % !

— Je vous suis ! dit Belzoni. Votre enthousiasme est contagieux : je me sens en effet devenir marchand, moi aussi.

— Ces cauris, dont on va me donner huit cents fois leur valeur, comment va-t-on me les payer ?

— En poudre d'or. Vous me passionnez, monsieur Wilson !

— Et cette poudre d'or, à l'inverse des cauris, on me la paiera de plus en plus cher à mesure que je me rapprocherai de la côte... Qu'est-ce que vous en dites ?

— Que vous êtes un génie. J'ai toujours été convaincu que les affaires sont comme la cuisine : les meilleures sont les plus simples...

C'est ainsi que, pour sauver Apollonia, Jean-Baptiste devint l'associé de Jonathan Wilson.

Le chef du village — le *dikero* — était en voyage. Il avait laissé l'administration dans les mains de sa femme, Shada.

— Il faut que la femme du *dikero* t'accepte, Pola, dit le vieil Akina. Sois modeste, car c'est une femme autoritaire et jalouse. Tu n'as rien à gagner à te mettre contre elle et beaucoup à gagner si tu conquiers son amitié.

Shada aurait pu être la mère de Pola. Elle avait le même âge qu'Akua-née-un-mercredi et l'avait bien connue. Elles avaient grandi dans le même village. Shada était maintenant une femme empâtée au regard impérieux, impeccablement coiffée d'un haut chignon crépu décoré de bijoux d'or. Elle était drapée dans un pagne *wax* qui venait du Nord et portait, imprimé à l'infini, un signe arabe signifiant : « Je ne crains personne sauf Dieu ».

Depuis son plus jeune âge, Shada avait appris à obtenir ce qu'il y avait de mieux pour elle-même. Elle savait, comme personne, feindre et flatter, pour arriver à ses fins et capturer l'attention des hommes. À quinze ans, elle avait posé les yeux sur Master Wilson, le missionnaire blanc. Et lui, avait posé le regard sur elle, car il n'avait pas de femme. Mais Akua était apparue et il n'y en avait plus eu que pour elle. Les rêves de puissance de Shada s'évanouirent. Elle s'était rabattue sur le *dikero*, mais n'avait jamais pardonné à Akua de l'avoir dépossédée. Pendant des années, elle couva sa vengeance.

On disait dans le village que c'était elle qui avait envoyé les guerriers dévaster la mission de Master Wilson.

Et voilà que maintenant la fille d'Akua réapparaissait ! Pourquoi faut-il que le passé ne meure jamais ! Elle regarda Pola manger et sentit la vieille haine s'agiter au fond d'elle-même : elle était toujours là, prête à sortir de sa léthargie et à frapper.

Pola était bien plus belle que sa mère. Elle avait des manières de blanche, elle n'était pas maigre. Elle n'avait aucune cicatrice. Une fille de ce genre valait son pesant d'or. C'était une rareté. Une idée germa aussitôt en Shada. Elle ne vendrait pas Pola. L'argent n'était rien par rapport au pouvoir. Grâce à Pola, elle allait obtenir les faveurs du roi lui-même.

Elle envoya un messager à la reine-mère.

— J'ai pour mon souverain un cadeau de choix. Une fille à la peau presque blanche, pourvue de toutes les qualités, telle qu'il n'en existe ni dans son sérail ni dans les autres. Elle parle le twi, le soussou et la langue des Blancs de Cape Coast. Je l'ai vérifiée : elle est *fit* pour le palais.

Quand on disait qu'une fille était *fit*, cela signifiait qu'elle était parfaite en tout. Or, Pola ne l'était certainement pas : si elle avait été vendue comme esclave, elle n'était plus vierge ; les marchands prenaient leurs aises les premiers. Mais si le roi tombait amoureux, il passerait peut-être sur cette imperfection, quitte à la faire tuer plus tard.

Shada installa Pola avec tous les égards dans une des meilleures cases du village et lui fit porter des petits pains *abolos* tout frais, des plantains rouges, des ignames bouillis, des corossols, de l'*apessie* qu'elle avait faite de ses mains, des colliers et quelques jolis pagnes.

— Reste avec nous tout le temps que tu voudras, tu es la bienvenue ! lui dit-elle.

En vingt-quatre heures, Wilson avait mis sur pied une petite caravane. À l'aube, de jeunes porteurs d'Egoué chargés de caisses et de ballots prirent joyeusement la route. Ils marchèrent vers le Nord, pendant plusieurs heures, entre deux murs de végétation impénétrable, croisant des paysans et des femmes qui allaient à la rivière avec leurs jarres sur la tête. Vers midi, alors que la chaleur et le bourdonnement des insectes devenaient lancinants, ils s'arrêtèrent dans une clairière. On distribua de l'eau, de la viande séchée et des galettes que les jeunes gens dévorèrent. Quelques-uns faisaient déjà un petit somme réparateur. Wilson avait déployé sa carte.

— Nous devrions quitter bientôt cette route pour être moins visibles. À quelques miles d'ici, il y a un chemin parallèle où on ne rencontrera personne. Les nouvelles vont vite.

Il n'eut pas le temps de terminer sa phrase ; un groupe d'hommes en armes venait d'émerger de la forêt dans un silence impressionnant.

— En effet... fit Belzoni, posant lentement la main sur son fusil.

Les guerriers firent cercle autour d'eux... Ils portaient des plaques d'or sur la poitrine, des sabres aux poignées d'or et une sorte de toge drapée autour des épaules. Ils s'écartèrent pour laisser passer un homme de haute taille. Deux adolescents le soutenaient respectueusement de part et d'autre, bien qu'il fût parfaitement valide.

— Bon Dieu, je me sens comme Christophe Colomb ! murmura Jean-Baptiste.

L'homme était coiffé d'un casque fait d'os polis attachés les uns aux autres par des agrafes d'or et surmonté d'un panache de plumes d'aigle. Il était surchargé d'ornements et brillait comme un soleil. Il tenait à la main une sorte de cimeterre ouvragé dont le pommeau était fait de deux boules d'or. Le fourreau qui pendait à son épaule, les bracelets qui entouraient ses bras et ses jambes étaient en or massif. Autour du cou, il portait un pectoral étincelant et des amulettes de toutes sortes cousues dans de petits sacs de toile sale.

— C'est le grand messager royal... dit Wilson.

— Alors le roi doit être d'une splendeur aveuglante, fit Belzoni impressionné.

Le messager ne put soutenir le regard bleu du géant et détourna les yeux vers Wilson, à qui il adressa une longue tirade. Le marchand traduisit.

— Osei Bonsu, le roi d'Ashanti, sera informé au plus tôt de notre présence sur la route de Kumasi. Il est amical vis-à-vis des Anglais et le grand messager nous dit qu'il veut entretenir la paix. Il nous remet ces cadeaux de la part du roi qui voudra certainement nous voir.

Sur un signe, les garçons s'empressèrent et déposèrent devant les voyageurs des ananas, des mangues et des citrons, une calebasse de vin de palme et un cochon qui poussait des cris déchirants.

— Mais il faut que je connaisse vos intentions, car personne ne peut traverser ces terres sans la permission du roi... ajouta le messager royal.

Wilson s'inclina et répondit :

— Nous remercions le grand roi des Ashantis pour sa bienveillance et nous acceptons avec joie ses dons. En échange, portez-lui les nôtres.

Il s'affaira dans les bagages et sortit des pagnes, du sel, une petite horloge dorée et deux bouteilles de gin.

— Nous sommes venus pour commercer dans le respect des traditions et de la paix. Nous voudrions aller à Kumasi pour rendre hommage au roi et lui présenter nos marchandises qui viennent d'Europe.

— Je reviendrai avec sa réponse. Ne quittez pas la route, étrangers nés le dimanche. Que Bossomtwi vous protège si vous essayez d'entrer dans la forêt.

Le messager et les guerriers regagnèrent le couvert des arbres qui montaient jusqu'au ciel, et disparurent comme par enchantement. On n'entendit même pas craquer une brindille sous leurs pieds nus.

Les porteurs étaient encore figés de peur, les yeux rivés sur la forêt obscure, pendant que les singes hurleurs, dérangés dans leur sieste, protestaient bruyamment.

— Pourquoi nés le dimanche ?... s'étonna Belzoni.

— Les Ashantis honorent toutes les semaines le fétiche du jour de leur naissance. Comme les chrétiens pratiquent leur religion le dimanche, ils pensent que tous les Blancs honorent le fétiche du dimanche, Bossomtwi. Donc pour eux, le Dieu des Blancs et Bossomtwi, c'est la même chose.

Il mordit dans un des petits pains dorés et en tendit un à Jean-Baptiste.

— C'est bon. Un peu sec, peut-être. Avec un coup de vin de palme, ça passe...

— La mission de votre frère n'était-elle pas par ici ?

— Si, mais n'y pensez plus. Nous sommes beaucoup plus en danger que Pola, croyez-moi. Ce n'est pas le moment de jouer les héros. Nous devons attendre et ne rien faire qui puisse les inquiéter.

Deux jours plus tard, on vint les chercher, et on les conduisit vers le nord.

Il fallut plusieurs jours de marche pour arriver à Kumasi. Ils étaient épuisés, les pieds en sang quand ils y arrivèrent. On leur avait fait faire une marche forcée sans trop d'égards.

La ville était signalée par de grands feux dont on voyait la fumée de loin, mais aussi par une pénétrante odeur de charogne. Plus on approchait plus l'odeur était forte. Il était difficile de retenir sa nausée.

— Dieux du Ciel, fit Belzoni, qu'est-ce que c'est que cette putréfaction ! Un village de hyènes ?

— On a du mal au début... fit Wilson placide.

Il pêcha un vieux cigare dans une de ses poches et le tendit à Belzoni.

— Mais on s'y fait.

— Ne me dites pas que tous les villages ashantis puent autant toute l'année !

— En réalité à cette saison ça puerait plutôt un peu moins que d'habitude.

De grands vautours planaient au-dessus d'eux.

— Qu'est-ce que c'est ?

Le visage de Wilson était étrangement fermé depuis un moment :

— Plus tard vous le saurez et mieux ce sera.

Ils arrivèrent enfin devant une grande construction aux toits de paille soutenus par des colonnes de bois sculptées. Des bas-reliefs rouges et blancs décoraient tous les murs de beaux motifs géométriques.

C'était le palais royal. Ils traversèrent une enfilade de cours, de portiques et de salles. Tout était désert et singulièrement propre. Dans une des cours, ils virent des fétiches et un groupe de grands tambours de guerre, fraîchement vernissés d'un rouge sombre et brillant. Belzoni sentit les poils de sa nuque se hérisser. Ils étaient décorés de crânes humains polis comme de l'ivoire qui le fixaient de leurs orbites vides. Quant à la peinture fraîche, il savait déjà que c'était du sang.

Les guides les laissèrent dans une cour où s'ouvraient plusieurs pièces vides garnies de nattes de paille bordées de rouge. Un gardien s'installa devant l'unique issue.

Au milieu de la nuit, un tambour commença à jouer au fond du palais. Des sons profonds et inquiétants comme les notes basses d'un orgue dans le *Dies Irae*, qui se répercutaient dans les salles vides.

— C'est le roi qui joue du *ketté*, dit Wilson. Il est inquiet, il ne peut pas dormir... À cause de nous, peut-être. Ce n'est pas bon signe... Croyez-vous en Dieu ?

— Aussi fort qu'une fourmi peut y croire, répondit Belzoni.

— C'est-à-dire ?

— J'aimais regarder les fourmilières quand j'étais gamin et je me disais que j'étais si grand que les fourmis ne pouvaient pas me voir. Depuis, je me dis, comme les fourmis, craignons et prions... On ne sait jamais.

— Et vous priez ?

— Non, je n'ai sans doute jamais eu assez peur.

Wilson bougea nerveusement sur sa natte. Des geckos s'appelaient dans la paille du toit.

— Il y aura sacrifice demain. Un sacrifice humain...

Belzoni ne dit rien.

— Notre arrivée a créé de l'angoisse dans le peuple, reprit Wilson. C'est pour s'en libérer que le roi joue, et que demain on tuera quelques pauvres bougres. Nous, peut-être.

La reine mère dépêcha son Grand Eunuque au village de Shada avec l'ordre de voyager de jour et de nuit. Si la fille était vraiment exceptionnelle, elle en ferait cadeau à son fils pour la prochaine fête du grand Adé, qui était imminente.

Shada accueillit l'émissaire avec tous les égards dus à son rang. Ils échangèrent les cadeaux traditionnels et le Grand

Eunuque, qui ressemblait à une grosse dame ventrue et embijoutée, lui annonça que si ses dires étaient exacts, la reine la récompenserait au-delà de ses espérances en beaux lingots d'or.

Shada alla elle-même chercher Pola, son coffre à bijoux sous le bras.

— Un émissaire du roi est là, lui dit-elle. Il veut te voir.

Pola recula.

— Pourquoi ?

Shada eut un rire méprisant.

— Peu importe. Une Ashanti obéit à son roi. Tâche d'apparaître à ton avantage. Si tu ne le fais pas pour toi-même, fais-le pour le nom de ta mère. Mets le meilleur pagne et les colliers de ma famille.

— Que me veut-il ?

— Quelle importance ? Tu ne peux pas refuser.

Le Grand Eunuque fut frappé par la beauté de Pola et tourna autour d'elle comme autour d'un beau cheval.

— Enlève ton pagne.

Pola ne bougea pas. Elle avait le regard rivé à terre.

— Elle ne comprend pas quand on lui parle ? demanda-t-il à Shada.

— Si, Grand Eunuque, elle comprend, mais elle est pudique.

Shada s'approcha d'elle. Pola leva sur elle un regard flamboyant. Elle avait compris.

— Tu m'as vendue, Shada..., dit-elle tout bas. Que Tano te foudroie.

Shada sourit ironiquement en lui arrachant son pagne. Pola resta nue au milieu de la pièce, avec le seul ornement de ses colliers.

Le Grand Eunuque approuva ce qu'il voyait d'un hochement de tête.

— Elle est vierge ?

Shada hésita.

— Je... je ne sais pas.

— Vérifie. C'est l'affaire des femmes.

Shada se dirigea vers Pola qui prit les devants.

— Non, dit-elle. Je ne suis pas vierge.

Le Grand Eunuque fut très contrarié, et s'en prit à Shada qui l'avait fait déplacer pour rien. On ne pouvait pas offrir au roi une femme qui avait déjà servi. La reine mère était intraitable sur ce point. Évidemment, lui, Grand Eunuque, pouvait arranger les choses, mais Shada devrait lui faire un cadeau d'importance pour compenser son risque. En poudre d'or.

Quant à la fille blanche, bien qu'elle ne soit pas *fit*, il allait quand même l'emmener. C'était une curiosité. Le roi ne l'épouserait pas, mais il pouvait avoir envie de s'amuser avec.

Shada s'inclina, débordant de colère et de dépit. Non seulement, elle n'avait rien retiré de ce marché, mais le Grand Eunuque allait vider les caisses de sa famille. Quand son mari, le *dikero*, allait l'apprendre, il était capable de la répudier...

Pola fut revêtue d'un pagne de soie et on la fit asseoir dans un palanquin confortable, tapissé de peaux de singe noir et de la bourre délicate qu'on recueillait dans certains arbres. Deux porteurs la soulevèrent comme un fétu de paille. C'est dans cet appareil qu'elle arriva quelques jours plus tard au palais de la reine mère. Elle avait été protégée du soleil tout au long du parcours par un homme qui marchait à ses côtés en tenant un parasol. Ces égards l'effrayaient : ils ne disaient que trop bien l'intérêt qu'on avait pour sa personne.

En Ashanti, les femmes ne sont pas les esclaves des hommes. Elles sont leurs égales. Et la reine mère est, après le roi, la personne la plus importante du royaume. C'est elle qui exerce le pouvoir quand il s'éloigne ou quand il tombe malade. Elle peut même prendre à sa place le commandement des armées. C'est l'éminence grise du royaume, et elle est le dernier recours du Grand Conseil en cas de difficultés : « Allons voir la Vieille », dit-on alors.

Elle reçut Pola au milieu de sa cour, entourée de suivantes et assise sur son précieux trône d'argent. C'était une vieille femme ratatinée, au visage plissé de rides comme une pomme en hiver.

Elle se leva et vint tourner autour de Pola. Elle avait des yeux perçants et intelligents qui cherchèrent immédiatement le regard de la jeune femme.

— Elle n'est pas tout à fait *fit*... hasarda le Grand Eunuque faiblement.

— Qui t'a autorisé à parler ? Elle peut me répondre toute seule. Alors, tu n'es pas *fit* ?

— Non, Grande Mère. Je ne l'ai pas voulu, mais c'est ainsi. J'ai été vendue plusieurs fois.

— Viens t'asseoir près de moi, fit la reine.

Pola obéit. La vieille femme lui plaisait, et elle sentait que c'était réciproque. La reine mère congédia tout le monde.

— Nous allons parler. On me dit que tu connais aussi le soussou et le langage des Blancs de la Côte, que tu sais l'écrire aussi. Je veux d'abord savoir pourquoi tu es si blanche.

Pola raconta toute sa courte vie sans rien dissimuler.

La reine mère trouva ce désastre regrettable. Les guerriers n'auraient jamais dû tuer son père. Tuer les Blancs était une grosse erreur. Elle avait déjà chargé plusieurs prophètes de répandre la nouvelle que les fétiches voulaient qu'on épargne leurs vies. Mais les traditions sont dures à combattre et les Ashantis, comme tous les hommes, ont la guerre dans le sang.

— Nous autres femmes exerçons le pouvoir différemment, et c'est de cela que je veux te parler. Mon fils a trois mille femmes dans tout le pays. Ses épouses principales sont une quinzaine et vivent chacune dans leur propre palais. Aucune n'a tes qualités. Même pas la première épouse. Et pourtant, c'est moi qui l'ai choisie à l'époque. Je pensais plus aux fils qu'elle ferait qu'au pouvoir, puisque celui-là m'appartient. Mais je suis malade. Et quand je mourrai, il n'y a pas une seule femme ici capable de me remplacer.

Elle regarda encore Pola, les yeux dans les yeux.

— Tu n'es pas *fit*, mais à mes yeux cela n'a pas d'importance. Tu vas me parler des autres pays des Blancs, de ce qu'ils savent et de ce qu'ils veulent. Tes connaissances me seront précieuses. En échange, je t'apprendrai ce qu'il faut faire pour l'avenir de l'Ashanti, pour qu'il reste prospère et libre... Comment t'appelles-tu ?

— Mon père m'appelait Pola, Grande Mère.

— Pola. Bien. Si tu es à la hauteur, et si mon fils t'accepte, tu auras plus de pouvoir que la première épouse. Sois tranquille, je te protégerai.

— Grande Mère... je ne peux pas. Je ne suis pas préparée. On m'attend à Cape Coast. Il faut que j'y retourne...

La reine mère eut un petit rire.

— On finira bien par ne plus t'attendre. Je sais ce que je fais, Pola. Je me trompe rarement : je suis vieille.

Wilson, lui, s'était trompé. Les tambours nocturnes qui jouaient au fond du palais du roi annonçaient simplement que le lendemain était jour de fête. Le grand Adé était une cérémonie importante du calendrier ashanti et on le célébrait régulièrement tous les quarante-deux jours, en présence du roi, de tous les notables, et du peuple qui affluait de tous les coins du royaume.

À l'aube, on accompagna Belzoni et Wilson hors du palais avec beaucoup d'égards. On voulait leur montrer les beautés de la ville et les convaincre de la grandeur du royaume. Une foule énorme convergeait vers la place principale. Des milliers et des milliers de gens. C'était inattendu et impressionnant, comme une invasion de fourmis. La ville était beaucoup plus importante que Jean-Baptiste ne l'avait imaginé : il y avait même un semblant d'urbanisme dans l'agencement des constructions. Des rues plantées d'arbres. Des places, dont une gigantesque. Certaines maisons avaient des portiques soutenus par des colonnes ouvragées et les demeures importantes étaient décorées de bas-reliefs géométriques. On leur fit voir une grande construction de style européen qui était le nouveau palais du roi. Le toit était fait de bassines de cuivre écrasées qui brillaient au soleil.

Enfin, les gardes conduisirent les visiteurs vers un bouquet de grands arbres très verts qui semblaient être le rendez-vous de tous les oiseaux de la ville. Wilson protesta : il ne voulait pas y aller, ce qui provoqua l'hilarité des jeunes gens. D'un coup d'œil, Jean-Baptiste comprit tout à la fois les réticences de Wilson, la puanteur et les vautours. Dans une sorte de cratère, gisait à l'air libre un amoncellement de cadavres enchevêtrés et gonflés par la chaleur. Des essaims de mouches dansaient autour avec un bruit écœurant. Les corps étaient tous décapités. Des vautours, les ailes largement ouvertes, se disputaient des lambeaux de chair.

Sous les arbres, des têtes humaines plantées sur des piquets achevaient de pourrir. Par terre, des mâchoires étaient amoncelées en tas. Des enfants les grattaient industrieusement une à une, pour en enlever les moindres débris. Ils les polissaient ensuite comme de l'ivoire.

Wilson se mit à vomir, ce qui fit rire amicalement les gardes.

— Riez, hyènes, riez ! Je ne m'y ferai jamais, j'ai l'estomac fragile. Je ne savais pas comment vous le dire, Belzoni, mais les Ashantis, c'est aussi cela.

Belzoni était pétrifié.

— Mais pourquoi ?

— C'est une sorte d'exorcisme continuel. On tue presque tous les jours, je vous l'ai dit. Mais j'ai mon idée là-dessus. Religion ou pas, ils tuaient moins quand la vente d'esclaves était permise. Ils échangeaient leurs prisonniers contre des armes. Maintenant la pression augmente.

— Nous ne sommes pas meilleurs en Europe, fit Belzoni, nous sommes seulement plus hypocrites. Tous les peuples croient que le sang versé préserve leur équilibre et que la guerre est noble... Les Ashantis sont plus expéditifs.

— Essayons de ne pas nous faire expédier trop vite..., soupira Wilson.

Sur la grand-place maintenant noire de spectateurs, on les installa à une place d'honneur, près de la famille royale — les oncles, les neveux, les fils, les filles. Le défilé royal de l'Adé allait commencer. La foule observait les deux Blancs avec une curiosité enfantine, le géant aux cheveux clairs surtout. Et Belzoni retrouvait la vieille sensation désagréable d'être regardé comme un phénomène.

Tout ce qui pouvait produire du bruit ou de la musique avait été rassemblé sur la place, tambours de toutes les tailles, sonnailles, olifants, cloches, et un rythme infernal s'empara de la ville tout entière. Les messagers ordinaires ouvrirent la marche avec leurs sabres d'apparat, entamant un va-et-vient continu entre les notables et le reste du défilé. Les bourreaux — une centaine d'hommes — les suivaient en dansant, un fouet à la main, coiffés d'un bonnet de peau de panthère. À leur cou pendaient des couteaux à manche d'or. Derrière eux, les aboyeurs énuméraient à voix haute les vertus du roi. Ils étaient vêtus d'une tunique rouge et d'une cape en peau de singe à longs poils ornée d'une plume d'aigle.

Commença alors le défilé des objets du roi et des gens de sa maison. Des esclaves portaient ses pipes d'or, ses bassines, ses plats, ses théières d'argent. Puis vint son barbier avec ses rasoirs d'or, son échanson avec ses aiguières, son caissier avec ses coffres, son chef de palanquin, chacun sous un parasol portant l'animal fétiche de la corporation. Après la maison royale, apparurent les chefs de l'armée, précédés par une dizaine d'hommes magnifiques, presque nus de manière à ce qu'on puisse admirer leur corps. Ils avaient la peau claire et Belzoni y reconnut des gens du nord de l'Afrique, des Touaregs sans doute. Chacun portait une des armures du roi et une queue de cheval blanche à la main.

Enfin, derrière eux, sous des parasols rouges, des esclaves portaient les trônes des rois précédents. Chacun était orné de clochettes, ce qui produisait une musique argentine et surnaturelle. Le dernier trône, le plus ancien, était sculpté dans un bloc d'or massif surmonté de deux aigles d'une facture admirable.

— Regardez-le bien, vous pourrez dire que vous l'avez vu de vos yeux... souffla Wilson. La moitié des explorateurs de l'Afrique court après. C'est le trône sacré d'Ashanti. Il est tombé du ciel aux pieds du premier roi. Un trésor incalculable.

Wilson avait nettoyé ses petites lunettes pour mieux le voir. Il était fasciné. Belzoni le regarda d'un air narquois.

— Ne rêvez pas, Wilson, vous ne mettrez jamais la main dessus.

— Ni les fesses... soupira le marchand.

Le défilé avait duré plusieurs heures. Enfin, le roi Osei Bonsu parut. Son palanquin était précédé par la foule des eunuques qui agitaient d'immenses éventails de feuilles de palmiers tressées. On aurait dit une vague qui ondoyait continuellement.

Le roi était un homme encore jeune, au physique musculeux, drapé dans une toge très simple. Il ne portait aucun ornement et cette austérité avait quelque chose de véritablement aristocratique.

Il fit arrêter son palanquin devant les deux étrangers et en descendit. Belzoni remarqua qu'il portait des sandales d'or, en tous points semblables à celles des pharaons égyptiens. Il ne les quittait jamais, il ne devait jamais être en contact avec la terre, lui expliqua Wilson.

D'un geste, le souverain se fit apporter un petit sabre et un simulacre de fusil en or, et les ayant saisis, il dansa pour ses invités. Les porteurs des parasols royaux commencèrent à les faire tourner et sauter en l'air pendant que toute la Cour entrait en liesse et que les aboyeurs chantaient les louanges du roi. Les tambours et les gongs se déchaînèrent.

Dès que le roi se fut installé sur son trône au milieu de l'estrade, sous son parasol de velours de soie noir et rouge frangé d'or, il prit possession de la foule d'un regard impérieux et la reine mère fit son entrée avec sa suite.

Ses suivantes avaient toutes été choisies pour leurs difformités, mais richement ornées et couronnées de fleurs, ce qui constituait un spectacle surprenant, digne d'un cauchemar de Bruegel l'Ancien. Les porteurs déposèrent la vieille reine près de son trône, qui était plus petit que celui de son fils, mais plus précieux car il était orné d'argent, métal ici plus rare et plus raffiné que l'or. Son fils lui sourit, ce qui illumina un instant la sévérité de ses traits.

La reine fit un signe. Les suivantes s'écartèrent et firent avancer au premier rang une femme blanche surchargée de colliers d'or qui lui descendaient jusqu'au ventre.

— Pola !

Elle était à vingt mètres d'eux. Belzoni chercha instinctivement à se lever, mais Wilson le retint.

— Ne bougez pas. Ne dites rien. Ne faites pas un geste, quoi qu'il arrive.

Ils étaient au milieu de milliers personnes qui ondoyaient autour de la place et au-delà, dans le rythme lancinant des gongs et des tambours.

Le roi parut apprécier l'apparition de la jeune femme.

On avait passé de la poudre d'or sur ses épaules et son visage. On lui avait rasé la tête et orné le visage avec de l'argile rouge. Son diadème de fleurs et de bijoux scintillait dans la lumière déclinante de la fin de l'après-midi. Comme les autres suivantes, elle portait à la main un petit poignard d'argent. Elle avait l'air plus royal que la reine mère elle-même.

La vieille dame parut très satisfaite de l'effet produit et hocha la tête. Les danses pouvaient commencer. Toute l'attention de la Cour se reporta sur le spectacle.

Jean-Baptiste capta le regard de Pola, mais n'y déchiffra aucun trouble.

Le soleil était bas et les vautours se perchèrent sur les toits voisins, étalant leurs ailes imprégnées d'horribles sanies. Ils avaient leurs habitudes.

Les bourreaux entrèrent en scène et disposèrent devant l'estrade royale de grandes bassines de cuivre pleines de crânes parfaitement polis. Puis ils poussèrent devant eux un misérable troupeau de prisonniers hébétés. On leur avait passé un couteau au travers des joues pour les empêcher de maudire leurs gardiens. Les exécuteurs commencèrent à mimer cruellement les tortures auxquelles les victimes allaient être soumises.

La reine mère décida alors de se retirer avec son sérail. Elle n'aimait plus le spectacle du sang. Avant de disparaître, Pola ne put s'empêcher de se retourner, et de lancer un dernier regard à Jean-Baptiste.

— Partons aussi, fit Wilson tout pâle. Je ne veux pas voir la suite...

Il appela un messager qui transmit sa requête au roi. Le souverain approuva et leur fit porter à chacun un coffret plein de poudre d'or comme signe de sa bienveillance. Belzoni se leva et s'inclina pour remercier. Wilson faisait grise mine. Quand ils sortirent, Jean-Baptiste crut distinguer de l'ironie dans le regard royal, qui les suivit un peu plus qu'il n'eût fallu.

— Il faut qu'on la sorte de là, Wilson... !

— Et nous aussi par la même occasion. Parce que la poudre d'or est un message très clair.

— C'est-à-dire ?

— Il subvient à nos besoins, parce qu'il n'entend pas nous laisser repartir tout de suite. Il peut contraindre les visiteurs qui lui plaisent à rester quarante jours à ses côtés.

Belzoni se laissa tomber sur sa natte. Un petit feu brûlait dans une sorte de brasero, éclairant un peu leur chambre, dans laquelle on avait placé une jarre pleine d'eau et des victuailles.

— On va avoir besoin de forces. Il faut manger.

— On ne sait pas qui nous mangera, hein ? ironisa amèrement Belzoni.

— Belzoni, le temps presse : si le roi prend Pola dans son harem, ce sera terminé. Elle lui appartiendra jusqu'à la mort et je doute que Filmore nous fournisse un régiment pour venir la reprendre. Mais le roi ne va pas la faire chercher ce soir. Il va être occupé toute la nuit... Il faut qu'on agisse avant demain.

— Que peut-on faire ?

— Un marché avec la reine mère.

La nuit passa lentement pour les deux hommes.

Les tambours étaient déchaînés. Des chants et des cris arrivaient jusqu'au fond du palais. Le ciel était rouge de la lueur des feux.

— Ils les abattent par dizaines, dit Wilson. Je n'arrive pas à ne pas y penser. C'est un carnage. J'imagine le sang dans les rues demain...

— Parlons, dit Belzoni, au moins nous n'entendrons pas tout ce vacarme. Il faut racheter Pola. Nous avons une cargaison de cauris...

— La moitié vous appartient. Pourquoi devriez-vous renoncer à votre part et à vos projets ?

— Je ne renonce pas. Je diffère.

Il médita en silence.

— On m'a dit souvent que seul, on n'arrivait à rien. Je ne vous laisserai pas seul.

Wilson hocha la tête, ému.

— Je n'oublierai pas ça, Belzoni.

Les tambours continuaient à gronder au loin. Jean-Baptiste alimenta le feu : la nuit était froide. Wilson alla fouiller dans le havresac qu'on lui avait laissé. Il en extirpa une boîte en bois.

— J'ai un trésor, là-dedans. Beaucoup mieux que les cauris. Avec ça, je peux peut-être gagner la reine à notre cause.

La boîte contenait des perles bleues d'une substance inconnue. Belzoni n'en avait jamais vu de semblables. Il en prit une et la contempla à la lumière du feu. On aurait dit du corail, mais bleu.

— Ce sont des perles d'*aigris*. Ne me demandez pas de quoi elles sont faites, je ne le sais pas. Elles sont rarissimes, très précieuses. Celles-ci proviennent du cœur de l'Afrique, de tombes antiques. Je ne sais pas à quelle civilisation elles appartiennent. Personne ne la connaît. Je vais les offrir à la reine en échange de Pola.

— Et qu'est-ce qui les empêcherait de nous tuer et de s'en emparer ?

— Rien et personne. Sauf la reine elle-même.

Wilson déposa une perle, une seule, dans la main du Grand Eunuque.

La reine la saisit de sa petite main griffue et la fit rouler sur sa paume avec volupté. Apparemment, elle la désirait.

— Je veux te l'offrir, Grande *Asantehema*, dit Wilson, et je te demande ta protection.

La reine eut un geste d'assentiment. Elle posa la perle sur un coussin de velours rouge et la contempla. Elle murmura au Grand Eunuque :

— Remercie l'étranger et fais-lui donner de l'or en échange.

— Non, Grande Mère, je ne veux pas d'or.

La reine le regarda.

— Que veut l'étranger ?

— Je voudrais te parler seul à seul, Grande Mère, car j'ai une chose de la plus haute importance à te dire.

La vieille femme consulta le vieil eunuque du regard. Ils étaient complices depuis de longues années. Le serviteur sortit à reculons.

— Parle... fit la reine.

— J'ai un coffre entier de ces perles, *Asantehema*. Une fortune. Je veux te l'offrir en échange de ta suivante blanche.

Un grand silence se fit. La reine les scrutait tous les deux.

— Pourquoi ?

— *Asantehema*. C'est ma nièce. Son père est mort. Je le remplace.

La reine mère se tut un long moment.

— Je vais consulter mon fétiche, dit-elle. Lui seul sait si ton cadeau est digne d'intérêt

Le roi joua encore du *ketté* au cours de la journée, comme à chaque fois qu'il avait des décisions à prendre, comme si le battement du tambour lui permettait de mieux réfléchir.

On vint les chercher.

Quand ils entrèrent dans la salle d'audience, toute la cour de la reine mère était là, en grand appareil. L'*Asantehema* entra, appuyée au bras de Pola, qui l'aida à s'asseoir sur son trône et s'installa à ses pieds

— J'ai posé la question au fétiche et au roi d'Ashanti,

mon fils, déclara-t-elle d'une voix ferme. Ils m'ont répondu tous deux, et je suis satisfaite de leur réponse. À partir de ce jour, je te décharge de tes devoirs vis-à-vis de ta nièce et je les assume. Elle sera ma conseillère aux côtés du Grand Eunuque. Elle peut parler...

Les deux hommes avaient tourné les yeux vers Apollonia qui se leva.

— Je n'ai jamais caché que je ne voulais pas appartenir au monde des Blancs, dit Pola. M. Belzoni est témoin que celui-ci ne m'a apporté que douleurs et injustice. J'appartiens au peuple ashanti et je ferai plus pour lui en restant ici qu'en partant avec vous. Merci, mon oncle, pour tout ce que vous avez fait.

Wilson protesta en anglais :

— Pola, on te force, tu ne peux pas parler sérieusement ! Tu mourras, si tu restes ici.

Pola sourit sereinement et répondit en twi.

— Non, je ne mourrai pas et personne ne m'oblige : un palanquin est prêt au cas où je voudrais repartir avec vous. L'*Asantehema* m'a laissée libre.

— Nous avons beaucoup parlé, interrompit la reine mère. Ta nièce restera dans ma suite, sous ma protection. Elle fait désormais partie de mon conseil. Mon fétiche m'a dit qu'elle doit être écoutée, et elle le sera.

Jean-Baptiste surprit le regard opaque du Grand Eunuque posé sur Pola : il sentait le pouvoir lui échapper. Elle avait déjà un ennemi dans la place. Le gros homme prit la parole à contrecœur et s'adressa à Wilson.

— Entre le trésor d'aigris que tu lui as offert et la jeune fille, l'*Asantehema* choisit la jeune fille, qui est une perle de plus grande valeur.

Pola s'approcha des deux hommes. Elle s'agenouilla et déposa sur les genoux de chacun un coffret plein de poudre d'or. Sur celui de Wilson était posée la perle bleue symbolique à laquelle la reine avait renoncé. Sur celui de Belzoni, un objet d'or qui représentait deux cordes nouées l'une à l'autre, le symbole du lien.

Pola resta à genoux devant Jean-Baptiste et le regarda avec intensité.

— Je n'aurais jamais pu être ta seconde épouse ni te suivre au loin, murmura-t-elle, mais je te serai toujours reconnaissante. Après mon père, tu as été le seul homme bon que j'aie rencontré. Tu m'as donné la vie pour la seconde fois. Puisse la tienne être longue et heureuse. Mes pensées t'accompagneront dans les dangers.

Elle lui prit la main et la baisa. Le contact de ses lèvres était doux.

Quel échange irremplaçable que le baiser ! se dit Jean-Baptiste, bouleversé. Les gens vont et viennent dans la vie des uns et des autres, un grouillement d'insectes inutiles et oubliables. Mais certains d'entre eux ont une qualité spéciale : ils apparaissent et disparaissent comme des aurores boréales. On les contemple, on se baigne dans leur lumière, leur contact est furtif et brûlant — une traînée de parfum, un signal de fumée qui se dissipe à l'horizon et vous laisse plus seul que jamais.

L'entretien était clos. La vieille reine se drapa dans sa toge gris et blanc et ses longs colliers de perles d'or. Les eunuques la soutinrent de part et d'autre et la guidèrent jusqu'à la porte. Avant de sortir à leur suite, Pola se retourna une dernière fois et sourit. Elle était sereine.

— Et Tombouctou ? demanda enfin Jean-Baptiste pour rompre le silence qui était retombé dans la salle vide.

— Ne tentez pas trop le diable, Belzoni. Il pourrait bien vous entendre un jour ou l'autre. Moi, je rentre à Cape Coast. Sagement. Je n'ai pas envie de faire un tour du côté de la fosse commune.

Quelques jours plus tard, ils étaient de retour sous les murs du fort et l'escorte ashanti les abandonna. Ils avaient voyagé sous une pluie battante, chaude et insinuante, qui transformait les corps des guerriers en statues luisantes, et la route en fondrière où les pieds nus glissaient comme sur du savon...

Le capitaine Filmore se répandit en excuses. Ne les voyant pas revenir, il s'apprêtait à envoyer un régiment à leur recherche et il était bien soulagé de ne pas avoir à le faire.

— En ce qui concerne notre malentendu, monsieur Belzoni, la faute m'en revient. Le climat me rend un peu irritable, je le reconnais.

— Je vais vous apprendre une bonne nouvelle, dit sèchement Wilson. Ma nièce ne reviendra pas à Cape Coast. Ne vous excusez plus...

Le capitaine, embarrassé, écrasa un moustique d'une grande claque sur sa nuque.

À travers la pluie, on distinguait les feux de nuit du brick de guerre ancré devant le fort. Vingt bouches à feu, un équipage de deux cents hommes, le *HSM Swinger* était en mission de surveillance. L'Angleterre avait perdu l'an dernier trois cents navires de commerce du fait des corsaires.

— Le commandant accepte de vous prendre à son bord, dit Filmore qui brûlait de réparer son erreur et se prodiguait pour aider Jean-Baptiste. Il va jusqu'à Bonny, de l'autre côté du Delta. Je vous ai préparé des lettres d'introduction pour plusieurs personnes de là-bas. La première pour Cha-Cha Da Souza, à Ouidah, la seconde pour John Houtson à Bobee.

Wilson désapprouva.

— Évitez Ouidah. Allez directement à Bobee. Da Souza, Pedro Blanco et Everett, c'est le trio maudit du trafic africain... Vous en connaissez déjà deux, et Da Souza est le pire.

— Mais il est très puissant, il peut l'aider, insista Filmore. Le roi d'Abomey lui doit tout.

Wilson eut un sourire ironique.

— Vous m'étonnez, capitaine. Vous qui n'aimez pas les mélanges, Da Souza a du sang noir, du sang indien, il n'y a pas plus métis que lui, et voilà que vous me chantez ses louanges. Est-ce que vous connaissez le vaudou, monsieur Belzoni ?

Jean-Baptiste avait entendu parler de cette forme de magie que pratiquaient les esclaves et de la société secrète qui s'était construite autour. C'était le seul contre-pouvoir qu'ils pouvaient exercer.

— Da Souza en est un membre influent. Il vit entouré de sorciers dans un luxe extravagant. Harem, chevaux de race, sa maison déborde d'or et de cristaux. Une réussite diabolique. Croyez-moi, son aide vous coûterait cher... Sans compter qu'en cette saison, la lagune de Ouidah est un marécage dont on ne sort pas vivant... À propos, permettez-moi de vous faire un cadeau utile.

Une grande caisse d'acajou aux coins de cuivre était posée sur la table. Il l'ouvrit : c'était une boîte à pharmacie complète, de celle qu'on utilise sur les bateaux. Flacons de verre bouchés à l'émeri, ustensiles de petite chirurgie, cutgat et aiguilles courbes, laudanum, calomel, lotion du père James, laxatifs, émétiques, rien n'y manquait.

— Vous n'êtes guère encourageant, fit Belzoni, mais j'apprécie l'intention. Merci.

— Attendez d'être à l'intérieur des terres, ma boîte pourrait bien vous servir. Je vous ai mis aussi quelques remèdes indigènes. Contre les fièvres, les hémorragies, la dysenterie... Et contre le mauvais œil ! ajouta-t-il en riant.

— Je n'y crois pas !

— Vous devriez. Ici, les sorciers sont plus efficaces que les médecins. Ils sont dépositaires de secrets qui viennent de loin.

Il agita les petites bouteilles qui contenaient de minuscules animaux et des brindilles flottant dans un liquide brun.

— J'en ai constaté les effets. Et quand on entreprend un voyage comme le vôtre, il vaut mieux mettre toutes les chances de son côté... D'ailleurs, je dois vous dire que je n'ai toujours pas compris ce qui vous poussait à prendre tant de risques. Filmore veut sans doute devenir général, et moi je ne suis qu'un vulgaire marchand qui fait argent de tout. Mais vous ?

Belzoni eut un rire amer :

— C'est pour qu'on parle de moi dans les journaux de Londres... Belzoni l'Africain, ça sonne bien, vous ne trouvez pas ?

25

Jean-Baptiste ne sut pas résister à l'attrait maléfique de Francisco Félix Da Souza. Il laissa son bagage à bord du *Swinger* et débarqua à Ouidah.

La maison du trafiquant était entourée de fétiches aux allures de démons. Ils pliaient les genoux sous le poids de leurs symboles : la protubérance animale des nombrils, les sexes menaçants, les seins agressifs, les croupes épaisses exhalaient une force primitive et inquiétante. Des perles et des bouts de miroirs cassés, des plumes et du sang étaient collés dessus. À leurs pieds, de la nourriture pourrissait dans des écuelles.

— De quoi avez-vous besoin ? demanda Cha-Cha Da Souza à Belzoni. De bateaux, de porteurs, d'argent ?

— De laissez-passer surtout. Le reste, je le prendrai à Bobee d'où je compte remonter vers Benin City. Je vais devoir traverser beaucoup de territoires, de chèferies, de petits royaumes. Je ne connais rien du jeu des alliances. On m'a dit que vous pouviez...

Un sourire éclaira le visage camus d'idole indienne.

— Je peux, confirma Cha-Cha. Le roi Ghezo ne me refuse rien et le Premier ministre non plus. Ses alliés sont les miens. Mais il faut aller lui demander son aide à Abomey. Il n'a pas le droit de résider à Ouidah : son fétiche lui interdit de voir la mer et même de s'en approcher.

Le souverain vivait donc au-delà des grands marécages qui prolongeaient la lagune de Ouidah. Sur des kilomètres, la boue noire était en perpétuelle fermentation : elle grouillait de créatures indéfinissables et répugnantes. Des bulles d'exhalaisons fétides venaient crever à la surface. Ici la saison des pluies durait six mois.

Il pleuvait à seaux quand la petite troupe se mit en route. On n'y voyait pas à trois mètres. Les deux hommes enfilèrent des capes raides de toile goudronnée, sous lesquelles on étouffait. La pluie battait dessus comme sur une tente.

Avant de se hasarder sur l'unique accès à la résidence royale — une route étroite dont le remblai s'effritait au passage comme du biscuit mouillé — Cha-Cha sortit une bouteille de rhum des Antilles.

— Allez, buvez. Dès que la pluie va faiblir, les marais commenceront à fumer. Ces vapeurs-là, c'est la mort du Blanc. Regardez-moi, je suis jaune comme un citron et ce n'est pas mon sang indien. C'est la couleur des marécages. On a tous les fièvres, ici.

Belzoni avait de plus en plus de mal à supporter la chaleur humide qui lui coupait les jambes, il s'essuya le visage. On l'avait prévenu, il n'allait pas se plaindre.

Cha-Cha lui jeta un coup d'œil ironique.

— Si vous avez changé d'idée...

— Non, non, allons-y.

Cha-Cha se mit à rire sombrement.

— Vous comprenez pourquoi nous avons besoin de plaisirs intenses, nous qui vivons ici toute l'année. Justement parce que nous devenons insensibles à tout, à la longue... C'est lourd à porter, tout ça.

Le Premier ministre Menou ressemblait à un furet et ses yeux avides démentaient son attitude effacée. Belzoni était fasciné par les petites cornes d'argent qui ornaient son front et lui donnaient l'air d'un vieux faune. Après avoir reçu les cadeaux, Menou se lança dans un grand discours que Cha-Cha résuma en quelques mots.

— Le roi accepte de nous voir. Demain, il organisera une cérémonie en notre honneur. Vous allez avoir des choses originales à raconter quand vous rentrerez chez vous, je vous le garantis.

— Ce n'est pas mon principal souci... J'en ai déjà trop, de choses à raconter. Je les oublie.

— Celles-là vous ne les oublierez pas, croyez-moi.

La Cour était composée presque exclusivement de femmes. Le roi, le lion d'Abomey, était protégé par ses « mères »-ministres, par ses ambassadrices, et surtout par une étonnante garde rapprochée d'amazones. Elles étaient une vingtaine, l'élite d'une armée de trois mille guerrières. Celles-là avaient le privilège de porter le trône du roi sur leurs épaules.

— Ne les regardez surtout pas dans les yeux. Pour elles, c'est une menace, souffla Cha-Cha.

Les amazones étaient toutes jeunes et belles, avec des corps habitués à l'effort où chaque muscle, chaque tendon était comme ciselé. Les tatouages rituels et les traces des blessures n'y parlaient pas d'amour, mais de guerre. Sous les gilets d'apparat brodés de chimères, les jeunes seins étaient dressés, les cous surchargés de bijoux et d'amulettes. Les mains fines étaient tendues sur leurs armes, lances, poignards et même mousquets aux crosses incrustées d'or.

Elles traversaient les visiteurs d'un regard acéré comme une lame.

— Elles sont toutes vierges et de grand lignage, commenta Cha-Cha. De vrais fauves. Capables de tout, sur les arbres, sous l'eau... Prêtes à se suicider plutôt que de se rendre. On n'a jamais réussi à en prendre une vivante. Par contre, quand on tombe vivant dans leurs mains, on le regrette.

Pendant les longs échanges de discours et de cadeaux, Belzoni eut le loisir de contempler les étrangetés de la Cour. Les ministres portaient une plaque d'argent incrustée dans la tempe droite comme une trépanation, et les chefs de guerre arboraient des cornes véritables, qui avaient été prises aux antilopes des savanes du Nord. En les regardant, on imaginait les hautes herbes sèches, les bonds et les courses des addax, des kobs et des koudous, libres et fiers sous le soleil. Aucun n'aurait survécu dans l'humidité glauque des forêts et des marécages...

Le roi Ghezo posa un regard inquisiteur sur Belzoni pendant que de jeunes garçons lui massaient les pieds. Il cracha dans un récipient d'or massif posé par terre.

Cha-Cha obtint les sauf-conduits et le roi en profita pour exprimer son désir de s'allier à la maison d'Angleterre dont il qualifia le roi de « cousin ».

Il appréciait que son cousin d'outre-mer lui envoyât un messager aussi prestigieux que le géant blanc. Il l'honorerait donc en célébrant un grand sacrifice rituel et le priait de référer à ses souverains de l'ampleur de la cérémonie et des attentions dont il serait l'objet.

Menou les invita à l'intérieur d'une tente pour contempler les objets du sacrifice. Une dizaine de prisonniers y était rassemblée. On allait les empaler en leur honneur. C'étaient de beaux jeunes gens qui ne semblaient pas du tout préoccupés par leur proche avenir. Ils avaient le sourire aux lèvres et devisaient tranquillement.

— Ici personne ne croit qu'ils vont mourir, même pas eux, fit Cha-Cha. Ils partent en ambassade dans l'autre monde. C'est un honneur pour leur famille et une grande chance pour eux d'avoir été choisis. On en profite pour leur confier des messages pour les ancêtres. Voyez, ils ont tous un petit paquet de cauris et une bouteille d'alcool pour le voyage.

Les jeunes hommes étaient tous vêtus de tuniques rayées et coiffés de bonnets blancs à pompons rouges, qui seraient du meilleur effet en haut des mâts prévus pour leur exposition sur la place principale.

Belzoni demanda à être dispensé de cérémonie, et s'il était possible de racheter la vie de ces malheureux. Cha-Cha refusa tout net de soumettre la seconde partie de sa requête.

— Je peux me sortir de la situation en disant que votre fétiche vous interdit d'assister à des mises à mort, mais pour le reste, ce serait une injure incroyable que de proposer l'achat de jeunes nobles promis aux plus grands honneurs. Réfléchissez.

Jean-Baptiste traversa la grande place dans un état second, faisant des plans confus pour sauver les jeunes gens.

— Vous voulez vos laissez-passer ? Alors, ne perdez pas votre temps. Il vaut mieux vous endurcir, dit Da Souza.

— Je me sens responsable...

— Calmez-vous. La vie va et vient. Qu'est-ce qu'un corps ? De la viande, de la graisse, du sang... Pensez à votre Christ : son corps n'était qu'un accessoire. Le messager est toujours moins important que le message. Dans vos religions, il faut communier. Eh bien ! ici aussi. On le fait d'une autre manière.

Belzoni s'arrêta net.

— Que voulez-vous dire ? Ils ne vont tout de même pas... ?

Da Souza eut un rire moqueur.

— J'ai toujours été fasciné par le pouvoir de l'imagination dans le domaine religieux. Dites-moi, si on vous donnait en communion un petit morceau de viande séchée et un verre de sang, qu'est-ce que vous feriez ?

Jean-Baptiste s'était éloigné de l'Église et de ses rites depuis longtemps, mais il conservait un obscur malaise de fils prodigue. Les propos de Cha-Cha le heurtaient.

— Vous blasphémez, Da Souza, vous me mettez dans l'embarras.

— Et si ce sang, ce morceau de viande séchée appartenaient au cœur d'un homme exemplaire ? Est-ce que ça n'aurait pas un sens extraordinairement profond ? Les gens d'ici le font et disent que cela raffermit le courage. Quand vous communiez avec le corps du Christ, vous ne faites pas autre chose...

Il fit quelques pas vers le centre de la place où se dressait une enceinte de terre entourée de broussailles aux longues épines blanches, aussi longues et acérées que des poignards.

— Oh ! il est vrai qu'ils utilisent aussi la cervelle des guerriers pour graisser les sabres. Mais ça, c'est de l'économie domestique. Symbolique et domestique.

— Ce qui est horrible, murmura Belzoni, ce n'est pas la mort, c'est l'indifférence. L'indifférence à la souffrance. Vous êtes indifférent.

Cha-Cha contrôla la pointe d'une des épines. Une goutte de sang perla sur son doigt. Il le suça.

— Êtes-vous bien sûr que vos fidèles ressentent les douleurs du Christ quand ils communient ?

— Taisez-vous, Da Souza !

Le Brésilien éclata de rire.

Sous l'averse le sol de la place était comme enduit d'une patine brune dont la couleur contrastait avec les murs de terre du pourtour. La pluie crépitait dans cette sorte d'arène comme sur le fond d'une poêle.

— C'est ici qu'on enferme les élus les jours de fête. Les amazones du roi doivent démontrer leur savoir-faire. Chacune d'elles doit escalader l'enceinte et ramener une victime aux pieds du roi. Avec des drogues, elles entretiennent en elles un état de fureur aveugle, car elles se blessent sur les épines à l'aller et au retour. Et dépecer un homme à mains nues exige une grande force physique...

Belzoni racla sur une pierre la boue rougeâtre qui collait à ses bottes.

— La mort est un spectacle qui ne manque pas de grandeur quelquefois, continua Da Souza en observant Belzoni du coin de l'œil.

Au pied de l'enceinte, une petite plante avait fleuri. Jean-Baptiste la regarda résister vaillamment à la pluie.

— La vie est quand même la plus forte, murmura-t-il, avec une sorte de rage. La vie est obstinée.

Cha-Cha cueillit l'unique fleur jaune et la mit à sa boutonnière.

— Quelquefois..., dit-il.

Une grande lassitude avait envahi Jean-Baptiste, et une nausée tenace lui tordait l'estomac. Le rhum, et... trop de sang, trop de fatigue, trop de pluie. La sensation de perdre pied, de devoir à tout prix se réveiller d'un cauchemar.

Le retour fut encore pire que l'aller.

À midi, il faisait plus de 35°. Si on découvrait un coin de peau, des choses gluantes venaient immédiatement se coller à vous. Et quand il arrêtait de pleuvoir, il suffisait d'enlever ses gants pour avoir les mains noires d'insectes.

On s'arrêta sous un arbre au feuillage épais qui ne laissait pas passer la pluie. Ce fut un soulagement pour tout le monde. On ramassa des branches pour faire un feu. D'un revers de sabre, Cha-Cha coupa une canne de bambou et y tailla un godet qu'il remplit de rhum. Il le glissa au milieu des branches humides et y mit le feu. Bientôt des flammes claires s'élevèrent. Il se débarrassa de ses vêtements humides, et Belzoni voulut ôter ses bottes. Son pantalon était plein de sang.

— Elles vous ont eu ! fit Da Souza. Faites voir.

Des limaces noires étaient collées à la peau, gorgées de sang. Il en approcha un tison. Les sangsues se laissèrent tomber à terre où Jean-Baptiste les écrasa d'un coup de talon. Le sang continuait à couler des morsures.

— Dak, va chercher l'herbe qui arrête le sang, ordonna Cha-Cha à son serviteur. Ces saletés injectent un venin qui le rend fluide.

Les deux hommes s'allongèrent, le dos contre l'arbre, et Da Souza tira d'une poche une petite boîte métallique pleine de tabac.

— Il est un peu humide, mais on va s'en arranger...

Jean-Baptiste refusa. Depuis Abomey, il luttait contre la

nausée. Il aurait aimé vomir et se libérer du poids qui lui serrait l'estomac et qui ressemblait à de l'angoisse.

C'est alors qu'on entendit un grand tumulte de singes dans la forêt. Ils fuyaient dans la canopée, invisibles, en poussant des cris stridents. Des oiseaux s'envolaient dans un bruit de branches et de feuillages malmenés. Belzoni crut entendre des appels, puis plus rien. Il remit ses bottes.

— Dak... fit-il, et il prit son fusil.

Il n'aurait jamais imaginé qu'un serpent pût être aussi gros. Ni — il eut presque honte de le penser — aussi beau. Ses spires mouillées luisaient d'un éclat métallique et la pluie exaltait le bleu tendre et le jaune délicat de ses écailles. Sa tête était large comme une poêle à frire et portait un curieux signe rouge sombre au-dessus des yeux.

Il s'était probablement laissé tomber du haut d'une branche sur les épaules de Dak quand celui-ci s'était penché pour cueillir la plante coagulante. La bête s'était installée sur lui et avait commencé à l'enduire d'une bave transparente. Dak était inanimé et tenait encore une touffe d'herbe à la main.

Jean-Baptiste leva le fusil et visa le signe rouge. Cha-Cha surgit au moment où il tirait et dévia le coup. La détonation provoqua une nouvelle révolution dans la forêt.

— Non ! Il a le signe du temple sur le tête... C'est un serpent sacré...

— Pas pour moi ! fit Belzoni qui visa de nouveau et tira.

Le petit cerveau froid et avide explosa.

Jean-Baptiste se précipita et dégagea le corps de Dak. Les spasmes du serpent resserraient son étreinte...

— Bon Dieu, aidez-moi, Da Souza, au lieu de me regarder !

Cha-Cha ne le regardait pas ; il était pétrifié et pâle à faire peur. Il psalmodiait quelque chose tout bas, en serrant les amulettes qu'il portait autour du cou.

Belzoni réussit à sortir Dak de l'amas énorme du serpent qui tremblait encore, se nouait et se dénouait, luttant contre la mort. Il le porta sur son dos jusqu'au couvert de l'arbre.

— J'aurai au moins sauvé celui-là... murmura-t-il, se laissant tomber épuisé à ses côtés.

Cha-Cha n'avait pas fait un geste pour l'aider.

— Vous venez de signer votre condamnation à mort, dit-il à mi-voix. Prenez un cheval et partez.

Dak reprenait difficilement sa respiration, toussant et crachant. Belzoni le fit boire.

— Vous avez tué un des gardiens du Temple où se trouve Dangbé, le serpent fétiche du roi. Il protège le pays tout entier. Vous avez commis le pire sacrilège possible. Il va falloir beaucoup de sang pour laver ce meurtre.

— Pour moi, la vie d'un homme vaut plus que celle d'un serpent fétiche. Et pour tout vous dire, je suis fatigué de ces mascarades.

Da Souza était sous le coup de l'émotion.

— Je ne peux plus rien pour vous. Rien ne peut vous sauver. Regardez Dak. Lui, le sait.

Dak avait repris connaissance, mais il gémissait de peur et pleurait, roulé en boule comme un enfant.

Da Souza avait récupéré ses bagages et remis son chapeau de ciré. Il était pressé. Ses mains tremblaient. La pluie faisait comme un rideau de perles de verre devant ses yeux.

— Nos chemins se séparent ici. Vous avez la canne du roi et Dak connaît la route pour Bobee. Je ne peux pas vous souhaiter bonne chance. Allez mourir ailleurs.

Le cri d'un hibou retentit. Cha-Cha prêta l'oreille. Le moindre bruit pouvait être un signal.

— N'oubliez pas : si vous échappez aux amazones, vous n'échapperez pas aux sorciers. Leur pouvoir ne connaît pas les distances. Il vous rattrapera.

— Pensez plutôt à sauver votre belle peau jaune, Da Souza. Quelqu'un pourrait avoir envie de s'en faire un tambour. Moi par exemple...

La lagune était bordée par des États minuscules, quelquefois de la taille d'une ville. La canne royale fit des miracles. Au premier village, Dak obtint immédiatement deux pirogues avec des pagayeurs. Sur la première, il y avait même un petit canon, mais sans poudre ni munitions... Dak s'installa à côté, la canne en évidence.

Jean-Baptiste eut du mal à loger sa masse dans la pirogue et, une fois installé, ne bougea plus de crainte de la faire chavirer. Il était épuisé. La marche forcée à travers la jungle l'avait exténué. Il dut se pencher deux fois par-dessus bord pour vomir une bile verte et amère. Il pensa à la boîte à pharmacie du capitaine Filmore qui l'attendait à Bobee.

Le rythme régulier des pagaies lui fit du bien. Sa tête tomba lentement en avant sur sa poitrine et il s'endormit, appuyé sur son fusil. Il rêva qu'il voyait l'eau verte défiler contre le flanc de la pirogue. Et brusquement, il y distinguait un reflet d'or, de plus en plus proche, et un frémissement qui gagnait toute la lagune. Il se pencha et croisa un regard féroce. Les amazones nageaient sous l'eau, nues comme des poissons, leurs armes à la main, les yeux grands ouverts. Il lui sembla que de longues mains brunes prenaient appui sur le rebord de l'embarcation. Mais pourquoi les rameurs derrière lui ne faisaient-ils rien ?

Dak était assis devant lui, à la proue, appuyé à la canne du roi. Il lui tournait le dos et regardait droit devant lui. Jean-Baptiste voulut crier pour l'avertir, mais aucun son ne sortit de sa bouche. Il tendit la main vers lui, il allait le toucher, quand le corps du jeune homme sembla se soulever au ralenti. Il décrivit un arc de cercle parfait et disparut dans l'eau du marais qui bouillonna un peu.

Le cri des piroguiers réveilla Jean-Baptiste. Dak avait bel et bien disparu. Seule la grande canne du roi était restée à la proue. Il s'en empara, se mit à genoux et sonda frénétiquement l'eau tout autour de la pirogue. En vain. Le corps de Dak ne remonta pas à la surface. Les hommes terrorisés murmuraient « Dangbé, Dangbé... », pendant que le bateau allait à la dérive.

Belzoni s'empara alors d'une pagaie et se mit à ramer énergiquement pour donner l'exemple. Les rameurs se calmèrent peu à peu et retrouvèrent leur rythme. La pirogue reprit sa route vers l'est, vers la rive où se trouvait Bobee et, au-delà, les vingt bras du Niger.

— Je vais en Écosse, annonça Walter Scott. Elle, au moins, elle est faite pour la pluie et le brouillard ; c'est ce qui fait sa beauté. À Londres, l'hiver est d'une tristesse mortelle.

Sara était en visite. Elle s'assit et leva son regard clair sur lui.

— Des nouvelles ? demanda-t-il.

— Non. Toujours rien.

Il était touché par cette femme qui avait tout pour être une héroïne. C'est ainsi qu'il imaginait les reines solitaires de ses récits, celles qui guettaient leur chevalier du haut de leur donjon. Comme elles, Sara ne laissait rien voir de sa douleur. Comme elles, elle était attentive à son apparence. Seules ses joues creuses disaient son dégoût de vivre. Il remarqua quelques cheveux blancs sur ses tempes et s'attendrit. Les premiers signes de la vieillesse sur le visage d'une femme l'émouvaient toujours.

— Que puis-je faire pour toi, Sara ?

Elle hocha la tête avec accablement.

— Je ne sais pas. Je commence à perdre espoir. Je n'ai même plus envie de sortir. J'attends.

— Ne renonce pas. L'espérance est une force prodigieuse. Je suis sûr qu'elle arrive jusqu'à lui et le soutient. Il sait que tu es là. Il fera tout pour revenir.

— Oui... Mais l'angoisse est plus forte que l'espoir, maintenant. Il est parti en mai, nous sommes bientôt à la fin de l'année... et nous n'avons plus de nouvelles depuis des mois. Sa mère m'écrit toutes les semaines en me posant toujours la même question. Et tous ces imbéciles qui me disent qu'il fallait s'y attendre, qu'un explorateur ne meurt jamais dans son lit ! Que les femmes sensées épousent des notaires ou des banquiers.

Elle se mordit les lèvres, réprimant son émotion.

— Je pense que je ne le reverrai pas. Et je me sens coupable de le penser...

— Je sais que Jean-Baptiste a investi tout ce qu'il avait dans cette expédition, dit Walter Scott. Où en es-tu financièrement ?

— C'est le dernier de mes soucis, Walter... Nous avons toujours vécu comme de vrais aristocrates : nous n'avons jamais su évaluer l'argent. Ni même nos privilèges quand nous en avions. Quant à la réussite sociale, autant il pouvait y être attaché à une époque, autant j'y ai toujours été indifférente. Pour moi, la véritable pauvreté, c'est de vivre sans lui. Depuis qu'il est parti, je vis en retenant mon souffle, comme si j'étais sous l'eau...

— N'empêche, il faut bien que tu vives. Murray, les autres et moi, nous avons décidé de t'aider.

Elle redressa la tête, prête à refuser.

— Ne refuse pas. C'est seulement jusqu'à son retour... Il fera les comptes avec Murray après.

Ils savaient tous les deux que c'était un pieux mensonge et évitèrent de se regarder en face.

Walter Scott ne pouvait s'empêcher d'observer Sara avec l'attention spéciale de l'écrivain. Cet amour-là était de la qualité qu'il aimait décrire. L'amour d'Yseut pour Tristan, de Pénélope pour Ulysse, de Didon pour Énée, l'amour des femmes qui guettent des voiles sur la mer. Oui, il mettrait Sara dans un de ses romans : la qualité spéciale de son regard, la crispation de ses mains amaigries...

Il se leva et alla ouvrir le tiroir de son bureau. Il avait placé l'argent dans un ancien portefeuille de maroquin rouge. Un bel objet qui ennoblissait son contenu.

— Merci, Walter. Merci vraiment, à tous, pour votre aide...

Elle s'anima pour étouffer son embarras. Du rouge lui était monté aux joues.

— Je sais ce que je vais faire avec cet argent. Je vais commander une lithographie de Jean-Baptiste, avec toutes ses découvertes autour de lui, quelque chose de magnifique... Quel est le meilleur graveur de Londres ? C'est une bonne idée, n'est-ce pas ?

Walter Scott acquiesça sans un mot. Comment lui dire qu'on avait déjà commencé à oublier Jean-Baptiste ? Un an suffisait pour disparaître de la mémoire des hommes. Toutes les lithographies du monde n'y pouvaient rien changer.

Une fois qu'elle eut envoyé ce qu'elle avait convenu de remettre à la famille Belzoni, et qu'elle eut payé tous les fournisseurs, la situation apparut à Sara dans toute sa gravité. Il fallait quitter l'appartement de Downing Street, réduire les frais jusqu'au retour de Jean-Baptiste. La lithographie attendrait. Murray lui donnerait encore quelque chose sur les ventes du livre, il y avait encore un peu d'argent à récupérer en France, après quoi, il faudrait vendre objet après objet leur maigre collection d'antiquités. Elle avait juré à Jean-Baptiste que, quoi qu'il arrive, elle paierait l'éducation de ses neveux et nièces de Padoue. C'était la seule chose à laquelle il tenait. L'éducation pour lui, c'était plus important que le pain.

Elle pourrait tenir encore un an, deux peut-être. Et après ? Travailler ? Elle aurait bientôt quarante ans, et à quarante ans, une femme ne vaut plus rien.

« Oh ! Sara, se dit-elle, arrête de t'inquiéter. Dans un an, il sera rentré depuis longtemps. »

Le comptoir anglais de Bobee jouissait d'une position privilégiée entre la mer et un bras du delta. Des marchands avaient installé leurs affaires, leurs maisons et leurs familles. John Houtson avait été l'un des premiers. C'était un vétéran de l'Union marchande, un pionnier en quelque sorte. Il reçut Belzoni à bras ouverts.

Les bagages de Jean-Baptiste avaient été déchargés du *Swinger* et l'attendaient en bon ordre dans une chambre de la belle maison de pierre et de bois. Une maison digne du commerçant prospère qu'était devenu John Houtson. Toutes les fenêtres de la maison donnaient sur le port. Le nom de « Houtson » s'étalait en grandes lettres sur plusieurs entrepôts et une flottille de bateaux de l'entreprise était ancrée dans la baie. Les plus grands faisaient du commerce avec l'Europe et les petits cabotaient le long de la côte et dans les bras navigables du delta. Houtson était un nom auquel on n'échappait pas à Bobee.

Jean-Baptiste était en piteux état, les morsures des sangsues s'étaient infectées et il avait des démangeaisons insupportables sur les jambes et les bras, là où les mouches et les moustiques l'avaient dévoré.

Houtson l'examina.

— Il va falloir nettoyer tout ça, et ça ne va pas être agréable. Les mouches des marais pondent sous la peau, et si vous ne voulez pas vous retrouver avec des abcès pleins d'asticots, il va falloir brûler les piqûres une par une.

Il sourit.

— J'ai de très bons cigares. Ce sera vite fait.

John Houtson était une sorte d'ogre bonasse et velu. Il ne quittait jamais son chapeau de paille, et portait autour du cou un mouchoir d'indienne rouge grand comme une serviette de table, à cause de la transpiration. Il ruisselait en permanence.

— Eh bien oui, je sue et je pisse comme une fontaine. Le jour où je m'arrêterai, ou je meurs, ou j'explose. C'est par là que toutes les cochonneries s'en vont.

Alcools forts, poivre, piments crus et nourriture locale constituaient son régime de base. Il prétendait que, pour survivre dans un pareil climat, il fallait se nourrir comme les Africains. Sans doute avait-il raison, car il n'était jamais malade, alors que les autres tombaient comme des mouches.

La visite de Belzoni était une aubaine pour John Houtson : elle rompait la monotonie de la vie coloniale. Il avait décidé de l'accompagner jusqu'au Niger.

— J'attendais une bonne occasion pour retourner à Benin City. Je suis donc votre homme, mon cher Belzoni. Mon brick *Providence* remontera le Bénin aussi loin que possible et nous servira de base. Car la forêt est souvent trop épaisse pour qu'on s'y fraie un chemin. Il y a déjà deux autres navires qui attendent à Gato : un anglais de Liverpool, le *Castor*, et un américain, le *Carlew*. Nous aurons de la compagnie. Laissez-moi quelques jours : nous sommes le 1er novembre et je dois terminer le chargement d'un bâtiment. Vous devriez en profiter pour vous reposer. Vous avez une petite mine.

Il y avait un beau miroir ovale pendu au mur du bureau. Jean-Baptiste s'en approcha et se regarda en silence. Il eut un l'impression de voir un inconnu. Les cheveux longs sur les épaules avaient perdu leur éclat, sa barbe avait poussé : elle était plus foncée que ses cheveux, maintenant, mais striée de gris sous la bouche. Une barbe de prophète ou de naufragé... Il avait maigri, la peau tannée par les intempéries était tendue sur les pommettes saillantes. Il croisa son propre regard, brûlant au fond des orbites. La flamme bleue et scintillante qui l'habitait autrefois avait disparu ; on n'y lisait plus qu'une immense fatigue. Tout commençait à se brouiller dans sa tête : les souvenirs et les rêves... Il se dit que l'Afrique l'avait déjà dévoré sans qu'il s'en rende compte.

Il fallait réagir.

— Est-ce que vous avez une carte, même rudimentaire ? demanda-t-il. Dans cinq jours, il faut que je sois au bord du Niger. Ou d'un de ses affluents.

— Pourquoi tant de hâte ? Il ne va pas s'envoler. Vous n'allez pas vous remettre en marche dans cet état...

— Monsieur Houtson, j'ai fait un vœu. Le 5 novembre, c'est mon anniversaire...

— Combien ? fit Houtson moqueur.

— Quarante-cinq... À Londres, quelqu'un m'a prédit que je ne dépasserai pas cet âge-là. Il paraît que les géants meurent jeunes. Alors, depuis le début de cette expédition, je me suis fixé une date. Avant le 5 novembre, je veux avoir vu le Niger...

— Vous allez avoir quarante-cinq ans toute l'année, Belzoni, vous avez du temps devant vous ! Et le 5 novembre 1824, vous fêterez vos quarante-six ans à Londres. Invitez donc l'imbécile en question.

Jean-Baptiste se tut. C'est maintenant qu'il aurait aimé être à Londres, chez lui, avec Sara. Dormir dans son lit... La fatigue accumulée avait un goût amer, chacun de ses muscles le faisait souffrir, il se sentait le ventre lourd et gonflé, et toujours ce dégoût de tout...

Il attrapa la bouteille de tafia qui était sur la table et s'en versa une bonne rasade. Rien de tel que l'alcool, quelquefois. Il vida son verre cul-sec. Il eut une nausée immédiate et la carte géographique tangua sous ses yeux. Il lui fallut plusieurs minutes pour retrouver la maîtrise de son corps.

Le 5 novembre, Jean-Baptiste n'était pas au bord du Niger, mais au bord du Bénin.

La nuit était tombée sur le fleuve. Le bateau qui l'avait amené là, une sorte de pilotine à fond plat, était ancré au milieu du fleuve, et le reflet de ses maigres feux tremblotait dans les eaux jaunes. Jean-Baptiste était descendu à terre avec l'équipage. Assis à côté du feu sur le sable de la berge, il regardait le cœur des flammes et attendait le dîner.

Il avait bu une demi-bouteille de gin et tout se brouillait dans sa tête. Il se sentait mieux, à nouveau plein de force et d'enthousiasme. Il y a des tas d'endroits de son propre corps auxquels on ne pense jamais parce qu'on ne les sent pas ; on n'en prend conscience que quand on commence à souffrir. Son corps avait toujours été un outil obéissant et bien huilé, et voilà qu'il commençait à le trahir. Était-ce l'âge ? Était-ce cela, d'avoir quarante-cinq ans ?

Les hommes faisaient rôtir sur une broche improvisée un chevreau qu'ils s'étaient procuré au village voisin. L'odeur de la viande grillée et de la graisse qui grésillait en s'égouttant dans le feu lui chatouillait agréablement les narines. Il avait faim.

Les porteurs avaient planté la tête de l'animal sur un piquet à la limite de l'obscurité. Illuminés par la lueur du feu, les yeux éteints semblaient le regarder. Belzoni était un peu ivre. Tout d'un coup, il ne supporta plus ce regard mort fixé sur lui. Depuis Ouidah, il se sentait devenir superstitieux. Il se leva en chancelant et se dirigea vers la tête.

Il allait la saisir pour la jeter dans le fleuve quand il entendit une sorte de chuintement qui provenait de l'obscurité. Il se retourna.

Un léopard attiré par l'odeur était tapi sous les arbres, la croupe basse, prêt à bondir. Belzoni se mit à rire.

— Nous sommes deux sur le même os... Tiens, je te le laisse. Viens le prendre.

Il arracha la tête du chevreau de son piquet et la tendit au léopard qui s'aplatit encore, les yeux laiteux et les babines retroussées. Belzoni rit tout bas et se dirigea vers lui.

— Sale caractère.

L'animal haletait, les oreilles en arrière et la langue pendante. Il avait peur. Belzoni lui tendit la tête à bout de bras, et fit un autre pas.

— Allez, fais-moi voir ton courage, vieux charognard.

Le léopard se sentit menacé. Il ondoya de l'arrière-train et chercha ses marques. Puis il s'éleva en l'air avec la grâce d'un danseur et une puissance telle que son vol sembla un instant suspendu. Belzoni perçut avec précision le frémissement de l'air dans les poils clairs et soyeux du ventre dressé devant lui.

Un coup de feu retentit. L'animal fut violemment rejeté en arrière, foudroyé dans sa beauté, et s'écrasa sur le sol.

Le lieutenant Melville était arrivé à temps.

— Joyeux anniversaire, monsieur Belzoni !

Belzoni ne sourit pas. Si Melville n'avait pas été là, la prédiction se serait accomplie... Il fallait qu'il arrête de voir des signes partout. Agacé, il sortit une pièce de sa poche

— Melville, vous qui êtes l'oracle du destin, jetez donc cette pièce en l'air pour moi. Face, j'arrive à Tombouctou, Pile, je crève.

Melville s'exécuta. Ils se penchèrent tous les deux sur le sable. Pile.

— Je crève... fit Belzoni en se relevant. Autant le savoir. Merci, Melville.

Les porteurs s'étaient rués sur le cadavre avec de grands cris enthousiastes et le dépouillaient déjà en vantant les mérites de l'animal. L'un d'eux improvisa un poème dédié à la beauté des longues griffes qui avaient éteint tant de vies et dont il jouait maintenant comme un enfant.

Jean-Baptiste se laissa tomber sur un des sièges de bois de la pirogue, que les pagayeurs avaient placés en cercle autour du feu. Tôt ou tard, ces atteintes continues du destin auraient raison de lui... Il avait de moins en moins envie de se battre.

Des écureuils rayés l'observaient, assis à la limite de l'obscurité, debout sur leurs pattes de derrière, comme dans un conte pour enfants. Il leur jeta un peu de biscuit émietté.

Melville découpa un filet croustillant sur la carcasse et le lui tendit. Il y avait quelque chose de dérisoire dans cette chaîne alimentaire : le léopard, le chevreau, lui, les écureuils...

Il allait planter les dents dans la viande quand un drôle de frisson lui monta le long du dos. Brusquement, il vomit. L'acidité de l'alcool le fit grincer des dents.

— Vous ne pouvez pas continuer, Belzoni. Vous êtes malade. Regardez-vous. Vous êtes vert.

— J'en ai vu d'autres, fit Jean-Baptiste. Ce n'est pas ça qui m'arrêtera.

Houtson le regarda d'un air réprobateur. Ses affaires terminées, il avait rejoint le voyageur, et maintenant il se sentait coupable. Il n'aurait jamais dû le suivre, et surtout il aurait dû le retenir à Bobee. Il était trop mal en point.

Le géant s'éloigna précipitamment sous le couvert des arbres. Houtson savait ce que ça voulait dire. Encore un peu et ses intestins le lâcheraient complètement.

Jean-Baptiste réapparut peu après, encore plus pâle. Il marchait de travers en chancelant et faisait visiblement un gros effort pour rester digne. John Houtson le rattrapa.

— Ne jouez pas au héros. Vous avez une bonne dysenterie. Il faut vous soigner tout de suite.

Jean-Baptiste perdit patience.

— J'ai l'âge de décider tout seul, Houtson et j'ai décidé que ce soir, je serai à Benin City.

John Houtson soupira : il restait quarante-cinq miles à faire. Cet-homme-là allait s'écrouler, c'était évident. Il fit préparer un hamac résistant, et en effet, une heure plus tard, alors qu'ils étaient engagés sur le chemin de Benin City, il fallut charger Belzoni sur le hamac et doubler les porteurs. L'homme pesait son poids. On dut s'arrêter plusieurs fois : Jean-Baptiste se vidait littéralement. Il refusa cependant de rebrousser chemin.

— Mais pourquoi ? demanda Houtson. On n'a pas de médicaments. On n'a rien. La boîte à pharmacie est restée sur le bateau. Vous risquez votre vie !

Jean-Baptiste ne semblait pas l'entendre.

— Je veux arriver au Niger le plus vite possible. C'est ça qui est important. Je me soignerai après.

Il était pris par une sorte d'obstination fébrile. Non, il n'allait pas se laisser avoir, au dernier moment, aussi bêtement, après tant de fatigues... Il ferma les yeux, s'abandonnant au balancement du hamac, et rit tout seul.

— Je ne me vois pas écrire à l'Association africaine que j'ai renoncé parce que j'avais la diarrhée...

Un des porteurs alla chercher l'écorce d'un arbre dans la forêt. Il suffisait de la faire bouillir et de boire la décoction. Eux se soignaient comme ça, quand ils avaient la dysenterie.

— Je vous en prie, mon ami, essayez. Les remèdes africains fonctionnent. Si ça marche sur les porteurs, il n'y a pas de raison pour que ça ne marche pas sur vous. Ne soyez pas si têtu.

Houtson approcha le bol de terre cuite des lèvres craquelées du malade. La potion était horriblement amère. Belzoni eut une autre nausée. Il sentit son estomac vide remonter douloureusement sous ses côtes. Il repoussa le bol d'un geste las.

— Infect. Ils cherchent à m'empoisonner...

Il était si faible qu'il ne gardait plus rien. Même l'eau. Houtson commença à s'inquiéter sérieusement. Il appela un des porteurs.

— Prends la pirogue et retourne à Gato chercher la boîte à pharmacie. Je veux que tu sois de retour demain matin.

Le porteur fit une moue désabusée

— Patron, c'est pas la pharmacie qu'il faut aller chercher, c'est le sorcier. Il a la malédiction, ce Blanc-là.

Dans la nuit, Jean-Baptiste sembla se rétablir encore une fois et voulut un peu de thé sucré. Houtson était assis à côté du feu. Il ne pouvait pas dormir.

— Vous voyez, John ! Quand je vous dis que j'en ai vu d'autres... Donnez-moi une heure et je serai sur pied.

Belzoni était étendu à terre, de tout son long, comme un arbre abattu, et il avait l'air encore plus grand. Un nuage de petites mouches rôdaient autour de sa bouche entrouverte, prêtes à s'y introduire. Houtson les chassa, mais elles revenaient obstinément.

Dans la forêt humide, les insectes semblaient n'avoir qu'une raison de vivre : copuler, pondre et se reproduire. Le corps d'un homme, fait de liquides tièdes à température constante, était un milieu rêvé pour cela. Il fallait se défendre constamment d'assaillants ailés et rampants, gonflés de vie, prêts à vous plonger leurs dards, leurs trompes, leurs mâchoires et leurs pattes n'importe où.

Devant l'assaut redoublé des mouches, Houtson comprit soudain que Belzoni était perdu : elles ne s'y trompaient pas.

Jean-Baptiste délirait doucement, dérivant dans sa fièvre.

— La merde, on ne s'en sort jamais, hein ? Je suis né dedans et je meurs dedans, c'est le cas de le dire... Je vais peut-être crever quand même, après tout... L'important, c'est de ne pas avoir peur...

Il prit conscience de la présence de Houtson et s'adressa à lui.

— C'est que je suis vidé comme un poulet, mon vieux... Plus de forces... Je suis fini.

Des spasmes brûlants lui tordaient encore l'intestin, désormais vide. De temps en temps, un liquide glaireux et sanguinolent s'écoulait de lui. Il ne pouvait même plus se lever. On l'avait enveloppé dans un pagne. Houtson avait donné l'ordre de brûler ses vêtements souillés.

— Quand je pense qu'autrefois on payait pour me voir sur scène ! Hein, John, quelle dérision ! Regardez ce que je suis devenu : un dort-en-chiant, un pue-la-merde ! Enfin, au bout du chemin, on ne voit pas les choses comme au début...

Il eut un petit rire qui le fit tousser et cracher.

Il faisait toujours sombre sous les arbres démesurés du sous-bois équatorial. Là-haut, le jour s'était certainement levé et le soleil éclairait peut-être les cimes. Ici, on baignait dans un clair-obscur glauque de cathédrale, peuplé de bruits irréels étouffés par l'épaisseur du feuillage. La vie était à l'étage au-dessus, au-delà des branches gigantesques qui faisaient un dôme à trente mètres au-dessus du sol. La seule vraie lumière provenait du fleuve qui clapotait à quelques mètres, sur la plage de galets et de limon noir.

Le porteur arriva enfin, la valise à pharmacie sur la tête. Houtson prépara un mélange d'huile de castor et de laudanum, et réveilla Jean-Baptiste qui somnolait. Il lui en fit avaler un peu. Une heure après, il n'y avait toujours aucune amélioration, Melville suggéra alors d'essayer une autre mixture à base de calomel, opium et racine de rhubarbe. Il fallait le faire saliver ; il avait la langue sèche comme un bout de cuir et plus une goutte d'eau dans le corps.

Belzoni recracha le tout et appela Houtson. On entendait à peine sa voix

— Je m'en vais, John... Donnez-moi du papier pendant qu'il est encore temps. Je veux écrire...

Il gisait sur le dos, les yeux grands ouverts, et il regardait avec attention le fouillis de lianes qui s'étendait au-dessus de lui comme un baldaquin. Une cascade de fleurs rouges descendait jusqu'à terre. Ce serait donc là sa dernière image du monde. Il se sentait étonnamment calme.

La fièvre aiguisait sa vue jusqu'à lui permettre de distinguer les nervures des feuilles, leurs dentelures, leur grain, et ce vert éclatant de sève, de vie — le vert, couleur glorieuse de Napoléon, le vert couleur sainte de Mahomet, le vert des émeraudes du Pharaon, le vert de la Méditerranée... Ah ! l'air de la mer....

— Houtson, dit-il d'une voix plus ferme, si je ne vais pas mieux ce soir, il faut me ramener au bateau. Je veux voir la mer...

Des rais de soleil filtraient, vibrants d'insectes dorés. L'arbre bruissait de vie. Des oiseaux invisibles se poursuivaient là-haut avec un drôle de cri qui ressemblait à *« Go away... go away... »*. Belzoni sourit et répondit mentalement : « On y va... on y va... Pas la peine de vous égosiller... »

De petits singes s'installèrent au-dessus de lui pour grappiller les cosses pendantes d'une liane. Ils suçaient les graines d'un air absent et jetaient les écorces en bas, sans se soucier de l'homme qui gisait au-dessous.

Jean-Baptiste se dit que la forêt l'avait accepté et commençait à l'absorber. Il était encastré entre les racines de l'arbre comme un vaisseau drossé à la côte entre deux récifs, et c'est là qu'il resterait pour toujours. Il nourrirait l'arbre de son corps et s'y fondrait. Il deviendrait feuille entre les feuilles, fleur et fruit. Il aimait bien cette idée et s'abandonna à l'arbre qui l'avait déjà enveloppé et commençait son lent travail de digestion.

Houtson revint avec du papier, une plume fraîchement taillée et un encrier.

— On a trouvé ça dans la poche de votre pantalon.

Il lui tendit une petite plaque de cuivre. C'était le morceau de ferrure que Jean-Baptiste avait ramassé dans le temple d'Abou-Simbel. Son amulette à lui. Il s'en saisit et la frotta entre ses doigts, sentant le relief familier des hiéroglyphes qui y étaient sculptés et dont il ne connaîtrait jamais le sens.

— J'ai quand même fait quelques belles choses dans ma vie, John... Au solstice d'été, le soleil entre jusque dans le fond du temple, vous savez ça ? Jusqu'au sanctuaire. Comme une lame d'épée. Il y a peut-être quelque chose derrière les quatre statues... Je n'ai pas eu le temps. Ce qui est impressionnant en Égypte, c'est qu'il y a toujours un mystère derrière les mystères. Rien n'est ce qu'il a l'air d'être... Même la mort...

— Calmez-vous, fit Houtson.

Il ne pouvait pas comprendre : il ignorait tout d'Abou-Simbel. Il lui mit la plume entre les doigts.

— Je veux écrire à Samuel Briggs, annonça Belzoni, il saura ce qu'il faut faire. Quand les autres vont apprendre que je suis passé de l'autre côté, ça va être la curée, même si je ne laisse pas grand-chose...

Cher, cher monsieur et ami affectionné, Dieu n'a pas voulu que je survive pour revoir mes amis : un violent accès de dysenterie m'a conduit à l'article de la mort. Tout ce que je peux dire, c'est que je suis complètement résigné à mon sort et que je demande pardon à ceux que j'ai pu offenser au cours de ma vie. Qu'ils prient pour moi et pour ma vie future !

Quand il eut fini la lettre, il signa avec effort et la plume lui tomba des mains. Il claquait des dents.

— J'ai froid... Je veux écrire à ma femme... Vite, aidez-moi...

On le frictionna avec de l'alcool et il se mit à gratter sa couverture à la recherche de la plume. Melville la lui remit plusieurs fois entre les doigts. En vain : ses mains avaient perdu toute sensibilité. Houtson avait les larmes aux yeux. L'agonie avait commencé et il ne pouvait qu'en être le témoin impuissant. Il approcha son oreille de la bouche de Jean-Baptiste.

— John, mon anneau... Enlevez-le-moi... Je vous le confie, pour ma femme... Dites-lui combien je regrette... C'est à elle que je voudrais parler en ce moment... Elle me manque, elle me manque... Dites-lui que je l'ai bien aimée...

Une larme se forma au coin de sa paupière. Il serra les yeux, comme pour retenir l'image fuyante de Sara, et la larme roula le long de sa joue.

— Vendez tout ce que j'ai laissé à Bobee. Comme pour les marins qui meurent en mer. Et envoyez l'argent à ma femme. Mes livres, mes cartes, mon journal... Envoyez-les à Liverpool. Briggs s'en occupera...

Il eut un profond soupir comme un coureur de fond à l'arrivée.

— Je crois que je vais y aller maintenant...

Il ouvrit les yeux et sourit faiblement, cherchant quelqu'un du regard...

— Je meurs vraiment comme un imbécile...

Il se laissa porter par la fièvre. Les souvenirs s'enroulaient autour de lui comme les vrilles d'une vigne. C'était agréable. Des visages familiers flottaient et se succédaient comme les vagues de la mer, le rire de Sara, le sourire de sa mère, la voix d'Antonio, le regard d'Angelica, les visages de tous ceux et toutes celles qu'il avait aimés... Ils se penchaient sur lui du haut du ciel, serrés les uns contre les autres comme les saints de la coupole de la cathédrale de Padoue, comme des anges, et ils tournaient vertigineusement... Et lui, il était là inerte, comme sur la table de dissection d'un théâtre anatomique. Il se voyait d'en haut et sentait en même temps le froid du marbre gagner ses os... « Bienvenue parmi nous, Giambattista Belzoni ! — *Grazie, Rettore Magnifico...* » Ah, c'était donc là son dernier théâtre, sa plus belle scène. On l'applaudissait, c'était comme le bruit de la pluie... « Alors, je suis déjà mort... » se dit-il... Et au-dessus de lui, le théâtre ressemblait de plus en plus au vieux Saddler's, avec ses loges, ses balcons... ils s'emboîtaient les uns dans les autres et formaient une voûte, non... un tunnel... qui débouchait au loin, là-bas, sur une clarté prodigieuse, et l'aspirait, de plus en plus vite... L'espace d'un éclair, il se revit avec ses frères, courant pieds nus dans les collines. Il entendit clairement leurs rires d'enfants, les cigales, et il respira une dernière fois l'odeur de sa terre natale...

Enfin, il plongea dans la lumière...

À Londres, le vent s'était levé. Le feu s'était éteint dans la cheminée de la chambre de Sara. Il faisait froid.

Elle éternua et se réveilla. Comme souvent, la solitude l'assaillit. Le lit était vide.

— Si seulement tu étais là, je me serrerais contre toi, sous ton épaule... Oh ! comme j'ai besoin de toi...

Le souvenir du bras familier qui l'entourait, du grand corps solide, acheva de la réveiller. Elle enfouit le visage dans l'oreiller à la recherche d'une odeur qui avait depuis longtemps disparu.

— Où es-tu ? Quand reviendras-tu ?

Elle savait qu'elle ne se rendormirait pas. Ses pensées volaient vers l'Afrique pendant que le vent gémissait autour de la maison, dans les couloirs, sous les portes, comme une âme tourmentée qui cherche à entrer.

Brusquement la fenêtre céda et s'ouvrit toute grande. Une rafale chargée de neige s'engouffra dans la chambre et s'abattit sur le petit bureau où, la veille au soir, elle avait commencé une lettre. « Il faut que je te dise que je t'aime et combien tu me manques... J'ai peur pour toi... »

Dehors, Downing Street était déserte, le vent chassait des tourbillons de neige, des formes vagues, des fantômes, des âmes en peine...

Sara regarda sa lettre. Les flocons qui s'y étaient posés avaient fondu en gouttes rondes, décolorant l'encre. On aurait dit des larmes.

Elle sentit le froid de la nuit la saisir et elle sut en son âme que Jean-Baptiste était mort.

Ci-gît le corps de Jean-Baptiste Belzoni, frappé de dysenterie le 26 novembre à Bénin, alors qu'il se rendait à Haoussa et à Tombouctou. Il mourut en ce lieu le 3 décembre 1823. Ceux qui ont déposé cette plaque sur la tombe du célèbre et intrépide voyageur espèrent que tous les Européens qui passeront par ici entretiendront cette tombe et répareront l'enclos qui l'entoure, si besoin est.

Le lieutenant Fell n'était pas mécontent de son texte, à la fois lyrique et concret. Il l'avait fait sculpter par le menuisier de bord sur une épaisse planche de chêne qu'on clouerait sur l'arbre, autour duquel on avait construit un enclos avec des pieux solides. La sépulture tiendrait bien jusqu'à ce que quelqu'un repasse par là.

Finalement, on avait creusé la tombe sous un arbre dans

l'humus tendre et vierge qui s'y était accumulé depuis des siècles. De là, on avait une vue magnifique sur le fleuve. « Un bel endroit pour mourir », aurait dit Belzoni.

On avait enveloppé le grand corps dans un pagne neuf teint à l'indigo. Ce fut une belle cérémonie. M. Houtson récita la prière des morts, le général Smith ordonna trois salves à l'équipage au garde-à-vous autour de la tombe. Le *Castor*, la *Providence* et le *Carlew* tirèrent plusieurs coups de canon. Des villageois s'étaient assis sur la rive et les enfants qui pataugeaient dans l'eau se bouchaient les oreilles en piaillant à chaque explosion.

La pluie reprit, martelant le fleuve comme de la grenaille, pendant que les équipages remontaient à bord. Le silence retomba sur la forêt. Les bateaux appareillèrent, sous le ciel indifférent et disparurent derrière le rideau de pluie. Leurs sillages se confondirent à la surface de l'eau et, peu à peu, s'effacèrent.

Jersey, 1ᵉʳ janvier 1870

À Saint-Hélier, nous sommes une grande famille, tout le monde se connaît. Je crois que je sais même le nom de chaque vache. Le soir, le brouillard monte de la mer et on ne voit plus que le clocher de l'église. Quand le vent ne souffle pas, le silence est si profond que je peux entendre les camélias s'effeuiller dans le jardin. Il y a toujours des fleurs ici, des camélias roses l'hiver, des hortensias bleus l'été. J'ai un chat, « A marmelade cat », couleur de confiture. Roux, comme je l'étais autrefois. Il pétrit le tissu de ma robe de ses griffes menues et ma vieille peau avec, quelquefois. À cela, je sais que je ne suis pas encore morte et que l'île qui m'entoure existe probablement.

Je n'ai plus reçu aucune nouvelle de Jean-Baptiste, où qu'il soit.

Sara Belzoni.

Que sont-ils devenus ?

Sir Joseph Banks
Devenu un personnage de grande renommée grâce à ses voyages, et à sa connaissance de la botanique, il fut nommé directeur du Jardin botanique royal, et légua au British Museum le plus grand herbarium de son époque. Il obtint ensuite la charge de président de la Royal Society, qu'il conserva jusqu'à sa mort à Isleworth en juin 1820, à l'âge de soixante-dix-sept ans.

John William Bankes
Il conserva l'obélisque de Philae qui se trouve actuellement dans la propriété de famille à Kingston Lacy. Il continua ses voyages en Égypte et finit de désensabler le temple d'Abou-Simbel, avec Alessandro Ricci et Finati. Captivé par les aventures de ce dernier, il en publia les Mémoires à son retour en Angleterre. Finati rejoignit Londres en 1823 et se mit au service de la Société africaine.

Sara Banne
En mai 1825, Sara reçut l'anneau que Jean-Baptiste portait au doigt et accepta sa mort. Dès lors, elle lutta avec dignité contre la pauvreté et l'oubli. Il s'écoula quatorze ans avant que l'État anglais accepte de lui verser une maigre pension. Elle se retira en Belgique et finit ses jours dans l'île de Jersey aux côtés de sa filleule Selina, à l'âge de quatre-vingt-sept ans à Saint-Hélier. On ignore quel fut le destin de Jack.

Youssef Boghos

Il jouit de la faveur de Méhémet-Ali jusqu'à la fin de sa vie. Sa mort en janvier 1844 provoqua chez le pacha une violente commotion, peut-être à l'origine de sa future détérioration mentale. Boghos mourut pauvre et endetté, malgré son pouvoir : on ne trouva chez lui que quelques pièces de monnaie, ce qui fit dire au pacha : « Si j'avais su, j'aurais fait cacher de l'argent sous son lit, de manière à ce qu'on ne dise pas que je traite mal mes gens ! »

Frédéric Cailliaud

S'attaquant avec désinvolture aux sites et aux ruines, il provoqua de nombreuses difficultés diplomatiques entre Drovetti et Salt. À son retour en France, il publia un grand Atlas de l'Égypte avec Edme Jomard et devint un spécialiste de renommée mondiale dans le domaine des mollusques ! Nommé conservateur du muséum d'Histoire naturelle de Nantes, sa ville natale, il y mourut à quatre-vingt-deux ans.

Angelica Catalani

Les dettes d'Angelica était telles qu'elle mit dix ans à les régler. Elle se produisait encore sur scène à cinquante ans. Elle se retira ensuite en Italie, dans une villa près de Florence et y enseigna le chant. Au moment de la grande épidémie de choléra de 1848, elle se réfugia à Paris, mais trop tard : elle mourut quelques jours après son arrivée, le 12 juin 1849. Elle avait soixante-neuf ans.

En 1843, Paul avait obtenu confirmation officielle de son nom « de Valabrègue » par un jugement sur requête. Son fils aîné Jean épousa la fille du marquis de la Woestine, et fut autorisé par ce dernier à porter son titre et à le transmettre.

Astley Cooper

Resté célèbre dans l'histoire de la médecine pour ses travaux sur la circulation sanguine, les articulations et les tumeurs, Cooper fut le symbole d'une caste de chirurgiens tout-puissants, et on dit qu'il inspira à l'écrivain R. L. Stevenson son Dr Jekyll. Il mourut en 1841 à l'âge de soixante-treize ans. Son assistant de salle Butler fut mêlé au scandale du trafic des cadavres et on le retrouva effectivement quelques années après, reconverti dans le trafic des dents sur les champs de bataille espagnols.

Cha-Cha Da Souza

Il ouvrit un établissement de luxe à Ouidah, avec salles de jeux, et se retira richissime, comme son équivalent Don Pedro Blanco. Sa mort en mai 1849 donna lieu à des cérémonies imposantes au Dahomey. En son honneur, on sacrifia cinq personnes, dont deux furent enterrées avec lui. Le deuil dura jusqu'en octobre avec défilés quotidiens de centaines d'amazones et de sorciers.

Bernardino Drovetti

Après avoir vendu à Paris et à Turin les collections réalisées avec l'aide de Rifaud, il rentra en Europe et, malgré son état de santé gravement détérioré par vingt-six ans d'Égypte, il dut entretenir les quatorze personnes de sa famille, ruinée dans l'intervalle. Sa femme Rosine retourna vivre à Alexandrie. Son fils, Giorgio, dilapida ses derniers biens et rompit les ponts avec lui. Drovetti, malgré ses indéniables générosités, resta seul, et mourut à l'hôpital de Turin le 3 mars 1852 à l'âge de soixante-seize ans, gravement diminué par l'artériosclérose.

Comte de Forbin

Excellent peintre, bel homme, cultivé, il fut le chambellan et l'intime de Pauline Bonaparte — il figure sur le tableau historique du couronnement de l'Empereur. Lié plus tard à Mme Récamier à Rome, il fut le rival de Benjamin Constant. Au moment de la Restauration, il fut nommé directeur des Musées nationaux à la suite de Vivant-Denon.

Joseph Grimaldi

Sa carrière au *Well Saddler's* dura cinquante ans. Il connut un immense succès, devenant le « père » de tous les clowns. Sa famille se désagrégea : sa femme devint grabataire et son fils mourut alcoolique. Épuisé, il se retira de la scène en 1828, et mourut dans son sommeil à Londres le 3 mai 1837 à l'âge de cinquante-neuf ans. Sa tombe est la seule qui subsiste du cimetière de Penton Street à Londres. Elle fait l'objet chaque année, à la date anniversaire de sa mort, d'un pèlerinage de tous les clowns de Londres en costume.

Antonio Lebolo

Accusé de recel dans une affaire de vol dans le sérail du Kakya Bey, il quitta Le Caire sur le conseil de Drovetti qui le reprit plus tard à son service. Il découvrit alors une des « caches » des paysans de Gournah qui contenait une partie des momies de la famille de Ptolémée Sôter, dont un fils de Cléopâtre. Il se consacra au commerce des chevaux avant de rentrer en Italie où il mit sur pied une tannerie à Trieste. Mais volé par son associé et réduit à l'indigence, il regagna son village natal du Piémont où il devint potier peu de temps avant sa mort.

Méhémet-Ali et ses fils
Après avoir conduit l'Égypte vers la modernité, il commença à donner des signes d'altération mentale. Son fils Ibrahim, gravement malade lui-même, attendait impatiemment sa mort et la succession. Selon une prédiction, Méhémet devait survivre à Ibrahim : les deux malades entrèrent en compétition et partirent se soigner ensemble en Italie. Méhémet-Ali en revint fou et Ibrahim mourant. Il mourut effectivement le premier, le 10 novembre 1848. Son père lui survécut jusqu'au 2 août 1849, dans un état de démence irréversible. Il avait soixante-dix-neuf ans. Le troisième de ses fils intéressés à la succession (le pacha a eu en tout une trentaine d'enfants), Ismail, était déjà mort brûlé vif dans sa tente au cours de la campagne de Nubie en 1822.

Alessandro Ricci
Devenu le médecin d'Ibrahim Pacha, il participa à la campagne de Nubie. Il fut peu après piqué au bras par un scorpion et finit par rentrer en Italie. La blessure, mal soignée, le rendit fou. Il mourut à Sienne en 1832.

Jean-Jacques Rifaud
Rifaud resta douze ans en Égypte, continuant le trafic des antiquités pour le compte de Drovetti, mais, convaincu d'avoir été exploité, se fâcha avec lui. Il épousa une jeune Soudanaise dont il eut plusieurs enfants, mais laissa sa famille en Nubie pour rentrer en France où personne ne voulut éditer ses mémoires. En proie à de graves difficultés financières, il sillonna l'Europe et la Russie, mais sa quête se termina à Genève, où il mourut discrètement le 9 septembre 1852. Ses manuscrits et ses dessins furent vendus aux enchères, personne de sa famille ne s'étant présenté.

*Photocomposition Nord Compo
59650 Villeneuve-d'Ascq
Impression réalisée sur CAMERON
par BRODARD ET TAUPIN
La Flèche*

Imprimé en France
Dépôt légal : février 2000
N° d'édition : 2028 – N° d'impression : 1255